HEYNE BÜCHER

W0331977

Fantasy

Herausgegeben von Friedel Wahren

Von **Teresa Edgerton** erschienen in der Reihe
HEYNE SCIENCE FICTION & FANTASY:

TRILOGIE ›DIE GRÜNEN LÖWEN‹:

Das Kind des Saturn · 06/9002
Der verborgene Mond · 06/9003
Das Werk der Sonne · 06/9004

Unter dem Trollmond · 06/9020
Die Gnomen-Maschine · 06/9021 (in Vorb.)

TERESA EDGERTON

Unter dem Trollmond

Roman

Deutsche Erstausgabe

WILHELM HEYNE VERLAG
MÜNCHEN

HEYNE SCIENCE FICTION & FANTASY
Band 06/9020

Titel der Originalausgabe
GOBLIN MOON
Übersetzung aus dem amerikanischen Englischen von
Alfons Winkelmann
Das Umschlagbild malten
Zoltan Boros und Gabor Sziksai/Agentur Kohlstedt

Umwelthinweis:
Dieses Buch wurde auf chlor- und säurefreiem Papier gedruckt.

Redaktion: Ragnar Thalov

Erstausgabe bei Ace Books/
The Berkley Publishing Group, New York

http://www.heyne.de
Printed in Germany 1999
Umschlaggestaltung: Atelier Ingrid Schütz, München
Technische Betreuung: M. Spinola
Satz: Schaber Satz- und Datentechnik, Wels
Druck und Bindung: Ebner Ulm

ISBN 3-453-14928-9

INHALT

Ein seltsamer Aberglaube, der noch immer in den Dörfern und Ortschaften auf dem Lande und unter dem unwissenden Volk kursiert, personifiziert den Vollmond als boshafte alte Hexe von ungeheuerlichem Appetit, die über Landstraßen und Feldwege streift und jeden, der ihr begegnet, ohne Unterschied und manchmal auf einen Sitz verschlingt, gleich, ob Männer, Frauen, Kinder, Pferde, Rinder, Schafe, Ziegen usw.

Unser Kollege Dr. Finsbury hat diesen Aberglauben bis in die Tage des Dunklen Evanthum zurückverfolgt, und es ist in der Tat allgemein bekannt, daß die Anbetung des Mondes eine Gemeinsamkeit aller Alten Religionen ist. Wo die Erleuchteten Heiden von Panterra die Mondgöttin als eine würdevolle, weiße Frau verehrten, stellten die Magiker und Adepten von Evanthum sie als gräßliche Riesin dar, die während ihrer monatlichen Annäherung immer weiter anschwillt, wobei ihr Appetit gleichermaßen wächst. Deswegen war es erforderlich, sie günstig zu stimmen und ihre Blutlust mit verschiedenen entsetzlichen Opferungen, Ritualen und Zeremonien zufriedenzustellen – geschah dies nicht, so war ihr Zorn schrecklich, und große Veränderungen, Erdbeben, Feuer, Wirbelstürme, Sintfluten und alle möglichen sonstigen Katastrophen sowohl der Natur als auch des Staates waren unausweichlich die Folge.

Solche Umwälzungen sind in unseren Tagen nicht unbekannt, doch die modernen Philosophen führen sie auf andere Ursachen zurück, wie zum Beispiel auf die magnetische Anziehung zwischen Mond und Erde bei jeder Annäherung dieser kalten Kugel.

Aus *Magica Antiqua. Vollständige Systematik der Magischen Philosophie, enthält sowohl die Geschichte als auch die Prinzipien dieser Kunst nebst vielen merkwürdigen Anekdoten den Glauben und die Praktiken der Alten betreffend* von Horatio Foxx, F.G.G., Doktor der Alchimie, der Naturphilosophie sowie der okkulten Philosophien etc.

Gedruckt für Darrington, Dover, und Zabulan in Porphyry Lane, Lundy, Imbria

1. Kapitel

In welchem etwas gefunden wird

Bleich und aufgedunsen wälzte sich der Mond am Horizont dahin. Die Flut, ungewöhnlich hoch für diese Zeit der größten Annäherung des Mondes, war der Ebbe gewichen, so daß die Wasser des Stroms nicht mehr in umgekehrter Richtung flossen, sondern sich, wie sonst auch, Hals über Kopf zum Meer hinabstürzten. Ruder quietschten in rostigen Riemendollen, als ein Plattbodenkahn mit einem ergrauenden alten Mann und einem stämmigen Jüngling Kurs hinüber zum dunklen westlichen Ufer nahm.

Der alte Mann saß auf der Bank im Heck und blickte forschend über den Fluß hinaus, während der Junge ruderte. Auf den ersten Blick hätte man sie vielleicht für Seeleute halten können, denn sie waren ähnlich gekleidet, mit Stoffmützen und langen Jacken aus irgendeinem groben Tuch, das so abgenutzt, geflickt und beschmutzt war, daß man es nicht mehr identifizieren konnte. Sie trugen das Haar wie die Seeleute zu einem kurzen, geteerten Zopf geflochten. Aber ihre bleichen Gesichter verrieten sie, auch ihre großen, dunklen Augen, die wie die Augen eines Nachtvogels auf Beutezug waren. Sie waren Treibgutsammler, Caleb Braun und sein Großneffe Jedidiah: Männer, die tagsüber schliefen und des Nachts arbeiteten. Sie ruderten nach Einbruch der Dunkelheit auf den Fluß hinaus, wenn die Fischerschuten, Barken und Vergnügungsschiffe, die tagsüber die Lunn befuhren, an den Kais vertäut lagen.

Fast in der Mitte des Flusses streckte Caleb seinen Fischhaken aus und spießte ein Stück Treibholz auf. Es erwies sich als eine Zierleiste, die Darstellung einer der Sieben Schicksalsgötter, die vergoldete Gestalt eines nackten Mannes mit ausgebreiteten Adlerschwingen, welche ihm aus den Schultern sprossen. Die Vergoldung bröckelte allmählich ab, so daß die Züge schuppig wirkten, aber das Holz war noch immer tadellos in Ordnung. Mit einem zufriedenen Grunzen warf Caleb die Zierleiste ins Boot.

Als sie in der Nähe des Ufers ruhigeres Wasser erreichten, ruderte Jedidiah stromaufwärts, wendete das Boot und fuhr wieder auf die andere Seite hinüber.

»Flußaufwärts!« Calebs heiserer Warnruf ließ Jed kaum genügend Zeit, die Schlagrichtung eines der Ruder umzukehren und das Boot zu wenden, damit der Bug den Aufprall abfing. Es ertönte ein dumpfer Schlag, und das Boot schaukelte wild, als etwas Schweres am Bug auftauchte und scharrend an der Seite entlangglitt. Jed erhaschte nur einen kurzen Blick auf einen schattenhaften Körper mit stumpfen Enden, der tief im Wasser lag, und auf Messingbeschläge, die im Mondstrahl blitzten, ehe die Strömung den Sarg wieder einfing, der an ihnen vorbei über die Wellen tanzte.

»Rudern, Bursche, rudern!« rief Onkel Caleb. »Verdammt soll ich sein, wir verlieren ihn, du bist nicht schnell genug!«

Jed tauchte verzweifelt die Ruder ein, drehte das Boot um einhundertachtzig Grad und ruderte dann mit voller Kraft, um den Sarg zu überholen. Dann mußte Caleb schnell sein. Er zog den langen, schwarzen Behälter mit dem Fischhaken näher, schlang zwei Seile durch die beiden Handgriffe und verknotete sie.

Jetzt, da der Sarg sicher im Schlepptau war, setzte sich Caleb wieder und rieb sich die Hände an den Oberschenkeln ab. »Ebenholz, so wie es scheint, und siehst du diese prächtigen Griffe? Irgendein feiner

Land-Gentleman liegt darin oder vielleicht ein Baron, oder ein Jarl. Bestimmt auch Geld und Juwelen.«

Jed nickte düster. Wenn der lange, schwarze Behälter nicht Goldmünzen oder eine verzierte Brosche enthielt, dann doch gewiß etwas anderes von Wert. Dennoch konnte er beim Gedanken daran, den Sarg zu öffnen und diese Wertsachen an sich zu nehmen, einen Schauder nicht unterdrücken.

»Du brauchst gar nicht so zimperlich zu sein«, schnaubte Caleb. »Du bist für dieses Leben geboren, was mehr ist, als ich von einigen der anderen sagen kann. Du brauchst beim Anblick eines Behälters mit alten Knochen nicht zu zittern und mit den Zähnen zu klappern.«

Jed wußte, daß es so war. Fast ebenso lange, wie er zurückdenken konnte, hatte er seinen Großonkel auf diesen nächtlichen Expeditionen begleitet. Aber sogar zuvor schon war er vom Fluß und von der Tide abhängig gewesen (wie ihn Caleb immer wieder gern erinnerte). Eben jene Wiege, worin er als Säugling gelegen hatte, war aus den Planken des Wracks der *Himmlischen Maria* gefertigt worden; seinen ersten kleinen Anzug – aus Samt und Spitze, womit er die anderen Bengel in Erstaunen versetzt hatte – hatte seine Mutter aus dem Mantel eines ertrunkenen Edelmannes geschneidert. Und viele der Dinge, die ihn seither ernährten, waren mit den Münzen eines Toten erworben worden.

Die alte Lunn, sie war ein launischer Fluß, wie Jed sehr wohl wußte; unermüdlich benagte sie die eigenen Ufer, vollführte jähe Sprünge und Wechsel in ihrem Lauf, insbesondere flußaufwärts in den ländlichen Gebieten, wo es keine starken Uferbefestigungen gab, die sie kanalisierten. War sie während einer Springflut oder durch die Regen und die Schneeschmelze des Frühjahrs angeschwollen, so wusch sie Landhäuser und Dörfer, Kirchen und Bauernhäuser davon, unterspülte alte

Friedhöfe und überflutete uralte Grabkammern, machte ohne Erbarmen die Toten ebenso heimatlos, wie sie die Lebendigen gewaltsam vertrieb. Nein, die Lunn hatte keinerlei Achtung vor den Menschen, weder vor den lebenden noch vor den toten, aber je grausamer sie zu den anderen war, desto freundlicher war sie zu Männern wie Jed oder dessen Onkel Caleb.

Denn mit Hilfe der Wracks von Fluß- und Seeschiffen, die von der Flut hereingespült wurden, der Güter, die sie aus wassergetränkten Warenballen bargen, eines gelegentlichen, aufgequollenen Leichnams, der noch immer Geld in den Taschen hatte, fristeten die Treibgutsammler das ganze Jahr hindurch eine bescheidene Existenz. Sie waren – insbesondere dann, wenn der Vollmond eine Springflut oder andere Katastrophen hervorrief – manchmal imstande, eine ganze Jahreszeit über von den Grabbeigaben der frommen Verschiedenen ein sorgenfreies Leben zu führen.

Trotz alledem verspürte Jed stets ein kaltes Unbehagen, die Toten zu berauben.

»Willi Grauman öffnete einmal einen Sarg – fand den Leichnam eines Mädchens darin: das Haar bis zu den Füßen gewachsen und die Nägel an den Händen mehr als einen Fuß lang, und der Behälter ganz mit Blut gefüllt – Willi meint, sie ist förmlich darin geschwommen«, sagte Jed über das fortwährende Quietschen der Ruder hinweg. »Es war überhaupt kein *natürlicher* Leichnam, es war ein Blutsauger. Willi schlug den Deckel zu und …«

»Willi Grauman ist ein Lügner. Ich dachte, du wüßtest das«, meinte Caleb mit unerschütterlicher Autorität.

Jed hob eine Schulter. »Erasmus Wulfhart ist kein Lügner. Er sagt, sein Großvater öffnete einmal einen Behälter, und da war überhaupt kein Leichnam drin, nur ein weißes Leinentuch und eine dicke Masse aus

Würmern und gelben Maden – einer der Würmer ist in die Kleider des alten Wulfhart hineingekrochen, während er in dieser Nacht schlief, und fraß sich ein Loch direkt durch sein Bein: durch Fleisch und Knochen und alles andere. Erasmus hat das Loch selbst gesehen, oder jedenfalls die Narbe, und der alte Mann mußte bis ans Ende seiner Tage humpeln.«

»Ich hab die Geschichte, wie Karl Wulfhart ein lahmes Bein gekriegt hat, anders gehört, und die war nicht annähernd so romantisch«, erwiderte Caleb kalt. Er griff in eine seiner Taschen irgendwo in den geräumigen Falten seines Mantels und holte eine langstielige Pfeife heraus. Weil er glaubte, daß es Zeit für einen Themenwechsel wäre, sagte er: »Hab gehört, weiter oben hat's 'n Erdbeben gegeben. Vielleicht sin wir nicht die einzig Glücklichen heut nacht.«

Wenn Luna auf ihrer elliptischen Laufbahn der Erde nahe kam, war das instabile Land flußaufwärts seismischen Erschütterungen und Beben ausgesetzt, und manchmal war es die erregte Erde, nicht der Fluß, die Städte, Dörfer und Wälder einebnete oder, in gräßlicher Umkehrung, die Lebenden verschluckte, wohingegen sie die Toten ausspie.

»Sollten nicht von Glück sprechen, ehe sich rausstellt, ob es ein Glück war oder nicht – nicht, ehe wir erfahren haben, ob unser feiner Land-Gentleman seine Grabbeigaben verflucht hat«, brummelte Jed. Er dachte daran, daß der alte Hagen Rugen vor zwölf Wochen, während der kalten, frostigen Jahreszeit, in den Besitz zweier Kerzenhalter aus gediegenem Silber gekommen war, die Grabbeigabe eines Landpfarrers, und keine drei Tage darauf war er vor Entsetzen gestorben.

»Abergläubisches Geschwätz«, meinte Caleb, als könne er Jeds Gedanken lesen. »Hagen Rugen war ein Säufer und hat sich von dem Geld, das er für die Kerzenhalter erhalten hatte, zu Tode gesoffen. ›Die Münze eines Toten ist nicht schlechter als das Geld eines jeden anderen Mannes‹«, zitierte er.

Jedidiah biß die Zähne zusammen. Gerade Onkel Caleb mußte über Aberglauben herziehen! War Caleb nicht durch ›abergläubisches Geschwätz‹ so heruntergekommen – er und der alte Wahnsinnige in der Buchhandlung?

»Ja, ich weiß, welche Kräfte einen Mann in den Ruin treiben können – und wie er sich selbst mit törichten Plänen und hirnrissigen Ideen demütigen kann.« Erneut sprach Caleb so, als könnte er Jeds Gedanken lesen – was er aller Wahrscheinlichkeit nach auch konnte, da er ein Talent für so etwas hatte. »Welcher Mann wüßte das besser als ich?«

Caleb schob sich die Pfeife in den Mundwinkel. »Ich habe fast fünfzig Jahre lang von diesem Fluß gelebt – ein hartes Leben würden es einige nennen, aber es hat mir niemals geschadet, obgleich ich den Toten so oft wie möglich das Silber und Gold abgenommen habe. Nein, und ich habe niemals irgendwelche Blutsauger gesehen, auch keine Knochenschleifer. Aber als ich in einem feinen Haus lebte und eine ehrbare Stellung als Diener der Familie eines Jarl hatte – und nicht bloß Diener war, sondern auch Freund und *Vertrauter* des Sohnes jenes edlen Hauses –, da wußte ich etwas von den Mächten und Intelligenzen und hatte von den bösen Dingen erfahren, die das Herz eines Mannes zerstören, seine Seele verderben und seine Schritte unausweichlich dorthin lenken, wohin er gehen will, und das heißt: unausweichlich in den völligen Ruin!« Caleb nickte nachdrücklich, nahm die Pfeife aus dem Mund und klopfte sie am Bootsrand aus, wie um seinen Worten weiteren Nachdruck zu verleihen. »Wenn du soviel gesehen, getan und erlitten hättest wie ich, Bursche, dann könntest du zu Recht sagen, was abergläubische Narrheit und was lediglich einfache Fopperei ist. Bis es aber soweit ist, läßt du dich zu deinem eigenen Besten lieber von weiseren Köpfen führen.«

Jed sagte dazu nichts, sondern ruderte weiter.

Jed machte an einem Kai des östlichen Ufers fest, unterhalb einer bekannten Taverne mit dem Namen *Zum alten Kalmar*. Die oberen Stockwerke der Taverne waren dunkel, aber aus den Fenstern des Erdgeschosses fiel der willkommene, orangefarbene Schein eines Kaminfeuers, und eine lebhafte Jig, gespielt auf einer Geige und einer Drehleier, tönte durch die offene Tür.

Jed stieg aus dem Boot und kletterte gewandt auf den steinernen Pier. Caleb folgte. Seine Bewegungen war langsam und steif. Mit Hilfe eines festen Seils und einer altertümlichen Winsch hievten sie den Sarg aus dem Wasser.

Da hörte Jed das Klappern und Kratzen näher kommender Schritte. Er drehte sich gerade rechtzeitig um, um zwei Gestalten zu erkennen, die heimlich und verstohlen aus dem Schatten in der Nähe der Kaimauer heranschlichen. Er griff nach dem Fischhaken, zum Kampf bereit. Dann jedoch rief ihn eine vertraute Stimme aus der Richtung des *Kalmar* an, und zwei stämmige Gestalten in dunklen Mänteln und mit Dreispitzhüten traten aus der Taverne. Die Schritte verhallten wieder in der Dunkelheit, als die Wachmänner näher kamen.

»Wir haben Glück, scheint's.« Matthias, der größere der beiden Konstabler, ein Rotschopf mit groben Gesichtszügen, nickte in die Richtung des Sarges.

Die Männer der Wache beanspruchten einen Teil dessen für sich, was die Treibgutsammler in Thornburg an Land brachten. Als Gegenleistung boten sie Schutz gegen die Diebe und Raufbolde, die nachts den Kai bevölkerten, und auch gegen die Hobgoblins und Knocker, die in der labyrinthischen Kanalisation von

Fischweiberberg lebten und bei Vollmond aus den Abwasserschächten gekrochen kamen.

Eben dieser Matthias, erinnerte sich Jedidiah auf einmal, hatte eine Silberfigurine des unglückseligen Hagen Rugen für sich beansprucht – was für Calebs Behauptung sprach, daß Gold und Geld eines toten Mannes ebensogut waren wie Gold und Geld eines anderen Mannes. Wenn der Pfarrer schon die Kerzenleuchter verflucht hatte, so hätte er gewiß nicht den Rest seines Schatzes vergessen, und dennoch stand Matthias hier, groß und häßlich wie eh und je, und das zwei volle Jahreszeiten nach Hagens Dahinscheiden.

Caleb machte sich daran, die Schnäpper und Riegel zu lösen, die den Sarg versiegelt hielten. Da er noch immer an die schauerlichen Geschichten dachte, die er vorhin wiedererzählt hatte, spürte Jed, wie dieses eisige Gefühl in seiner Magengrube stärker wurde. Walther und Matthias, jeder an einem Ende des Ebenholzsarges, hoben den Deckel.

»Da soll mich doch die Sonne verbrennen!« rief Walther aus, aber die anderen starrten nur schweigend hinein. Vor Überraschung fehlten ihnen die Worte.

Im Innern lag der altmodisch bekleidete, offenbar makellos konservierte Leichnam eines Mannes. Er hatte gerade das mittlere Alter überschritten, trug dunkles, schulterlanges Haar und einen sauber gestutzten, graugestreiften Bart. Seine Augen waren zugenäht und die Gliedmaßen ordentlich wie zu einem Begräbnis verschränkt, aber eine schwache Röte färbte ihm die Wangen, und eine frische Farbe lag auf seinen Lippen. Er wirkte insgesamt so lebendig, daß es aussah, als könne er kaum länger als ein paar Stunden tot sein. Dennoch war er im Stil eines Gelehrten aus dem vergangenen Jahrhundert gekleidet und trug einen dunklen Samtrock sowie eine Kniehose, einen schwarzen Seidenumhang sowie einen breiten Kragen aus feiner, weißer

Spitze. Ein Medaillon aus Zinn, das ihm an einem breiten, scharlachroten Satinband um den Hals hing, lag auf seiner Brust, und statt der üblichen Grabbeigaben aus Gold und Silber war er mit seinen Büchern beerdigt worden, uralte, in zerbröckelndes Leder gebundene Bände. Auf den Umschlägen waren seltsame Zeichen in Gold eingeprägt, und ein Buch zierte das gleiche rätselhafte Siegel, das auch auf dem Medaillon war: eine zweiköpfige Schlange, die eine Feuerscheibe verschluckte – vielleicht eine Darstellung der Sonne.

»Verdammt soll ich sein!« rief Walther erneut aus. »Wenn das nicht ein übler Scherz ist – einen Mann in vornehme Kleider stecken, ihn mit verstaubten alten Büchern beladen und ihn einfach so in den Fluß werfen!«

Matthias, der sich wieder erholt hatte, machte das Zeichen gegen Unheil. Die Toten zu berauben war das eine – eine Handlung, die gesunden, finanziellen Motiven entsprang und den Lebenden in ihrem Dasein half –, aber scheinbar sinnlos mit dem Ritual einer Beerdigung Scherze zu treiben, ohne daß auch nur ein kleiner Gewinn heraussprang … das war sogar für so rauhe und gewöhnliche Männer wie die beiden Konstabler eine schockierende Pietätlosigkeit. Dem Ausdruck auf Calebs Gesicht nach zu schließen – der Ausdruck eines Mannes, der im Innern schrecklich aufgewühlt ist –, war er ebenso schockiert wie die anderen.

Aber Jed war eine völlig andere Idee gekommen. »Seht mal, am Ende ist es gar kein Leichnam! Nur eine Wachspuppe, wie sie bei Madame Rusalka verkauft werden.«

In der Tat ließ die wächserne Transparenz der Haut sowie die lebensechte Färbung den Gedanken aufkeimen, daß der Körper nicht aus dem gewöhnlichen Stoff eines Sterblichen war. »Eine Wachspuppe … ja. Offenbar die Arbeit eines Zwergs. Vielleicht ist sie jemandem was wert. Diese Samtkleider auch, und dieser Spitzenkragen, der ist nicht gerade billig – die bringen allein schon einen ganz netten Preis, wenn niemand die Figur kaufen will.« Er wandte sich Caleb zu. »Diese alten Bücher auch … glaubst du, wir können sie deinem alten Freund verkaufen, Jenk, dem Buchhändler?«

Mit sichtbarer Anstrengung riß Caleb den Blick vom Sarg und dessen Inhalt los. Seine Stimme bebte, und sein Körper zitterte noch immer unter einer heftigen Erregung. »Gottfried Jenk … ja, er will die Bücher bestimmt gern sehen – und vielleicht auch den Rest. Lauft los, Burschen, und holt uns einen Karren. Im Augenblick hab' ich für dich kein Geld, Matthias, aber ich ahne, daß uns Jenk gut für die Arbeit dieser Nacht bezahlen wird.«

2. Kapitel

Welches von Gottfried Jenk, dessen Geschichte und der Versuchung handelt, der er in eben jener Nacht ausgesetzt war

Jenks Buchhandlung befand sich an einem Ende einer schlecht erleuchteten, kopfsteingepflasterten Straße in einem baufälligen Haus mit hohem Spitzdach und einer Giebelfront. Das Geschäft nahm die unteren Etagen ein, während der Buchhändler in einer winzigen Zimmerflucht unter dem Dach lebte.

Als die mondgesichtige Großvateruhr unten im Buchladen die Mitternachtsstunde schlug, hatte sich Jenk noch immer nicht zur Ruhe begeben. In diesen Vollmondnächten plagten ihn seltsame Phantasiegebilde, die ihm den Schlaf unmöglich machten. Er saß an einem kuriosen, kleinen Schreibtisch in seinem Schlafzimmer und las beim Licht einer Kerze: ein Mann mit hochgezogenen Schultern, einem gelbbraunen Jackett und mit gepuderter Perücke, der sich über ein altes Chalanzianisches Manuskript beugte, das er zu übersetzen versuchte. Ab und zu strich er sich mit bleicher, zittriger Hand über die Stirn.

Sein Kopf wurde schwerer und schwerer; seine Augen tränten und brannten. Die Buchstaben, die er zu entziffern versuchte, setzten sich in Bewegung, hüpften und krochen über die Seite, glitten über die Ränder … Mit einem Aufschrei schob er das Manuskript beiseite. Er stand auf und ging hin und her.

Eine hohläugige Gestalt in einem zerrissenen Schoßrock sprang hervor und versperrte ihm den Weg. Jenk wollte sie mit einer Handbewegung verscheuchen, doch die Erscheinung rollte ihre blutunterlaufenen, wölfischen Augen, warf ihren Kopf zurück und heulte ihn an. Wie in Todesqual zerrte sie an ihrer schmalen Brust herum. Jenk keuchte, denn der Schmerz war in seiner eigenen Brust, eine verzehrende Hitze, die sich durch Fleisch, Muskeln und Knochen fraß und dort eine dunkle, ausgebrannte Höhle hinterließ, wo sein Herz gewesen war.

»Nichts, nur Schatten und Gespött«, flüsterte Jenk vor sich hin. An allen Gliedmaßen zitternd kehrte er zu seinem Schreibtischsessel zurück, in den er sich hineinfallen ließ. »Schatten und Gespött, die ich vielleicht bannen werde, so daß ich wieder … ganz bin.« Bei seinen Worten verblaßte die Erscheinung und verschwand, und unter seinen Händen verspürte der alte Mann festes Fleisch und festen Knochen, das Pochen seines Herzens – ja, es hüpfte und schlug ihm so verzweifelt gegen die Rippen, daß er einen Augenblick lang befürchtete, es zerspränge.

»Ich bin ganz«, wiederholte der alte Mann, diesmal nicht zu sich selbst, sondern zum Zimmer im allgemeinen. In allen dunklen Ecken wanden sich Hobgoblin-Gestalten, die sich verzweifelt bemühten, greifbare Gestalt anzunehmen. Selbst wenn er das Gesicht in seinen Händen barg, sah er sie noch immer vor sich. Visionen seiner Vergangenheit … alte Hoffnungen, alte Ängste, alte Liebe, alter Haß, alles auf groteske Weise verzerrt, merkwürdig und schrecklich in ihrer veränderten Gestalt geworden.

Er schüttelte den Kopf, als ob er dadurch die Gedanken klären könnte. Er mußte sich erinnern, ja … er mußte sich daran erinnern, wer er war und was er gewesen war … mußte die wahren Erinnerungen von den falschen unterscheiden. Nur so konnte er darauf hoffen, das Gewirr aus Träumen und Visionen hinter sich zu lassen.

Er war ... ein junger Mann aus guter Familie gewesen, der jüngste Sohn eines Jarl, und hatte ein eigenes, bescheidenes Vermögen besessen. Ein brillanter, büchernärrischer junger Mann, dessen Name weit über seine Geburtsstadt Marstadtt, über die Gemarkung Wäldermark hinaus bekannt gewesen war, bekannt in allen Hauptstädten Euterpes ... ein bewunderter, hofierter Mann ... dessen einzige Belastung (wie er damals dachte) ein hübsches, verdorbenes Weib und eine kleine Tochter waren. Durch eine Reihe überraschender philosophischer Essays, die er schrieb und publizierte, erregte er das Interesse eines betagten Gelehrten, der ihm testamentarisch gewisse seltene Bücher über Alchimie und Magie hinterließ.

In diesen Büchern entdeckte er Zaubersprüche und Formeln, Diagramme, Tabellen, magische Quadrate: eine Geheimlehre, die mehr als achtzehn Jahrhunderte bis in die Tage von Panterra und Evanthum zurückreichte. Nicht alles, was er dort las, war ihm neu ... er hatte schon früher eine gewisse Bekanntschaft mit der Naturphilosophie gemacht und wußte von den Spagyren, welche die reine, ungefärbte Tradition für sich in Anspruch nahmen, und von den Skolektikern, welche Wissen wie Macht suchten, was oftmals zur Selbstzerstörung führte. Er kannte die Gefahren, hatte sich jedoch davon nicht einschüchtern lassen. Weil diese Bücher ihm versprachen ... ah, natürlich! Was versprachen diese Bücher ihm eigentlich? Wohlstand, Ruhm, sogar Unsterblichkeit konnten sein werden, der größte Teil der höheren Erkenntnis ... Erkenntnis dessen, wie das Universum im Innersten funktioniert. Diese Erkenntnis suchte er, und es gelüstete ihn nach diesem Wissen so glühend, wie es je einen Mann nach einer Frau gelüstet hatte. Und was war der Preis für diese Dinge, nach denen er sich mit fast körperlichem Verlangen sehnte? Einige wenige kurze Jahre des Studiums sowie verschiedene Ausgaben … eine Laborausrüstung kaufen, Salze, Säuren und Metallverbindungen erwerben … das Feuer in seinem Athenor, das verzehrte … Tag und Nacht Brennstoff verzehrte … und die Ausgaben stiegen und stiegen, bis er sich, nachdem die eigenen Mittel verbraucht waren, an Geldverleiher wandte, gewaltige Schulden anhäufte … und sich auf der fruchtlosen Suche nach dem Elixier des Lebens, dem Geheimnis der Verwandlung und dem mystischen Stein Seramarias in den Ruin trieb.

Ein entfernter Verwandter, ein Kaufmann, hatte ihm das Geld für die Eröffnung seiner Buchhandlung zur Verfügung gestellt, und hier, fast ein halbes Jahrhundert später, lebte er noch immer und machte seine Geschäfte. Er führte ein ruhiges, geordnetes Gelehrtendasein, das während der vergangenen fünf Jahre immer wieder von diesen Anfällen der Orientierungslosigkeit und Verwirrung durchsetzt war, wenn die in Überfülle vorhandenen Früchte seines verstörten Geistes ihn zu überwältigen drohten.

Während Jenk ächzend und stöhnend auf seinem Stuhl saß, zogen das Geräusch quietschender Wagenräder und das Getrampel von Füßen unten auf der Straße seine Aufmerksamkeit auf sich. Ihm kam es vor, als läge etwas … etwas überaus Unheimliches in diesen Geräuschen. Mit einiger Anstrengung erhob er sich und ging zum Fenster hinüber. Als er es gerade öffnen wollte, klopfte jemand unten an der Tür.

Jenk öffnete das Fenster ganz und steckte den Kopf hinaus. Der Mond war hinter dem Domberg untergegangen. Die Straße wurde lediglich vom schwachen, flackernden Schein der Lampen erhellt, die in unregelmäßigen Abständen die ganze Straße hinab standen, und von einer Laterne, die irgendeine schwachsinnige Person unter seinem Fenster schwenkte.

Nachdem er sich an die Dunkelheit gewöhnt hatte,

erkannte Jenk die vertraute Gestalt Caleb Brauns, der mit uncharakteristischem Elan umherhüpfte und eine Art ungeduldigen Tanzes vor der Ladentür vollführte. Neben ihm hielt der junge Jedidiah die Laterne in seiner zittrigen Hand, während er mit der anderen Hand versuchte, Calebs Ungeduld zu zügeln. Weiter unten auf der Straße zogen zwei stämmige Konstabler einen langen und schmalen Karren, beladen mit einem großen schwarzen Kasten, den Hügel hinauf.

In einem Augenblick der Verwirrung glaubte Jenk, der Sarg käme zu ihm, und Caleb und Jed setzten seine Begräbnisfeier an.

Dann klärten sich seine Gedanken. Vielleicht war es der feuchten Luft zu verdanken, die vom Fluß aufstieg, vielleicht half ihm der Anblick seines alten Freundes dabei, die Fassung wiederzuerlangen. Jenk klammerte sich an das Fensterbrett, damit er nicht hinausfiel, und rief leise, gerade als Caleb erneut die Faust hob, um zu klopfen: »Ich bin hier, Caleb. Ich komme hinunter und lasse euch ein.«

Die Treppe, die von Jenks Dachzimmern zum Erdgeschoß führte, war so schmal und steil, daß er wie ein Krebs seitlich hinabsteigen mußte, die Kerze in einer Hand und den Rücken gegen die Wand gedrückt. Die Buchhandlung roch nach Staub, Mäusen und verrottender Gelehrsamkeit. Am Fuß der Treppe führte ein schmaler Gang zwischen hohen Regalen voller alter Bücher und Manuskripte hindurch. Jenk hatte eine bemerkenswerte Sammlung seltener und wertvoller Bücher erworben, obgleich viele nur auf Kommission hier waren: *Der Spiegel der Philosophie* mit seinen bizarren, farbigen Holzschnitten; Tassios *Reflexionen;* eines von fünf bekannten Exemplaren von *Eines Ignoranten Belehrung zum Besseren;* und (der Stolz der Sammlung) Anthonys *Das Narrenparadies,* in zerbröckelndes Indigoleder gebunden, die Blattkanten leicht vergoldet und mit nur drei kleineren Abschreibefehlern.

Vorne im Geschäft wiesen die Zeiger der mondgesichtigen Uhr auf die dritte Stunde. Jenk stellte seinen Kerzenstummel auf den Uhrkasten und ging zur Tür. Mit zitternden Händen öffnete er die Riegel, hob den Balken, drehte den Knauf und spähte um die Kante der halbgeöffneten Tür.

Der Karren kam vor dem Haus zum Stehen. Jenk beäugte den Sarg mißtrauisch. »Warum bringt ihr mir das da? Während der letzten fünfundvierzig Jahre hatte ich mit den Toten nichts zu schaffen. Und warum stört ihr mich zu dieser unzumutbaren Stunde?«

»Es sind Bücher, Gottfried … Bücher mit dem Zeichen der Skolos«, flüsterte Caleb heiser. »Bücher un noch was anderes … Du wirs besser als ich verstehen, was es bedeutet, schätze ich. Aber laß uns hereinkommen, Gottfried. Du wills doch nich, daß die Nachbarn zu sehen bekommen, was wir mitgebracht haben und später drüber reden?«

Widerstrebend wich Jenk beiseite und erlaubte den anderen, den Sarg vom Karren zu hieven, durch die Tür zu manövrieren und in einem der schmalen Gänge zwischen den Regalen abzusetzen. Caleb hob den Deckel des Sargs an, und Jenk holte seine Kerze, um den Inhalt besser in Augenschein nehmen zu können.

Das Gesicht des Leichnams zeigte Würde, eine Art glückseligen, träumerischen Friedens, um den ihn Jenk einfach nur beneiden konnte. Er verspürte eine Vertrautheit, ein Gefühl der Unausweichlichkeit in diesem Augenblick, das ihm einen kalten Schauer den Rücken hinunterjagte. »Ihr habt dies im Fluß gefunden?« fragte er, bemüht, die Fassung zu wahren.

»Ja … trieb im Fluß, gerade nach dem Gezeitenwechsel.«

Obgleich sich Jenk alle Mühe gab, begann seine

Hand, in der er die Kerze hielt, zu zittern. Ein Spritzer heißen Wachses tropfte auf den Rand des Sargs. »Dann ist dies vielleicht ein Geschenk des Meeres und nicht des Flusses.«

Caleb senkte erneut die Stimme. »Könnte sein … aber er is nich lang im Wasser gewesen; du siehst den Zustand des Holzes. Und wie er zu uns kam, war kein Zufall.«

Matthias räusperte sich unbehaglich. »Der junge Jed hier vermutet, daß es eine von diesen Wachsfiguren ist, die die oberen Zehntausend in ihren Salons aufstellen. Aber die Augen, nun, da is was Ungewöhnliches dran. Morbide, würde ich es nennen … wenn es eine Wachspuppe *ist*.«

Jenk zwang sich zu einem wohlwollenden Lächeln. »Die oberen Zehntausend – und insbesondere der Adel – sind süchtig nach morbiden Marotten. Scheinbegräbnisse sind gerade hoch in Mode – alle sind wild darauf, wie mir Sera sagt –, wobei Frauen, deren Gatten noch immer wohlauf und gesund sind, den Witwenschleier anlegen und ihren Kummer mit allen Schikanen zur Schau stellen. Dabei sagen sie, es sei besser, ihre Männer im voraus zu betrauern, und sei es auch nur symbolisch. Sonst gingen sie nämlich das Risiko ein, der eigenen Sterblichkeit zum Opfer zu fallen, weil sie vielleicht nicht mehr so lange leben, daß sie es im Zweifelsfall wirklich tun könnten. Ich glaube«, sagte er mehr zu sich als zu den anderen, »daß das Gedenken an die Vergänglichkeit des menschlichen Lebens und die unbarmherzige Launenhaftigkeit der Schicksalsgötter einfach nur ein bißchen Salz in der Suppe des alltäglichen Glücks sein soll. Und eine ›Leiche‹ im Salon ist, wenn ich es recht verstehe, der letzte Schrei.«

Da nur Caleb sehen konnte, was er tat, griff Jenk in den Sarg und hob sanft eine der Hände an. Die Beschaffenheit der Haut und die Beweglichkeit der Gelenke überzeugten ihn, daß er nicht die Hand einer Wachsfigur festhielt. Obgleich die Haut kalt und leblos wie Ton war, war dieses Ding einstmals ein Mann gewesen.

Er spürte das Lächeln auf seinem Gesicht erstarren und fuhr fort: »Und dennoch … vielleicht nicht. Die Gilden benutzen bei einigen ihrer obskureren Zeremonien Doppelgänger. So ein Ritual habe ich in meiner Jugend selbst beobachtet – obgleich die Gestalt in diesem Fall aus Stoff und Stroh bestand.«

Er legte die Hand zurück und hob eines der Bücher auf; ein Teil des Ledereinbands zerkrümelte und fiel als feiner Staub in den Sarg. Er fragte sich, ob die fortwährende Konservierung der uralten Bände nicht von ihrer Nähe zum Leichnam abhing.

Sorgfältig legte Jenk das Buch an seinen Platz auf dem Boden des Sargs zurück. Er wandte sich an Jed und die beiden Konstabler. »Aber wer auch immer für diese merkwürdige Sache hier verantwortlich ist … ich bin dankbar, ja, ausgesprochen dankbar, daß ihr sie hergebracht habt. Denn ich habe, wie ihr wissen müßt.. eine ziemliche Vorliebe für merkwürdige Dinge.«

Walther und Matthias nickten eifrig mit dem Kopf und grinsten ihn an – zweifelsohne erwarteten sie mehr als seinen Dank seine Gegenleistung. Caleb rückte näher an ihn heran und flüsterte ihm ins Ohr: »Mach dir keine Sorgen um Jed – er wird wegen mir den Mund halten. Aber bezahle die anderen gut. Wir wollen doch nicht, daß sie Gerüchte in die Welt setzen.«

»Allerdings nicht«, sagte Jenk wegen der anderen laut. »Die Gilde … wenn es denn eine der Gilden war … hat möglicherweise etwas dagegen, wenn man zu sehr nachbohrt, um ihre Geheimnisse zu ergründen … was von meiner Seite aus rein akademisches Interesse wäre, das versichere ich euch, aber vielleicht mißverstanden werden könnte. Am besten verlieren wir über diese

Sache kein Wort ... es ist für uns alle das beste. Wenn die Gilde die Puppe in den Fluß geworfen hat, so erwartete sie zweifellos, daß sie dort *verblieb*. Vielleicht wären diejenigen, die sie hierherbrachten, nicht vor einer dauerhaften Verfolgung sicher.«

Jenk stieg rückwärts die Treppe zum zweiten Stockwerk hinauf. In einer dunklen Ecke nahe der Rückwand des Gebäudes stand ein verstaubter Eichenschrank, der einstmals als Garderobe gedient hatte. Jetzt war er mit alten Briefen, uralten Urkunden und Dokumenten vollgestopft, die mit Wachssiegeln und verblaßten Bändern verziert waren. Jenk setzte seine Kerze auf die Garderobe, holte einen Ring mit schweren Eisenschlüsseln aus einer Tasche seiner Kniehose, schloß den Schrank auf und zog eine kleine Holzschachtel hervor, die hinter einem Haufen vergilbter Papiere versteckt war.

Die Schachtel enthielt Gold- und Silbermünzen sowie eine Handvoll zerknitterter Banknoten: die Ersparnisse vieler Jahre, gedacht als Mitgift für seine Enkelin Seramarias. Wenn er von den Büchern Gebrauch machen wollte, wußte Jenk, würden seine Ausgaben nicht mit der Bestechung der Wache enden.

Und dennoch war er davon überzeugt, daß Caleb die Wahrheit gesagt hatte, daß die Bücher und der Leichnam ihnen nicht zufällig in die Hände geraten waren. Daß der Sarg zu keinem der anderen Männer, die am Fluß arbeiteten, geschwommen war – die meisten davon waren unwissende Analphabeten, deren gedanklicher Horizont nicht über ihren täglichen Existenzkampf hinausreichte –, sondern ausgerechnet zu Caleb Braun, der als einziger unter den Treibgutsammlern die Zeichen auf den Büchern wiedererkennen würde, der als einziger die übrigen Folgen der Entdekkung abschätzen konnte ... nein, das war ein zu großer Zufall. Caleb war vom Schicksal dazu bestimmt, diesen Fund zu tun, ebenso wie er vom Schicksal dazu bestimmt war, Jenk auf diesen Fund aufmerksam zu machen.

»Und dennoch ... zu welchem Zweck?« überlegte Jenk laut. »Vielleicht sind uns die Bücher als Wiedergutmachung geschickt worden – wir sollen alles wiedergewinnen, was wir verloren haben.«

Er dachte an die langen Jahre der Einsamkeit und des Kampfes, an die Frau, die ihn verlassen, und an die Tochter, die er kaum gekannt hatte, bis sie, verstoßen von der Verwandtschaft ihrer Mutter, verraten und verlassen von dem Mann, den sie gegen deren Wunsch geheiratet hatte, ins Geschäft gekommen war und dort kurze Zeit lebte. Sie gebar eine Tochter und starb. Allmählich lernte der Buchhändler, für den das von ihr geborene Kind zunächst nur ein Eindringling in sein Einsiedlerdasein gewesen war, eben dieses Kind zu lieben – und litt nun doppelt so stark unter seiner Armut, weil er der kleinen Sera soviel vorenthalten mußte.

Sera war jetzt achtzehn, ein hübsches, kluges Mädchen. Vor fünf Jahren hatte er sie widerstrebend zu ihrer wohlhabenden Verwandtschaft geschickt. O ja, er wußte sehr wohl, wie ihr Stolz als Empfängerin von Clothilde Vorders gönnerhaften Gefälligkeiten leiden mußte. Aber er hatte an Seras Zukunft gedacht, an die wohlhabenden Männer, denen sie im Haus der Vorders begegnen würde – einer von ihnen besäße vielleicht genügend Weisheit und würde den Wert ihrer Schönheit und Intelligenz erkennen, die jämmerliche Mitgift übersehen und um ihre Hand anhalten. Jetzt überkam es ihn, daß seine Hoffnung vergebens und seine wunderschöne und vollkommene Sera dazu verurteilt war, eine trübsinnige, verwelkte alte Jungfer zu werden, nur ein wenig besser gestellt als ein Diener im Haushalt der Vorders ... es sei denn, er fände einen Weg, sein Vermögen wiederzuerlangen.

»Aber … was ist, wenn die Bücher nicht für unseren weltlichen Gewinn gedacht sind, sondern für unsere geistige Wiederherstellung?« ächzte Jenk leise. »Caleb und ich wissen, wie gefährlich der Besitz solcher Bücher ist. Vielleicht sollen wir sie vernichten, irgendeinen anderen armen Tor vor dem Ruin bewahren. Eine letzte Buße für begangene Sünden am Ende unseres Lebens.« Er legte sich eine Hand auf die Stirn. Sie brannte wie im Fieber, aber seine Handfläche war kühl und feucht. Dennoch war er klar bei Verstand, bemerkenswert klar – er war aufrichtig beeindruckt von der Geradlinigkeit und Logik seiner eigenen Argumente. »Vielleicht haben die Schicksalsgötter sie uns achtlos hingeworfen, weil sie sehen wollten, was wir damit anfangen. Oder vielleicht ist die Intelligenz, die vor so vielen Jahren unseren Ruin herbeiführte, noch nicht damit fertig, uns zu quälen.«

Würde er sich ein zweites Mal zum Bettler machen, sagte sich Jenk, wäre Sera materiell gesehen davon nicht berührt. Aber die öffentliche Mißbilligung, wenn bekannt würde, was sie genau vorhatten – die würde Sera scharf zu spüren bekommen.

Und dennoch … war er stark genug, allein dem bezaubernden *Geheimnis* der Sache zu widerstehen … der Verlockung verbotenen Wissens? Falls er und Caleb das Geheimnis entdecken sollten, wodurch der Leichnam des Zauberers hundert und mehr Jahre völlig unbeschädigt blieb, so könnte diese Entdeckung vielleicht ebensogut zu anderen, noch größeren Geheimnissen führen. Und bei diesem Gedanken spürte Jenk, wie es ihn kalt überlief, spürte die ersten Anzeichen einer alten Erregung, die weit jenseits irgendeines Vergnügens lag, welches das Fleisch ihm jemals geboten hatte.

»Möge der Vater des Universums mir vergeben«, flüsterte er. »Ich glaubte mich geheilt, aber die alte Leidenschaft, der alte Hunger, kehrt zurück, noch stärker denn zuvor.«

Mit zitternden Händen öffnete Jenk die Schachtel. Wenn Sera auch nur indirekt unter seiner Schande zu leiden hätte, sagte er sich, so würde sie hingegen den vollen Nutzen an seinem Erfolg genießen. Feine Seidenkleider würde er ihr schenken, Samtpantöffelchen und Rubinhalsbänder, Pagen und Dienstmädchen, die jeder ihrer Launen dienlich wären, und eine Mitgift, die ausreichend wäre, ihr eine prächtige Heirat zu sichern.

Den Kopf voll von diesen und anderen angenehmen Phantastereien zählte Jenk sechs Silbermünzen in seine Hand ab. Dann stellte er die Schachtel in den Schrank zurück, nahm die Kerze und stieg die Treppe hinab.

3. Kapitel

In welchem es um die morbiden Vergnügungen der Wohlhabenden geht. Miß Seramarias Vorder wird dem Leser vorgestellt

Thornburg an der Lunn war eine weitläufige Stadt, groß, unregelmäßig geformt, vielgliedrig und von der Gestalt eines Seesterns, die sich zu beiden Seiten des Flusses ausbreitete. In der Tat könnte man sagen, daß die Lunn Thornburg seinen Charakter verlieh, denn es war eine launische Stadt, eine Stadt mit vielen Kontrasten, uralt und jung, genießerisch und grausam.

Thornburg war eine Mischung aus Flußhafen und Marktstadt. Rotwangige Bauern und deren Töchter verkauften dort ihr Obst und Gemüse neben Fischhändlern, die heiser ihre Waren ausriefen. Daneben boten dunkelhäutige ausländische Händler ihre bemalten Fächer, Kakadus und ›diamantene‹ Halsbänder aus Talmi und Kleister feil. Es war ein kosmopolitischer Ort, wo Menschen, Zwerge und Gnome friedlich nebeneinander lebten. Eine schäbig-elegante Stadt mit einem kunterbunten Durcheinander aus Tavernen und Lagerhallen, winzigen überfüllten Geschäften, zerfallenen alten Kirchen mit Glockentürmen und mittelalterlichen Zunfthallen mit Uhrtürmen. Es gab öffentliche Anlagen und elegante, neo-klassizistische Villen.

In der Mitte der Stadt lag der Domberg. Schmal und steil stiegen dort die Straßen an, und die meiste Zeit des Tages über herrschte hier ein stetiger, reger Verkehr aus Fußgängern, Kutschen, Karren und Sänften. Hinter der Kathedrale jedoch befand sich ein unerwarteter Hafen des Friedens, ein stiller, alter Kirchhof, der hinter Eisentoren verborgen dalag. Hier wuchs das Gras grün und üppig zwischen zerbröckelnden Marmormonumenten und bemoosten Grabsteinen. Löwenzahn und Gänseblümchen sprossen zwischen den zerbrochenen Pflastersteinen der Wege.

Zwanzig Jahre und mehr waren verstrichen, seitdem die letzten Leichname dort beigesetzt worden waren. Die eleganten Mausoleen zerfielen, ohne je wieder hergestellt werden zu können; viele der Statuen und Grabsteine hatten sich geneigt oder waren umgestürzt und nicht wieder aufgerichtet worden. Daher wurden die Geschäftsleute, die in der Kirchstraße ihre Läden hatten, eines schönen Nachmittags in der warmen Jahreszeit von einem modisch gekleideten Trauerzug, der sich den Hügel hinaufbewegte völlig überrascht. Die Prozession ging mit würdevollem, jedoch unerbittlichem Schritt dahin, und nicht nur den Geschäftsleuten fiel sie auf. Die geschäftigen Hausfrauen der Stadt, die schlendernden Gentlemen und die Landmädchen in leuchtenden Kalikokleidern, die zu dieser Zeit des Jahres nach Thornburg kamen und zahme Kaninchen in Weidenkäfigen und Körbe mit bemalten Eiern verkauften … sie alle hielten in ihrer Tätigkeit inne, starrten hinüber und wunderten sich, denn diese Prozession war aufgrund zweier Tatsachen bemerkenswert: Es fehlten der Leichnam, der Sarg bzw. die Totenbahre. Eine Gruppe weißbestrumpfter Diener schritt den finster gekleideten Trauernden voran. Sie trugen Körbe, die von Speisen und Wein, Linnendecken und feinem Kristall überquollen. Die Diener betraten den Friedhof durch die imponierenden Eisentore und machten sich daran, für ein elegantes Mahl zwischen den Grabsteinen zu decken.

»Wie schade, daß Herzog Xebo seiner Beerdigung nicht beiwohnen kann.« Die Sprecherin, eine stämmige

Matrone mit einer gewaltigen, gepuderten Perücke, ließ sich auf einem niedrigen Zenotaph nieder und hob ihren schwarzen Gazeschleier. »Er hat die Stadt aus geschäftlichen Gründen verlassen, wißt Ihr (sein Landbesitz ist schwer verschuldet), und was sollte die arme Herzogin denn tun, wo sie doch bereits die Einladungen verschickt und auch sonst alle Vorbereitungen getroffen hatte?«

»Wirklich, sehr schade«, stimmte ihr Begleiter zu, ein Dandy mittleren Alters, der hohe Stiefel wie ein Kavallerieoffizier an den Beinen trug. Abgesehen von seinen Stiefeln war sonst nichts Militärisches an ihm. Er trug das ungepuderte Haar ordentlich im Nacken zusammengefaßt, doch die Frontpartie hing in losen, dunkelgoldenen Schmachtlocken herab. Seine Kleidung war stark mit Spitzen besetzt, gerüscht und bebändert; und er trug einen winzigen, schwarzen Fächer bei sich. Für viele empfindsame Mädchenseelen war er der Inbegriff der Liebe.

Darüber hinaus sprach er mit einem ausländischen Akzent sowie einem leichten Stocken, was seinen Worten Gewicht verlieh und den Eindruck erweckte, daß alle seine Worte, gleich wie trivial oder gewöhnlich sie waren, das Ergebnis tiefen Nachdenkens darstellten. »Aber wir mögen uns mit dem Gedanken trösten ... daß bei irgendeinem ihm zu Ehren stattfindenden zukünftigen Ereignis der Herzog keine Sorge mehr um seine Landgüter tragen muß ... und bestimmt anwesend sein wird.«

»Wie wahr!« erwiderte die Dame und nahm ein Kristallglas mit rotem Wein von einem der Diener entgegen. »Es ist unwahrscheinlich, daß ein Mann in so ehrwürdigen Jahren uns ein zweites Mal enttäuschen wird.

Aber sagt mir doch, mein lieber Jarl: Was haltet Ihr von meiner Tochter Elsie?« fragte sie, wobei sie in Richtung eines kleinen Eibenwäldchens nickte, wo zwei junge Frauen – eine davon schmächtig, bleich und goldhaarig, die andere ein kräftiges Mädchen mit schimmernden, dunkelbraunen Locken – Arm in Arm spazierengingen.

»Eure Tochter ist superb«, erwiderte Jarl Skogsrå warm. »Und dennoch ist da etwas … ich weiß nicht, wie ich es ausdrücken soll … eine bestimmte Zerbrechlichkeit vielleicht, die, während sie auch bezaubert …«

»Meine Elsie ist nie bei bester Gesundheit gewesen. Sie leidet schrecklich an einer Anzahl rätselhafter Beschwerden.« Die Dame sprach selbstgefällig, wie im Glauben, daß sie durch den Besitz einer kränklichen Tochter Ansehen gewinnen könne. »Jedoch werden wir bald eine Besserung ihres Zustands erleben. Die teure Herzogin hat einen neuen Mann und eine neue Behandlungsmethode empfohlen, und ich bin mir gewiß, daß dies der armen Elsie guttun wird.«

Der Jarl murmelte ein paar Worte, die sein Mitgefühl ausdrückten, und die stolze Mutter, offensichtlich zufrieden mit diesem Gedankenaustausch, nippte an ihrem Wein und wandte ihre Aufmerksamkeit den Delikatessen zu, die ihr von einem Diener in Schwarz und Silber dargeboten wurden: Wachteleier, gekochte Schlangen, Käsetörtchen, eingelegter Meerfenchel sowie andere Köstlichkeiten, die allesamt geschmackvoll auf einem Bett aus Gänseblümchenblättern arrangiert worden waren.

»Aber ich bin neugierig, wer diese andere junge Frau ist, die ich stets in Miß Vorders Gesellschaft sehe«, meinte der Jarl. »Ihre Kusine, glaube ich?«

Die Dame wählte eine Taubenpastete. »Nur eine entfernte Verwandte. Die verwaiste Tochter eines liederlichen Menschen; mein Gatte bestand darauf, sie als Gefährtin für Elsie in unseren Haushalt zu holen. Ein eigensinniges, dickköpfiges Mädchen, aber meine Tochter ist ihr so leidenschaftlich zugetan, daß es grausam wäre, die beiden zu trennen.« Mistreß Vorder wählte eine andere Pastete und schluckte sie auf einen Sitz hinunter. »Um ihr Gerechtigkeit widerfahren zu lassen: Sie kümmert sich sehr um Elsie, und schließlich und endlich ist sie angemessener als irgendein verdrehtes, Gin trinkendes Kindermädchen, und ganz nebenbei ist sie auch absolut vorzeigbar.«

Der Jarl stieß einen Seufzer aus tiefster Seele aus; er nahm ihre Hand (die nach den Fleischpasteten ein wenig schmierig war) und küßte sie. »Und dies – daß Ihr einen Eindringling in Euer Heim hinnehmt – ist bestimmt nur eines von vielen Opfern, die Ihr um des Wohlergehens Eures kostbaren, kränkelnden Kindes auf Euch genommen habt.«

Eine feine Röte überzog das Gesicht der Lady. Sie fühlte sich geschmeichelt von seinem mitleidigen Respekt. »Ich weiß gar nicht, wo ich mit der Aufzählung anfangen soll. Ihr wißt nur wenig davon, was ich alles um Elsies willen erlitten habe. Ich glaube, wir haben jedem Arzt, Apotheker, Naturheilkundler und Chirurgen in Thornburg einen Besuch abgestattet, und die Foltern, die sie meinem armen Kind auferlegten, waren wahrlich herzzerreißend ... die Aderlasse ... die bitteren Arzneien ... die entsetzlichen Diäten. Ich schwöre Ihnen, ich bin eine Frau, die viel durchgemacht hat.«

Auf der anderen Seite des Friedhofs, im Schatten der Bäume, ließ das Objekt von Mistreß Vorders mütterlicher Sorge den Arm ihrer Gefährtin los und setzte sich, einen erschöpften kleinen Seufzer von sich gebend, in das hohe Gras.

Das dunkelhaarige Mädchen ließ sich neben ihr nieder. »Soll ich einen Diener nach deinem Pulver schikken?«

Elsie schüttelte den Kopf. »Bitte, Sera, nein. Ich bin nicht krank, nur ein wenig müde und außer Atem. Bleiben wir doch eine Weile hier sitzen, bis ich mich stärker fühle.« Sie gestattete, daß Sera ihr den Hut abnahm, ein kunstvolles, mit schwarzen Samtrosen verziertes Ding mit viel getüpfeltem schwarzen Tüll. Sie legte ihn ins Gras.

»Ich dachte gerade …«, fügte Elsie träumerisch hinzu, während sie sich die schwarzen Netzhandschuhe abstreifte und in ihren Schoß fallen ließ, »daß ich, wenn ich sterbe, gern auf so einem alten Friedhof begraben werden möchte. Er ist so friedlich, meinst du nicht auch? Und die Statuen auf dem neuen Friedhof sind so … so gewaltig und häßlich, sie machen mir ein wenig Angst.«

Wenn ihre Kusine so sprach, fiel es Sera schwer, darauf etwas zu erwidern. Das Sprechen fiel ihr schwer, weil sich ihr die Brust so zusammenschnürte. Dennoch zwang sie sich zu einer barschen Antwort. Sie schimpfte, als wäre sie lediglich verärgert und nicht krank vor Anspannung. »Diese morbiden Phantastereien gefallen mir ganz und gar nicht, und ich wünschte, du würdest diese ›Totenbett-Erklärungen‹ sein lassen. Du bist zwei Jahre jünger als ich und wirst vermutlich *mich* begraben.«

Elsie gab ein süßes, zerbrechliches Lächeln von sich. »*Dein* Tod ist etwas, worüber *ich* nicht einmal nachzudenken wage. Du bist so stark und standhaft, meine liebe Sera, daß ich fast glaube, du wirst ewig leben.«

Das Gesicht des anderen Mädchens wurde weicher. »Dann lerne, so stark und eigensinnig wie ich zu sein, mein Liebes, und verbringe die Ewigkeit mit mir. Wie könnte ich die Aussicht auf eine andere Gesellschaft als die deine ertragen?«

Sera entknotete die schwarzen Bänder unter ihrem Kinn und setzte ihren eigenen einfachen flachen Strohhut ab, den sie gleich darauf dazu benutzte, sich und Elsie Wind zuzufächeln. Als Elsies natürliche feine Färbung zurückkehrte, verspürte Sera eine erfrischende Woge der Erleichterung. Ich bin diejenige, die allmählich morbide wird, haderte sie mit sich. Elsie muß nur seufzen, bleich werden oder sagen, daß sie sich schwach fühlt, und ich bin augenblicklich davon überzeugt, daß der schreckliche Moment gekommen ist... daß es ihren Ärzten endlich gelungen ist, sie zu töten. Aber solche Gedanken darf ich mir nicht gestatten... darf mir nicht gestatten, bei ihnen zu verweilen... oder ich werde sonst so dumm und schlecht, daß sich nicht sagen läßt, was ich womöglich tue.

»Mir ist diese Gesellschaft hier ganz gewiß gleichgültig«, sagte sie laut. »Oder der Anlaß – so genau dazu geschaffen, krankhafte Phantastereien zu ermutigen. Ich kann mir nicht vorstellen, weshalb Kusine Clothilde auf deiner Teilnahme bestand.« Sie befingerte den Saum ihres schwarzen Bombasinkleids. »Und diese lächerliche Trauerkleidung, die an einem Tag wie diesem so warm und unbequem ist – warum sollten wir Trauerkleidung für Herzog Xebo tragen, der weder mit uns verwandt noch, was der Sache näherkommt, tot ist?«

»Mama bestand auf meiner Teilnahme, weil sie wußte, daß Jarl Skogsrå hier wäre«, entgegnete Elsie. »Ich glaube, sie verkuppelt mal wieder. Du runzelst die Stirn, und das kann ich dir kaum verdenken. Er ist mir gegenüber sehr charmant, und ich gestehe, daß ich ihn mag, aber nicht, als ich sah, wie grob er zu dir war – er bat Mama nicht einmal, vorgestellt zu werden, als wir alle zusammen in der Kutsche zur Herzogin fuhren!«

Sera vollführte eine unbestimmte Geste, mit der sie die Unhöflichkeit des Jarls abtat. »Seine Grobheit tut mir nichts; ich bin an solche Kränkungen gewöhnt. Ich beachte sie nicht, und du solltest das auch tun. Im allgemeinen«, fügte sie nachdenklich hinzu, »ist mir, glaube ich, ein Mann, der ehrlich in seiner Grausamkeit ist, lieber. Die gefallen mir besser als die schleimige Sorte, die so entsetzlich vertraulich tut und glaubt, daß ich mich von diesen Aufmerksamkeiten geschmeichelt fühle, nur weil ich arm bin.«

Während sie sprach, fing Sera zufällig den Blick eines jungen Mannes mit bleichem Gesicht und einer üppigen Perücke auf, ein gewisser Mr. Hakluyt, der bei einer vorherigen Begegnung Sera eine vulgäre Frechheit ins Ohr geflüstert hatte und anschließend davongeschlichen war, ehe sie ihm Paroli bieten konnte. Er beobachtete sie jetzt mit einem abschätzenden Blick. Sera bedachte ihn ihrerseits mit einem durchdringenden Blick und hoffte, dadurch seine Ambitionen zunichte zu machen.

Die unschuldige Elsie bekam von diesem kleinen Austausch nichts mit. Offensichtlich war sie stark zu Skogsrå hingezogen, aber ihre Treue zu Sera war noch stärker. »Im allgemeinen, sagst du ... doch es ist leicht zu erkennen, daß du eine starke Abneigung gegenüber dem Jarl entwickelt hast. Nun, ich werde ihn gleichfalls nicht mögen – obgleich er so gut aussieht und mit einem so entzückenden Akzent spricht –, denn du durchschaust die Leute besser als ich, und deine Beurteilung eines Charakters ist besser als meine.«

Sera verspürte ein scharfes, jähes Gefühl des Bedauerns. Sie hatte die Angewohnheit, manchmal aufgrund eines heftigen Wortes oder einer Geste starke Vorurteile zu entwickeln, eine Angewohnheit, die sie mißbilligte, jedoch nicht überwinden konnte. »Nein, nein, das darfst du nicht sagen«, protestierte sie. »Ich weiß doch eigentlich gar nichts, was gegen den Mann spricht. Jede Abneigung, die ich Jarl Skogsrå gegenüber verspüre, ist rein persönlich und ... ziemlich rätselhaft, denn ich habe nichts gesehen und gehört, was mich an seinen Absichten oder seinem Charakter zweifeln ließe.

Vielleicht bin ich nur eifersüchtig, weil du so augenblicklich und stark zu ihm hingezogen wurdest«, fügte Sera leise hinzu, wobei sie stolz lächelnd die durcheinandergeratenen goldenen Locken ihrer Kusine mit sanfter Hand glättete. Eifersucht… ja… und vielleicht ein wenig Neid. Wie kann ich so gehässig sein?

»Ich bin so selbstsüchtig«, sagte sie zu Elsie, »daß ich allmählich gegen jeden Mann etwas habe, der ein ernsthafter Rivale um deine Zuneigung ist – aber du darfst deswegen nichts gegen den Jarl haben, das darfst du nicht, wirklich.«

Elsie nahm ihre Hand und drückte sie zärtlich. »Vielleicht gestatte ich mir, ihn ein *wenig* zu mögen, aber das ist alles. Ich könnte keinen Mann lieben, der meine Sera nicht so sehr schätzt, wie ich es tue.«

Der Nachmittag wurde wärmer. Als sie da in dem hohen, süßlich riechenden Gras saßen, wurden die beiden Mädchen allmählich schläfrig. Sera fächelte sich weiterhin ein wenig Luft zu. Elsie unterdrückte ein Gähnen und dachte sich einen anderen Gesprächsgegenstand aus.

Mistreß Vorder hockte noch immer auf einem Marmorstein, tief in eine Unterhaltung mit dem Jarl verstrickt. Die übrigen Mitglieder der Gesellschaft waren zu zweit oder in kleinen Gruppen über den Friedhof verstreut, saßen auf dem Boden oder stolzierten wie eine Schar Krähen, die sich von den zerbröselnden Mausoleen und traurigen Statuen nähren wollen, zwischen den Grabsteinen einher: Herzogin Xebo… Lord Vizbeck und dessen alternde Mutter… zwei Barone und ihre Baronessen… der bleiche Mr. Hakluyt mit seinem ewig umherschweifenden Blick… die Herzogin von Zar-Wildungen… Repräsentanten einer Anzahl wohlhabender Familien ohne Titel…

»Wie merkwürdig«, meinte Elsie mit einem schelmischen Seitenblick auf ihre Gefährtin. »Ich habe dafür gesorgt, daß er hier ist… es ist doch genau so eine Gelegenheit, die einem Gentleman mit… mit poetischer Ader zusagen würde, meinst du nicht?«

»Das weiß ich wirklich nicht«, erwiderte Sera. Sie spürte, wie ihr jäh die Hitze ins Gesicht stieg und wie es sich unbehaglich in der Gegend ihres Herzens zu regen begann. »Das heißt... ich nehme an, du denkst an Lord Skelbrooke. Aber er ist ein solches Phantom. Stets erscheint und verschwindet er, wenn man es am wenigstens erwartet. Es ist praktisch unmöglich, im voraus zu entscheiden, wo und wann man ihm begegnen wird.«

Als der Abend heranrückte, packten die Diener die Körbe zusammen, und eine lange Prozession schwarz behängter Kutschen und Sänften versammelte sich draußen vor den Friedhofstoren.

»Und es ist also abgemacht«, meinte Jarl Skogsrå, während er Mistreß Vorder zu der Kutsche geleitete, die man zuvor von Herzog Xebos Stadthaus hergebracht hatte. »Ich werde Euch und Eurer so bezaubernden Tochter morgen früh einen Besuch abstatten.«

»In der Tat, ich verlasse mich auf Euch.« Mistreß Vorder stützte sich schwer auf seinen Arm, denn sie hatte mehr gegessen und getrunken, als ihr guttat, und die Kombination von Sonne und Wein hatte dafür gesorgt, daß ihr der Kopf unangenehm brummte. »Ich bin entzückt, daß Ihr eine Vorliebe für meine Elsie entwickelt habt, Sir, denn ich glaube, Ihr seid einfach genau jene Art von Mann, der sie glücklich machen kann.

Aber es ist nicht nur allein meine Ansicht – oder die Ansicht ihres Vaters –, daß Elsie gefragt werden muß, ob sie Euch erwählt oder zurückweist«, fügte sie hinzu, als der Jarl ihr in die Kutsche hinaufhalf. »Ihr müßt Euch Mühe geben, auch anderswo zu gefallen. Ich hoffe, dazu seid Ihr nicht zu stolz?«

Der Jarl gab ein seltsames, katzenhaftes Lächeln von sich. »Ich verstehe Euch. Es liegt an mir, auch Miß Seras Gunst zu gewinnen... um ihre Freundschaft ebenso glühend zu werben, wie ich der schönen Elsie den Hof mache. Es liegt nicht außerhalb meiner Macht, sie zu gewinnen, Madame, dessen versichere ich Euch. In der Vergangenheit hatte ich einige … Bekanntschaften mit jungen Frauen ihrer Art – arm, jedoch stolz, dennoch nicht immun gegenüber den Überzeugungskünsten, die ich auszuüben verstehe.«

Mistreß Vorder kicherte obszön. »Benutzt jede Schmeichelei, die Euch gefällt, um die junge Sera für Euch einzunehmen. Doch was die *anderen* jungen Frauen betrifft … Ihr werdet sie aufgeben müssen, wißt Ihr, wenn ihr meine Elsie heiratet. Ich werde nicht zulassen, daß ihr das Herz bricht.«

»Ich bin ein leidenschaftlicher Mann, ein zielstrebiger Mann«, sagte der Jarl, wobei er eine Hand aufs Herz legte, die Hacken seiner hohen Militärstiefel knallend zusammenschlug und sich so tief verneigte, daß die lose herabhängenden goldenen Locken sein Gesicht verbargen. »Und ich nehme von Euch mit der Versicherung Abschied, daß die Frau, die ich heiraten werde, keinen Grund zur Klage über irgendeine Vernachlässigung haben wird!«

4. Kapitel

In welchem Jedidiah in ehrbare Gesellschaft gerät

Eines frühen Morgens, als die Schatten noch lang waren und die Straßenlaternen an jeder Ecke schwach leuchteten, verließ Jedidiah frischen Schritts seine heruntergekommene Behausung am Flußufer. Es war jene seltsame Stunde zwischen Nacht und Tag, wenn die Stadt Thornburg einen gänzlich neuen Charakter annahm; wenn die Prostituierten, Straßenräuber und Meuchelmörder, die nachts frei umherstreiften, in ihren Unterschlupf in den Seitenstraßen oder in ihre schlecht erleuchteten Höhlen zurückkehrten; wenn die Geschäftsinhaber die Rollos an den Fensterläden hochzogen und Bäcker, Fleischer und Gemüsehändler ihre klappernden Lieferwagen durch die schmalen Straßen der Stadt lenkten. Es war jene Stunde, wenn die Treibgutsammler ihre kleinen Boote festmachten und zielstrebig zur nächsten Taverne schritten, um eine Mahlzeit aus Erbsenbrei, Hering und Ale zu sich zu nehmen.

Während der letzten acht Wochen hatten sich Jeds Gewohnheiten drastisch verändert. Ohne jegliche Erklärung hatte Onkel Caleb dem Fluß den Rücken gekehrt und war bei Gottfried Jenk zur Arbeit gegangen. »Such dir einen anderen Partner oder eine andere Arbeit – hast du das nicht sowieso schon immer gewollt?« hatte der alte Mann gefragt. »Du hast nie viel auf den Fluß gegeben, und das ist eine Tatsache. Du wirst dankbar sein, daß ich dich schließlich freigegeben habe und du tun kannst, was dir beliebt.«

»Alles schön und gut«, hatte Jed erwidert, nur war da eine Kleinigkeit: Er kannte nur das Geschäft, wozu er einst geboren worden war – vorausgesetzt, man konnte es überhaupt ein Geschäft nennen –, und er war mit siebzehn zu alt, um sich als Lehrling anzubieten und etwas Neues zu lernen.

Sechs Wochen später suchte Jed noch immer nach Arbeit. Da es immer schwieriger wurde, von dem Gehalt zu leben, das der alte Mann in der Buchhandlung verdiente, ernährten sich Jed und Caleb schon seit langem nur noch von einer Diät aus Haferschleim und Schiffszwieback. An diesem Morgen ging Jed zur Antimonygasse, in der sich eine Kolonie Zwerge niedergelassen und etliche Geschäfte eröffnet hatte – Glasbläser, Töpfer und Lieferanten feinen Porzellans. Er hatte gehört, daß ein gewisser Meister Ule, ein wohlhabender Zwerg, der eine Flaschenfabrik eröffnet hatte, einen Burschen zum Saubermachen und für Botengänge brauche – niedrige Arbeit, die besser zu einem viel jüngeren Burschen paßte, aber inzwischen war Jedidiah gewillt, jede Arbeit anzunehmen, die es ihm ermöglichen würde, seine Miete zu bezahlen und ein wenig Pökelfleisch zu seinem morgendlichen Zwieback zu kaufen – jede Arbeit, die keine Rückkehr zu seiner ehemaligen Beschäftigung und seiner alten, unrühmlichen Lebensweise mit sich brächte.

Das Thornburg, das Jed am besten kannte, war zweifelsohne eine Flußstadt: eine Stadt der Docks und Brükken, Schiffe und Seeleute; der krummen Straßen mit Namen, die nach Wasser klangen wie Nasse Straße, Tidenstraße und Fischergasse. Aber um die Antimonygasse zu Fuß zu erreichen, verließ Jed dieses Thornburg und wagte sich in den ›ehrbaren‹ Teil der Stadt, wo strohgedeckte Dächer, Schindeln und Steinkamine kupfernen Schornsteinkappen wichen, und wo die Architektur an antiken Säulen, dekorativen Steinmetzarbeiten und schmiedeeisernen Toren neigte.

Jed folgte der Tidenstraße etwa eine Meile, bis sie in die Kirchstraße überging, und stieg den Domberg hinan. Selbst zu dieser frühen Stunde herrschte viel Verkehr. Jed spürte, wie ihm etwas gegen die Knie stieß, warf einen Blick hinab und sah einen aufgeblasenen Gnom mit einem hohen, schwarzen Hut und einer riesigen Silberschnalle zu sich hinauffunkeln.

»Entschuldigt bitte«, sagte Jed und trat zur Seite – Gnome waren schrecklich um ihre Würde besorgt, wie Jed sehr wohl wußte, und fühlten sich schnell ernsthaft beleidigt, wenn größere Leute mit ihnen zusammenstießen. Aber als er dies tat, geriet er direkt einer stämmigen Witwe in den Weg, die ihren Ziegenkarren gerade rechtzeitig zum Stehen brachte, daß sie ihn nicht umstieß.

Jed entschloß sich, der Menge zu entfliehen, indem er sich in die Mausfußgasse begab, doch er hatte sich bald in einem verwirrenden Labyrinth aus schmalen Straßen, winzigen Plätzen und Höfen verlaufen, wo die Gebäude allesamt aus Stein und Ziegel bestanden – und woran er erkannte, daß er sich im Zwergenviertel befand, obgleich er jeden Orientierungssinn verloren hatte: Kein angesehener Zwerg dachte daran, innerhalb hölzerner Mauern zu leben. Jed war mit sich uneins, ob er einen Passanten anhalten und nach der Richtung fragen sollte, oder ob er ein Porzellangeschäft betreten und sich dort erkundigen sollte. Da rief plötzlich eine vertraute Stimme seinen Namen.

Jed warf einen Blick über seine Schulter zurück und sah auf der anderen Seite des Platzes eine offene Kutsche, die vor einem Goldschmiedegeschäft geparkt war. Der Kutscher war nirgendwo zu sehen, nur ein Page mit gepuderter Perücke und scharlachroter Livrée, der die Pferde an ihren Köpfen hielt; Jed kannte den Jungen nicht, aber er kannte die Insassen. Einer davon, ein dunkelhaariges Mädchen etwa seines Alters in einem

Kleid aus dunkelgrünem Popelin mit einem ländlichen Strohhut, der mit blaßgelben Bändern befestigt war, nickte ihm zu und winkte ihn gebieterisch herbei.

Jed stieß einen Seufzer aus, steckte die Hände in die Taschen seiner alten Friesjacke und ging schleppenden Schritts mit der vagen Hoffnung über den Platz, daß irgend etwas auftauchen würde, was die Aufmerksamkeit der jungen Dame für sich in Anspruch nehmen und von ihm ablenken würde, ehe er die Kutsche erreichte.

Die Hoffnung war vergebens, wie Jedidiah sich vielleicht hätte denken können. Sera Vorders Finger tanzten energisch und ungeduldig auf dem Rand der Kutsche, als Jed schließlich ankam.

»Schöner Morgen für eine Fahrt«, sagte er und zog dümmlich den Kopf ein. Bemüht mied er Elsies Blick, die in ihrem Kleid aus weißem Mousselin hübscher und zerbrechlicher denn je aussah und einen großen Hut aufhatte. »Ihr Damen habt Euren Kutscher verloren? Soll ich mich ein wenig umsehen, ob ich ihn finde?«

Zu seiner Erleichterung verschwand Seras Stirnrunzeln, und sie brach in Gelächter aus. »Red keinen Unsinn, Jed – und deine Verbeugungen und Kratzfüße kannst du dir auch sparen! Unser ›Kutscher‹ ist Jarl Skogsrå, und er ist mit Kusine Clothilde in dem Geschäft. Sie werden jeden Augenblick zurückkommen, also mach keine Schwierigkeiten – reich mir einfach nur die Hand, denn ich habe etwas Bestimmtes mit dir zu besprechen und möchte dabei nicht gestört werden.«

Jed stieß einen weiteren Seufzer aus. Sera hatte so eine entschiedene Art, um etwas zu bitten, daß es schwierig war, sich ihr zu widersetzen. Er öffnete die Tür der Kutsche und half ihr beim Aussteigen. Er konnte einem kurzen Seitenblick auf ihre Gefährtin nicht widerstehen. Als er Elsies Blick auffing, errötete er bis unter die Haarwurzeln.

»Ihr wißt hoffentlich, daß nicht ich sie dazu veranlaßt habe, Miß Elsie.«

Elsie lächelte ihn an. Für Jed war sie mit ihrer hellen, fast durchscheinenden Haut und ihren weichen goldenen Locken das hübscheste Mädchen in Thornburg, doch war an ihrer Schönheit stets etwas Zerbrechliches. Eine Art entzückender Erwartung lag in ihrem Lächeln, angesichts dessen Jed einen Kloß in der Kehle hatte.

»Ich weiß, daß du das nicht tust, Jed«, sagte Elsie. »Aber wann mußte Sera dazu ermutigt werden, alten Freunden beizustehen?«

Sera nahm seinen Arm und schüttelte ihn ungeduldig. »Komm mit, Jed, ehe Kusine Clothilde zurückkehrt. Mir ist nicht nach einer weiteren Predigt über die Unangemessenheit, in niederer Gesellschaft gesehen zu werden – weder von ihr *noch* von dir. Das hab ich mir schon viel zu oft anhören müssen.«

Noch während sie sprach, öffnete sich die Tür zum Geschäft, und Mistreß Vorder trat auf die Straße hinaus, begleitet von einem humpelnden, ausländisch aussehenden Dandy in hohen Stiefeln. Aus dem grimmigen Ausdruck auf Clothilde Vorders Gesicht, als sie sich der Kutsche näherte, wurde deutlich, daß Sera eine Strafpredigt bevorstünde und daß Jed mehr als seinen Anteil davon abbekäme. Da er einen Skandal vermeiden wollte (und damit rechnete, daß Mistreß Vorder mit ihrer grotesken Lockenperücke und ihrem übergroßen Reifrock zu plump für eine erfolgreiche Verfolgungsjagd wäre), machte er auf dem Absatz kehrt und lief los, wobei er Sera mit sich zog: Sie bogen um eine Ecke, liefen eine lange Gasse hinab und kamen auf einem anderen offenen Platz an.

Als er sich in Sicherheit glaubte, ließ er ihren Arm los. Er zog seine Mütze und benutzte seinen Ärmel, um sich die Stirn abzuwischen. »Ich bin nich daran gewöhnt, in der Tageshitze herumzurennen«, meinte er, während er sich an eine kühle Ziegelmauer lehnte.

»Wirklich, Jedidiah.« Sera richtete ihren Strohhut, glättete ihr Kleid und zog ihren geblümten Seidenschal wieder zurecht. »Kusine Clothilde wird jetzt das Schlimmste annehmen. Und was ist mit Jarl Skogsrå? Sie werden zumindest annehmen, daß ich durchgebrannt bin. Hoffentlich bist du darauf vorbereitet, dich anständig zu verhalten und eine ehrbare Frau aus mir zu machen.«

Jedidiah funkelte sie an. »Wenn ich tatsächlich heirate, wird es kein scharfzüngiges Weibsstück wie du sein, das verspreche ich dir. Es wird eine sein, die lieb und sanft ist, jemand wie ...«

Jetzt lachte ihn Sera erneut aus, was ihr Gesicht mit den dunklen Brauen so unwiderstehlich veränderte, daß Jed einfach mitlachen mußte. Und über ihre Schulter hinweg erspähte er ein schrägstehendes Straßenschild, dessen verwitterte Aufschrift besagte: *Cairngorm Platz/Antimonygasse.* Wenn ihn Sera einerseits in die Irre geführt hatte, so hatte sie ihn andererseits wenigstens auf die richtige Fährte gebracht.

»Wie dem auch sei«, erwiderte er, setzte seine Mütze wieder auf und richtete sie zurecht, indem er kurz daran zog. »Deine Kusine Clothilde wird nichts dergleichen vermuten, auch nicht dieser Jarl Irgendwie, möchte ich wetten. Aber wenn du mir nicht sagst, was das alles soll, könnte *ich* etwas in dieser Richtung vermuten.«

Seras Lächeln schwand dahin. Sie war ein attraktives Mädchen mit rosig-weißer Haut und einem Kopf voller dicker, dunkler Locken, wie eine Gyptianerin, und Jed dachte, daß sie vielleicht noch hübscher sein könnte, wenn sie nicht stets die Brauen zusammenziehen und einen unzufriedenen Ausdruck an den Tag legen würde, als könne sie niemals ganz vergessen, was sie durch die Torheit ihres Großvaters und die Schlechtigkeit ihres Vaters alles verloren hatte.

»Vergangene Woche habe ich in der Buchhandlung vorbeigeschaut, und ich hörte – ich hörte, daß Caleb Braun seiner alten Beschäftigung den Rücken gekehrt hat und seine Tage im Geschäft damit verbringt, für meinen Großvater aufzuräumen und Botengänge zu erledigen. Was Großvater angeht… er tut so geheimnisvoll, daß ich mich einfach fragen muß, ob sich die beiden zu etwas Schlimmem … oder gar Gefährlichem zusammengetan haben. Weißt du, was das alles zu bedeuten hat?«

Jed trat von einem Fuß auf den anderen, räusperte sich, zupfte an seiner Mütze herum und überlegte verzweifelt, wie er heil aus der Sache herauskäme. Nicht zum erstenmal verfluchte er sein Versprechen, das er Onkel Caleb gegeben hatte. *»Alles um der jungen Damen willen, damit sie sich nicht umsonst Sorgen machen«*, hatte der alte Mann gesagt, ihn zum Schweigen verpflichtet und ihm ein besonderes Versprechen entlockt, den Sarg oder die Bücher Sera gegenüber nicht zu erwähnen. Ohne sorgfältig über die Sache nachzudenken, hatte Jed zugestimmt (denn das war, ehe sein Großonkel die Entscheidung, dem Fluß den Rücken zu kehren, verkündet hatte).

»Frag Walther Burgen oder Matthias Vogel – ich habe Grund zu der Annahme, daß sie vielleicht was darüber wissen«, hielt Jed sie hin.

Sera betrachtete ihn mit offenem Unglauben. »Ich … Walther Burgen oder Matthias Vogel fragen? Was für eine Idee!«

Jed stieß einen tiefen Seufzer aus und verdrehte die Augen zum Himmel; er hatte eigentlich keine andere Antwort erwartet. »Du weißt, was am besten für dich ist – oder wenigstens sagst du das immer. Ich erzähle dir, was ich dir erzählen *kann*«, meinte er, wobei er sich die schwitzenden Hände an seiner Jacke abwischte und eine andere Taktik probierte. »Ich werde Onkel Caleb scharf im Auge behalten – und auch deinen Großvater. Sehe oder höre ich etwas anderes als das, was ich bereits … das heißt … sehe oder höre ich etwas, von dem ich annehme, daß du es *wissen* solltest, gebe ich dir Bescheid.«

Sera biß sich auf die Lippe und trat fest mit ihrem Fuß auf das Kopfsteinpflaster, woraus Jed schloß, daß sie ihn in Verdacht hatte, Informationen zurückzuhalten. Sie sah wie eine junge Frau aus, die ihm deutlich und unverblümt die Meinung sagen wollte. Jed bereitete sich darauf vor, dem Sturm zu trotzen.

Aber eine unerwartete Ablenkung rettete ihn: eine kleine, vergoldete Kutsche, die so klein war, daß sie wohl eigentlich für ein Kind gedacht war. Friedlich, ja sogar würdevoll kam sie die Straße herab. Sechs fette, mit Bändern geschmückte Schafe zogen sie. Darin saß eine zierliche blonde Frau von ebenso auserlesener Gestalt wie eine Fee, die ein Kleid aus perlgrauem Satin und flatternder Spitze trug. Ihr Kutscher war ein rundlicher Gnom, nicht größer als drei Fuß, mit außergewöhnlich großen Krallenfüßen und einem hübschen Paar geschwungener Hörner. Angekettet an den Sitz neben ihm hockte ein winziger, traurig dreinschauender Indigoaffe mit edelsteinbesetztem Halsband. Beim Vorüberfahren nickte die Dame in der Kutsche Sera zu und hob ihre winzige Hand zum Gruß.

»Besser als ein Zirkus«, meinte Jed, der sie anerkennend anstarrte.

»Sei nicht frech«, sagte Sera. »Das ist die Herzogin von Zar-Wildungen, bitte, und eine ganz besondere Freundin von Kusine Clothilde. Ihr Geschmack ist ein wenig ausgefallen, das sage ich dir, aber sie ist für ihren Witz und ihre Klugheit ebenso bekannt wie für ihre besondere Geziertheit, und sie hat sich beträchtliches

Ansehen erworben als Gönnerin vieler bekannter Ärzte und Philosophen, damit du es nur weißt!

Was mich daran erinnert«, fügte Sera seufzend hinzu, »daß ich wirklich zu unserer armen Elsie zurück sollte. Sie wird heute nachmittag Dr. Mirabolo besuchen – den gegenwärtigen Günstling der Herzogin –, und ich bin entschlossen, ihr bei dieser Zerreißprobe beizustehen.«

Jed zog scharf die Luft ein. »Ist Miß Elsie wieder krank geworden?«

»Oh, Jed, ihr geht es praktisch nie gut.« Sera hatte plötzlich einen tragischen Gesichtsausdruck, und sie vollführte eine kleine, zuckende Bewegung mit der Hand, die den Schal umklammerte. »Und ihrer Symptome sind so viele, und sie sind – sie sind so unterschiedlich, daß man fast glauben könnte, sie würde simulieren, obgleich ich davon überzeugt bin, daß sie es *nicht* tut, und mit jedem neuen Arzt, der sie untersucht, entwickelt die arme Elsie eine neue Beschwerde.«

Jed steckte die Hände wieder in seine Taschen und stieß einen groben, jedoch ausdrucksstarken Kehllaut aus. »Jeder neue Quacksalber, so klingt es für mich.«

Sera nickte traurig. »Ja, ich fürchte, du hast recht. Und ich habe versucht, Kusine Clothilde zu überzeugen – du weißt jedoch, wie starrsinnig sie sein kann! Sie sagt … nun, sie sagt eine Menge grausamer und herablassender Dinge über meine Geburt und meine Zukunftsaussichten, die mit dem Thema nun überhaupt nichts zu tun haben. Ich habe sie noch nicht überzeugt, Jedidiah, aber ich versichere dir, daß ich es so lange weiter versuchen will, bis ich damit Erfolg habe.«

Jed nahm die Hände aus den Taschen, verschränkte die Arme und verzog das Gesicht zu einem entsetzlich finsteren Ausdruck. »Wie mir scheint, macht sich deine Kusine Clothilde ein beträchtliches Vergnügen daraus, Miß Elsie zu Quacksalbern zu schicken. Es muß in

Thornburg doch einige Ärzte geben, die ihr Handwerk verstehen!«

»Das glaube ich auch, aber Kusine Clothilde will nichts mit ihnen zu tun haben«, gab Sera zu. »Sie gibt offenbar nur etwas auf ... auf Modetorheiten und Wunder. Und die Herzogin von Zar-Wildungen ermutigt sie darin.

Ich kann nur annehmen, daß es die Herzogin gut meint – so lieb und großzügig, wie sie ist«, fügte Sera mit einem weiteren Seufzer hinzu. »Aber aus dem, was ich über ihn gehört habe, muß ich einfach schließen, daß dieser neue Arzt – dieser Dr. Mirabolo – noch unermeßlich viel schlimmer ist als alle übrigen.«

5. Kapitel

In welchem Elsie Vorder an Leib und Seele leidet

Dr. Mirabolo war ein Modearzt, der sich dadurch einen Ruf erworben hatte, daß er die modischen Leiden modischer Damen behandelte. Er steckte sie in Bottiche mit Salzwasser, legte ihnen Blutegel an die Fußsohlen und setzte sie den ›heilenden Einflüssen‹ großer Brocken magnetisierten Eisens aus. Für eine solche Behandlung war es notwendig, den Doktor in seiner Praxis in einem schmalen Gebäude der Giftgasse zu konsultieren, eine Institution, die er bescheiden den ›Tempel der Heilkünste‹ nannte. Der ›Tempel‹ bestand, wie Sera bald herausfand, in Wirklichkeit aus einer Suite in der zweiten Etage des Gebäudes, zwischen einer Musikschule und einer Fechtakademie. Man konnte ihn nur über eine lange, steile Treppenflucht erreichen.

»Wenn Dr. Mirabolo die wirklich Kranken behandeln würde – und nicht eine Ansammlung von Hypochondern und Hysterikern –, hätte er wahrscheinlich, ungeachtet der Kosten, andere Räume gemietet«, flüsterte Sera Elsie ins Ohr, während sie ihr beim Treppensteigen half.

Über die Schulter hinweg warf sie einen Blick auf Elsies Mutter, die ihnen ächzend und keuchend, schwer auf Jarl Skogsrås Arm gestützt folgte. »Wie es aussieht, werden wohl viele seiner Patientinnen beträchtlichen Nutzen aus dieser Übung ziehen.«

Elsie kicherte, ein wenig außer Atem. »Arme Mama. Ich glaube kaum, daß sie eine Ahnung hatte, was ihr bevorstand.«

Als sie das vergoldete Vorzimmer der Arztpraxis erreicht hatten, waren Elsie und ihre Mutter dem Zusammenbruch nahe, und Jarl Skogsrås Humpeln war ausgeprägter denn je zuvor. Nichtsdestoweniger suchte er (mit ausgesuchter, übertriebener Höflichkeit) einen zerbrechlich aussehenden Stuhl für Elsie, auf dem sie sich niederlassen konnte, schickte einen Diener aus, eine stabilere Sitzgelegenheit für Mistreß Vorder zu suchen und zog einen weiteren zerbrechlichen, golden angestrichenen Stuhl herbei, den er Sera anbot.

Sera bemerkte diese unerwartete Aufmerksamkeit seitens des Jarl kaum. Sie war zu sehr damit beschäftigt, Elsie Luft zuzufächeln und ihr ein Fläschchen mit Hirschhornsalz unter die Nase zu halten. Dabei versuchte sie, den Blick eines trübsinnig aussehenden Dieners auf sich zu lenken, der einer bläßlichen Matrone in pflaumenfarbenem Satin sowie ihren drei spindeldürren, blauhaarigen Töchtern Tee in muschelförmigen Porzellantassen reichte.

»Darf ich Euch vielleicht behilflich sein?« fragte eine ruhige Stimme hinter ihr, und Sera wandte sich um. Die Stimme gehörte einem schlanken Kavalier in lilafarbenem Taft mit schäumender weißer Spitze am Hals sowie an den Handgelenken. An beiden Schultern hatte er ineinander verknotete silberne Bänder.

»Lord Skelbrooke«, sagte sie und entdeckte jäh, daß sie ebenso atemlos war wie Elsie.

»Wie geht es Euch, Miß Vorder?« Lord Skelbrooke zog einen taubengrauen Dreispitz, der über und über mit Pfauenfedern und silbernen Borten verziert war, und neigte sich über Seras schlaffe, ausgestreckte Hand.

Francis Skelbrooke schminkte sich nicht wie die anderen Dandys das Gesicht, denn er besaß eine eigene feine, frische Färbung. Er zog es vor, sein Haar perückenlos zu tragen, das vorn makellos gewellt und gepudert und hinten zu losen weißen Locken zurückgebunden war. Aber er trug stets ein winziges schwarzes Schönheitspflästerchen in der Form eines fünfzackigen Sterns oben auf einer Wange und machte großzügig Gebrauch von der Parfümflasche. *Ich verachte weibische Männer,* dachte Sera. Doch sehr zu ihrem Ärger spürte sie, wie sich ihr Puls beschleunigte und die Handflächen feucht wurden.

Kusine Clothilde ersparte ihr eine angemessene Antwort. »Wir sind schon eine Ewigkeit hier«, sagte Mistreß Vorder, »und dieser schreckliche Diener hat uns noch keinen Tee gereicht.«

»Gestattet mir, diesen Fehler zu korrigieren.« Der junge imbrianische Edelmann verneigte sich ein weiteres Mal, steckte den Hut unter den Arm und schlenderte davon, um mit dem Diener zu sprechen. Sera sank auf den Stuhl, den der Jarl ihr noch immer hinhielt, und fächelte sich verzweifelt und vergeblich Luft zu, um sich das Gesicht abzukühlen.

Starker Tee und köstliche weiße Zuckerplätzchen trugen viel dazu bei, Elsies Lebensgeister wieder zu wecken. »Wenn du ein richtiges Frühstück zu dir genommen hättest, wie ich dich bat«, flüsterte Sera über die Teetassen hinweg, »hättest du den Aufstieg leicht bewältigen können, da bin ich mir sicher. Meine Güte… zweifelsohne würde sich mir auch alles im Kopf drehen, und ich hätte ebenfalls Ohnmachtsanfälle, wenn ich den Tag mit einem halben Zwieback und einem Schluck Essig anfinge!«

»Aber wie du weißt, will Mama nicht, daß ich vor Mittag etwas esse«, erwiderte Elsie. »Dr. Gustenhover sagte ihr, daß ein üppiges Frühstück mein Blut überhitzen würde.«

Sera schniefte geringschätzig. »Dein Blut überhitzen, also wirklich! Wenn deine Hände und Füße stets kalt wie Eis sind.« Sie entschloß sich, am folgenden Morgen ein paar Würstchen oder gekochte Eier aus der Küche hinaufzuschmuggeln und Elsie sanft dazu zu überreden, die Sachen zu sich zu nehmen. Was Kusine Clothilde nicht weiß, macht sie nicht heiß.

»Du magst Lord Skelbrooke nicht – warum, kann ich mir nicht vorstellen«, sagte Elsie gerade. »Er gehört nicht zu der Art Männer, wie du sie mir beschrieben hast: Er ist weder grausam und arrogant noch beleidigend vertraulich. Es gibt keinen höflicheren Mann in Thornburg.«

Sera verstand es selbst nicht. Stolze und leichtlebige Männer ließen sie völlig kalt. Sie konnte die Unhöflichkeiten der einen Sorte ebenso kühl übersehen wie sie die Absichten der anderen Sorte zunichte machen konnte. Daher war es ihr ein Rätsel (sowie Ursache großen Ärgers), weshalb Francis Skelbrooke mit seiner leisen Stimme, seinem leichten imbrianischen Akzent, seinen ausdrucksvollen grauen Augen und seinem würdevollen, respektvollen Verhalten sie stets aus dem Gleichgewicht brachte. Was sie jedoch nicht davon abhielt, um Elsies willen eine Ausrede zu erfinden.

»Francis Love Skelbrooke ist ein Poet... und, was noch mehr zählt, er ist ein Visionär. Das eine oder das andere zu sein bedeutet, daß er nicht törichter oder unpraktischer ist als die meisten jungen Männer, aber die *Kombination* ›poetischer Visionär‹ muß jeder vernünftige Mensch einfach unerträglich finden.«

Weit davon entfernt, über die Heftigkeit ihrer Kusine schockiert zu sein, unterdrückte Elsie ein Kichern. »Meine liebe Sera«, sagte sie süß, »ich glaube, ich mag dich wirklich am meisten, wenn du völlig unvernünftig bist.«

Kurze Zeit später erschien Lord Skelbrooke wieder auf der Bildfläche, diesmal als Begleiter der Herzogin von Zar-Wildungen. Sie waren schon ein hübsches Paar in Pastelltönen, die Herzogin und Francis Skelbrooke: Sie in grauem Satin und zarter Spitze, er in Lila und Silber, und alle beide so klein und zierlich. Sera wurde sich voller Unbehagen ihrer zusätzlichen Zentimeter und ihres matronenhaften, flaschengrünen Kleides bewußt.

»Wie Ihr seht, bin ich rechtzeitig angekommen, um Euch zu begleiten«, sagte die Herzogin mit ihrer klaren, kindlichen Stimme, als alle sich zu ihrer Begrüßung von den Plätzen erhoben. »Ich weiß einfach nicht, wie ich den Ruf erworben habe, stets zu spät einzutreffen.« Und sie lächelte so unwiderstehlich, warf ihnen so schelmische, pikante Blicke zu, daß ihr einfach niemand widersprechen konnte, obgleich die Herzogin sie fast eine Stunde lang hatte warten lassen.

Die Herzogin stellte sich auf die Zehenspitzen und küßte Elsie auf die Wange. »Und wie geht es meinem Patenkind heute?«

Es war eine weitere ihrer Affektiertheiten, daß sie Elsie ihr ›Patenkind‹ nannte – obgleich dies, davon war Sera überzeugt, kaum stimmen konnte. Die übliche Zahl der Paten betrug zwölf: Zwölf Taufpatinnen und -paten kamen am Tag ihrer Taufe zur Kirche, zwölf Patinnen und Paten schickten ihr jedes Jahr zum Geburtstag Geschenke. Sera kannte alle zwölf Paten Elsies beim Namen, und die Herzogin von Zar-Wildungen war nicht darunter – noch hatte sie, soweit Sera sich erinnerte, jemals ein Geburtstagsgeschenk geschickt. Dennoch war es anscheinend eine harmlose Vorstellung und verschaffte sowohl der Herzogin als auch Elsie ein beträchtliches Vergnügen.

Die Herzogin hatte sich gerade gesetzt – auf den Stuhl, den Sera verlassen hatte –, da kam ein Diener, der die Gesellschaft in den Innenbereich des Tempels bat.

Die Matrone ging ihnen mit ihren drei hageren Töchtern in das Behandlungszimmer voraus, wo sich bereits weitere modisch aufgeputzte Besucher befanden: die

Männer mit Fledermausperücken, Schmachtlocken und gewaltigen Schwalbenschwänzen, die Damen mit großen, pittoresken Hüten. Dr. Mirabolo versorgte eine exklusive Klientel.

Das innere Heiligtum war in einem reichen, fremdländischen Stil dekoriert: mit eingetopften Palmen in jeder Ecke sowie Messingstatuen von Sphinxen, Greifen und geflügelten Löwen zu beiden Seiten der Tür und zwischen den bodenlangen Fenstern. In der Mitte des Raums stand ein großes, verdecktes Faß von eiförmiger Gestalt, umgeben mit weiteren vergoldeten Stühlen.

Der Doktor war ein kurzer, spinnenartiger, lebendiger kleiner Bursche mit einer dunklen Lockenperücke und einer goldgeränderten Brille, die blaue Gläser hatte. Er begrüßte die Herzogin mit überschwenglicher Ehrerbietung. »Stets ein Vergnügen, gnädige Frau, stets ein Vergnügen und eine Ehre. Ihr habt also dieses kostbare Kind mitgebracht, damit ich es mir ansehe?«

Er nahm Elsies weiche, kühle Hand in die eigene trockene, pergamenthafte Hand und beäugte sie scharf durch die getönten Gläser. »Ja, ja, ich erkenne es, indem ich sie ansehe. Eine Blutinfektion, daran besteht kein Zweifel, und magnetische Behandlungen sind die einzige Heilmethode.«

»Aber magnetische Behandlungen haben wir bereits probiert«, sagte Mistreß Vorder. »Dr. Lully hat sie Elsie verschrieben, zusammen mit einer Diät aus Zwieback und Essig, und unter Dr. Gustenhovers Obhut hat sie so viele Eisenspäne verschluckt, daß es mir ein völliges Rätsel ist, weswegen das arme Kind nicht schwer wie Blei geworden ist.«

»Die Doktoren Lully und Gustenhover sind bewunderungswerte Männer – wirklich, ich schätze beide auf das höchste. Aber sehr hinter ihrer Zeit zurück, Madame, unheimlich veraltet in ihren Techniken«, sagte der Doktor, feierlich den Kopf schüttelnd. »Die Magnetröhre ist der neueste, der absolut neueste medizinische Fortschritt und, wie Ihr sehen werdet, äußerst wirksam.«

»Mama«, sagte Elsie kleinlaut. »Du hast gesagt, daß wir nur hergekommen sind, um den Doktor zu *konsultieren.*«

»Natürlich, natürlich«, murmelte der Doktor, wobei er sich die Hände rieb und auf eine so lebendige Weise von einem Fuß auf den anderen tanzte, daß seine Ähnlichkeit mit einer umherhuschenden schwarzen Spinne ausgeprägter wurde denn je. »Ich werde Euch die Technik in allen Einzelheiten erklären, und Ihr werdet sehen, wie gut den anderen diese Erfahrung bekommt. Zweifelsohne werdet Ihr von der Vorführung so begeistert sein, daß Ihr den Beginn Eurer eigenen Behandlung kaum erwarten könnt.«

Er ging zu dem Faß in der Mitte des Raums und hob den Deckel. Sera näherte sich zusammen mit den anderen, um zu sehen, was das Faß enthielt. Verkorkte Flaschen mit einer milchigen Flüssigkeit bedeckten den Boden. »Magnetisiertes Salzwasser«, erklärte der Doktor stolz, »und das sie umgebende Medium ist Süßwasser, das mit gewissen Mineralien sowie mit einer wohlüberlegten Mischung aus Mattglas und Eisenspänen angereichert wurde.«

Kusine Clothilde wirkte angemessen beeindruckt. »Und wie verabreicht Ihr die Wohltaten dieses Apparats?«

»Durch menschliche Vermittlung.« Der Doktor setzte den Deckel wieder auf das Faß, griff in seine Jackentasche und holte einen kurzen Eisenstab heraus. »Ich habe viele ausgebildete Assistenten – erstklassige Männer und Frauen, das versichere ich Euch –, die im Besitz der erforderlichen Gabe sind und alles tun, um die Leiden ihrer Mitwesen zu lindern.« Er verneigte sich in die

Richtung des Jarl Skogsrå. »Vielleicht wußtet Ihr nicht, daß sich Euer galanter Begleiter unter ihnen befindet.«

Überrascht betrachtete Mistreß Vorder den nordischen Edelmann mit ein paar Ressentiments. »Davon habt Ihr mir nichts erzählt, Sir«, sagte sie kühl. »Ich hatte keine Ahnung, daß Ihr einer der Magnetiseure des Doktors seid.«

»Aber meine liebe Dame, ich wollte Euch nicht hintergehen«, erwiderte Skogsrå. »Eigentlich nahm ich an, daß meine Verbindung zu diesem Institut hinreichend bekannt ist. Genau deswegen bestand ich darauf, Euch zu begleiten. Die Herzogin wußte bestimmt davon.« Er humpelte zu Elsie hinüber und hob eine ihrer Hände an seine Lippen. »Ich hoffe, daß ich in Zukunft eine kleine Rolle bei Eurer Heilung spielen darf.«

Während ihres Gesprächs strömten weitere Leute in den Raum. Die Atmosphäre wurde allmählich beklemmend. Sera wußte, daß Elsie Schwierigkeiten hatte, in schlechter Luft zu atmen. Also nahm sie das junge Mädchen an die Hand und bahnte sich einen Weg durch die Menge zum nächsten Fenster. Nach einem vergeblichen Kampf mit dem Rahmen bemerkte sie, daß es nicht zu öffnen war. Aber in der Nähe der Scheiben war wenigstens die Luft etwas kühler.

»Jetzt ist es an der Zeit, mit der Vorführung zu beginnen«, verkündete der Doktor. Eine Anzahl Männer und Frauen, die drei hageren Töchter der Matrone eingeschlossen, setzten sich um den Bottich. Mehrere andere, auch Jarl Skogsrå, holten Eisenstangen, wie der Doktor eine hatte, hervor und stellten sich, die Stangen waagrecht vor sich, zwischen die Stühle.

»Ihr werdet verstehen«, sagte der Doktor zu der Herzogin und Mistreß Vorder, »daß meine Assistenten eine besondere Affinität zu dem magnetischen Wasser besitzen, bei dessen Magnetisierung sie mir geholfen haben, und ebenso eine natürliche Sensibilität. Aus diesem Grund können die heilenden Einflüsse durch die Stange gefangen und auf diese Weise eine Heilung erreichen.«

Während er sprach, streckten die Leute auf den Stühlen die Hände aus und ergriffen die Eisenstangen links und rechts. Der Effekt trat fast augenblicklich ein. Einige schlossen die Augen und atmeten schwer; andere warfen den Kopf zurück, hefteten ihren Blick an die Decke und wimmerten, als hätten sie Schmerzen. Die meisten starrten direkt geradeaus, wie in eine imaginäre Ferne, und auf ihren Gesichtern lag der Ausdruck einer völlig vergeistigten Ekstase.

»Das ist der erschreckendste Unsinn, den ich je im Leben gesehen oder gehört habe«, meinte Sera und griff instinktiv nach Elsies Hand. Mehrere Leute wandten den Kopf und funkelten sie an, doch Sera fuhr tapfer fort: »Magnetischer Einfluß, also wirklich! Ich wage zu behaupten, daß die Heilung in den meisten dieser Fälle ebenso eingebildet ist wie die Beschwerden.«

»Ich habe das bestimmte Gefühl, daß du recht hast«, flüsterte Elsie. Dann jedoch spürte sie, wie ihr das Blut aus dem Kopf wich, und sie brachte nur mühsam die Worte heraus: »Oh, Sera, sieh mal!«

Zwei der Mädchen zuckten spasmisch; weißer Schaum war auf den Lippen eines der in Ekstase versetzten Mädchen. Während Sera und Elsie mit wachsendem Entsetzen zusahen, erlitten drei Frauen heftige Krämpfe.

»Sera«, sagte Elsie, »ich glaube, ich falle in Ohnmacht. Bitte, bring mich hier raus!«

Sera riß den Blick von der zuckenden Gestalt auf dem nächsten Stuhl weg. Elsie zitterte, wie gepackt von einer Schüttellähmung, und ihre Augen wurden groß und dunkel. Dies ist ungeheuerlich … sie haben sie wirklich krank gemacht. Warum, oh, warum war ich nicht so vernünftig, sie eher herauszubringen?

Sie bot ihrer Kusine einen Arm zur Unterstützung an und führte sie zur Tür.

Elsie klammerte sich fest an Seras Arm. »Da kommt Mama – ich weiß, sie wird darauf bestehen, daß wir hierbleiben.« Mistreß Vorder stürzte auf sie zu, als wäre sie dazu entschlossen, ihnen den Fluchtweg abzuschneiden.

Sera wußte kaum, wohin sie sich wenden sollte. Während es lebensnotwendig war, Elsie aus der im Raum herrschenden Atmosphäre der Hysterie zu befreien, würde eine bittere öffentliche Auseinandersetzung zwischen Sera und Clothilde bestimmt fast denselben Schaden anrichten. Wenn sie mich vor allen Leuten hier ohrfeigt, werde ich gewiß die Beherrschung verlieren und zurückschlagen ... aber nein, das darf ich nicht. Um Elsies willen muß ich alles ertragen, was kommt.

»Ich glaube«, sagte eine Stimme mit einem angenehmen Akzent Sera ins Ohr, »daß ich mich hier ganz nützlich machen kann.« Und Sera entdeckte Francis Skelbrooke neben sich, dessen Gesicht einen Ausdruck schwerer Besorgnis zeigte. »Erlaubt mir, Miß Vorder aus dem Raum zu geleiten, während *Ihr* Euch um die Mutter kümmert.«

Ehe Sera Zeit hatte, sein Angebot anzunehmen oder abzulehnen, nahm er Elsie am Arm und führte sie hinaus. Dieser Schachzug hatte den gewünschten Effekt, denn Mistreß Vorder, völlig überrascht und kurzzeitig zu verwirrt, um zu widersprechen, zögerte gerade lange genug, daß ihrer Tochter und Lord Skelbrooke die Flucht gelang.

Sera sah zu, wie er Elsie durch die Menge und zur Tür hinaus führte, und sie verspürte eine Mischung aus Dankbarkeit, Erleichterung und Groll – obgleich ihr wenig Zeit blieb, über seine willkommene Einmischung oder seine Feigheit nachzudenken, daß er *ihr* den unangenehmeren Teil überließ. Kusine Clothilde, rot im Gesicht und entrüstet, fiel sogleich über sie her und verlangte eine Erklärung.

Ehe Sera diese Erklärung geben konnte, setzte Mistreß Vorder zu einer langen Predigt über die Impertinenz junger Frauen im allgemeinen und die Undankbarkeit von Waisen im besonderen an. Sera hörte so geduldig zu, wie sie konnte, antwortete so zurückhaltend, wie ihr Stolz es gestattete, und verließ den Raum bei der erstbesten Gelegenheit.

6. Kapitel

In welchem es sich hauptsächlich um die Herstellung von Glas dreht

Jedidiah folgte der Antimonygasse und kehrte somit schließlich zum Fluß zurück, dorthin, wo die mäandernde Lunn ihren Lauf in einer weiten, glitzernden Schleife nahezu umkehrte. Meister Ules Flaschenfabrik lag am Ende der Straße, wo es steil zum Fluß hinabging und der Weg vor einigen breiten Steinstufen endete. Es war ein großer Ziegelbau unbestimmbaren Alters, der gar nicht sonderlich schmutzig war, wenn man die grauen Rauchwolken aus den zahlreichen Schornsteinen auf dem Dach und darüber hinaus die Flußschwaden mit einbezog.

Als möglicher Angestellter ging Jed zur Rückseite des Gebäudes. Wie erwartet, besaß es eine eigene Kaimauer, einen wettergegerbten, jedoch solide aussehenden Pier. Auf dem Kai luden zwei breitschultrige Zwerge Kisten auf eine Barke, während sie ein dritter Zwerg mit einer groben braunen Jacke und einer eierschalenfarbenen Weste überwachte und sich in einem kleinen Buch Notizen machte. Jed sank der Mut. Die meisten Wichtel (wie die Zwerge genannt wurden) waren gesellig und lebten anscheinend gern in der Gesellschaft der Menschen und Gnome, doch hier und da hörte man von einem Zwerg, daß er nur Angestellte der eigenen Art beschäftigte.

Als Antwort auf Jeds Frage legte der aufsichtführende Zwerg sein Buch sogleich beiseite und bot ihm an, ihn zu Meister Ule zu bringen.

Gehorsam folgte Jed dem Zwerg ins Fabrikgebäude.

Er hatte nie zuvor das Innere einer Glasfabrik zu Gesicht bekommen, und das geschäftige Treiben dort beeindruckte ihn. Er bemerkte mit Erleichterung, daß wenigstens die Hälfte von Meister Ules Arbeitern Menschen waren. Ein gewaltiger, kreisrunder Ziegelbrennofen mit Kuppeldach beherrschte die Mitte der Fabrik. Zwei große Burschen waren eifrig damit beschäftigt, ihn mit mächtigen Pinien- und Eichenstämmen zu schüren. Rund um den Brennofen arbeiteten die Glasbläser und ihre Helfer an den glühenden, bogenförmigen Öffnungen: Menschen, Gnome und Zwerge, die das geschmolzene Glas zu Flaschen bliesen.

Jed konnte dies alles nur einen kurzen Augenblick beobachten. Sein Begleiter ging mit ihm im Laufschritt durch die Fabrik, durch eine Reihe von Gängen und Vorratskammern. Schließlich erreichten sie einen hellen Raum mit hoher Decke und mit Fenstern, die auf die Straße führten. Der Raum diente offenbar als Vorratskammer und Kontor zugleich. Dort verabschiedete sich der Zwerg von ihm.

Zwei junge Zwerge saßen, eifrig schreibend, an zwei kleinen Tischen nahe der Türe. Auf einem größeren Schreibtisch in der Ecke des Raums türmten sich Journale, Abrechnungsbücher und Papiere zu einem völlig willkürlich (wenigstens für Jeds ungeübtes Auge) zusammengewürfelten Haufen. Hinter diesem Schreibtisch saß ein älterer Zwerg mit einer grauen, geknüpften Perücke, einem einfachen Anzug sowie einer Lederschürze und durchsuchte die Bücher und Papiere, wobei er vor sich hinmurmelte und offenbar heftig erregt an seiner Perücke zupfte.

»Der verdammte Polydor! Verflucht soll er sein! *Er* weiß hier Bescheid … findet jedes Papier auf Anhieb. Aber wenn er weg ist, finde ich nichts, überhaupt nichts!«

Dies, vermutete Jed, mußte Meister Ule sein.

Keiner der beiden jüngeren Zwerge blickte auf und nahm Notiz von seiner Anwesenheit, also nahm Jediah allen Mut zusammen und trat auf ihren Dienstherren zu. »Entschuldigt bitte vielmals, Sir«, sagte er und zog die Mütze. »Ich komme wegen der Stelle.«

Der Zwerg blickte auf. Er schob seine Bücher beiseite und musterte Jed aus durchdringenden, strahlenden Augen von Kopf bis Fuß. Es überraschte Jed, wie der Zwerg seine Aufmerksamkeit so schnell von der einen auf die andere Sache richten konnte: Im einen Augenblick völlig in seinen Büchern und Papieren vergraben, musterte er im nächsten den Jungen so scharf, daß er den Eindruck erweckte, er könne direkt in ihn hineinschauen. »Ich fürchte, da seid Ihr am falschen Platz, junger Mann – ich habe nach einem Laufburschen inseriert. Und diese Stelle ist sowieso schon besetzt.«

Jed bekam ein langes Gesicht. Angesichts seiner Enttäuschung meinte der Zwerg freundlich: »Ich versichere Euch, daß die Stellung nichts für Euch gewesen wäre. Der Junge, den ich anheuerte, war halb so alt wie Ihr. Ihr könnt gewiß etwas Besseres finden.«

»Nein, Sir, das glaube ich nicht, Euer Gnaden.« Jed hörte sich ein wenig bitter an. »Und daß sie nichts für mich gewesen wäre … jede ehrliche Arbeit, die ich finden würde, wäre etwas für mich gewesen.«

Er drehte sich um und wollte zur Tür zurück, wobei er sich fragte, ob er den Weg durch das Labyrinth aus Räumen und Gängen allein wiederfinden würde. Aber der Zwerg rief ihn zurück: »Seht mal, mein Bursche, wenn ich recht verstehe, seid Ihr schon eine beträchtliche Zeit lang arbeitslos?« Jed nickte. »Nun, vielleicht finde ich sogar etwas für Euch. Was könnt Ihr denn – was habt Ihr gelernt?«

Jed errötete und schüttelte den Kopf. »Nichts, was der Rede wert wäre … aber ich bin kräftig und stark, ich fürchte mich nicht vor harter Arbeit, und ich lerne wirklich rasch.«

Der Zwerg starrte ihn weiterhin mit diesen beunruhigenden dunklen Augen an. »Ich sehe, daß Ihr stark seid, und ich muß gestehen, daß mir Euer Gesicht gefällt. Ihr seid anscheinend ein heller Bursche; und ein ehrbarer dazu. Und wenn das alles so ist, wie kommt es dann, daß Ihr niemals ein Gewerbe erlernt habt?«

Jedidiah scharrte voller Unbehagen mit den Füßen. Er wußte, daß die Treibgutsammler für die meisten Leute kaum besser als Diebe waren, aber dagegen konnte er nichts tun. Auch wollte er nicht lügen – selbst nicht unter der Annahme (die gegenwärtig sehr unwahrscheinlich schien), daß er damit durchkäme. »Ich habe früher mit meinem Großonkel draußen im Fluß gearbeitet, aber er … nun, er hat sich gewissermaßen zurückgezogen, und mir hat diese Arbeit niemals sonderlich gefallen.«

Meister Ule nickte verständnisvoll. »Ich versteh schon. Eine etwas unsichere Lebensführung, nicht?«

»Ja, Sir. Das stimmt, Sir.« Jed war erstaunt zu hören, daß der Zwerg die Sache so auf die leichte Schulter nahm. Er fragte sich, ob ihn Meister Ule mißverstanden hatte und ihn für einen Fischer oder Kahnführer hielt. »Aber es war nicht das Geld, Sir … ich wäre mit einem geringen Lohn zufrieden.«

Der Zwerg machte eine wegwerfende Geste. »Nun ja, darum brauchen wir uns keine Sorgen zu machen. Ich zahle meinen Arbeitern keine Hungerlöhne – und ich bezahle sowohl beim ersten Mondviertel als auch bei Vollmond.« Woraus Jedidiah schloß, daß der Zwerg ihn *nicht* mißverstanden hatte. »Nun dann … laßt mich nachsehen, was ich für Euch an Arbeit finden kann.«

Der Zwerg brauchte dazu nicht lange. Während der nächsten Stunden arbeitete Jed hart, schleppte Kisten mit Glas, schob Feuerholz nach und erledigte eine Vielzahl anderer Aufgaben. Aber während der Tag dahinging, fragte er sich allmählich nach dem Wert seiner Tätigkeiten und ob Meister Ule nicht Arbeiten für ihn erfand.

Dieser Gedanke beunruhigte Jed. Er nahm nicht gerne Almosen entgegen, gleich, wie diskret sie ihm angeboten wurden. Aber als er versuchte, das Thema bei Meister Ule anzuschneiden, winkte ihn der Zwerg mit einem gutgelaunten Grinsen beiseite. »Unsinn, Bursche, völliger Unsinn. Wegen Polydors Abwesenheit können wir unseren Aufträgen diese Woche nicht so ganz nachkommen, aber wenn er zurückkehrt, gibt es jede Menge für dich zu tun.«

Bei Polydor handelte es sich um Polydor Figg, Meister Ules Neffen (wie Jed inzwischen begriffen hatte), und er leitete normalerweise das Lager und das Kontor; er lag seit sieben Tagen mit einer Lungenentzündung im Bett, und seine lange Abwesenheit hatte für ein beträchtliches Durcheinander innerhalb seines Bereichs gesorgt.

In der Fabrik hingegen war Meister Ule ein überlegener Regent, und dort ging die Herstellung der Glasflaschen mit großer Energie und Effizienz vonstatten, denn Meister Ule war überall. Er beaufsichtigte seine Arbeiter, legte selbst Hand an oder gab einen Ratschlag, wo immer so etwas gebraucht wurde, und kümmerte sich ebenso um jene anderen Aufgaben, die speziell ihm als Herrn der Glasfabrik zukamen, wie beispielsweise die Vorbereitung der Beschickungsschicht: die Mischung aus Sand, Asche sowie anderen Materialien, woraus das Glas hergestellt wurde. Letzteres erforderte ein beträchtliches Geschick, erfuhr Jed, denn die Qualität der Ausgangsmaterialien variierte, so daß Messungen nicht exakt sein konnten und die richtige Mischung nur durch eine Kombination aus Erfahrung und Intuition entstand, die einen Glasherstellermeister ausmachte.

Darüber hinaus wurden in Meister Ules Fabrik mehrere verschiedene Glastypen gefertigt, und jede Art erforderte eine andere Sorte Sand, eine andere Sorte Asche: harten Sand und Eichenholzasche, die salz- und sodareich war, für die sogenannten Dunkelglasflaschen (in Wirklichkeit ein dunkles Grün), die zur Aufbewahrung von Wein, Bier, Ölen, Parfümen und Arzneien benutzt wurden; feinen weißen Sand aus zermahlenen Kieseln und Barillaasche oder Glaskraut für die durchsichtigen Glasflaschen, die hinterher mit leuchtendem Email bemalt oder mit Säuren geätzt wurden und am Ende Regale und Eßzimmertische in den Häusern der Wohlhabenden zierten.

Als Meister Ule mitbekam, wie ihn Jed in einem müßigen Augenblick beobachtete, schickte er ihn an die Arbeit, Bruchglas zu pulverisieren, das die Arbeiter auf die riesigen roten Tontöpfe schichteten, in denen sie die Beschickung verschmolzen.

Eine Stunde später jedoch war er wieder in dem Raum, der nach vorne hinausführte, und stapelte Kisten um – deren Aufstellung hatte Meister Ule zuvor nicht recht zufriedengestellt –, als der Glasmacher in den Raum hereingeeilt kam und zwischen den Journalen und Papieren auf dem großen Schreibtisch herumsuchte.

»Hör mal«, sagte der Meister zu einem der Angestellten, einem stämmigen jungen Zwerg mit geröteten Wangen und einer Weste aus Maulwurfsfell, »weißt du, wo der Frachtbrief für das Wirtshaus sein könnte?«

Der jüngere Zwerg erklärte, er habe keine Ahnung.

»Entschuldigt bitte…«, warf Jed ein, froh über die Gelegenheit, wirklich von Nutzen sein zu können, »is das Papier, was Ihr sucht, nich da drüben auf der Schachtel?«

Meister Ule ging hinüber und nahm das Blatt, auf das Jed gedeutet hatte. »Wirklich, den Mächten sei

Dank!« Dann jedoch fuhr er ein wenig zusammen und musterte Jed erneut mit diesen beunruhigenden dunklen Augen. »Hast du gesehen, wie ich das Papier zuvor hier hingelegt habe?«

»Nein, Sir«, antwortete Jed. »Wenigstens... erinnere ich mich nicht daran.«

»Hat dir irgend jemand gesagt, was auf diesem Papier steht?«

»Nein, Sir«, erwiderte Jed.

»Wie zum Himmel hast du dann gewußt, was es war?«

»Steht das nicht gleich oben drauf... ›Der Mond und die Sieben Sterne, Taverne und Brauerei‹?«

»Wirklich, das stimmt«, meinte Meister Ule. »Aber sag mal, mein Bursche... willst du mir damit etwa sagen, daß du wirklich *lesen* kannst?«

Da erst bemerkte Jed seinen Fehler. In den ländlichen Gebieten konnte beinahe jeder lesen, denn dort gab es endlos viele konfessionelle Schulen mit energischen Pfarrern, welche die Kinder der Arbeiter und Landarbeiter unter ihre Fittiche nahmen, aber in Städten wie Thornburg existierten nur wenige wohltätige Institutionen. Dafür gab es hier so viel mehr arme Jungen und Mädchen, die eine Erziehung brauchten, daß immer nur die Kinder der *vornehmen* Armen ausgewählt wurden. Das Ergebnis war ein hoher Analphabetismus unter den Männern von Jeds Schicht. Daß Jed eine Ausnahme von dieser Regel darstellte, betrachteten seine Genossen am Fluß als so etwas wie einen Witz – als die ihm Überlegenen davon erfuhren, erachteten sie seine Fähigkeit als ein Zeichen des Dünkels.

Jed errötete, ließ den Kopf hängen und wünschte sich, er hätte genug Verstand besessen, den Mund zu halten. »Ich bin kein Gelehrter!« protestierte er.

»Aber du *kannst* lesen?« beharrte Meister Ule. »Im Namen des Vaters und der Sieben Schicksalsgötter, dafür mußt du dich doch nicht schämen! Aber wo zum Himmel hast du dir diese Fähigkeit erworben?«

»Bei Gottfried Jenk, dem Buchhändler«, gab Jed widerstrebend zu. »Ich habe zusammen mit seiner Enkelin, Miß Sera Vorder, Stunden bekommen, aber sie ist stets besser gewesen als ich, ihr ist halt alles zugeflogen, wie man so sagt.«

Meister Ule reichte ihm ein in grünes Leder gebundenes Journal. »Lies mir etwas vor … wähle eine beliebige Seite!« verlangte er.

Etwas zögernd las Jed eine Seite mit Namen und Zahlen vor.

»Und ich vermute … aber natürlich, dieser Schulmeister – wie war sein Name noch gleich? – hat dich auch das Schreiben gelehrt?«

Da Meister Ule bereits das Schlimmste von ihm wußte, sah Jed keinen Grund, mit der Wahrheit hinter dem Berg zu halten. »Er hat mir das Schreiben beigebracht und … nun, Geschichte und Geographie und all die anderen Sachen in diesen Büchern da, die ich wegen ihm lesen konnte, und mir blieb wohl kaum etwas anderes übrig, als das alles zusammen mit dem Schreiben zu lernen, oder?«

»Zeig's mir!« forderte ihn Meister Ule auf und versorgte ihn mit Feder, Tinte und Papier. Dies erwies sich jedoch als etwas schwieriger. Selbst ohne Bücher hatte Jed stets unbewußt gelesen: Straßen- und Ladenschilder und an die Mauern geklebte Flugblätter. Aber seitdem er seine Studien bei Gottfried Jenk aufgegeben hatte, hatte er niemals mehr Gelegenheit gehabt, eine Feder auf Papier zu setzen.

Jed benutzte eine Kiste als Schreibtisch und schrieb mühsam seinen Namen und den Tag des Jahres nieder.

»Ein bißchen eingerostet, wie ich sehe«, meinte der Zwerg, während er seine Bemühungen untersuchte. »Aber mit ein wenig Übung glaube ich, daß du vielleicht eine sehr schöne Handschrift entwickelst. Kannst du eine Zahlenreihe aufaddieren?«

Jed erwiderte, daß er dies konnte, und bewies es dann auch.

»Aber mein lieber, guter Bursche, ist es dir denn niemals in den Sinn gekommen, dir eine Arbeit als Sekretär zu suchen?«

Jed schüttelte den Kopf. Das nun ganz gewiß nicht. Junge Männer, die sich so kleideten und so sprachen wie er, wurden nicht in Kontoren und Büros beschäftigt.

»Nun, vielleicht nicht... Dein Erscheinungsbild ist ein wenig grob, und die Sprache läßt viel zu wünschen übrig. Aber mit ein wenig Politur... mit ein wenig Politur bringen wir dich vielleicht auf diesem Weg in eine gute Stellung.«

»Ja, Sir«, meinte Jed, wie vor den Kopf geschlagen von diesem Vorschlag, obgleich er mittlerweile einsah, daß er so etwas wie einem zwergenhaften Menschenfreund in die Hände geraten war.

Für den Rest dieses Tages beauftragte ihn Meister Ule mit der Arbeit, Zahlen von einem Journal in ein anderes zu übertragen. Als er einen Augenblick zum Nachdenken hatte, fragte sich Jed insgeheim, wie der abwesende Polydor Figg wohl darauf reagieren würde, wenn er erführe, daß Meister Ule einen so wenig einnehmenden neuen Mitarbeiter angestellt hatte. Sehr zu seiner Überraschung machte es den übrigen Angestellten anscheinend überhaupt nichts aus, und sie setzten ihre Arbeit tintenbeschmiert und fröhlich fort, als wäre es für sie nicht weiter ungewöhnlich, praktisch Seite an Seite mit einem zerlumpten Burschen vom Fluß zu arbeiten, der den Raum (Jed wußte, daß er nicht gerade eine Girlande aus Wiesenblumen war) mit einem Geruch nach Pech und Salzwasser erfüllte.

»Seht mal«, er hatte schließlich all seinen Mut zusammengenommen, um die anderen danach zu fragen, »bin ich hier überhaupt irgendwie von Nutzen?«

Der stämmige junge Zwerg legte seine Feder nieder, kippte seinen Stuhl zurück und dachte anscheinend nach. »Du hast Meister Ule Gelegenheit verschafft, ein gutes und großzügiges Werk zu tun – es gibt nichts, was er lieber täte. Das ist auf jeden Fall nützlich. Und wenn du hart arbeitest und alles lernst, was du kannst, nun, dann wird er, wie versprochen, einen anderen Posten für dich suchen, und dort bist du *vielleicht* von Nutzen und hast auch noch dem freundlichsten Herzen von Thornburg beträchtliche Befriedigung verschafft.«

Jed dachte darüber nach. »Ich bin also«, sagte er, »nicht das erste Stück Flußmüll, das Meister Ule aufgesammelt hat und aus dem er versucht hat, etwas Besseres zu machen.«

»Du bist der erste im Kontor«, sagte der andere Zwerg und sah von seiner Arbeit auf. »Aber die Hälfte der Burschen in der Glasfabrik waren einmal ›Müll‹ (wie du dich zu nennen beliebtest), und jetzt sind sie alle wertvolle und nützliche Mitglieder der Gemeinschaft … dank Meister Ule. Oh, ich will damit nicht sagen, daß er nicht irrtümlich einen oder zwei Halunken zu sich geholt hätte, aber im allgemeinen ist er sehr gut darin, einen Charakter zu beurteilen, und die meisten seiner Sozialfälle haben ein gutes Ende gefunden.

Wir haben nichts dagegen, dir unsererseits beim Weiterkommen zu helfen«, fügte er hinzu. »Warum auch? Wir alle sind auf die eine oder andere Weise Meister Ules Nutznießer. Arbeite hart und lerne alles, was du kannst – das wird dem Meister gefallen –, und wenn du ihm gefällst, gefällst du auch uns. Aber wenn du zu stolz oder zu faul bist, die von ihm gebotene Gelegenheit beim Schopf zu packen … nun, dann wirst du uns alle enttäuschen.«

Da ihm die Sache in diesem Licht gezeigt wurde, kam Jed zu dem Schluß, daß er selbst ein kleiner Schuft wäre, wenn er Meister Ules Hilfe zurückwiese. Mit dem guten Willen und dem festen Entschluß, daß er *hart arbeiten würde,* daß er alles lernen würde, was er konnte, so daß er sich der Sache würdig erwiese, kehrte er zu seinen Journalen zurück.

Gegen Abend nahm ihn Meister Ule bei der Hand und schüttelte sie kräftig. »Du bist ein harter Arbeiter und ein sehr guter Junge. Es freut mich, dich zu beschäftigen.«

Unter diesen Umständen war Jed nicht ganz wohl dabei, die Sache mit dem Geld anzusprechen – aber trotz aller Dankbarkeit und guter Vorsätze konnte er es sich nicht leisten, umsonst zu arbeiten. »Wir haben noch keine Übereinkunft getroffen, was den Lohn angeht.«

»Nein, tatsächlich nicht«, sagte der Zwerg. »Danke, daß du mich daran erinnert hast. Nun, dann wollen wir mal sehen – du bist jetzt seit einiger Zeit arbeitslos, also darf ich wohl mit Sicherheit davon ausgehen, daß es mit deinen Finanzen ... nicht gerade zum besten steht?«

Das ließ sich kaum leugnen, doch es widerstrebte Jed noch immer, Nutzen aus der Gutmütigkeit des Zwergs zu ziehen. »Bislang war noch keine Rede davon, mich und Onkel Caleb aus der Wohnung zu werfen – noch nicht, jedenfalls.«

Meister Ule dachte einige Augenblicke lang nach. »Was sagst du zu fünfzehn Schilling die Woche – die ersten beiden Wochenlöhne als Vorschuß? So kannst du vielleicht einige deiner drückenderen Schulden zahlen und dir gleichfalls einen neuen Anzug besorgen.«

Jed war zu benommen, um zu antworten. Fünfzehn Schilling die Woche, dreißig alle vierzehn Tage ... das war fast soviel wie das, was er in einer Jahreszeit auf dem Fluß für sein Müllsammeln verdiente, außer wenn der Mond und die Gezeiten es besonders gut gemeint hatten.

Meister Ule fuhr fort: »Im allgemeinen fangen wir hier eine Stunde nach Sonnenaufgang an, aber du mußt dir keine Sorgen machen, wenn du morgen zu spät kommst. Du willst doch bestimmt den Morgen damit verbringen, deine Angelegenheiten zu regeln und zu einem Schneider zu gehen.«

Als Jed an diesem Abend heimkehrte, wartete Onkel Caleb bereits auf ihn in dem kleinen Zimmer über dem Schnapsgeschäft, das sie beide miteinander teilten. Er saß in dem einzigen heilen Sessel, mit dem sich das Zimmer brüsten konnte: ein Schaukelstuhl an der winzigen Feuerstelle. Selbst in dieser Jahreszeit waren die Nächte am Fluß oftmals kalt und feucht, daher hatte Caleb ein kleines Feuer aus Treibholz im Kamin entfacht und Jeds abendliche Breischüssel zum Warmhalten auf den Einsatz gestellt.

»Wir können den Brei für morgen aufheben und ihn in Öl aufbacken«, meinte Jedidiah. Er wickelte ein braunes Paket auf, das er mitgebracht hatte, und legte den Inhalt auf einen kleinen Tisch neben dem Feuer: eine dicke Scheibe Schinken, sechs Würstchen, einen Topf Frischkäse und einen Laib Brot.

Das Zimmer war nicht gerade elegant, besaß jedoch einen gewissen heruntergekommenen Charme. Neben dem Schaukelstuhl standen ein Fußschemel und zwei oder drei weitere, weniger vertrauenerweckend aussehende Stühle. Die Wände waren vor etwa fünfzehn Jahren tapeziert worden – in einer Zeit relativen Wohlstands, die dem Verkauf einer edelsteinbesetzten Brosche gefolgt war. Das Tapetenmuster zeigte blühende Levkojen und gewundenen grünen Efeu auf hellem, cremefarbenem Untergrund, doch war das Papier jetzt zerrissen, die Levkojen und der Efeu waren vergilbt, und in einem großen Eichenschrank (das Ergebnis eines weiteren unverhofften Gewinns) stand nicht zueinander passendes Geschirr in Blau, Rosa und Altgold, größtenteils angeschlagen oder zerbrochen.

Diese Annehmlichkeiten waren Jeds Mutter zuliebe angeschafft worden, welche die Familie vor drei Jahren verlassen hatte und jetzt bei Jeds Schwester und deren seefahrendem Gatten lebte. Sie hatte damals gesagt, daß weder der Schrank noch die Tapete leicht zu transportieren seien und daß zudem die junge Belinda bestimmt ähnlich hübsche Dinge besäße.

Die weitere häusliche Einrichtung bestand aus zwei in die Wand eingebauten Kojen, zwei Bettdecken, deren Farbe ebenso verblaßt war wie die Tapete, zwei uralten Matratzen und einem Paar gestreifter Kissen, einer von der Decke herabhängenden Hängematte (die Jeds Neffen beherbergte, wenn diese zu Besuch kamen), einer Bratpfanne und einem großen Kochtopf, etwas verbogenem Tafelsilber, einem Eichenholzeimer, einem Holzlöffel, einem Waschbottich und (einem letzten Relikt aus Mistreß Brauns Zeit hier) einem zerfetzten Läufer, der neben dem Herd auf dem Fußboden lag.

Jed versuchte sein Glück mit einem der Stühle, setzte sich und machte sich daran, die Ereignisse das Tages zu berichten. Sehr zu seiner Überraschung und zu seinem Verdruß begrüßte Caleb seine neue Stellung und seine Zukunftsaussichten nicht mit erfreuter Zustimmung, sondern mit einem Wutausbruch.

»Eine Flaschenfabrik? Verdammt soll ich sein, wenn der Junge nicht hingegangen ist und sein Schicksal den verfluchten Glasmachern in die Arme geworfen hat!« Caleb schlug mit einer Faust auf die Lehne des Schaukelstuhls. »Hab ich dich nie vor der Glasmacherzunft, ihren albernen Ritualen und ihrem Mummenschanz gewarnt?«

»Hast du, vermutlich«, erwiderte Jed seufzend. »Ich

erinnere mich nur zu gut an alles, da du so besonders darauf bedacht warst, es mir zu erzählen. Ich verstehe jedoch *nicht*, was es ...«

Caleb wollte ihm jedoch eine weitere Predigt nicht ersparen. Er verschränkte die Arme, schaukelte in seinem Stuhl und fixierte Jed mit seinem schwarzen Perlenauge voller Ingrimm und Feuer, so daß der Junge wußte, Weiterreden hatte keinen Zweck, ehe nicht Caleb alles gesagt hatte.

»Die *anderen* Zünfte sin meistens harmlos«, sagte Caleb. »Tragen die etwa phantastische Gewänder an Feiertagen und rezitieren Unsinn? Ja, das tun sie. Tauschen sie nicht gelegentlich einen geheimen Händedruck und Losungen aus, so ganz heimlichtuerisch? Ja, das tun sie auch. Aber der Unterschied ist: meistens is das Schauspielerei und soll unwissende Leute wie dich und mich beeindrucken, damit wir die allmächtigen Zünfte und ihre allmächtigen Handwerksgeheimnisse weiterhin in Ehrfurcht anstarren. Aber selbst von den Zunftmitgliedern weiß doch keines mehr so recht, was das alles soll. Die Worte und Rituale haben ihre Bedeutung verloren, und wenn du mich fragst, ist das für alle am besten so. Aber diese Glasmacher da, die sind anders, die nehmen das ernster als die meisten. Ja, und die haben gute Gründe, denn sie wissen, wozu die Zeremonien sind, sie erinnern sich an die Magie und das Geheimnis ganz genau.«

Inzwischen schaukelte Caleb so heftig in seinem Stuhl, daß die Fußbodendielen protestierend quietschten und die Tassen und Teller im Geschirrschrank klapperten und sprangen, bis es so aussah, als würde der alte Mann sie noch allesamt zum Zerbrechen bringen.

»Wovon sie nichts wissen – oder nichts wissen wollen, das ist schließlich egal ...«, fuhr Caleb fort, »ist die Gefahr, die in ihrem Tun liegt. Sie gehen mit Geheimnissen um, die sie nicht richtig verstehen, und ich weiß ganz bestimmt, daß diese Zunftleute mit Dingen herumgespielt haben … mit Dingen herumgespielt haben, von denen sie besser die Finger gelassen hätten.«

Diesmal jedoch war Jeds Geduld erschöpft. »Ja, aber ich verstehe nicht, was das mit *mir* zu tun haben soll. Ich gehe bei Meister Ule nicht in die Lehre oder sowas.«

»Es sind nicht alles Glasmacher – das hab ich dir schon zuvor gesagt«, donnerte Caleb. »Da gibt es Gentlemen … gelehrte Gentlemen, die der Zunft ebenfalls beigetreten sind, weil sie hoffen, zu einigen ihrer Geheimnisse zugelassen zu werden … sie halten diese Zunftleute für eine Art Magier, und wenn sie der Zunft beitreten, nun, dann werden *sie* auch Magier.«

»Ich glaube, du bist völlig verrückt geworden«, sagte Jed unverblümt zu ihm. Es war nicht seine Art, seinem Großvater freche Antworten zu geben, aber Caleb hatte seine Geduld überstrapaziert. »Magie! Ihr seid davon besessen, du und Mr. Jenk. Aber ich bin den ganzen Tag über in der Flaschenfabrik gewesen, und niemand hat auch nur ein Wort über eure magischen Rituale fallenlassen. Sie waren zu sehr damit beschäftigt, Flaschen herzustellen oder zu verschiffen – und daran gibt es überhaupt nichts Geheimnisvolles oder Magisches!«

»Hmmm!« schnaufte Caleb, obgleich es offensichtlich war, daß Jed ihm den Mund gestopft hatte. Der alte Mann wurde nachdenklich, Schaukeln und Klappern ließen allmählich nach.

»Ja … nun, ich gehe nicht davon aus … ist nicht sehr wahrscheinlich, daß sie aus dir einen Jünger machen oder dich zu einem ihrer Geheimnisse zulassen. Schließlich bist du mit mir verwandt und so«, sagte er ärgerlich und verschnupft. »Aber ist dir niemals eingefallen, Bursche, daß dieser Meister Ule einen solchen Gefallen an dir gefunden hat, weil er wußte, daß du mein Großneffe bist? Hast du niemals darüber nachgedacht, daß er vielleicht neugierig ist zu erfahren, was Gottfried Jenk und ich in der Buchhandlung treiben?«

Jed war nun völlig verblüfft. »Also weißt du … du glaubst doch nicht im Ernst, daß Meister Ule und die Glasmacher den Sarg mit der Wachspuppe in die Lunn geworfen haben?«

»Den Sarg …« Caleb fiel nicht sofort die Geschichte ein, die Jenk für Walther und Matthias ausgesponnen hatte. »Nein, nein, nichts in der Richtung. Ich wollte sagen, daß möglicherweise Gerüchte umgehen, daß Walther und Matthias vielleicht nicht wie versprochen den Mund gehalten haben. Vielleicht haben gewisse Leute Fragen wegen der … Wachsfigur … und was das alles bedeutet.«

Jedidiah schüttelte den Kopf. »Wenn Walther und Matthias geplaudert haben, würden wir es wissen. Und übrigens, fällt mir gerade ein: Meister Ule hatte keine Ahnung, wer ich war, als er mich einstellte. Nein, er fragte mich erst nach meinem Namen, als der Tag halb rum war. Und selbst dann … warum sollte er erraten – oder warum sollte es ihn kümmern –, daß ich *dein* Großneffe bin? Es gibt hundert Männer namens Braun in Thornburg.«

Jedidiah erwähnte nicht, daß Meister Ule lebhafteres Interesse zeigte, *nachdem* Jed seine Verbindung zu Gottfried Jenk erwähnt hatte. Er wußte, daß Caleb die Sache dann mehr aufbauschte, als gesund oder vernünftig war. Was ihn selbst anging, so war die Sache für Jed über jeden Zweifel erhaben; nachdem er einen Tag in Meister Ules Flaschenfabrik zugebracht und mit seinen Angestellten gesprochen hatte, war er felsenfest davon überzeugt, daß der Zwerg außerstande war, etwas so Finsteres wie einen Hintergedanken zu hegen.

»Ja … mag sein.« Caleb begann wieder zu schaukeln, diesmal jedoch sanfter. »Und schließlich ist dieser Meister Ule nur ein Flaschenhersteller. Das ist ein einfaches Handwerk. Ich gehe nicht davon aus, daß er in den Reihen der Zunft einen hohen Rang einnimmt.«

Na, auch gut, dachte Jed. Er wußte, daß aus der Arbeit für Meister Ule Gutes erwüchse, und er wollte es nicht wegwerfen, nur um Onkel Caleb und seinen wilden Vermutungen einen Gefallen zu tun.

7. KAPITEL

In welchem Gottfried Jenk das Wunderbare vollbringt

Nicht weit von der Giftgasse entfernt, wo Dr. Mirabolo in seinem Tempel die Heilkunst praktizierte, lag eine Straße mit blaugrauem Kopfsteinpflaster, an der sich schäbige kleine, strohgedeckte Geschäfte entlangzogen: zumeist Apotheken, Kräuterläden und Drogerien, obgleich ein gelegentlicher Tierpräparator, Linsenschleifer oder Lieferant wissenschaftlicher Instrumente die Umgebung ein wenig auflockerte, dabei allerdings das wissenschaftliche ›Ambiente‹ der Nachbarschaft wahrte.

Eines windigen Nachmittags, spät in der warmen Jahreszeit, betrat Gottfried Jenk diesen Teil Thornburgs. Einfach, jedoch sorgfältig gekleidet, angefangen von der gepuderten Perücke bis hinab zu den polierten Messingschnallen an den Schuhen, schritt der Buchhändler rasch dahin, wobei er für einen Mann in seinen Jahren eine bemerkenswerte Energie an den Tag legte.

Er betrat ein Geschäft, das verkommener und schäbiger als die übrigen war. Es erinnerte an das Geschäft eines Tierpräparators: Auf den Regalen lagen in unterschiedlichen Konservierungsstadien Pelze und Knochen, Flossen, Federn, Geweihe, Stoßzähne und Hörner sowie andere Merkwürdigkeiten aus der Tierwelt. Es hatte auch etwas vom Geschäft eines Barbiers und Zahnbrechers an sich: gelbe Menschen-, Zwerg- und Gnomzähne lagen in Glaskrügen, und geflochtenes Haar hing von der Balkendecke herab. Doch der *Geruch* erinnerte an ein Schlachthaus.

Der Inhaber, Mr. Prodromus, besaß nichts als dieses Geschäft. Er war ein großer, sehr schmutziger und sehr lässig tuender Mann mit einem Glasauge und einer dunklen, wilden Haarmähne. Er trug ein schäbiges rotes Tuch um den Hals und hatte einen Goldring im Ohr.

»Schon wieder da, Mr. Jenk?« fragte der Ladeninhaber unverschämt grinsend. »Hoffe, Ihr habt keine Klagen über die Waren vorzubringen, die ich Euch verkaufte. Oder wollt Ihr noch was davon?«

»Ich möchte«, sagte Jenk schroff, »noch etwas davon erwerben.«

Das höhnische Grinsen des Ladeninhabers wurde breiter, und er blinzelte stärker. »So ist's richtig, Mr. Jenk – wozu genau sein! Unnötig, das laut zu benennen, was ich nicht *haben* sollte und ihr nicht *wünschen* solltet. Mir gefällt ein Mann, der Diskretion zu schätzen weiß.«

Er führte Jenk in einen schmutzigen Raum im hinteren Teil des Geschäfts, wo er einen hohen Schrank öffnete, der so tief und schmal war, daß er Jenk an den Sarg in der Buchhandlung erinnerte.

»Nun, dann ... is das nich verteufelt schade?« meinte Prodromus, nachdem er mehrere Minuten lang in den Regalen herumgesucht hatte. »Habe scheint's das letzte davon verkauft, und ich kann nich genau sagen, wann ich wieder frischen Nachschub bekomme.« Traurig schüttelte er den Kopf. »Es liegt an diesen neuen Gesetzen, Mr. Jenk, die werden mich noch ruinieren. Gibt nich mehr so viele nichtöffentliche Hinrichtungen wie früher, un die Henker bestechen is sehr teuer. Aber seht mal hier ... hier hab ich was anderes, das Euch vielleicht gefällt.«

Prodromus tauchte wieder in den Schrank ein und kam mit einem Glaskrug hervor. »Die Hand einer Halbfee, in Sole eingelegt. Ein seltenes Stück, und ein feines Exemplar.«

Jenk beäugte den aufgeblähten Inhalt des Kruges mit ausgesprochenem Ekel. Die Hand hatte ihre Form verloren und die Sole eine gelbliche Färbung angenommen. Entweder war die Hand sehr alt oder nicht richtig konserviert worden. »Vielen Dank, aber ich habe keinen Nutzen für …«

»Spielt keine Rolle«, meinte der Ladeninhaber mit weiterhin guter Laune. »Seht Euch nur mal das hier an!« Er wandte sich wieder dem Schrank zu, stellte den Krug zurück und holte etwas Verschrumpeltes und Ledriges hervor, das etwa die Farbe und Größe einer getrockneten Aprikose hatte.

»Das mumifizierte Ohr eines yndeanischen Prinzen«, verkündete er stolz. »Vierzig Frauen hatte der hier, und zweihundert kleine Kinder.«

»Mr. Prodromus!« Der Buchhändler konnte seine Entrüstung nicht zurückhalten. »Ich bin seit siebenunddreißig Jahren Witwer und ein vernünftiger Mann. Wenn Ihr mir nicht das verkaufen könnt, wonach ich frage, muß ich Euch einen guten Tag wünschen!«

Jenk verließ das Gebäude etwas hastig; er war froh, wieder am hellichten Tag in der frischen Luft zu sein. Er machte an diesem Nachmittag noch weitere Besuche und erwarb einige Kleinigkeiten – wie man an den seltsamen, in braunes Papier eingewickelten Bündeln erkennen konnte, welche die Taschen seines langen Mantels ausbeulten –, aber im Laufe des Tages schwand seine Energie dahin und er schlurfte am frühen Abend mit grauem Gesicht und kraftlosen Schrittes zur Buchhandlung zurück.

Als Jenk eintrat, ertönte an der Tür ein Silberglöckchen, das seine Ankunft verkündete. Im Geschäft war es ziemlich finster. Das Glas in den Rautenfenstern war so alt und dunkel, daß das Licht von draußen nicht eindringen konnte, und die rußenden alten Laternen, die von der Balkendecke herabhingen, trugen wenig dazu bei, die Finsternis zu erhellen. In einer Ecke im hinteren Teil des Geschäfts, in einem gegen die Wand gelehnten Stuhl, saß Caleb Braun, eine Mütze aus Tuch über die Augen gezogen. Das Stoppelkinn ruhte auf seiner Brust, und er schnarchte lustvoll.

Einen Augenblick lang stand Jenk da und blickte auf ihn hinab. In seiner verblaßten und geflickten Jacke, mit dem bärtigen Kinn und dem grau gewordenen Zopf erinnerte Caleb nur wenig an den frischen, ehrgeizigen jungen Diener, der vor fünfzig Jahren in den Haushalt der Jenks gekommen war. Erinnerungen an den jüngeren Caleb stimmten den Buchhändler milde, so daß er den alten Mann an der Schulter berührte und ihn leise beim Namen rief.

Caleb schob die Mütze zurück und öffnete die trüben Augen. »Hast du Glück gehabt und die Tinkturen bekommen?«

Jenk schüttelte den Kopf, zog einen Hocker heran und setzte sich, erschöpft seufzend. »Nein, Caleb. Heute hatte ich kein Glück. Die Preise, die Koblenz und Jakob verlangten, lagen weit jenseits aller Vernunft, und Mistreß Sancreedi – die ich vielleicht zu einem Preisnachlaß hätte bewegen können, hätte ich ihr überzeugend meine Armut vorgespielt –, wollte mir die Tinkturen zu keinem Preis verkaufen, wenn ich ihr nicht genau gesagt hätte, wozu ich sie haben wollte.«

Bei der Erwähnung des Namens Sancreedi schauderte Caleb gekünstelt. »Mit der Frau möcht ich lieber nichts zu tun haben. An ihr is was Unheimliches ... diese großen, gelben Augen sin wie Katzen- oder Eulenaugen. Und man hört sie nie, wenn sie ein Zimmer betritt.«

»Unheimlich, allerdings; es heißt, die Sancreedis haben Feenblut«, pflichtete Jenk ihm bei. »Und dennoch darf man sie deswegen nicht verachten – ganz im

Gegenteil. Wie alle Feen besitzen sie einen überaus starken Gerechtigkeitssinn. Und nur weil Mistreß Sancreedi so unglaublich gewissenhaft bei ihren Geschäften ist, wollte ich sie jetzt noch nicht einweihen.«

Caleb nahm die Mütze ab und rieb sich den ergrauten Kopf. »Für einen Rückzieher stecken wir jetzt zu tief drin.«

Jenk zog seine Taschenuhr aus der Westentasche, öffnete sie mit dem Daumen und starrte wie betäubt auf das Zifferblatt. Das Uhrgehäuse war schädelförmig, mit weißem Email ausgelegt, und der Deckel war mit Stiefmütterchen und spanischen Lilien bemalt. Sie war eines der wenigen schönen und phantastischen Dinge, die Jenk noch besaß; er wollte mit ihr begraben werden. »Ich möchte mich keinesfalls ein zweites Mal zum Bettler machen, weder durch kurzsichtige Handlungen noch durch schwache Nerven. Ich habe überlegt (und ich weiß wirklich nicht, weshalb es mir so widerstreben sollte – denn Stolz ist eine Tugend, die ich mir schlecht leisten kann)... ich habe überlegt, dem Herzog zu schreiben. Er war stets großzügig, und sein Faible für Antiquitäten ist hinreichend bekannt. Die Bücher aus dem Fluß sind alt, und die Geheimnisse, um die es in ihnen geht, sind noch älter; sie könnten sehr wohl sein Interesse erwecken. Wirklich, wäre ich früher nicht zu stolz und zu geheimniskrämerisch gewesen und hätte seine Hilfe angenommen, könnte ich heute ein wohlhabender Mann sein.«

Caleb grunzte. »Zar-Wildungen? Ich dachte, er wäre schon seit zehn Jahren tot und begraben.«

Jenk lächelte ein wenig. »Begraben, in gewisser Weise, ja, aber noch nicht tot. Er lebt äußerst zurückgezogen in Wichtelberg, seinem Landsitz, und hat allen, außer den ruhigsten und gelehrtesten Forschungen, entsagt, denn sein Gesundheitszustand ist nicht gut – ich glaube, er muß weit über Neunzig sein –, während die Herzogin in der Stadt bleibt und ein überaus ausschweifendes Leben führt. Doch selbst Marcella Carleon könnte das Vermögen der Zar-Wildungen nicht durchbringen, und wenn wir die Gunst ihres Herrn erlangen können, nun, dann... sollte es für uns keine Schwierigkeit mehr sein, Jakobs Preis aufzubringen.«

Jenk schloß seine Uhr und steckte sie wieder in die Westentasche. »Es wird spät«, sagte er. »Du kannst das Geschäft schließen, wenn du willst. Und wenn du das getan hast, kannst du zu mir ins Labor hinunterkommen. Ich möchte dir etwas zeigen, das vielleicht interessant werden kann.«

Während Caleb die Tür verriegelte und die Rolläden vor den Fenstern herabließ, nahm Jenk eine der Laternen, ging zu einer niedrigen Tür im hinteren Teil des Geschäfts und holte seinen eisernen Schlüsselring hervor. Die Tür war mit einem altertümlichen Messingschloß verriegelt. Jenk durchsuchte seine Schlüssel, fand den richtigen und öffnete die Tür.

Der stickige Raum auf der anderen Seite besaß lediglich ein einziges Fenster hoch oben in der Mauer, und dieses war verrammelt und verriegelt. Das Mobiliar war spärlich: ein Stuhl, eine Bank, ein Hocker und zwei lange Tische aus vernarbten Brettern. Der Herd in der Ecke war mit Ziegelsteinen eingefaßt, so daß er einen Athanor oder einen alchimistischen Herd bildete, und ein Kupferkessel war noch immer über einen Kolben und eine Glasröhre mit dem Herd verbunden. Die übrige Laborausrüstung Jenks lag auf einem Tisch: Stehkolben und Retorten; Aludeln, Schmelztiegel und Balaenium(), weiter der riesige Bronzemörser, in welchem der Alchimist seine Kräuter und Pulver mit einem großen eisernen Stößel zermahlte. Auf dem zweiten Tisch ruhte der lange Ebenholzsarg.

Jenk hing seine Laterne an einen Haken in der Balkendecke und hob den Sargdeckel hoch. Bei seiner Ankunft hatte der Sarg nach dem Fluß gerochen, feucht und grasartig, aber mit dem Trockenwerden des Holzes war der Flußgestank gewichen und von einem anderen, unheimlichen und penetranten Geruch ersetzt worden, wie eine Mischung aus Kampher und Hanf. Der Geruch war zwar nicht unangenehm, aber durchdringend, und haftete noch lange, nachdem Jenk den Raum verlassen hatte, an seiner Haut und seinen Kleidern.

Aber der Körper in dem Sarg veränderte sich nicht, nicht im geringsten – so viele Male hatte er den Leichnam schon untersucht, und jedesmal war Jenk von neuem über die Unzerstörbarkeit des Fleisches ebenso überrascht wie über die unheimliche Beständigkeit des Stoffes, Leders und Papiers, die wohl mit der unmittelbaren Nähe zum Leichnam zusammenhing.

Um des Experiments willen hatte er gewisse Dinge auf den Sargboden gelegt: einen Veilchenstrauß, einen Brotlaib und eine Schüssel mit Obst. Alles war nach Tagen oder Wochen, wenn Jenk es wieder aus dem Sarg herausholte, noch genauso frisch wie am Anfang. Als weiteres Experiment hatte er ein kleines Samtviereck aus dem Umhang des Zauberers ausgeschnitten – das Stück Tuch war innerhalb weniger Stunden verrottet und zu Staub zerfallen.

Und dennoch … zu welchem Zweck war der Körper konserviert worden? Welchen Wert besaß er, sobald der Geist des früheren Inhabers entflohen war? War der Zauberspruch angewandt worden, weil der Zauberer dies selbst so verfügt hatte, oder war er selbst Objekt eines Experiments, das ein noch mächtigerer Magier durchgeführt hatte? Diese und andere Fragen gingen Jenk unentwegt durch den Kopf, verwirrten und erregten ihn zugleich. Der einzige Hinweis (und er konnte sich nicht gewiß sein, daß es ein Hinweis *war*) war ein kleines Stück Narwalelfenbein, das er in der linken Hand des Leichnams entdeckt hatte.

Doch jetzt zogen die Bücher, nicht der Körper, Jenk zum Sarg hin. Die Bücher waren alt, bei weitem älter als der Leichnam, und die meisten von ihnen waren in einer archaischen Handschrift und einer toten Sprache verfaßt. Sie waren so alt, daß sich ihre Seiten rasch auflösten, wenn man sie aus dem Sarg holte. Um sie zu benutzen, tat Jenk jetzt das, was er sonst auch tat: Er schlug das gewünschte Buch auf und setzte es auf die Brust des Leichnams.

Er schlug das Buch ungefähr in der Mitte auf, holte seine Lesebrille aus der Tasche und setzte sie sich auf die Nase.

»Da ist ein Stein, Seramarias genannt, der in der Natur nicht vorkommt«, las Jenk. »Er besitzt wundersame Eigenschaften, denn er neutralisiert Gifte, zieht andere Edelsteine an, wie ein Magneteisenstein Eisen anzieht, und verleiht demjenigen, der ihn trägt, die Gabe der Zukunftsschau. Viele andere, gleichermaßen bemerkenswerte Anwendungen wurden ihm zugeschrieben...« Der Buchhändler schüttelte den Kopf. Den Stein Seramarias herzustellen war seit vielen, vielen Jahren sein Traum, aber ohne die Tinkturen war er hilflos.

Er schlug eine weitere Seite auf, überflog sie, bis er zu der richtigen Stelle kam. Dann ging er zu dem anderen Tisch hinüber, packte den Inhalt seiner Taschen aus und wickelte das braune Papier vom Inhalt.

Caleb schlurfte in den Raum und warf einen Blick in den Sarg. Er hielt inne, um das aufgeschlagene Buch zu mustern. »Zur Herstellung eines Homunkulus oder kleinen Mannes...«, las er laut. »Meine Güte! Damit gibst du dich doch nicht etwa ab – sag mir, daß ich mich irre.«

»Genau damit«, erwiderte Jenk gelassen. »Warum sollte ich es schließlich nicht versuchen?«

Caleb schüttelte den Kopf. »Aber das hast du die ganzen langen Jahre zuvor schon versucht – immer wieder hast du's versucht und hattest niemals Glück. Zum Fehlschlag bestimmt, hast du gesagt. Absolut unmöglich! Eine Fabel, hast du gesagt. Eine wahnsinnige Ausgeburt der Phantasie. Alles das hast du gesagt, und *ich* vergeß es nicht, selbst wenn du es vergißt.«

»Ich wundere mich, daß du dich an Worte erinnerst, die so achtlos, so im Unmut gesprochen wurden«, meinte Jenk. »Ich sprach aus einer Enttäuschung heraus, weil ich nicht das leisten konnte, was andere Männer zuvor zu leisten imstande waren.«

»Niemand, den wir je kennengelernt haben ... nein, niemand konnte sich je damit brüsten«, erinnerte ihn Caleb.

»Aber die Alten haben diese Kunst besessen – wir wissen das aus allererster Hand«, beharrte Jenk. »Die Formeln, die ich früher versuchte, waren falsch, sie waren allesamt unvollständig, obgleich viele davon auf einen Prozeß hinwiesen ... Nun, nun, du wirst dich daran erinnern, wie es war: Ich glaubte, diesen Prozeß erahnen zu können, ich glaubte, daß die Lösung des Rätsels, wenn auch nicht explizit, so doch wenigstens implizit, in den Formeln selbst lag ... ich hatte viele Theorien, aber alle erwiesen sich als falsch.«

Er winkte in die Richtung des Sargs. »Darum stelle dir mein Erstaunen vor, als ich dieses Buch öffnete und darin die ganze Kunst bis ins kleinste Detail niedergeschrieben fand. Natürlich war ich zunächst skeptisch, ebenso wie du jetzt, aber du sollst sehen, wie weit ich gekommen bin.«

Er lenkte Calebs Aufmerksamkeit auf eine merkwürdige Konstruktion am anderen Ende des Tischs: ein schwarz eingeschlagenes Objekt, das auf einem eisernen Dreifuß ruhte. Eine brennende Kerze in einem Glaszylinder (der offensichtlich die Hitze der Flamme nach oben lenken sollte) stand unter dem Dreifuß. Jenk entfernte das schwarze Tuch und enthüllte ein Glasgefäß, das etwa die Größe und Gestalt eines Straußeneies hatte.

Caleb beugte sich vor, um das Ei zu untersuchen. Es war mit einer zähflüssigen, matt glänzenden, trüben Flüssigkeit gefüllt, doch Caleb erahnte eine winzige, puppenähnliche Gestalt, die in dieser Flüssigkeit schwamm. Sie wirkte wie ein vollkommen proportionierter kleiner Mann und war nicht größer als sechs Inches. Jedes Detail bis zu den Fingernägeln und Wimpern war völlig akkurat, in jeder Hinsicht äußerst realistisch, abgesehen von der winzigen Größe und der graugrünen Färbung der Haut.

»Vor sechsunddreißig Tagen«, sagte Jenk, »war dies eine Alraunenwurzel. Ich schnitt sie grob zurecht, so daß sie einem Mann ähnelte: rudimentäre Arme und Beine, die weiteren Züge lediglich angedeutet. Ich wusch sie mit Blut, Milch und Honig. Ich machte einen Schlitz an die Stelle, an der vielleicht der Bauch sein könnte, und fügte gekochtes Eiweiß ein, das mit *sperma viri,* Walöl und anderen – geheimeren – Ingredienzen behandelt war. Dann versiegelte ich die Wurzel in diesem Glasei, wo ich sie seitdem über einer sanften, jedoch stetigen Hitze ausgebrütet habe. In dieser Zeit ist sie langsam gewachsen und zu dem geworden, was du jetzt siehst.«

Caleb holte tief Luft und ließ sie dann langsam ausströmen. »Du willst mir sagen … diese kleine, aus einer Wurzel geschnitzte Puppe … ist *lebendig?* Daß sie weiter wächst und sich verändert, dort in deinem Kristallei, wie ein Same in der Erde oder ein Baby im

Mutterleib? Du willst mir sagen … du hast ein *Kind* gezeugt?«

»Es ist ganz gewiß lebendig«, erwiderte Jenk, »obgleich darüber hinaus … wie du siehst, regt es sich nicht, es bemüht sich nicht zu atmen, es ist nicht *belebt*. Wie wir es jetzt wahrnehmen, hat es nicht mehr Leben als eine Pflanze – was es von Anbeginn an eigentlich war.«

Er hatte die Brille auf seiner Nase zurechtgerückt, um sein Geschöpf besser sehen zu können. »Was daraus noch werden kann, das weiß ich nicht – abgesehen von der Tatsache, daß es gewiß kein menschliches Kind sein wird … nicht in dem Sinne, wie wir den Ausdruck definieren würden. Wie du siehst, gemahnt es mehr an ein winziges anatomisches Modell. Sollte es schließlich Bewußtsein erlangen, so wird es, glaube ich, voll ausgereift aus seinem Ei schlüpfen – natürlich unwissend und einer Lenkung bedürftig –, aber mental und geistig ausgereift.«

Caleb legte seine zitternde Hand auf das Kristallei und zog sie dann wieder zurück, als würde er den Impuls bedauern. »Du bist ziemlich kalt, Gottfried. Hätte gedacht, du wärst aufgeregt … und noch ängstlicher.«

»Aber ich habe den Entwicklungsprozeß jetzt über viele Wochen hinweg beobachtet, siehst du«, erwiderte Jenk schulterzuckend. »Ich hatte reichlich Gelegenheit, meine große Freude zu zügeln … und meine Anspannung. Ich gebe zu, daß ich manchmal, in den stillen Nachtstunden, noch immer wach werde und mich frage, was für ein schreckliches Ding ich hier erschaffe. Aber das ist Eitelkeit, Caleb, reine sündige Eitelkeit, denn ich erschaffe überhaupt nichts, sondern trete nur in ihren Fußstapfen der Alten.«

Jenk kehrte dem Wunder, das er geschaffen hatte, den Rücken zu und machte sich wieder an seinen braunen Paketen zu schaffen. Caleb jedoch konnte den faszinierten Blick nicht von der winzigen Gestalt in dem Glasei losreißen.

»Natürlich ist es noch zu früh, dieses Experiment einen Erfolg zu nennen«, sagte Jenk. »Das Wesen, wenn man es denn so nennen will, wird vielleicht niemals mehr sein als das, was wir jetzt sehen. Doch noch kein lebender Mann hat den Prozeß auch nur so weit fortgeführt. Also kaufte ich heute eine zweite Alraunenwurzel, um das Experiment zu wiederholen. Vielleicht schicke ich das Ergebnis dem Herzog, zusammen mit der Bitte um finanzielle Unterstützung. Er wird bestimmt sehr beeindruckt sein und äußerst großzügig reagieren.«

Caleb jedoch war über das Stadium des Interesses am Herzog von Zar-Wildungen oder dessen Gold weit hinaus. »Gottfried ...«, fragte er mit zitternder Stimme. »Wie bist du an das *sperma viri* gekommen?«

Jenk richtete einen Blick äußersten Ekels auf ihn. »Du nimmst doch bestimmt nicht an, daß *ich ...?*«

Caleb schüttelte den Kopf. »Nein, Gottfried, nein, daran habe ich überhaupt nicht gedacht. Du hast ein Kind gezeugt; es ist tot, aber du hast Sera, die seinen Platz einnimmt. Aber ich ... ich bin stolz auf Jed und die Mädchen, aber sie sind nicht mein eigen.

Es ist nicht auf eine – eine Abneigung zurückzuführen, daß ich niemals heiratete, das weißt du«, fuhr er ernst fort. »Ich hatte nur einfach einer Frau nichts zu bieten, bis Josses kleine Witwe zusammen mit ihren drei hungrigen Kleinen daherkam, die noch schlimmer dran war als ich. Ich nahm sie freudig bei mir auf, spielte für sie den Vater und für die Kinder den Großvater, aber eigene Kinder sind doch etwas völlig anderes.«

Während der Rede seines vormaligen Dieners war Jenks Gesichtsausdruck beträchtlich weicher geworden. »Ich weiß, Caleb, ich weiß«, sagte er sanft. »Und ich weiß auch, daß du mir nicht nachträgst, daß ich bis zu einem gewissen Ausmaß für deine Armut und den Ruin deiner ehemaligen Hoffnungen verantwortlich bin. Aber selbst unter der Annahme, daß dein Same noch immer lebensspendend ist – was keineswegs sicher ist, mein Freund, denn du bist nicht mehr jung –, wird es ein Scheusal sein, ein künstliches Geschöpf, das nicht mehr Menschlichkeit oder angebliche Menschlichkeit in sich birgt als ein Affe oder ein vierbeiniges Vieh. Wäre dies nicht so, so dächte ich nicht im Traum daran, dem Herzog so achtlos eines zu übersenden… Wäre es nicht so…«

»Schick dieses eine dem Herzog«, bat Caleb. »Es ist dir doch offensichtlich völlig gleichgültig, was daraus wird. Und es hat wohl einen Vater, der sich dafür interessiert.«

Jenk zog einen Stuhl heran und ließ sich erschöpft darauf nieder. »Sein Vater – wenn du ihn so nennen magst – war ein Verbrecher, ein Galgenvogel. Eine unwillkürliche Reaktion im Augenblick des Todes und ein Mann, dazu angeheuert, unter dem Galgen zu stehen und den Samen einzufangen, so lange er noch frisch war…«

Caleb schob diese Erklärung ungeduldig beiseite. »Na schön… dein kleiner Mann hat keinen lebenden Vater. Und *du* willst ihn auch nicht haben, das sehe ich klar und deutlich. Schick ihn dem Herzog. Soll er damit machen, was er will, aber der andere… wir könnten ihn für uns behalten, wir könnten ihn liebevoll behandeln.«

Jenk legte seinem alten Freund sanft die Hand auf den Arm. »Du würdest fast sicher eine große Enttäuschung erleiden. Vielleicht wird die Alraune nicht zum Leben erweckt. Und selbst wenn sie es tut und wir sie zur Reife bringen… weiß sie vielleicht nichts von menschlicher Zuneigung, nichts von Freude oder Furcht oder einem anderen Gefühl.

Du erkennst den Homunkulus vielleicht als dein eigen an – aber würde das Band zwischen euch der Kreatur selbst überhaupt etwas bedeuten?«

Caleb antwortete nicht sofort. Dann keuchte er und stieß einen überraschten Schrei aus. »Er hat sich bewegt! Ich hab's gesehen!«

Jenk sprang auf. Dann jedoch fand er seinen gesunden Menschenverstand wieder. Er schüttelte den Kopf und setzte sich. »Ich glaube, du bildest dir etwas ein, mein Freund. Du möchtest so sehr, daß er lebendig wird ...«

»Ich habe gesehen, wie er sich bewegte«, beharrte Caleb und packte ihn am Arm. »Sieh selbst, wenn du mir nicht glaubst.«

Jenk beugte sich vor und spähte in das Glasei. Der Homunkulus war völlig still, zeigte nicht mehr Lebenszeichen als zuvor. Und dennoch ... und dennoch schien es Jenk fast so, als hätte sich die Hautfärbung verändert, hätte einen lebensähnlicheren Schimmer angenommen ...

»Er bewegt sich ... jetzt kannst du es selbst sehen«, keuchte Caleb.

Die beiden alten Männer sahen voller Erstaunen, wie sich das kleine Wesen regte, wie es sich träge rührte, als würde es aus einem langen Schlummer erwachen. Seine Haut nahm eine rosigere Färbung an, und ein lebenspendender Pulsschlag durchfuhr die winzige Gestalt. Der kleine Kopf bewegte sich langsam von einer Seite zur anderen, und die Augenlider flatterten und öffneten sich.

Caleb zitterte am ganzen Leib. »Du hast es geschafft«, sagte er. »Du hast ein denkendes Wesen erschaffen.«

Jenk blickte dem Homunkulus ins Gesicht und konnte ihm nur wortlos zustimmen. Der kleine Mann erwiderte seinen Blick mit weitgeöffneten Augen –

Augen, die weder die Leere eines Narren noch die Unschuld eines Kindes hatten.

Jenk rang um Beherrschung, rang um Worte. »Möge der Vater des Universums mir vergeben«, flüsterte er heiser. »Ich glaube, ich habe etwas Unbeschreibliches erschaffen.«

8. Kapitel

In welchem Sera einem Schurken in die Hände fällt

Alle vierzehn Tage stattete Sera ihrem Großvater ein oder zwei Besuche in der Buchhandlung ab und verbrachte in seinem kleinen Wohnzimmer unter der Traufe einen angenehmen Nachmittag mit Teetrinken. Wenn das Wetter schön war, ging sie zu Fuß; wenn es regnete, blieb sie zu Hause oder leistete sich für ihr karges Taschengeld eine Sänfte, weil sie nicht um eine der Kutschen bitten und dadurch Clothildes Mißfallen riskieren wollte.

Am einunddreißigsten Tag der warmen Jahreszeit kleidete sich Sera sorgfältig an. Sie streifte das alte schwarze Bombasinkleid über, das sie vor kurzem mit etlichen Metern weißer Spitze verziert hatte. Sie wollte glücklich und wohlhabend wirken, damit ihr Großvater keinen Grund zur Sorge hatte.

Sie hielt inne, um sich in dem langen Spiegel oberhalb ihres Ankleidetisches zu mustern. Selbst mit der neuen Spitze wirkte das Kleid traurig altmodisch. Aber Großvater versteht nichts von Damenmode, und ich habe nichts Passenderes für einen nachmittäglichen Besuch, außer dem flaschengrünen Popelin. Sie versuchte, sich so gut wie möglich zu behelfen.

Mit den weißen Netzhandschuhen … und dem geblümten Schal … und ihrem Sonntagsstrohhut mit den roten Seidenrosen … und einer kleinen Goldbrosche in der Spitze … sah der schwarze Bombasin nicht gar so schlecht aus. Sera nahm ihre Handtasche und verließ das Schlafzimmer.

Auf der Treppe begegnete sie Elsie und deren Mutter, die gerade von einem nachmittäglichen Besuch zurückkehrten. Clothilde Vorder ging vorne, stolzierte mit hocherhobenem Haupt und einem beleidigten Ausdruck auf ihrem rosigen Gesicht die Stufen hinauf, während Elsie bedrückt hinterdrein schlich.

Beim Anblick der zum Ausgehen gekleideten Sera sträubten sich Mistreß Vorder die Nackenhaare. »Wo willst du denn hin, Miß?«

Um Elsies willen versuchte Sera, sich zu beherrschen. »Meinen Großvater besuchen… Du hast es mir erlaubt.«

»Daran erinnere ich mich nicht«, meinte Mistreß Clothilde. »Ich hatte damit gerechnet, daß du die Einladungen zu meiner Abendgesellschaft schreibst. Eigentlich erinnere ich mich genau, dir gesagt zu haben…«

»… daß du meine Dienste morgen nachmittag in Anspruch nehmen wolltest!« beendete Sera. »Zwecklos, das Gegenteil zu behaupten, denn Elsie war dabei, und Vetter Benjamin ebenfalls, und um die Sache auf den Punkt zu bringen: Mein Großvater erwartet mich.«

Clothildes Hand zuckte. Sie hätte Sera wohl gern geohrfeigt, aber da öffnete sich auf dem Treppenabsatz über ihnen die Tür zu Vetter Benjamins Arbeitszimmer. Obgleich Benjamin Vorder im allgemeinen zu träge und nachlässig war, um sich mit Clothildes schikanöser Behandlung der Tochter seines Verwandten zu befassen, wußten beide Frauen genau, daß er keinerlei körperliche Mißhandlung dulden würde.

»Du bist ein schlechtes, unverschämtes Mädchen«, sagte Clothilde. »Wir beide werden uns ganz bestimmt nachher noch deswegen sprechen! Und sieh zu, daß du vor dem Abendessen zu Hause bist, sonst wird es dir schlecht ergehen!« Und wutentbrannt ging sie weiter.

Sera streckte eine Hand aus, um Elsie beim Vorübergehen aufzuhalten. »Meine Liebe, was ist los? Hast du dich mit deiner Mutter gestritten?«

Elsie nickte. Auf den ersten Blick wirkte sie in ihrem zierlichen weißen Barchentkleid und dem weißen, mit Stiefmütterchen und blassen spanischen Lilien aus Samt verzierten Strohhut lieblich und frisch. (Wie eine Braut… oder ein Leichnam, dachte Sera – und beschimpfte sich dann wegen dieses seltsamen Gedankens innerlich selbst). Ein näheres Hinsehen zeigte einen unnatürlichen Schimmer in ihren Augen und eine hektische Röte auf ihren Wangen. Für Sera stand fest, daß sie Fieber hatte.

Aber das war Clothilde Vorders Art: Elsie bis zur Erschöpfung auf nachmittägliche Teegesellschaften, Gänge und Picknicke mitzuschleifen, wenn es ihr eigentlich überhaupt nicht gut ging und sie sich ausruhen sollte, um sie dann mit Ärzten und unnötigen Behandlungen zu quälen, wenn sie ansonsten auch völlig gesund war. Sie führt Elsie und ihre Gebrechen vor, wie einige Frauen ihre Kleider, ihren Schmuck und ihre Kutschen vorführen, dachte Sera.

»Ich habe Mama auf der Heimfahrt in der Kutsche gesagt, daß ich niemals mehr zu Dr. Mirabolo gehen will«, sagte Elsie. Der zweite Besuch in der Praxis in der Giftgasse war ebenso schockierend verlaufen wie der erste, und anstatt daß die Vorführung nützlich für sie gewesen wäre, hatte sie die folgenden drei Tage mit einem Nervenzusammenbruch verbracht.

»Und deshalb ist sie dir böse…«, meinte Sera. »Mach dir nichts draus, meine Liebe. Sie kann dich beschimpfen und dir zusetzen, wie sie mag, aber sie kann dich nicht zwingen, gegen deinen Willen dorthin zu gehen.«

Elsie sah sie zweifelnd an. »Wirklich nicht? Ich glaube, sie kann es doch. Mama kann einen so zwingen.«

Sera nahm ihre Hand und drückte sie. »Du bist sechzehn Jahre alt und kein Kind mehr. Sie kann dich weder schlagen noch dich in deinem Zimmer einschließen. Und wir leben in einem zivilisierten Land; du bist nicht die Tochter eines bösartigen orientalischen Despoten. Deine Eltern würden dich nicht einmauern oder dich wegen ungebührlichen Benehmens verstoßen – nun, ich schätze, sie könnten dich enterben … aber nicht aus einem so trivialen Grund. Da müßtest du schon etwas besonders Schreckliches tun. Und ich sehe Vetter Benjamin einfach nicht in der Rolle des tyrannischen Vaters … Ein Mann von seiner seßhaften Lebensart fände das zweifellos zu anstrengend.«

Elsie lächelte über Seras Scherz nur ein wenig. »Nein, sie wird mich wohl kaum verstoßen oder etwas ähnlich Dramatisches mit mir machen. Aber vielleicht … Sera, vielleicht schickt sie *dich* weg, um *mich* zu bestrafen.«

»Ja«, stimmte Sera seufzend zu. »Das tut sie vielleicht.« Diese berechtigte Drohung war allgegenwärtig. Wann immer Sera etwas sagte oder Kusine Clothilde ungehorsam war … wann immer sie Elsie dabei unterstützte, den Wünschen ihrer Mutter Widerstand zu leisten … ging sie stets das Risiko ein, daß Clothilde sie wegschicken würde, daß sie und Elsie getrennt würden. »Aber um das zu tun, würde sie gleichfalls die Erlaubnis deines Vaters benötigen, und ich glaube kaum, daß Vetter Benjamin ihr gehorchen würde.

Und überhaupt«, fügte sie, den Kopf in die Höhe werfend, hinzu, »würde ich mich lieber wegschicken lassen, würde lieber bei meinem Großvater bleiben – was mir überhaupt nichts ausmachen sollte, da dies keine Trennung von dir bedeuten würde –, als hierzubleiben und weiterhin als Mittel benutzt zu werden … dich gefügig zu machen.«

Sera verließ Elsie, die sich in ihrem Schlafzimmer mit einem Buch in der Hand hingelegt hatte. Sie hatte einen

Schal aus Mawbriseide wie eine Decke über sich gelegt, und ein Dienstmädchen blieb im Zimmer, das während Seras Abwesenheit nach ihr sehen sollte. Sera verließ das Haus und ging flott voran, denn der Weg war weit, und sie war bereits zu lange aufgehalten worden. Sie wußte, daß Kusine Clothilde einen Weg fände, sie zu strafen, falls sie zu spät nach Hause käme.

Der Tag war schön, und auf den kopfsteingepflasterten Straßen wimmelte es von Sänften und offenen Kutschen, Reitern und Fußgängern sowie Straßen- und fliegenden Händlern aller Art. Die Leute in den Kutschen und Sänften zeigten keinerlei Skrupel, den Verkehr aufzuhalten; sie blieben einfach stehen, musterten die Waren oder tätigten einen Einkauf. Doch Sera erfreute sich an dem geschäftigen Treiben und der bunten Vielfalt.

Die Jahreszeit ging ihrem Ende entgegen. Die Bauernmädchen, die noch vor vier oder fünf Wochen Kaninchen verkauft hatten, boten jetzt Spottdrosseln oder Goldfinken in Käfigen an. Sera entdeckte einen alten Mann, der winzige Holzpuppen in weißen Kleidern verkaufte. Die Puppen würden in zehn Tagen, am Tag der Blumen, die kleinen Mädchen von Thornburg in die Kirche begleiten. Rosenbräute wurden diese Püppchen genannt.

Sera blieb keine Zeit mehr, wie ursprünglich beabsichtigt bei ihrer Patin Oma Haarfuß vorbeizuschauen. Oma Haarfuß verkaufte Raritäten und andere seltsame Nippsachen in einem kleinen Geschäft drei Türen von Jenks Buchhandlung entfernt; die alte Zwergin war Seras Freundin sowie – da sie so etwas wie eine Autorität in der Nachbarschaft darstellte – eine unschätzbare Informationsquelle über das Kommen und Gehen, die Tätigkeiten und das allgemeine Wohlbefinden aller ihrer Nachbarn. Sera entschloß sich, den Besuch in dem Kitschladen zu verschieben, aber sie blieb bei einem

Straßenhändler, der eine Kalikoschürze trug, stehen und kaufte süße Brötchen und Ingwerkuchen. Sie kam nicht gern mit leeren Händen zu ihrem Großvater.

Eine lange Prozession – offensichtlich eine der Zünfte – versperrte ihr in der Kirchenstraße den Weg. Sera mußte warten, bis der Zug vorüber war, wobei sie immer ungeduldiger wurde. Inzwischen hatte der Verkehr so schrecklich zugenommen, daß es am besten schien, einen Umweg zu machen.

Zu einem richtigen Besuch bleibt keine Zeit mehr … Oh, du meine Güte, warum bin ich so spät los? Wenn ich bei Kusine Clothildes Heimkehr nicht dagewesen wäre, befände ich mich jetzt auch nicht in so schrecklicher Bedrängnis.

Sie ging die Feuchtstraße entlang, die Gott sei Dank leer war, als eine Kutsche neben ihr anhielt, und eine vertraute Stimme sie beim Namen rief. »Guten Tag, Miß Vorder. Ihr unternehmt einen kleinen Spaziergang, nicht wahr?«

Sera blickte auf und sah Lord Krogan, einen engen Vertrauten Kusine Clothildes – ein Gentleman jener schleimigen Art, die Sera ganz besonders zuwider war. Dennoch hatte es keinen Zweck, grob zu sein, wo die Frage doch höflich gestellt worden war.

»Ich will meinen Großvater besuchen, Sir. Er erwartet mich zum Tee.«

Lord Krogan schwenkte seine Peitsche. Er war fett, mittleren Alters und (wie man Sera informiert hatte) unter seiner Perücke so kahl wie ein Ei, aber er hielt sich für einen Sportsmann und kleidete sich entsprechend. »Vielleicht möchtet Ihr mitgenommen werden, Miß Vorder. Wir wollen anscheinend in die gleiche Richtung.«

Sera öffnete den Mund, um das Angebot auszuschlagen, überlegte es sich dann jedoch nochmals. Sie war spät dran … sie wurde allmählich müde … Obgleich sie Lord Krogan zu sehr verabscheute, um unter gewöhnlichen Umständen mit ihm zu fahren, konnte es wohl nicht schaden, die Fahrt in einer offenen Kutsche anzunehmen. »Ihr seid sehr freundlich. Ich bin Euch sehr zu Dank verpflichtet.«

Lord Krogan hielt die Kutsche an, beugte sich zu ihr und hielt ihr seine feuchte Hand entgegen. Sera ließ sich von ihm beim Einsteigen helfen und setzte sich neben ihn, die Handtasche und ihren Beutel mit den Brötchen und dem Ingwerkuchen auf dem Schoß. Sie zeigte Lord Krogan die Richtung zur Buchhandlung ihres Großvaters und erklärte ihm den kürzesten Weg dorthin.

»Ein schöner Tag«, sagte Lord Krogan höflich, als er an den Zügeln zog und die Kutsche sich in Bewegung setzte – dann verschwand der höfliche Eindruck, da er sie aufdringlich angrinste und hinzufügte: »Und Ihr seid, falls ich es so sagen darf, anscheinend auch gut in Form.«

Sera biß sich auf die Lippe und gab keine Antwort. Bei der Geschwindigkeit, mit der sie dahinrollten, würde sie die Gesellschaft des Mannes nicht allzulange ertragen müssen.

Mehrere Minuten lang fuhren sie schweigend weiter, bis der Herzog seinen Pferden die Peitsche gab und mit hoher Geschwindigkeit um eine Ecke bog, in der die Kutsche fast umgekippt wäre.

»Mylord«, sagte Sera außer Atem, »vielleicht … habt Ihr meine Anweisungen mißverstanden. Dies ist nicht der Weg zu meinem Großvater.«

Lord Krogan grinste sie an und antwortete nicht, gab aber seinen Pferden erneut die Peitsche. Als sie um eine weitere Ecke bogen, klammerte sich Sera an der Kutsche fest, damit sie nicht hinausgeschleudert wurde.

Eine Zeitlang setzten sie ihren Weg mit derselben halsbrecherischen Geschwindigkeit fort. Sera wurde allmählich klar, daß Krogan niemals die Absicht gehabt hatte, sie zu ihrem Großvater zu bringen. Mein Gott, was kann er bloß vorhaben? Sie hatte viele wilde Geschichte von zügellosen Gentlemen und hilflosen Mädchen gehört, hatte jedoch diesen Geschichten niemals Glauben geschenkt. Dennoch, so phantastisch es ja aussah, der Schluß war unausweichlich, daß Lord Krogan tatsächlich versuchte, sie am hellichten Tag zu entführen.

»Lord Krogan«, sagte Sera so ruhig, wie sie konnte. »Ich verlange, daß Ihr sofort anhaltet, Sir, und mir gestattet, auszusteigen.«

Ihr Entführer warf den Kopf in den Nacken und lachte schallend. »Ihr habt meine Einladung angenommen, Sera. Jetzt ist es viel zu spät, um noch einen Rückzieher zu machen.«

Inzwischen verspürte Sera eine entsetzliche Furcht – aber sie streckte das Rückgrat, hob das Kinn und erwiderte entschlossen: »Ich habe Euch nicht die Erlaubnis gegeben … Sir … mich bei meinem Vornamen anzusprechen. Und wenn Ihr nicht *anhaltet …* werde ich mich gewiß dazu genötigt sehen zu *springen.*«

Lord Krogan grinste sie nur höhnisch an. »Das glaube ich kaum. Ihr seid ein sensibles Mädchen … liebe Sera … und Euch muß klar sein, wie schrecklich gefährlich das wäre.«

Sera sank der Mut, als ihr klarwurde, daß seine Worte der Wahrheit entsprachen: Sie fuhren jetzt mit einer solchen Geschwindigkeit, daß jeder Versuch, von der Kutsche zu springen, sie gewiß unter die Hinterräder bringen würde.

Sera versuchte nachzudenken. Er kann nicht vorhaben, mich aus der Stadt zu bringen, denn dann würde er beim Durchqueren des Tors langsamer fahren müssen, und ich könnte abspringen. Gnädiger Himmel! Wir fahren offenbar zu einem Bordell. Glaubt er etwa allen Ernstes, daß ich ihn dort hineinbegleiten würde?

»Lord Krogan«, sagte sie ernst, »wenn dies eine – eine romantische Eskapade sein soll … so bitte ich darum, daß Ihr Euch nicht mit der Annahme schmeichelt … daß ich in irgendeiner Weise mit Euch kooperiere.«

Da unterlief Lord Krogan ein großer Fehler. Er bog in eine weitere schmale Straße ab, auf der es bei weitem lebhafter zuging als auf den bisherigen. Als der Herzog an den Zügeln zog, nahm Sera allen Mut zusammen und bereitete sich darauf vor, bei der erstbesten Gelegenheit zu handeln. Dann polterte eine stattliche Berline um die Ecke und blieb vor ihnen stehen.

Lord Krogan zog die Zügel an, und Sera ergriff die Gelegenheit beim Schopf. Sie raffte die Röcke und sprang aus der Kutsche. Sie kam schlecht auf, verdrehte sich den Knöchel und ließ Handtasche und Paket fallen. Aber in einer Sekunde war sie wieder auf den Beinen, sammelte ihre Habe ein und humpelte, so rasch sie konnte, die Straße hinab.

Lord Krogan, der seine Kutsche nicht im Stich lassen wollte, ließ sie laufen und begab sich nicht auf die Verfolgung.

Welches Sera in denselben bedauerlichen Umständen vorfindet wie das vorherige Kapitel

Sera blickte sich mit beträchtlichem Mißfallen um. Diesen Teil Thornburgs kannte sie ganz und gar nicht, und hier wollte sie auch nicht bleiben. Die Straße war so schmal, daß sich die oberen Stockwerke der schiefen alten Häuser an einigen Stellen tatsächlich berührten und einen düsteren, zugigen Tunnel zwischen häßlichen, verschmierten Gebäuden bildeten: zwischen Mietshäusern, Tavernen und Schnapsbuden. Gelegentlich erhellte eine an einer rostigen Kette hängende Laterne die Straße, aber es war kein Platz für einen Bürgersteig, so daß Sera gezwungen war, auf der matschigen und schlechtgepflasterten Fahrbahn zu gehen. Die Menschen sahen heruntergekommen und schmutzig aus; die Umgebung roch nach Müll, Armut und billigem Schnaps. Sera zog den geblümten Schal fester um sich und machte sich raschen Schritts in die Richtung auf, die sich hoffentlich als die richtige erweisen würde.

Männer wie Lord Krogan sollten in Öl gekocht werden! dachte Sera, während sie die Straße hinabhumpelte. Sie sollten gezwungen werden, glühend heiße Steine zu schlucken. Sie sollten … Oh, du meine Güte, ich fürchte, ich bin entsetzlich behütet worden – ich weiß keine Strafe, die hart genug ist!

Zunächst verstand sie nicht, weswegen sie soviel Aufmerksamkeit erregte, weswegen die Frauen sie beim Vorübergehen so böse ansahen und die Männer so grobe

Bemerkungen machten. Dann jedoch ging ihr auf, daß es ihre Kleidung war. Ihr steifes schwarzes Bombasinkleid (das unter den Vorders und deren Freunden so schäbig war!)… ihre weißen Handschuhe… ihr geblümter Hut und ihr Seidenschal… Sera war sich jäh bewußt, wie sie diesen zerlumpten und unterernährten Leuten erscheinen mußte: wie die gehätschelte Tochter einer wohlhabenden Familie, der es im Leben nie an etwas gefehlt hatte. Kein Wunder, wenn sie mich hassen, dachte Sera. Sie senkte die Augen und ging so rasch weiter, wie sie sich traute.

Als sie an einem Straßenschild vorüberkam, warf sie einen Blick darauf in der Hoffnung, einen Hinweis auf die Richtung zu finden. In dem Zwielicht zwischen den überhängenden Gebäuden war es schwierig, die verblaßte Schrift zu entziffern, aber sie konnte den Namen doch erkennen.

Steinbockstraße stand auf dem Schild, und Sera spürte, wie es ihr kalt den Rücken hinunterlief. Steinbockstraße … der Name war ihr jedenfalls vertraut – er hatte die Vertrautheit eines wiederkehrenden Alptraums.

»Geh niemals in die Steinbockstraße, denn von dort wirst du niemals zurückkehren!« Die alte Warnung fiel ihr wieder ein, eine Erinnerung aus den Tagen ihrer Kindheit in der alten Umgebung. Ausgesprochen von den Müttern und Vätern, den älteren Brüdern und Schwestern der Freunde Seras. Diese erschreckenden Worte sorgten dafür, daß sich die jüngeren Kinder alle möglichen Schrecken vorstellten. In der Steinbockstraße gab es menschenfressende Hexen… Zauberer mit Holzfüßen und starren Glasaugen… wilde Hunde und gelbe Dämonenkatzen… eine ganze Ansammlung von Schrecken und wilden Tieren, die das kindliche Gemüt bis ins Innerste entsetzten.

Wenn es Sera jetzt nicht besser gewußt hätte, wenn sie nicht gewußt hätte, daß die Steinbockstraße nichts weiter war als eine schmale, schmutzige Straße, die von ihrer eigenen, schäbig-vornehmtuerisch Nachbarschaft in einen völlig gewöhnlichen Slum führte… dennoch war etwas von dem alten, abergläubischen Entsetzen in ihr zurückgeblieben. Und wenn es auch keine Hexen und Zauberer gibt, so gibt es doch Verbrechen, Bösartigkeit und menschliche Erniedrigung jeder Art – und das ist schon schrecklich genug.

Aber wenigstens wußte sie jetzt, wohin sie gehen mußte.

Während Sera zielstrebig ihres Weges ging, kam sie an vielen zerlumpten Kindern vorbei: schreckliche kleine Erscheinungen mit abgehärmten Gesichtern und wissenden Augen. Sie spielten auf eine herzlose, getretene, erschöpfte Weise, die eher an die Erfüllung einer Pflicht als an ein Vergnügen denken ließ. Selbst ihr Lachen klang schrill und hysterisch. Sera ertrug ihren Anblick nicht. Sie wünschte, sie würde sich getrauen, die Hände über die Ohren zu legen, damit sie die Kinder nicht hören mußte.

Eines ihrer Lieder, auf eine besonders schrille Melodie gesungen, verfolgte sie die ganze Straße hinab:

Sally, geh um die Sterne herum,
Sally, geh um den Mond herum,
Sally, geh um den Kamin herum…

Sowohl die Worte als auch die Melodie hatten etwas Spukhaftes an sich, das Sera aufs äußerste beunruhigte.

Während sie weiterging, wurde sie sich immer mehr bewußt, daß ihr jemand folgte… wahrscheinlich ein Mann, und ganz bestimmt betrunken, wie sie aus dem Geräusch seiner schlurfenden Schritte sowie aus den höhnischen Bemerkungen schloß, die seine Aufholjagd die ganze trübselige Straße entlang begleiteten.

»Hee, hör mal, Fräuleinchen… du has dir aber 'nen

hübschen Verehrer angelacht«, rief jemand mit rauher Stimme.

»Laß dich nich mit 'nem ›Nein‹ abspeisen, Kumpel. Die is nich so stolz, wie se aussieht!«

Doch Sera war zu klug, um den Schritt zu beschleunigen. Wenn ich loslaufe, wird er mir nur nachlaufen.

»Wie geht es Euch, Miß Vorder?« Es überraschte Sera, ihren Namen von einer Stimme ausgesprochen zu hören, die sanft und kultiviert und ihr irgendwie vertraut klang – und noch überraschter war sie darüber, daß die sie verfolgenden Schritte ebenso jäh verstummten wie die der anderen Leute auf der Straße.

Sera riskierte einen Seitenblick. Eine winzige, weißhaarige Frau in einem langen grauen Mantel schritt neben ihr her. »Mistreß Sancreedi!« rief Sera aus, als sie die einzige von Elsies vielen Ärzten wiedererkannte, die ihr jemals etwas Gutes getan hatten.

»Meine liebe Miß Vorder, was auf Erden hat Euch dazu gebracht, in diesem Teil der Stadt umherzustreunen?« Mistreß Sancreedi war nicht viel größer als ein Zwerg und zierlicher gebaut als die kleine Herzogin von Zar-Wildungen, dennoch verbreitete sie eine natürliche Würde um sich, die augenblicklichen Respekt verlangte. Obgleich nicht mehr jung, war sie noch immer eine gutaussehende Frau, denn das Alter hatte es gut mit ihr gemeint, hatte ihre Schönheit eher veredelt statt zerstört. Der einzige Mißton in ihrem ansonsten lieblichen Gesicht waren ein Paar gelber Augen, die in ihrer Größe und in ihrem Ausdruck ebenso ungewöhnlich waren wie in ihrer Färbung.

»Ich bin *nicht* absichtlich hergekommen«, erwiderte Sera, »sondern … aufgrund eines Mißgeschicks. Ich will meinen Großvater besuchen. Und wenn die Frage nicht unverschämt ist: Was führt *Euch* in die Steinbockstraße?«

Die kleine Ärztin machte eine wegwerfende Geste.

»Meine beruflichen Pflichten führen mich oftmals hierher. Eigentlich bin ich in jedem Teil Thornburgs gut bekannt und bewege mich ziemlich frei. Gestattet mir, Miß Vorder, Euch vorübergehend sicheres Geleit zu gewähren und Euch zu Eurem Großvater zu bringen.«

Mehr als glücklich erklärte sich Sera einverstanden. »Ihr seid sehr freundlich«, meinte sie.

Eine Zeitlang gingen sie schweigend nebeneinander her. Obgleich Sera wußte, daß es unhöflich war, warf sie gelegentlich einfach einen verstohlenen Seitenblick auf ihre Begleiterin – denn um die Wahrheit zu sagen, es war da etwas unheimlich Exzentrisches an Mistreß Sancreedis Kleidung.

Über ihr altmodisches, moosgrünes Kleid hatte sie ein steifes schwarzes Mieder geschnürt, und darüber hinaus trug sie einen weiten Rüschenkragen aus weißem, mit Spitze gesäumten Batist. Ihr großer Strohhut war mit Obst und frischen Blumen aus Wachs verziert, doch noch überraschender waren die beiden daraufhockenden lebendigen Vögel, ein Rotkehlchen und ein Zaunkönigweibchen. Sie trug einen bedeckten Korb, in welchem sich (wie man aus den herausdringenden Geräuschen sowie der sich gelegentlich zeigenden gestreiften Pfote oder dem Schwanz mit weißer Spitze schließen konnte) anscheinend Kätzchen befanden.

Zweifelsohne ist sie die merkwürdigste Frau, die mir je begegnet ist, dachte Sera. Aber ich weiß, daß sie eine gute Frau ist.

Sie kamen an einer weiteren Gruppe Kinder vorbei, die trostlos im Kreis umhertrotteten und eben jenes Lied sangen, das Sera zuvor so beunruhigt hatte. »Mistreß Sancreedi«, fragte Sera laut. »Kennt Ihr das Spiel, das diese Kinder spielen? Und den Vers, den sie singen? Ich glaube, die Worte zu kennen, obgleich mir die Melodie fremd ist.«

»Aber sie spielen kein *Spiel*«, erwiderte die kleine

Frau. »Sie sprechen vielmehr eine Art Zauberspruch. Auch ist es nicht überraschend, daß Ihr die Worte kennt, die auf einer uralten Anrufung der Sonne und des Mondes beruhen. Es ist ein schützender Spruch gegen die Schrecken der Nacht.

Ihr runzelt die Stirn, Miß Vorder, als würdet Ihr dies mißbilligen«, fügte sie hinzu. »Würdet Ihr mir den Grund hierfür sagen?«

Sera schüttelte den Kopf. Sie wußte nicht genau, wie sie ihre Gefühle ausdrücken sollte. »Diese Kinder ...«, meinte sie schließlich. »Ihre Lebensumstände sind so erbärmlich schlecht ... ich kann mir nichts Schlimmeres vorstellen als das Leben, das sie bereits führen. Welche Notwendigkeit besteht für ihre Eltern ... Alptraumgestalten zu erfinden, um sie einzuschüchtern?«

»Keinerlei Notwendigkeit«, erwiderte Mistreß Sancreedi. »Diese Kinder sind in der Lage, sich selbst Alptraumgestalten einzubilden. Ihr seid schockiert über das, was Ihr hier gesehen habt. Die Lebensbedingungen dieser Kinder erregen Mitleid und Ekel in Euch. Aber wenn Ihr das Schlimmste sehen wollt, müßt Ihr nachts hierherkommen.

Diese Kinder«, fuhr Mistreß Sancreedi fort, »wissen nichts von Kissen oder sauberem Leinen. Sie verbringen die Nächte zusammengekauert mit ihren gleichermaßen schäbigen Brüdern und Schwestern in einem Haufen schmutziger Lumpen in irgendeiner zugigen Ecke. Ratten sind ihre regelmäßigen Bettgenossen, und gewalttätige Auseinandersetzungen ihrer betrunkenen Eltern sind ihnen ein vertrautes Wiegenlied. Fast immer gehen diese Kinder hungrig zu Bett. Ist es da ein Wunder, wenn sie unruhig schlafen und ihre Träume zumeist Alpträume sind? Aber am schlimmsten von allem ist vielleicht ihre Furcht vor Hobgoblins jedesmal bei Vollmond.«

»Das ist sehr traurig«, sagte Sera mit einem weiteren

Kopfschütteln. »Aber an Hobgoblins ist nichts Übernatürliches, wißt Ihr. Sie sind einfach – einfach Ungeziefer. Und sie kommen bei Vollmond nur deshalb heraus, weil unterirdische Beben ihre Tunnel unsicher machen.«

»Wie Ihr sagt«, stimmte Mistreß Sancreedi zu. »Sie sind bloß Ungeziefer ... aber sie besitzen einen Rest von Intelligenz. Und anders als Ratten und sonstiges Ungeziefer haben sie geschickte kleine Hände, die es ihnen ermöglichen, Riegel zu öffnen und Fenster aufzudrükken; ihnen stehen Hunderte verschiedener Wege offen, Zutritt zu diesen alten, heruntergekommenen Häusern zu erhalten. Darüber hinaus verhalten sie sich wahnsinnig überirdisch, und ihr Biß ist giftig.

Ihr würdet sagen, daß ihr Gift nicht sehr stark und die Wunde, wenn sie richtig behandelt wird, nicht ernst ist«, fügte die Ärztin hinzu, als Sera den Mund zum Sprechen öffnete. »Aber Rosenwasser und Nelkenöl sind viel, viel zu teuer für diese Leute hier. Der kleine Bursche da drüben ...« Mistreß Sancreedi deutete auf einen ausgemergelten Bengel, nicht älter als sechs Jahre, der sich auf eine Krücke stützte und auf einem Holzbein dahinstapfte. »Er wurde von einem Hob gebissen, ehe er das Laufen lernte. Seine Mutter hat erst nach mir geschickt, als sich das Gift von seinem Fuß bis ins Bein hinauf ausgebreitet hatte. Ich kam rechtzeitig, ihm das Leben zu retten, aber nicht die Gliedmaße.«

Mistreß Sancreedi stieß einen erschöpften kleinen Seufzer aus und wechselte das Thema. »Aber berichtet mir doch etwas von Eurer Kusine, Miß Vorder. Hat sich ihr Gesundheitszustand überhaupt gebessert?«

»Nein«, erwiderte Sera. »Ich wünschte wirklich, daß Kusine Clothilde vernünftiger gehandelt und Euch nicht entlassen hätte!« Doch war es nicht weiter verwunderlich, daß Mistreß Sancreedis Rezepte – eine einfache Diät, bescheidene Übungen sowie milde Kräutertränke, um Elsies unregelmäßige Verdauung zu unterstützen – nicht Kusine Clothildes Gefallen fanden.

»Ich denke mir«, meinte die Ärztin, »daß die Herzogin etwas mit meiner Entlassung zu tun hatte. Marcella Carleon hat der Welt viel Gutes getan – ich glaube sogar, sie wird überall als eine große Menschenfreundin angesehen –, aber sie hat sich auch für vieles zu verantworten.«

Während sie ihren Weg durch den Schmutz, den Müll und das Dämmerlicht fortsetzten, erzählte ihr Sera eine lange Geschichte von Elsie und ihren Krankheiten, die irgendwie zu einer Aufzählung ihrer eigenen Versäumnisse geriet und damit endete, daß Sera Mistreß Sancreedi alles über Lord Krogan und dessen unwürdiges Benehmen berichtete.

»Und ich weiß einfach nicht, was ich tun soll. Wenn ich mich bei Kusine Clothilde beklage, wird sie gewiß jede Lüge glauben, die Lord Krogan ihr zu erzählen geruht. Er wird sie davon überzeugen können, daß ich etwas Unangemessenes gesagt oder getan habe, das seine Aufmerksamkeit erweckte. Und was Vetter Benjamin betrifft … er wird mir wahrscheinlich glauben, aber welche Schritte könnte er unternehmen, außer Lord Krogan zum Duell herauszufordern und mit fast absoluter Sicherheit selbst getötet zu werden? Wenn ich jedoch nichts sage und Lord Krogan die Geschichte selbst verbreitet …«

»Oh, aber ich glaube nicht, daß er dies tun wird«, warf Mistreß Sancreedi ein. »Man brüstet sich nicht mit einer fehlgeschlagenen Entführung. Seine Absichten waren böse (weswegen ihn manche Leute tatsächlich bewundern würden), aber die Durchführung war fürchterlich ungeschickt (wofür ihn niemand bewundern würde). Eure eigene Vorgehensweise hingegen war bemerkenswert beherzt.«

Sera war davon nicht sonderlich überzeugt. »Das

sehe ich anders. Es ist nichts Bemerkenswertes daran, aus einer Kutsche zu springen, die sich kaum bewegt. In der Tat, wenn ich noch einmal darüber nachdenke, kommt es mir sogar ziemlich kindisch vor. Ich hätte imstande sein müssen, Lord Krogans Leidenschaft im Keime zu ersticken, wenn ich mich … würdevoller verhalten hätte … oder ihm irgendwie beigebracht hätte, mich angemessen zu respektieren.«

Mistreß Sancreedi warf den Kopf in den Nacken und lachte. »Aber meine liebe Sera, ich glaube, genau das *habt* Ihr getan. Auf jeden Fall habt Ihr Euch meinen Respekt verdient, und den verdient man sich nicht so leicht.«

Mistreß Sancreedi verabschiedete sich vor der Buchhandlung. »Sera, es war schon lange mein aufrichtiger Wunsch gewesen, Euch näher kennenzulernen … und ebenso sehr bedauerte ich in dieser Hinsicht, daß ich mit Eurem Großvater nicht besser befreundet war. Ich wäre gern bei Eurer Taufe dabeigewesen.« Mit diesen rätselhaften Worten berührte sie Sera leicht an der Wange und ging ihres Wegs.

Eine Viertelstunde vor vier betrat Sera die Buchhandlung. Sie fühlte sich ungewöhnlich leicht, und war mit sich und der Welt in Frieden. Wenn ich einen Hang zur Phantasterei hätte, könnte ich mir einbilden, daß an ihr etwas Magisches ist … etwas in Mistreß Sancreedis Stimme oder ihrer Berührung, ein Zauber gegen Zorn, Ärger und Neid. Aber es liegt nur an ihrer Güte – ihrer Feinfühligkeit und Natürlichkeit –, daß man sich dazu inspiriert fühlt, ein besserer Mensch zu werden.

Wie Sera rasch erfuhr, war ihr Großvater ausgegangen. »Ist vor ein oder zwei Stunden los, etwas besorgen – nein, ich weiß *nicht,* wo er sein könnte«, sagte Caleb gereizt. »Er wird wohl bald zurück sein, wenn er wußte, das du kommst.«

Noch immer ungebrochen frohen Muts wünschte

Sera Caleb einen überraschend freundlichen guten Tag und stieg die beiden Treppenfluchten zum Wohnbereich ihres Großvaters unter dem Dach hinauf.

Sie setzte den Hut ab, zog Schal und Handschuhe aus und drapierte sie über einen Sessel mit Lederlehne. Sera bewegte sich in der Dachwohnung wie jemand, dem alles genau vertraut ist. Sie zündete ein Feuer in dem roten Ziegelsteinkamin in Jenks kleinem Wohnzimmer an und hängte einen Kessel mit Wasser über die Flammen.

Während sie leise eine halbvergessene Melodie summte, deckte sie den Tisch mit Tellern, Tassen und Untertassen und holte eine Platte für den Ingwerkuchen und eine weitere für die Brötchen. Sie durchsuchte den Speiseschrank, bis sie einen Laib trockenen Brots gefunden hatte, schnitt zwei Scheiben ab, spießte sie auf eine langstielige Gabel und hängte sie zum Toasten in ein Gestell im Kamineinsatz.

Da der Kessel gerade erst zu dampfen anfing, öffnete Sera das Handarbeitskörbchen, das sie in der Buchhandlung aufbewahrte, und durchwühlte den Inhalt, bis sie ein Rüschenhemd ihres Großvaters hervorholte. Es war so alt und dünn, daß es sich an den Säumen bereits auflöste. Sie setzte sich auf einen der beiden Ohrensessel am Feuer, fädelte die Nadel ein und machte sich ans Werk.

Sie war immer noch damit beschäftigt, als Gottfried Jenk kurze Zeit später das Zimmer betrat. Der alte Buchhändler hielt unbemerkt auf der Türschwelle inne und erfreute sich an der hübschen Szenerie häuslicher Zufriedenheit, die sich seinem Blick präsentierte. In der Glut des Feuers war die rosige Färbung von Seras Wangen lebhafter denn je; der schimmernde, dunkle Kopf war konzentriert vornübergebeugt, während sie mit winzigen, sorgfältigen Stichen das alte Hemd zusammennähte.

Ihm blieb nur ein Augenblick, sie zu beobachten, ehe Sera aufschaute und ihn in der Tür stehen sah. »Da bist du ja, Großvater. Du bist gerade rechtzeitig gekommen. Das Wasser kocht, und die Teekanne auf dem Kaminsims wird warm.«

Jenk kam langsam durch das Zimmer zu ihr, beugte sich steif herab und küßte sie auf die Stirn. »Du siehst müde aus, lieber Großvater«, sagte Sera. »Du bist doch hoffentlich nicht krank?«

»Ich habe in letzter Zeit nicht viel geschlafen«, sagte Jenk zu ihr. Er ging zu dem offenstehenden Speiseschrank hinüber, holte eine kleine, mit östlichem Muster bemalte Dose heraus und stellte sie auf den Tisch. Sie enthielt schwarzen Tee aus dem Orient, vermischt mit getrockneten Himbeerblättern.

»Nein, nein, ganz bestimmt – ich bin nicht krank. Auch … beunruhigt mich nichts«, fügte er hastig hinzu, als Sera ihre dunklen Brauen zusammenzog. »Es ist nur so, daß meine … Studien … soviel von meiner Zeit in Anspruch nehmen.« Während er redete, ging Jenk langsam im Zimmer umher, bereitete den Tee zu, holte einen irdenen Marmeladentopf aus dem Schrank und stellte ihn auf das schneeweiße Tischtuch. »Ich bin alt, meine Liebe, und ich habe nicht mehr viel Zeit vor mir. Deswegen möchte ich in der verbleibenden Zeit soviel lernen, wie ich kann.«

Sera sah von ihrer Näharbeit auf und zögerte einen Augenblick, ehe sie das Wort ergriff. Mistreß Sancreedis Einfluß verblaßte allmählich, und sie erinnerte sich wieder gewisser Gespräche und Beobachtungen, die ihr zuvor schon Sorgen bereitet hatten. »Als ich dich vor zwei Wochen besuchen kam, habe ich unterwegs bei Mistreß Haarfuß und Mistreß Leer vorbeigeschaut. In beiden Geschäften hörte ich eine Geschichte … eine äußerst beunruhigende Geschichte – ich wollte dich vorher in Caleb Brauns Gegenwart nicht danach fragen.

Du hast nicht – bitte, sag mir, daß du nicht damit angefangen hast, Leichen zu sezieren, wie es heißt. Das Risiko einer Ansteckung, insbesondere bei einem Mann in deinem Alter …«

Jenk sank erschöpft auf einen Sessel. »Das Sezieren menschlicher Leichen«, sagte er mit soviel Würde, wie er aufbringen konnte, »ist illegal. Oder vielmehr, es ist jedem außer den hochangesehenen Mitgliedern des Kollegs der Chirurgen verboten, die ihre Experimente unter der Schirmherrschaft des Prinzen durchführen.«

»Ja, ja, das weiß ich«, antwortete Sera. »Aber ich weiß auch, daß man die Männer der Wache bestechen kann, so daß sie darüber hinwegsehen …«

Jenk schnitt ihr mit einer herrischen Geste das Wort ab. »Ich seziere keine Leichen, Sera, und bin tatsächlich auch in keine andere gesetzwidrige Handlung verstrickt. Es stimmt, daß ich ein primitives Laboratorium im Zimmer hier drunter unterhalte, aber wenn du es sehen willst, damit du zufrieden bist … nun denn, das darfst du gern tun.«

Wie er erwartet hatte, schüttelte Sera den Kopf; sie würde das Wort ihres Großvaters niemals in Frage stellen. *Wie leicht* (dachte Jenk) … *wie leicht gelingt es mir, sie anzulügen. Dennoch – ist es nicht ganz zu ihrem Besten?*

»Wenn du sagst, daß du nichts Falsches tust, lieber Großvater … dann muß ich dir natürlich glauben«, sagte Sera.

Nachdem der Tee gezogen hatte, schenkte sich der alte Mann ein wenig in seine und in Seras Tasse ein. Er lächelte seine Enkelin über die Teekanne hinweg an. »Erinnerst du dich … aber natürlich wirst du dich erinnern … wie du früher Bilder in den Teeblättern gesehen hast? Du hast mich mit deinen – Voraussagen, möchte man sie fast nennen, immer amüsiert … denn sie hatten oftmals einen Bezug zu Dingen, die tatsächlich später geschehen sind.«

Sera verspürte ein merkwürdig flaues Gefühl im Magen. Sie entsann sich dieser ›Voraussagen‹ sehr wohl – denn sie hatte sich so ernsthaft darum bemüht, sie zu vergessen –, wie sie sich gleichfalls an gewisse schreckliche Erlebnisse ihrer Kindheit erinnerte, die ihr durch dieses Gespräch mit ihrem Großvater wieder in den Sinn gekommen waren.

Mit besonderem Entsetzen erinnerte sie sich an eine Reihe wiederkehrender Alpträume, in denen sie, nachdem sie aus ihrem kleinen Bett im Dachgeschoß aufgestanden und barfuß in die Buchhandlung hinuntergegangen war, ihren Großvater mit einer seltsamen, dunklen Perücke gesehen hatte, wie er sich über einen offenen Sarg beugte, der einen verwesten Leichnam enthielt…

Sera schauderte bei der Erinnerung an das lebendige Gesicht des toten Mannes, den übelkeiterregenden Gestank der verrottenden Blumen, die den Sarg säumten. Sie setzte sich gerader und verdrängte diese Erinnerung resolut. »Ich fürchte, ich war ein schrecklich phantasievolles Kind! Welch ein Glück, daß ich mit den Jahren klüger geworden bin.«

Ihr Großvater lächelte sie an. Es war ein Lächeln, das wehmütig und rätselhaft zugleich war. »Klüger, meine Liebe? Das ist die Frage. Hättest du deine Gabe der Intuition weiter ausgebildet, statt sie zu unterdrücken, wärst du möglicherweise zu großen Dingen imstande gewesen.«

Doch Sera wollte ihren beunruhigenden Kindheitsphantastereien keinen Glauben schenken; sie hätte es auch nicht ertragen. »Du weißt, daß ich nicht an Intuition glaube… oder irgend etwas in der Art«, sagte sie entschlossen.

Statt sie weiter damit zu beunruhigen, ließ Jenk das Thema fallen. Er schenkte sich eine weitere Tasse Tee ein, holte den Toast und bestrich ihn mit Pflaumenmus.

Sera machte sich wieder an ihre Näharbeit, wobei sie zwischendrin an ihrem Tee nippte oder einen Bissen Ingwerkuchen aß. Als sie mit dem Hemd fertig war, faltete sie es ordentlich zusammen und holte erneut das Nähkörbchen hervor.

»Ich weiß wirklich nicht, wie du es zustande bringst, deine Taschentücher so schlimm zu behandeln«, sagte sie und zeigte ihm ein besonders furchtbares Exemplar, damit er es untersuchen konnte. »Und hier ist sogar ein noch schlimmeres ...«, begann sie und brach dann mit einem Ausruf der Überraschung und des Entsetzens ab. »Nun ... es – es sieht genauso aus wie ein Leichentuch.«

Einen Augenblick lang rang Gottfried Jenk nach Worten. Er öffnete den Mund, als wollte er sprechen, schloß ihn, schüttelte den Kopf und strich sich mit zitternder Hand über seine Stirn. Dann riß er sich wieder zusammen.

»Kennst du Mistreß Vogel, die zum Putzen herüberkommt? Sie war erst vor wenigen Tagen mit ihrer Nichte hier. Das Kind brachte seine Holzpuppenfamilie und auch seine Nähutensilien mit; es hat ein Kleid für eine kleine Rosenbraut genäht. Es *ist* in dieser Jahreszeit, nicht wahr?«

»Ja ... es ist diese Jahreszeit«, erwiderte Sera. Jenks zeitweilige Verwirrung war ihr nicht entgangen. Ein leiser Zweifel kroch ihr in den Sinn, der erste Zweifel, den sie jemals an der Aufrichtigkeit ihres Großvaters gehegt hatte.

Doch sie schob diesen Zweifel sofort resolut beiseite ... und er blieb dennoch. Und würde in den folgenden Wochen immer wieder auftauchen und sie beunruhigen.

Welches der empfindsame Leser vielleicht überschlagen möchte, welches er aber nichtsdestoweniger lesen sollte

Die unter dem Namen *Alter Krake* bekannte Taverne sah aus wie ein zerzauster, riesiger Hund. Das Haus war aus grauem Stein und Fachwerk errichtet, und an allen möglichen und unmöglichen Stellen ragten Gaubenfenster, Kuppeldächer und Kamine heraus. Ein verrücktes altes Haus, krumm und merkwürdig verwinkelt, dessen Fensterläden lose an zerbrochenen Scharnieren hingen, dessen Türen regelmäßig klemmten (oder überhaupt nicht zu schließen waren) und dessen Schieferdach ein Flickwerk aus zerzaustem grünen Moos und rötlichem Hauswurz war.

Die Schankstube des *Kraken* war lang und schmal und erinnerte aufgrund der niedrigen Balkendecke und der Anzahl und Verschiedenheit des Mobiliars eher an ein vollgestopftes Dachzimmer: zerkratzte Eichentische, gepolsterte Sessel mit aufgeplatzten Säumen, deren Pferdehaarfüllung in drahtigen Knäueln hervorstach, Bänke, Hocker, sowohl niedrige als auch hohe, Truhen und Kisten. Darüber hinaus besaß der Schankraum zwei schöne Feuerstellen mit jeweils einer gemütlichen Kaminecke, etwa ein Dutzend Uhren (von denen einige sogar richtig gingen) und eine Anzahl düsterer, alter Ölgemälde. Das überraschendste Stück war vielleicht das vieltentakelige Seewesen, das, in Formalin konserviert, in einer Flasche hinter der Bar ausgestellt wurde: der alte Krake, nach dem die Taverne benannt war.

Die Taverne genoß den Ruf einer soliden Gemütlichkeit und geselligen Atmosphäre. Hierher kamen die Leute wegen des guten Braunbiers und des gut abgelagerten Käses, wegen der dampfenden Schalen mit warmem Wermutbier oder Glühwein, wegen der Dämonenfiedler, welche die ganze Nacht hindurch nahezu pausenlos spielten, und wegen der attraktiven, fröhlichen Mädchen in der Schenke.

Für die Wachmänner, die nachts das östliche Ufer patrouillierten, war es zur Gewohnheit geworden, sich im *Kraken* zu treffen und einen Krug Ale oder Porter zu trinken, ehe sie auf ihre abendlichen Runden gingen. Matthias und Walther, Oderik und Theodor, Abel und Thaddäus waren große Männer mit lauten Stimmen, die den übervölkerten Schankraum beherrschten.

An einem bestimmten Abend gegen Ende der Jahreszeit trafen sie sich wie üblich und nahmen eine Kaminecke für sich in Beschlag. Das Bier war ausgezeichnet, ein Feuer brannte im Kamin, und die Fiedler stimmten gerade ihre Instrumente. Aber die Unterhaltung schleppte sich dahin, größtenteils wegen Theodor, der in einer schattigen Ecke saß, sich seinen Dreispitz über die Augen gezogen hatte und auf die geistreichen Bemerkungen der anderen nur grunzend, einfallslos und einsilbig Antwort gab.

Nachdem etwa eine Viertelstunde so verstrichen war, stieß Oderik seinen Partner freundschaftlich in die Seite. »Du bist heute nacht aber schlecht gelaunt, Kumpel. Hattest wieder Krach mit deiner Alten, was?«

Theodor setzte mit einem Knall seinen Krug ab. »Molly is in Ordnung – ich hatte keinen Krach mit ihr. Ich sag dir was: bin überrascht, daß ihr anderen nich viel nüchterner seid, wenn ihr daran denkt, was das für 'ne Nacht is.«

Die anderen tauschten verwirrte Blicke aus.

»Ist der siebenunddreißigste«, meinte Theodor. »Und

die Gentlemen sin immer um diese Zeit rum aktiv. Und wenn ich dran denke, wieder ein totes Mädchen wie das zu finden, das wir letztes Jahr zur gleichen Zeit entdeckt haben ... nun, der Gedanke macht mich ganz krank, und ich schäm mich nich, das zu sagen.«

Die anderen Konstabler rückten auf ihren Plätzen unbehaglich hin und her, entmutigt von dieser unwillkommenen Erinnerung. Doch Matthias sagte laut und beherzt – vielleicht ein wenig zu beherzt, um das eigene Unbehagen zu übertünchen: »Mag sein – aber es ist zwei Jahreszeiten her, seitdem die Jungs am Westufer *ihre* Entdeckung gemacht haben – und das war bloß einer der Gentlemen selbst, mit abgeschnittener Zunge und aufgeschlitzter Kehle ... keines der armen, geopferten Mädchen. Mir scheint, die Ritter des Mephistopheles sind weniger darauf aus, blutrünstiges Unheil anzurichten, als sie zunächst beabsichtigt hatten.«

Theodor schüttelte den Kopf. »Kaum wahrscheinlich – verdammt noch mal – kaum wahrscheinlich, Kumpel. Wenn jemand auf solche *Belustigungen* steht, wird er sich kaum mit einer leichteren Unterhaltung zufriedengeben. Sie werden ihr altes Geschäft bald wieder aufnehmen – wenn sie's nich schon getan haben –, und wenn sie das tun ...« Theodor beendete den Satz nicht, aber das brauchte er auch nicht. Ihnen allen war das Handwerk jener ›Gentlemen‹ bekannt, dieses Lumpenpacks, das sich die ›Ritter des Mephistopheles‹ nannte. Über dieses Thema dachte keiner von ihnen gern nach.

Insbesondere Matthias nicht, der seinen Stuhl zurückschob und aufstand. »Da – jetzt hast du uns alle mit deiner miesen Stimmung angesteckt. Mag sein, daß es so ist, wie du sagst, ich jedenfalls will mir nicht den ganzen Abend verderben lassen und mich vor was fürchten, was vielleicht gar nicht eintritt. Komm schon, Walther, wir haben unsere Arbeit zu erledigen.«

Mit einem entschuldigenden Blick in Richtung auf die anderen folgte Walther seinem Partner auf die Straße hinaus.

Die Nacht war kalt und windig, und der Mond schmal, jedoch zunehmend. Keine angenehme Nacht, dachte Walther. Er war innerlich völlig durcheinander; er schreckte bei jedem sich regenden Schatten auf, und wann immer auch nur ein Wolkenfetzchen vor den Mond zog, lief ihm ein Schauer kalter Furcht den Rükken hinunter.

Matthias indes kehrte weiterhin eine tapfere Haltung hervor, während er und Walther ihre Runden abschritten. Der große Rotschopf ging voraus, summte leise eine Melodie und schwang keck seinen Stab – eine Vorstellung, die seinen Partner nicht zum Narren hielt und nur dafür sorgte, daß Walthers Nervosität und Schreckhaftigkeit weiter wuchsen.

Als Walther am Beginn einer ominösen, finsteren und übelriechenden Gasse innehielt, kicherte Matthias mokant. »Du bist wie 'n altes Weib, Walther, das hab ich schon immer gewußt.«

»Und du bis 'n Großmaul und Angeber!« gab sein Partner zurück. »Du kannst deine Liedchen summen und deinen Stab schwenken, aber du hältst mich nich zum Narren. Dir is übel bis auf die Knochen, ebenso wie mir, wenn du daran denkst, was wir vielleicht finden.«

»Vielleicht, vielleicht auch nicht«, erwiderte Matthias. »Aber wenn ich's bin – was hat's für einen Sinn, darüber zu brüten?«

»Ich muß einfach dran denken«, sagte Walther und schauderte wieder, weil eine Wolke den Mond verdeckte. »Diese armen, abgeschlachteten Mädchen! Ich hab das ganze Leben lang unter gewalttätigen Männern zugebracht, und ich kann eine Tat aus Leidenschaft oder Rache verstehen. Aber die Ritter und ihre verdammten heidnischen Rituale? Das ist böse, Matthias. Da krieg ich 'ne Gänsehaut. Warum tun die das? Weiß niemand. Nein, es weiß auch niemand, wer sie sin – nicht, bis einer von ihnen als Toter irgendwo auftaucht. Und niemand kennt ihre Anzahl. Es könnte Hunderte von ihnen geben, und keines Mannes Frau oder Liebste is sicher, keines Mannes Schwester und keines Kindes Mutter.«

»Zumeist sind's Huren«, gab Matthias zu bedenken. »Die letzten fünf Mädchen, die man fand, waren …«

»Einige der nettesten Mädchen, die ich kenne, sind Huren«, gab Walther zurück.

Matthias tat dies mit einem Schulterzucken ab, gerade so, als wäre er nicht mit der Hälfte der Straßenmädchen auf du und du. Er bog um die Ecke und betrat die Gasse, wobei er seinen Stab wie zuvor schwang und dieselbe aufreizende Melodie summte.

Nachdem er einen oder zwei Augenblicke gezögert hatte, eilte Walther ihm nach. Seine Augen gewöhnten sich langsam an die große Dunkelheit in der Gasse – gerade noch rechtzeitig, daß er die schattige Gestalt Matthias' erblicken konnte, der vor ihm zu Boden ging und dabei fluchte, als wollte er die Toten aus ihren Gräbern erwecken.

Walther blieb auf der Stelle stehen und streckte in der Dunkelheit suchend seine Hand nach ihm aus. »Alles in Ordnung, Matthias?«

»Bin noch am Leben«, kam die Antwort. »Aber ich hab mir den Knöchel verstaucht und die Hände aufgekratzt.«

»Warum bist du gestolpert?«

»Du weißt verdammt gut, warum ich gestolpert bin. Du hast von nichts anderem geredet, seitdem wir den *Kraken* verlassen haben.« Matthias stand schmerzvoll auf. »Hilf mir, den Leichnam ins Licht zu ziehen, so daß wir erkennen können, was wir hier haben.«

Matthias faßte bei den Schultern an, und Walther suchte, bis er die Beine fand. Er war zufrieden, als er entdeckte, daß der Leichnam dicke Fußknöchel hatte und Männerschuhe anhatte. Sie trugen den Körper aus der Gasse hinaus und eine breitere Straße hinab, bis sie den kreisförmigen Schein gelben Laternenlichts erreichten. Der Leichnam landete mit einem schweren Plumps auf den Pflastersteinen am Fuß des Laternenpfahls.

»Genau, wie ich mir gedacht habe …«, sagte Matthias und hockte sich auf die Fersen, um die Leiche besser untersuchen zu können. Der tote Mann trug einen gutgeschnittenen Anzug aus karminrotem Samt; Diamanten blitzten in der blutigen Spitze an seiner Kehle und auf den Schnallen seiner Schuhe. Offensichtlich war er ein einflußreicher Mann gewesen. »Zunge abgeschnitten und Kehle von Ohr zu Ohr aufgeschlitzt.« Matthias entfernte eine purpurfarbene Samtmaske, die den oberen Teil des Gesichts bedeckte. »Und seine Stirn ist mit dem Zeichen eines Verräters gezeichnet, eingeschrieben in Blut. Einer der ihren. Sie hatten Angst, er würde plaudern … schade, daß sie ihn erwischt haben, ehe er plaudern konnte. Wir nehmen die Nadel für uns – man wird sie nicht vermissen – und überlassen die schicken Schnallen dem Chef.«

Walther löste die diamantenbesetzte Nadel – achtsam, damit er nicht das geronnene Blut berührte, das die Spitze tränkte. Dann jedoch machte er eine Entdekkung: »Sieh mal hier … über seinem Herzen: Sengspuren und ein Loch in der Weste. Ist mit 'ner Pistole erschossen worn, der da! Das is ungewöhnlich – das ist völlig ungewöhnlich.«

»Allerdings«, stimmte Matthias zu. »Man muß einen Mann nicht erschießen, nachdem man ihm die Kehle durchgeschnitten hat. Auch nicht erst erschießen und ihm hinterher die Kehle durchschneiden … so ein gnädiger Herr ist mir nie über den Weg gelaufen.«

Wie es schien, war eine gründlichere Untersuchung des Leichnams nötig, also übernahmen die beiden Konstabler die widerwärtige Aufgabe. In einer Tasche der geblümten Weste fanden sie einen Fetzen blutiges Pergament. Vier Worte standen darauf geschrieben, in der flüssigen Handschrift eines Aristokraten. Weder Walther noch Matthias konnten lesen, aber diese vier Worte erkannten sie wieder, denn sie hatten sie zuvor schon unter ähnlichen Umständen gesehen: *Die Ritter des Mephistopheles.*

»Nun, nicht wir müssen uns die Köpfe über die Sache zerbrechen.« Matthias erhob sich wieder. »Das überlassen wir besser dem Chefkonstabler und den Leutnants. Wir müssen den Leichnam lediglich hinbringen. Du bleibst hier, und ich hole einen Karren.«

Matthias humpelte die Straße hinab und verschwand um eine Ecke. Walther – der nicht sonderlich darüber erfreut war, mit dem Leichnam allein gelassen zu werden – lehnte sich gegen den Laternenpfahl.

Viel eher, als sein Partner erwartet hatte, tauchte Matthias wieder auf – aber ohne Karren. Er humpelte schnell und gestikulierte dabei wild. »Laß den dort liegen… komm mal her und sieh, was ich gefunden habe!«

»Meine Güte, noch 'ne Leiche!« keuchte Walther.

»Durchs Herz geschossen, dann aufgeschlitzt und gezeichnet, genau wie der andere«, sagte Matthias grimmig.

Walther schauderte. »Zwei in einer Nacht, das is kein Zufall. Theodor hat recht gehabt: Sie haben so lang keinen mehr umgebracht, daß sie jetzt schlimmer denn je zuschlagen. Das gefällt mir nich, Matthias – das gefällt mir ganz und gar nich.«

»Mir auch nich«, meinte Matthias. »Ich schätze, ehe die Nacht vorüber ist, wird es noch bei weitem schlimmer kommen.«

11. Kapitel

Welches eher abenteuerliche und nicht so sehr enthüllende Szenen enthält

Hätten die Ritter des Mephistopheles genau in diesem Augenblick gewußt, was Matthias Vogel und Walther Burgen wußten, so hätten sie vielleicht die schlimmen Vorahnungen bestätigt. Obgleich sie gewalttätige Männer waren, war doch der blutige Tod zweier der ihren für diesen Abend nicht eingeplant gewesen.

Die Herren (wie sie genannt wurden) waren Mitglieder einer uralten Bruderschaft mit einer düsteren Geschichte aus schwarzer Magie und aus Blutvergießen – eine Geschichte, die weitaus schrecklicher war als die Leute in Thornburg dachten, weil der Chefkonstabler und seine unmittelbaren Vorgänger einen dunklen Schleier des Geheimnisses um ihre Taten gelegt hatten, teils, um einer Panik, teils, um einem öffentlichen Aufschrei gegen ihre eigene Unfähigkeit vorzubeugen, die Ritter zu enttarnen und sie vor Gericht zu bringen. Dennoch sickerte einiges durch, und Gerüchte um diese hochwohlgeborenen Schurken und ihre Taten waren weit verbreitet. Jeder hatte von den Rittern des Mephistopheles gehört, aber niemand glaubte an ihr Vorhandensein; und von denen, die daran glaubten, kannten über die Wache hinaus nur wenige das volle Ausmaß ihrer Schlechtigkeit.

Sie trafen sich in einem in einer Sackgasse gelegenen Haus auf der Kuppe des Fischweiberbergs. Obgleich das Haus von außen wettergegerbt und schäbig wirkte, war das Innere in einem luxuriösen, orientalischen Stil eingerichtet, der ihren Saufgelagen, Orgien und anderen dekadenten Belustigungen dienlich war, womit die Ritter während des größten Teils des Jahres beschäftigt waren und die sie von den allerschlimmsten Übeltaten abhielten. Im hinteren Teil des Hauses befand sich ein großes Zimmer, das ganz mit purpurfarbenem Samt und schwarzem Satin ausgeschlagen war, und in diesem Raum stand ein Altar, der aus einem langen Marmorsarkophag auf zwei vergoldeten Säulen bestand, und dort praktizierten die Ritter des Mephistopheles ihre dämonischen Rituale.

Dort, im Altarraum, sah man sie völlig zeremoniell ausgestattet: juwelenbesetzte Masken, kunstvoll gelockte Perücken im Stil des vergangenen Jahrhunderts und priesterliche Gewänder, verziert mit Sternen, Sonnen, Planetenzeichen sowie anderen mystischen Symbolen. Obgleich sie behaupteten, ihre Zeremonien den archaischen Fruchtbarkeitsritualen nachzuahmen, waren diese modernen Druiden eher der *Form* als dem ursprünglichen Sinn der Rituale zugeneigt – die sich zumeist um den Tod und die Verstümmelung einer schönen jungen Frau konzentrierten.

Als Opfer hatten sie eine junge Prostituierte ausgewählt, die kaum älter als siebzehn Jahre war und jetzt so still und bleich wie eine Tote auf dem Altar lag. Sie war gefesselt und unter Drogen gesetzt ins Haus gekommen, und obgleich man ihr die Fesseln ab genommen und ihre schmutzigen Lumpen durch ein teueres Kleid aus cremefarbenem Satin und heller Spitze ersetzt hatte, waren die Einflüsse der Droge noch nicht abgeklungen. Die Herren hatten sie angekleidet, wofür sie sich viel Zeit gelassen hatten; sie hatten sie gepudert, parfümiert und sanft ihr langes goldenes Haar gekämmt, alles als Vorbereitung für das Opfer.

Die Brüderschaft war so geheim, daß sich die Mitglieder nur maskiert trafen, und die Identität eines jeden Mannes war (zumindest theoretisch) nur drei anderen bekannt: dem Großmeister und seinen beiden ursprünglichen Bürgen. Jedes neue Mitglied wurde durch eine Entführung rekrutiert und mit verbundenen Augen in den Altarraum geführt, und dort blieb ihm nur eine Wahl: Beitritt oder Tod. Die meisten traten bei, denn die Bruderschaft wählte sich ihre Neulinge sorgfältig aus; gelegentlich jedoch schätzte sie einen Mann falsch ein. In diesem Fall erlitt der Kandidat dann einen jähen (und unausweichlich tödlichen) Anfall von Skrupel, der Leichnam wurde mit dem Zeichen des Abtrünnigen markiert und der Wache überlassen.

Inzwischen war alles für das Opfer vorbereitet, außer daß drei Mitglieder der Bruderschaft noch nicht eingetroffen waren, und zwar die Herren, die sich der Pseudonyme Habsucht, Ausschweifung und Todsünde erfreuten. Die angesetzte Stunde war bereits vergangen, das Mädchen auf dem Altar regte sich im Schlaf und gab kleine Laute von sich, die darauf hindeuteten, daß es allmählich erwachte.

Schließlich verlor der Großmeister endgültig die Geduld. »Soll die Hexe sie verschlingen… wir werden nicht länger warten!« verkündete er und schritt zum Altar.

Er nickte seinen Anhängern zu. »Bringt mir den Dolch, die Schale und den Kelch!«

So ausgestattet, zog der Meister den Dolch aus der Scheide und spuckte auf die Klinge. »Ich weihe dich im Namen Mephistopheles und aller dunklen Geister der Erde.«

Genau in diesem Augenblick regte sich etwas an der Tür. Der Meister blickte auf und sah, wie eine gertenschlanke Gestalt in einem Gewand aus saphirfarbenem Satin und einer ungeheuren Perücke den Raum betrat. Der als Todsünde bekannte Mann blieb stehen und sah sich scheinbar überrascht um. Dann verbeugte er sich tief und geziert. »Ich bitte für die Unterbrechung um Entschuldigung. Wie es scheint, habe ich mich in der Uhrzeit geirrt.«

Der Großmeister grinste ihn an, wobei er seine ebenmäßigen weißen Zähne unter seiner grünen Samtmaske zeigte. »Ich hatte gedacht, daß Ihr vielleicht die Nerven verloren hättet.«

»Nein, wirklich nicht«, erwiderte der Neuankömmling. »Ich versichere Euch – um nichts in der Welt hätte ich diese Feier versäumen wollen.« Wie um seine Worte zu bestärken trat er näher an den Altar und spähte mit simuliertem Interesse dem Meister über die Schulter.

»Sie ist ein so köstliches kleines Ding«, murmelte er. »Wißt Ihr was? – Es scheint fast eine Verschwendung.«

Während er sprach, erwachte das Mädchen und blickte sich um. Ihre Augen weiteten sich vor ungläubigem Entsetzen, als sie ihre Umgebung, den Kreis der maskierten Sybariten und das lange, funkelnde Messer wahrnahm.

»Ja, ja, meine Liebe«, versicherte ihr der Großmeister, »du bist den Rittern des Mephistopheles in die Hände gefallen. Dies ist kein Alptraum, sondern grimmige und ernste Wahrheit, und das Schicksal, das du fürchtest, wird in der Tat das deine sein.«

Er hob den Dolch und stimmte die Opferungshymne an. Die anderen rückten erwartungsvoll näher.

»Ich glaube kaum«, sagte eine leicht affektierte Stimme dem Meister ins Ohr, und schon hatte er den Lauf eines winzigen Revolvers an seiner linken Schläfe. Die leise Stimme wurde schneidend scharf. »Wenn du das Mädchen erstichst … nur eine Bewegung machst … oder ein einziges Wort sprichst, werde ich dir das Gehirn aus dem Schädel pusten.«

Gehorsam erstarrte der Großmeister.

»Sehr gut«, sagte Todsünde und holte einen zweiten Revolver aus der Tasche irgendwo in seinem Gewand hervor. »Und sollte einer von euch anderen den Helden spielen wollen, werde ich ihn ebenfalls erschießen, ihr Hunde!«

Wie es schien, war diese Vorsichtsmaßnahme unnötig. Sie waren keine Helden, nicht reif für das Märtyrertum. Keiner der Ritter regte sich; keiner von ihnen zeigte auch nur die geringste Neigung, sich um seiner Genossen willen zu opfern.

Als sich die schlanke Gestalt in dem blauen Satin an das Mädchen wandte, verlor ihre Stimme etwas an Schärfe. »Wenn Ihr Euch wohl genug fühlt, aufzustehen, Madame, wünsche ich, daß Ihr dies tut – und Euch augenblicklich außer Reichweite dieser Herren bringt.«

Sie gehorchte, und er nickte anerkennend. »Ich sehe, daß Ihr ein sehr tapferes Mädchen seid und daß meine Bemühungen um Euch Keine Verschwendung sind.«

Dann drückte er ohne Vorwarnung ab und beförderte den Großmeister in die ewige Verdammnis.

Völlig starr sahen die Ritter schweigend zu, wie der Körper ihres Lehrers auf dem Boden am Fuß des Altars in einer Lache aus Blut und Gehirnmasse zusammenbrach. Völlig ungerührt von diesem grausamen Anblick ließ Todsünde den blutbespritzten Revolver fallen und wischte sich geziert die Finger an dem purpurfarbenen Samttuch auf dem Altar ab.

Einer der Ritter hatte schließlich genügend Mut, um zu sprechen.

»Verräter … dafür wirst du bezahlen«, flüsterte der als Bosheit bekannte Mann heiser. »Es sind noch immer zwei unter uns, die deinen wahren Namen kennen, und du hast nur noch einen Schuß übrig.«

Als Antwort griff Todsünde erneut in sein Gewand und holte einen dritten Revolver hervor.

Zu dem Mädchen sagte er: »Habt Ihr je zuvor schon einmal solch einen Revolver gehandhabt?«

»Jawohl, Sir.« Ihre Stimme war leise, jedoch fest. »Zumindest … hatte ich einmal einen Geliebten, der Soldat war; er brachte mir bei, seine Revolver abzuschießen. Ich nehme an, das ist so ziemlich dasselbe.«

»Diese hier ist viel leichter und einfacher zu handhaben«, sagte er. »Ihr könnt mir helfen, indem Ihr diese Pistolen nehmt und sie auf meine guten Freunde hier gerichtet haltet. Ihr macht das ausgezeichnet. Wie ich sehe, ist Eure Hand ruhig, obgleich Ihr noch immer ziemlich bleich seid. Holt tief Luft, aber laßt die Augen offen! Wenn Ihr Euch jetzt dazu imstande fühlt, geht – ohne uns dabei den Rücken zuzukehren – durch den Raum und stellt Euch an den Eingang dort drüben.«

Nachdem sich das Mädchen seinen Anweisungen entsprechend aufgestellt hatte, griff er erneut in sein Gewand. Alle waren neugierig, ob er einen weiteren Revolver herausholen würde. Statt dessen zog er eine winzige, vergoldete Dose hervor und öffnete den Deckel.

»Schnupftabak … das nicht«, sagte er und schüttelte dabei leicht den Kopf. »Es war die falsche Dose.«

Er schloß die Schnupftabaksdose und steckte sie wieder in seine Tasche, durchsuchte die Kleidung darunter und holte schließlich eine weitere Dose hervor, die mit Elfenbein und Perlen besetzt war. »Schlafstaub«, erklärte er, hob den Deckel und zeigte ein feines Kristallpulver.

»Er ist sehr stark … der Inhalt dieser Dose reicht, in die Luft geworfen, aus, euch alle in tiefen Schlaf zu versetzen. Ah … ihr seid so freundlich, euch um mich Sorgen zu machen, aber das ist nicht nötig, überhaupt nicht, das versichere ich euch.«

»Verdammt sollst du sein!« rief einer der Akoluthen aus. »Du willst uns wohl damit sagen, daß du gegen dieses dreimal verfluchte Zeug immun bist?«

Todsünde deutete eine winzige formelle Verbeugung in seine Richtung an. »Ich bedauere, Euch darüber informieren zu müssen, daß ich bereits in frühem Alter von dem Pulver abhängig geworden bin. Ja, ja, es ist eine lasterhafte Angewohnheit, und Ihr habt völlig recht, sie zu verdammen – aber es ist eine Gewohnheit, die mir unter den gegenwärtigen Umständen sehr nützlich ist, das müßt Ihr zugeben. Es würde eine sehr große Dosis benötigen, und zwar direkt inhaliert, um *mich* auch nur schläfrig zu machen.«

Er schüttete sich das Pulver auf die Handfläche und blies es in die Luft. Der Schlafstaub war so fein und leicht, daß er sich schnell im ganzen Raum ausbreitete. »Ihr alle werdet mich dadurch zufriedenstellen, daß ihr tief Luft holt.«

Zu dem Mädchen sagte er: »Wenn ich einen von ihnen dabei erwische, daß er die Luft anhält, werde ich ein Zeichen geben, und Ihr müßt ihn auf der Stelle erschießen.«

Die Ritter wurden bereits schläfrig. Obwohl sie sich bemühten, stehen zu bleiben, fielen sie einer nach dem anderen um.

»Oh… und was meinen Namen betrifft…«, hörten einige von ihnen Todsünde sagen, ehe die Bewußtlosigkeit sie überwältigte, »…meine Bürgen – unsere geschätzten Freunde Habsucht und Ausschweifung… sind leider außerstande zu kommen… in der ganzen Aufregungen… versäumten sie es, sich zu entschuldigen. Ich entschuldige sie hiermit. Sie sind leider unabkömmlich… *dauerhaft* unabkömmlich.«

Draußen auf der dunklen Straße nahm er dem Mädchen die Revolver wieder ab.

»Entschuldigt bitte, Sir, aber… was passiert jetzt?« fragte sie atemlos.

»Was als nächstes passiert, hängt von Euch ab«, sagte er, während er die Revolver in einer seiner Innentaschen verbarg. Seine Stimme und sein Verhalten hatten sich verändert; das ganze elegante Getue war verschwunden; er gab sich jetzt kurz und berechnend. »Ihr müßt loslaufen, die Wache suchen, und so viele Männer wie Ihr könnt herbringen. Nein, ich kann Euch nicht begleiten. Wenn ich unserer beherzten Polizei gegenüber meinen Namen und meine Absichten enthüllen müßte, würde es meiner Fähigkeit, weiterhin perfekt zu funktionieren, schaden. Euer Zeugnis sowie die Umstände, unter denen sie diese Herren entdecken werden, sollten ausreichen, sie davon zu überzeugen, daß eine Verhaftung rechtmäßig ist.

Anschließend ...« Er hob die Schultern. »Anschließend können wir nur hoffen, daß der Chefkonstabler weiß, was zu tun ist. Wenn er klug ist, wird er die Sache leise und wirksam über die Bühne bringen, statt das Risiko einer öffentlichen Verhandlung einzugehen. Andernfalls ... meine ehemaligen Kollegen sind allesamt wohlhabende Männer, und die meisten von ihnen sind, glaube ich, in der Gemeinschaft Männer von Bedeutung; solche Männer nutzen möglicherweise ihren Einfluß, um ungeschoren davonzukommen.«

Das Mädchen holte tief Luft. »Der Mann mit dem Messer – den Ihr erschossen habt, Sir –, den kannte ich. Ich erkannte ihn gleich beim ersten Wort wieder. Er war ... war ein ständiger Kunde bei mir.«

Der Mann kniff die Augen hinter der Maske zusammen. »Ihr überrascht mich nicht«, sagte er. »Denn daß ein solcher Mann Euch bereits kennt, würde seinen Genuß an der Situation noch erhöhen. Einigen der anderen müßt Ihr gleichfalls bekannt gewesen sein ... kein beruhigender Gedanke, denn das legt Eure Sicherheit direkt in die Hände der Wache.«

Einen Augenblick lang schwieg er, als würde er über sein weiteres Vorgehen nachdenken. »Wollen wir hoffen, daß sich die Wache als klug genug erweist, uns ein für allemal von diesen hinterhältigen Schurken zu befreien – aber ich an Eurer Stelle würde mich nicht darauf verlassen.« Er griff in sein weites Gewand und zog eine kleine Geldbörse hervor. Er entnahm ihr eine große Banknote und drückte sie dem Mädchen in die Hand.

»Sobald Ihr die Wache herbeigeholt habt, versucht, nach Hause zu entwischen. Dort kramt ihr alles, was Ihr von Wert besitzt, zusammen, überredet jeden, der Euch lieb hat, Euch zu begleiten, und verlaßt auf immer Thornburg. Sollte das jedoch nicht möglich sein... wenn ihr völlig verzweifelt seid... so könnt Ihr bei jedem Glasmacher der Stadt eine Nachricht an Robin Carstares hinterlassen. Sie wird mich schließlich erreichen.«

»Ja, Sir. Vielen Dank, Sir.« Das Mädchen nahm das ihr angebotene Geld entgegen und steckte es in den Ausschnitt ihres elfenbeinfarbenen Kleids. »Aber... ich sehe nicht, wie ich diesen Konstablern irgendeine glaubhafte Geschichte erzählen kann, ohne ihnen von Euch zu erzählen. Und dann werden sie eine Beschreibung haben wollen. Was soll ich ihnen sagen?«

»Was das betrifft«, erwiderte er, »überlasse ich das ganz Euch. Ihr müßt antworten, wie es Euch das Gewissen befiehlt.«

Das Mädchen holte erneut tief Luft. »Alles schön und gut – und ich hoffe, daß Ihr mich nicht als undankbar erachtet, weil ich frage, denn Ihr habt mir das Leben gerettet – aber... Ihr ward nicht wirklich einer von ihnen, oder? Ihr seid – Ihr seid nich so schlecht wie die anderen?«

»Ich bin nur wenig besser, denn ich habe heute nacht kaltblütig drei Männer umgebracht, und ich kann nicht behaupten, daß ich einem davon eine Träne nachweine.«

»Aber einer von denen, die Ihr getötet habt... das war, um mir das Leben zu retten«, erinnerte sie ihn.

»Ich war gerade dabei, Euch das Leben zu retten, aber ich fürchte, ich habe ihn bloß getötet, weil er meinen Namen kannte«, erwiderte er mit beunruhigender Offenheit.

»Ja«, meinte sie. »Aber Ihr … Ihr habt niemals … ich meine …«

»Was Ihr wirklich wissen wollt, ist, so denke ich, ob das Blut eines anderen armen Mädchens, unter ähnlichen Umständen vergossen, an meinen Händen klebt oder mein Gewissen belastet«, sagte er. »Ich schwöre einen heiligen Eid, dies ist nicht der Fall.«

»Na schön«, meinte das Mädchen. »Ich werde der Wache wohl sagen, daß Ihr ungewöhnlich großgewachsen und wie ein Karrengaul gebaut ward, Sir. Und anhand dessen, was ich von Euren Augen und Eurer Haut erkennen konnte, würde ich Euch für einen Spagnarden halten.«

Er schien hinter seiner Samtmaske zu lächeln. Seine alten, zugleich eleganten und ironischen Gebaren kehrten zurück.

»Wie ich sehe, habt Ihr die ausgezeichnete Fähigkeit, jemanden zu beschreiben«, sagte Todsünde, nahm die Hand der jungen Prostituierten und beugte sich darüber, als wäre sie die höchste Dame der Stadt. »Beschreibt mich den Männern der Wache genau so, Madame, und ich werde Euch unendlich zu Dank verpflichtet sein.«

12. Kapitel

Welches vielleicht freudiger gestimmt ist als alle vorangegangenen Kapitel

Die prächtigen, alten Bronzeglocken der Kirchen von Thornburg waren der Stolz aller Bürger. Klangvoll riefen sie die Gläubigen werktags einmal und sonntags dreimal zum Gottesdienst. Aber der Gottesdienst am Sonntagvormittag, wenn fünfhundert Wachskerzen am Altar brannten und die besten Familien in ihren bemalten und vergoldeten Kutschen herbeifuhren, war der beliebteste. Jeder, der nur ein bißchen Wert auf sich legte, versucht, dort zu sein.

»So ein Gedränge … wie ermüdend. Man hat heutzutage kaum noch Zeit, um seine Freunde zu begrüßen«, meinte Clothilde Vorder, als sie und ihre Familie in ihrer polternden Kutsche den Domberg hinauffuhren. »Ich frage mich oft, warum ich überhaupt an diesem Gottesdienst teilnehme.«

»Weil er immer so schön ist«, sagte Elsie mit ihrer lieblichen, ruhigen Stimme. »Ich fühle mich dadurch stets so … erhoben … als wären alle meine Sorgen so klein. Ich fühle mich anschließend stets kräftiger, als könnte ich jede Sorge, jeden Schmerz ertragen, so lange ich mich auf die Sonntage freuen kann.«

»O ja, der Gottesdienst …«, erwiderte Mistreß Vorder und fächelte sich gleichgültig Luft zu. »Die Predigten sind, glaube ich, ausgezeichnet, und der Chor ist zweifelsohne göttlich, aber ich verstehe nicht, weshalb so vielen *Kaufleuten* der Zutritt gestattet wird. So gewöhnlich und zudringlich wie sie sind. Ich schwöre, sie verderben die ganze Zeremonie.«

»Die Natur ... wenn nicht sogar der gewünschte Ton ... eines Gottesdienstes ist dir vielleicht entgangen«, meinte eine gelangweilte Stimme aus einer Ecke der Kutsche. Benjamin Vorder war ein großer, schläfriger Gentleman, der seine Frau ermüdend, die Krankheit seiner Tochter erschöpfend und jeden Ausflug in die Gesellschaft als eine wirkliche und wahrhaftige Plage empfand. »Es steht außer Frage, Leute zuzulassen oder abzuweisen.«

Clothilde schniefte wehmütig. »Vielleicht ist das so. Aber die Leute sollten ihre *Stellung* kennen und den gesunden Menschenverstand besitzen, sich nicht gerade dann irgendwo hineinzudrängen, wenn sie nicht erwünscht sind.«

Bei mildem Wetter war es üblich, sich im Solingen Park zu ergötzen und durch die Gärten zu spazieren, Freude zu treffen und zu begrüßen, ehe man die breiten Steinstufen zum Dom hinaufstieg und am ersten Gottesdienst teilnahm.

»Oh, du meine Güte, ich fürchte, wir sind schrecklich spät dran, denn die Herzogin ist bereits vor uns eingetroffen«, meinte Mistreß Vorder, als sie aus der Kutsche stieg und sich umsah.

Die kleine Herzogin von Zar-Wildungen trat heran, um sie zu begrüßen. Sie sah glänzend aus mit ihren Diamanten und dem blauvioletten Satin sowie einem wagenradgroßen Hut, der mit genügend Pfauenfedern beladen war, um damit eine ganze Armee von Pfauen auszurüsten. Dieser Hut verdeckte fast ihren Begleiter, eine kleine, schäbige Gestalt mit schwarzem Anzug und getönten Gläsern, die an ihrer Seite schritt und den Kopf in einer durch und durch kriecherischen Weise zwischen die Schultern zog. An einer Leine hinter ihnen, kummervoller aussehend denn je, wurde der winzige Indigoaffe der Herzogin geführt.

»Sie hat Dr. Mirabolo mitgebracht«, sagte Mistreß Vorder. »Wie merkwürdig!«

Die Herzogin grüßte sie fröhlich und verteilte ringsumher Küsse.

»Wie ich höre, gefallen Euch die Behandlung und der Arzt gar nicht, die ich Euch verschrieben habe«, meinte sie zu Elsie und hob in gespieltem Bedauern die Brauen. »Was für ein böses, undankbares Kind das ist, das seine Medizin nicht nehmen will!«

Sera, die Arm in Arm mit Elsie dastand, spürte, wie sie zitterte. Mehr als eine unangenehme Szene war im Vorderschen Haushalt über die Bühne gegangen, seitdem Elsie ihre Entscheidung verkündet hatte, auf jede weitere Behandlung zu verzichten.

»Wirklich, gnädige Frau, ich bin nicht… nicht undankbar«, erwiderte Elsie schwach. »Aber die Natur der Behandlung… und so entsetzlich öffentlich… Ich sagte Mama einfach, das könnte ich nicht.«

»Ich muß also annehmen«, sagte die Herzogin, etwas weniger spielerisch, dafür aber um so mehr bedauernd, »daß Miß Sera Vorder Eure Entscheidung ein wenig beeinflußt hat?«

Elsie schüttelte den Kopf. »Sera ermutigt mich dazu, das zu tun, was ich für das beste halte.«

»Nichtsdestoweniger«, meinte Sera, »will mir einfach nicht in den Kopf, wie Elsie aus einer Behandlung Nutzen ziehen kann, wenn schon allein der Gedanke daran – wie sie Euch bereitwillig erzählen wird – äußerstes Unbehagen in ihr hervorruft.«

»Vielleicht habt Ihr recht«, erwiderte die Herzogin, wobei ihre vorherige sonnige Gutmütigkeit wieder zurückkehrte. »Und es spielt auch überhaupt keine Rolle, wie Ihr bald sehen werdet, denn wir haben einen anderen Plan, der Euch gut passen sollte.« Sie schaute sich in gespielter Verwirrung um. »Nun, wohin ist denn Jarl Skogsrå – er war noch vor einem Augenblick hier!«

Wie aus dem Nichts – eher jedoch vermutlich aus einer Buchsbaumhecke – tauchte der Jarl auf, genau aufs Stichwort. Wie der Dämon in einer Oper, der aus einer Falltüre auf der Bühne hochsteigt, dachte Sera. Und in der Tat hatte das Erscheinungsbild des Jarl etwas Dämonisches an sich, denn er war in roten Satin mit schwarzer Spitze und Besatz gekleidet, und seine Stiefel waren zugespitzt. Mit einer schwungvollen Gebärde, die seinem extravaganten Äußeren entsprach, zog er den Hut und machte sich daran, allen Damen die Hand zu küssen.

Wie stets, wenn er sie berührte, verspürte Sera das instinktive Bedürfnis, zurückzuweichen, den starken Wunsch, ihre Hand zurückzuziehen. Seit ihrer ersten Begegnung waren seine Manieren deutlich besser geworden – sein Ausdruck der Bewunderung und des Respekts war jetzt in der Tat so warm und so… aufdringlich, daß sie sich völlig unbehaglich fühlte – aber ihre Meinung über Jarl Skogsrå blieb unverändert. Doch was wußte sie über ihn, das gegen ihn sprach? Sie hatte keinen echten Grund für ihr Mißfallen oder Mißtrauen, konnte ihn keines offen unangemessenen Verhaltens beschuldigen… Da war nur diese merkwürdige, intuitive Reaktion – und Sera war standhaft entschlossen, dies als bloße weibliche Einbildung anzusehen, als etwas, das sich jede vernünftige Frau sofort aus dem Kopf schlagen mußte. Also verbarg sie ihren Widerwillen nach besten Kräften und versuchte, ihre Hand nicht zurückzuziehen, zumindest nicht, ehe der Jarl (wofür er lange Zeit brauchte) den Handkuß beendet hatte.

»Mein lieber Jarl«, sagte die Herzogin, »wollt *Ihr* Elsie von dem prächtigen Plan erzählen, den wir uns ausgedacht haben, oder soll *ich* es tun?«

Skogsrå ließ Seras Hand los und bemächtigte sich ein zweites Mal Elsies Hand. »Wenn die gnädige Frau erlauben wollen. Mein liebes, liebliches Kind, es geht nur um folgendes: Ihr macht Euch nichts aus der Behandlung des Doktors, da sie Euch viel zu öffentlich ist – und da habt Ihr recht, sehr recht. Sie ist für die anderen richtig, die nicht ... Eure Sensibilität ... Euer ausgesprochenes Zartgefühl besitzen. Aber seht einmal: ich kann Euch in Eurem Haus aufsuchen und Euch die Behandlung privat zukommen lassen.

Nein, nein, ich versichere Euch, sie werden keine *Krämpfe* mehr haben«, beeilte er sich hinzuzufügen, als Elsie erbleichte und ihr Gesicht abwandte. »Diese heftigen Reaktionen ... wenn der Körper versucht, sich von der Krankheit zu befreien ... sind in Fällen wie dem Euren nicht unüblich, wo das einzige Problem in einer Infektion des Bluts besteht. Ihr werdet, das verspreche ich, nur heilenden Schlaf und süße Träume haben, und vielleicht ein wenig Medizin, die ich Euch verschreiben werde, sehr angenehm im Geschmack. Nun, was sagt Ihr dazu?«

Elsie zögerte. »Aber Ihr seid zu freundlich, mein lieber Sir!« meinte ihre Mutter. »Dagegen kann Elsie nichts haben, überhaupt nichts.«

»Aber was sagt Elsie selbst?« beharrte der Jarl, der sich ihre kühle, kleine Hand ans Herz hielt und sich auf jene, ihm eigentümliche Art zum Lauschen vorbeugte, als wäre jedes Wort, das sie zu sprechen geruhte, eine Sache von erschütternder Wichtigkeit.

Doch noch immer zögerte Elsie. Sie sah fragend ihren Vater an, aber die Aufmerksamkeit dieses großen Gentlemans war woanders hingewandert, und er starrte den Himmel an. Und als sie sich an Sera wandte, schüttelte das Mädchen nur den Kopf, womit sie andeutete, daß die Entscheidung einzig und allein bei Elsie lag.

In Wahrheit gefiel Sera dieser Plan nicht besser als der Jarl selbst, dennoch konnte sie ihren Widerwillen gegen den einen nicht ohne ihr Mißfallen gegen den anderen erklären. Darüber hinaus wußte sie, wie heftig sie auch gegen diesen Vorschlag sprechen würde, Kusine Clothilde und die Herzogin würden ebenso heftig dafür sprechen, und dann würde die arme Elsie zwischen zwei Fronten stehen. Ihre kürzliche Auseinandersetzung mit ihrer Mutter hatte Elsie im Hinblick auf den Frieden in ihrer Seele soviel gekostet, daß jede Behandlung, die der Jarl sich ausgedacht hatte, einer fortwährenden Unstimmigkeit im Vorderschen Haushalt vorzuziehen war.

»Nun ja …«, meinte Elsie und schenkte dem Jarl ein zittriges Lächeln, »es hört sich nicht allzu schlecht an. Es gefällt mir, glaube ich, wesentlich besser als manch andere Behandlung, die ich bereits hatte.«

Jeder, außer Sera, war offensichtlich entzückt. »Du bist ein kluges Kind und hast eine kluge Entscheidung getroffen«, rief die Herzogin aus und gab Elsie einen weiteren Kuß.

Aber Sera glaubte, etwas zu sehen, einen Blick und einen leichten Händedruck, der zwischen Elsie und dem Jarl gewechselt wurde, und irgend etwas an dieser Geste störte sie. Als sich der Doktor auf seine kriecherische Art verabschiedete und die anderen zum Dom schlenderten, hielt Sera Elsie zurück und flüsterte ihr ins Ohr:

»Liebe Elsie … du verliebst dich doch nicht etwa in Jarl Skogsrå?«

»Nein, das tue ich *nicht*«, sagte Elsie mit soviel Nachdruck und einem so entschiedenen Kopfnicken, daß Sera nicht an ihr zweifeln konnte. »Ich gestehe, daß ich ihn sehr anziehend finde, aber weiter ist nichts. Und dennoch … er sieht aus wie ein Mann, der sehr viel Leid erlebt und erfahren hat … und ich finde ihn äußerst faszinierend.«

Er sieht aus wie ein Mann, der sehr viel Leid verursacht hat. So wollte Sera entgegnen, aber sie war entschlossen, den Jarl nicht ungerechtfertigt schlechtzumachen. »Er ist eindeutig ein vielseitig begabter Mann«, gab sie zu.

»Aber meinst du nicht, daß sich seine Manieren gebessert haben?« fragte Elsie, während sie sich beeilte, die anderen einzuholen. »Er hat gestern so freundlich und aufmerksam mit dir gesprochen, daß ich mich allmählich frage, ob wir uns ursprünglich nicht irrten, als wir ihn für so grob hielten.«

Arm in Arm stiegen sie die breiten Steinstufen zum Dom hinan und betraten die dunkle Weite des uralten Bauwerks. Sie waren nicht – wie von Clothilde Vorder befürchtet – zu spät zur Messe, daher hatten sie auch keine Schwierigkeiten, eine leere Bank im vorderen Teil der Kirche zu finden.

Elsies Vater setzte sich ans Ende der Bank und schlief unter einem holzgeschnitzten, eulenäugigen Wasserspeier prompt ein. Jarl Skogsrå verschränkte seine Arme mit dem Ausdruck eines Mannes, der sich darauf vorbereitet, gelangweilt zu werden, Mistreß Vorder und die Herzogin (mit dem Indigoaffen auf dem Schoß) arrangierten ihre Röcke, holten die Fächer hervor und begannen ein lebhaftes Gespräch. Elsie und Sera jedoch knieten auf den grünen Plüschbänken nieder, falteten pflichtschuldig die Hände und beteten.

Selbst mit gesenktem Kopf und geschlossenen Augen war sich Sera der Schönheit der Kathedrale unmittelbar bewußt. Als Kind hatte sie ihren Großvater zur Kirche Aller Jahreszeiten begleitet, eine liebliche alte Kirche, die in ihrer Erinnerung stets einen besonderen Platz einnehmen würde. Bei ihrem ersten Besuch der Kathedrale fand sie den riesigen Bau kalt und ziemlich einschüchternd. Inzwischen hatten die Kathedrale und ihre prächtige gothische Architektur längst ihr Herz für sich vereinnahmt: die großen, aufragenden Steinsäulen, die ein prächtiges Deckengewölbe stützten, die wunderbaren Rosettenfenster, welche die Sieben Schicksalsgötter oder Planetarischen Intelligenzen als ruhmreiche, geflügelte Gestalten, in funkelnden, juwelengleichen Farben abbildeten ... stets inspirierten sie Sera zu höheren und besseren Gedanken. Am meisten liebte sie jedoch den tiefen Ton der uralten Orgel, die im Wettstreit mit dem fröhlichen Geläut der Glocken lag.

Als die Glocken schließlich verstummten, schlug der Organist einen besonders dröhnenden Akkord an, und die ganze Versammlung erhob sich. Es folgte ein kurzes Papiergeraschel, da ein jeder sein Gebetbuch öffnete und die richtige Seite suchte, und dann erhob die Versammlung einmütig ihre Stimme.

Während des Gesangs näherte sich der Bischof dem Altar, gefolgt von einer langen Prozession schwarzgewandeter Geistlicher und weißgewandeter Chorknaben mit Weihwasserkesseln und Weihrauchgefäßen sowie kleinen Meßdienern mit bestickten Fahnen. Als das Loblied endete, schwieg die Versammlung wieder. Dann erhob der Bischof die Hände und rezitierte die Litanei:

Dann schuf der Vater von allem Himmel und Erde ... und der Schöpfer wies den Tagen der Woche und der Ordnung der Planeten die Sieben Schicksalsgötter zu, und den Neun Mächten wies er die Ordnung des Jahres und die Bevölkerung der Erde zu ...

Und die Neun Mächte (oder Jahreszeiten) brachten hervor all die Kreaturen der Erde und all die Rassen der Intelligenten Wesen, jedes nach seiner oder ihrer eigenen Natur ...

Nach dem Gottesdienst schlossen Sera und Elsie ihre Gesangbücher und folgten Mistreß Vorder und der Herzogin durch das Kirchenschiff. »Sieh mal, Sera«, sagte Elsie, die an den großen Eichenportalen innehielt und ihre Kusine leicht am Arm berührte. »Der Junge da sieht genauso aus wie Jedidiah Braun.«

Sera sah in die von Elsie angedeutete Richtung. Auf einer niedrigen Bank im hinteren Teil der Kirche saß eine Gesellschaft aus Zwergen von schicklichem und wohlhabendem Aussehen. Der einzige Mensch unter ihnen war ein großgewachsener junger Mann in einem einfachen Anzug aus brauner Wolle und einer kirschroten Weste. Das braune Haar war leicht gepudert, weswegen man die genaue Haarfarbe nicht erkennen konnte, aber er hatte ein gutmütiges Gesicht, das ein Paar ernster, dunkler Augen zierte, und seine Schultern waren breit und kräftig.

Sera war von der Ähnlichkeit belustigt. »Er sieht ihm *sehr* ähnlich, sein Zopf auch, aber …« Als der Junge bemerkte, daß Sera ihn anstarrte, wurde er vor Verlegenheit rot. »Mögen die Schicksalsgötter uns beschützen, es *ist* Jed! Aber wie ist er hierhergekommen, so fein gekleidet und in so unerwarteter Begleitung?«

»Er – er sieht sehr gut aus«, sagte Elsie und wurde fast so rot wie Jed.

»Wirklich, das tut er … so braun und gesund. Ich nehme an, daß ihm seine neue Beschäftigung – was es auch immer sein mag – sehr gut bekommt«, erwiderte Sera.

Elsie jedoch schüttelte den Kopf. »Ich meinte …«, sagte sie außer Atem und mit dünner Stimme, »… daß er ganz wie ein Gentleman aussieht.«

Sera sah sie scharf an und entdeckte *jetzt* etwas in Elsies Gesicht und Verhalten, was *zuvor* nicht dort gewesen war, als sie von ihrer Zuneigung zu Jarl Skogsrå gesprochen hatte.

Gütiger Himmel! dachte Sera, das wird nie funktionieren! Daß Jed Elsie bewunderte, war kein Geheimnis; es war völlig angemessen und harmlos, denn Jed war ein guter Junge, der seinen Platz in der Welt kannte; er würde niemals unangemessene Annäherungsversuche unternehmen. Aber wenn Elsie sich in Jed verliebte …

außer zwei gebrochenen Herzen und Enttäuschungen würde bei dieser Sache für alle Beteiligten nichts weiter herausspringen.

»Meinst du nicht, daß es nett und höflich wäre, wenn wir bei ihm stehenbleiben und mit ihm reden?« fragte Elsie.

»Ganz bestimmt nicht«, erwiderte Sera entschieden. »Wir sind keinem seiner Freunde vorgestellt worden, weißt du, und vielleicht sind es auch keine Leute, mit denen wir Umgang pflegen sollten.« Und entschlossen, alles in ihrer Macht stehende zu unternehmen, um eine Katastrophe zu verhindern, nahm sie Elsie am Arm und geleitete sie aus der Kirche hinaus die Treppe hinunter.

So hastig und unachtsam stiegen sie die Stufen hinab, daß Sera unten mit einem schlanken Gentleman in aprikotfarbenem Satin und goldener Spitze zusammenstieß. Heftig errötend löste sie sich.

»L-Lord Skelbrooke ... entschuldigt bitte vielmals!«

Francis Skelbrooke bückte sich und hob den Fächer sowie das Gebetbuch auf, die ihr bei dem Zusammenstoß aus der Hand gefallen waren. »Bitte, keine Ursache! Ich versichere Euch, daß es ein Vergnügen war«, erwiderte er höflich, und Sera errötete noch mehr als zuvor.

Er reichte ihr den Fächer und das Gebetbuch, und Sera nahm beides mit zitternder Hand entgegen. Er wandte seine Aufmerksamkeit Elsie zu. »Und Ihr, Miß Vorder ... wie geht es Euch an diesem schönen Tag?«

Elsie, noch immer errötet und vom Anblick Jeds in all seiner Pracht außer Atem, erwiderte schwach, daß es ihr sehr gut gehe.

»Wirklich?« fragte Lord Skelbrooke, während er von einem erröteten Gesicht zum anderen sah und in gutgeübtem Erstaunen eine Braue hochzog. »Es muß eine ... äußerst bemerkenswerte Predigt gewesen sein.

Ich bedaure, daß ich sie nicht gehört habe. Doch verdiene ich für mein Zuspätkommen nicht mehr.«

Sera versuchte verzweifelt, sich an den Inhalt der Predigt zu erinnern. Es gelang ihr nicht. Mit heroischer Anstrengung brachte sie es fertig, die Fassung wiederzugewinnen. »Die Predigt war nicht sonderlich inspirierend, aber die Musik ... die Orgel und der Chor ...«

»Ah, ja ... die Musik«, meinte Lord Skelbrooke, nahm ihre Hand und hob sie an seine Lippen. »Mir war entfallen, Madame, daß Ihr und Eure Kusine eine Neigung zur Musik habt. Die großartige alte Orgel und der himmlische Chor ... davon müßt ihr mir berichten, wirklich, das müßt Ihr tun.«

Als Jed an diesem Abend nach Hause kam, wobei er zwei dicke, stoffgebundene Bücher unter seinem Arm trug, fand er Onkel Caleb in seinem kleinen Schaukelstuhl am Feuer vor, der auf ihn wartete.

»Du siehst verdammt fein aus ... mit dem Haarpuder und so«, sagte der alte Mann schnaubend. »Wie ich sehe, bringst du noch mehr Bücher mit. Geographie und Mathematik! Meint dieser Flaschenmacher etwa, er muß dich zum Gentleman ausbilden?«

»Er *meint*, daß er mich ausbildet, damit ich für ihn von gewissem Nutzen bin«, erwiderte Jed. »Er expandiert über Marstadtt hinaus, und mir ist die Korrespondenz mit dem Ausland anvertraut worden. Was den Haarpuder betrifft ... ich war in der Kirche, und ich wollte Meister Ule und seine Familie nicht – nicht *irgendwie* in Verlegenheit bringen, das ist alles.«

»In der Kirche? Ich weiß einiges darüber, wie das ist, zur Kirche zu gehen – obgleich du mir das vielleicht nicht ansehen magst«, sagte Caleb. »Ich bin ein- oder zweimal im Leben in der Kirche gewesen, und ich habe noch nie gehört, daß ein Mann, der dort mit seiner natürlichen Haarfarbe auftaucht, irgend jemanden in Verlegenheit bringen konnte.«

Jed warf seine Schuhe von den Füßen und setzte sich auf die Kante des unteren Alkoven. »Nun, dann eben nicht. Aber wir haben hinterher gegessen, bei Meister Ule, und er hat mir eher – *zuvor* einen Wink gegeben, daß seine alte Mutter schrecklich vornehm ist und sich nicht mit jemandem an einen Tisch setzt, der nicht – der *nicht* dafür gekleidet ist.«

»Ein Essen bei Zwergen zu Hause?« Caleb setzte sich ein wenig aufrechter hin und wirkte auf einmal interessiert. »Dein Meister Ule ... er lebt in einer dieser Zwergenvillen, nicht wahr?«

Zu seiner Zeit war Caleb nur mit sehr wenigen Zwergen bekannt gewesen, aber es war kein Geheimnis, daß sie eine Rasse waren, die dem Luxus frönte. Selbst Zwerge mit bescheidenen Mitteln lebten in prächtigen Häusern, wobei zum Errichten ihrer hohen Steinhäuser mehrere Familien ihre Mittel zusammenlegten. Die Häuser waren im Innern (wie es hieß) ebenso prächtig wie außen. Kunstvoll gearbeitete Säulen, Ziergiebel und Balustraden, Brunnen aus Porphyr, Onyx und weißem Marmor und höhlenartige Zimmer mit hohen Decken, die an ihre Ursprünge in den Höhlen des Nordens gemahnten. Caleb hatte niemals einen Fuß ins Innere eines solchen Hauses gesetzt, aber er wußte (oder glaubte zu wissen), wie das Innere eines Herrschaftshauses der Zwerge aussah. »Spann mich nicht auf die Folter, Bursche – erzähl mir alles, was du gesehen hast.«

Jed stand auf, streifte sich den Mantel ab und hing ihn sorgfältig an einen Nagel an der Wand. Er kannte genau dieselben Geschichten wie Caleb, und wenn es auch stimmte, daß Meister Ules Heim sehr alt, sehr schön und voller feiner Dinge war, so gab es dort nichts von alledem, was Caleb offensichtlich erwartete.

»Es war das großartigste Zuhause, in dem *ich* jemals war«, gab er schließlich zu. »Wir mußten bis zur zweiten Etage und zum Salon der alten Madame Ule fünfzig Stufen hinaufsteigen. An Samtteppichen, bemaltem Porzellan, Kristallkelchen oder silbernen Teekannen herrschte kein Mangel – das meiste davon war wirklich alt und seit Hunderten von Jahren im Familienbesitz, schätze ich. Diese Zwerge achten wirklich auf ihre Sachen.«

Er zog einen der unzuverlässigen Stühle herbei und setzte sich neben das Feuer. »Die alte Madame Ule lieh mir diese Bücher – alle Ules legen Wert auf gediegene Bildung –, und wenn *du* was gegen Bücherwissen hast, dann kann ich nur sagen: Du hast dir eine verdammt seltsame Beschäftigung ausgesucht, als du dem Fluß den Rücken gekehrt hast!« sagte Jed verteidigend.

»Jaja ... Nun, ich hab ja gar nichts gegen Bücher – die meisten Bücher«, gab Caleb gezwungenermaßen zu. »Und ich nehme mal an, daß dir Geographie und Mathematik nicht schaden werden, auch nicht die Arbeit in einem wichtigen Haus. Denk doch mal drüber nach«, fügte er überlegend hinzu und lehnte sich in seinem Schaukelstuhl zurück, »du kannst nach und nach in dieser Welt aufsteigen – und das auch ohne irgendwelche Bemühungen deiner Wichtel-Flaschenmacher.« Caleb nickte nachdrücklich. »Lern alles, was du kannst, wenn du es kannst, das paßt mir sehr gut.«

Jed, der gerade dabei gewesen war, im Feuer herumzustochern, hielt inne und funkelte Caleb mißtrauisch an. »Was meinst du denn jetzt damit? Was glaubt ihr beide, du und Gottfried Jenk, denn eigentlich, was ihr dort in der Buchhandlung tut?« fragte er und schwang beim Sprechen unbewußt den Schürhaken.

»Hör mal ... du bist doch nicht wieder von allen guten Geistern verlassen und versuchst erneut, Blei in Gold zu verwandeln? Ich dachte, du hättest diesen ganzen alchimistischen Unsinn – sieh mich nicht so finster an, du hast ihn selbst so genannt! – ich dachte, du hättest das alles schon längst hinter dir gelassen!«

»Zerbrich dir nicht den Kopf darüber, was wir von dem denken, was wir tun, der alte Gottfried Jenk und ich. Wir wissen, was wir tun, keine Bange«, erwiderte Caleb, faltete fromm die Hände und schaukelte weiter mit einem so blasierten Gesichtsausdruck, daß ein zornigerer Mann als Jed möglicherweise ernstlich versucht gewesen wäre, den Schürhaken zu gebrauchen. »Zerbrich dir einfach nicht den Kopf darüber. Tu deine Arbeit, sei deinem Meister gefällig und überlasse es mir, dasselbe zu tun.«

13. Kapitel

In welchem die Herzogin Gäste hat

Das Stadthaus des Herzogs von Zar-Wildungen war ein zerbröckelndes Gebäude aus weißem Stein, fast gänzlich unter Gestrüpp verborgen: Efeu, Eulenkraut und Wildrosen. Die Fliesen auf den Fußböden in den Hallen und Korridoren waren zerbrochen, an den Fenstern hingen verblaßte, dünne Samt- und Satinvorhänge, und das gesamte Mobiliar war dunkel, schwer und altmodisch. So hatte es seit vielen Jahren dagestanden, und so würde es wahrscheinlich weiterhin dort stehen, zumindest bis zum Ableben des gegenwärtigen Herzogs, der schon als junger Mann eine begeisterte Leidenschaft für Antiquitäten gezeigt hatte – für alte Bücher, Kunst und Gebäude –, ebenso wie für geheiligte Umgangsformen, Sitten und Gebräuche, was im Verlauf der Jahre beinahe zur Besessenheit geworden war.

Nur in einer einzigen Suite der stilvollen Räume aus Gold und Elfenbein gab es etwas Neues, und in diesen Räumen war *alles* neu, denn sie gehörten der Herzogin, und dort frönte sie ihrem Sinn für das Modische, das Vergängliche und das Ausgefallene. Ursprünglich hatte vielleicht ein Funke von Rebellion gegen die Verstaubtheit ihres Gatten, den trübseligen, abgenutzten Glanz seines Hauses, diese Leidenschaft für alles Frische und Originelle in der Herzogin entstehen lassen. Wie dem auch sei, sie selbst war ebenfalls im Verlauf der Jahre davon besessen worden. Ihre Kleider und Kutschen, ihre Hüte, Handschuhe, Schuhe und Fächer waren stets der letzte Schrei – und manchmal war sie der Mode sogar voraus. Durchschnittlich alle zwei Jahre gestaltete sie ihre Gemächer neu. Jeder Mann mit einer neuen Erfindung, einer neuen Philosophie, einer neuen Kur gegen die Krankheiten der Menschheit, jeder talentierte Poet, Romancier, Musiker oder Maler, der so avantgardistisch war, daß man ihn mißverstehen mußte, fand in der Herzogin eine eifrige und großzügige Gönnerin. Auch bei ihren persönlichen Vorlieben war sie nicht weniger großzügig: Ihre Liebesaffären waren zahllos, leidenschaftlich und kurz, und ihre Liebhaber viele Jahre jünger als sie.

Wie andere modebewußte Frauen auch, schlief sie gewöhnlich bis in den Mittag hinein, trank Schokolade zum Frühstück, verbrachte eine Stunde unter den erfahrenen Händen ihrer Friseurin und begab sich dann – elegant frisiert, parfümiert und gepudert, ansonsten jedoch im charmanten Negligé – in den Salon neben ihrem Schlafzimmer, um die Briefe, Einladungen und Visitenkarten zu lesen, die alltäglich eintrafen, um jene zu beantworten, die ihr zusagten und um frühe Besucher zu empfangen.

Daher fand Jarl Skogsrå sie eines Nachmittags auf einem kleinen vergoldeten Satinsofa sitzend vor, wie sie mit einer Hand die Einladungen in ihrem Schoß sortierte, während sie mit der anderen geistesabwesend ihren Indigoaffen mit kandierten Aprikosen und gezuckerten Veilchen fütterte.

»Mein lieber Jarl«, sagte sie und erhob sich impulsiv in einem Schauer aus duftendem Briefpapier zu seiner Begrüßung. »Ich erwartete Euch schon seit drei Stunden.« Was nicht so ganz der Wahrheit entsprach, denn es war erst halb drei. »Wie böse von Euch, mich warten zu lassen!«

Eine Entschuldigung murmelnd half er ihr dabei, ihre Korrespondenz aufzusammeln, und nahm dann ihre Einladung an, sich neben sie auf das Sofa zu setzen. An diesem Nachmittag sah er außerordentlich lässig-elegant aus. Er trug eine Jacke aus grünem Samt und gebauschte Kniehosen, und eine Smaragdbrosche hielt die Spitze an seiner Kehle zusammen.

»Und so …«, sagte sie, während sie die cremefarbenen Satinfalten ihres Morgenmantels glättete und den hellen Spitzenkragen ordnete, der ihr bereits ziemlich weit über die Schultern herabgerutscht war. »Ihr wollt also heute wieder mein Patenkind besuchen. Aber Ihr habt mir noch gar nichts von Eurem letzten Besuch berichtet. Wie hat Elsie Euch empfangen?«

»Ich glaube, sie war ziemlich nervös«, meinte Skogsrå. »Dennoch ist sie beeinflußbar – oh, sogar äußerst beeinflußbar! –, und sie ist ziemlich bald in Trance verfallen.«

Die Herzogin legte ihm eine Hand auf die Schulter und beugte sich ein wenig näher an ihn heran; auf einmal war sie sehr neugierig, sehr begierig, mehr zu erfahren. »Und als sie erwachte?«

»Nach dem Aufwachen fühlte sie sich erfrischt und drückte ihre Überraschung über eine so einfache und angenehme Behandlung aus. Ihre Dankbarkeit war rührend«, antwortete der Jarl äußerst zufrieden.

»Ausgezeichnet«, meinte die Herzogin, nicht weniger zufrieden. »Denn Dankbarkeit, müßt Ihr wissen, kann sich leicht in Liebe verwandeln. Ich bin davon überzeugt, daß sie die Eure werden wird, Sir – solange Ihr genauso fortfahrt, wie Ihr angefangen habt.«

Der Jarl vollführte eine wegwerfende Geste, womit er andeutete, daß er sich nicht so sicher war. »Da ist noch immer die Sache mit der Kusine, die einen so starken Einfluß auf Elsie hat. Obgleich ich alles in meiner Macht stehende tue, um sie für mich zu gewinnen, kann mich Miß Sera Vorder nicht leiden.

Oh, sie ist stets sehr höflich«, sagte Skogsrå, »aber wenn sie mich ansieht … Ich glaube, wenn sie ein Mann wäre, würde ich mich ein wenig bedroht fühlen.«

Die Herzogin zog ihre Hand zurück. »Wir Frauen können gleichfalls gefährlich sein, und Ihr seid dumm, wenn Ihr uns unterschätzt. Obgleich diese Frau, wie Ihr richtig angenommen habt, ziemlich jung und machtlos ist – außer natürlich, daß sie Elsie beeinflussen kann.«

Der Jarl lächelte. »Aber natürlich. Und da dies so ist... kann ich mich des Gefühls nicht erwehren, daß sie vielleicht etwas weiß... das mir nicht zum Vorteil gereicht.«

»Unsinn«, sagte die Herzogin und lehnte sich in die Kissen zurück. Sie nahm den blauen Affen von der Rückenlehne des Sofas und setzte ihn sich in den Schoß. »Wie könnte sie das? Sie kann überhaupt nichts wissen, denn Euer Verhalten ist seit Eurer Ankunft in Thornburg völlig ehrbar gewesen. Und was irgendwelche Indiskretionen betrifft, die Ihr zuvor begangen habt... Ich glaube, es gibt keinen Mann, der sich nicht zu gewissen Zeiten seine Hörner abgestoßen hat.«

Skogsrå vollführte eine weitere ausholende Geste mit der Hand und räusperte sich. »Ich spreche nicht von romantischen Verstrickungen. Vielleicht hätte ich dies vorher erwähnen sollen. Bei meinem Aufenthalt in Katrinsberg gab es gewisse Geschichten... ich weiß nicht, wie sie angefangen haben. Vielleicht, weil den Leuten gewisse... Ungewöhnlichkeiten der Kleidung auffielen.« Er legte die Beine übereinander und deutete auf die polierten Lederstiefel, die er selbst zu den informellsten Gelegenheiten trug. »Es gab Geschichten über Mißbildungen, welche die öffentliche Aufmerksamkeit erregten – und, wie stets bei solchen Angelegenheiten, immer mehr zur Sensation aufgebauscht wurden – und mir das Leben so ungemütlich machten, daß ich mich gezwungen sah, die Stadt viel eher als geplant zu verlassen. Vielleicht sind mir diese Geschichten hierhergefolgt; vielleicht hat Miß Sera Wind davon bekommen.«

»Unsinn«, wiederholte die Herzogin. »Wenn das so wäre, hätte ich mit Sicherheit ebenfalls davon gehört.« Sie streichelte weiterhin geistesabwesend den Affen. »Aber es würde keine Rolle spielen, selbst wenn Eure Geschichten das Gesprächsthema in Thornburg wären. Denn ich kann Euch versichern, daß Miß Sera Vorder die letzte wäre, die ihnen Glauben schenkte. Sie ist ein so praktisch veranlagtes Mädchen, daß sie ihnen höhnisch ins Gesicht lachen würde.«

Der Jarl zog nachdenklich die dunklen, aufgemalten Brauen zusammen. »Vielleicht habt Ihr recht. Ja, vielleicht habt Ihr recht.«

Er streckte die Beine und beugte sich näher an die Herzogin heran. »Aber wir kommen jetzt zum Zweck meines Besuchs: die Arznei, die ich unserer süßen Elsie versprochen habe.«

»Aber ja... ich bin froh, daß Ihr mich daran erinnert.« Die Herzogin scheuchte ihr Hätscheltierchen vom Schoß, erhob sich vom Sofa und tappste durch das Zimmer. Sie verschwand im Nebenraum und tauchte wenige Minuten später wieder mit einem handgroßen Kristallflakon auf, der in einem Kästchen mit zierlicher Ormolu-Filigranarbeit eingebettet lag.

»Ein Tropfen oder zwei, morgens und abends, sollten ausreichen«, meinte sie, als sie ihm den Flakon übergab.

Der Jarl ließ ihn in eine Innentasche seiner Jacke gleiten. »Ihr wird hierdurch nichts geschehen? Ich täte nichts, was ihre Gesundheit beeinträchtigen würde«, sagte er sehr ernst.

»Etwas geschehen – bei den Neun Mächten, nein.« Die Herzogin setzte sich wieder. »Das möchte ich ebensowenig wie Ihr. Wenn überhaupt, wird es ihr Blut kräftigen. Das ist der eigentliche Zweck der Arznei, und die übrigen von mir erwähnten Effekte sind von zweitrangiger Bedeutung. Ihr braucht keine Angst zu haben, mein Lieber, daß sich Eure Braut am Hochzeitstag nicht allerbester Gesundheit erfreut.«

Der Jarl lächelte ein wenig. »Ihr greift ein wenig voraus. Zuerst muß ich das Herz der jungen Frau erobern, ehe ich um ihre Hand anhalten kann.«

In diesem Augenblick betrat der Butler der Herzogin, ein stämmiger Zwerg, das Zimmer und verkündete, daß Lord Skelbrooke unten sei und wissen wolle, ob die Herzogin ihn empfangen werde.

»Ich würde mich sehr darüber freuen, Lord Skelbrooke zu sehen«, erwiderte die Herzogin. »Bitte ihn unverzüglich herein!«

Der Jarl erhob sich anmutig. »Dann ist es Zeit für mich zu gehen. Ihr werdet Euren … Liebhaber … privat empfangen wollen.«

Die Herzogin gab ein schrilles, leises Lachen von sich. »Jetzt seid Ihr es, mein lieber Jarl, der ein wenig vorausgreift. Skelbrooke ist noch nicht mein Liebhaber, obwohl Grund zur Hoffnung besteht … Aber Ihr müßt nicht gleich gehen. Es wäre verdächtig, wenn Ihr gerade bei Skelbrookes Eintreffen verschwindet. Er könnte glauben, daß zwischen uns mehr ist als in Wirklichkeit, und das könnte das Ende unserer kleinen Romanze bedeuten, ehe sie auch nur begonnen hat.«

Der Jarl lächelte sarkastisch. »Das wäre natürlich eine große Tragödie.«

»In der Tat«, meinte die Herzogin. »Ja, es wäre ganz bestimmt eine Katastrophe … für jemanden. Nehmt Platz, Lord Skogsrå, und versucht, etwas sorgloser dreinzuschauen. Übrigens habe ich Euch noch nicht gesagt, daß …«

Sie beendete ihren Satz nicht, denn genau in diesem Augenblick betrat Lord Skelbrooke den Raum. Er sah elegant aus in seinem primelgelb gestreiften Satin, seiner geblümten Weste und dem Spitzhut mit Federbusch, den er auf der Stelle zog und unter einen Arm klemmte.

»Mein lieber Francis ... mein Lieber, Lieber.. wie freut es mich, Euch zu sehen«, sagte die Herzogin ein wenig heiser, während sie ihm ihre zierliche Hand zum Kuß darbot. »Ich sagte gerade zu Jarl Skogsrå – nicht wahr? –, daß Ihr mich schon eine Ewigkeit nicht mehr besucht habt.«

Skelbrooke küßte sie auf die Handfläche, dann auf das Gelenk, nahm daraufhin die andere Hand und wiederholte den Vorgang auf dieselbe Weise, die auf einen weit größeren Grad an Intimität zwischen den beiden schließen ließ, als die Herzogin dem Jarl gegenüber zugegeben hatte. »Ich mußte Thornburg unbedingt für mehrere Tage verlassen. Ich bin erst heute morgen zurückgekehrt – und, wie Ihr seht, ich beeilte mich, an Eure Seite zu gelangen. Aber wenn Ihr entschlossen seid, mir zu zürnen ... ich bringe ein Friedensangebot mit.«

Er holte ein schmales, in lilafarbenes Leder geschlagenes Buch aus seiner Jackentasche und reichte es ihr mit schwungvoller Gebärde. »Ein Band mit meinen neuesten Gedichten. Niemand außer Euch hat ihn zu Gesicht bekommen, Marcella. Ihr seid die allererste.«

»Wie entzückend!« meinte die Herzogin und nahm das Buch entgegen. Als sich ihre Finger berührten, zitterte ihre Hand. Sie öffnete das Buch und blätterte die Seiten durch, wobei sie immer wieder eine Zeile laut vorlas. »Aber das ist bezaubernd ... Darf ich hoffen, daß *ich* Sie zu diesen entzückenden Versen inspiriert habe?«

»Bedauerlicherweise nicht«, erwiderte Skelbrooke und legte irgendwo in der Gegend des Herzens eine Hand auf die geblümte Weste (die sehr hübsch mit Gänseblümchen und Ringelblumen verziert war). »Es ist ein Lobgedicht auf die Kunst der Alchimie, personifiziert als wunderschöne Frau. Als ich diese Verse dichtete, hatte ich noch nicht das Privileg Eurer Bekanntschaft. Das wird vielleicht für gewisse Fehler entschädigen, die Ihr freundlicherweise übersehen wollt.

Wärt *Ihr* die Quelle meiner Inspiration gewesen«, fuhr er sehr leise und vertraulich fort, »wären die Gedichte zweifelsohne weitaus besser geworden.«

Während dieses Wortwechsels war Skogsrå stehen geblieben, wobei ihm ein Ausdruck wachsenden Unbehagens deutlich auf das Gesicht geschrieben stand. Schließlich jedoch ertrug er es nicht mehr länger. Er räusperte sich. »Wie ich sehe, bin ich hier überflüssig. Es ist an der Zeit, daß ich mich auf den Weg mache.«

Die Herzogin ließ ihre verführerische Pose fallen und warf ihm einen wütenden Blick zu. »Wirklich?«

Der Jarl hob feierlich den Kopf. »Wie schade, ja, ich muß gehen. Mit der Erlaubnis der gnädigen Frau natürlich.«

»Nun dann«, sagte die Herzogin und erhob sich langsam. »Ich bringe Euch hinaus. Ihr entschuldigt mich, Francis?«

»Mit größtem Widerstreben«, erwiderte Skelbrooke. »Doch wie kann ich Euch etwas abschlagen? Kehrt so rasch Ihr könnt zurück, Schönste der Schönen, oder ich werde völlig verzweifeln.«

Draußen im Flur vergewisserte sich die Herzogin, daß die Tür hinter ihr geschlossen war. »Ihr seid ganz gewiß ein ungeduldiger Bursche!« sagte sie leise, während sie Skogsrå am Arm nahm. »Aber ich habe Euch noch nicht von dem Brief erzählt, den ich von Vodni erhielt.«

Der Jarl sah sie finster an. »Vodni! Ihr habt ihn gegen meinen Rat engagiert. Er geht zu gern eigene Wege! Wenn er Euch jetzt Sorgen bereitet, bin ich nicht daran schuld.«

»Er bereitet mir überhaupt keine Sorgen«, erwiderte

die Herzogin, während sie das lange, geschwungene Treppenhaus zum Erdgeschoß hinabstiegen. »In seiner Eigenschaft als Sekretär des Herzogs ist er unschätzbar wertvoll. Darüber hinaus ist es ihm kürzlich gelungen, Informationen zu entdecken, die sich vielleicht von größtem Nutzen erweisen werden... Informationen, die so überraschend sind, daß... nun, vielleicht kommt am Ende gar nichts dabei heraus. Aber *Ihr* könnt mir behilflich sein, den Wert dieser Informationen einzuschätzen, indem Ihr bestätigt, was Vodni mir berichtet.«

Das finstere Gesicht des Jarls hellte sich auf und ging zu einem Ausdruck äußersten Interesses über. »Ich lebe nur, um Euch zu dienen«, sagte er.

Inzwischen hatten sie den Treppenabsatz erreicht, die Herzogin stellte sich auf die Zehenspitzen und flüsterte ihm ins Ohr: »Ihr beginnt vielleicht damit«, sagte sie, »daß Ihr Euch zu einer gewissen Buchhandlung unweit des Flusses begebt und darum bittet, den Eigentümer sprechen zu können...«

Im Salon der Herzogin sich selbst überlassen, verharrte Francis Skelbrooke in einer gelangweilten Pose, solange er die Stimmen der Herzogin und Skogsrås draußen im Korridor hörte. Aber sobald die Stimmen verschwunden waren, schritt er rasch durch die Verbindungstür in Marcellas Schlafzimmer.

Auf der Türschwelle hielt er einen Augenblick lang inne und überblickte amüsiert und anerkennend den Raum. Das Schlafgemach der Herzogin war ein durch und durch femininer Raum, der eine verführerische, elegante Unordnung an den Tag legte, die (wie er argwöhnte) eher das Ergebnis präziser Kalkulation ihrerseits als irgendwelcher Nachlässigkeit seitens ihrer Dienerinnen war. Das vergoldete, elfenbeinerne Bett war ungemacht: Das seidene Oberbett war sauber zurückgeschlagen, und die Satinkissen waren einladend aufgeklopft; gerüschte Unterröcke, Spitzenhöschen und andere intime Dinge lagen auf den Stühlen oder waren über den Fußboden verstreut; ein Paar Kristallkelche und eine Karaffe Rotwein standen wie zufällig auf einem Tischchen neben dem Bett. Gegen seinen Willen blieb Skelbrooke stehen, nahm einen zierlichen, bestickten Handschuh auf und hielt ihn sich anerkennend an die Nase. Wie alle ihre Besitztümer verströmte Marcellas Handschuh einen köstlichen Parfümduft.

Dann, als er sich bewußt wurde, daß er kostbare Zeit verschwendete, ließ er den Handschuh fallen und untersuchte ernsthaft den Raum. Der Ankleidetisch quoll über von Duftfläschchen, Parfümdöschen und kleinen Porzellankrügen mit Kosmetika. Auf einem Sofa am Fenster lagen ein Hut, zwei Paar Schuhe, ein Paar Seidenstrümpfe und andere kleine Dinge. Ihm wurde klar, daß das Gemach für eine gründliche Durchsuchung zu groß und zu unaufgeräumt war, ehe die Herzogin zurückkehrte. Es sei denn …

Er wußte, daß er es riskieren mußte. Er griff in seine Westentasche und zog eine dünne Metallscheibe hervor, die an einer kurzen Silberkette angebracht war. Die Scheibe bestand aus Blei, und kabbalistische Zeichen waren darauf eingraviert – sie war ein Talisman und der als Sadrun bekannten Planetarischen Intelligenz geweiht, der Hüterin der Geheimnisse, der Finderin verborgener Dinge. Skelbrooke hielt den Talisman wie ein Pendel vor sich und umschritt langsam und systematisch den Raum.

Am nördlichen Ende des Schlafzimmer schwang das Pendel auf einmal wild hin und her. Skelbrooke trat zwei weitere zaghafte Schritte vor, und der Talisman reagierte noch stärker. Bei jedem Ausschlag beschrieb er einen größeren Bogen. Zwei weitere Schritte, und er stand der Wand gegenüber. Er barg die Scheibe und die Kette in der hohlen Hand, sprach das Wort, welches das Pendel ausschaltete, ließ es in die Tasche zurückgleiten und machte sich daran, die Wand zu untersuchen.

Die nördliche Wand von Marcellas Schlafzimmer, in Pastellfarben gehalten, mit Schneckenverzierungen und Stukengeln, war der perfekte Ort für ein Geheimfach oder eine verborgene Kammer. Skelbrooke lächelte etwas wehmütig. So etwas gab es hier nicht zu erwarten – die Herzogin war für etwas Ausgeklügelteres oder Originelleres gut.

Er richtete seine Aufmerksamkeit auf einen Ziertisch aus Ebenholz und Gold, der an der Wand stand. Darauf war eine Sammlung von billigem Schmuck, Fächern, Visitenkarten und dergleichen verstreut – und etwas anderes lag darauf, ein starker Kontrast zum Rest dieses frivolen Zimmers: ein altes Gebetbuch, eingebunden in helles, elfenbeinfarbenes Leder.

Skelbrooke starrte das alte Buch an. Daß Marcella jeden Sonntag zur Kirche ging, wußte er – das war schließlich allgemein Mode –, aber daß die Herzogin in ihrem Schlafzimmer ein Gebetbuch aufbewahrte, falls sie ein jäher frommer Drang und ein überwältigender Wunsch ergriff, mitten in der Nacht ihre Gebete zu sprechen – diese Möglichkeit zog Skelbrooke nicht ernstlich in Betracht.

Aber vielleicht ... vielleicht war es kein gewöhnliches Gebetbuch. So, wie er die Herzogin kannte, dünkte es ihm wahrscheinlicher, daß die in diesem Band enthaltenen Gebete vielleicht von dunklerer, okkulterer Natur waren. Er hob das Buch auf und blätterte es durch.

Eine flüchtige Untersuchung überzeugte ihn davon, daß das Buch genau das war, was es zu sein schien: Ein Einheitsgebetbuch, wie es wahrscheinlich jede ehrbare Frau in Thornburg mit zur Kirche brachte. Schon wollte er das Buch schließen und zurücklegen, da bemerkte er, daß eine der Seiten, ein Blatt ziemlich weit hinten im

Buch, dicker als die übrigen war. Mit wachsender Aufregung ging er mit dem Gebetbuch zum Fenster hinüber und hielt die Seite ins Licht. Es waren nicht nur eines, sondern zwei an drei Seiten zusammengeklebte Blätter. Die vierte Seite wurde durch die Bindung zusammengehalten, und in der Tasche, welche die beiden Seiten bildeten, steckte etwas, das vielleicht ein drittes Blatt Papier oder Pergament war.

Im Bewußtsein, daß die Herzogin jeden Augenblick zurückkehren konnte, zog er eine Stecknadel aus seinem Spitzenhalstuch. Die Nadel hatte einen mit Gold verzierten Kopf, aber der Korpus bestand aus hartem Stahl in der Form eines Miniaturdolchs, scharf geschliffen wie ein Rasiermesser. Damit schlitzte er die Tasche ein Stück weit auf. Mit den Fingerspitzen zog er ein zerbrechliches Pergament zwischen den beiden Seiten hervor und ließ dieses ungelesen in seine geblümte Weste gleiten. Dann schritt er rasch durch das Zimmer und legte das Gebetbuch sorgfältig, genau so, wie er es vorgefunden hatte, auf den kleinen Tisch aus Ebenholz und Gold zurück.

Ehe die Herzogin in ihren Salon zurückgekehrt war, befand sich Skelbrooke bereits wieder dort. Er stand an einem Fenster und sah nachdenklich auf den Garten hinunter.

Er richtete die goldene Nadel in seinem geschmackvoll arrangierten Halstuch. »Ich fürchte, ich bin sehr ungelegen gekommen. In der Tat verspüre ich die Peinlichkeit sehr deutlich, und mir bleibt nur die Hoffnung, daß Ihr meine aus tiefstem Herzen kommende ...«, begann er. Seine Entschuldigung wurde allerdings von einer kleinen weißen Hand, die sich ihm über den Mund legte, im Keim erstickt.

»Skogsrå wurde allmählich lästig. Ich bin so froh, daß Ihr gerade jetzt gekommen seid«, meinte die Herzogin. »In Wahrheit ist er mir ziemlich unangenehm, und ich ertrage ihn nur, weil er meiner armen Elsie soviel Gutes tut. Aber spielt nicht den Fatzken mit mir, Francis. In Gesellschaft ist das erheiternd, das gestehe ich ein, aber unter uns ziehe ich es vor, wenn Ihr natürlicher … ernster seid. Das ist Eure wahre Natur, nicht wahr? Diese ruhige Eindringlichkeit, die ich von Zeit zu Zeit an Euch gesehen habe …«

»Ihr seid sehr scharfsinnig«, sagte Skelbrooke. »Ihr habt mich durchschaut. Und das, obwohl wir eigentlich noch nicht so gut miteinander bekannt sind.«

Sie nahm ihn bei der Hand und zog ihn zu ihrem Sofa hinüber. »Dann ist es Zeit, daß wir einander besser kennenlernen … höchste Zeit«, sagte sie mit derselben heiseren Stimme wie zuvor. »Erzählt mir etwas von Euch … wo Ihr geboren wurdet … wie alt Ihr seid.«

Obgleich er sich des gestohlenen Pergaments, das er hinter den Gänseblümchen und Ringelblumen in seiner Weste aufbewahrte, voller Unbehagen bewußt war, zwang sich Skelbrooke, zu entspannen. »Ich wurde vor etwa vierundzwanzig Jahren auf dem Landsitz meines Großvaters, nahe Lundy, geboren.«

Die Herzogin hob eine Braue. »So jung seid Ihr? Nein, ich zweifle nicht an Eurem Wort. Es ist … schwierig für Leute, mich über ihr Alter zu täuschen. Ihr seht gewiß wie ein junger Mann aus, eher sogar wie ein Knabe, aber in Euren Augen ist etwas, ein Ausdruck, der gewöhnlich erst mit zunehmendem Alter dort hineingerät …«

»Es sind die Ausschweifungen, gnädige Frau, die mich über meine Jahre hinaus altern ließen«, sagte er, wobei er eine so traurigen Aura um sich herum verbreitete, daß ihm die Herzogin einfach ins Gesicht lachen mußte.

»Aber jetzt versucht Ihr wirklich, mich zu täuschen.

In Thornburg seid Ihr als der bescheidenste Mann bekannt!«

Skelbrooke hob die Schultern. »Was das betrifft … ich bin süchtig nach gewissen Lastern, denen ich lieber nicht in der Gegenwart von … Damen nachgehe. Deswegen meine regelmäßige Abwesenheit von der Stadt.«

Die Herzogin wirkte nur ein ganz klein wenig gelangweilt. »Ich vermute, Ihr meint Hahnenkämpfe oder anderen langweiligen Zeitvertreib für Männer. Davon wollen wir nicht sprechen, bitte.«

»Ich meine nicht Hahnenkämpfe … oder anderen langweiligen männlichen Zeitvertreib«, erwiderte Skelbrooke. »Das heißt: ich muß gestehen, daß ich eine unersättliche Lust am Blutvergießen verspüre, daß mich aber Tierquälerei niemals amüsiert hat.«

»Aha«, meinte die Herzogin mit wieder aufflackerndem Interesse. »Ihr bestreitet also Duelle, nicht wahr? Habt Ihr schon viele Männer getötet?«

»Ich habe Dutzende umgebracht«, entgegnete Skelbrooke. »Und unter den wilden jungen Männern aus guten imbrischen Familien ist es üblich, als Straßenräuber verkleidet umherzureiten und Kaleschen und Postkutschen auszurauben … nur wegen des Nervenkitzels.«

Jetzt lächelte die Herzogin, ein warmes, vertrauliches Lächeln. Er war sich nicht sicher, ob sie ihm glaubte oder nicht, aber zumindest hielt er sie bei guter Laune.

»Gütiger Himmel!« meinte die Herzogin. »Ich glaube, ich bin einem Schurken in die Hände gefallen! Und sagt mir doch … habt Ihr vielleicht, bei Euren anderen Lastern, habt Ihr vielleicht experimentiert mit … den eher ausgeklügelteren Formen der sexuellen Ausschweifung?«

Skelbrooke schüttelte den Kopf. »Seht Ihr, ich bin noch keine fünfundzwanzig«, erwiderte er entschuldigend. »Ich habe es für klüger gehalten, mir etwas für später aufzuheben, damit ich mich nicht zu rasch langweile.«

»Also, das ist jetzt gewißlich schockierend«, sagte die Herzogin. Sie rückte näher heran, so daß sie nun an seiner Schulter lehnte. »Ich selbst finde eine derartige Naivität bei einem jungen Mann von vierundzwanzig Jahren unverzeihlich. Glücklicherweise können wir diese Vernachlässigung leicht wiedergutmachen.«

Der spitzenbesetzte Saum ihres Morgenmantels war sehr tief herabgerutscht und enthüllte jetzt ihre wunderschönen Schultern und einen verführerischen weißen Busen. Ihre Lippen waren leicht geteilt, sie atmete stoßweise, und ihr Parfüm, als sich Skelbrooke zu einem Kuß herabbeugte, war süß und berauschend. Ihr Mund war, wie er erwartet hatte, warm und einladend.

Sie war absolut anziehend, dachte er … absolut begehrenswert.

Welch ein Unglück, daß er ihre Einladung leider nicht annehmen konnte …

14. KAPITEL

Welches vielerlei seltsame Angelegenheiten enthält

Das Motherwell-Gefängnis wirkte grausig, wie es da auf einer Insel inmitten der Lunn, etwa zwei Meilen oberhalb von Thornburg lag. Es war eine kalte, rauhe, öde Insel mit einem nur schmalen, steinigen Küstenstreifen. Bei Flut verschwand dieser Streifen zur Gänze, und das Wasser erreichte fast die rostigen Gefängnistore.

Zur Sonnwende, als die Tide ihren höchsten Stand erreicht hatte, landete eine elegante schwarze Barke am Kies unterhalb des Tors, der zwei Passagiere entstiegen: Ein junger Gentleman mit weinrotem Mantel und eine Dame, vielleicht zehn Jahre älter als er, die ausgesprochen fesch mit austernfarbenem Satin und einem weißen Federhut bekleidet war. Schüchtern näherten sie sich dem Pförtner am Tor.

»Wir möchten mit dem Direktor sprechen«, sagte der junge Mann und reichte eine kleine Münze durch die eisernen Gitterstäbe.

Der Pförtner grinste sie an, wobei er krumme, geschwärzte Zähne entblößte. »Ihre Namen?«

Die Dame winkte erregt mit den Händen. »Ist es unbedingt notwendig, daß wir Euch unsere Namen sagen?«

»Ist es, wenn Ihr mit dem Direktor sprechen wollt«, erwiderte der Pförtner, während er die Münze einsteckte. »Er hat viel zu tun, der Direktor, und er empfängt nicht jeden.«

Die beiden Besucher besprachen sich flüsternd.

»Warum nicht?« fragte der junge Mann. »Ihr habt aus Euren Absichten kein Geheimnis gemacht… in der Stadt reden bereits alle. Wie Ihr selbst gesagt habt: die einzige Vorgehensweise ist die, diese ganze Sache öffentlich durchzuführen und das Notwendige so zu erledigen, als wäre es lediglich ein makabrer Scherz.«

»Ja, ja«, erwiderte die Dame ungeduldig. »Aber es ist eine Sache, wenn der eigene Name unter den Bekannten ins Gerede kommt… und eine ganz andere, wenn man ihn in Verbindung mit einem Ort wie diesem hier ausgesprochen hört. Aber, schön, tut, was Ihr für das beste haltet! Die ganze Situation ist so entwürdigend, wie könnte es da noch schlimmer werden?«

Sie kehrten zum Tor zurück und spähten durch das eiserne Gitter. »Lord Vizbeck und seine Kusine, Lady Ursula Bauker«, sagte der junge Mann.

»Bin geehrt«, entgegnete der Pförtner und deutete eine kleine, spöttische Verbeugung an, als er das Tor öffnete und sie hineinbat.

»Seid Ihr ernsthaft entschlossen, diese Sache bis zum Ende durchzuführen?« flüsterte Lord Vizbeck seiner Kusine zu, während der Wächter sie einen feuchten, dunklen Gang hinabführte.

»Ja«, entgegnete Lady Ursula. »Bleibt mir sonst eine Wahl?«

Der junge Mann drückte ihr mitfühlend die Hand. »Ihr könntet beispielsweise mich heiraten.«

»Unmöglich«, sagte Lady Ursula. »Ihr hieltet nicht um meine Hand an, wenn Ihr irgendeine Vorstellung vom Ausmaß meiner Schulden hättet. Sie würden Euer ganzes Vermögen verschlingen. Abgesehen davon… Eure Mutter hat eine sehr gute Vorstellung von meiner schlimmen Lage, und obgleich sie bei all meinen Schwierigkeiten mir gegenüber immer freundlich war, würde sie unserer Heirat niemals zustimmen.«

»Zum Jahreswechsel«, sagte Lord Vizbeck, »werde

ich volljährig, und dann brauche ich das Einverständnis meiner Mutter nicht mehr.«

»Vielen Dank«, meinte Lady Ursula, »aber ich möchte in der Zwischenzeit nicht im Schuldturm schmachten.«

Der Direktor empfing sie in einem hohen, kalten Raum, der auf den Gefängnishof führte. Er war ein magerer, kleiner Mann mit pergamentfarbener Haut, einer zerdrückten Perücke und einer gewaltigen Hakennase. Er bot Lady Ursula einen Sessel an und schickte den Pförtner los, einen weiteren Sessel für Lord Vizbeck zu besorgen.

»Und wie kann ich Eurer Ladyschaft zu Diensten sein?« fragte er, während er sich wieder hinter seinen großen, unaufgeräumten Schreibtisch setzte.

Lord Vizbeck gab für sie Antwort. »Die Lady befindet sich in finanziellen Schwierigkeiten ... ich werde Euch nicht mit Einzelheiten langweilen. Es reicht aus, Euch zu sagen, daß ihre Gläubiger allmählich ungeduldig werden und jederzeit ein Haftbefehl gegen sie ausgestellt werden kann. Deshalb benötigt sie einen Gatten, der ihre Schulden auf sich nimmt.«

Der Direktor lehnte sich mit seinem Stuhl zurück und legte die Spitzen seiner Finger aneinander. »Aha«, meinte er. »Ich verstehe. So etwas wie einen Verbrecher – einen Mörder oder Straßenräuber auf dem Weg zu seinem Henker? Ja, ich glaube, ich kann Euch das Gewünschte zur Verfügung stellen. Einen feinen jungen Burschen mit den Manieren eines Gentleman – die Sorte, die sich zu benehmen weiß und Eure Ladyschaft bei der Hochzeitsfeier nicht in Verlegenheit bringt. Er wird ... laßt mich nachsehen ... nächsten Freitag hingerichtet, nachmittags um eins.«

Er kippte mit seinem Stuhl wieder nach vorn und legte die Ellbogen auf den Schreibtisch. »Ja, ich glaube, daß da etwas arrangiert werden kann, aber ich fühle mich verpflichtet, Euch vorzuwarnen, daß selbst Ehemänner aus Motherwell teuer zu stehen kommen. Dieser Mann zum Beispiel, den ich da im Kopf habe, ist trotz seines einnehmenden Wesens ein harter Bursche, und er wird nicht damit einverstanden sein, Euch zu heiraten und Eure Gläubiger auszutricksen, nur weil Ihr so schöne blaue Augen habt – oh, nein!«

Lord Vizbeck versteifte sich. »Hört mal, mein Wertester, es besteht keine Notwendigkeit, unverschämt zu werden. Wenn Ihr nicht den Anstand besitzt …«

Lady Ursula brachte ihn mit einem Wink ihrer Hand zum Schweigen. »Wir wollen doch weder die Zeit des Direktors verschwenden – noch unsere eigene. Vielleicht, Sir, seid Ihr so gut und teilt mir mit, wie hoch die … die übliche Entschädigung ist.«

Der Direktor faltete seine Hände. »Eine Flasche Wein in der Vornacht sowie eine Hure, die ihm das Bett wärmt. Und am folgenden Tag … ein Trinkgeld für den Henker, so daß die Hinrichtung rasch und schmerzlos erfolgt, und Euer schriftliches Wort, daß er eine angemessene Bestattung erhält und nicht dem Kolleg der Chirurgen für deren teuflische Experimente übergeben wird.« Lady Ursula schauderte sichtlich. »Meine eigene Entschädigung – für meine Erlaubnis, daß die Sache überhaupt durchgeführt wird, für die Arrangements, die ich zu treffen habe – ist nicht unbeträchtlich.« Und er nannte eine so hohe Summe, daß die Lady entsetzt keuchte.

»Ihr müßt Euch doch wohl bewußt sein«, sagte Lady Ursula mit erstickter Stimme, »daß wir überhaupt nicht ins Geschäft kommen können, wenn Ihr nicht gewillt seid, Eure Forderungen etwas herunterzuschrauben. Wirklich, wären meine Mittel nicht dermaßen beschränkt, so wäre ich nicht gezwungen, diesen Schritt zu unternehmen, um meine Gläubiger zu umgehen.«

»Darüber brauchen wir keine Worte zu verlieren«, erwiderte der Direktor kühl. »Dennoch bezweifle ich,

Mylady, daß Ihr ganz ohne Freunde seid. Borgt Euch das Geld, wenn es sein muß, denn ich versichere Euch: Für weniger kann die Sache nicht laufen.«

Lady Ursula lachte bitter. »Das Geld borgen … wo ich mich zu diesem Schritt entschließen mußte, weil ich über meine Verhältnisse hinaus gelebt habe! In ganz Thornburg gibt es keinen Goldschmied oder Geldverleiher, der …«

Lord Vizbeck beugte sich zu ihr herab und sagte ihr leise ins Ohr: »Bei den Neun Mächten, Ursula, Ihr könnt keinesfalls zu den Zwergen gehen. Wenn Ihr mir nicht erlauben wollt, Euch zu heiraten, so gestattet mir wenigstens, Eure Auslagen für die … Hochzeit zu begleichen.«

»Das werde ich nicht tun!« zischte die Lady. »Nehmt auf meine Gefühle Rücksicht! Wie kann ich Euch guten Gewissens gestatten, mir – mir einen Gatten zu kaufen, nachdem ich Euer eigenes viel zu großzügiges Angebot ausgeschlagen habe?«

Der Direktor schaukelte weiterhin mit seinem Stuhl vor und zurück. »Ich sollte vielleicht hinzufügen, daß es einen beträchtlichen Aufschrei gegen diese Gefängnishochzeiten gegeben hat, womit die Wohlgeborenen und die reichen Leute mit Titel ehrliche Kaufleute um ihre Forderungen betrügen. Jeden Tag kann der Prinz einen Erlaß herausgeben, der diese Heiraten verbietet. Wo werdet Ihr dann sein, Mylady?«

»Am gleichen Ort, wo ich mich befinden werde, wenn ich nicht bis zum Ende der Woche meine Gläubiger zufriedenstelle«, erwiderte die Lady. »Im Schuldturm … oh, das wäre unerträglich. Sehr schön, Ihr verlangt einen Wucherpreis, aber ich schätze, es gibt noch ein bißchen … ein bißchen altes Silber oder Porzellan, das ich verkaufen kann. Trefft die Vorbereitungen und erwartet mich kommenden Freitag … an meinem Hochzeitstag.«

Die Lady verließ das Gefängnis am Arm ihres Vetters. Die Mutter seiner Lordschaft, die vornehme Witwe Lady Vizbeck, erwartete sie an der Barke.

»Und? Werdet Ihr Eure Hochzeitsvorbereitungen treffen, meine Liebe?« fragte die alte Dame.

»Ich glaube ja, noch ehe der Tag zu Ende geht.« Lady Ursula sackte auf der samtgepolsterten Bank zusammen und holte ihren Fächer hervor. »Der Direktor wird die Hochzeitsfeier arrangieren… er wird sich um alle Einzelheiten kümmern. Mir bleibt lediglich noch die Entscheidung, wo der Empfang stattfindet.«

»Ihr habt, glaube ich, viele großartige Angebote gehabt?« fragte Lady Vizbeck und tätschelte ihr mitfühlend die Hand. »Aber natürlich… was wird das für eine Neuigkeit sein, Eure Hochzeitsfeier! Die Hälfte der Damen in Thornburg wären geehrt, wenn sie Gastgeberin für den Empfang und verantwortlich für die Sensation sein könnten, die die Hochzeit hervorruft. Wen werdet Ihr auswählen?«

Lady Ursula stieß einen erschöpften kleinen Seufzer aus. »Ich werde wohl die Herzogin auswählen. Wer sonst könnte die Sache angemessen durchführen?«

Obgleich Lady Ursulas bevorstehende Hochzeit Stadtgespräch war, ließ sich der Magistrat von Thornburg nicht zur Eile drängen; er stellte keinen Haftbefehl gegen die Lady aus, und die Hochzeit fand wie geplant statt. Am Freitagmorgen traf die Braut blaß, jedoch gefaßt, im Gefängnis ein, wurde ihrem Bräutigam vorgestellt und verheiratet. Um ein Uhr bestieg der Bräutigam das Galgenpodest, überantwortete sich den Schicksalsgöttern und wurde gehenkt. Bei Sonnenuntergang trafen nach und nach die Kutschen und Sänften an dem heruntergekommenen Stadthaus der Herzogin von Zar-Wildungen ein, wo die Braut in einem Kleid aus gemustertem weißen Satin, das einen bodenlangen gazeähnlichen Schleier hatte und mit den Diamanten der Herzogin besetzt war, ihre Hochzeitsgäste am Eingang begrüßte.

Die Vorders befanden sich unter den ersten Gästen, die eintrafen. »So bitter«, meinte Clothilde Vorder, als sie, Elsie und Sera die Marmorstufen zum Eingang hinaufstiegen. »So herzzerreißend der Gedanke, daß die Arme ihre Gäste empfängt – und erst seit kurzer Zeit verwitwet ist!«

»Sie hat den Mann kaum *gekannt*«, sagte Sera. »Jedes Gefühl, das die Braut bei dieser besonderen Gelegenheit zeigt, kann nichts weiter als – als die eklatanteste Form der Schauspielerei sein!«

»Aber natürlich«, erwiderte Mistreß Vorder. »Das tut den Gefühlen jedoch kaum einen Abbruch, die man beim Anblick der jungen Witwe empfinden muß. Ich, zum Beispiel, bin dem Theater ungeheuer zugetan. Und ich wäre nicht so unsensibel wie du«, fügte sie ernst hinzu, »nicht um alles in der Welt.«

Sie schritten das Empfangsspalier und einen breiten, von Fackelschein erhellten Flur entlang, an dessen Wänden verblaßte Tapisserien hingen. Der Tisch im höhlenartigen Speisesaal war mit feinem, goldgeränderten Geschirr und Kristallkelchen gedeckt, aber das allerfeinste Gedeck (ganz aus schimmerndem Gold und Juwelen) lag am Kopf der Tafel, zu Ehren des Bräutigams, von dem man erwartete, daß er im Geiste am Empfang teilnahm. Deswegen hatte jemand ein wächsernes Abbild in den Sessel des Bräutigams gesetzt und ihm geschmackvoll einen Hanfstrick um den Hals gelegt.

Francis Skelbrooke schlenderte in den Raum, sehr hübsch gekleidet in Weiß und Gold, abgesehen von dem schwarzen Satinband, das seine gepuderten Locken zurückhielt. Er trug ein kurzes Malakaspazierstöckchen, auf dessen Knauf ein Monokel war. Er war über das Arrangement der Tafel besonders überrascht und verbrachte mehrere Minuten damit, den ›Bräutigam‹ durch sein Monokel zu betrachten.

»Und was – wenn man fragen darf – ist Euer Eindruck von all dem hier, Miß Vorder?« fragte er.

»Es hat den Anschein«, meinte Sera, die nicht in der Stimmung war, sich an diesem Abend ein Blatt vor den Mund zu nehmen, »daß die Leute dieser Tage alles für eine Sensation tun würden. Ich glaube, die Gesellschaft ist völlig verrückt geworden.«

Wenn sie die Hoffnung gehegt hatte, ihn aus der Fassung zu bringen, so sah sie sich getäuscht. »Ich habe Eure scharfe Wahrnehmungsgabe stets bewundert«, sagte Skelbrooke und schlenderte davon, vermutlich auf der Suche nach der Herzogin.

Nachdem der Festschmaus vorüber war und die letzten Toasts – auf die Schönheit der Braut und ihre wesentlich verbesserten Zukunftsaussichten – ausgebracht worden waren, war es für die Hochzeitsgäste an der Zeit, die Braut und ihren Bräutigam ins Schlafzimmer zu geleiten. Zwei muskulöse Diener hoben den Sessel an und trugen die Wachsfigur aus dem Raum; die Braut und ihre Gäste nahmen Kerzenleuchter in die Hand und folgten dem Sessel in einer langen Prozession.

Sera schritt allein dahin, ohne den Arm eines Gentleman, auf den sie sich hätte stützen können – was sie als Segen erachtete, denn es gestattete ihr, hinter den anderen herzutrödeln, und ersparte ihr viel von der Unterhaltung und den unziemlichen Witzen. Die Prozession stieg die lange, geschwungene Marmortreppe ins oberste Geschoß des Stadthauses hinauf, wobei die Flammen ihrer Kerzen wie winzige Lichtfunken in den weiten, düsteren Korridoren aussahen. Sie durchschritten eine Flucht von Zimmern, in denen der Staub dick auf dem Fußboden lag und Spinnweben wie zerrissene Spitzenvorhänge von der gerippten Decke herabhingen. Dann wurde es jäh hell und warm, als jemand die Tür zum Brautgemach aufwarf.

Ich gehe nicht hinein, dachte Sera. Die ganze Situation ist so offenkundig obszön! Mit diesem Entschluß machte sie auf dem Absatz kehrt und ging wieder den Korridor entlang. Aber in den dahinterliegenden Zimmern pustete ein Luftzug ihre Kerze aus, und sie ging in der Dunkelheit irre. Als sie schließlich wieder einen von Fackelschein erhellten Korridor erreichte, befand sie sich in einem völlig unvertrauten Flügel des Gebäudes.

In der Gewißheit, daß sich eine der Türen zu beiden Seiten des Korridors auf eine Treppe hin öffnen mußte, probierte Sera mehrere aus. Nur entdeckte sie, daß jede Türe verschlossen war. Dann entschied sie sich, ihre Kerze an einer der Fackeln wieder anzuzünden und in die Richtung zurückzugehen, aus der sie gekommen war. Aber durch *welche* Tür hatte sie den Korridor betreten? Sie sahen alle gleich aus.

Mit wachsender Enttäuschung drehte sie wieder an den Türknaufen und suchte nach der unverschlossenen Tür. Vielleicht habe ich die Orientierung verloren ... vielleicht sollte ich die Türen auf der anderen Seite des Korridors ausprobieren. Unter ihrer Hand drehte sich ein Knauf, und Sera stieß die Tür eifrig auf.

Sie blieb in der Gewißheit, dieses Zimmer noch nie zuvor gesehen zu haben, auf der Türschwelle stehen. Es war ein hoher Raum, etwa von der Größe des Speisesaals unten, in Mondlicht getaucht, das durch eine Art Kuppelfenster in der Decke hereinströmte. Der große Raum erinnerte sehr an ein Museum, denn eine Vielzahl merkwürdiger Gegenstände war in Glasvitrinen zur Schau gestellt oder auf Marmorpedestale montiert.

Ich sollte nicht hier sein, sagte sich Sera. Aber der unmittelbar folgende Gedanke war: die Tür war unverschlossen. Neugier überwältigte sie, und sie trat über die Türschwelle und schloß die Tür leise hinter sich.

Dieser Raum wurde regelmäßig benutzt oder war zumindest vor kurzem abgestaubt worden. Dennoch lag etwas Schweres, Erstickendes in der Luft, wie eine Spur von Weihrauch, der die Luft *schwerer* machte, als für Wohlgeruch zu sorgen.

Sera hob die Kerze hoch und wanderte durch den Raum, wobei sie einen Gegenstand nach dem anderen betrachtete: eine Schale mit Kristallobst ... ein juwelenbesetzter Dolch mit einer halbmondförmigen Klinge ... ein Kranz aus Seidenblumen, die (so bildete es sich Sera jedenfalls ein) vielleicht die Quelle des seltsamen Geruchs waren.

An einer Wand entdeckte sie eine Galerie aus Ölgemälden ... Porträts von Männern und Frauen eines längst vergangenen Zeitalters. Alle zeigten einen derart traurigen oder tragischen Ausdruck, daß es schien, als hätte sie der Künstler inmitten einer Katastrophe oder ständigen Kummers abgebildet. An einer anderen Wand hingen uralte Kleider an Haken: Gazekleider in weichen, leuchtenden Farben, phantastische Hüte, überladen mit Edelsteinen und Federn, sowie kunstvoll gelockte Perücken, die für die Köpfe, die sie einstmals getragen hatten, viel zu schwer schienen. Ein grauer Umhang war mit Silberspangen bedeckt und mit Schwanendaunen gesäumt, ein steifer, mit Perlen gesäumter Spitzenkragen erinnerte Sera irgendwie an Mistreß Sancreedi. Aber die Größe dieser winzigen, zierlich gefertigten Gewänder erstaunte sie. Dies sind Kleidungsstücke für Kinder ... aber wer würde seine Kinder so fein herausputzen?

Um einen langen Spiegel mit Goldrahmen hingen eine Anzahl Masken. Einige davon waren wunderschön, doch andere hatten etwas Häßliches oder Bösartiges an sich. Aus einem Impuls heraus nahm Sera eine der gräßlicheren Masken herab und hielt sie sich vors Gesicht.

Als sie sich umwandte, um ihr Bild im Spiegel zu mustern, erlebte sie eine jähe, schmerzliche Überraschung. Die Maske hatte nicht nur ihr Gesicht verwandelt, sondern alles an ihr. Sie starrte das Abbild einer winzigen Gestalt in einem zerrissenen Kleid mit krummem Rücken und verzerrter Lippe an. Bei einem leisen Geräusch hinter sich schreckte Sera so heftig zusammen, daß sie die Maske fallen ließ. Sie fuhr gerade rechtzeitig herum, daß sie Lord Skelbrooke den Raum durch eine Tür auf der anderen Seite betreten sah.

Angesichts ihrer Überraschung hielt er inne, die Hand noch immer auf dem Türknauf, und sein Gesicht zeigte einen so finsteren Ausdruck, wie ihn Sera noch nie gesehen hatte.

Dann verschwand sein Stirnrunzeln, und Lord Skelbrooke wirkte unbekümmert wie eh und je. Er schloß die Tür hinter sich und verneigte sich tief. »Da seid Ihr, Miß Vorder! Ich wollte Euch nicht erschrecken, aber Eure Kusine hat mich geschickt, Euch zu suchen.«

Sera legte eine Hand aufs Herz. »Elsie… Elsie hat nach mir geschickt?« fragte sie mit erstickter Stimme. »Geht es ihr nicht gut, Lord Skelbrooke?«

»Ich bitte um Entschuldigung«, erwiderte Skelbrooke und näherte sich ihr. »Auch wollte ich Euch nicht erschrecken. Ich hätte etwas genauer sein sollen. Nicht Miß Elsie hat mich losgeschickt, Euch zu suchen, sondern ihre Mutter.«

Eine heiße Röte stieg Sera ins Gesicht. Schlimm genug war es, daß Lord Skelbrooke sie hier traf, wo sie nichts zu suchen hatte… wieviel ärgerlicher war es, daß Kusine Clothilde ihn losgeschickt hatte, sie zu suchen, als wäre sie ein ungezogenes Kind.

Skelbrooke beugte sich und hob die Maske auf. Einen langen Augenblick untersuchte er sie durch sein Monokel. Dann hielt er sich mit einem kleinen, rätselhaften Lächeln die Maske vors Gesicht und musterte sein Abbild im Spiegel.

Sera konnte ein weiteres überraschtes Keuchen nicht unterdrücken. Vor ihren eigenen Augen wurde Skelbrooke kleiner, wieder größer, durchlief eine Reihe erstaunlicher Veränderungen: Mann, Frau, Zwerg, Gnom, Kind, Erwachsener, Ungeheuer, Tier ... alles in Sekunden. Und dann war er ebenso jäh wieder er selbst, ein netter, kleiner, elegant in Weiß und Gold gekleideter Mann, der sie durch die Augenlöcher der häßlichen Maske anstarrte.

»Man muß halt nur wissen, wie diese Dinger funktionieren«, meinte er ruhig, während er die Maske wieder an die Wand zurückhängte. Aber Sera verspürte eine Woge der Entrüstung, als wäre sie durch ihn das Opfer irgendeines vulgären Scherzes geworden.

Als er ihr seinen Arm bot, schüttelte sie den Kopf und verließ den Raum durch die Tür, durch die sie hereingekommen war. Aber sie hielt inne und wartete auf ihn, während er einen winzigen silbernen Schlüssel aus seiner Westentasche holte und ihn ins Schloß steckte.

»Ich sollte Euch mitteilen, Miß Vorder, daß die Gegenstände in diesem und dem dahinterliegenden Raum sehr alt und wertvoll sind. Weder der Herzog noch die Herzogin wünschen, sie der Öffentlichkeit zugänglich zu machen. Ich kann mir nicht vorstellen, weshalb die Tür unverschlossen gewesen war.«

»Aber Ihr seid nicht durch diese Tür hereingekommen«, gab Sera ein wenig scheu zu bedenken. »War – war das andere Zimmer, von dem Ihr gesprochen habt, gleichfalls unverschlossen? Das erscheint mir sehr nachlässig.«

»Die Tür, durch die ich eintrat, *war* verschlossen –

aber ich besitze auch zu dieser einen Schlüssel«, erwiderte Skelbrooke. »Und nein«, sagte er, während er den Schlüssel einsteckte, »ich brauche nicht zurückzugehen und sie wieder zu verschließen, denn das habe ich bereits getan.«

Die reinere Luft im Korridor trug das ihrige dazu bei, daß Sera ihr geistiges Gleichgewicht wiederfand. Ihr wurde klar, daß sie den Weg zurück zum Speisesaal kaum so leicht wiederfinden konnte, wenn sie nicht das Angebot seiner Lordschaft annähme, sie zu begleiten. Dennoch fühlte sie sich noch immer verärgert und merkwürdig beleidigt und wollte seinen Arm nicht nehmen. Sie bestand darauf, den Weg ohne Unterstützung zu gehen.

»Ihr wißt anscheinend die Ernsthaftigkeit Eurer eigenen Lage nicht einzuschätzen«, meinte Skelbrooke mißbilligend, während sie ihm den Korridor hinabfolgte. »Wirklich, wenn Marcella wüßte, daß Ihr in diesem Zimmer wart, wäre sie vielleicht sehr verärgert. Wenn Ihr eine unangenehme Szene vermeiden wollt, werdet Ihr besser niemandem gegenüber erwähnen, daß Ihr in dem Museum wart oder daß Ihr und ich uns irgendwo dort in der Nähe getroffen haben.«

Sera hatte schon zuvor Gerüchte gehört, daß Francis Skelbrooke der Liebhaber der Herzogin war. Daß er tatsächlich Zugang zu Räumlichkeiten im herzoglichen Wohnhaus besaß, wohin sonst niemand Zutritt hatte – daß er sogar die Schlüssel bei sich trug –, diente lediglich dazu, diese Gerüchte zu bestätigen. Obgleich ich mir gewiß nicht vorstellen kann, weshalb mich dies kümmern sollte, wo doch der Herzog persönlich diese Affären stets toleriert. Wie großartig, wenn man eine Herzogin sein und die Konventionen so mißachten kann!

Nichtsdestoweniger verspürte Sera tiefes Unbehagen, wenn sie über Skelbrookes enge Vertrautheit mit der Herzogin nachdachte – verspürte sie deswegen einen so ausgeprägten Widerwillen (überlegte sie) oder nur wegen seiner Scharlatanereien mit der Maske?

Was auch immer der Grund war, sie war sehr verärgert und so durcheinander, daß Stunden verstrichen, ehe sie sich allmählich fragte, was auf Erden Lord Skelbrooke dazu veranlaßt haben mochte, sie in dieser Abfolge von Zimmern zu suchen, obgleich er jeden Grund zu der Annahme hatte, diese seien abgeschlossen und unzugänglich.

15. Kapitel

In welchem der Leser die Bekanntschaft zweier neuer Charaktere macht

Es war am Nachmittag des letzten Tages der warmen Jahreszeit. In Meister Ules Flaschenfabrik waren Polydor Figg und seine drei jungen Angestellten über ihre Schreibtische gebeugt und arbeiteten hart.

Morgen war Erntedankfest und ein Schalttag. Alle Geschäfte und Firmen in Thornburg schlossen ihre Tore, und die Zunftleute hielten in den Straßen eine Parade ab. Sie trugen dabei ihre prächtigen Zeremoniengewänder, die mit Medaillen und Orden dekoriert waren, und hatten sich rätselhaft klingenden Namen zugelegt, wie *Der Orden des Westlichen Horizonts* und *Meister des Sternentempels.* Schauspiele, Prozessionen, Festessen, Bälle und andere Vergnügungen wären an der Tagesordnung. Darüber hinaus nahm der Mond schon seit vier Tagen ab, und daß auf einen Festtag eine sogenannte sichere Nacht folgte bedeutete, daß die Festlichkeiten auf der Straße an diesem Tag vor Sonnenuntergang beginnen und bis weit nach Mitternacht andauern würden.

In der Glaswerkstatt ließen Meister Ule und seine Männer die Arbeit für heute liegen, um sich für die offiziellen Festivitäten am morgigen Tag vorzubereiten. In einem der großen Vorratsräume errichteten sie eine prächtige Weidenpuppe und schmückten sie mit bunt gefärbten Bändern sowie Trockenblumen. Sie wollten die Puppe kurz nach Tagesanbruch zum Fluß tragen und ins Wasser werfen.

Aber im Kontor ging die Arbeit wie gewöhnlich weiter – vielleicht ein wenig geschäftiger als üblich –, denn für die Schreiber und Angestellten der Stadt bedeutete die Ankunft einer neuen Triade von Jahreszeiten mehr als nur eine Gelegenheit zum Feiern. Denn am letzten Tag einer jeden Jahreszeit mußten Rechenschaftsberichte abgelegt, Rechnungen bezahlt und Löhne berechnet werden – mehr als genug, daß Polydor und die anderen beiden Angestellten den ganzen Morgen über und bis weit in den Nachmittag hinein fieberhaft beschäftigt waren. Inzwischen saß Jedidiah an einem improvisierten Schreibtisch in einer Ecke des Raums und kümmerte sich um die alltägliche Korrespondenz der Firma.

Briefe zu kopieren war eine sorgfältige, peinlich genau zu leistende Arbeit. Wenn Jed einen Fehler beging, mußte er ein neues Blatt Papier holen und von vorn anfangen, weil Tintenkleckse ein unvorteilhaftes Bild auf seinen Arbeitgeber warfen. Aber es war eine interessantere Aufgabe als Buchführung, wo es nur um Namen und Zahlen ging, und Jed verspürte Stolz, daß Polydor ihn mit einer so wichtigen Arbeit betraut hatte.

An die Herren Willibald, Wibblingen und Wolfenbüttel, schrieb Jed in seiner festen, klaren, altmodischen Handschrift. Jenk, dem Buchhändler, hatte es soviel Schmerzen bereitet, sie ihn zu lehren, und Jed erwarb das Geschick dafür langsam wieder zurück (auch für die Grammatik, die der alte Jenk ihm eingehämmert hatte). In Erwiderung Ihres Schreibens vom einundzwanzigsten …

Es folgte noch weitaus mehr, alles sehr formal und korrekt – obgleich Willibald, Wibblingen und Wolfenbüttel ein halbes Jahr mit der Bezahlung für eine Sendung schwarzer Flaschen im Rückstand waren – bis hinab zum kleinsten: *Hochachtungsvoll verbleibe ich & c.* Jed schloß das Schreiben mit einer dramatisch schwungvollen Gebärde und brachte es Polydor Figg zur Unterschrift.

Polydor und die anderen Angestellten räumten bereits ihre Schreibtische auf. Polydor jedoch hielt lange genug inne, um den Brief zu unterzeichnen, mit zu Sand bestreuen, damit ihn Jed zurückgeben konnte. »Belästige den Jungen nicht damit – du kannst ihn selbst auf dem Weg zum Mittagessen abgeben.«

»Sir?« fragte Jed, weil er den Eindruck hatte, etwas nicht mitbekommen zu haben.

Figg rückte die Brille auf seiner Nase zurecht. Größtenteils war er eine jüngere, rundlichere Ausgabe von Meister Ule, aber er war etwas kurzsichtig, und ihm fehlte der durchdringende Blick des älteren Zwergs. »Man hat dir nichts gesagt? Du wirst um zwei Uhr bei meinem Onkel speisen. Es ist jetzt halb zwei, also kannst du ebenfalls deinen Schreibtisch aufräumen und deinen Hut holen.«

Jed kehrte an seinen Schreibtisch zurück und steckte den Brief in einen Umschlag. Dann schloß er sein Tintenfaß, säuberte seine Feder, legte die Papiere auf seinem Schreibtisch zurecht und setzte seinen glänzenden neuen Dreispitz auf. Inzwischen waren Polydor und die anderen Angestellten gegangen. Sie hatten die Tür zur Straße unverschlossen gelassen. Jed nahm den Schlüssel. Er war auf halbem Weg durch den Raum, da öffnete sich die Tür, und ein älterer Zwerg, ein großer, junger Mann in Schwarz gekleidet, wie ein Arzt oder Geistlicher, und ein dandyhafter Gentleman in grauem Samt betraten das Kontor.

»Tut mir leid, wir haben schon geschlossen«, sagte Jed.

»Wir wollen in einer persönlichen Angelegenheit zu Meister Ule, und wir werden erwartet«, sagte der Zwerg mit liebenswürdigem Kopfnicken. Er trug einen purpurfarbenen Mantel und eine Vollperücke – einem

Zwerg seines Alters und seiner Würde angemessen –, und hielt einen Hut mit runder Krempe unter seinem Arm. »Vielleicht wärt Ihr so freundlich und würdet ihn holen?«

»Jawohl, Sir«, erwiderte Jed. »Wen soll ich melden?«

»Herr Christopher Eulenfeder, Herr Hermes Batsch sowie ein Gentleman möchten sich die Ehre geben«, entgegnete der Zwerg mit einer weiteren halben Verneigung. »Und Ihr seid, wenn ich mich nicht irre, Jedidiah Braun.«

»Jawohl, Sir«, antwortete Jed, wobei er sich fragte, woher dieser distinguierte Zwerg seinen Namen kennen mochte.

Er ging, Meister Ule zu suchen, und fand ihn in dem anderen Lagerraum, wo er ein paar letzte Handgriffe an dem Weidenmann anlegte. »Die Herren Eulenfeder und Batsch sind hier, Meister.«

»Sehr schön«, meinte Meister Ule, zog die Lederschürze aus und griff nach Hut und Mantel.

Sie benötigten länger zu Meister Ule, als sie erwartet hatten, denn auf den Straßen wimmelte es bereits von Feiernden: Tänzer mit blumengeschmückten Hüten und Glöckchen, Gnome, die sich wegen des Feiertags die Hörner und Klauen mit Goldfarbe bemalt hatten, Zwergen- und Menschenkinder in Masken und phantastischen Kostümen – sie alle sprangen zwischen den üblichen Händlern und Straßenverkäufern umher.

Die Vogelmädchen verkauften jetzt Kohl, geflochtene Zwiebeln und Grillen in kleinen Strohhäuschen. Ausländer verhökerten Süßigkeiten und silberne Hörner. Auf einigen Straßen war das Vorankommen völlig unmöglich; die Menge bildete eine derart dichte Barriere, daß Meister Ule und seine Gesellschaft einen Umweg machen mußten. So hatte Jed genügend Zeit, sich mit

Meister Ules Freunden bekannt zu machen. Er war ein wenig verwirrt, weil er sich in so vornehmer Gesellschaft wiederfand.

Christopher Eulenfeder war ein wohlhabender und hoch angesehener Kaufmann – ein ehrbarer Geschäftsmann ebenso wie ein gewiefter –, und er war mit allen besser gestellten Zwergenfamilien verwandtschaftlich verbunden. Hermes Batsch war der großgewachsene Mann – kein Arzt oder Geistlicher, obgleich er so aussah – sondern der Lehrer der Kinder von Eulenfeder. Und der Dandy in mausgrauem Samt mit exquisiter Spitze war Francis Love Skelbrooke.

»... Lord Skelbrooke, sollte ich sagen«, fügte Herr Batsch hinzu, während er Jed und Meister Ule seinen Freund vorstellte. »Skelbrooke und ich sind zusammen auf die Universität von Lundy gegangen, aber er war in jenen Tagen nicht so herausragend, und mir fällt es etwas schwer, mir seine gegenwärtige Bedeutung vorzustellen.« Ein belustigter Blick ging zwischen seiner Lordschaft und dem Hauslehrer hin und her.

»Wenn meine Bedeutung auch nicht so groß war, so war ich dennoch in jenen Tagen ein besserer Mann«, erwiderte Skelbrooke fröhlich. »Denn wie ich mich entsinne, hatte ich damals die Vorstellung, daß ich der Welt noch richtig von Nutzen sein könnte. Wohingegen ich jetzt so bin, wie Ihr mich seht: ein bloßer Zierat der Gesellschaft.

Aber ich bin sehr erfreut, Euch zu treffen, Herr Braun – und Euch auch, Meister Ule«, fügte er mit einer tiefen Verbeugung hinzu. »Denn Ihr seid anscheinend ein ehrbarer Bursche, Herr Braun, und Ihr besitzt darüber hinaus den Anschein eines Mannes von großer praktischer Erfahrung.«

»Ich hoffe, daß Meister Ule dies ebenso sieht«, entgegnete Jed und erwiderte die Verneigung. »Aber ich glaube, Euch von irgendwoher zu kennen, obgleich es nich – *nicht* sehr wahrscheinlich ist, daß wir einander schon begegnet sind.«

»Ich denke auch«, meinte Lord Skelbrooke. »Denn für Gesichter habe ich ein ausgezeichnetes Gedächtnis, und ich bin mir gewiß, das Eure noch nie gesehen zu haben.«

Da ihnen der Weg auf der einen Straße versperrt war, gingen sie eine andere hinab. Meister Ule ging neben Lord Skelbrooke her. »Ich glaube, Ihr seid ein Mitglied unserer Loge.«

Seine Lordschaft reckte den Kopf. »Ich habe die Ehre.«

»Lord Skelbrooke ist zu bescheiden, um seine Dienste, die er unserer Bruderschaft geleistet hat, zuzugeben«, meinte Eulenfeder. »Er war es, der mich auf ein gewisses Dokument aufmerksam machte, ein Dokument, das nicht wenig für Aufregung sorgte, als ich es dem Rat präsentierte. Wenn ich Euch sagen dürfte, wie – und von wem – Lord Skelbrooke es erhielt, so glaube ich, daß Ihr von seinem Unternehmensgeist und Wagemut höchst beeindruckt wärt.«

»Ihr erweist mir zuviel der Ehre«, sagte Skelbrooke und deutete ein Lächeln an. »Die Begleitumstände, unter denen ich das Dokument erhielt, waren weniger *gefährlich* als peinlich. Kurz gesagt... ich war gezwungen, eine Dame schwer zu enttäuschen.«

Herr Eulenfeder lachte herzlich. »Ein edles Opfer Eurerseits, daran habe ich keinerlei Zweifel. Wollen wir hoffen, daß es ein Opfer ist, das Ihr nicht erneut bringen müßt.«

»Das hoffe ich auch nicht«, erwiderte Skelbrooke. »Denn ich habe den starken Eindruck, daß die in Frage stehende gnädige Frau sich als eine prächtige Gegnerin erweisen könnte. Insbesondere, wenn sie sich einbildet, daß ich mehr an ihren... Talenten in bezug auf das

Briefeschreiben interessiert war als an ihrer beträchtlichen persönlichen Anziehungskraft.«

Herr Batsch nickte feierlich. »Ich habe von Gerüchten über Feenblut gehört… eine Verbindung zu den Elfen. An Eurer Stelle wäre ich sehr vorsichtig, Francis, und würde es, wenn irgendwie möglich, vermeiden, sie vor den Kopf zu stoßen. Es heißt, daß die Elfen von Natur aus *unfähig* sind, eine Beleidigung zu vergessen, und ihre Rache kann schrecklich sein.«

Jed hatte dem Gespräch wenig Aufmerksamkeit geschenkt. »Die Herzogin von Zar-Wildungen«, warf er jäh ein und fragte sich, was er getan hatte, daß er solch einen Aufruhr erregte. Skelbrooke zuckte überrascht zusammen, alle anderen wandten sich um und starrten Jed an, als hätte er etwas besonders Beunruhigendes geäußert. Er hoffte, daß er durch seinen unschuldigen Ausrutscher nicht jemanden tödlich beleidigt hatte.

»Jemand sagte etwas, das mich an die Herzogin erinnerte, und schließlich fiel mir wieder ein, wo ich Lord Skelbrooke zuvor bereits gesehen hatte«, versuchte er eine hastige Erklärung. »Ich hab ihn – ich sah ihn am Sonntag, nach der Kirche… vielleicht zwei- oder dreimal… wie er mit der Herzogin von Zar-Wildungen und den Misses Elsie und Sera Vorder im Solingenpark spazierenging.«

Die anderen akzeptierten diese Erklärung, obgleich Skelbrooke, der einen Augenblick zuvor noch bleich gewesen war, jetzt leicht errötete. »Ihr kennt die Miß Vorder, Herr Braun?«

»Ja«, erwiderte Jed. »Das heißt, Miß Elsie nicht so gut, aber ich bin, sozusagen, mit Sera aufgewachsen, und sie vergißt alte Freunde nich – nicht.«

»Das überrascht mich wirklich nicht«, meinte seine Lordschaft. »Denn mein Urteil über Miß Sera Vorder lautet, daß sie eine Dame ist, die sich sehr wahrscheinlich als unerschütterlich in ihren Gefühlen erweisen wird. Aber sagt doch selbst, Herr Braun … genießt Miß Vorder ähnliche Loyalität auf Eurer Seite?«

»Ich schätze schon!« erwiderte Jed. »Sie ist mir so lieb wie meine eigene Schwester, womit ich nicht ungebührlich von einer Dame ihres Standes sprechen möchte. Es gibt nicht viel, was ich nicht für Sera täte, vorausgesetzt, sie würde mich darum bitten.«

»Nun«, meinte Lord Skelbrooke, »dann bin ich erfreuter denn je, und ich glaube, Herr Braun, daß wir beide gut daran täten, unsere Bekanntschaft fortzuführen.«

16. Kapitel

In welchem die Herzogin etwas für sie Vorteilhaftes erfährt

Just in diesem Augenblick stieg Sera die Stufen zur Vorderschen Residenz hinauf, nachdem sie ihrem Großvater einen morgendlichen Besuch abgestattet hatte. Ein Diener in blau-goldener Livree ließ sie in die untere Halle ein, wo sie ihren Hut absetzte, die Handschuhe abstreifte und wissen wollte, ob die anderen Damen des Haushaltes beabsichtigten, daheim zu speisen.

»Sie warn schon fertig zum Ausgehen gekleidet, gegen Mittag, aber Miß Elsie, ihr ging es wieder mal schlecht, und daher sin sie lieber zu Hause geblieben.«

Sera spürte, wie sie ihr vor Furcht die Hand aufs Herz legte. »Elsie hat einen erneuten Anfall erlitten? Aber wie geht es ihr jetzt? Wo kann ich sie finden?«

Eine helle, aristokratische Stimme antwortete: »Sie hat sich fast erholt und ruht sich im Salon ihrer Mutter aus.« Sera blickte auf und sah die Herzogin oben auf dem Absatz der langen Eichentreppe zum zweiten Stockwerk stehen.

»Ich hätte bei ihr sein sollen –, oh, ich wünschte, ich wäre dagewesen!« Sera ließ Hut und Handschuhe auf einen achteckigen Tisch neben der Tür fallen und ging zur Treppe.

»Ihr hättet nichts unternehmen können. Weder, um den Anfall der armen Elsie zu verhüten noch, um ihn zu lindern«, entgegnete die Herzogin beschwichtigend. »Glücklicherweise hatte Clothilde den klugen Einfall, sofort nach Jarl Skogsrå zu schicken. Elsie hat sich sogleich nach seiner Ankunft erholt.«

»Ich hätte hier sein sollen«, wiederholte Sera, während sie der Herzogin in Mistreß Vorders Salon folgte.

Dort fand sie Elsie, die noch immer bleich und mitgenommen wirkte, halb zurückgelehnt auf einem rosanen Sofa sitzen, die Hand fest mit der Jarl Skogsrås verschränkt. Der Jarl saß auf einem kleinen, vergoldeten Stuhl, den er zu ihr herangezogen hatte. Kusine Clothilde saß in einem Sessel am Fenster, das auf die Straße führte, und stärkte sich mit Sherry und Zuckerkeksen. Aus dem Stand des Weins in der Karaffe ließ sich schließen, daß sie sich schon eine Weile lang auf diese Weise gestärkt hatte... es sei denn, die Vorders hatten einen morgendlichen Besucher bewirtet.

»Ihr habt nichts zu befürchten«, sagte Skogsrå geradezu honigsüß, als Sera eintrat. »Niemals habt Ihr etwas zu befürchten, meine Herzallerliebste, so lange ich bei Euch bin.«

Sera sah den Jarl finster an. »Ich dachte, man hätte Euch zur Behandlung von Elsies Unwohlsein herbeigerufen – nicht, um ihr mit Süßholzgeraspel den Kopf zu verdrehen.« Sie beugte sich herab und küßte Elsie auf die Stirn.

»Aber er hat mein Unwohlsein behandelt«, meinte Elsie. »Oh, Sera, ich war so entsetzt! Ich glaubte, ich würde vor Entsetzen *sterben!* Aber sobald Haakon – ich meine... der Jarl – zu mir kam und einige Worte sprach, wußte ich, wie töricht ich gewesen war und daß ich nichts zu befürchten hatte. Niemals«, beendete sie mit einem zaghaften Blick auf Skogsrå.

»Und wir sind Euch sehr dankbar, mein lieber Sir«, warf Elsies Mutter ein. »Es war außerordentlich freundlich von Euch, daß Ihr Euer eigenes Vergnügen – und das am Abend des Festtags! – im Stich ließet und zur

Behandlung meines armen, kränkelnden Kindes gekommen seid.«

Sera setzte sich am Fuß des Sofas nieder, nahm Elsies andere Hand und streichelte sie tröstend. »Diese Panikanfälle … sie sind ein neues Symptom«, meinte sie zu Skogsrå. »Elsie neigte ganz und gar nicht zu diesen unvernünftigen Panikattacken, ehe Ihr sie mit Medikamenten behandelt und hypnotisiert habt. Ich habe den Verdacht, daß es auf etwas in der Arznei zurückzuführen ist, die Ihr ihr gebt, oder auf einen unerwarteten Nebeneffekt der magnetischen Behandlungen.«

»Mein liebe Miß Vorder«, sagte die Herzogin. »Ich fürchte, daß die Schuld gänzlich bei mir liegt – obgleich ich wirklich nur das Allerbeste wollte. Elsies Besuche bei Dr. Mirabolo haben sie völlig durcheinander gebracht und ihre Nerven zerrüttet. Das Ergebnis hiervon sind diese Anfälle.«

»Unsinn«, sagte Skogsrå mit einem Lächeln, das mehr ein Entblößen der Zähne war. »Ihr dürft Euch keine Schuld hierfür geben, gnädige Frau. Die Erklärung ist einfach: Im Körper unserer armen Elsie findet eine – wie soll ich es ausdrücken? – Art von Revolution statt, während die Krankheit besiegt und durch die Poren der Haut vertrieben wird. Gegenwärtig ist ihr Blut voll von Giften, welche die Visionen und das Herzflattern hervorrufen – eine vorübergehende Nebenwirkung und leicht zu behandeln, wie wir gesehen haben. Und kein allzu hoher Preis (wie Ihr beipflichten müßt) für die völlige Wiederherstellung der Gesundheit dieses armen Kindes.«

»Es stimmt«, sagte Elsie. »Außer diesen Anfällen geht es mir um so viel besser, daß ich es kaum zu glauben vermag. Komm schon, Sera, du weißt, daß es so ist. Mir ist jetzt niemals benommen zumute, mein Appetit hat sich gebessert, die Taubheit und das Kribbeln in Händen und Füßen plagen mich nicht mehr …«

»Nichts davon waren Symptome der ursprünglichen Krankheit – worin auch immer sie bestanden haben mag –, sondern die Nebenwirkungen der Arznei, die du zuvor genommen hast. Ich war und bin davon überzeugt – nein, Kusine Clothilde, ich halte nicht den Mund«, fuhr Sera tapfer fort, trotz Mistreß Vorders furchterregendem, funkelndem Blick. »Was wir jetzt hier haben, ist lediglich der Fall einer neuen Arznei mit neuen Symptomen, und wo liegt da der Nutzen?«

»Stets die Skepsis in Person«, meinte der Jarl mit einem weiteren Lächeln, bei dem er seine Zähne zeigte. »Stets um so vieles klüger als wir anderen... so wenig gewillt, andere Meinungen als die eigene gelten zu lassen.«

»Mein lieber Jarl... meine liebe Miß Vorder – Ihr dürft Euch nicht streiten«, sagte die Herzogin mit warnendem Blick auf Skogsrå und einem liebevollen Lächeln für Sera. »Da Euch beide nichts anderes motiviert als eine tiefe Sorge um Elsies Wohlergehen, könnt Ihr gewiß Frieden miteinander schließen und jeder auf seine Art damit fortfahren, das für Elsie zu tun, was er oder sie für das beste hält.«

»Das scheint kaum möglich... so gegensätzlich, wie wir in unseren Ansichten sind«, meinte der Jarl und lächelte weiterhin starr vor sich hin.

Sera sagte nichts, sondern saß bloß da, umklammerte Elsies feuchte, kleine Hand mit ihren beiden Händen und blickte Skogsrå finsterer an denn je. Die Herzogin stieß einen verzweifelten Seufzer aus.

»Ich überlege, Miß Vorder, ob Ihr vielleicht einen Spaziergang durch die Gärten unten unternehmen wollt. Das Wetter ist entzückend. Ich möchte etwas Besonderes mit Euch besprechen, und ich hege Zweifel, daß ich jemals den Mut finde, auch nur ein einziges Wort zu sagen, während Ihr und der Jarl einander so wütend anblickt.«

»Ja, geh mit ihr spazieren, Sera«, drängte Elsie sanft. »Ich brauche dich jetzt nicht. Und du siehst so ... überhitzt ... aus, daß dir ein Spaziergang im Garten gewiß guttäte.«

»Meine liebe Miß Vorder«, begann die Herzogin, nachdem sich die beiden ihre Hüte aufgesetzt hatten und in den Garten hinuntergegangen waren. »Ich weiß, daß Ihr nur das Beste für Elsie wollt – wie wir alle eigentlich –, aber habt Ihr darüber nachgedacht, daß diese Diskussionen um die beste Behandlungsmethode Elsie nur schaden?«

Sera war nicht bereit, ihre vorschnellen Worte zurückzuziehen. »Ich *habe* nachgedacht, und ich *denke* nach – und ich versuche tatsächlich mit allen Mitteln, in Elsies Gegenwart auch nur den Anschein eines Streits zu vermeiden. Wenn Ihr nur wüßtet, wie oft ich sprechen wollte und dennoch so, so viele Male um Elsies willen geschwiegen habe! Doch wenn ich den Schaden, den ich vielleicht durch mein Sprechen anrichtete, gegen eine mögliche Hilfe durch mein Schweigen aufrechne ... dann erlaube ich mir, gnädige Frau, Euch zu sagen, daß ich nicht weiß, was wirklich in Elsies Interesse liegt.«

Die Herzogin blieb an einem Rosenbusch stehen und beugte sich, um den Duft einer blassen Blüte mit goldenem Herzen einzuatmen. Sie sah an diesem Nachmittag sehr klein, sehr zerbrechlich aus, und das blaue Kleid verstärkte ihre porzellanhafte Blässe, die Zerbrechlichkeit ihrer Hände und Handgelenke. Es erstaunte Sera, daß eine so zierlich wirkende Frau wie die Herzogin sich stets einer solchen Gesundheit erfreute.

»Uns allen fällt es schwer zu sagen, was das beste ist«, meinte die Herzogin, »so lange Elsies Symptome weiterhin so vielfältig und geheimnisvoll sind. Aber wir sind jetzt unter uns, Miß Vorder, und ich bitte Euch, freiheraus zu sprechen. Ich habe einigen Einfluß auf Clothilde Vorder, wie Ihr wissen dürftet, und wenn Ihr mir von allen Euren Sorgen berichtet, findet Ihr – wer weiß? – vielleicht in mir eine Verbündete, wo Ihr am wenigsten eine erwartet hättet.«

Sera durchfuhr ein jähes, heftiges Schuldgefühl. Während sie diese Frau stets für die allererste von Elsies Peinigern gehalten hatte, so war sie doch gleichfalls davon überzeugt, daß die Herzogin (anders als Kusine Clothilde) weder aus Eitelkeit noch aus Selbstsucht heraus handelte, sondern aus einem aufrichtigen – wenn auch etwas in die Irre geleiteten – Verlangen, der Welt Gutes zu tun. Doch war sie so sehr an ihre starre gegnerische Haltung gegenüber Mistreß Vorder und die hartnäckigen, gierigen Ärzte, die Clothilde im allgemeinen beschäftigte, gewöhnt, daß es ihr bis zu diesem Augenblick niemals eingefallen war, in der Herzogin tatsächlich jemanden zu sehen, mit dem sie vernünftig reden konnte.

Sera holte tief Luft. »Sehr schön, dann. Ich werde Euch meine Meinung sagen. Dreimal hat Elsie diese Panikanfälle erlitten ... und bei keinem war ich in der Nähe. Wäre ich dort gewesen, so hätte ich sie, glaube ich, ebenso wirksam wie Jarl Skogsrå beruhigen können. Ich kümmere mich jetzt seit vielen Jahren um Elsie, und ich habe mehr Einfluß auf sie als sonst jemand – dennoch schickte Kusine Clothilde bei jedem Vorfall sofort nach dem Jarl und gab sich nicht einmal die Mühe, mir mitzuteilen, daß Elsie kränkelte.«

Die Herzogin nickte. »Ja, das war ebenso grob von Clothilde wie unbedacht. Natürlich möchtet Ihr zu solchen Zeiten bei Elsie sein. Doch abgesehen von Eurer Brüskierung verstehe ich nicht, warum Ihr deswegen besonders beunruhigt sein solltet.«

Sera pflückte eine gelbe Rose und riß ihr ein Blütenblatt nach dem anderen aus. »Wie wir wissen, wünscht

Jarl Skogsrå Elsie zur Frau – ob wegen ihres Vermögens (das beträchtlich ist), oder wegen seiner aufrichtigen Zuneigung zu ihr, wage ich nicht zu sagen –, und wir wissen ebenfalls, daß Elsies Mutter seine Werbung ermutigt. Ich befürchte, daß Kusine Clothilde und der Jarl Elsies Anfälle sowie seine Fähigkeit, sie von ihnen zu befreien, dazu benutzen, sie emotional von ihm abhängig zu machen.«

Die Herzogin sah aus, als würde sie darüber nachdenken. Dann nickte sie. »Das mag so sein. Wirklich, Miß Vorder, Ihr habt mich beinahe überzeugt. Und dennoch … wäre das denn so schlimm? Elsie muß jemanden heiraten, sie muß irgendwann heiraten, und ich glaube, daß der Jarl ihr ganz und gar zugetan ist. Er gäbe einen ausgezeichneten Gatten für sie ab, denn er ist ein gebildeter und feiner Mann und sorgt sich zärtlich um Elsies Wohlergehen. Wenn er sich also von seiner Leidenschaft überwältigen läßt und unbewußt für sich ausnutzt, daß Elsie ihn gern um sich hat – dürfen wir unseren Herzen dann erlauben, ihn für dieses Verhalten zu tadeln?«

Sera pflückte eine weitere Rose, dieses Mal eine rote. Die Herzogin schritt den Pfad hinab, und Sera folgte ihr, wobei sie eine Spur scharlachroter Rosenblätter hinter sich zurückließ. Nie zuvor hatten sie und die Herzogin so lange miteinander gesprochen, nie zuvor war Sera ihrem berühmten Charme ausgesetzt gewesen. Es war wirklich etwas seltsam Anziehendes an der Herzogin (fand Sera), etwas … etwas, das einen begierig machte, ihre Zuneigung zu gewinnen, wenn das überhaupt möglich war. »Oder ist es ganz anders … Ihr werdet entschuldigen, wenn ich ebenfalls freiheraus spreche, Miß Vorder … Habt Ihr die Möglichkeit in Betracht gezogen, daß Ihr dem Jarl gegenüber vielleicht … Eifersucht empfindet? Könnt Ihr mich davon überzeugen, daß Ihr Skogsrå nicht so sehr als eine Gefahr für

Elsie erachtet, sondern vielmehr als einen Rivalen im Kampf um Elsies Zuneigung?«

Sera wollte die Herzogin überzeugen, sie wollte es so, so sehr – aber wie konnte sie es, wenn sie an den eigenen Motiven zweifelte? »Ich liebe Elsie sehr, und sie liebt mich; unsere Freundschaft war bislang eine ausschließliche gewesen. Vielleicht *bin* ich ein wenig eifersüchtig darauf, daß sie Interesse am Jarl zeigt, aber das ist es nicht – ich bin mir *sicher,* daß dies nicht der einzige Grund für mein Mißtrauen ihm gegenüber ist.«

»Schön, schön«, sagte die Herzogin. »Wollen wir dieses Thema für den Augenblick fallenlassen und uns einem anderen zuwenden.« Als sie über einen sonnigen Abschnitt des samtigen, grünen Rasens schritten, öffnete die Herzogin ihren Sonnenschirm. Er war ausgesprochen hübsch, ebenso gerüscht und bebändert wie ihr Kleid. »Ihr sagt mir«, meinte die Herzogin, »daß Elsie nur an diesen unglückseligen Anfällen leidet, wenn Ihr nicht in der Nähe seid.«

»Allerdings«, erwiderte Sera. »Und ich kann nicht anders – ich muß einfach den Verdacht hegen, daß der Jarl … etwas … tut, um Elsies Anfälle herbeizuführen.«

Völlig entgeistert blieb die Herzogin wie angewurzelt stehen. »Nein, nein, sagt das bitte nicht! Wirklich, wie könnte er? – Denn wenn *Ihr* nicht anwesend wart, so war *er* es auch nicht. Bitte überlegt doch: Außer wenn Ihr das Haus verlaßt und Euren Großvater besucht, seid Ihr und Elsie praktisch unzertrennlich. Nur wenn Ihr aus dem Haus seid, oder wenn sie vollgestopft mit Schlafmitteln nachts in ihrem Bett liegt, ist Elsie wirklich und wahrhaftig allein.

Aber sie befand sich oben in ihrem Schlafzimmer, wollte sich zum Ausgehen ankleiden und hatte gerade ihr Mädchen für irgendeinen Botengang weggeschickt, da überkam sie dieser letzte Anfall. Und wenn Ihr Euch die Mühe gäbt, nachzufragen, würdet Ihr vermutlich herausfinden, daß sie, wenigstens anfangs, bei jedem der vorherigen Fälle allein war. Vielleicht ist es so«, sagte die Herzogin beim Weitergehen, »daß Elsie zu diesen Zeiten verletzbarer ist und daß die wohltuende Gegenwart eines Freundes oder Dienstmädchens – selbst eines Dieners – Eure Kusine vielleicht in die Lage versetzt, ihre Panik zu bekämpfen und ihr geistiges Gleichgewicht wiederzufinden, ehe sie der Anfall voll in seine Klauen nimmt.

Wenn dies zutrifft, so ist die Lösung einfach«, schloß die Herzogin. »Wir müssen lediglich sicherstellen, daß Elsie niemals allein ist, daß sich stets jemand um sie kümmert. Eine einfache Lösung, da werdet Ihr mir zustimmen, und eine Lösung, die Eurer praktischen Natur gefallen wird.«

Sera verspürte eine Woge der Dankbarkeit. Die Lösung sagte ihr zu; sie fand sie verblüffend raffiniert und praktisch. Und weshalb (fragte sie sich) war ihr nie zuvor diese verblüffende Ähnlichkeit zwischen der Herzogin und der eulenäugigen Apothekerin aufgefallen, Mistreß Sancreedi? Die gleiche winzige Gestalt (obgleich die Herzogin vielleicht die größere von beiden war), der gleiche elegante Knochenbau, das gleiche sanfte, tröstende Verhalten. Und was hatte Mistreß Sancreedi doch gleich über die Herzogin gesagt? Nun, lediglich dieses, daß Marcella Carleon überall als große Menschenfreundin erachtet wurde. »Ihr seid sehr freundlich, und… glaube ich… sehr klug«, meinte Sera. »Möglicherweise habe ich Euch in der Vergangenheit wirklich falsch eingeschätzt.«

»Ihr braucht Euch nicht zu entschuldigen«, sagte die Herzogin mit einem köstlichen, silbrigen Gelächter. »Ihr wärt hierin nicht die erste, dessen versichere ich Euch. Aber sagt mir doch – und ich bitte Euch, weiterhin so frei und offen zu sprechen –, ist es nicht möglich, daß Eure Zweifel am wohltätigen Einfluß der Behandlung des Jarl nicht eher auf die… umwälzende Natur der Behandlung zurückzuführen ist und nicht auf irgendein Mißtrauen ihm oder mir gegenüber?«

»Sagt, die Zweifel beruhen auf der *mystischen* Natur der Behandlung, und Ihr würdet meine Gefühle fast genauso beschreiben«, entgegnete Sera.

»Aha«, meinte die Herzogin, ihren Schirm drehend. »Aber natürlich seid Ihr eine Skeptikerin; das weiß ich bereits. Das Ergebnis Eurer früheren Erziehung, zweifelsohne. Aber nein…«, sie lächelte bezaubernd, »… Eure Eltern nannten Euch Seramarias – nicht wahr? – was einerseits auf eine Neigung zur Mystik hindeutet.«

Sera spürte, wie sie errötete. »Ich weiß sehr wenig von meinen Eltern. Ich glaube nicht daran, daß einer von beiden irgendeinen Hang zur … Mystik hatte. Aber ich wuchs bei meinem Großvater auf, Gottfried Jenk, und er gab mir diesen Namen.«

Die Herzogin stieß einen kurzen Ausruf der Überraschung aus. »Gottfried Jenk! Jenk, der Alchimist!« Sie schlug ihre winzigen Hände zusammen, als hätte man ihr gerade ein entzückendes Geschenk dargereicht. »Aber ich hatte keine Ahnung, überhaupt keine Ahnung, daß dies der Großvater war, den Ihr so oft besucht.«

»Ihr kennt meinen Großvater?« Sera war durch die jähe Begeisterung der Herzogin ziemlich verwirrt.

»Sagen wir lieber, wir waren miteinander bekannt… oh, vor langer, langer Zeit. Es müssen fünfzig Jahre her sein«, erwiderte die Herzogin.

Sera versuchte, sie nicht anzustarren, denn sie wußte, daß dies unhöflich war, dennoch wurde ihr Blick wie von selbst immer wieder zu ihr hingezogen. Allem Anschein nach war die Herzogin kaum sehr viel älter als sie selbst. »Unmöglich!« rief sie aus. »Oder vielmehr… ich wußte natürlich, daß Ihr beträchtlich älter sein mußtet, als Ihr ausseht, aber fünfzig Jahre…!«

Die Herzogin tat das Kompliment mit einer flüchtigen Handbewegung ab. »In der Tat, Ihr schmeichelt mir, Miß Vorder. Aber ja, ich habe die Fünfzig schon seit einiger Zeit überschritten. Diese Tatsache kann ich leider, leider nicht verbergen, denn ich habe so viele alte Bekannte in Thornburg.

Ja, ja, und einstmals waren Euer Großvater und ich sehr gut miteinander bekannt«, fuhr sie wehmütig fort. »Und da ich jetzt weiß … ich glaube, eine Ähnlichkeit wahrzunehmen. Ja, in der Tat, Ihr seid ihm etwas ähnlich … diese starrsinnige Haltung der Brauen, die stolze Haltung des Kopfes. Ich hoffe, Ihr seid nicht gekränkt, wenn ich Euch sage, daß man ihn für den arrogantesten aller jungen Männer hielt! Aber natürlich hatte er Grund dazu, denn er war zugleich auch ein brillanter Kopf. Ja, mir ist seine unglückselige Geschichte gleichfalls bekannt – und das erklärt eine Menge.«

Die Herzogin lächelte sie an. »O ja, ich verstehe Euch jetzt weitaus besser, meine liebe, liebe Miß Vorder.« Sie hängte sich bei Sera ein, als sie sich wieder dem Haus zuwandte. »Aber wie freut es mich, daß wir dieses Gespräch miteinander führten! Wir kennen uns jetzt besser, Ihr und ich. Wißt Ihr, Sera – ich darf Euch doch Sera nennen, nicht wahr? Und Ihr müßt mich Marcella nennen –, ich habe das Gefühl, Euch in der Vergangenheit aufs traurigste vernachlässigt zu haben! Unsere kostbare Elsie hat soviel Zeit und Aufmerksamkeit meinerseits für sich beansprucht, daß ich niemals Gelegenheit dazu hatte, Euch so kennenzulernen, wie ich es tun sollte.

Aber da ich Euch jetzt kenne, und auch etwas von Eurer Familiengeschichte weiß«, sagte sie süß, »glaube ich – ja, bin ich völlig überzeugt davon –, daß Ihr und ich noch die besten Freundinnen werden!«

17. Kapitel

Welches eine ungeduldig erwartete Nachricht enthält

In der kalten Stunde vor dem Morgengrauen waren die Leute in Thornburg bereits wach und bereiteten das Fest vor, das so richtig im ersten Licht beginnen würde. In den Straßen und Gassen wimmelte es von feiernden Frühaufstehern – oder von Leuten, die in der Nacht zuvor erst gar nicht zu Bett gegangen waren –, die sich entweder zum Fluß durchschlugen oder an einer der breiteren Straßen schubsend und drängelnd nach einem guten Platz suchten, wo sie die Teilnehmer der Umzüge besser sehen könnten.

In der Menge, die sich zum Fluß hinschob, befand sich ein alter Mann mit gebeugten Schultern, der einen schäbigen, schwarzen Mantel trug – eine traurige Gestalt im Vergleich zu den fröhlich gekleideten Feiernden, die ihn umringten. Gottfried Jenk bewegte sich wie ein Träumender, er befand sich in einem Grenzzustand zu einer übernatürlichen Verzückung. Rings um sich spürte er die an- und abschwellende Aufregung der Menge wie eine geistige Ebbe und Flut. Aber oberhalb und jenseits der Menge waren größere Mächte am Werk, die Mächte des Lichts und der Dunkelheit in ihrem ewigen, ehrfurchtgebietenden Kampf – Jenk wußte, daß der Kampf um die Seelen der Menschen zu allen Zeiten und Jahreszeiten tobte, aber nur anläßlich einer solchen Gelegenheit, wenn seine intuitiven Fähigkeiten sich von der Aufregung rings um ihn herum nähren konnten, war es einem Mann wie ihm möglich, eine schwache Andeutung der kämpfenden, kosmischen Mächte aufzunehmen, einen unvollkommenen Eindruck ihrer furchterregenden Macht und ihres ebenso furchteinflößenden Glanzes.

Mit dem ersten rosanen Schein der Morgendämmerung war die Luft vom tosenden Lärm der Musik erfüllt: vom Tuten der Silberhörner, vom Geklapper der Rasseln und hölzernen Klappern. Von irgendwoher fern im Osten, aus der Nähe des Dombergs, ertönte das Pochen von Baßtrommeln und das tiefe Surren von Knarren, als die Einwohner von Thornburg den neuen Tag, die neue Jahreszeit und die Ankunft des Erntedreigespanns willkommen hießen.

So rasch, wie es durch die dichtgedrängten Leiber möglich war, folgte Jenk der Gezeitengasse, wandte sich die Feuchtstraße hinab, schob sich durch eine Gesellschaft betrunkener Zwerge und kam auf der Austernpromenade heraus. Eine jähe Bewegung der Menge drückte ihn gegen eines der Gebäude. Jenk erkannte an dem rhythmischen Stampfen der Füße, daß sich ein Umzug näherte. Er stand mit dem Rücken gegen eine feuchte Ziegelmauer gelehnt, machte sich so groß wie möglich, um über die Köpfe vor sich hinwegzusehen, und beobachtete die Parade der Uhrmacherzunft.

Die Zunftmeister in ihren prächtigen, purpurfarbenen Gewändern und den glitzernden Medaillen und Orden schritten vorne, dann folgten zwölf Gesellen und Lehrlinge in regenbogenfarbenen Gewändern, die von blassem Rosa über Gold bis hin zu Mitternachtsblau reichten und die Stunden von der Morgen- bis zur Abenddämmerung sowie von der Abend- bis zur Morgendämmerung darstellten. Zuallerletzt kam ein gebeugter, alter Graubart in zerrissenem Braun: Vater Zeit mit seinem Dreschflegel, dem Worfelsieb und einer goldenen Sichel im Gürtel.

Kaum waren die Uhrmacher vorübermarschiert, da

verkündete ein melodischer Tusch das Herannahen der Spinner-, Weber- und Walkerzunft, einer Gilde, die hauptsächlich aus Frauen bestand. Sie kamen Harfe schlagend oder mit einer klingelnden, silbernen Sistra heran. Manche trugen auch die Werkzeuge ihres Gewerbes: eine Spindel, eine Karde und einen kleinen Handwebstuhl. Am Schluß des Umzugs kamen vier Personen, welche die Phasen des Mondes darstellten, wie er von den Vorfahren verehrt wurde: Ein schlankes Mädchen, das ein schwarzes, sternenübersätes Kleid und einen Kranz aus zarten Nachtblütlern trug und den zarten Neumond symbolisierte … zwei stattliche Frauen in höfischen Gewändern mit einer Schleppe aus elfenbeinfarbener Seide, verziert mit komplizierten Mustern aus Staubperlen und winzigen Seemuscheln, die den Viertel- und den Halbmond symbolisierten … und in beträchtlicher Entfernung hinter ihnen eine grotesk fette Frau, so häßlich wie ein Troll, in einem üppigen Kleid aus orangem und gelbem Satin mit einem gewaltigen Reifrock. Sie symbolisierte den Mond in seiner Koboldphase.

Jenk keuchte vor Entsetzen, als die fette Frau vorüberging; hinter ihr konnte er, wie einen Schatten oder Dunst, die Gestalt einer weiteren Frau ausmachen: Eine Hexe mit breitem Mund und aufgeblähtem Bauch, der beim Gehen wabbelte – die alte Koboldin selbst, die sich der Feier angeschlossen hatte, ohne daß es irgend jemand – außer Jenk – bemerkt hätte.

Er strich mit seiner Hand über die Stirn. Er war ein zivilisierter Mann, sagte er sich, ein gebildeter Mann – er *glaubte* nicht an diese heidnischen Vorstellungen. Wie andere gebildete Männer verehrte er den Vater, die Neun Jahreszeiten und die Planetarischen Intelligenzen, darunter auch Luna. Er kannte ihr wahres Erscheinungsbild – hatte er ihr Abbild nicht tausendmal in der Kathedrale in der Mitte eines der großartigen Rosettenfenster gesehen? Heiter und schön schwebte sie auf ausgestreckten, schneeweißen Schwingen, wie die Schwingen eines großen, weißen Schwans; der Schrift zufolge war sie aus reinem Licht erschaffen worden. Dieses – dieses groteske *Ding* war lediglich ein Produkt seiner Einbildung. Wenn er nicht an sie glaubte, würde sie aus seinem Dasein verschwinden. Und dennoch … und dennoch … je heftiger er versuchte, sie mit dem Willen zu verscheuchen, desto *realer* wurde die Hexe.

Als der Umzug in der Ferne verschwand, erlangte Jenk langsam sein geistiges Gleichgewicht wieder. Dann ging er in Richtung Fluß. Einmal rief ihn eine feiernde, maskierte Gesellschaft, die in die entgegengesetzte Richtung lief, beim Namen und lud ihn ein, sich ihnen anzuschließen. Da er keinen von ihnen kannte, gab er keine Antwort und setzte mit sturer Entschlossenheit seinen Weg auf dem eingeschlagenen Kurs fort.

Jenk erreichte die Ufer der Lunn gerade rechtzeitig, daß er das Herannahen der Glasmacher und Totengräber beobachten konnte. Die beiden Zünfte kamen aus entgegengesetzten Richtungen und führten riesenhafte Weidenfiguren mit sich. Jenk verspürte eine weitere Woge der Erregung, denn wegen dieses Ereignisses war er gekommen: Das Ertränken der Riesen, ein Ritual, das die Zerstörung der beiden großen Inselreiche Panterra und Evanthum symbolisierte.

Die Glasmacher erreichten das Flußufer zuerst – wie es zweifelsohne zuvor abgesprochen worden war – und kippten ihren bändergeschmückten, blumenbedeckten Weidenmann ins Wasser. Der Weidenriese durchbrach die Oberfläche mit einem lauten Klatschen und versank dann langsam. Doch die Totengräber führten ihren Riesen auf einer Art Wagen mit sich; es war eine monströse Gestalt mit gewundenen Widderhörnern, und schmutzige Lumpen und Büschel trockenen Grases waren an dem Weidenrahmen befestigt. Bei näherem

Hinsehen erwies sich der Wagen als kein gewöhnlicher Karren, sondern als ein Katapult auf Rädern, welches das Ungeheuer in die Luft und über den Fluß hinausschleuderte. Der gehörnte Riese landete mit einem mächtigen Platschen, ließ eine zwanzig Fuß hohe Fontäne weißen Wassers in die Höhe schießen und verschwand schnell unter der schlammigen Oberfläche. Einstimmig brüllte die Menge anerkennend auf. Jenk, der so laut wie die anderen schrie, spürte, wie die Aufregung rings um ihn zu einem fast unerträglichen Crescendo anschwoll.

Am späten Nachmittag kehrte Jenk in den Buchladen zurück, bar jeden Gefühls und ein wenig niedergeschlagen. Die Fensterläden und die Tür waren verschlossen; er schloß mit seinem Schlüssel auf und verriegelte die Tür hinter sich wieder.

Die Lampen, die im Innern von der Balkendecke herabhingen, waren aus; die Luft war dick und schwarz wie Tinte. Doch ein einzelner Lichtstrahl durchdrang den Raum, und die Tür zum Hinterzimmer stand offen.

Jenk fand Caleb im Laboratorium auf einem hohen Hocker sitzend vor, wie er eindringlich in das Kristallei starrte, das jetzt einen neuen Homunkulus barg. Der alte Buchhändler schüttelte den Kopf. Nach dem Tod des ersten Männchens hatte er zwei weitere Versuche unternommen und dazu *sperma viri* benutzt, das er auf die gleiche Weise wie zuvor gewonnen hatte. Beide Versuche waren fehlgeschlagen. In einem Augenblick der Schwäche hatte er schließlich den wiederholten, hartnäckigen Forderungen seines alten Freundes nachgegeben und Caleb gestattet, den Samen für einen vierten Homunkulus bereitzustellen. Zu seiner großen Überraschung wuchs und gedieh dieses neue Geschöpf. Seit dem Tag, da sie zuerst Anzeichen einer Veränderung und eines Wachstums bemerkt hatten, hatte Caleb wie ein abgöttisch verliebtes Kindermädchen über der sich entwickelnden Alraunenwurzel gehockt. Diese Angewohnheit erregte in Jenk tiefes Unbehagen; er befürchtete, daß Calebs zunehmende Besessenheit nicht gesund war.

»Er wächst rasch – rascher noch als der erste«, meinte Caleb statt einer Begrüßung. »Tag für Tag kann ich kleine Veränderungen feststellen.«

»Er wächst rasch«, gab Jenk zu, während er den Mantel aufhing, die Brille aus seiner Westentasche holte und sie sich auf die Nase setzte. »Und er wird weiterwachsen, ob du ihm nun beim Wachsen zusiehst oder nicht.«

»Vielleicht«, sagte Caleb und rieb sich die Hände wie ein Geizkragen, der an sein Gold denkt, »vielleicht aber auch nicht. Ich möchte einfach nicht, daß bei dem hier was fehlschlägt, das ist alles.«

»Wir haben den anderen viel zu früh abdekantiert«, seufzte Jenk. »Sein Herz und seine Lungen waren nur unvollständig entwickelt. Und wir waren beide anwesend, als das unglückliche Geschöpf starb; keiner von uns beiden hätte etwas zu seiner Rettung beitragen können.«

Caleb preßte die Zähne aufeinander und verschränkte die Arme. »Darüber möchte ich lieber nicht diskutieren – das haben wir bereits hinter uns. Was vorbei ist, ist vorbei, und es gibt kein Zurück. Komm doch einfach mal rüber, und wirf einen Blick drauf. Als du die Alraunenwurzel geschnitzt hast, hast du dich ziemlich angestrengt – nicht wahr –, daraus einen richtigen kleinen Mann zu machen. Du hast nicht überlegt, ob du nicht … zur Abwechslung … mal was anderes machen solltest?«

Jenk kam näher; er beugte sich vor, um in das Ei hineinzuspähen. »Nein, Caleb. Ich habe nichts anderes gemacht. Ich habe jede Anstrengung unternommen, diesen hier wie die anderen zu formen. Warum fragst du?«

»Weil«, antwortete Caleb, »ich annehme, daß dieser kleine ›Sohn‹ von mir die Tendenz hat, meine Tochter zu werden.«

Jenk rückte seine Brille zurecht und starrte das kleine Wesen in dem Glasbehälter eindringlich an. »Es ist zu früh, um sicher zu sein«, meinte er schließlich, »aber ich glaube, du hast recht: Der Homunkulus nimmt anscheinend weibliche Merkmale an. Das ist äußerst interessant, Caleb! Ich frage mich, wie und warum eine solche Veränderung geschehen konnte.«

Caleb ließ seine schwielige Hand über das unrasierte Kinn laufen. »Es ist genauso wie bei anderen weiblichen Babys geschehen – wie sonst auch? Daran ist nichts Rätselhaftes.«

Jenk schüttelte den Kopf. »Ah, aber siehst du ... niemand *weiß*, wie weibliche Babys entstehen – oder auch männliche. Man hat stets vermutet, obgleich ohne jeglichen Beweis, daß die geschlechtlichen Merkmale das Geschenk der Mutter sind, das Ergebnis irgendeines Zustands, wie er im Augenblick der Empfängnis im Mutterleib herrscht. Aber hier haben wir keine Mutter, auch keinen lebendigen Mutterleib, nur ein Glasgefäß, und alle Begleitumstände entsprechen genau denen, wie sie zu der Zeit herrschten, als ich die anderen Homunkuli erschuf. Bei unseren fehlgeschlagenen Versuchen war es unmöglich, sicher zu sein, aber es besteht gewiß kein Zweifel, daß der erste Homunkulus ein kleiner Mann war.«

Caleb tat dies mit einem weiteren achtlosen Schulterzucken ab. »Dann haben sich alle geirrt ... alle deine Ärzte und Naturphilosophen«, meinte er. »So einfach ist das. Es muß etwas im *sperma viri* sein, Gottfried, und ich habe eine entzückende kleine Tochter gezeugt, ohne die Hilfe einer Frau.«

Caleb erhob sich und ging durch den Raum zu dem Tisch hinüber, auf dem der Sarg stand. »Ich habe wohl vergessen, dir zu sagen, als du hereingekommen bist… da sind ein Brief und ein Päckchen angekommen, während du weg warst.«

Leicht überrascht hob Jenk eine Braue. »Ein Brief und ein Päckchen… heute? Ich hatte gedacht, die Postkutschen würden nicht fahren.«

»Es war ein Privatkurier: ein Gnom in der Livree der Zar-Wildungen…« Caleb kehrte mit einem langen Pergamentumschlag sowie einem Samtbeutel zurück, der mit einer Satinschnur fest verschlossen war. Anhand des Gewichts, und wie er sich anfühlte, als Jenk ihn in die Hände nahm, schloß er, daß der Beutel eine beträchtliche Geldsumme enthielt, und zwar in Münzen.

Der Brief bestand aus mehreren dünnen Blättern, die in einer winzigen, jedoch deutlichen Handschrift beschrieben waren. »Nicht die Hand des Herzogs, auch nicht sein Stil… es ist anscheinend das Werk eines Geheimsekretärs. Er trägt jedoch sein Siegel«, sagte Jenk.

»›Ich habe den Leichnam des Homunkulus meinem Leibarzt übergeben‹«, las er laut vor, »›einem Mann von äußerster Integrität… und ihn gebeten, eine Sezierung durchzuführen.‹ Tut mir leid, Caleb, aber das Geschöpf war bereits tot.«

Caleb wölbte die Schultern und zupfte nachdenklich an seinem Zopf. »Tot und jenseits aller Hilfe. Aber dem neuen hier wird so etwas nicht zustoßen. Da werden wir verdammt drauf achten!«

»Allerdings«, meinte Jenk und dachte dabei an die beiden kleinen Gräber in dem umfriedeten Garten hinter der Buchhandlung und den bemitleidenswerten, kleinen Körper des Homunkulus, den er dem Herzog geschickt hatte. »Wir haben unsere Lektion gelernt, und wir werden diesmal achtsamer vorgehen.

Vielleicht«, fügte er nachdenklich hinzu, »sind die

anderen, die das Experiment vor uns versucht haben, ebenfalls Opfer ihrer eigenen Ungeduld geworden und haben die Männchen vorzeitig herausgeholt. Das würde erklären, weswegen so viele vorherige Versuche fehlschlugen.

Sei es, wie es sei«, fuhr er fort, »der Herzog (oder sein Sekretär, der an seiner Stelle schreibt), sagt weiter: ›Die inneren Organe zeigen eine erstaunliche Ähnlichkeit mit der menschlichen Anatomie, nicht nur in ihrer Form und Komplexität, sondern auch in ihrer Position – und zwar weitaus mehr als bei Zwergen oder Gnomen, obgleich nicht so ausgeprägt wie bei Feen oder Riesen. Dennoch gibt es weder im positiven noch im negativen Sinne ein Anzeichen dafür, daß das Gewebe jemals gewachsen ist – oder, falls es der Fall war, daß die Kreatur (wie Ihr mich informiert habt) ein künstliches Geschöpf war und kein menschlicher Fötus, der aufgrund seiner leichten inneren Entstellungen auf natürliche Weise abortiert ist. Ich fühle mich verpflichtet, auf all dies hinzuweisen, wenn ich als Gelehrter und Wissenschaftler spreche. Spreche ich jedoch von einem Gentleman zum anderen sowie als jemand, der Euch seit langem kennt, so weise ich jeden Verdacht einer bewußten, arglistigen Täuschung Eurerseits zurück und bin bereit zu akzeptieren, daß das mir von Euch übersandte Gewebe ein Beweis dafür ist, daß Ihr in der Tat die Geheimnisse vergangener Zeitalter entschlüsselt und allein mit Hilfe künstlicher Mittel ein lebendiges Wesen erschaffen habt. Als Anzahlung für weitere, zukünftige Unterstützung übersende ich Euch…‹ Er schickt mir«, sagte Jenk, »eine beträchtliche Summe Geldes, alles in Gold.«

Er knüpfte die Schnur auf, die um den Samtbeutel geschlungen war, und ein Schauer goldener Münzen ergoß sich auf den Tisch, ein glänzender Haufen. »Er stellt zwei Bedingungen, sollte ich die zukünftige Unterstützung in Anspruch nehmen wollen: ›Gleich, welche Experimente Ihr gerade durchführt, Ihr dürft dieses eine nicht vernachlässigen. Ich bin ein wohlhabender Mann und habe wenig Interesse an einem Prozeß, der Blei in Silber oder Gold verwandeln kann; auch interessieren mich weder Elixiere noch kostbare Steine. Die andere Bedingung lautet einfach: Wenn der gegenwärtige Homunkulus zur Reife gelangt, müßt Ihr mich sofort benachrichtigen. Wenige Tage später, so rasch es die Reisebedingungen erlauben, werdet Ihr meinem Repräsentanten – einem gewissen Baron Vodni – gestatten, die Ergebnisse zu untersuchen.‹«

»Na schön«, meinte Caleb mit offensichtlicher Befriedigung, »soweit hast du es geschafft: Du hast die Aufmerksamkeit des alten Herzogs und sein Gold für dich gewonnen. Jetzt kannst du Jakobs Preis bezahlen und diese Tinkturen da kaufen. Weitere Hindernisse sollte es eigentlich nicht mehr geben.«

»Ich überlege ...«, sagte Jenk, zog einen Hocker heran und setzte sich. »Ich weiß nicht so recht. Nicht nur, daß der Brief in einer anderen Handschrift geschrieben ist. Es sieht dem Herzog auch gar nicht ähnlich, einen Repräsentanten zu schicken, wenn er auch darum bitten könnte, den lebendigen Homunkulus selbst in Augenschein zu nehmen.«

»Der Herzog ist alt und krank«, erinnerte ihn Caleb. »Vielleicht geht es ihm nicht gut genug, um Reisen zu können.«

»Aber er hätte nach *mir* schicken können«, meinte Jenk. »Er hätte fragen können, ob ich imstande bin, nach Wichtelberg zu reisen und den Homunkulus mitzubringen. Und da er ein alter Mann von schwacher Gesundheit ist, frage ich mich, warum er ein so großes Desinteresse an *Elixieren und kostbaren Steinen* hat?«

Caleb schüttelte den Kopf. »Der Brief war mit dem Siegel des Herzogs versehen, wurde von einem Mann des Herzogs abgegeben – und jemand hat es auf sich genommen, dir einen guten Teil von des Herzogs Gold zu übersenden. Du hast einen großzügigen Gönner gewonnen, Gottfried; warum gibst du dich nicht damit zufrieden?«

Jenk öffnete den Mund zu einer Antwort, aber ein lautes, ungeduldiges Klopfen an der Tür der Buchhandlung lenkte ihn ab. Caleb stand mühsam auf und ging hin.

Wenige Minuten später kehrte er, sich am Kopf kratzend, zurück. »Da ist dieser ausländische Gentleman, Oberst Jolerei. Er will anscheinend unbedingt mit dir sprechen, obgleich ich ihm gesagt habe, daß wir wegen des Feiertags heute geschlossen haben.«

»Dann gehe ich zu ihm«, meinte Jenk. Er stand auf, streifte sich die Jacke über und ging in den Laden, seinen Besucher zu begrüßen.

Oberst Jolerei war ein schlanker Mann in der Uniform eines nordischen Kavallerieoffiziers. Er trug das helle Haar ungepudert und hatte es mit einem einfachen schwarzen Band zu einem glatten Zopf zurückgebunden. Bei Jenks Eintritt verneigte er sich steif und kam sofort zur Sache.

»Die Bände, von denen wir während meines letzten Besuchs sprachen – insbesondere Catalanas *Buch des Schweigens*... habt Ihr sie finden können?« Der Oberst schlug beim Sprechen mit einer kurzen Reitpeitsche ungeduldig gegen seinen auf Hochglanz polierten Stiefel.

»Tut mir leid, daß Ihr Euch nochmals die Mühe machen mußtet, herzukommen«, erwiderte Jenk und setzte die Brille ab. »Denn wie es scheint, ist keines dieser Bücher in Thornburg oder einer der umliegenden Städte erhältlich. Ich werde die Suche natürlich fortsetzen. Wenn Ihr also so gut sein wollt, Eure Anschrift bei mir zu hinterlassen...«

»Meine Adresse wäre nutzlos – ich bleibe nicht länger in Marstadtt«, unterbrach ihn der Oberst. »Mein Regiment, müßt Ihr wissen, ist zum aktiven Dienst einberufen worden.«

»Dann habt Ihr vielleicht einige Freunde oder Verwandte in der Stadt, die Euch die Bücher nachsenden…«

»Das wird nicht nötig sein. Ihr habt das Buch nicht; Ihr sagt, gegenwärtig sei es nicht erhältlich. Ich glaube, das Buch in Nordmark zu finden, ist ebenso wahrscheinlich.« Der Fremde verneigte sich höflich und wandte sich zum Gehen; Jenk folgte ihm zur Tür und riegelte sie hinter ihm zu.

Er runzelte nachdenklich die Stirn, als er in das Laboratorium zurückkehrte. »Der Gedanke, daß die Natur unserer Experimente allgemein bekannt wäre, gefällt mir gar nicht«, meinte er zu Caleb. »Und dennoch habe ich irgendwie den Verdacht, daß es so ist. Mir scheint, daß der Oberst bei seinem letzten Besuch weniger Interesse daran hatte, die Bücher zu erwerben, als daran, meine Reaktion bei der Erwähnung des *Buchs des Schweigens* mitzubekommen.«

»Warum hast du ihn dann gebeten, nochmal nachzufragen? Warum hast du so getan, als würdest du nach den Büchern forschen?«

»Weil ich ansonsten vielleicht seinen Argwohn erregt hätte – ebenso, wie er gefürchtet haben mußte, meinen Argwohn zu erregen, falls er nicht wieder nachfragte. Ich fürchte, wir beide haben unsere Zeit verschwendet, denn *ich* mißtraue *ihm* mit Sicherheit, und er ist anscheinend ebenso mißtrauisch mir gegenüber.«

Jenk ließ sich wieder auf dem Hocker nieder, auf dem er schon zuvor gesessen hatte. »Ist es wahrscheinlich«, fragte er, »daß ein Mann, der so ausgeprägt humpelt, zum aktiven Dienst einberufen wird, selbst in einem nordischen Kavallerieregiment?«

Die Kerze in der von der Decke herabhängenden Laterne flackerte auf einmal wild auf. Caleb stand auf, nahm eine andere Kerze und öffnete den Glasbehälter. »Er hatte einen verstohlenen und heimlichtuerischen Ausdruck an sich, das will ich nicht leugnen. Aber wer, vermutest du, hat ihn geschickt?« Caleb zündete die neue Kerze an und entfernte die alte.

»Für mich *sah* er ganz wie ein Gentleman aus«, meinte Jenk, »und er benahm sich auch wie ein Gentleman, obgleich sein Verhalten etwas schroff war. Aber die ganze Zeit über, während ich mit ihm sprach, hatte ich das *Gefühl,* mich in der Gegenwart einer Schlange zu befinden. Und was denjenigen betrifft, der ihn geschickt hat… vielleicht einer von den Zünften, wenn sie Wind von unseren Aktivitäten bekommen haben.«

»Nicht die Glasmacher!« protestierte Caleb. »Das schwöre ich bei allen Mächten, es war nicht mein Jed, der geplaudert hat.« Er schlug den Glaskasten zu.

»Ich bin weitaus mehr geneigt, Matthias und Walther zu verdächtigen«, sagte Jenk. »Und um den Glasmachern einfach nur Gerechtigkeit widerfahren zu lassen… ich bezweifle, daß ein Mann wie Oberst Jolerei – der in uns beiden instinktives Mißtrauen erregte – jemals Zugang zu den inneren Kreisen der Glasmacherloge erhielte.«

»Nun, wer auch immer es war, und wer auch immer ihn geschickt hat, er hat nichts von dir erfahren«, meinte Caleb. »Du warst so kalt wie Eis, und ich gehe jede Wette ein, daß er niemals auch nur den Verdacht hatte, du hättest das Buch die ganze Zeit über hier im Laden gehabt.«

»Hoffentlich«, sagte Jenk. »Aber natürlich hast du recht… Wenn er während seines letzten Besuchs irgendeinen Verdacht geschöpft und diese Information an jemand anderen weitergegeben hätte, so hätten er oder ein anderer Spion schon längst den Versuch unternommen, ins Geschäft einzubrechen und das Buch entweder gewaltsam oder heimlich mitzunehmen.«

Er schüttelte den Kopf und lächelte ein wenig. »Vielleicht ist es auch nur so, daß ich geneigt bin, unserem gegenwärtigen Glück zu mißtrauen. Das Glück hat sich so viele Male zuvor gegen uns gewandt... und wie es jetzt scheint, geht alles so, wie wir es wollen: die Bücher, der Homunkulus... der Herzog und sein Gold.« Er nahm eine der Münzen in die Hand und hielt sie an die Laterne, so daß sie das Licht einfing und reflektierte. »Und dennoch... warum sollten wir schließlich nach all den langen Jahren des Kampfes und des Schmerzes kein kleines Vermögen gewinnen?«

Er traf eine jähe Entscheidung. »Ich glaube, du hast recht, Caleb. Wir sollten nicht zu viele Fragen stellen. Morgen nehme ich einige dieser Münzen und werde damit die Tinkturen kaufen. Vielleicht *hat* sich unser Glück ja gewandelt, und das Elixier und der Stein Seramarias sind schließlich in greifbare Nähe gerückt.«

18. Kapitel

In welchem Sera äußerst unvorteilhaft erscheint

Jedes Jahr zu Beginn der Zeit der Reife veranstaltete Herzog Xebo einen großen Ball. Alle Welt bemühte sich eifrig um eine Einladung oder erwartete eine, denn Herzog Xebos Ball war der Höhepunkt der ganzen Saison.

Dieses Jahr stiegen die Vorerwartungen sogar in schwindelnde Höhen, denn zusätzlich zum üblichen Feiern und Tanzen versprach der Herzog seinen Gästen, daß sie Gelegenheit erhielten, einen Blick auf die berühmten neuen Wachsfiguren zu werfen. Er hatte sie vor kurzem in Auftrag gegeben, und sie stellten die Neun Jahreszeiten dar. Herzog Xebo war ein bekannter Sammler und Kenner von Wachsfiguren; darüber hinaus ging das Gerücht um, daß er für den neuesten Erwerb eine wahrhaft fürstliche Summe bezahlt habe, und die Elite Thornburgs erwartete deshalb von den Statuen Außergewöhnliches.

Wie zu erwarten, war Clothilde Vorder mehr als gewillt, der faszinierenden Einladung des Herzogs Folge zu leisten; ihr Gatte hätte einen ruhigen Abend zu Hause, zurückgezogen in seinem Studierzimmer bevorzugt. Aber die Lady setzte sich durch – zum Teil, weil Jarl Skogsrå angeboten hatte, die Damen anschließend heimzubringen, was dem widerstrebenden Benjamin Gelegenheit zu einer frühen Flucht bot. Also würde die Familie teilnehmen.

Für acht Uhr wurden zwei Sänften bestellt, aber die Damen kleideten sich viel früher um und versammelten sich um Viertel vor acht im Salon im Erdgeschoß: Clothilde, stattlich in Diamanten und purpurnem Satin; Elsie, zart wie Wiesenblumen und doppelt so lieblich, in einem Kleid, das aus vielen Lagen gestreiften Tülls bestand; und Sera, in einem von Clothildes abgelegten Kleidern, das umgeschneidert worden war, damit es paßte.

Sera saß auf einem kleinen Sofa neben dem Kamin und war mit ihrem Erscheinungsbild völlig unzufrieden. Mit einem Seufzer breitete sie die Röcke ihres Kleids aus. Es bestand aus kostbarer, weinroter Moiréseide und war noch immer in gutem Zustand – aber entschieden matronenhaft in Farbe und Schnitt, völlig unpassend für ein Mädchen von achtzehn Jahren. Verglichen mit Elsies jugendlicher Frische fühlte sich Sera in ihrer schweren, weinroten Seide alt, einfach und langweilig.

Nicht, daß dies nur an dem Kleid läge, dachte Sera. Ich wünschte, ich besäße nur ein Zehntel von Elsies Schönheit! Hier sitze ich mit diesen schrecklichen, krähenfarbenen Locken… und dort ist Elsie mit ihrem reinen, lebendigen Gold. Aber ich denke, der Unterschied zwischen uns wäre vielleicht nicht so auffällig, wenn ich etwas Attraktives zum Anziehen hätte.

Das jedoch würde niemals geschehen, solange Sera unter Clothilde Vorders Dach lebte. Elsie war großzügig und teilte stets ihre Fächer und Spitzenhandschuhe, ihre Sonnenschirme und Seidenschals mit ihr – es war nicht ihre Schuld, daß Sera einfach zu groß für ihre Kleider war. Aber Kusine Clothilde fand anscheinend besonderen Gefallen daran, den Kontrast zwischen den beiden herauszustreichen. Sie hätte mir das primelfarbene Satinkleid geben können – sie hat es seit Jahren nicht getragen. Es hätte gut zu Elsies weißem Kleid gepaßt… dann wiederum hätte Elsies Kleid nicht so besonders vorteilhaft gewirkt.

»Meine liebste Sera«, sagte Elsie, setzte sich neben sie und hob eine schwarze Strähne, »dein Haar ist so dick und glänzend, und die Färbung deiner Wangen so hinreißend, daß du das hübscheste Mädchen auf dem Ball sein wirst, das schwöre ich!«

Seras Wangen wurden noch rosiger. Wie konnte sie Elsie nur beneiden – Elsie mit ihrer schlechten Gesundheit und den tausend anderen Sorgen, die sie plagten? Ich werde so bösartig, daß ich mich kaum wiedererkenne.

Aber ehe sie sich, wie sie es verdiente, ausschelten konnte, schlug die Uhr, und Vetter Benjamin erschien und verkündete träge, daß die Sänften vor der Tür warteten. Die Damen sammelten ihre Fächer und ihre leichten Sommerschals auf und folgten ihm nach draußen.

Die Nacht war warm, und der Weg zu Herzog Xebos imposantem grauen Stadthaus nicht allzu weit, daher nahmen Mistreß Vorder und Elsie eine Sänfte. Obgleich für Sera kein Transportmittel beordert worden war, war sie völlig zufrieden damit, den kurzen Weg, gestützt auf Vetter Benjamins Arm, zu Fuß zurückzulegen.

Sechs Diener und zwei Pagen begleiteten sie. Die Pagen trugen Fackeln, die Diener die langen, spitzen Stöcke, ›Hobstöcke‹ genannt, die zur Abwehr der räuberischen Hobgoblins dienten. Obgleich der Mond noch klein war und keine wirkliche Gefahr bestand, irgendwelchen Hobs über den Weg zu laufen, waren die Diener der Vorders bewaffnet – wie Kusine Clothilde gern sagte, war es, um die Würde der Familie zu wahren.

Während sie den Dornberg hinanstiegen, stach einer der Männer mit seinem Stock zu und spießte etwas Kleines, Graues auf, das quietschte, kämpfte, dann schauderte und völlig still wurde. Sera schauderte gleichfalls, obgleich sie wußte, daß der Diener bloß eine

Ratte aufgespießt hatte. Es schien wie ein schlechter Anfang für die abendliche Unterhaltung.

Umgeben von Gärten und hohen Steinmauern erweckte das Stadthaus Xebos im großen und ganzen den Eindruck einer Befestigungsanlage. Heute abend jedoch standen die schweren, schmiedeeisernen Tore weit offen, erstrahlte das Gelände unter dem Licht tausender winziger Feenlampen, und die Kutschen und Sänften, welche die Gäste heranbrachten, konnten direkt bis zu den Stufen am Vordereingang.

Ein Diener mit einer brennenden Fackel begleitete die Vorders zum Eingang und ließ sie in die untere Halle ein. Ein weiterer Diener führte sie das geschwungene Onyx-Treppenhaus hinauf in einen großen, glänzenden Ballsaal.

Die beiden Mädchen sahen sich neugierig um, denn die sechzehnjährige Elsie durfte erst seit einem Jahr ausgehen, und dies war ihr erster Blick auf den Ballsaal. Es war ein prächtiger Raum, wenn auch etwas bedrückend.

Die Wände nach Süden und Osten bestanden gänzlich aus Fenstern und vergoldetem Stuck; die anderen beiden Wände waren mit Spiegeln bedeckt. Die Tanzfläche und die massiven Säulen, die das Dach stützten, bestanden aus schwarzem, goldgeädertem Marmor und waren spiegelblank poliert. Kristallüster hingen von den Freskendecken und wirkten so riesig und schwer, daß es schien, als müßten sie binnen kurzem aufgrund ihres Eigengewichts zu Boden stürzen.

»Es ist alles so schön«, sagte Mistreß Vorder zu ihrer Gastgeberin. »Ich habe Euren ausgezeichneten Geschmack stets bewundert, Herzogin.«

»So etwas habe ich noch nie gesehen«, keuchte Elsie, doch als niemand sie hören konnte, flüsterte sie Sera ins Ohr: »Es macht mir, glaube ich, ein bißchen angst.«

»Ich werde dich nicht einen einzigen Augenblick

allein lassen«, erwiderte Sera. »Das heißt … bis dich jemand zum Tanzen auffordert.«

Doch da kam bereits jemand auf sie zu, und dieser Jemand war (unseligerweise) Jarl Skogsrå, eindrucksvoll gekleidet in schwarzen Samt mit schneeweißer Spitze sowie einer roten Satinweste, die mit ausländischen Orden überladen war. Er hatte sich zu Ehren dieser Gelegenheit das Haar gepudert und trug an der linken Hand riesige Rubinringe. »Schönste der Schönen, ich stehe Euch ganz zu Diensten – und Euch natürlich auch, meine liebe Miß Vorder. Aber versichert mir doch, liebe Elsie, daß Ihr das erste Menuett keinem anderen als mir versprochen habt.«

Elsie errötete und bot ihm die Hand, die er küßte und auf diese klebrige Weise bei sich behielt, die Sera stets so besonders widerlich fand. Elsie jedoch machte es anscheinend nichts aus. »Aber natürlich habe ich den ersten Tanz für Euch aufgehoben, Haakon, wollte sagen, Lord Skogsrå.«

Die Musiker spielten jetzt auf. Als sich Sera zu ihnen umwandte, erlebte sie eine jähe Überraschung – die Spieler wurden durch ein Uhrwerk in Gang gesetzt; es befand sich kein echter Mann darunter. Sie saßen auf einer sich drehenden Plattform und sägten auf ihren verschiedenen Geigen, Bratschen und Celli, wobei ihre kurzen, ruckartigen Bewegungen merkwürdig gegen den Takt der Musik gingen. Sera brauchte einen Augenblick, bis ihr aufging, daß sie nur die Bewegungen vollführten; die klimpernde Musik kam aus der vergoldeten Plattform, die in Wirklichkeit ein riesiger Musikautomat war.

Sera runzelte die Stirn, denn sie hielt das Ganze für lächerlich. Ihr wären lebendige Musiker viel lieber gewesen.

»Wenn du nur versuchen wolltest, so auszusehen, als würdest du es dir gutgehen lassen, doch wenn du aussiehst, als würdest du über einen Mord nachsinnen, wird dich bestimmt niemand zum Tanz auffordern. Sieh mal, da ist Herr Hakluyt und sein Freund Lord Krogan, und beide sehen dich an«, flüsterte Elsie Sera ins Ohr, ehe Skogsrå sie davonführte.

Was den anrüchigen Lord Krogan und seinen gleichermaßen widerlichen Kumpel, Herrn Hakluyt, betraf, so starrten sie gewiß in Seras Richtung. Sie bedachte die beiden mit einer verächtlichen Kopfbewegung und einem so wilden Blick, daß beide Männer erbleichten und sich aus dem Raum schlichen.

Sera bezweifelte, daß irgendein *passender* Tanzpartner auftauchen würde. Allerdings würde dies auch keine Rolle spielen. Sie war nicht in der Stimmung, aufzustehen und wegen ihres zurechtgeschneiderten Kleids ausgelacht zu werden. Sie setzte sich auf ein Sofa neben einem geöffneten Fenster und ließ sich dort für die nächsten eineinhalb Stunden nieder, während ein Partner nach dem anderen Elsie zum Tanz aufforderte.

»Oh, Sera, die Gentlemen sind alle so liebenswürdig, und ich habe in meinem ganzen Leben noch keinen so herrlichen Abend erlebt, das schwöre ich«, meinte Elsie während einer Tanzpause, als sie neben Sera auf die schwarzen Samtkissen niedersank. »Denn im allgemeinen bin ich, wie du weißt, viel zu krank, um eine Party richtig zu genießen.«

Vielleicht, dachte Sera, wird die Aufmerksamkeiten all dieser anderen Männer, die sie anscheinend genießt, Elsie überzeugen, daß sie noch ein wenig länger wartet, ehe sie Jarl Skogsrås Hand annimmt. »Du siehst erhitzt aus, meine Liebe«, sagte sie laut. »Erzähle mir nicht, daß du Wein getrunken hast… Du weißt, davon bekommst du stets Kopfschmerzen.«

Elsie schwenkte ihren Fächer. »Nur einen kleinen Ratafia, den Lord Vizbeck mir freundlicherweise geholt hat. Schimpf mich jetzt nicht aus, Sera, denn ich habe nur ein oder zwei Schlückchen getrunken.«

»Was für ein charmantes Bild ihr beiden abgebt«, sagte jemand mit glockengleicher Stimme. Sera blickte auf und sah eine zierliche Gestalt in Rosa- und Beigeschattierungen vor sich. Es war die Herzogin von Zar-Wildungen, die natürlich, auf Francis Skelbrookes Arm gestützt, mit großer Verspätung eingetroffen war.

Lord Skelbrooke verneigte sich tief. An diesem Abend sah er besonders fein aus. Er trug eine exquisite Jacke aus meergrünem Satin, besetzt mit silberner Borte, einem Wasserfall schimmernder Spitze am Hals und an den Handgelenken, und seine verzierte Weste war mit einem Muster aus Perlen und Silberfäden durchwirkt. Seras Aufmerksamkeit wurde jedoch sofort auf seine Schuhe gelenkt, die karminrote Absätze hatten und mit großen Satinschnallen aus der Farbe seiner Jacke verziert waren.

»Miß Vorder … atemberaubend wie eh und je und eine perfekte Studie in Hell und Dunkel«, sagte Skelbrooke.

Sera riß den Blick von den Satinschnallen los und sah ihn an, verwirrt die Stirn runzelnd; wenn dies ein Kompliment hätte sein sollen, war es bestenfalls peinlich.

»Lord Skelbrooke …«, begann sie, kam jedoch nicht weiter, da Elsie einen winzigen, unartikulierten Laut ausstieß und heftig zuckend ihre Hand umklammerte. Sofort richtete Sera ihre Aufmerksamkeit auf Elsie, und sie sah, daß ihre Kusine ganz bleich war und heftig zitterte.

»Was ist, meine Liebe, fühlst du dich nicht wohl?«

Elsie schüttelte den Kopf. »N-nicht krank … nein, nein, nicht krank … aber ich sehe so schreckliche *Dinger* auf dem Fußboden krabbeln, und ich werde bestimmt gleich kreischen, wenn ich hier noch viel länger bleibe.«

Sera sprang auf und schaute sich nach dem nächsten

Ausgang um. In kaum zwanzig Fuß Entfernung entdeckte sie eine offenstehende Tür. Sie half Elsie beim Aufstehen und ging mit ihr in diese Richtung. »Du hast nichts zu befürchten«, sagte Sera beschwichtigend. »Wirklich, Elsie, es ist *nichts* auf dem Fußboden, überhaupt nichts ... aber ich bringe dich in den Nebenraum, der anscheinend eine entzückende Bibliothek ist.«

Sie schritten auf die Tür zu, wobei das jüngere Mädchen von dem älteren gestützt wurde. Elsies Atem war so rasch und flach, daß Sera befürchtete, sie würde das Bewußtsein verlieren. Dennoch schafften sie es ohne jeden Zwischenfall in die Bibliothek, und Sera fand einen hochlehnigen, schwarzen Ledersessel, in dem Elsie zusammenbrach. Sie kniete sich vor ihrer Kusine hin.

»Elsie, meine Liebste, Elsie, du brauchst keine Angst zu haben ... Das ist nur eine Nebenwirkung dieser scheußlichen Arznei des Jarl. Es krabbelt nichts über den Fußboden ... obgleich man vielleicht aufgrund der Spiegelungen ... Versuch nur, wieder gleichmäßig zu atmen. Dann wirst du dich besser fühlen, fast auf der Stelle.«

»Sera ...«, flüsterte Elsie voller Entsetzen. »Ich spüre, wie meine Haut *verschrumpelt* ... und von den Knochen fällt ... Das ist ein ... absolut ... schreckliches ... Gefühl!«

»Nein, nein, deine Haut ist so wie eh und je«, protestierte Sera hilflos. Auf einmal hatte sie keine Ahnung, was sie tun oder sagen konnte, um nicht alles noch schlimmer zu machen. Sie verspürte eine unerwartete Woge der Erleichterung, als Jarl Skogsrå in die Bibliothek geeilt kam und auf dem Fußboden neben ihr in die Knie sank.

»Mein Liebling, ich bin bei dir, und nichts wird dich verletzen«, sagte der Jarl. Die Worte waren kaum seinem Mund entflohen, da hörte Elsie auch schon zu zittern auf, und ihre Farbe kehrte allmählich zurück. Während Skogsrå weiterhin in beruhigendem Tonfall auf sie einsprach, gelang ihr sogar ein schwaches Lächeln.

»Haakon … ja«, sagte sie schwach. »Wie seltsam … vor nur ein paar Augenblicken war ich fast zu Tode erschrocken … aber jetzt fühle ich mich so geborgen.«

Sera hielt das für *mehr* als merkwürdig. Auch wenn es um ihr Leben gegangen wäre, konnte sie nichts in dem Redeschwall oder dem Gehabe des Jarl entdecken, das Ursache für die jähe, fast magische Veränderung bei seiner Patientin hätte sein können. Innerhalb von Minuten war Elsies Teint vollständig wiederhergestellt, und sie lachte verstohlen über etwas, das der Jarl zu ihr sagte.

Sera stand auf und bürstete ihre Röcke glatt. »Ich gratuliere Euch, Mylord«, sagte sie bitter. »Ihr habt das Wunderbare vollbracht.«

»Da dies so ist, habe ich die Kühnheit, meine Belohnung hierfür einzufordern: Möchtet Ihr nicht mit mir tanzen, Elsie, mein Liebling?« Skogsrå erhob sich anmutig und bot ihr den Arm.

Zu Seras Überraschung und Verblüffung stand Elsie auf und legte die Hand in die seine. »Ja, Haakon, ich glaube, das werde ich tun.«

»Aber das ist Wahnsinn!« rief Sera aus. »Du kannst nicht tanzen, wo du … wo du dich noch vor kurzem so unwohl gefühlt hast!«

»Aber ich habe mich jetzt vollständig erholt. In der Tat fühle ich mich bemerkenswert erfrischt. Und ich hatte eine so nette Zeit – vor diesem törichten Anfall –, daß es eine Schande wäre, sie zu vergeuden.« Und Elsie erlaubte dem Jarl, sie aus der Bibliothek hinaus auf die Tanzfläche zu führen.

Gegen Tränen ankämpfend – der Enttäuschung, weil sie sich nicht hatte durchsetzen können? – ließ sich Sera auf den Sessel fallen, den ihre Kusine soeben geräumt hatte. Sie will ihn jetzt haben ... Oh, jetzt wird sie ihn gewiß heiraten. Und ich werde sie lassen müssen, denn es ist offensichtlich, daß er sich besser um sie kümmern kann als ich. Aber was wird nach ihrer Heirat aus mir?

»Also, der Jarl hat äußerst erstaunliche Heilungskräfte in seiner Stimme!« rief die Herzogin aus. »Es war ein echtes Privileg, ihn dabei zu beobachten.«

Sera zuckte heftig zusammen. Sie war sich nicht sicher, wann genau die Herzogin und Lord Skelbrooke die Bibliothek betreten hatten.

»Miß Vorder«, sagte Skelbrooke, »wenn Ihr nach der gerade durchlebten Strapaze nicht zu sehr ermüdet seid ... ich wollte Euch um die Ehre eines Tanzes bitten.«

Sera starrte zu ihm auf und fragte sich, was ihn zu einem so empörenden Vorschlag gedrängt haben mochte. Er mußte doch sicher wissen, welch ein armseliger Kontrast ihr zusammengeflicktes Kleid zu den entzückenden, pastellfarbenen Kleidern der anderen Damen auf der Tanzfläche bieten würde – wie dunkel und häßlich es neben seinem eigenen, meergrünen Satin und der silbrigen Spitze aussähe!

»Ich habe es mir zur Gewohnheit gemacht, Sir, bei so großen Versammlungen niemals zu tanzen.«

»Das zeugt von gutem Geschmack, Miß Vorder«, erwiderte er würdevoll. »Denn ich kann mir kaum etwas Langweiligeres vorstellen, als in einem überhitzten und überfüllten Raum zu stehen und zu tanzen. Wenn ich nicht auf das Vergnügen Eurer Gesellschaft gehofft hätte, wäre mir selbst niemals etwas derart Törichtes in den Sinn gekommen.

Aber wenn Ihr nicht tanzen wollt ... vielleicht gestattet Ihr mir, Euch in die lange Galerie zu geleiten? Es heißt, die Wachsfiguren dort seien außerordentlich fein gearbeitet.«

Sera öffnete den Mund und wollte sich weigern, aber

Skelbrooke kam ihr zuvor. »Vor kurzem war ich so glücklich, die Bekanntschaft eines Eurer alten Freunde zu machen, Miß Vorder: ein Herr Jedidiah Braun. Und er hat mir eine wichtige Botschaft anvertraut.«

»Jedidiah!« Sera war zu erschöpft, körperlich wie geistig, um ihre Überraschung zu verbergen. »Ihr kennt Jed, Lord Skelbrooke?«

Lord Skelbrooke deutete durch eine Verneigung an, daß dies so war. »Ich habe die Ehre, Miß Vorder.«

Sera holte tief Luft. »Dann, Mylord«, sagte sie, »geleitet mich auf alle Fälle zur langen Galerie.«

19. KAPITEL

Welches in hohem Maße vertraulich ist

Die lange Galerie lag in einem anderen, älteren Flügel des Herrenhauses der Xebos. Um dorthin zu gelangen, stiegen Sera und Lord Skelbrooke eine gewundene Treppe hinauf und gingen einen langen, von Kerzenschein erhellten Korridor entlang. Während sie dahinschlenderten, kamen sie an vielen anderen Paaren vorüber, die in vertraulicher, amouröser Stellung beieinanderstanden.

Sera errötete, als sie an einem Paar vorüberkamen, das sich besonders leidenschaftlich umarmte. Voller Unbehagen war sie sich jetzt Skelbrookes Arm bewußt, der auf ihrem eigenen Arm lag, des leichten, aber dennoch festen Griffs seiner anderen Hand, die die ihrige bedeckte. Was das ganze noch schlimmer machte, war die Tatsache, daß sie fast genau gleich groß waren. Dies hatte zur Folge, daß sie, wann immer er sich ihr zuwandte, entweder beiseite schauen oder seinem Blick direkt begegnen mußte, und zwar aus erschreckender Nähe.

»Vor vierzehn Tagen speiste ich mit Eurem Freund bei Meister Ule«, sagte Skelbrooke. »Ihr werdet erfreut sein zu hören, daß er sich sowohl körperlich als auch geistig ausgezeichneter Gesundheit erfreut und daß seine Aussichten auf eine Beförderung immer besser werden.«

»Ich bin mehr als erfreut, ich bin unheimlich erleichtert«, erwiderte Sera und wunderte sich darüber, wie ruhig ihre Stimme klang. »Seit einiger Zeit bemühe ich mich, mit Jed Verbindung aufzunehmen. Aber mir werden immer wieder Knüppel zwischen die Beine geworfen. Ich schrieb und erhielt keine Antwort… ich schaute bei seiner Wohnung vorbei und erfuhr lediglich, daß er ausgezogen ist und keine Adresse hinterlassen hat… Als ich vergangene Woche bei meinem Großvater mit seinem Onkel, Caleb Braun, sprach, weigerte er sich, mir Jeds gegenwärtige Anschrift mitzuteilen. Er sagte, es sei nicht ›schicklich‹ für mich, ihn zu besuchen – einen Jungen, den ich schon mein Leben lang kenne! Es ist sehr enttäuschend!«

Skelbrooke nickte ernst. »Herr Braun informierte mich darüber, daß Ihr eine gewisse Sorge ausgedrückt hättet… daß Ihr einige Zweifel an der Weisheit eines gewissen Projektes hättet, das Euer Großvater zusammen mit Caleb Braun anging. Jedidiah wünschte Euch mitzuteilen, daß er gleichfalls in wachsendem Ausmaß besorgt ist, obgleich er weit davon entfernt ist, etwas von der Natur ihres Unternehmens erfahren zu haben.«

»Ja.« Sera stieß einen Seufzer abgrundtiefer Verzweiflung aus. »Soviel dachte ich mir auch schon. Ich glaube, es gibt da eine gewisse Verschwörung, um Jed und mich getrennt zu halten, damit wir nicht vergleichen, was wir wissen, und irgendwie herausfinden, was diese beiden starrköpfigen, alten Männer tun!«

Skelbrooke räusperte sich entschuldigend und zögerte einen Augenblick, ehe er wieder das Wort ergriff. »Ich möchte niemanden im Vorderschen Haushalt unrechtmäßig beschuldigen… aber wie es scheint, reicht diese Verschwörung weiter, als Ihr glaubt. Herr Braun teilte mir mit, daß er *Euch* mehrere Briefe schrieb, obgleich er ernsthafte Zweifel daran hegte, daß einer davon zugestellt wurde.«

Sera verbarg ihre Verärgerung nicht. »*Das* ist, glaube ich, eine schon länger andauernde Verschwörung. Kusine Clothilde mißbilligt meine Freundschaft zu Jed, als haben ihre Diener natürlich Order, seine Botschaften nicht auszuhändigen. Wie ärgerlich! – Insbesondere jetzt, wo es so wichtig für Jed und mich ist, einen Gedankenaustausch zu pflegen!«

Seine Lordschaft räusperte sich erneut. »Morgen fahre ich aufs Land und werde vermutlich eine Woche oder länger nicht in der Stadt sein, aber … Ihr runzelt die Stirn, Madame. Wollt Ihr mir mitteilen, weswegen?«

»Es ist nur so«, meinte Sera, »daß Ihr so selten *in* der Stadt seid.«

Skelbrooke vollführte eine halbe Verneigung. »Es stimmt, daß ich häufig auf dem Land bin. Wie charmant von Euch, daß Ihr es bemerkt habt, Miß Vorder.« Sera spürte, wie ihr die Hitze in die Wangen stieg. Sie hatte nicht flirten wollen.

»Aber wie ich gerade sagen wollte«, fuhr er fort. »Bei meiner Rückkehr könnte es sein, daß sich die Wege Herrn Brauns und von mir erneut kreuzen. Sollte dies geschehen, so werde ich mich natürlich glücklich schätzen, jede Botschaft weiterzugeben, die Ihr ihm vielleicht zukommen lassen wollt …?«

»Das ist sehr freundlich von Euch«, erwiderte Sera. »Ich hätte gedacht …«

Doch dann hielt sie bei dem Gedanken inne, was *er* von *ihr* denken mußte.

Skelbrooke reckte höflich den Kopf. »Ihr hättet gedacht?«

»Schon gut. Ich wundere mich nur darüber, daß Ihr so – so tolerant einer Freundschaft gegenüber seid, die alle anderen anscheinend mißbilligen. Ich hoffe … Ich hoffe, Sir, Ihr bildet Euch nicht ein, daß Ihr den beiden Teilen einer – einer vereitelten Liebesromanze beisteht?«

»Ich bilde mir nichts dergleichen ein«, erwiderte Skelbrooke. »Wenn es so wäre, so hättet Ihr es gleich zu Beginn offen gesagt und nicht drumherum geredet.«

Während dieser Worte erreichten sie schließlich ihr Ziel; sie schritten durch eine offenstehende Flügeltür in die hohe Galerie, wo der Herzog seine Wachsfigurensammlung ausstellte.

Die Figuren gleich neben der Tür waren diejenigen, welche ursprünglich den Ruf des Herzogs als Sammler begründet hatten. Ihr Ruhm reichte weit über die Grenzen von Marstadtt hinaus, und sie zogen jedes Jahr Scharen von Kunstliebhabern und Kritikern aus der ganzen Provinz Wäldermark an. Sera jedoch hatte nie zuvor das Privileg gehabt, die Sammlung betrachten zu dürfen.

»Aber diese hier sind ausgezeichnet … unglaublich!« rief sie aus, während sie vor einer Gruppe von Figuren in antiker Kleidung stehenblieb. Sie waren zu einem Tableau verblüffend dramatischer Wucht aufgestellt und zeigten den letzten Herrscher von Panterra mit seinem Hofstaat. »Wie realistisch sie sind – wie entzückend lebensecht die Farbe!«

»Ich hatte mir gedacht, daß Ihr sie vielleicht zu schätzen wüßtet«, entgegnete Skelbrooke mit offensichtlicher Befriedigung. Nach einigen Minuten führte er sie zur nächsten Gruppe.

Die nächsten Figuren waren sogar noch besser; Sera betrachtete sie, stieß Rufe des Entzückens aus und drückte Lord Skelbrooke gegenüber ihre Dankbarkeit aus.

»Miß Vorder«, sagte er, wobei er sich so nahe zu ihr neigte, daß sie die Wärme seines Atems auf der Wange spürte, »ich muß Euch etwas gestehen. Ich habe Euch nicht nur hierhergebracht, um die Figuren zu betrachten … auch nicht, um eine Botschaft von Jedidiah Braun weiterzugeben.«

Sera war sich jäh bewußt, daß sie beide allein in der Galerie waren. So spät am Abend war es unwahrscheinlich, daß die Sammlung weitere Besucher anziehen würde. Hatte sie sich von seinem sanften Gehabe und der freundlichen Sprechweise täuschen lassen?

Sie zwang sich, ihm direkt ins Gesicht zu sehen. Seine grauen Augen waren von dunklen Wimpern gesäumt, um die ihn jedes Mädchen beneiden mochte. Zweifelsohne war der Grund dafür, daß er stets den kleinen, schwarzen Satinstern hoch oben auf der Wange trug, darin zu suchen, diese schönen Augen zu betonen … ebenso, wie ein zweites Schönheitspflästerchen, das er an diesem Abend trug, ein winziges, purpurnes Herz, die wunderschöne Form seines Mundes unterstrich. Doch trotz all seiner modischen Attitüden kam er ihr nicht wie ein leichtlebiger junger Mann vor.

»Nein, nicht, Lord Skelbrooke?« fragte sie eisig. »Weswegen dann …?«

»Ich bat darum, Euch allein sprechen zu dürfen, weil es vor allem um Eure Kusine geht«, erwiderte er und lächelte bei Seras hörbarem Seufzer erleichtert.

»Ihr entsinnt Euch vielleicht, daß ich einer aus der Gesellschaft war, als Ihr Dr. Mirabolo zum erstenmal aufsuchtet. Seitdem bin ich immer wieder bei ihm gewesen – und ich war vor einer oder zwei Wochen auch Zeuge, wie Jarl Skogsrå Miß Elsie hypnotisierte. Was ich damals sah, und was ich heute abend gesehen habe, überzeugt mich davon, daß Dr. Mirabolo ein Quacksalber ist und Skogsrå ein Schurke und Abenteurer!«

Einen Augenblick lang war Sera sprachlos, und ihr blieb angesichts solch unverblümter Worte der Mund offen stehen. In der Tat wußte sie kaum, was sie denken, und noch weniger, was sie erwidern sollte.

»Lord Skelbrooke …«, sagte sie schließlich. »Der Jarl ist ein intimer Freund der Herzogin. Das heißt – ich glaube nicht, daß ihre Bekanntschaft schon lange währt, aber nichtsdestoweniger … wollt Ihr mir sagen, daß Skogsrå sie ausnutzt?«

»Möglich«, meinte Skelbrooke. »Eine Frau vom Rang

und der Stellung der Herzogin – insbesondere, wenn ich es so ausdrücken darf, eine Frau ihres Alters und … und ihrer gefühlsmäßigen Neigungen – tendiert dazu, sich von Zeit zu Zeit von jüngeren Männern ausnutzen zu lassen.«

Sie spazierten weiter durch die Galerie. Vor jeder Figurengruppe blieben sie stehen, um sie zu betrachten, ehe sie weiterschritten. Als sich Skelbrooke zum Sprechen nahe zu ihr neigte, vollführte Seras Herz einen weiteren verräterischen Satz. Sie fragte sich, wie sie sich schon oft zuvor gefragt hatte, was an diesem adretten, kleinen Mann sie unausweichlich aus der Fassung brachte.

»Ihr haltet es vielleicht nicht für möglich, Miß Vorder«, sagte seine Lordschaft gerade, »aber als ich an der Universität von Lundy war, hatte ich einigen Ehrgeiz, Arzt zu werden.«

Vor Überraschung öffnete Sera weit die Augen. Sie versuchte, sich Skelbrooke, von seinen poetischen Neigungen einmal abgesehen, in der Rolle eines Arztes vorzustellen. Die Übung war nicht so schwierig, wie sie vermutet hatte. »Aber was hat Euch, Lord Skelbrooke, dazu gebracht, diesen Ehrgeiz fallenzulassen? Nein, Ihr müßt nichts sagen, denn die Antwort auf diese Frage ist offensichtlich. In Euren Augen ist die Beschäftigung mit der Dichtkunst eines Mannes von Eurem Rang und Eurer Stellung angemessener.«

Als sie die Augen senkte, fiel ihr Blick zufällig erneut auf diese lächerlichen Satinschleifen. Ihr Anblick diente dazu, daß sie die Fassung wiedergewann, sich wieder sammeln und seinen Blick mit der hinnehmbaren Imitation eines wohlerzogenen Desinteresses erwidern konnte.

»Im Gegenteil«, meinte Skelbrooke. »Zu dieser Zeit lebte mein Onkel noch, und ich konnte kaum erwarten, Lord Skelbrooke zu werden oder die Familienbesitztümer zu erben. Es war ein Sinn für die eigene Unzulänglichkeit, der mich dazu veranlaßte, meine Hoffnungen fahrenzulassen. Ich besaß ein brennendes Interesse an der Wissenschaft der Medizin, jedoch nicht die notwendige Begabung, ein guter Arzt zu werden.«

Er lächelte, ein kleines, geringschätziges Lächeln auf eigene Kosten. »Ihr mißbilligt vielleicht meine Dichtkunst, Miß Vorder … noch mehr als (wie ich bemerke) meine Fußbekleidung … aber sogar Ihr müßt zugeben, daß ich besser daran tat, mich der Gesellschaft als schlechter Poet aufzudrängen als als unfähiger Arzt.«

»Aber ich glaube, Ihr wärt ein sehr guter Arzt geworden«, protestierte Sera. Dann errötete sie, weil sie so heftig geworden war. »Das heißt … Ihr habt eine sanfte Art, die kranke Menschen vielleicht beruhigend finden würden, könnte ich mir vorstellen, und ich glaube, daß Ihr spüren würdet, was Eure Patienten brauchen.«

Er legte die Hand aufs Herz und neigte den Kopf, wie von einem tiefen Gefühl ergriffen. Sie hatte den Eindruck, daß er sich vielleicht über sie amüsierte – oder über sich selbst. »Ihr überwältigt mich, Miß Vorder. Ich hatte keine Ahnung, daß Ihr so gut von mir denkt. Da ich den größten Respekt vor Eurer Klugheit besitze, steige ich in meiner eigenen Wertschätzung. Ich bin Euch zutiefst verpflichtet!«

Sera atmete laut über diese Schauspielerei – was dazu beitrug, ihren Gleichmut wiederherzustellen –, und Lord Skelbrooke wurde auf der Stelle wieder sachlich. »Aber was ich gerade sagen wollte … da ich Miß Elsies kürzliches … Unwohlsein beobachtete … sollte ich Euch vielleicht sagen, daß solche Anfälle von keiner mir bekannten Blutkrankheit hervorgerufen werden – auch würde keine Arznei, die von einem *ehrbaren* Arzt verschrieben wurde, sie auf solche Weise angreifen.«

»Die Herzogin glaubt, daß Elsies Anfälle auf eine

Nervenschwäche zurückzuführen sind«, meinte Sera. »Obgleich, um sicherzugehen... sie sagte gleichfalls, daß wir solche Anfälle verhüten könnten, wenn wir sicherstellten, daß Elsie niemals allein ist.«

Nur einen Augenblick lang fragte sich Sera, ob die Herzogin diesen Vorschlag lediglich unterbreitet hatte, um ihr Zutrauen zu gewinnen – dann verwarf sie diesen Verdacht als unwürdig.

»Miß Vorder«, sagte Skelbrooke, »wenn man alles berücksichtigt, was Elsie unter den Händen ihrer Ärzte erleiden mußte, dazu die morbiden Phantasien, die ihre Mutter schürt, und die Tatsache, daß Eure Kusine noch nicht dauerhaft geistig erkrankt ist... dann bin ich davon überzeugt, daß Miß Elsies Nerven fast ebenso stark sein müssen wie die Euren!«

»Ja...«, meinte Sera. Es erstaunte sie, wie ihre Ansichten so präzise wiedergegeben wurden. »Ich hatte oftmals das Gefühl, daß Elsie in *jeglicher* Hinsicht weitaus stärker sein muß, als man annimmt. Wie sonst hätte sie nur einen kleinen Teil dessen aushalten können, was sie erduldet hat?«

Sie erreichten die Figuren der Neun Jahreszeiten oder Mächte, die auf einem niedrigen Podest halbkreisförmig aufgestellt waren. Einen Augenblick lang vermochten weder Skelbrooke noch Sera zu sprechen. Seite an Seite standen sie verzückt da, versunken in die Schönheit der Gestalten.

Ganz links stand Mutter Schnee, eine königliche, jedoch irgendwie sanft wirkende alte Dame in einem Kleid aus weißen Federn und einem mit einer Kristallbrosche befestigten hellblauen Mantel. Eine Schneeule saß auf ihrer Schulter, und in einer Hand trug sie einen Eisenstab. Die andere Hand hielt sie zu einer wohlwollenden Geste ausgestreckt. Die Vorstellung fiel Sera leicht, daß sie die ganze Welt in einer weiträumigen, großmütterlichen Umarmung umfing.

»Sie ist genau so, wie ich sie mir immer vorgestellt habe ... so edel und so weise«, meinte Sera, der sich jäh die Kehle zusammenschnürte. »Ich habe niemals ... ich habe niemals irgendeine meiner engeren weiblichen Verwandten kennengelernt, aber als ich ganz klein war und mein Großvater mich zur Kirche Aller Jahreszeiten mitnahm ... da stellte ich mir vor, daß mich ihr Abbild auf dem Altar stets mit – mit besonderer Zärtlichkeit betrachtete.«

»Wie sie es vielleicht auch taten«, meinte Skelbrooke freundlich. »Warum auch nicht? Ich könnte mir vorstellen, daß Ihr ein absolut bezauberndes Kind wart.«

Sera schüttelte den Kopf. Zu spät wünschte sie sich, sie hätte ihre kindliche Phantasie verschwiegen. »Ich war ein häßlicher, kleiner, schwarzhaariger Kobold, der niemals stillsitzen und der Predigt zuhören konnte.«

Skelbrooke lächelte sein beunruhigend schönes Lächeln. »Ich hätte gewiß anders darüber gedacht, wenn ich das Privileg gehabt hätte, Euch in jenen Tagen zu kennen. Aber darf ich Eure Aufmerksamkeit auf die nächste Gruppierung lenken? Der Löwe und das Lamm sind besonders gut gearbeitet, findet Ihr nicht?«

Sera nickte. Ja, dort war Schneeschmelze, ein polternder, robuster alter Mann von riesenhafter Statur, und bei ihm waren seine beiden Tiergefährten, Sinnbilder seiner beiden Naturen: wild und lärmend, sanft und mild. Und hinter ihm: der androgyne Gestaltwechsler, Regenschauer; der lebhafte Scherzbold, Blätter; und die maidhafte Blüte, mit ihrer frischen Färbung und einer Girlande aus Orangenblüten im Haar.

Nacheinander betrachteten Sera und Lord Skelbrooke die übrigen Figuren: die dralle Reife mit ihrem langen, kastanienbraunen Haar, den Apfelbäckchen und der Krone aus goldenen Bienen; Ernte, den der Künstler als einen kleinen, geschäftigen, runzligen Mann dargestellt hatte und der eher wie ein Affe aussah und völlig in Nußbraun gekleidet war; seine zerbrechliche Schwester, Welke, mit blaßblondem Haar, einem flatternden Gewand in den Farben der absterbenden Blätter sowie ihren Gefährten Krähen und Amseln. Die letzte Gestalt war der Frost: ein gebeugter alter Mann mit eisfarbenem Bart, der ihm beinahe bis zu den Knien reichte, sowie einem langen Gewand aus selbstgesponnener Wolle. Ein Silberwolf, erstaunlich lebensecht, kauerte zu seinen Füßen. Der Künstler, dachte Sera, hatte die strengen Augen und das feste Kinn des alten Mannes genau gezeichnet, aber auch die darunterliegende Ehrlichkeit und Aufrichtigkeit.

»Lord Skelbrooke, ich bin Euch zu Dank verpflichtet«, sagte sie, ihre Tränen davonblinzelnd. »Ich bitte Euch um Vergebung … gewöhnlich bin ich nicht so … so sentimental.«

»Euer Gefühl ehrt Euch, denn ich bin davon überzeugt, daß es einer natürlichen Ehrfurcht entspringt. Eine schöne Eigenschaft bei jeder Frau«, entgegnete er. »Und die Figuren sind so wunderbar gefertigt. Ich muß gestehen, daß ich gleichfalls bewegt bin – obgleich ich im allgemeinen kein sehr religiöser Mensch bin.«

Sie wandten sich vom Podest ab, gingen zu einer anderen Gruppe Wachsfiguren und dann zu einer weiteren. Nach der Schönheit und Bedeutsamkeit der Neun Jahreszeiten war die übrige Sammlung ein wenig enttäuschend. Während sie weiterschritten, legte Skelbrooke wieder seine Hand auf die ihrige, eine Geste der Besorgnis, nicht hervorgegangen aus dem Augenblick und den Gefühlen, die sie gerade geteilt hatten.

Statt ihm ins Gesicht zu blicken, starrte Sera diese Hand an. Es war zweifellos die Hand eines Gentleman, hellhäutig und wohlgepflegt, und dennoch war etwas daran … Sie war so klein, so ebenmäßig, so geschickt, und sie paßte anscheinend zu dem, was sie von seinem Charakter wußte – oder zu wissen glaubte.

»Mylord«, sagte Sera, als sie sich wieder zu sprechen imstande fühlte. »Ich glaube, wir sprachen gerade von Elsies hypnotischen Behandlungen… diese Trancezustände, die Jarl Skogsrå herbeiführt und die (wie er uns versichert) dazu gedacht sind, meine Kusine von allem zu befreien, was sie plagt.«

»Ah, ja.« Skelbrooke zog die Brauen zusammen. Wie seine Wimpern waren sie auf der hellen Haut überraschend dunkel und besonders wohlgeformt. »Von den sogenannten Hypnosebehandlungen… Ich muß gestehen, daß ich nach wie vor Unbehagen empfinde. Ich glaube, in den Behandlungen des Jarl liegt eher eine gewisse – wie soll ich es ausdrücken – Bewußtseinskontrolle und keine animalische Hypnose. Darüber werde ich später mehr erzählen. Für den Augenblick werde ich mich mit folgendem begnügen: Ich bin davon überzeugt, daß etwas entschieden Ungesundes in der Behandlung liegt, der er sie unterzieht.«

Obgleich niemand außer Sera und den schweigenden Figuren in der Galerie anwesend war, der ihn hätte hören können, senkte Lord Skelbrooke die Stimme. »Was ich Euch vielleicht mitteilen sollte… obgleich ich das ernsthafte Studium der Medizin aufgegeben habe, habe ich das Interesse an dieser Kunst nicht verloren und seit dieser Zeit die Bekanntschaft vieler guter Ärzte gemacht. Insbesondere kenne ich eine Dame – eine Ärztin –, die sehr kenntnisreich ist. Würdet Ihr mir eine kleine Menge von Miß Elsies Arznei verschaffen, so würde ich diese Probe meiner Freundin bringen und sie darum bitten, mir zu sagen, was der Trank enthält. Anhand des Geruchs, des Geschmacks, der Färbung – anhand tausend anderer Anzeichen, die Ihr und ich nie erkennen könnten – wäre diese Dame imstande, uns genau zu sagen, welche Kräuter oder andere Substanzen Elsies Arznei enthält… und wie wir ihre Nebenwirkungen vielleicht außer Kraft setzen können.«

Sera zögerte mit der Antwort. Sie war nicht sicher, ob sie diesen überraschenden Gentleman als Verbündeten gutheißen sollte oder nicht. Ihr wurde klar, daß sie wirklich nur sehr wenig über ihn wußte und daß das meiste davon auf falschen Eindrücken gründete. Und dennoch … er sprach so mitfühlend und mit so guter Absicht!

»Ich werd's tun«, entschied sie. »Ja, ich werd's tun, denn es kann keinen Schaden anrichten, und vielleicht geht daraus viel Gutes hervor.«

Doch noch während sie sprach, verspürte sie ein großes Schuldgefühl, das Gefühl, daß sie ihre frisch geschlossene Freundschaft mit der kleinen Herzogin hinterging. Und aus diesem Grund fühlte sie sich bemüßigt zu fragen: »Aber habt *Ihr* nicht das Gefühl, daß Ihr Euch der Herzogin gegenüber ein wenig … illoyal verhaltet? Wie Ihr wißt, hat sie die Dienste Jarl Skogsrås empfohlen, und sie hat alles in ihrer Macht stehende getan, den Jarl und Elsie zusammenzubringen. Unter Berücksichtigung Eurer – Eurer engen Vertrautheit mit der gnädigen Frau müßte ich eigentlich annehmen, daß Ihr Euch dazu verpflichtet fühltet, alles in Eurer Macht stehende zu tun um – um ihre Interessen zu vertreten.«

Jetzt war Skelbrooke an der Reihe, verlegen auszusehen. Seine Wangen färbten sich, und er hatte Schwierigkeiten, Seras Blick zu begegnen. »Worin meine Beziehung zur Herzogin auch besteht, ein Mann muß dem Diktat seines eigenen Gewissens folgen. Darüber hinaus unterliegt Ihr anscheinend einem Mißverständnis. Ich verbrachte viele … genußreiche Stunden in Marcellas Gesellschaft, aber ich bin nicht in sie verliebt – noch, sollte ich vielleicht rasch hinzufügen, ist sie in mich verliebt!

Zweifelsohne werdet Ihr mich für ziemlich zynisch halten«, fuhr er fort, ließ ihre Hand los und machte ein großes Getue darum, die silberne Spitze an seinen

Handgelenken auszuschütteln, »wenn ich Euch sage, daß unsere … Freundschaft pragmatischer und nicht gefühlsmäßiger Natur ist. Als aufstrebender Dichter gewinne ich dadurch, daß ich mich mit einer Frau von ihrem Rang verbünde, und sie … nun, indem sie mich unterstützt, verleiht die Herzogin gleichfalls ihrer eigenen Stellung als Förderin der Künstler und Philosophen Glanz.«

Sie waren zu der Tür zurückgekehrt, durch die sie die Galerie betreten hatten, doch Skelbrooke blieb auf der Türschwelle stehen. Seine Augen waren dunkel und gefühlvoll, und es war offensichtlich, daß in seinem Innern ein heftiger Kampf tobte. »Aber von alledem abgesehen … es wäre unmöglich für mich, mich in Marcella zu verlieben, weil – weil meine ganze Verehrung bereits in eine andere Richtung geht.«

In der Galerie war es plötzlich unerträglich warm geworden. Sera öffnete ihren Fächer und fächelte sich heftig Luft zu. »Ich vermute … ich muß vermuten, daß Ihr von Eurer poetischen Muse sprecht. Die Göttin des Okkultismus, oder wem auch immer Ihr Eure Verse widmet.«

»Ich spreche nicht von meiner Muse«, erwiderte Skelbrooke. Nachdem er die Spitze arrangiert hatte, starrte er jetzt auf seine Schuhe. Wie es schien, hatte er gleichfalls etwas gefunden, das ihn am Erscheinungsbild dieser pastellfarbenen Satinschnüre störte. »Weit entfernt davon, das Produkt irgendwelcher hochtrabender Phantasien zu sein, existiert die Dame meines Herzens zweifelsohne wirklich.«

Sera fächelte noch heftiger. »Und diese Dame … dieses Objekt Eurer Verehrung … weiß sie, daß Ihr … sie liebt? Und wenn sie es weiß – kann sie dann Eure Liaison mit der Herzogin gutheißen?«

»Ich habe nicht gewagt, sie anzusprechen«, entgegnete Skelbrooke, und die Stirn zwischen diesen ausdrucksvollen Augen furchte sich vor Besorgnis tiefer. »Solange die … die Erfordernisse meiner gegenwärtigen Situation mich dazu zwingen, das Bündnis mit der Herzogin aufrechtzuerhalten, bin ich es nicht wert, mich ihr zu nähern.«

»Ich würde annehmen …«, begann Sera, überlegte sich dann nochmals, was sie sagen wollte, schüttelte den Kopf und verstummte.

Lord Skelbrooke blickte sie an. »Was wolltet Ihr sagen?«

»Es geht mich nichts an«, erwiderte Sera nur ein bißchen lauter als ein Flüstern. Das Reden fiel ihr zunehmend schwerer, und ihr Mund war wie ausgedörrt. »Ich habe bereits zuviel gesagt. Ich wundere mich, daß Ihr meine Aufdringlichkeit so lange ertragen habt.«

»Aber ich möchte gern hören, was Ihr sagen wolltet, Miß Vorder. Ich bitte Euch, denkt nicht daran, meine Gefühle schonen zu wollen.«

Sera holte tief Luft. »Da Ihr es so haben wollt … ich wollte sagen, daß ich mich über die Stärke Eurer Zuneigung wundere. Denn wenn Ihr … diese Dame … wirklich lieben würdet, so glaube ich, daß Ihr gewillt wäret, alle Eure Überlegungen in Hinblick auf die – die Dichtkunst beiseite zu schieben und Eure Affäre mit der Herzogin zu beenden.«

Seine Lordschaft beherrschte sich mit sichtbarer Anstrengung. »Ah, aber seht Ihr … meine Lage ist sehr viel komplizierter, als Ihr annehmt, und es steht weitaus mehr auf dem Spiel als *Poesie.* Wäre dies nicht so, so würde ich Eurem Ratschlag gewiß folgen: mein Bündnis mit der Herzogin beenden und der Dame mein Herz zu Füßen legen.

In Wahrheit«, fügte er mit einem verschrobenen Versuch, fröhlich zu wirken, hinzu, »besteht kein Grund zu der Annahme, daß die in Frage kommende Dame sich geneigt fühlte, Herz und Hand meinerseits anzunehmen. Nichtsdestoweniger versichere ich Euch, daß mich ansonsten nichts davon abhielte, ihr das Angebot zu machen.«

Sera versuchte, sich seinem leichten, neckischen Tonfall anzupassen. »Dann wart Ihr nicht in diese – diese Dame verliebt, von der Ihr spracht, als Ihr in Eure gegenwärtige … komplizierte Lage gerietet?« Dennoch fürchtete sie, zuviel verraten zu haben, als Skelbrooke augenblicklich ernst wurde.

»Nein«, entgegnete er ruhig. »Das war ich nicht. Als ich nach Marstadtt kam, hatte ich keine Ahnung, daß ich mich verlieben würde. In der Tat hätte ich genau dies um jeden Preis zu verhindern versucht, wenn es in meiner Macht gestanden hätte.«

20. Kapitel

In welchem die Herzogin Pläne schmiedet

Viele Tage lang war Herzog Xebos Ball das Stadtgespräch von Thornburg: wie angenehm die Musik war (sagten diejenigen, die ihr gelauscht hatten) … wie wunderbar das Essen … wie elegant die Kleider der Damen und wie geistreich die Gespräche der Gentlemen! Die Wachsfiguren des Herzogs nannte man äußerst erlesen, den Herzog und seine Herzogin die perfekten Gastgeber. Der Ball war ein uneingeschränkter Erfolg, sagte praktisch jedermann, und alle anderen stimmten zu.

Dennoch gab es einige wenige, die – was sie auch immer vielleicht laut *geäußert* hatten – das Ereignis nicht in einem so freundlichen Licht sahen. Sera Vorder befand sich unter diesen wenigen, sowie (was bei weitem überraschender war) die Herzogin von Zar-Wildungen.

Zwei Tage nach dem Ball saß die Herzogin in ihrem vergoldeten Boudoir am Ankleidetisch und ließ das Ereignis an ihrem geistigen Auge nochmals vorüberziehen. Aus ihrer wild bewegten Mimik war offensichtlich, daß die Lady dieses Unternehmen nicht gerade unterhaltsam fand.

Sie hob einen verzierten Handspiegel hoch und betrachtete darin stirnrunzelnd ihr entzückendes Spiegelbild. Sie nahm ein Schwämmchen, rieb etwas Rouge hinein und legte dieses sorgfältig auf ihre Wangen auf. Dann betrachtete sie den Effekt im Spiegel. »Bring mir die Schachtel mit den Pflästerchen!« wies sie ihre gehorsame kleine Dienerin an.

Genau in diesem Augenblick stolzierte ihr Butler ins Zimmer und kündigte Jarl Skogsrå an. »Verleugne mich«, sagte die Herzogin mit einer ungeduldigen Handbewegung. »Mir schmerzt der Kopf, und ich fühle mich so schrecklich mißgelaunt...«

Doch als sich der würdevolle Zwerg abwenden wollte, um ihre Anweisungen auszuführen, überlegte sie es sich anders. »Nein... besser nicht«, sagte sie mit einem Seufzer. »Bitte ihn lieber herein!«

Wenige Minuten später erschien der Jarl in einem Mantel aus scharlachrotem Tuch. Unter seinem Arm steckte eine Reitpeitsche. »Ich wollte Euch fragen, ob Ihr mich auf einen Ritt durch den Solingen Park begleitet wollt«, sagte er, während er sich tief über ihre Hand beugte. »Aber wie es scheint, hegt die gnädige Frau bereits andere Pläne.«

Obgleich die Herzogin noch immer ihren Morgenmantel trug, lag ihre Kleidung für den Tag ausgebreitet auf dem Bett: das blauviolette Satin-Ausgehkleid und der Hut mit dem Pfauenfedern.

»In der Tat habe ich bereits Pläne geschmiedet«, meinte sie und zog die Hand zurück, noch ehe er sie richtig geküßt hatte. »Meine Zeit ist so knapp, ich habe so viele Verpflichtungen, daß ich es mir kaum leisten kann, den Nachmittag müßig damit zu verbringen, auf *Euren* Besuch zu warten... oder auf Lord Skelbrookes Angebot, für mich den Kavalier zu spielen.«

Der Jarl schloß daraus sofort, daß der Kavalier der Herzogin mal wieder die Stadt verlassen hatte, ohne Abschied zu nehmen.

Skogsrå drehte die Reitpeitsche zwischen den Fingern und fragte sich müßig, ob Skelbrooke eine weitere reiche Mäzenin besuchte – vielleicht in Mittelheim oder Ingeldorf –, oder ob er statt dessen Geschmack an vollbusigen Landmädchen gefunden hatte.

»Natürlich kann ich nicht für Lord Skelbrooke sprechen, aber was mich betrifft... so stehe ich Euch ganz zu Diensten«, erwiderte der Jarl glatt. »Das wißt Ihr doch ganz bestimmt?«

Die Herzogin legte ihren Morgenrock ab und stand in ihrem Korsett und den gerüschten Unterröcken auf. Sie hob den spitzenbesetzten Saum, um ihre Füße zu mustern, die in sehr hübschen lavendelfarbenen Schuhen mit Diamantschnallen steckten. Der Effekt war ein angenehmer, hob jedoch nicht ihre Laune. »Ja, ja, so seid Ihr. Ihr tut alles, was ich Euch sage«, meinte sie ungeduldig. »Wenigstens... tut Ihr alles innerhalb Eurer etwas beschränkten Möglichkeiten.«

Die Dienerin nahm die voluminösen Röcke des blauvioletten Kleids hoch und streifte sie der Herzogin über den Kopf. Errötet und gereizt tauchte die Lady wieder auf. Sie zupfte an dem Satinrock, um diesen zu glätten, und das Mädchen arrangierte die Falten so, daß das Kleid möglichst vorteilhaft zur Geltung kam.

»Wie es scheint, schiebt Ihr mir eine gewisse Schuld in die Schuhe«, meinte der Jarl. »Ich wünschte, Ihr würdet mir sagen, wodurch ich Euer Mißfallen erregt habe.«

Die Herzogin zog das engsitzende Mieder hoch und schlüpfte mit den Armen in die Ärmel.

»Eure Werbung um Elsie war etwas oberflächlich«, erwiderte sie, während die Dienerin hinter sie trat, um das Kleid zuzuhaken. »Ihr seid mir vielleicht ein glühender Liebhaber, also wirklich! Habt nicht einmal genügend Verstand, um den Vorteil auszunutzen, den Ihr beim Ball des Herzogs Xebo errungen habt... oder tue ich Euch da unrecht? Habt Ihr diese beiden Tage abgewartet, um mir zu sagen, daß mein Patenkind Euch erhört hat, daß Elsie schließlich zugestimmt hat, Eure Frau zu werden?«

»Oje, nein«, sagte der Jarl mit einer steifen, kleinen

Verneigung. »Diese Ehre muß mir erst noch zuteil werden.«

»Meine Güte!« meinte die Herzogin. Die Magd holte ihr ein Paar langer, lavendelfarbener Handschuhe. »Ihr wollt mir damit doch hoffentlich nicht sagen, daß Ihr so ein Narr wart, Euch diese Gelegenheit entgehen zu lassen?« fragte sie, während sie erst den einen und dann den anderen Handschuh überstreifte. »Ihr habt Elsie *gefragt,* ob sie Euch heiraten will?«

Der Jarl tippte mit seiner Reitpeitsche gegen seine hohen Lederstiefel. »Sie gefragt, mich zu heiraten? Ich bettelte sie an, die meine zu werden, ich flehte sie an ... glaubt mir, ich war der feurigste Liebhaber! Sie jedoch lächelte nur traurig und bat sich weitere Bedenkzeit aus. Meinerseits glaube ich, daß sie sehr geneigt ist, meine Frau zu werden, aber sie ist so jung und fürchtet, die falsche Entscheidung zu treffen.«

Die Herzogin schüttelte den Kopf. »Ich hatte keine Ahnung, daß sich dieses Mädchen als so prüde erweisen würde. Aber vermutlich setzt unsere Miß Sera ihr Flausen in den Kopf ... Entweder das, mein lieber Jarl, oder Ihr habt die Sache völlig verpfuscht.«

Sie hob ein Diamantarmband auf, reichte es Skogsrå und streckte anmutig den Arm aus. »Seid so gut und schließt das Band.«

Der Jarl hatte bei der Erwähnung von Seras Namen gelächelt, wobei er die schimmernden weißen Zähne zeigte. »Miß Sera Vorder ist eine junge Frau von solch starkem Charakter, solch unvergleichlichem Witz, daß ich mich manchmal frage, warum wir uns überhaupt die Mühe mit der anderen geben. Wenn Ihr mir gestatten würdet, um sie zu ...«

»Das geht nicht«, sagte die Herzogin. »Nein, das geht ganz bestimmt nicht – selbst wenn ich geneigt wäre, es zu erlauben –, denn Ihr habt gleich von Anfang an ihr Mißfallen und ihren Argwohn erregt. Das ... Vergnügen… das Ihr im Sinn habt, ist jemand anderem vorbehalten – wenn es denn überhaupt von jemandem genossen werden soll. Es wird niemals das Eure sein.«

Sie band ihren Federhut fest, hob ihren Fächer und ihre Handtasche auf und wandte sich dann wieder dem Jarl zu. »Ich muß einen Besuch machen, der mir sehr am Herzen liegt. Wenn Ihr mögt, könnt Ihr mich begleiten – vorausgesetzt, wir sind Euch nicht zu langsam, und Euer großes Pferd erschreckt mein Lämmchen nicht allzusehr.«

»Es wird mir ein Vergnügen sein«, sagte Skogsrå. »Aber die gnädige Frau muß mir noch sagen, wohin sie zu gehen gedenkt.«

»Ich gehe zum Hospital der Himmlischen Namen, um an einer Vorführung der Naturgesetze teilzunehmen«, erwiderte die Herzogin. Sie ging zur Tür. »Mein Lieber… Ihr wirkt ziemlich nervös. Seid Ihr nie zuvor in einem Krankenhaus gewesen? Dann solltet Ihr mich auf jeden Fall begleiten. Ihr seid doch selbst so etwas wie ein Arzt, nicht wahr? Also glaube ich kaum, daß Euch irgend etwas von dem, was Ihr dort seht, schokkieren oder anekeln wird.

Oder«, fragte sie mit listigem Lächeln, »fürchtet Ihr, daß Ihr die Umgebung ein wenig zu… attraktiv finden könntet?«

Der Jarl bot ihr seinen Arm. »Es erfreut Euch, mich lächerlich zu machen… Ein Armenkrankenhaus scheint kaum die geeignete Umgebung für eine große Dame wie die Herzogin von Zar-Wildungen.«

»Das seht Ihr völlig falsch«, meinte die Herzogin, gleichermaßen kühl. »Eine große Dame wie die Herzogin von Zar-Wildungen kann gehen, wohin es ihr gefällt, und tun, was ihr gefällt… der Vorteil von Rang und Alter.«

Sie verließen ihre Gemächer und stiegen die geschwungene Marmortreppe zur darunterliegenden

Etage hinab. »Ist Euch vielleicht mein junger Freund, Herr Theophilus von Eichstätt, nicht bekannt? Aber natürlich müßt Ihr ihn kennen – er ist so oft hier«, sagte die Herzogin.

»Von Eichstätt?« Der Jarl überlegte einen Augenblick lang. »Aber ja ... der häßliche junge Mensch mit dem linkischen Gehabe ... ich habe mich oftmals gefragt, weswegen er Ihr Günstling ist.«

Die Herzogin funkelte ihn an. »Ja, er ist schrecklich gewöhnlich, fürchte ich, und seinen Manieren fehlt der letzte Schliff, aber er studiert seit zwei Jahren Medizin und verspricht bereits, ein brillanter Arzt zu werden – ebenso wie ein experimenteller Wissenschaftler von einigem Ruf. Der junge Mann besitzt jedoch keine eigenen Mittel, und daher ist er verpflichtet, mich um finanziellen Beistand anzugehen. Ich wohne der heutigen Vorführung als seine Gönnerin bei. Ich glaube, Ihr werdet sie faszinierend finden, denn sie hat mit dem Blutkreislauf und der Funktion des Herzens zu tun.«

Der Jarl hob eine zierliche Braue, gab jedoch sonst keine Antwort.

In der unteren Halle trafen sie auf einen Diener der Herzogin, der den winzigen Affen an der Leine führte. Skogsrå konnte seinen Widerwillen nicht verbergen, als die Herzogin das kleine Kerlchen in die Arme nahm und der Affe ihr seine haarigen, blauen Arme um den zierlichen Hals legte. »Ist es unbedingt nötig, daß uns dieser ... dieser Affe begleitet?«

»Ich nehme ihn gern mit«, erwiderte die Herzogin. Der Diener hatte die Tür geöffnet, und sie rauschte hinaus. Sie blieb auf dem oberen Treppenabsatz stehen und sah auf Skogsrå zurück. »Warum auch nicht? Er hat sehr gute Manieren und ist zweifelsohne etwas Ungewöhnliches. Und er ist kein Affe, wißt Ihr. Er ist ein Indigoaffe, sehr selten – oh, ja, ich versichere Euch, in der Tat sehr selten.«

»Das Vieh hat einen traurigen Blick, und ich habe ihn bislang nur lethargisch erlebt«, beharrte der Jarl, während er ihr die Vordertreppe hinab zu ihrer Kutsche folgte und ihr zusah, wie sie den Affen ihrem Gnom-Kutscher hinaufreichte. »Ich bin davon überzeugt, daß dieses Tier verseucht ist.«

Die Herzogin erlaubte dem Jarl, ihr beim Einstieg in die muschelförmige Kutsche zu helfen. »Unsinn«, sagte sie und machte es sich auf den Plüschkissen bequem. »Sebastian hegt einen geheimen Kummer – was, wie Ihr wißt, die Geister niederdrückt –, er erfreut sich jedoch ansonsten bester Gesundheit.«

Skogsrå grinste höhnisch; es war ein Ausdruck, der nicht recht zu den goldenen Schmachtlocken und den zierlichen, aufgemalten Augenbrauen passen wollte. »Ihr sprecht, als wäre die Kreatur menschlich.«

Die Herzogin lächelte. »In dieser Hinsicht, mein lieber, guter Jarl, haben ausgerechnet wir beide uns einander kaum etwas vorzuwerfen.«

Das Hospital der Himmlischen Namen beanspruchte das, was einstmals ein schönes, großes Haus gewesen war, ein weitläufiges, etwa drei oder vier Jahrhunderte altes Gebäude aus Holz, Mörtel und Ziegeln, das in einem Außenbezirk der Stadt lag. Die Herzogin ließ ihr groteskes kleines Schoßtier in der Kutsche zurück, in der Obhut ihres Kutschers, und Skogsrå geleitete sie in das Gebäude.

Der Geruch von Blut und ungewaschenen Körpern sowie der von verfaulendem Fleisch begleiteten sie, sobald sie durch die Tür getreten waren. Der Jarl zog ein parfümiertes Taschentuch aus seinem Ärmel und hielt es sich unter die Nase. »Hier ist es dreckig«, meinte er, während er sich mit ausgeprägtem Widerwillen in der schmuddeligen Eingangshalle umschaute. »Es riecht nach Krankheit.«

Ein schlechtgekleideter junger Mann, der bloß noch den Stummel einer Kerze in der Hand hielt, tauchte kurz auf, um ihnen den Weg zu weisen. Er führte sie einen tunnelgleichen Korridor hinab, schmale, knarrende Stufen hinauf und eine dunkle, hallende Galerie entlang, wobei sie unterwegs an vielen offenen Zimmern vorüberkamen. An einer Türschwelle blieb die Herzogin stehen, spähte hinein und bedeutete dann dem Jarl, ihr dasselbe zu tun. Widerstrebend gehorchte er.

Es war ein warmer Tag, doch die Fenster waren geschlossen und die Läden zu; der niedrige Raum war von einer einzelnen Öllampe schwach erleuchtet, die von einem Balken in der Decke herabhing. Auf einem schmalen Tisch innerhalb des Lichtkreises der Lampe lag die grauhäutige Gestalt eines jungen Mannes, nackt bis zur Hüfte. Am Kopf des Patienten stand eine schlampig aussehende Frau in einem formlosen Gewand, die ihm einen feuchten Lumpen über Mund und Nase drückte. Die Beine und Arme – übersät von Wunden – waren mit Eisenbändern am Tisch befestigt. Die Augen des Patienten waren geschlossen, und er war anscheinend bewußtlos, wenn nicht bereits tot, so daß er gnädigerweise nichts von der dilettantischen Operation der blutverschmierten Chirurgen mitbekam, die ihm den rechten Arm gerade unterhalb des Ellbogens absägten.

Skogsrå erbrach sich geräuschlos in sein Tuch. Er wandte sich ab und sah, wie ihn die Herzogin mit einem fragenden Blick beäugte.

»Ihr findet das hier unappetitlich?« wollte die Herzogin spitzbübisch wissen.

»Allein der Anblick verseuchten Fleisches verursacht Abscheu in mir«, erwiderte Skogsrå und entfernte sich so ruhig, wie er konnte, von der Tür.

»Aha …«, meinte die Herzogin gehässig. »Ihr seid in dieser Hinsicht sehr heikel, nicht wahr?«

Der Jarl gab keine Antwort. Ihr Begleiter wartete weiter vorn auf der Galerie auf sie, und sie beeilten sich, ihn einzuholen. Er führte sie durch eine der Stationen – vorüber an niedrigen Bettenreihen, in denen ausgemergelte Gestalten fiebernd zitterten oder sich unter zerrissenen Decken hin und her warfen, und der Gestank der Toten und Sterbenden war stärker als je zuvor –, dann ging es einen weiteren dunklen Korridor entlang.

Schließlich erreichten sie ein größeres, helleres Zimmer, das sorgfältig als medizinisches Laboratorium ausgestattet worden war. Hier gab es Holzfässer und große Ziegelöfen, Destillierkolben, Tiegel, Bäder und Kondensatoren, lange Tische, die übersät waren mit glitzernden Bechern, Aludeln, Retorten und ähnlichen Apparaturen, die allesamt über viele Meter Glas- und Kupferrohre miteinander verbunden waren. Der junge Mann in dem schäbigen Kittel versprach, Herrn von Eichstätt herbeizuholen, verneigte sich vor der Herzogin und verschwand.

»Aber wie es scheint, seid Ihr letztlich gar nicht erwartet worden«, meinte der Jarl. Er erholte sich allmählich etwas und war erfreut darüber, die Herzogin ein wenig im Hintertreffen zu sehen. »Niemand ist zu Eurer Begrüßung hier … niemand, der die gnädige Frau willkommen heißt.«

»Ich bin ein wenig zu früh«, erwiderte sie, ließ sich anmutig in einen Sessel fallen und öffnete ihren Fächer. »Oder vielmehr … ich bin nicht so spät dran, wie man vielleicht erwartet hatte. Setzt Euch, Lord Skogsrå. Wir haben offenbar Zeit für eine kleine private Unterhaltung, und dies hatte ich eigentlich im Sinn, als ich um Eure Begleitung bat.«

Der Jarl, der einen Unterton von Unzufriedenheit in ihren Worten heraushörte, beeilte sich, ihr zu gehorchen. Da die Herzogin die einzige echte Sitzgelegenheit im Zimmer in Beschlag genommen hatte, kauerte er sich ziemlich linkisch auf einen der vielen hohen Hocker. »Die Lady muß es nur sagen, und ich bin ganz Ohr.«

Die Herzogin wedelte mit ihrem Fächer. »Wie Ihr wißt«, sagte sie, »verlasse ich Wichtelberg zum Ende der Jahreszeit. Ich hatte gehofft, daß die Dinge zwischen Euch und Elsie vor dieser Reise bereinigt sein würden, aber das ist anscheinend nicht der Fall. Vielleicht sollte ich Euch beide mitnehmen, so daß ich Eure Romanze weiterhin überwachen kann. Die Landluft – so offensichtlich gesund! – sollte für mein armes, kränkelndes Patenkind genau das richtige sein.«

Der Jarl zerknüllte sein Taschentuch und steckte es in seine Tasche. »Wenn Ihr die Erlaubnis ihrer Mama erhaltet … die Elsies Anwesenheit in Thornburg mit allen damit zusammenhängenden Beschwerden als so etwas wie einen gesellschaftlichen Aktivposten betrachtet.«

»Es stimmt, daß man Clothilde mit Samthandschuhen anfassen muß«, gab die Herzogin zu. »Letztlich jedoch basiert ihre gesellschaftliche Stellung weitestgehend auf den Folgen ihrer Freundschaft zu mir. So sehr es ihr ja widerstreben mag, Elsie für eine oder zwei Jahreszeiten herzugeben, wie sehr wird es ihr wohl widerstreben, mich vor den Kopf zu stoßen?

Was Euch betrifft, mein lieber Skogsrå, so steht Ihr mir, wie ich es sehe, völlig zur Verfügung.«

Der Jarl stand von seinem Hocker auf und verneigte sich zustimmend. »Das versteht sich natürlich von selbst. Und ich vermute … Aber ja, natürlich. Ihr werdet die andere Miß Vorder ebenfalls einladen. Elsie würde auch nicht im Traum daran denken, ohne sie zu fahren. Sie wird mich bei jeder sich bietenden Gelegenheit verhöhnen – und mich dadurch zu irgendeiner Indiskretion verleiten wollen.«

Die Herzogin schlug ihren Fächer zu. »Aber natürlich muß Sera mitkommen – und Ihr müßt halt jeden grotesken Impuls unterdrücken, den sie in Euch erregen mag!« sagte sie. »Eigentlich solltet ihr über die Gelegenheit, die Freundschaft zu ihr pflegen zu können, froh sein. Seid Ihr Euch darüber im klaren, daß sie die Enkelin von Jenk ist, dem Buchhändler? Wie ich sehe, nein. Ich verlasse die Stadt nicht gern, wenn Jenks Experimente anscheinend derart interessante Früchte hervorbringen, aber was bleibt mir anderes übrig?«

Der Jarl setzte sich wieder auf seinen Hocker. »Ihr könntet doch beispielsweise Euren Besuch bei Zar-Wildungen verschieben, sollte man meinen.«

»Dann meint man falsch«, erwiderte die Herzogin, ließ den Fächer in den Schoß fallen und machte sich daran, die lavendelfarbenen Handschuhe abzustreifen. »Der Herzog fordert nur sehr wenig von mir – nur, daß ich acht oder zehn Wochen des Jahres mit ihm in Wichtelberg verbringe –, und als Gegenleistung für alles, was er mir schenkt, für seine große Nachsicht, gehorche ich ihm hierin wirklich gern.«

»Ah, ja«, sagte Skogsrå. »Ich habe den Herzog stets für den bewundernswertesten, nachsichtigsten Gatten gehalten.«

Die Herzogin funkelte ihn an. »Nachsichtiger, als Ihr denkt ... und beträchtlich weniger dumm, als Ihr meint. Der Herzog weiß alles von mir und versteht meine Bedürfnisse. Ihr, der Ihr von Euren jähen Regungen beherrscht seid, solltet das ebensogut verstehen.«

Der Jarl hob die Schultern. »Es liegt in meiner Natur, daß ich von meinen jähen Regungen beherrscht werde, wie Ihr sie freundlicherweise zu nennen beliebt.«

»Wie auch in meiner Natur«, meinte die Herzogin und faltete ihre Handschuhe zusammen. »Das ist nicht die Sache einer bloßen Neigung: Ich *fordere* Leidenschaft, ich *muß* Fröhlichkeit haben, ich *lebe* für die Bewunderung. Aber zuallererst muß ich immer etwas

Neues erfahren. Wenn Ihr (was ich, wie ich gestehe, für äußerst unwahrscheinlich halte) jemals ebensolang gelebt habt wie ich, werdet Ihr verstehen, daß Langeweile den Tod bedeutet.«

Der Jarl zeigte allmählich Interesse. »Und wie alt *ist* nun die gnädige Frau, wenn die Frage erlaubt ist?«

»Älter als der Herzog ... und jünger«, erwiderte die Herzogin. »Ich bin einhundertundachtzig Jahre alt, und ich bin zuversichtlich, mindestens noch ein Jahrhundert zu leben.«

Jarl Skogsrå war sichtlich beeindruckt. »Dann stimmt es, was ich gerüchteweise hörte und was Ihr oftmals angedeutet habt ... eine Spur Feenblut?«

»Mehr als eine Spur«, entgegnete die Herzogin. »Meine Mutter war eine Halbfee, Mensch und Fee zugleich; mein Vater ist ein vollblütiger Elf. Er gehört zu den Feen – und ein merkwürdiges und schreckliches Volk sind sie, trotz ihrer geringen Größe! Ich bin zu dreivierteln eine Fee, ja, eine Dreivierteliee.«

»Und dennoch ...«, sagte der Jarl, »lebt Ihr in Thornburg und scheut die Gesellschaft Euresgleichen.«

Die Herzogin nahm ihren Fächer. »Ah, ja ... das müßt Ihr verstehen ... sie sind so anders, Menschen und Feen, so unterschiedlich in ihren Interessen, Bedürfnissen und Leidenschaften. Es ist ein Wunder, daß sie sich überhaupt begegnen und begatten. Und dennoch geschieht es, und wenn es geschieht, ist das Ergebnis ein äußerst bemerkenswerter Mischling.

Aber die Gesellschaft der Feen«, fuhr die Herzogin fort, »und insbesondere der Hof der Feen ist von Natur aus so konservativ, daß dort kein Platz – überhaupt kein Platz – für Mischlinge jeder Art ist. Wir kommen besser in der Gesellschaft von Menschen, Zwergen und Gnomen zurecht, die aufgrund ihrer ureigensten Natur etwas Andersartigem ein wenig Raum gewähren müssen.«

Eine oder zwei Stunden später verließen sie das Krankenhaus, und der Jarl war nicht böse, diesen Ort und seine erstickende, ungesunde Atmosphäre hinter sich lassen zu können. Dennoch war er noch immer etwas unsicher über die Motive der Herzogin, ihn begleiten zu wollen.

Sie hingegen hatte offenbar beträchtliche Befriedigung aus dem Besuch gezogen. Ihre Stimmung war besser, und ihr Auftreten anmutig, als er sie in die Kutsche hob. »Würde es Euch etwas ausmachen, mir nach Hause zu folgen und mir dort bei einem kleinen Essen Gesellschaft zu leisten?«

»Oje, nein«, meinte der Jarl. »Eure Transportweise – wenn ich so sagen darf – zwingt Euch zu einem so müßigen Schritt… und mein armes Pferd wird immer störrischer.«

Er nahm die Zügel und schwang sich in den Sattel. »Werdet Ihr Euch eines rascheren Transportmittels auf Eurer Reise nach Zar-Wildungen erfreuen?«

»Ich werde in einer Kutsche mit sechs Pferden reisen«, erwiderte die Herzogin. »Ich und meine Gefährten… denn ich glaube, daß ich Sera und Elsie mitnehmen werde. Was Euch betrifft… wenn Ihr und der andere Gentleman, den ich eingeladen habe, auch noch mitfahrt, könnte es leicht zu voll werden. Ihr könnt Euch Eure eigene Kutsche mieten oder neben uns herreiten, wie es Euch beliebt.«

Der graue Wallach des Jarl wurde in der Tat immer widerspenstiger, und es wurde zunehmend schwieriger, das Tier am Loslaufen zu hindern, aber die Herzogin hatte ihn noch nicht entlassen. »Ich werde sogleich mit meinen Vorbereitungen beginnen«, sagte Skogsrå. »Und dieser andere Gentleman, von dem Ihr spracht… meint Ihr Lord Skelbrooke?«

»Meine ich nicht«, entgegnete die Herzogin. »Es stimmt, daß ich ursprünglich die Absicht hatte, ihn einzuladen, aber ich habe inzwischen meine Pläne geändert. Er wirkt ein wenig zu sehr an unserer Miß Sera interessiert, und ich hege nicht den Wunsch, daß die beiden zuviel beisammen sind.«

Der graue Wallach senkte den Kopf und bewegte sich zur Seite; der Jarl zog die Zügel fester an. »Ah, ja«, sagte Skogsrå mit einem vieldeutigen Lächeln. »Laßt den nachlässigen Liebhaber zurück, so daß er nach Euch schmachtet und sich leidtut. Das wird ihn die Lektion lehren, die er verdient.«

Die Herzogin versteifte sich. »Ich kann mir nicht vorstellen, wovon Ihr sprecht. Skelbrooke ist mir ergeben… völlig ergeben. Jegliches Interesse, das er an Miß Sera Vorder hat, ist ein völlig brüderliches Interesse, und was eine andere Frau betrifft…«

»… was eine andere Frau betrifft… so ist daran überhaupt nicht zu denken«, beendete der Jarl für sie. »Aber darüber muß man natürlich kein einziges Wort verlieren.«

21. Kapitel

Welches gewisse Vermutungen seitens des Lesers erhärten soll

Auf der Straße zwischen Thornburg und Gdanze, in dem Ort Lüftmal, etwa zehn Meilen vom herzoglichen Sitz der Zar-Wildungen entfernt, stand ein bescheidenes Landgasthaus, genannt *Zum Kohlkopf*. Der Wirt des *Kohlkopfs* unterhielt ein ehrbares Haus, doch die Gaststätte war klein, und die Reisenden bevorzugten statt dessen eine Übernachtung im *Hängenden Schwert* in Pfalz, das größer und insgesamt gesehen imposanter war. Dennoch kehrte gelegentlich ein Reisender ein, der nicht so wohlhabend oder bescheidener war.

Um einen solchen handelte es sich anscheinend bei dem jungen Geistlichen mit dem frischen Gesicht und der sauberen, braunen Perücke, der eines Tages spät am Morgen in den Ort einritt. Wie es seiner Berufung zukam, war er völlig in Schwarz gekleidet, abgesehen von einem einfachen Halstuch mit Spitzen sowie den schmalen Rüschen an den Handgelenken. Er verbrachte eine oder zwei Stunden damit, durch den Ort zu wandern – besonders war er anscheinend an der Kirche und dem Friedhof interessiert –, stellte einige Fragen, wie zum Beispiel nach der Qualität des im Gasthof servierten Essens, und schlenderte schließlich zum *Kohlkopf*.

Das Innere war wesentlich einnehmender als das Äußere. Der Gastraum war mit farbenfrohen Chintzvorhängen, geschrubbten Fliesenfußböden und einer hübschen Sammlung wohlpolierten Zinngeschirrs auf dem Regal ausgestattet. Der Gentleman sprach einige

Zeit mit Herrn Chawettys, dem Wirt, und mietete am Ende ein Zimmer für vierzehn Tage.

Sein Name (sagte er dem Wirt) war Markus Sylvester Krähe, Doktor der Theologischen Philosophie. Er war seit kurzem erkrankt. Seine Ärzte rieten ihm zu einem Aufenthalt auf dem Lande, um seine Genesung zu beschleunigen, und er hoffte, daß das Gasthaus sauber und ruhig sei, die Kost einfach und gesund, wie man ihm gesagt hatte. Er sprach mit einem leichten Akzent – am Ende eines jeden Satzes stieg die Melodie etwas an –, was darauf schließen ließ, daß er von der Insel Mawbri stammte.

Er aß eine gute Mahlzeit, die von Charlotte, der älteren Bedienung, in einem abgeschlossenen Zimmer im hinteren Teil des Hauses serviert wurde, erzählte dem Wirt, daß sein Gepäck am folgenden Morgen einträfe, und gestattete Herrn Chawettys, ihn nach oben ins beste Zimmer zu geleiten.

Am Abend tauchte er wieder auf und aß sein Abendessen am Feuer im Gastraum, wobei ein Buch offen vor ihm auf dem Tisch lag. Er wirkte krank oder depressiv, denn er stocherte lustlos in seinem Essen herum und sprach mit niemandem ein Wort – bis Tilda, die neue Bedienung, ihm einen Krug Bier brachte.

Er sah auf, begegnete dem neugierigen Blick des Mädchens und fuhr heftig zusammen.

»Tut mir leid, Sir«, sagte Tilda. »Ich weiß, Ihr habt keins bestellt, aber es ist ein gutes, braunes Bier … und da Ihr vor kurzem so krank wart und so …«

»Entschuldigt, bitte. Ihr habt mich nicht wirklich erschreckt; es ist bloß so, daß meine Nerven unheimlich schwach sind«, sagte Dr. Krähe. »Ja, es war eine freundliche Überlegung. Normalerweise bin ich ein abstinenter Mann, aber vielleicht unter diesen Umständen … ja, meine Ärzte *haben* mir gesagt, wie wohltuend ein gutes, starkes Landbier sein kann.«

Er nahm den Krug und kehrte zu seinem Buch zurück. Auf diese Weise ging es etwa eine Stunde lang weiter, bis ein unterdrückt geführtes Gespräch zwischen zwei Bauern seine Aufmerksamkeit auf sich zog.

»... ein Armengrab, und du weißt, was das bedeutet«, sagte der erste Bauer, ein breitschultriger Hüne mit einem strohblonden Haarschopf. »Wie mir scheint, können die ehrbaren Leute hier die Sache unter sich arrangieren, daher geht niemand ohne ein Opfer unter die Erde. Wenn die Toten von Lüftmal nicht sicher in ihren Gräbern ruhen können, wie können dann die Lebendigen behaglich in ihren Betten liegen?«

Der andere Mann, schlanker und wesentlich wettergegerbter, kratzte sich am Kopf. »Eine Handvoll Kupferpfennige reicht nicht aus; man benötigt Gold und Silber, um ein Grab zu weihen. Diese Lektion haben wir gelernt, da wir sie nicht bereits gekannt haben, als dieser alte Bettler vergangenen Winter starb. Nein, hier in der Gegend haben nicht viele die Mittel, den Lebendigen Wohltaten zu erweisen, geschweige denn den Toten. Wenn wir unser Gold und Silber zum Wohl unserer Nachbarn opfern, bleibt nichts für unsere Verwandten übrig, wenn *deren* Stunde schlägt.«

»Entschuldigt bitte«, sagte Dr. Krähe und sah von seinem Buch auf. »Ich konnte nichts dagegen tun, mitzuhören ... und natürlich ist die Sache für einen eingekleideten Mann von einigem Interesse. Habt Ihr wirklich Grund zu der Annahme, daß die Toten in Lüftmal nicht so friedlich ruhen wie anderswo?«

Die beiden Bauern drehten sich auf ihren Stühlen um. Sie waren nach dem Vorfall mit dem Bier eingetroffen und hatten den Fremden, der so ruhig am Feuer las, nicht bemerkt.

»Zerbrecht Euch nicht den Kopf über das, was Ihr gehört habt, denn da ist nichts weiter dran«, sagte der schlanke Mann mit der Lederhaut. Er deutete auf seinen stämmigen Gefährten. »Mein Freund hier, er ist ein vorsichtiger Mann, er macht sich stets Sorgen, was geschieht, wenn die Dinge nicht richtig laufen... insbesondere, wenn das Richtige tun bedeutet, eine Hand in die Börse seines Nachbarn zu stecken.« Und er funkelte den anderen Bauern eindringlich an.

»Das stimmt... er hat den Nagel auf den Kopf getroffen«, pflichtete der große Mann bei, vielleicht ein wenig zu herzlich. »Spekulation, mehr ist das nicht. Wir haben hier einen schönen Friedhof... einen prächtigen, alten Friedhof mit hübschen, alten Grabsteinen. Gelehrte Gentlemen aus der Stadt kommen immer wieder her und sehen sie sich an. Vielleicht wollt Ihr selbst einen Blick drauf werfen, Pastor.«

Dr. Krähe ging auf, daß er ein Thema angeschnitten hatte, das die Ortsansässigen nicht mit Außenstehenden diskutieren wollten. Es war gleichfalls offensichtlich, daß das Thema der antiken Grabsteine auf dem Friedhof als Ablenkungsmanöver ins Gespräch eingebracht worden war.

»Vielen Dank!« erwiderte er. »Ich habe mir den Friedhof bereits angeschaut. Die älteren Grabsteine sind in der Tat schöne Beispiele für die Begräbniskunst des dreizehnten und vierzehnten Jahrhunderts – Ihr könnt Euch glücklich schätzen, auf erhöhtem Gelände und so weit vom Fluß entfernt zu wohnen, ansonsten hätte Euer Friedhof nicht so lange überlebt. Als ich noch gesund war, unternahm ich ausgedehnte Reisen und hielt unterwegs hauptsächlich immer aus dem Grund an, um mir Friedhöfe anzuschauen. Den Euren finde ich äußerst interessant.«

Er trank einen Schluck Bier und räusperte sich. »Ich hege jedoch auch ein tiefes Interesse an der Geschichte dieser Orte, insbesondere an den örtlichen Traditionen und am Aberglauben, der mit Friedhöfen zusammenhängt. Zu meiner Zeit habe ich einige beunruhigende

Geschichten gehört, wie Ihr Euch gut vorstellen könnt. Und ich fand, daß es oftmals einen unmittelbaren Zusammenhang zwischen einer Welle von ... nun, wir können es kaum Grabräubereien nennen, denn diejenigen, die in ungeweihten Grabstätten liegen, besitzen nichts, was den gewöhnlichen Schurken anzieht ... sagen wir dann, ein Zusammenhang zwischen einer Welle von *heimlichen Exhumierungen* und zunehmender schwarzer Hexerei in der umliegenden Gegend besteht. Wie es scheint, benutzen die, die die schwarzen Künste ausüben, die Leichname bei einigen ihrer entsetzlichen Rituale. Zum Beispiel die Hand des Ruhms ... ich bitte um Entschuldigung«, sagte er, als er die mürrischen Gesichter der Zuhörer ringsum sah. »Ich wollte Euch mit meinem etwas schauerlichen Steckenpferd nicht langweilen oder in Sorge versetzen. Ich sehe sehr deutlich, daß hier nichts dergleichen vonstatten geht.«

Und mit diesen Worten widmete sich Dr. Krähe wieder seinem Buch. Obwohl er so nah am Feuer saß, empfand er den Gastraum als ausgesprochen kühl. Dennoch hatte er bei weitem mehr erfahren, als irgend jemand von ihnen mutmaßte: Seiner Erfahrung zufolge waren die meisten Dorfbewohner nur allzu gewillt, neugierige Außenstehende mit haarsträubenden Geschichten von entsetzlichen Begebenheiten am Ort zu ergötzen – nur wenn das Entsetzen echt war, verschloß sich jeder in der Nachbarschaft wie eine Auster.

Danach trat gewiß keiner mehr zu ihm oder sprach ihn an, ausgenommen Tilda, als sie den leeren Krug mitnehmen wollte. »Als ich Euch das erste Mal gesehen habe, Sir, dachte ich, daß ich Euch woanders schon begegnet bin.«

Der Geistliche wendete sich um, ehe er aufblickte. Tilda war ein bemerkenswert hübsches Mädchen, nicht älter als siebzehn oder achtzehn, mit langem, seidigem, kornfarbenem Haar, das sie zu einem Zopf geflochten trug. »Wirklich? Das scheint kaum möglich. Ich bin nie zuvor hier gewesen.«

»Nein, Sir«, erwiderte Tilda respektvoll. »Es war nur eine Ähnlichkeit, oder auch nicht. Ihr seht aus wie ein Gentleman … ein Gentleman, der mir die Hand reichte, so daß ich aus der Gosse kriechen und ein neues Leben anfangen konnte … sozusagen.«

Dr. Krähe lächelte ein wenig. »Ah … ein Geistlicher, wie ich, vermute ich.«

»Nun, Sir«, sagte das Mädchen und erwiderte das Lächeln. »Auf jeden Fall wirkte er irgendwie religiös.«

Am darauffolgenden Morgen bot Tilda freiwillig an, Dr. Krähes Frühstück nach oben zu bringen. »Das muß Charlotte doch wirklich nicht tun … die vielen Stufen! Ich kann mich doch um den Pastor kümmern.«

Das Tablett balancierend stieg sie die beiden Treppen zum Dachgeschoß hinauf und klopfte an der Tür des geistlichen Doktors. Eine Stimme bat sie herein. Das Zimmer unter den Gauben verlief über die ganze Breite des Dachgeschosses. Es war ein heller, luftiger Raum mit zwei großen, stehenden Dachfenstern, einem Fußboden aus gebleichter Eiche und einem riesigen, altmodischen Bett mit Samtvorhängen, welches das übrige, einfachere Mobiliar winzig erscheinen ließ.

Dr. Krähe hatte seine Jacke noch nicht übergestreift, war jedoch ansonsten ebenso gekleidet wie tags zuvor, mit dunkler Weste und Kniehosen und makellos weißem Leinen. Er saß in einem Ledersessel am offenen Fenster, hatte die Füße auf einen Schemel gelegt, die schwarzbestrumpften Beine übereinandergeschlagen und polierte sich mit einem Taschentuch die Nägel.

»Habt Ihr gut geschlafen, Sir?«

»Ich habe selten Schwierigkeiten beim Einschlafen, meine Liebe.« Er griff in seine Westentasche und holte eine winzige Dose mit eingelegten Perlen und Elfenbein hervor (es hätte eine Schnupftabaksdose sein können, aber Tilda wußte, daß es keine war). »Du brauchst nun wirklich nicht so zu tun, als würdest du mich nicht wiedererkennen, oder als würdest du dich nicht daran erinnern, was diese Dose enthält«, tadelte er sie sanft. »Wir beide wissen, daß du es tust.«

Tilda trug das Tablett zu einem Tisch am offenen Fenster. »Tut mir leid wegen dieser Sache unten. Ich hätte die Zunge im Zaum halten sollen. Ihr glaubt doch hoffentlich nicht, Sir, daß ich Euch je verraten würde?«

»Wie könnte ich das glauben?« antwortete er. »Aber natürlich kannst du es nicht wissen: Die Konstabler von Thornburg durchkämmen noch immer die Straßen nach einem riesenhaften, einäugigen Spaniarden.«

Dr. Krähe hatte zwei Augen; und es waren auch sehr schöne Augen (wie Tilda sogleich bemerkt hatte). Sie waren dunkelgrau und mit außergewöhnlich dunklen Wimpern gesäumt. Er war durchschnittlich groß und schlank gebaut.

Er winkte mit der Hand zum Bett hinüber. »Setz dich und plaudere eine Weile mit mir. Wahrlich, ich bin sehr froh, hier einen Freund zu finden, wo ich keinen erwartet hatte. Wie es scheint, lächeln die Schicksalsgötter mir wohlwollend zu … oder ist das mehr als bloßer Zufall? Ich wurde von gewissen … Verbündeten … hergeschickt, um einem Bericht über Hexerei in der Region auf den Grund zu gehen. Aber wer hat *sie* denn aufgeschreckt – weißt du das?«

Tilda ließ sich auf der Bettkante nieder und verschränkte ihre Hände im Schoß. »Nun, Sir … Ihr habt's erraten. Es war so: Ich habe getan, wie Ihr mir sagtet, Sir, und habe Thornburg sehr rasch verlassen. Ich war auf dem Weg nach Pfalz, aber ich habe hier haltgemacht. Sie suchten eine Bedienung, und dies schien … ein ruhiges, kleines Dorf zu sein, Sir, ein sicherer Hafen. Und ich war nicht begierig, meine alte Lebensweise wieder aufzunehmen, nachdem … nachdem mir die damit verbundenen Risiken so deutlich vor Augen geführt worden waren. Als mir daher Herr Chawettys die Stelle anbot, nahm ich sie erfreut an. Mir gefällt es hier, Sir, und ich hatte einen jungen Mann kennengelernt, ehe ich hörte … was Fremde hier im allgemeinen nicht hören … und entdeckte, daß der Ort nicht annähernd so sicher war, wie ich gedacht hatte.«

Sie schüttelte den Kopf und stieß einen langen, von Herzen kommenden Seufzer aus. »Nun, stand ich also da … Ich hatte Angst davor, zu bleiben, wollte aber auch keinesfalls meinen jungen Mann verlassen; er ist ein guter Mann, der Zekiel, und er behandelt mich wirklich gut, obgleich ich ihm gesagt habe, daß ich eine Hure war. Und ich befand mich in heller Aufregung, das mögt Ihr mir glauben, bis Ihr mir eingefallen seid. Ich sagte mir, wenn es ein Unheil in *dieser* Richtung gibt, dann würde Herr Carstares vielleicht gern davon erfahren.«

»Nur damit du Bescheid weißt«, sagte er ruhig, »mein Name ist nicht wirklich Carstares.«

»Nein, Sir, das habe ich auch nicht vermutet«, meinte Tilda und breitete ihre Röcke aus. »Ich vermute, er wird auch kaum Dr. Krähe lauten.«

»Stimmt«, gab er zu, steckte die Schnupfdose ein und stopfte das Taschentuch in eine Tasche seiner Kniehose. Er erhob sich würdevoll und schritt im Zimmer auf und ab. »Zumindest … ich bin mir alles andere als sicher, daß er nicht so lautet. Hier und da habe ich einige Schwierigkeiten, mich genau daran zu erinnern, wer und was ich bin, aber im allgemeinen vermag ich mich meines eigenen Namens zu erinnern.«

Sie lächelte unsicher. »Ein kleiner Witz, Sir?«

Er blieb am Kamin stehen und legte einen Ellbogen auf den Sims. »Vielleicht. Vielleicht auch nicht.« Er erwiderte ihr Lächeln, doch es erreichte seine Augen nicht. »Ich muß mich für die Unterbrechung entschuldigen – ich glaube, du sagtest gerade, daß du das Gefühl hattest, ich könnte vielleicht interessiert sein …?«

»Ja, Sir. Aber ich wollte nicht direkt Kontakt mit Euch aufnehmen. Das hielt ich nicht für richtig. Ich glaubte … ich glaubte, wenn ich Euch eine Botschaft mit Eurem Namen drauf schicke und sage, wo ich Euch begegnet bin, könntet Ihr vielleicht glauben, daß die Ritter mit im Spiel sind und ich in Gefahr wäre … und Ihr könntet vielleicht verärgert sein, Sir, wenn Ihr mir helfen kommt und herausfindet, daß es nicht so ist, und Ihr eigentlich – eigentlich *wichtigere* Dinge zu tun habt.

Also bat ich Zekiel, für mich zu schreiben: daß das Dorf Lüftmal kein guter Ort mehr zum Leben ist … Alle haben Angst vor Hexen, und die Toten in ihren Gräben sind nicht mehr sicher … und er nahm das Schreiben mit nach Thornburg, wo er es im Geschäft eines Glasers, eines Flaschenherstellers und eines Mannes hinterlegte, der Schmuck aus geblasenem Glas verkauft.«

Er nickte anerkennend. »Du bist eine junge Frau mit beachtlichen Fähigkeiten – wie ich gleich bei unserer ersten Begegnung annahm –, und dein Freund Zekiel ist offenbar ein ausgezeichneter junger Mann. Meine eigenen Freunde waren nicht faul und haben die Information gleich an mich weitergereicht, dessen kannst du sicher sein; auch betrachtete ich die Angelegenheit nicht als meiner Aufmerksamkeit unwürdig.«

Er zog den Ellbogen vom Kaminsims weg und hob eine Hand, um sein Halstuch zu glätten. »Und also … bin ich hier. Aber deine Nachbarn haben kein Vertrauen zu mir. Nichts weiter Ungewöhnliches, bestimmt. Es ist allgemein üblich, über solche Dinge den Mantel des Schweigens zu breiten … die Unschuldigen befürchten, den Zorn der Schuldigen zu erregen. Dennoch ist es ganz bestimmt eine Unannehmlichkeit. Ich könnte mich weitaus zügiger um diese Sache kümmern, wenn ich einen Freund hier hätte ... jemanden ... keinen Neuankömmling wie du ... sondern ein vertrauenswürdiges und bekanntes Mitglied der Gemeinschaft, das gewillt wäre, mir zu helfen. Ihr kennt hier keinen Geistlichen?«

Tilda schüttelte den Kopf. »Nein, Sir. Dr. Ulfson reitet jeden Sonntag von Pfalz herüber, wenn das Wetter nicht schlecht ist.«

»Und was ist mit deinem Verlobten ... dem fähigen Zekiel – wäre er gewillt, sich mit mir zum Besten seiner Nachbarn zu verbünden?«

Tilda faltete ihre Hände. »Vielleicht ... ich weiß es nicht. Er hat bereits soviel getan – mehr als sonst jemand im Ort getan hätte. Ich frage ihn dennoch. Aber ... wenn die Frage nicht zu aufdringlich ist, möchte ich gern etwas mehr über Eure ... Eure Freunde wissen, die Euch hergeschickt haben.«

Er kehrte das Gesicht dem Fenster zu. »Ich verstehe ganz und gar, daß du sichergehen willst ... aber ich bin durch das Band der Ehre gehalten, ihre Namen nicht zu enthüllen. Ich bin – wie du anscheinend erraten hast – eine Art ... Agent ... dazu bestimmt, Praktiken der schwarzen Magie aufzuspüren und ihnen ein Ende zu bereiten, wenn ich es kann.«

»Ein Agent ... des Großherzogs, Sir? Aber nein ...«, sagte Tilda. »Ihr wärt nicht hier in Zar-Wildungen, nicht wahr? Dann des Prinzen?«

Er wandte sich wieder um, um sie anzusehen. »Vielleicht habe ich mich falsch ausgedrückt. Es wäre vielleicht zuviel der Ehre, meine Berufung mit dem Namen eines Agenten ... oder auch Spions zu versehen. Ich repräsentiere keine Regierung, sondern vielmehr eine Organisation gutmeinender, jedoch selbsternannter Bürger ... was unsere Vettern in der Neuen Welt einen ›Selbstschutzausschuß‹ nennen würden. Ja, ich muß wohl eingestehen, daß ich ein einfacher ›Söldner‹ bin.

Gewiß keine sonderlich erhebende Sache, aber es ist stets das beste, den Tatsachen ins Auge zu sehen.«

Er stieß einen schweren Seufzer aus. »Ja, ich bin ein Hexenjäger und Söldner. Und auch so etwas wie ein Zauberer von eigenen Gnaden. Ich frage mich, ob dich diese Auflistung meines ... Rangs und Namens ... wirklich etwas zuversichtlicher stimmen kann?«

Tilda löste die Hände. »Ihr habt genug gesagt, um mich zufriedenzustellen. Ich hoffe, Zekiel wird das ebenso sehen. Vielleicht – ich weiß es nicht. Wie dem auch sei, ich werde gleich heute mit ihm reden, und wenn er zustimmt, werde ich für heute abend ein Treffen zwischen ihm und Euch auf dem Friedhof arrangieren.«

»Vielen Dank«, sagte der selbsternannte Söldner. »Irgendwie habe ich vollstes Vertrauen, daß du ihn zu überzeugen verstehst.«

22. KAPITEL

In welchem die Schlechtigkeit der Hexen von Lüftmal deutlicher zutage tritt

Dr. Krähe verbrachte den Nachmittag auf dem alten Friedhof von Lüftmal mit dem Studium der Grabsteine. Tildas junger Mann traf bei Sonnenuntergang ein. Er war ein geschmeidiger Junge mit einem dichten, flammendroten Haarbusch, und er hielt einen riesigen Strauß Gänseblümchen in seiner Hand.

»Zekiel Karl, Euer Ehren«, sagte er und streckte dem vermeintlichen Geistlichen freimütig seine andere Hand entgegen. »Ich komme ziemlich regelmäßig hierher, um Blumen auf das Grab meiner Großmutter zu legen, also wird sich vermutlich niemand über unsere Begegnung hier wundern.«

Dr. Krähe setzte sich auf seine Fersen – er hatte auf Knien und Ellbogen in dem langen grünen Gras gelegen und die Inschrift auf einem der Grabsteine untersucht – und legte seine wohlgepflegte Hand in Zekiels große, fleischige Handfläche. »Ich bin Euch zu Dank verpflichtet, daß Ihr einem Treffen zugestimmt habt.«

»Ich bin gewillt, mehr als das zu tun, Sir«, sagte der junge Farmer. »Wenn es Hochwürden gefällt, kann ich Euch mitnehmen, so daß Ihr die Hexen bei ihrem unheilvollen Werk beobachten könnt. Sie halten bei Vollmond stets einen Sabbat in der Scheune des alten Matt Woodruff ab, und wir haben bald Vollmond.«

Dr. Krähe hob seine wohlgeformte, dunkle Braue, denn das war in der Tat frei heraus gesprochen. Er erhob sich langsam, richtete die schmale Spitze an seinen Handgelenken, holte ein Taschentuch hervor und staubte sich die Knie seiner Hose ab. »Dann sind ihre Gewohnheiten und Versammlungsorte also bekannt? Und dennoch ist bislang nichts unternommen worden, sie vor Gericht zu bringen? Dieser Zwerg (wie ich aus dem Namen schließen muß), Matt Woodruff…?«

»Tot, Sir, dieses Jahr werden es zwanzig Jahre. Niemand lebt mehr drüben bei den Woodruffs. Er war kein richtiger Bauer (das sind diese Wichtel nie, sie haben anscheinend einfach kein Verhältnis dazu), und es heißt, daß er die Scheune gekauft hat, weil sie so einsam und verborgen gelegen war… wie man sich erzählt, war er ein schwarzer Hexenmeister.«

Beeindruckt senkte Zekiel seine Stimme. »Man sagt auch, daß sein Geist noch immer umhergeht, aber ich weiß nicht so recht. Wir wissen allerdings, daß sie sich dort treffen, Sir, aber zu welchem Zweck? Niemand kennt einen von ihnen – obgleich ich vermute, daß die meisten von uns so ihren Verdacht haben.«

»Und sich nicht trauen, Schritte gegen sie zu unternehmen«, meinte Dr. Krähe und lehnte sich gegen einen hochaufragenden Granitstein. »Wenn ich es recht verstehe, ist der Kreis groß – zwei- oder dreimal die üblichen dreizehn?«

»Ja, Sir, ich glaube schon, obgleich anscheinend niemand die genaue Größe kennt. Näheres Nachfragen bringt nichts, weil sie so zahlreich und so böswillig sind«, sagte Zekiel und stellte sich wieder auf die Fersen. »Ein Mann sagt oder tut etwas, was ihm einer von ihnen übelnimmt, und als nächstes erfährt er, daß seine Kühe keine Milch mehr geben und seine Schafe die Drehkrankheit haben und… manchmal auch noch Schlimmeres. Kinder sind gestorben, und niemand weiß so recht, was sie eigentlich hatten. Am schlimmsten von allem jedoch ist, daß es nicht immer die *Tat* eines Mannes ist, die sie aufstachelt – manchmal ruinieren sie die Leute einfach aus purer Böswilligkeit. Vielleicht wißt Ihr das nicht, Sir, da Ihr aus der Stadt kommt, aber ein Bauer oder Schäfer, der vom Land lebt... tötet man sein Getreide und sein Vieh, so ist dies das gleiche, wie wenn man ihn tötet, das ist kein Unterschied, außer, daß er dann langsamer stirbt. Und sobald einmal bekannt ist, daß sie eine Familie aufs Korn genommen haben, findet sich kaum jemand, der sich getraut, eine helfende Hand zu reichen.«

»Und die örtliche Behörde?« fragte Dr. Krähe. »Ist sie ebenfalls machtlos?«

Zekiel ballte die Hand zur Faust und ließ sie wieder los. »Vor drei Jahren, ehe die Hexen so kühn wurden, schickte der Magistrat drüben in Pfalz einige seiner Männer. Sie erwischten Hagen Jansen mit einer Wachspuppe voller Nadeln in seiner Tasche, und sie... sie versuchten, die Namen der übrigen Hexen aus ihm herauszuprügeln. Es hat aber nichts gebracht, und vielleicht ist dadurch alles noch schlimmer geworden. Auf Hagen lag ein Bannspruch, und er *konnte* die anderen nicht verraten, auch wenn die Konstabler ihn zu Tode gefoltert hätten. Schließlich hörten sie auf, ihn zu prügeln, brachten ihn vor Gericht und hängten ihn auf. Aber danach... diese Hexen haben sich richtig ins Zeug gelegt, und die Dinge sind seitdem nicht mehr dieselben. Wollt Ihr etwas unternehmen, Sir, das sie aufscheucht?«

Die Blumen in Zekiels Hand wurden welk, weil er sie mit riesigen Händen so fest drückte und quetschte. Offenbar hegte der junge Bauer einige Hintergedanken. »Tilda sagte, wenn Ihr Euch daranmacht, sie zur Strecke zu bringen, dann *werden* sie zur Strecke gebracht. Sie sagte, Ihr wiegt soviel wie diese ganze Bande. Sie sagte, Ihr könnt jeden Hexensabbat, jeden magischen Zirkel oder jede Geheimgesellschaft zerschlagen, die es je gab. Aber ich weiß nicht...«

»In der Vergangenheit hatte ich beträchtlichen Erfolg… und das bei fähigeren Hexen als bei Eurem hiesigen Zirkel. Dennoch bin ich auch kaum unfehlbar«, meinte Dr. Krähe, während er ein wenig über Tildas übertriebene Meinung bezüglich seiner Fähigkeiten lächelte. »Aber Erfolg oder Fehlschlag, ich werde absolut sicherstellen, daß keine meiner Handlungen wie das Werk eines sterblichen Agenten aussieht.

Ich beabsichtige«, fuhr Dr. Krähe fort, »die Furcht Gottes über Eure Hexen von Lüftmal zu bringen.«

Um Mitternacht waren Dr. Krähe und Zekiel Karl auf der Straße zu Woodruffs Hof. »Es wäre sinnvoll«, hatte der gute Doktor gesagt, »das Gelände im voraus zu erkunden und unser Vorgehen sorgfältig zu planen.« Sie gingen die Strecke zu Fuß, und Zekiel führte eine Blendlaterne bei sich – sie würden später Licht benötigen, wollten jedoch keine Aufmerksamkeit erregen, falls jemand auf der Straße an ihnen vorüberkam.

Der zunehmende Mond strahlte noch immer hoch am Himmel, als sie den verlassenen Hof erreichten. Die Scheune war ein robustes Gebäude, wettergegerbt zwar, stand jedoch stabil und gerade da, und ihre Bretter schimmerten silbern im Mondlicht. Die riesigen Flügeltüren waren verriegelt.

Dr. Krähe trat vor, um den Riegel zu heben, doch Zekiel hinderte ihn daran, indem er ihm eine Hand auf die Schulter legte. »Seht nach oben, Sir… dies ist für solche wie Ihr und ich kein Weg nach drinnen.«

Der angebliche Geistliche hob die Augen. Von einem Balken über der Tür hing etwas herab, das auf den ersten Blick wie ein schmutziger, zerrissener Stoffrest aussah; als Dr. Krähe zur Seite trat, um ihn sich mit dem Mond im Rücken anzusehen, entdeckte er, daß es sich um eine grob modellierte Puppe aus Lumpen ungewissen Geschlechts handelte, die wie ein Verbrecher am Galgen baumelte.

»Eine unangenehme Sache, das stimmt«, meinte Dr. Krähe, während er die Fetischpuppe stirnrunzelnd betrachtete. »Aber wir müssen ein so unbeholfen und grob gefertigtes Ding nicht fürchten. Es wäre in der Tat für mich ein Kinderspiel …«

Eine Bewegung des Unbehagens seitens seines Gefährten veranlaßte ihn dazu, sich umzudrehen. Das Mondlicht bleichte Zekiels rostrotes Haar strohfarben, aber es war nicht das Mondlicht, das seinem Gesicht jegliche Farbe entzog oder seine Züge zu einer Maske der Anspannung verzerrte.

»Ah, schön, wie Ihr sagt, wäre es vielleicht besser, nicht die Schicksalsgötter zu versuchen«, entschied Dr. Krähe. »Wir können morgen mit den geeigneten Werkzeugen zurückkehren und eines der Bretter lockern.«

»Hinter der Scheune ist ein lockeres Brett«, sagte Zekiel. »Tatsache ist, daß ich Euch deswegen hergebracht habe … Das Püppchen kannte ich bereits. Wenn Ihr mir nur folgen wollt, Sir, dann zeige ich Euch, was ich meine.«

Sie gingen hinter die Scheune, wo Zekiel fünf Bretter von der nordwestlichen Ecke abzählte. »Dies ist es.« Ein einzelner Pflock hielt das Brett, so daß er es drehen und sie durch einen schmalen Eingang die Scheune betreten konnten.

»Ich möchte nicht argwöhnisch erscheinen«, meinte Dr. Krähe, »aber woher kennt Ihr das hier?«

Zekiel ließ das Brett wieder fallen. »Habe ich Euch nicht gesagt, daß der alte Matt einen schlechten Ruf hatte … und daß einige Leute sagen, sein Geist gehe noch immer um? Viele Nächte lang haben meine Freunde und ich als Jungen in dieser Scheune verbracht, einfach in der Hoffnung, einen Blick auf Woodruffs Geist zu erhaschen.

Damals bestand keinerlei Grund, weswegen wir nicht durch die Tür hätten hereinkommen können«, fügte er mit einem verlegenen Grinsen hinzu, »aber sobald wir von diesem losen Brett wußten... es schien einfach irgendwie romantischer, auf dem ›geheimen Weg‹ hineinzugelangen.«

»Aber natürlich... das verstehe ich völlig«, meinte Dr. Krähe. Er hob das Brett an und schob sich durch die klaffende Lücke seitlich in die Scheune. Seiner schlanken Gestalt bereitete dies keine Mühe, aber für Zekiel wurde es ganz schön eng. Er hatte seit seinen Geisterjäger-Tagen deutlich zugelegt.

Sobald sie drinnen waren, drehte der junge Bauer die Metallabdeckung an seiner Laterne, so daß das Licht an der Seite herausdringen konnte. Er hielt sie in die Höhe und erleuchtete so das weite, leere Innere der Scheune. »Ich sehe keine Pferche, keine Getreidespeicher«, sagte Dr. Krähe.

»Vermutlich haben sie diese abgerissen, um Platz zu schaffen für... für das, was sie hier auch immer tun. Dann benutzten sie das Holz für ihr Feuer.« Zekiel wies auf einen großen Haufen geschwärzter Bretter in einer Art Feuerloch in der Mitte des Gebäudes. Er hob erneut seine Laterne. »Der Heuboden ist noch immer da... Hoffe, sie haben nicht die Leiter verbrannt.«

Auch eine längere Durchsuchung des Gebäudes brachte die Leiter nicht zum Vorschein. »Spielt keine Rolle«, meinte Dr. Krähe. »Ich kann in der Nacht zum Sabbat eine Strickleiter mitbringen und sie hinter mir hochziehen.«

Zekiel zuckte die Schultern. »Ich weiß nicht, Sir, ob ich eine finde. Wenigstens so eine mit Haken am Ende, wie Ihr sie vermutlich haben wollt.«

»Zerbrecht Euch nicht den Kopf darüber«, sagte Dr. Krähe. »Ich kann die Leiter mitbringen. Ihr wärt über die Vielzahl von Dingen überrascht, die ich in meinem Gepäck mit mir führe.«

Er hatte das Licht getragen, gab es jedoch Zekiel

zurück. »Ich habe genug gesehen. Dieser Ort bietet (obgleich Ihr das vielleicht nicht glaubt) eine Vielzahl von Möglichkeiten, ausreichend Spielraum für meine Talente. An besagtem Abend werde ich früh hiersein und meine Vorbereitungen treffen. Ihr könnt mitkommen, wenn Ihr mögt. Es wird sehr gefährlich werden, aber ich glaube, daß die von mir gebotene Unterhaltung das Risiko wohl wert ist.«

Während Dr, Krähe in den *Kohlkopf* zurückkehrte, ging Zekiel zurück zu seinem eigenen kleinen Hof. Die beiden darauffolgenden Tage verstrichen ruhig, und sie traten erst in der Nacht des Vollmonds wieder miteinander in Verbindung, als sie sich eine Stunde nach Sonnenuntergang in der Gastwirtschaft trafen.

Obgleich es eine schwüle Nacht war, trugen sie beide lange, dunkle, unauffällige Mäntel und hatten sich die Dreispitze tief in ihr Gesicht gezogen. Zekiel trug erneut die Blendlaterne, während Dr. Krähe eine Ledertasche mitführte, die an einen Arztkoffer erinnerte.

»Da drin habt Ihr eine Strickleiter mit Haken?« fragte Zekiel, während er die Ledertasche zweifelnd beäugte.

»Stimmt«, kam die leise Antwort. Bei einer zufälligen Bewegung öffnete sich der Mantel, und es zeigten sich die heller gefärbten Kleidungsstücke darunter. Aus irgendeinem Grund hatte ›Dr. Krähe‹ offenbar für die heutige Nacht die Gestalt eines Geistlichen abgelegt.

»Sie ist sehr leicht, aber außerordentlich stabil, denn sie wurde gewoben aus den Wurzeln eines Steins, dem Haar einer tugendhaften Frau, dem Schatten … aber ich spinne Garn. In Wahrheit wurde sie aus nichts davon gemacht – lediglich aus gewöhnlichem Hanf gewebt. Abgesehen davon habe ich sonst alles dabei, was wir vermutlich benötigen … die hier eingeschlossen.« Und er öffnete seinen Mantel und die Jacke und zeigte ein Paar Pistolen in einem Gurt um seine Hüfte.

Bis zu Woodruffs Hof brauchten sie etwa eine Stunde. Als sie die Scheune erreichten, waren die Tore noch immer verriegelt, doch Dr. Krähe bestand auf einer heimlichen Umrundung des Gebäudes, nur um sicherzustellen, daß er und Zekiel die ersten waren. Dann betraten sie die Scheune wieder durch das lokkere Brett auf der Rückseite.

Zekiel zündete die Laterne an, setzte sie auf den Fußboden und öffnete seinen Mantel. »Ich sollte Euch vielleicht sagen, daß ich auch eine Pistole mitgebracht habe.«

»Nichts anderes habe ich erwartet«, erwiderte Dr. Krähe. Sein Gesicht wirkte im Licht der Laterne untypisch grimmig. Er öffnete die Tasche und holte einen kleinen Tontopf hervor, der mit einer dünnen Haut aus Leder bedeckt war. »Der hier enthält Sprengstoff.«

Dann nahm er einen weiteren Gegenstand heraus, etwa von der Größe und Gestalt eines Granatapfels. »Dies ist gleichfalls ein Apparat, um ein Feuer zu entfachen… eine Art Granate. Ihr seid ein großer Mann, wirkt jedoch beweglich. Daher vermute ich, daß Ihr ein genaues Auge und einen guten Wurfarm habt. Ja? Dann seid bitte so nett und nehmt diesen Apparat in Eure Obhut und werft ihn bei passender Gelegenheit in das Feuer der Hexen.«

»Ja, Sir«, sagte Zekiel und nahm den Sprengstoff zaghaft entgegen. »Aber wie werde ich wissen, wann der passende Augenblick gekommen ist?«

»Ihr habt Euch als Mann von einigem Witz und einiger Vorstellungskraft erwiesen«, meinte Dr. Krähe. »Ich glaube, Ihr werdet den passenden Augenblick erkennen, wenn er kommt.«

Er kniete neben der Feuergrube nieder, entfernte einige der geschwärzten Bretter und kratzte die Asche darunter beiseite. Er holte eine Kelle aus seiner Tasche, grub ein Loch und versenkte den geschlossenen Topf etwa zwanzig Zentimeter tief. Dann legte er das Holz und die Asche wieder so darauf, daß alles unangetastet wirkte.

Er erhob sich und staubte sich die Hände ab. »Es wird allmählich spät. Wir steigen besser zum Heuboden hinauf.«

Mit Hilfe der ›ungewöhnlichen‹ Strickleiter erkletterten sie den Heuboden. Dr. Krähe zog die Leiter hinter sich hoch und verstaute sie zusammen mit der Tasche in einer Ecke. Dann nahm er die Laterne und untersuchte minutenlang den Fußboden, bis er einen großen Spalt im Holz entdeckte, der für ihn und seinen Gefährten breit genug war – wenn sie sich auf den Boden knieten und die Köpfe senkten –, daß sie den größten Teil des Scheunenbodens darunter überblicken konnten.

Unmöglich zu sagen, wie lange sie in der Dunkelheit ausharren mußten, ehe sie Stimmen und Geräusche hörten, die verrieten, daß am Riegel vor dem Scheunentor hantiert wurde. Die Hexen von Lüftmal hatten nichts Heimlichtuerisches. Diejenigen, welche als erste eintrafen, sprachen mit lauten, leicht angeheiterten Stimmen, als hätten sie sich gerade mit gewöhnlichen, geistigen Getränken für ihre Begegnung mit dem Übernatürlichen gestärkt.

Das Quietschen der Türangel und ein frischer Luftzug kündigten das Öffnen der Tore an; es folgte das Geflacker von Fackeln, und zwei Männer und drei Frauen betraten, in Kapuzenmäntel gekleidet, die Scheune. Sobald sie sich im Innern befanden, warfen sie die Kapuzen zurück.

Oben im Heuboden vernahm Dr. Krähe, wie Zekiel jäh und scharf die Luft einzog, als hätte er jemanden wiedererkannt und eine unangenehme Überraschung erlebt.

Einer der Männer trug einen Armvoll dürres Holz herbei, das er nach und nach auf die Überreste des vorherigen Feuers legte. Er trat zurück und gestattete dem anderen Mann, den Scheiterhaufen mit der Fackel zu entzünden.

Als nächste traf eine alte Dame mit einem schwarzen Schal und einem schmutzigen gelben Kleid ein, eine häßliche, hinkende alte Frau mit verzerrtem Mund und schwabbelnden Brüsten. Unter dem Schal zog sie ein dickes, in zerbröselndes schwarzes Leder eingebundenes Buch hervor.

»Das wird das Buch sein, in das die neuen Mitglieder des Zirkels ihre Namen schreiben müssen«, flüsterte Dr. Krähe. Die Hexen unten vollführten jetzt einen derartigen Lärm, daß er und Zekiel ruhig laut miteinander hätten sprechen können, ohne die Gefahr der Entdekkung eingehen zu müssen, aber der Geistliche blieb vorsichtig. »Dieser Akt bindet sie, wie es kein gesprochener Eid tun könnte. In Thornburg gibt es viele arme Männer, die sich ihren Lebensunterhalt nicht verdienen können, weil sie Analphabeten sind. Sie würden für eben dieses Können den Arm hingeben, womit Eure Nachbarn, die das Glück hatten, daß sich ein ehrbarer Landpastor um sie gekümmert hatte, ihre erbärmlichen Seelen fortwerfen.«

Zekiel nickte grimmig. »Herr Ulfson ... es würde ihm wohl das Herz brechen, wenn er einige der Namen in diesem Schwarzbuch kennen würde.«

Fortwährend trafen Mitglieder des Zirkels ein: eine Frau und vier Männer; und unmittelbar nach ihnen ein Mädchen mit lieblichem Gesicht, Hand in Hand mit einem gutaussehenden, großspurig auftretenden jungen Mann. »Isabel Winkleriss! Ich wußte, daß sie unter dem Schurken Martin Bergen zu leiden hatte, aber ich hätte nie gedacht, daß er sie zu etwas derart Bösen verleitet hätte!«

Etwa ein Dutzend weitere Personen kamen herein, und dann schloß einer der Männer die Tore.

»Ich zähle sechsundzwanzig ... etwas weniger, als ich befürchtet hatte«, meinte Dr. Krähe.

Zekiel schüttelte traurig den Kopf. »Weniger, als ich vermutet hatte. Aber die meisten davon hätte ich nie in Verdacht gehabt. Die alte Großmutter Hügel (das ist die schmutzige alte Hexe), die überrascht mich nicht – was jedoch einige der anderen angeht ...«

»Es ist möglich«, sagte Dr. Krähe, »daß einige nur hier sind, weil sie sich innerhalb des Zirkels sicherer fühlen als außerhalb.

Aber ruhig!« fuhr er fort. »Ich glaube, sie wollen anfangen.«

Die Hexen lärmten weiter wie bisher, aber der gute Doktor wollte seine volle Aufmerksamkeit auf die Szenerie dort unten richten. Mehrere der Frauen trugen Körbe oder verdeckte hölzerne Eimer, die sie jetzt öffneten. Aus den Körben kamen Hühner und Kaninchen, welche der Zirkel nach und nach in einer Reihe von derart unanständigen und blutigen Ritualen opferte, daß sie den armen Zekiel bis in das Innerste seines ehrbaren Wesens schockierten. Dr. Krähe jedoch sah leidenschaftslos zu.

Nachdem die Zeremonien und Opferungen beendet waren, griff Großmutter Hügel unter ihre zerlumpten Röcke und zog ein langes, dünnes Gebilde wie eine Spindel hervor. Es schimmerte im Feuerschein leicht gelblich, wie das Stück eines wohlpolierten Knochens oder Elfenbeins.

»Ein Mittler«, zischte Dr. Krähe. »Das erklärt zumindest teilweise die Plünderungen auf Eurem Friedhof.« Er wußte bereits etwas über diese Spindeln: Daß sie üblicherweise aus einem Arm- oder Beinknochen geschnitzt wurden und sich (denn der Mittler besaß eine Art eigenes, unnatürliches Leben) vom Blut der Hexe nährten, das sie aus einer Beule, nicht unähnlich einer Brustwarze, im Oberschenkel der Hexe sogen. »Wenn einige Eurer ehrbarsten Nachbarn Taschen voller Wolle in ihren Scheunen aufbewahren …«

Während Zekiel und Dr. Krähe weiter zuschauten, setzte die alte Frau das Knochenstück mit der Spitze nach unten auf eine Stelle, wo die Erde besonders hart und glatt war. Sie drehte es, als wäre es ein Kreisel, zog daraufhin ihre Hand zurück und hockte sich auf die Fersen, um dem Mittler bei seinem Werk zuzusehen.

Er drehte sich weiter, weitaus rascher als ein Kreisel… und immer noch rascher und rascher… mit einem lauten, unangenehmen Summton, der äußerst schrecklich anzuhören war. Die Luft rund um den Mittler begann zu schimmern und zu glänzen, wie durch eine Störung im Material des Seins. Und dann, ganz jäh, füllte sich die Spindel mit einem dicken, cremefarbenen Faden… sie sog ihn unmittelbar aus der Luft, bis der Mittler so voll war, daß er das Gleichgewicht verlor und aufgrund seines Eigengewichts umkippte.

Völlig gleichmütig hob die alte Hexe die Spindel auf und wickelte die Wolle ab. Eine andere Frau holte einen großen Stoffsack hervor, in den sie das gestohlene Garn so rasch hineinstopfte, wie Großmutter Hügel es von der Spindel abwickeln konnte.

Nachdem das ganze Garn im Sack verstaut war, begann der Vorgang erneut. Der Mittler drehte und drehte sich und transportierte auf magische Weise die Wolle. Er kippte um, die alte Hexe streifte das Garn ab, und dann spann er weiter.

Inzwischen waren einige der anderen Hexen anderswo eifrig am Werk. Eine von ihnen, ein Mann mit brauner Haut und saurem Gesicht –, den Dr. Krähe unschwer als einen der beiden Bauern wiedererkannte, deren Gespräch er in der Gaststätte mitbekommen hatte –, holte ein langes Messer aus seinem Gürtel und schleuderte es in die Nordwand der Scheune. Er sprach einige gutturale Worte und vollführte einige magische

Striche über das Messer. Dann hob er einen Eimer auf und hielt ihn unter das Messer. Ein dünner Strom Milch kam aus dem Loch in der Wand und floß in den Eimer. Nachdem der Eimer gefüllt war, setzte ihn der Bauer ab, und eine Frau brachte ihm einen weiteren.

»Morgen früh wird eine der Kühe Eures Nachbarn, die normalerweise gut Milch gibt, ungewöhnlich schlecht Milch geben«, meinte Dr. Krähe. »Möglicherweise ist ihr Euter entzündet, denn der Vorgang war nicht gerade sanft.«

Weiterhin strömte Milch in den zweiten Eimer, bis dieser gleichfalls überfloß. Als der Bauer diesmal jedoch den Eimer wegzog, brachte niemand einen neuen. Mehrere Minuten lang floß der Milchstrom weiter und tränkte den Boden. Dann wurde er scharlachrot, wie frisch fließendes Blut.

»Sie wollen die Kuh töten«, sagte Dr. Krähe. »Keine Bange, Zekiel, wir werden bald eingreifen.«

23. Kapitel

Welches in seinem Wesen bedauerlicherweise äußerst gewalttätig ist

»Ich glaube«, sagte Dr. Krähe, »daß wir alles Notwendige gesehen haben.« Er stand auf, zog sich den Mantel aus und setzte den Hut ab. Er hatte den Mantel noch nicht ganz abgelegt, da flogen die Scheunentore abrupt auf, und ein kühler Luftzug strich herein. Dr. Krähe bückte sich wieder.

»Seht!« rief Großmutter Hügel. »Unser Herr und Meister kommt, an unserem Gelage teilzunehmen!« Auf der Stelle ließen die anderen Hexen alles stehen und liegen, womit sie gerade beschäftigt waren, und stellten sich mit dem Gesicht zum Tor aufgeregt in einem Halbkreis auf.

Eine hochgewachsene, elegante Gestalt in einem Mantel aus purpurnem Samt mit vielen Goldlitzen an den breiten Ärmelstulpen schritt in die Scheune. Sie hatte ihren gefiederten Dreispitz tief ins Gesicht gezogen, so daß es unmöglich war (wenigstens vom Heubodens aus), ihre Züge zu erkennen.

Zekiel hielt die Luft an. »Es ist der Teufel … der alte Mephistopheles in Person«, zischte er Dr. Krähe ins Ohr.

»Ich glaube kaum«, kam die geflüsterte Antwort. »Weder der Prinz der Dunkelheit noch irgendein anderer Dämon der Erde … warum sollte er sonst durch die Tür kommen müssen?«

Mit lustloser Würde schritt der Neuankömmling heran, wobei er wie zum Segen die Hände in den schwarzen Handschuhen hob. Großmutter Hügel warf sich ihm vor die Füße. »Gib uns ein Zeichen… vollführe ein Wunder!«

Als Antwort streifte die Gestalt in Rot schwungvoll einen Handschuh ab… aber unter dem Handschuh kam keine Hand – sondern eine schuppige gelbe *Klaue* mit hakenförmigen Krallen zum Vorschein.

Jetzt war es an Dr. Krähe, den Atem anzuhalten. »Ein Troll! Das erklärt, weswegen frische Leichname von Eurem Kirchhof verschwinden. Aber ich hätte niemals erwartet, so weit südlich einen Troll anzutreffen.«

»Ein Troll?« echote Zekiel. »Aber wie ich hörte, sind sie stets häßlich und mißgebildet… Das heißt…«

»Einige sind auffälliger mißgestaltet als andere«, erwiderte Dr. Krähen direkt in Zekiels Ohr. »Viele haben nur eine einzige Deformität, die sie verstecken oder verbergen können. Daß er die seine enthüllt, legt nahe, daß er diese armen, irregeleiteten Narren dort unten ungewöhnlich fest im Griff hat.«

Nachdem die alte Frau sich einige Zeit im Schmutz gesuhlt hatte – und den Fluch oder Segen, den der Troll erteilte, erhalten hatte –, stand sie auf und watschelte zu den anderen hinüber. Jemand holte einen Silberkelch hervor, und jemand anders eine lange, scharfe Nadel.

Der Becher und die Nadel gingen langsam von Hand zu Hand. Jedes Mitglied des Zirkels stach sich mit der Nadel in eine Vene am Handgelenk und fing mit dem Kelch den jähen, unnatürlichen Schwall Blutes auf.

Als der Becher gefüllt war, reichte ihn Großmutter Hügel dem wartenden Troll. »Bezahlung für gezeigte Vergünstigungen«, krächzte das alte Weib.

Der Troll gab keine Antwort, sondern nahm den Stiel des Bechers zwischen die Krallen, hob ihn hoch und trank das Blut in einem einzigen Zug. Dann hielt er Großmutter Hügel den Kelch entgegen. »Das ist nicht genug. Ich fordere mehr.«

Bei seinen Worten begannen mehrere der Frauen zu zittern. Der Troll hob seine Klaue und zeigte auf eine der attraktiveren Frauen. »Diese da!« sagte er.

Mit schwankendem Schritt und verdrehten Augen, als würde es gleich in Ohnmacht fallen, trat das auserwählte Opfer vor.

Jetzt aber war Dr. Krähe zum Eingreifen bereit. Er zog seine Weste aus und erhob sich in seinem langärmeligen Hemd und der Kniehose. Ein großes, metallenes Medaillon, das an einer Silberkette herabbaumelte, glitzerte auf seiner Brust. Er schlüpfte mit der Hand in seinen linken Ärmel und zog einen Dolch aus einer verborgenen Scheide. »Kommt mit mir zum Rand des Heubodens, Zekiel, bleibt jedoch ein wenig zurück. Sie werden Euch wahrscheinlich nicht bemerken, wenn man die Ablenkung bedenkt, die ich verursachen werde.«

Er näherte sich dem Rand des Heubodens, wobei die eine Hand den Dolch und die andere das Medaillon umklammert hielt. Nach einem Augenblick des Zögerns folgte ihm Zekiel mit der Granate.

Unten am Boden waren alle wie hypnotisiert von dem Drama, das sich zwischen der Frau und dem Troll abspielte. Oben auf dem Heuboden war Zekiel gleichermaßen wie hypnotisiert von der überraschenden Veränderung, die mit seinem Gefährten geschah.

Vor den erstaunten Augen des jungen Bauern schien sich Dr. Krähes schlanke Gestalt zu verändern und zu wachsen … sie wurde größer … strahlender … so strahlend, daß das Licht Zekiel blendete. Dr. Krähe war verschwunden – an seiner Statt stand eine leuchtende Gestalt in einer Kleidung aus Licht, und die Gestalt reichte vom Fußboden der Scheune bis hinauf unter das Dach. Wo Dr. Krähe einen Dolch bei sich gehabt hatte, da schwenkte sein riesenhaftes Gegenstück ein furchterregendes, edelsteinbesetztes Schwert.

Der jähe Sturm aus Licht und Hitze zog schließlich die Aufmerksamkeit der Hexen auf sich... dies und das donnernde Schlagen mächtiger, regenbogenfarbener Schwingen. Großmutter Hügel keuchte und stolperte auf das Feuer zu. Alle Frauen (und die meisten Männer) kreischten entsetzt auf. Dann fielen die Leute in jämmerlicher Unterwerfung auf die Knie. Nur der Troll blieb stehen.

Der strahlende Martos, das rächende Schicksal, schwang drohend sein schimmerndes Schwert. »Bereuet, Ihr, die Ihr den Unschuldigen Unrecht zufügt!« brüllte er mit tiefer Stimme, wie ein Sturm, wie Donner und Blitz, wie die Wut des Windes in einer wilden Nacht. »Bereuet, Ihr, die Ihr Euren Nachbarn Unrecht zufügt!«

Da spürte Zekiel, daß in der Tat der passende Augenblick gekommen war, und er warf die Granate ins Feuer.

Ein greller Blitz und eine laute Explosion, denen einen Augenblick später ein zweiter, heftigerer Feuerstoß folgte, als der Feuertopf in der Erde gezündet hatte. Dieser zweite Stoß schleuderte viele der Hexen in die Luft. Das Klatschen, mit dem sie zur Erde zurückkehrten, war übelkeiterregend. Einige von ihnen rührten sich nicht mehr.

Kreischend und schreiend standen alle, die es noch konnten wieder auf, und rannten zur Scheune hinaus. Der Troll – dessen eleganter purpurner Samt vom Feuerstoß geschwärzt worden war – führte den Zug an.

Dann fing die Scheune Feuer, doch der mächtige Martos deutete mit dem Schwert auf das Feuer und sprach eine Formel, die die Flammen auf der Stelle erlöschen ließ.

Dr. Krähe saß am Rand des Heubodens und ließ seine Beine baumeln. Im Licht von Zekiels aufgeblendeter Laterne sah er ebenso krank wie erschöpft aus.

»Starrt mich nicht so an, mein guter Zekiel, ich flehe Euch an!« sagte er. »Ich bin nicht die Inkarnation des großen Martos. Es war eine Illusion, nichts weiter.«

Zekiel grinste dümmlich. »Es war eine verdammt beeindruckende Illusion, soviel ist mal sicher. Habt gesagt, Ihr würdet diese Bande die Furcht Gottes lehren, und genau das habt Ihr getan.«

Er brachte die Tasche und die Strickleiter zum Rand. Er wollte gerade die Haken anbringen und die Leiter hinabwerfen, hielt dann jedoch inne. »Wenn wir die Leiter benutzen, können wir sie nicht mitnehmen. Wenn wir sie zurücklassen …«

»Wenn wir sie zurücklassen, wird die ganze ausgeklügelte Illusion zu nichts werden«, meinte Dr. Krähe. »Wenn Dämonen der Erde nicht durch die Türe eintreten, so dürfen geflügelte Schicksalsgötter auch keine Strickleitern benutzen. Nun, die Höhe ist schließlich nicht allzu groß … Wenn wir uns mit den Händen an der Kante festhalten, können wir uns ohne weiteren Schaden hinabfallen lassen.«

Zekiel beäugte seinen Gefährten zweifelnd. »Entschuldigt, bitte, Sir, aber Ihr seht ziemlich fertig aus. Meint Ihr wirklich, das könnten wir hinbekommen? Warum benutzt nicht *Ihr* die Leiter? Ich kann sie Euch hinterherwerfen und mich selbst dann hinabfallen lassen.«

»Ja, wenn Ihr wollt«, meinte Dr. Krähe. »Das wäre zweifelsohne am besten.«

Sie folgten diesem Plan und erreichten beide unverletzt den Scheunenboden. »Ich vermute«, sagte Dr. Krähe, »daß wir uns um die Körper kümmern müssen – einer davon ist vielleicht noch am Leben.«

Er beugte sich herab, um den ersten Körper zu untersuchen. »Großmutter Hügel – es freut mich, sie zu den Toten rechnen zu können.« Der Leichnam des alten

Weibs bildete ein einziges Wirrwarr aus Armen und Beinen. Er lag in einer Lache ihres eigenen Bluts.

»Isabel Winkleriss ... das bedaure ich«, sagte er, über den nächsten Körper gebeugt. »Und ihr Bräutigam, Martin Bergen ... darüber werde ich nachdenken müssen.«

Da die Notwendigkeit des Handelns vorüber war, durchlief er eine rasche Folge von Veränderungen seiner Identität. Aus einem Bürgerwehr-Söldner wurde ein Mann des Mitleids und der Reue – er hatte nicht leichtfertig gesprochen, als er Tilda versichert hatte, daß er sich eher seines Namens erinnern konnte als daran, wer und was er war. Einer der weniger angenehmen Züge seiner chamäleonähnlichen Natur war die Tendenz auf seiten seiner eher erbarmungsloseren Persönlichkeiten, einen hastigen Rückzug anzutreten, nachdem sie ihre schmutzige Arbeit erledigt hatten, und es einem der sanfteren Geister zu überlassen, die Konsequenzen zu tragen.

Er drehte den Leichnam eines altes Mannes um. Ihm war das gesamte Kopfhaar weggesengt worden, und das Gesicht war pechschwarz.

»Rudolf Bormann ...«, meinte Zekiel. »Er war ein schlechter Mann – schlug seine Frau und ließ seine Kinder verhungern. Obwohl, ich sag Euch was: Es tut mir unendlich leid, daß wir den Troll nicht erwischt haben.«

»Mir auch«, erwiderte Dr. Krähe. »Denn ich habe das bestimmte Gefühl, daß er für vieles, was wir hier sahen, verantwortlich war. Weitaus öfter, als das Gegenteil der Fall ist, kommen diese Zirkel niemals über die Ebene hinaus, wo sie anderen kleinere Schäden zufügen – einige davon wenden ihre Magie tatsächlich zum Nutzen ihrer Nachbarschaft an –, aber wenn ein kenntnisreicher Gentleman-Troll im Spiel ist, der sie in den dunkleren, mächtigeren Magien unterweisen kann ...«

»Aber warum?« fragte Zekiel. »Warum wollte er sie aufstacheln? Warum hat er sie dazu gebracht, ihre Freunde und Nachbarn zu berauben und zu quälen?«

»Um Macht über sie zu gewinnen«, erwiderte Dr. Krähe. »Um dadurch Macht zu gewinnen, daß er scheinbar Macht verlieh.

Es ist eine merkwürdige Rasse«, fuhr er überlegend fort, »und ihr Ursprung ist ein Geheimnis, denn keine der alten Schriften gibt Auskunft über die Erschaffung der Neun Mächte. Einige glauben, es handle sich um eine Mischrasse... andere, daß es die Nachkommen von Menschen sind, die sich durch ihre eigene böse Magie verändert haben.«

Er ging zu dem silbernen Kelch und hob ihn auf. »Wenn dies so ist, dann sind sie Kannibalen... aber sehr merkwürdige Kannibalen. An nichts finden sie so sehr gefallen wie an Menschenfleisch, aber was das Trinken betrifft... vor allem anderen bevorzugen die männlichen Trolle das Blut lebendiger Jungfrauen. Wenn darüber hinaus das Blut, das ein männlicher Troll trinkt, von einem Mädchen stammt, das durch eine besondere Art der Hochzeit an ihn gefesselt ist, so heißt es, daß der Troll besonderen Nutzen für sich daraus zieht. Vielleicht ein Troll-Aberglaube, dennoch glaube ich fest daran. Der männliche Troll unternimmt oftmals gewaltige Schritte, um ein Mädchen zu finden und es zur Heirat zu überreden... üblicherweise eine Melkerin oder eine Schäferin: ein großes, gesundes Landmädchen mit starker Lebenskraft. Ein ungebundener Troll kann jedoch, wie wir gesehen haben, gleichermaßen gut vom Blut leben, das er anderweitig erhielt... und natürlich vom Fleisch der kürzlich Verschiedenen.«

Zekiel schüttelte den Kopf. »Ist nicht sehr wahrscheinlich, daß er genügend Fleisch an den Knochen eines Bettlers findet... Ist nicht sehr wahrscheinlich, daß das bißchen, was er da findet, gut schmeckt.«

»Aber Arme werden ohne Silber und Gold begraben, welche das Grab weihen«, meinte Dr. Krähe.

Er beugte sich herab und hob Großmutter Hügels Schwarzes Buch auf. Der Einband war an den Kanten angesengt, aber ansonsten war es unbeschädigt. Er öffnete das Buch und blätterte die Seiten durch; Zekiel trat hinter ihn und spähte ihm über die Schulter.

Obgleich der größte Teil des Buchs aus leeren Seiten bestand, enthielt es dennoch bei weitem mehr Namen, als sie beide erwartet hatten. Die ersten Namen – mit so alter Tinte geschrieben, daß sie bräunlich verfärbt war – lauteten Matthias Woodruff, Rebekka Hügel und Rudolf Bormann.

Stirnrunzelnd schüttelte Dr. Krähe den Kopf. »Dann ist der Zirkel anscheinend älter, als wir erwartet hatten. Zu Beginn keine weißen Hexen, das stimmt, aber vielleicht vergleichsweise harmlos und verstohlen in ihren Aktivitäten, bis sie unter den Einfluß des Trolls gerieten.«

Nach weiteren Seiten wirkte die Tinte frischer. Zekiel las die Namen mit immer größerem Entsetzen. »Anscheinend ist die Hälfte der Familien zwischen hier und Pfalz mit diesem Dreck besudelt. Einige dieser Leute sind tot… verhungert durch den Einfluß der Hexen oder Opfer ihres bösen Blicks. Zumindest haben wir anderen das geglaubt.«

»Vielleicht waren sie in gewissem Sinne Opfer«, meinte Dr. Krähen. »Es ist leicht, in diese Dinge hineingezogen zu werden, wie ich ganz genau weiß, aber schwierig, wieder herauszukommen. Bei den meisten Geheimgesellschaften ist der Tod die Strafe für mangelnde Loyalität.«

Er studierte das Buch noch weitere Minuten. »Wäre ich ein hartherziger Mann, würde ich das Buch gleich dem Magistrat in Pfalz übergeben. Aber was Ihr mir gesagt habt, und was ich gesehen habe, überzeugt mich, daß es hier nicht mehr kriminelle *Schwäche* gibt als echte Kriminalität – und daher bin ich geneigt, mich gnädig zu zeigen.«

Er riß die letzten drei beschriebenen Seiten heraus. »Die frühen Namen sind die Namen der Schuldigsten; jene, die noch leben, sollen die volle Strafe des Gesetzes erleiden. Großmutter Hügel und Rudolf Bormann waren zweifelsohne die Anführer, aber sie sind tot. Was die Namen auf den späteren Seiten betrifft: Die heute nacht durchlebte Furcht bringt sie vielleicht dazu, einen anderen Weg einzuschlagen. Diese Chance sollte ich ihnen lassen … leben und hart arbeiten, um ihre Sünden zu sühnen, wie ich – wie andere schon zuvor. Aber wenn sie es nicht tun …«

Er überreichte Zekiel die herausgerissenen Seiten. »Ich vertraue Euch diese Seiten an. Vergrabt sie an einem sicheren Ort – vielleicht im Grab Eurer Großmutter –, oder versteckt sie in der Kirche, denn es ist gefährlich, sie bei Euch zu behalten. Beobachtet das Verhalten Eurer Nachbarn … Wenn Ihr Grund zum Verdacht habt, daß auch nur ein einziger Fall von schwarzer Hexerei in der Nachbarschaft vorkommt, so übergebt die Blätter dem Magistrat in Pfalz. Ich kann mich da wohl auf Euch verlassen … Ihr werdet doch nicht, um alter Freundschaften willen, schwach werden?«

»Nein, Sir, ich werde nicht schwach«, erwiderte Zekiel mit zusammengebissenen Zähnen. »Ich muß hier leben, nicht wahr? Ich werde Tilda heiraten und eine Familie gründen, und ich will verdammt sein, wenn ich nicht alles in meiner Macht stehende unternehme, daß dies hier ein sicherer Ort zum Leben wird!«

»Sehr gut«, meinte Dr. Krähe, schlug das Buch zu und steckte es in irgendeine Innentasche seines Mantels. »Ich bin zufrieden, die Sache in Euren fähigen Händen zu wissen.«

24. Kapitel

In welchem Jedidiah seine Bekanntschaft zu Herrn Batsch vertieft

Die gesamte Jahreszeit des Reifens hindurch arbeitete Jedidiah hart, sowohl in der Buchhaltung als auch an den anderen neuen Aufgaben, die ihm Meister Ule überantwortet hatte. Er war entschlossen, soviel wie möglich vom Glashandwerk zu erlernen, um dem guten, alten Zwerg bei der Erweiterung seines Geschäfts zu helfen (soweit das menschenmöglich war) und hierdurch das Vertrauen seines Wohltäters zu rechtfertigen.

Daß Meister Ule mit seinem Fortschritt zufrieden war, daß er jetzt ein wichtiger Teil des Unternehmens war, daran hatte Jed keinerlei Zweifel. Der Zwerg war großzügig mit seinem Lob, und er zeigte seine Anerkennung ebensosehr auf andere Weise. Mehrere Abende im Herrenhaus der Ules führten Jed in die Zwergengesellschaft ein, wo er sich rasch beliebt machte, denn die Zwerge schätzten Eifer sowie ehrliche Anstrengung und erkannten und ermutigten rasch solche Tugenden, wo immer sie sie auch vorfanden. Bald erhielt Jedidiah nicht nur Einladungen von den Ules und Eulenfeders, sondern von allen besten Zwergenfamilien. Zusätzlich speiste er zweimal mit Hermes Batsch, dem Lehrer bei den Eulenfeders.

So war es also keine Überraschung, daß Jed gegen Ende der Jahreszeit am Ende eines Tages aufblickte und den großen, würdevollen Lehrer vor sich stehen sah, der mit ihm sprechen wollte.

»Herr Braun, Euch zu Diensten!« Herr Batsch verbeugte sich tief. »Ich fragte mich, ob ich heute abend vielleicht die Ehre Eurer Gesellschaft haben könnte? Ich bin auf dem Weg zur *Katze und Krone,* einem ausgezeichneten Steakhaus, und ich überlegte, ob Ihr mich vielleicht begleiten wollt?«

Jed erhob sich und erwiderte die Verbeugung. Diese freundlichen Aufmerksamkeiten durch einen Mann von so überlegener Erziehung schmeichelten ihm, doch er wußte, daß die Mittel des Lehrers beinahe ebenso beschränkt waren wie seine eigenen. »Herr Batsch, ich bin Euch zu Dank verpflichtet. Aber ich würde lieber... das heißt... Ich bitte Euch um die Erlaubnis, Gastgeber sein zu dürfen. Es ist nur ein Schritt zu meiner neuen Wohnung. Laßt mich das Abendessen und eine Flasche Wein besorgen; ich würde dies als eine Freundlichkeit Eurerseits erachten.«

»Wie es Euch beliebt«, erwiderte Batsch und setzte seinen Hut wieder auf.

Jed schloß sein Tintenfaß und säuberte die Feder. Er schlüpfte in seinen Mantel und nahm den Hut. Er verabschiedete sich von Polydor Figg, der gleichfalls seinen Schreibtisch aufräumte, und folgte dem Lehrer auf die Straße hinaus.

Der Tag war heiß gewesen, aber der Abend war nebelig; sie traten aus der Tür in einen kühlen, wirbelnden Dunst. Jed griff in seine Manteltasche und zog ein Wolltuch hervor, das er sich um den Hals schlang. Sein Gefährte holte gleichfalls einen langen Schal und ein Paar weiße Handschuhe heraus.

»Ich überlege, Herr Braun«, sagte Batsch, während sie zum Steakhaus gingen, »wieviel wißt Ihr... über die Ziele und Aktivitäten der Glasmacherloge?«

Aha, das war's also, dachte Jed, die Sache, vor der ihn Onkel Caleb immer wieder gewarnt hatte. »Sie sind wegen Informationen hinter dir her... merke dir meine Worte... sie werden dich bitten, ihnen beizutreten, und hoffen, daß du plauderst... Vertraue ihnen nicht, mein Junge, erzähle ihnen nichts!« Doch Jed vermochte nicht so ganz daran zu glauben, daß entweder in Herrn Batsch' Frage oder in seinen Motiven ein finsterer Hintergedanke lag.

»Ich weiß... ich weiß, daß einige von ihnen an mehr als nur an der Glasherstellung interessiert sind«, erwiderte er langsam. »Ich hörte von Zeremonien... und Ritualen... und geheimen Schwüren. Vermutlich weiß jedermann viel darüber.«

»In der Tat«, sagte Hermes Batsch, der aufrecht und würdevoll neben ihm einherschritt – und ganz und gar nicht wie ein Mann aussah, der mit dunklen Geheimnissen und noch dunkleren Taten vertraut war. »Und dennoch hätte ich gedacht, daß der Großneffe von Caleb Braun beträchtlich mehr wissen würde.«

Jed sog einen Mundvoll neblige Luft ein und stieß sie langsam wieder aus. »Anscheinend habe ich Euch überrascht, Herr Braun – ist das so?« fragte Batsch. »Aber Ihr erwähnt Euren Großonkel häufig, und auch Jenk, den Buchhändler... Ihr unternehmt keinen Versuch, Eure Verbindung zu beiden zu verbergen, obgleich Ihr sicherlich wißt, daß beide Namen die Aufmerksamkeit der Mitglieder in der Gilde auf sich ziehen müssen.

Niemand möchte Euch in eine unangenehme Lage bringen oder Euch dazu drängen, etwas gegen Euren Willen zu tun«, sagte der Lehrer. »In der Tat war es nur die Furcht unsererseits vor... ich glaube, Neid wäre ein zu starker Ausdruck, denn beide Seiten haben einander niemals Schaden zugefügt, soweit ich es sehe... einigen Vorurteilen gegen die Loge auf seiten Eures Großonkels, die er an Euch weitergereicht haben mag... Zum Teil deswegen haben wir so lange damit gezögert, an Euch heranzutreten.«

Sie erreichten eine Ecke und bogen in eine andere,

schmalere Straße ein. Die Lampen hier standen weiter auseinander, der Dunst war dichter. Jed fiel es schwer, das Gesicht seines Begleiters zu erkennen.

»Mir scheint es merkwürdig«, sagte Jedidiah, »daß Ihr überhaupt an mich herantreten wollt. Angenommen natürlich, daß dies alles auf eine Einladung an mich hinausläuft, der Loge beizutreten. Wer bin ich denn, daß Ihr mich haben wollt, wenn Ihr mir die Frage gestattet?«

»Natürlich ist diese Frage erlaubt«, meinte Herr Batsch. »Ich hätte in der Tat nichts anderes erwartet. Weil Ihr nämlich recht habt: Unsere Geheimnisse sind nicht für jedermann. Die Suche nach Wissen, insbesondere die Suche nach okkultem Wissen, birgt viele Risiken. Diese Risiken vergrößern sich, wenn der Sucher leichtfertig oder dumm ist, also sind wir bei der Auswahl unserer Kandidaten überaus eigen. Ich möchte hinzufügen«, sagte Batsch, »daß viele Männer das ganze Leben lang in Glasmacherhäusern dienten und niemals eingeladen wurden, dem ... dem spekulativen Zweig der Loge beizutreten.

Und was die Frage betrifft, weswegen wir ein Interesse an Euch zeigen und nicht an jemand anderen ...«, fuhr Herr Batsch fort. »Euer Name wurde zunächst von Meister Ule ins Spiel gebracht, da Ihr genau die Art von hellen, anständigen, ehrbaren und jungen Burschen seid, die wir stets zu rekrutieren suchen. Allein seine Empfehlung ist von großer Bedeutung, nichtsdestotrotz gibt es Vorgehensweisen, die zu beachten sind. Ich hoffe, Ihr seid nicht beleidigt, Herr Braun, wenn ich Euch sage, daß meine ursprünglichen Gründe dafür, unsere Freundschaft zu kultivieren, in Übereinstimmung mit dieser Vorgehensweise lagen. Als Erzieher habe ich eine Fähigkeit gewonnen, die Auffassungsgabe junger Menschen zu beurteilen, und deswegen wurde ich beauftragt, Euch einzuschätzen.«

Zu diesem Zeitpunkt hatten sie das Steakhaus erreicht, doch Jed blieb am Eingang stehen. Ein warmer Feuerschein drang durch die zweigeteilten Fenster; Bruchstücke von Gesprächen kamen durch die Tür; man hörte das Brutzeln von Steaks und Fleischstücken über einem offenen Feuer – all dies lud ihn ein, aus der Dunkelheit und der feuchten Kühle einzutreten. Aber er wartete auf der Straße, entschlossen, mit dem Lehrer ins reine zu bekommen, ehe er sich ins Innere wagte.

»Und was ... was hat Euch diese Einschätzung gesagt?« fragte er wachsam.

Herr Batsch lächelte. »Wenn ich es so ausdrücken darf, Herr Braun, Euch fehlt die Schnelligkeit, die allzu oft als Brillanz durchgeht, aber Ihr seid gefaßt, eifrig und nachdenklich, und ich glaube, daß Ihr ein ausgezeichneter Kopf seid. Ihr protestiert ... Ihr seid allzu bescheiden ... aber Ihr müßt zugeben, daß ich so etwas wie ein Experte in diesen Dingen bin und wissen sollte, wovon ich rede. Darüber hinaus bewundere ich Eure Anstrengungen, Euch zu bessern, und wenn Ihr Euch geneigt zeigt, Euch unserer Bruderschaft anzuschließen, so würde mir der Gedanke sehr gefallen, daß unsere Freundschaft fortwähren wird.

Ich glaube aufrichtig«, fuhr der Lehrer ernsthaft fort, »daß Ihr, solltet Ihr unserer Loge beitreten, sehr viel lernen würdet, was Euch in Erstaunen versetzen würde, vieles, was Euren Intellekt erweitern und vergrößern würde, und Ihr würdet nicht nur Nutzen aus dieser Sache ziehen, sondern sie als die Quelle eines tiefen und langwährenden Vergnügens in Euch selbst entdekken.«

Herr Batsch seufzte. »Ihr runzelt weiterhin die Stirn ... Ihr schaut zweifelnd drein ... Offensichtlich habt ihr das Mißtrauen Eures Verwandten der Gilde gegenüber übernommen. Das verstehe ich und werde nichts weiter mehr sagen.«

Jedidiah schüttelte den Kopf und trat voller Unbehagen von einem Fuß auf den anderen. »Soweit geht es nicht. Es stimmt, Onkel Caleb schätzt Eure Gilde nicht hoch ein, aber ich denke, ich bin jetzt ein Mann und imstande, meine eigenen Entscheidungen zu treffen. Tatsache ist, daß sie meinen Leuten niemals viel Gutes taten ... Geheimnisse, magische Bücher und der ganze Rest. Sie haben meinem Onkel Caleb viel Schaden zugefügt, und er ist kein *leichtfertiger* Mann, auch kein dummer. Und was Gottfried Jenk angeht ... er wurde ein Verrückter genannt – oftmals –, jedoch niemals ein Narr.

Ich schätze«, sagte Jed, »ich schätze, soviel haben ich und Sera Vorder gemein: Wir haben eine natürliche Abneigung gegen Euer okkultes Wissen entwickelt, ganz aus uns heraus.«

»Ich verstehe völlig«, sagte Herr Batsch. »Bitte, fühlt Euch nicht verpflichtet, noch weiter etwas erklären zu müssen. Und habt keine Angst, daß dies Eure Stellung oder Euren Aufstieg bei Meister Ules Glasfabrik beeinträchtigen würde. Ich versichere Euch, dies wird nicht der Fall sein.«

Sie betraten das Steakhaus, wo Jed zwei gegrillte Steaks, einen Topf mit Fleischsaft sowie einige Bratkartoffeln bestellte. Ein Halt an der nächsten Taverne versorgte sie mit flüssiger Erfrischung. Dann setzten sie ihren Weg fort: Sie hatten die in braunes Papier eingeschlagenen Steaks und Kartoffeln zwischen sich aufgeteilt, und Herr Batsch trug eine Flasche guten Weins unter dem Arm.

»Ich will nur soviel sagen, und dann werden wir das Thema völlig fallenlassen«, meinte Batsch, als sie die Gezeitengasse hinabgingen. »Wenn Ihr irgendwann Eure Meinung ändern solltet, fühlt Euch völlig frei, an mich heranzutreten. Solltet Ihr Eure Meinung ändern, während ich nicht in der Stadt bin, sprecht bitte mit Herrn Eulenfeder oder Meister Ule.«

»Sehr schön«, sagte Jed. Er steckte die Hände zusammen mit den Kartoffeln in die Tasche, um sie warmzuhalten. »Ich nehme an … ich nehme an, daß ich sowieso vielleicht darüber nachdenken werde. Dachtet – denkt Ihr darüber nach, die Stadt zu verlassen, Herr Batsch? Nicht für immer, hoffe ich?«

»Für vielleicht acht oder zehn Wochen … vielleicht etwas länger. Ich werde einem berühmten Gelehrten und Antiquar einen Besuch abstatten, der ein sehr abgeschiedenes Leben auf dem Lande führt. Vermutlich, Herr Braun«, fügte er höflich hinzu, »seid Ihr selbst niemals aus Thornburg herausgekommen?«

»Ich war bislang niemals irgendwo«, erwiderte Jed. »Ich bin niemals irgendwo gewesen, und ich habe nie etwas gesehen. Aber nach und nach möchte ich umherreisen.«

»Ich hoffe, daß Ihr dies eines Tages tut«, sagte Herr Batsch. Und er unterhielt seinen Begleiter weiterhin mit Geschichten von seiner Reise von Imbria nach Marstadtt, bis sie das schäbige (jedoch äußerst ehrwürdige) alte Haus erreichten, in das Jed und dessen Onkel Caleb vor kurzem eingezogen waren.

Dieses Mietshaus hatte offensichtlich bessere Tage gesehen, doch gelang es ihm noch immer, dank eines imposanten Säulengangs, einiger abgenutzter Teppiche mit orientalischem Muster sowie einer Anzahl noch immer eleganter Kamine eine vornehmtuende Atmosphäre vergangener Größe aufrechtzuerhalten. Der Kamin in Jeds Wohnzimmer im Dachgeschoß war winzig, aber er bestand aus solidem Marmor und besaß einen dekorativen Schirm mit zwei winzigen Schicksalsgöttern, einer Girlande verwelkender Rosen und zahllosen phantastischen Vögeln.

Onkel Caleb war nicht daheim, wie ein rascher Blick in die beiden anliegenden Schlafzimmer bestätigte. Jed zog die Brauen zusammen und nagte an seiner Unterlippe. Wie es schien, blieben Caleb und sein Arbeitgeber immer länger auf. Wenn Caleb heimkehrte, sah er stets so alt und gebrechlich aus, daß Jed bei seinem Anblick das Herz brach. Caleb würde sich auch nicht dazu herablassen, mehr als einen Bissen zu sich zu nehmen. Er würde sagen, daß er in der Buchhandlung zu Abend gegessen und keinen Appetit habe. Trotz alledem wirkte er nicht wie ein Mann, der gut gegessen hatte … sondern eher wie ein Mann, der an irgendeinem unersättlichen Hunger starb.

»Entschuldigt bitte, Herr Braun … ich möchte nicht aufdringlich erscheinen … aber beunruhigt Euch etwas?« fragte Batsch, der hinter ihm eintrat.

Bei der Erinnerung an seinen Gast glättete sich Jeds Stirn. »Nichts. Das heißt … nicht viel, glaube ich.« Er ließ seine Pakete auf einen Tisch am Feuer fallen. Er holte einen dreiarmigen Kerzenhalter sowie einige der feineren Teller und Tassen und zog zwei zerkratzte, jedoch stabile Stühle heran.

Die beiden Männer setzten sich, packten ihr Abendessen aus und bereiteten alles vor. Aber ihre zuvor geführte Unterhaltung sowie seine Sorge um Onkel Caleb ließen in Jed eine andere Quelle der Sorge entstehen.

Er räusperte sich. »Ich wäre Euch zu Dank verpflichtet, Herr Batsch – das heißt, wenn Ihr dies nicht als Vertrauensverletzung betrachtet –, wenn Ihr mir etwas über Euren Freund Lord Skelbrooke erzählen würdet.«

Der Lehrer, der gerade Wein in einen Kelch mit Weidenmuster einschenken wollte, hielt mitten in dieser Tätigkeit inne. »Was möchtet Ihr wissen?«

Jed spürte, wie er rot wurde. »Ich weiß … ich weiß, daß es unter Gentlemen guter Herkunft nicht Brauch ist, über – über ihre *ehrbaren* Damenbekanntschaften frei und offen zu sprechen. Da jedoch Lord Skelbrooke ein alter Freund von Euch ist, vermute ich, daß er etwas offener redet und daß Ihr eine ziemlich gute Vorstellung davon habt, was in seinem Kopf vor sich geht.«

Herr Batsch setzte die Weinflasche ab. »Zwischen uns besteht, glaube ich, ein gewisses Maß an Vertrauen.«

»Nun, dann«, meinte Jed, und die Worte purzelten ihm aus dem Mund. »Am Tag, als ich ihm zum erstenmal begegnet bin, bildete ich mir ein, daß er vielleicht zu meiner sehr guten Freundin – fast meine Schwester – Miß Sera Vorder eine Zuneigung gefaßt hat.«

Herr Batsch nickte nachdenklich. »Ja, ich entsinne mich dieses Gesprächs um so mehr, weil es mir völlig uncharakteristisch vorkam. Bitte versteht mich nicht falsch: Lord Skelbrooke ist in der Gesellschaft von Damen die Sanftmut und Höflichkeit in Person, und ich glaube, sie halten ihn für einen äußerst galanten Mann. Privat jedoch äußerte er sich über das Thema Liebe in so schockierenden Ausdrücken… ich will Euch nicht beleidigen, indem ich sie wiederhole. Und in der Tat, wenn Ihr von seiner Geschichte wüßtet, was ich weiß, so wäret Ihr nicht überrascht darüber, daß er ein solcher Frauenfeind ist.«

Herr Batsch hob seinen Kelch und trank einen Schluck Wein. Er setzte sich in seinen Stuhl zurück und sah stirnrunzelnd zur Decke. Wie es schien, hatte ihn Jeds Feststellung zutiefst verstört. »Da die Dame eine Freundin von Euch ist (fast eine Schwester, wie Ihr sagt), fasse ich es so auf, daß Ihr zu wissen wünscht, ob Skelbrookes Interesse an ihr ein… gesundes ist. Ich wünschte, dies bestätigen zu können, aber ich weiß es wirklich nicht.«

Klappernd fiel Jeds Gabel auf den Tisch. Er schob seinen Teller beiseite. Auf einmal hatte er überhaupt keinen Appetit mehr. »Er spricht nicht von ihr, wenn Ihr beisammen seid?« wagte er zu fragen.

»Nur bei dieser einen Gelegenheit, als Ihr gleichfalls anwesend wart«, erwiderte Batsch. »Ich gestehe, daß es viele Jahre her ist, seitdem ich meinen armen Francis so warm von irgendeiner Frau habe sprechen hören. Und es ist offensichtlich, daß er die junge Dame bewundert und respektiert ... was an sich schon bemerkenswert ist. Aber wenn er wirklich Zuneigung gefaßt hat, dann bin ich mir absolut nicht gewiß, ob das insgesamt gesehen eine glückliche Angelegenheit für Eure Miß Vorder wäre. Im allgemeinen ist er imstande, alles zu bekommen, was er haben will, und wenn er sich daran machte, ihre Aufmerksamkeit zu erringen ...«

Jed sprang auf, Bilder von Vergewaltigung und Entführung drängten sich ihm in den Sinn. »Hört mal ... Ihr wollt mir doch nicht etwa sagen, daß Euer Freund ein Schurke ist? Einer jener arroganten Edelmänner, die sich ein Mädchen in den Kopf gesetzt haben und sich nichts dabei denken, es zu ruinieren?«

»Nein, nein, nichts in dieser Hinsicht«, entgegnete Batsch. »Der Himmel möge verhüten, daß ich, der ich ihn so lange und gut gekannt habe, irgend etwas in dieser Hinsicht gemeint haben sollte. Ich glaube, seine in ihm wohnende Großmütigkeit, sein Sinn für Fairneß, würden ihn daran hindern, sich irgendeine Frau auf diese Weise zum Opfer zu machen. Dennoch ist er zweifelsohne ein gefährlicher Mann und zu schrecklichen Taten fähig, wenn er gerade in entsprechender Stimmung ist. Was jedoch eine Gefahr für Eure Miß Vorder betrifft: Ich glaube, daß er zuallererst um ihren Seelenfrieden besorgt ist. Er würde sie niemals verletzen, nicht körperlich ... dessen bin ich mir eigentlich sicher.« Der Lehrer schüttelte traurig den Kopf. »Aber einen Mann wie Francis Skelbrooke zu lieben, der in seinem Innern so aufgewühlt ist, das wäre für jede Frau eine schwere Bürde.«

Jed blickte finster und grimmig drein. »Hört sich an, als würdet Ihr von zwei völlig verschiedenen Männern sprechen.«

»Zwei Männer ... ein Dutzend Männer ... dennoch sehe ich in jedem noch immer etwas von meinem alten Freund«, sagte Batsch und nahm Messer und Gabel in die Hand.

Jed sank wieder auf seinen Stuhl. »Und ich habe sie ermutigt, sich mit ihm zu treffen! Ihn benutzt, um Botschaften auszutauschen! Verdammt soll ich sein, ich kurzsichtiger Narr! Er sprach so sanft und höflich, daß ich mir seiner völlig sicher war.«

Herr Batsch spießte ein Stück Kartoffel auf seine Gabel. »Ihr habt *Lord Skelbrooke* als Mittelsmann benutzt?«

Jed nickte düster. »Zweimal brachte er Botschaften von mir zu ihr, und einmal von ihr zu mir. Ich schätze, er sah dies als eine gute Möglichkeit an, ihr Vertrauen zu gewinnen. Aber was tue ich jetzt? Schicke ich ihr einen Brief und warne sie, sich von ihm fernzuhalten? Das erscheint mir irgendwie nicht richtig, und ich vermute, daß er ihn sowieso öffnet.«

Der Lehrer nahm einen weiteren Schluck Wein. »Unter gewissen Umständen ist er imstande, nicht nur einen ihm anvertrauten Brief zu öffnen, sondern ebensogut auch dessen Inhalt zu verändern. Ich bezweifle jedoch, daß er einen von Euch verfaßten Brief öffnen wollte. Unter ehrbaren Leuten ist er die Ehre in Person. Warnt auf jeden Fall die Dame, wenn sie geneigt ist, Eurem Rat zu folgen.«

Jed trommelte mit den Fingern auf den Tisch. »Nun, dann ... ich glaube, Ihr habt einen wunden Punkt getroffen. Sie nimmt niemals einen Rat an, nicht Sera – auf jeden Fall nicht meinen Rat. Oder so selten, daß es kaum eine Rolle spielt. Wahrscheinlicher ist, daß sie sich, wenn ich sie vor ihm warne, aus schierer Halsstarrigkeit heraus in den Burschen verliebt. Schätze, ich werde gar nicht mehr schreiben.«

»Nein«, meinte Herr Batsch. »Ihr solltet ihr über Francis Skelbrooke keine Briefe mehr zukommen lassen. Ihr dürft nichts mehr tun, das diese Freundschaft ermutigt.«

25. Kapitel

Welches kurz zu werden verspricht

Der Tag war heiß, stickig und drückend, und ein Gewitter lag in der Luft. Überall in der Stadt an den schmutzigen, gewundenen Straßen und Gassen unten am Fluß, an den breiten, gut gepflasterten Straßen, wo die Wohlhabenden in hochgelegenen Herrenhäusern wohnten, öffneten die Einwohner Thornburgs in der Hoffnung Türen und Fenster, jede noch so flüchtige Brise und jeden kühlen Lufthauch einzufangen, die vom Wasser heraufstiegen.

Am Mittag verließ Sera das Vordersche Herrenhaus, um ihren Großvater im Buchladen zu besuchen. Trotz der dunklen Wolken, die sich am Horizont auftürmten, war der Himmel über ihr von einem klaren Eierschalenblau. Gewiß, redete sie sich ein, blieb ihr genügend Zeit, zum Buchladen zu gehen, dort lange beim Großvater zu bleiben und wieder zurückzukehren, ehe das Gewitter losschlug.

Als sie jedoch beim Buchladen eintraf, sahen ihr Großvater und Caleb Braun so alt, verstaubt und gebrechlich aus, war die kleine Zimmersuite oben im Dachgeschoß so überfüllt und unaufgeräumt... daß Sera den ganzen Nachmittag mit Kochen, Putzen und Nähen verbrachte, wobei sie sich über die beiden alten Männer aufregte. Es war kein großes Wunder, daß sie zu lange blieb. Sie setzte sich gerade den Hut auf und zog die Handschuhe an, da hörte sie die ersten vereinzelten Regentropfen aufs Dach prasseln.

»Ich werde Caleb schicken, dir eine Sänfte zu mieten«, meinte Jenk.

»Das läßt du bleiben«, erwiderte Sera. Sie wußte, daß es in diesem Teil der Stadt keine Sänften zu mieten gab und daß Caleb einen langen Weg im Regen zurücklegen müßte, ehe er eine fände. Sie war ganz und gar nicht gewillt, den alten Mann nur deswegen in die Nässe hinauszuschicken, weil sie einfach nicht daran hatte, im voraus eine Sänfte zu bestellen.

»Leihe mir nur einen Regenschirm, Großvater, und ich mache mich gleich auf den Weg. Wenn ich rasch gehe, bin ich in ein paar Minuten am Dom, und dort wird es nicht schwierig sein, eine Sänfte zu mieten.«

Jenk protestierte, doch Sera blieb eisern. Am Ende gab er nach und lieh ihr seinen schäbigen Regenschirm. Sera drückte ihm einen flüchtigen Kuß auf die Stirn, nahm ihre Handtasche und rannte nach unten. Draußen auf der Straße spannte sie den Schirm auf und ging energischen Schritts los.

Zunächst ging alles gut. Es regnete nur leicht, und die Tropfen verdampften anscheinend in dem Augenblick, als sie auf die Pflastersteine trafen. Dann jedoch fing es an zu schütten, und die Straßen wurden rutschig und gefährlich. Nichtsdestoweniger ging sie voller Hoffnung eine halbe Meile weiter, bis sie die Kirchenstraße erreichte.

Dort blieb sie stehen und sah sich hoffnungslos um. Die Straße war nahezu verlassen, abgesehen von einigen wenigen sorglosen Fußgängern wie sie selbst; weder eine Sänfte noch eine Ziegenkutsche war in Sicht. Eine Windböe bespritzte das flaschengrüne Kleid mit Regen. Der große, schwarze Schirm böte nur wenig Schutz, wenn der Wind stärker würde.

»Miß Vorder, Euer Diener«, sagte leise eine vertraute Stimme. Sera kippte den Schirm beiseite, um zu sehen, wer sie angesprochen hatte. Ein kleiner Mann in einem voluminösen Mantel und einem breitkrempigen Hut wie ein Pirat sah sie an.

»Bitte seid nicht beleidigt«, sagte Francis Skelbrooke, »wenn ich Euch sage, daß Ihr anscheinend sehr naß werdet. Bitte gestattet mir, Euch ein angemessenes Transportmittel zu besorgen.«

Sera sah ihn finster an. »Wenn es zwischen hier und dem Fluß ein angemessenes Transportmittel gäbe, Mylord, dann hätte ich es selbst genommen!«

Lord Skelbrooke verbeugte sich sehr höflich (obgleich er, wie Sera auffiel, seine schick gepuderten Locken nicht dadurch in Gefahr brachte, daß er den Hut zog). »Aber natürlich ... wie dumm von mir, etwas anderes zu denken. Dann gestattet mir, Euch zu einem geschützten Ort zu geleiten. Zufällig kenne ich ein Haus nicht weit von hier ...«

Und ehe Sera auch nur hätte zustimmen oder ablehnen können, hatte er sie am Arm genommen und führte sie sanft, aber fest, um eine Ecke, eine breite Straße hinab und durch den schmalen Eingang einer kleiner Kneipe mit blauem Schindeldach.

Im Innern saßen dichtgedrängt Männer jeglichen Alters an den vielen Tischen: Sie redeten, rauchten lange Pfeifen oder nippten an kleinen, weißen Tassen mit einer dampfenden, braunen Flüssigkeit. Es waren nur zwei Frauen anwesend, soweit Sera sah: Eine viel zu schick gekleidete junge Schönheit, umgeben von einem Kreis junger Bewunderer, und eine ältliche Zwergin, die einen Teller Zuckerplätzchen mit einem kleinen Jungen teilte.

Sera blieb zögernd in der Tür stehen. »Dies ist ein ehrbares Haus«, sagte Lord Skelbrooke mit zuversichtlichem Lächeln, »und es ist absolut schicklich für Euch, mit mir hierherzukommen.«

Sera biß sich auf die Lippe. War da nicht ein ganz klein wenig etwas Behütendes in seinem Tonfall? Verachtung dafür, daß es ihr offensichtlich an Weltklugheit fehlte? Sie straffte den Rücken, hob das Kinn und folgte ihm durch das Labyrinth aus Tischen und Stühlen.

Eine rundliche Gnomin in einer sauberen, weißen Schürze, deren Klauen auf den Fußbodendielen klickten, kam ihnen entgegen. »Ist es möglich«, fragte Lord Skelbrooke, »ein Zimmer oben zu bekommen?«

Sera öffnete den Mund zu einem Protest. »Vertraut mir, Miß Vorder«, sagte Skelbrooke. Die Krempe seines schicken Huts beschattete sein Gesicht; es war unmöglich, seinen Ausdruck zu erraten; aber in seinem Tonfall lag etwas Gefährliches. »Wenn der Tag jemals kommen sollte, daß ich eine Entführung versuche, werde ich die Sache nicht in einem Kaffeehaus beginnen.« Sera errötete, schloß den Mund und folgte ihm einfach die Treppe hinauf einen kurzen Flur entlang.

Die Gnomin bat sie in ein gemütliches Zimmer am Ende des Flurs. Dieses Zimmer glich, wie Sera sah, einer Theaterloge und war an einer Seite zum Raum nach unten offen. Es bot die Illusion von Privatheit, aber ohne echte Abgeschiedenheit. Die Wandpaneele bestanden aus dunkler Eiche, und ein rundes Fenster aus Bleiglas führte auf die regenverhangene Straße. Eine Öllampe aus Glas in der Form eines ausatmenden Wals hing an einer Messingkette herab. Es gab zwei Stühle und einen Tisch, bedeckt mit einem geblümten Tuch. Lord Skelbrooke bestellte eine Kanne Schokolade sowie einen Teller Ingwerkuchen, und die Gnomin zog sich zurück.

Skelbrooke bot Sera einen Stuhl an, der dem runden Fenster gegenüberstand. Er hing seinen übergroßen Hut an einen Haken neben der Tür und zog das elegante Cape aus. In aprikotfarbenem Samt und cremefarbener Spitze sah er mehr wie der Mann aus, den sie kannte; klein, adrett und angenehm duftend. Weswegen hatte er nur einen Augenblick zuvor so bedrohlich gewirkt?

»Ihr seid sehr freundlich«, meinte Sera, als er auf der anderen Seite des Tischs Platz nahm. Geziert faltete sie die Hände im Schoß. »Aber das Gewitter wird nur schlimmer werden … und wenn ich bei Einbruch der Nacht nicht nach Hause zurückkehre, werden sich meine Kusinen fürchterlich aufregen.«

»Das Gewitter wird wahrscheinlich noch eine Weile dauern«, stimmte Skelbrooke zu. »Aber sobald Ihr Gelegenheit erhalten habt, trocken zu werden und eine Tasse Schokolade zu trinken, werde ich einen Jungen losschicken, um einen Sessel zu mieten.

Ihr habt nichts zu befürchten«, fügte er mit einem Lächeln hinzu. »Ich weiß, daß Ihr niemals Einladungen zum Mitfahren oder zum Essen annehmt … daß Ihr keinem Gentleman erlaubt, Euch zum Theater oder ins Museum zu begleiten. Obgleich Ihr im gegenwärtigen Augenblick eine Ausnahme macht, werde ich mir diese Sache nicht zu Kopf steigen lassen.«

Diese Rede, weit davon entfernt, Zuversicht zu spenden, diente lediglich zu Seras Beunruhigung. Woher hatte er soviel von ihr erfahren? »Lord Skelbrooke …«, sagte sie stirnrunzelnd. »Lord Skelbrooke, ist es unter den Gentlemen von Thornburg zur Gewohnheit geworden – insbesondere bei Herrn Hakluyt und Lord Krogan –, über meine Verhaltensweisen zu sprechen?«

»Nicht in meiner Gegenwart. Das würden sie nicht wagen«, erwiderte Skelbrooke und lächelte weiterhin so liebenswürdig, daß sie die Bedeutung seiner Worte nicht sofort erfaßte.

Dann errötete sie und blickte zur Seite. »Aha«, sagte sie mit erstickter Stimme. »Dann … sollte ich Euch wohl meinen Dank aussprechen.«

»Warum, Miß Vorder?« fragte er höflich.

»Dafür, daß Ihr … meinen guten Namen in Schutz nehmt, vermutlich«, erwiderte sie und zwang sich, seinem Blick zu begegnen.

Das Lächeln auf seinem Gesicht erstarb, und er beugte sich, plötzlich sehr ernst geworden, in seinem Stuhl vor. »Euer Name und Eure Ehre erfordern keine Verteidigung. Es ist lediglich eine Sache des persönlichen Mißfallens, eine Abneigung meinerseits, Euren Namen von denjenigen zu hören, die seiner unwürdig sind.«

Im Zimmer war es still, abgesehen vom Getrommel des Regens auf dem Fenster und ihrem eigenen, unregelmäßigen Atemgeräusch. Lord Skelbrooke lehnte sich auf seinem Stuhl zurück; er schlug ein Bein über das andere und kippte den Stuhl nach hinten. »Herr Hakluyt und Lord Krogan ... ich danke Euch dafür, daß Ihr mich auf diese Namen aufmerksam gemacht habt.«

Die kleine Gnomin mit den rosigen Wangen kam mit einer Kanne dampfender Schokolade, zwei Tassen und einem Teller Ingwergebäck herein.

Als sie wieder gegangen war, hatte sich Sera nicht nur gefangen, sondern erinnerte sich auch daran, was sie in ihrer Handtasche bei sich trug. Sie löste die Schnüre, zog eine winzige Glasphiole hervor und stellte sie auf den Tisch.

»Miß Elsies Arznei?« fragte Skelbrooke.

»Während der letzten drei Tage habe ich sie überallhin mitgenommen«, entgegnete Sera, wobei sie den Blick auf das sternförmige kleine Schönheitspflästerchen auf seiner linken Wange richtete, statt ihm gerade in die Augen zu sehen. »Wie ich Euch Anfang der Woche sagte, als – als Ihr so freundlich wart, Jedidiahs Brief zu überbringen, verschwand die Flasche nach Herzog Xebos Ball, obgleich ich Grund zu der Vermutung habe, daß Elsie die Arznei weiterhin einnimmt. Wie es scheint, versteckt Elsie die Flasche jetzt nicht mehr – was gewiß wie ein sehr seltsames Benehmen ihrerseits erscheint –, sondern hat die Arznei ihrer Mutter zur sicheren Aufbewahrung gegeben. Lediglich meinem Glück ist es zuzuschreiben, daß ich die Flasche in Kusine Clothildes Wohnzimmer entdeckte, als niemand sonst dort anwesend war.

Ich fürchtete allmählich«, fügte sie hinzu, »daß ich keinerlei Gelegenheit erhielte, Euch dies zu geben, ehe wir nach Zar-Wildungen fahren.«

Lord Skelbrooke setzte seine Tasse mit der Schokolade ab. »Entschuldigt bitte ... davon weiß ich nichts. Nach Zar-Wildungen, sagt Ihr? Ihr werdet mit der Herzogin zu ihrem Landhaus fahren?«

»Mit der Herzogin ... ja«, erwiderte Sera leicht verwirrt. »Ich hoffte ... das heißt ... Ihr seid nicht auch dabei?«

»Nein«, sagte Skelbrooke. »Ich wurde nicht eingeladen. Ich hatte vermutet, daß der schlechte Gesundheitszustand des Herzogs Grund für ihren Besuch sei. Und jetzt erfahre ich, daß sie Gesellschaft mitnimmt ...«

Er legte seine Fingerspitzen aneinander und ließ das Kinn darauf ruhen. »Ich fürchte allmählich, daß ich mich nicht mehr ihrer Gunst erfreue.«

Er sprach die Worte leicht hin, doch seine Stirn war gerunzelt, und die grauen Augen wurden dunkel, wie in großem Schmerz. Er macht sich etwas aus ihr ... Sie hat ihn tief verletzt, dachte Sera, und ihr sank der Mut. Er liebt die Herzogin und nicht die Frau, die er bei Herzog Xebos Ball erwähnte.

»Miß Vorder«, sagte seine Lordschaft, noch immer die Stirn runzelnd. »Ich überlege, ob diese Reise wirklich ratsam ist. Wir sind uns schließlich über den Gesundheitszustand Eurer Kusine noch immer nicht ganz sicher.«

»Diese Entscheidung zu treffen lag nicht an mir«, erwiderte Sera. »Elsie und ihre Mutter haben beide entschieden, daß sie fahren sollte. Ich versuchte, sie davon abzubringen, aber sie wollte nicht auf mich hören. Was *mir* zu entscheiden übrigblieb, war die Frage, ob ich

Elsie begleiten wolle oder nicht. Natürlich konnte ich ihr nicht erlauben, die Reise ohne mich anzutreten.«

Skelbrooke löste die Hände. »In diesem Fall bleibt nichts weiter zu sagen.« Er hob die Phiole mit Elsies Arznei auf und steckte sie in seine Tasche. »Ich werde dies hier morgen bei meiner Freundin, der Ärztin, abliefern … aber wir werden kaum sofort etwas erfahren.«

Er hob seine Tasse und trank einen weiteren Schluck Schokolade. »Wenn ich etwas besonders Interessantes erfahre, werde ich Euch sofort schreiben. Aber vielleicht … vielleicht, da der Brief durch so viele Hände gehen wird … Mit Eurer Erlaubnis, Miß Vorder, werde ich Euch unter einem falschen Namen schreiben … unter dem Namen eines Freundes, den die Herzogin nicht kennt.«

Doch Sera gefiel dieser Vorschlag ganz und gar nicht. Sie hielt es für unehrlich, sich im Hause der Herzogin aufzuhalten und heimliche Nachrichten vom Liebhaber der Herzogin zu erhalten … ob er nun gegenwärtig hoch in ihrer Gunst stand oder nicht. Und was für ein seltsamer, unvorhersagbarer Mann Lord Skelbrooke war! Nur einen Augenblick lang hatte es so ausgesehen, als wäre er der Herzogin völlig ergeben … vor wenigen Wochen hatte er wehmütig von einer anderen Frau gesprochen … und jetzt schien er geneigt, eine Intrige (gleich, wie unromantisch) mit Sera selbst in die Wege zu leiten.

»Lord Skelbrooke«, sagte sie laut. »Ich sollte Euch wohl sagen, daß ich Hinterlist verachte.«

»Wer könnte etwas anderes glauben, der Euch kennt?« meinte Skelbrooke. Er griff in seine Westentasche und holte eine vergoldete Schnupftabaksdose hervor. »Aber wenn ich so sagen darf, so habt Ihr Euch bereits einer unschuldigen Täuschung schuldig gemacht, als Ihr insgeheim eine Probe von Elsies Arznei eingesteckt habt.«

Sera spürte, wie sie errötete, wobei sie an andere Handlungen dachte, die sie unternommen hatte, um Kusine Clothilde zu übergehen.

»Um Eurer Kusine willen«, sagte Lord Skelbrooke, »bitte ich Euch, mich beim Wort zu nehmen, daß in dieser Angelegenheit Heimlichkeit meinerseits absolut notwendig ist.«

Sera knotete die Schnüre ihres Retiküls zusammen. Sie war kaum in der Lage, Bedingungen zu stellen. »Sehr gut, Lord Skelbrooke. Ich werde auf einen Brief warten, der angeblich von einem Eurer Freunde kommt. Welchen Namen soll ich erwarten?«

Lord Skelbrooke schüttelte die Spitze am Handgelenk zurück und ließ eine Prise Schnupftabak auf seinen Handrücken fallen. »Carstares«, sagte er über die Hand hinweg. Er inhalierte und nieste geziert. »Ich werde Euch unter dem Namen Robin Carstares schreiben.«

26. Kapitel

In welchem Gottfried Jenk immer entmutigter wird

Der Gewittersturm währte die ganze Nacht hindurch bis in den frühen Morgen. Die Pflastersteine waren noch immer naß, als Jenk die Rolläden in seinem Wohnzimmer unter dem Dach öffnete und auf die Straße hinabsah. Wasser triefte von den Gauben im Schrägdach des alten Geschäftshauses.

Nahe am Fuß des Hügels machte sich eine vertraute Gestalt mit gekrümmten Schultern an den kurzen Aufstieg. An diesem Tage sah Caleb Braun sehr merkwürdig aus, fast wie ein Hobgoblin, dessen Rücken so verkrümmt und dessen Bewegungen so steif waren, und dessen Kleidung nicht im geringsten zusammenpaßte. Seine gestreifte Satinweste, die Messingschnallen an den Schuhen und der glänzende, neue Dreispitz waren sehr fein; absolut schäbig aber waren die verblaßte, blaue Jacke und die scharlachrote Knichose, die geflickten Strümpfe sowie das Taschentuch, das er anstelle eines Halstuchs um den Hals geknotet hatte. Jed hatte ihm einen neuen Anzug besorgt, hatte ihn von Kopf bis Fuß angemessen ausgestattet, aber Caleb weigerte sich standhaft, alles zugleich zu tragen, und zog es vor, seine neue Garderobe dadurch zu schonen, daß er nur zwei oder drei Teile davon gleichzeitig trug.

Jenk zog den Kopf zurück. Er streifte seine tabakfarbene Jacke über und stieg müßig die Treppe zum Buchladen hinab. Er schloß die Tür auf und öffnete, gerade als Caleb eintraf. Wartend stand er auf der Schwelle, fast ebenso gebeugt wie Caleb selbst. Er winkte seinen Diener ungeduldig ins Innere.

»Du hast mich beim Frühstück gestört. Du hättest nicht so früh kommen müssen. Ich habe dir gesagt, daß ich die Buchhandlung erst am Vormittag öffnen wollte, nicht wahr?«

»Ja… das hast du mir gesagt«, meinte Caleb und humpelte zur Tür hinein. »Aber ich verspürte Sehnsucht, sie zu sehen. Nun, wenn ich die Schlüssel hätte: einen für die Buchhandlung und einen für das Laboratorium… Es würde mich beruhigen, Gottfried, es würde mir das Herz erleichtern. Ich ertrage es nicht, von ihr ausgeschlossen zu sein, das weißt du.«

Ja, Jenk wußte es. Die vergangenen Wochen hatten eine schreckliche Veränderung in Caleb bewirkt. Seine Haut war grau und hing ihm lose um die Knochen; seine Augen waren tief in die Höhlen eingesunken. Jenk klopfte ihm beim Vorübergehen erschöpft auf die Schulter. Als er jedoch das Wort ergriff, war die Stimme des Buchhändlers streng.

»Ich bedauere allmählich, daß ich je deinen Bitten nachgegeben habe, daß ich dir je gestattet habe, eine so wichtige Rolle bei der Erschaffung des kleinen Wesens zu spielen. Diese Besessenheit, die du entwickelt hast: Ich fürchte, sie ist keine gesunde, mein alter Freund.«

»Das mag sein«, erwiderte Caleb auffahrend. »Aber wer bist du denn, mir das zu sagen? Ich habe mich wenigstens einer Sache verschrieben, die ich sehen kann…«

»Das kann ich nicht leugnen«, meinte Jenk und seufzte schwer. »Wenn du von dem wachsenden Homunkulus besessen bist, bin ich dann nicht gleichermaßen besessen von meiner Suche nach dem Stein?«

Mit zittriger Hand durchsuchte er seine Jackentaschen und holte schließlich den Schlüssel für den Raum im Hinterhaus hervor. »Es hat wohl keinen

Zweck, dich zu fragen, ob du mir oben Gesellschaft leisten willst? Gut, dann. Ich komme bald zu dir ins Labor. Wir haben viel zu besprechen, Caleb … Es ist an der Zeit, daß wir ein wenig an die Zukunft denken.«

Nur der Kerzenstummel, der das Kristallei ausbrütete, sowie ein blasser, silbriger Glanz, der von dem Gefäß selbst ausging, erleuchteten das Innere des Raums. Caleb humpelte durch das Labor und spähte begierig in die trübe Flüssigkeit.

Seit der vergangenen Nacht hatte das winzige Wesen in der Mitte des Eis seine Lage nicht verändert; es war noch immer zu einem festen kleinen Ballen zusammengerollt, hatte die Knie an seine schmale Brust gezogen und die Arme um seine Knie gelegt. Aber die blaßgrünen Augen standen weit offen, und der Blick war seltsam durchdringend.

Caleb zog einen Hocker heran und setzte sich, die Ellbogen auf den Tisch gestützt und das Gesicht nahe am Kristallei. Erst als Jenk fast eine Stunde später den Raum betrat, veränderte er langsam und steif seine Position.

»Sie ist wach, Gottfried. Komm doch mal her und sieh sie dir an! Sie ist wieder wach und starrt mich mit diesen großen, traurigen Augen an.«

Jenk verschenkte kaum einen Blick; er war zu sehr damit beschäftigt, die Laterne anzuzünden, die von der Decke herabhing. »Wie ich sehe, sind ihre Augen geöffnet, aber ob sie wirklich wach und bei Bewußtsein ist, muß sich noch erweisen … Ich glaube, daß wir uns anfangs von einem *Anschein* von Klugheit täuschen ließen.« Er schloß die Glastür der Laterne. »Auf jeden Fall wird sie bald wieder schläfrig werden.«

Caleb warf einen Blick über die Schulter. »Gestern war sie lange Zeit wach … hat sich bewegt. Sie hat mit den winzigen Fäusten gegen das Glas gehämmert, als ob sie hinauswollte. Ich glaube nicht, daß es ihr da drin noch sehr gefällt.«

»Unsinn«, erwiderte Jenk. »Ihre Bewegungen sind zufällig; du machst dir etwas vor, wenn du ihnen irgendeine Bedeutung beimißt. Und deine ›lange Zeit‹, wie ich mich entsinne, waren keine zwanzig Minuten – wenn überhaupt so viel. Dann hat sie die Augen geschlossen, und die Kiemen an ihrem Hals bewegten sich nicht mehr. Und sie verlor die Farbe, als ob ihr Herz aufgehört hätte zu schlagen, um ihr Blut zirkulieren zu lassen. Ein Dutzend Mal haben wir so etwas gesehen – sie ist noch immer mehr tot als lebendig.«

Caleb rückte ungeduldig auf seinem Hocker hin und her. »Sie ist größer als der andere … größer und lebendiger. Sie möchte geboren werden, ich weiß, daß sie es möchte.«

»Unsinn«, wiederholte Jenk, während er zum Nebentisch ging. »Wenn wir sie zu rasch herauslassen, wird sie alles an Leben, das sie errungen hat, verlieren – ebenso wie der erste. Wir dürfen nicht ein zweites Mal zulassen, daß unsere Ungeduld (oder unser fehlgeleitetes Mitleid) die Oberhand über uns gewinnen. Wir müssen noch weitere drei oder vier Tage abwarten.«

Jenk hob den Deckel des Sargs. Selbst nach so vielen Jahreszeiten war es für ihn jedesmal immer noch ein Schock, wenn er hineinblickte. Der perfekt konservierte Leichnam, die lebensechte Färbung unter der klaren, wächsernen Haut, das halbe Lächeln auf dem Gesicht des Zauberers – als würde er lediglich schlafen und süß träumen.

Jenk fragte sich (wie er sich viele Male zuvor gefragt hatte) … ob er den Mut aufbringen könnte, die Fäden durchzuschneiden, welche die Augenlider schlossen … würden die Augen sich öffnen … würde der Zauberer erwachen? Jenk glaubte fast, daß er es täte, dennoch fürchtete er sich davor, das Experiment durchzuführen, an dem Körper herumzuhantieren. Schließlich könnte es sein, daß selbst eine so winzige Veränderung den Konservierungsspruch aufheben und den Leichnam zur Auflösung bringen würde.

Er wandte sich vom Sarg ab, schlurfte durch den Raum und öffnete die Eisentür des Brennofens. Er inspizierte das Glasgefäß, das er jetzt seit vierundzwanzig Stunden vorsichtig in einem Bett aus heißem Sand erhitzte. Noch immer bildete sich eine ölige, schwarze Ablagerung an den Kolbenwänden, ansonsten jedoch war alles unverändert.

Mit zitternder Hand legte Jenk das Gefäß auf sein Sandbett zurück. Er war der Formel so sorgfältig gefolgt… die früheren Ergebnisse waren so ermutigend gewesen… er wußte, daß der Prozeß notwendigerweise langsam vonstatten ging… dennoch fragte er sich allmählich, ob es an der Zeit war, diesen Versuch aufzugeben und einen neuen anzufangen.

Er legte eine Hand auf die Brust, spürte das langsame, schmerzvolle Pochen des Herzens, ein Knistern und Rasseln in den Lungen. Zeit… Zeit war genau das, was ihm fehlte. Mit jedem verstreichenden Tag wurde er sich immer schmerzhafter seiner eigenen Sterblichkeit bewußt.

»Es läuft nicht gut«, meinte Caleb.

»Nein«, erwiderte Jenk. »Ich glaube, dieser Versuch ist gleichfalls fehlgeschlagen.«

Caleb winkte wegwerfend mit der Hand. »Was spielt das denn für eine Rolle? Haben wir nicht Großes durch die Erschaffung des Homunkulus vollbracht? Mir scheint, du hast genug Ruhm, und mehr als genug, für dich errungen.«

Doch Jenk schüttelte den Kopf. Es war nicht genug, es war nicht annähernd genug. Ja… die Erschaffung des lebendigen Homunkulus mußte ihm ausreichend Ruhm einbringen… er hatte bereits als nützliches Mittel zum Zweck gedient, das Interesse und die Schirmherrschaft des Herzogs zu erringen. Aber es wäre der Stein Seramarias, und nichts weniger, der Jenk den Wohlstand und die Macht brächte, nach denen es ihn verlangte.

»Ich muß von vorn anfangen«, sagte Jenk und sank erschöpft auf einen Hocker neben dem kupfernen Destillierapparat. »Es wird sehr kostspielig werden, sehr zeitaufwendig, aber ich muß von vorn anfangen. Und ich bin erschöpft, Caleb ... ich bin völlig erschöpft.

Es ist schwierig gewesen, nicht wahr?« fragte er mit einem von Herzen kommenden Seufzer. »Diese Illusion aufrechtzuerhalten ... um Seras und Jeds willen ... daß uns noch immer vorwiegend der Buchhandel beschäftigt. Doch da Sera jetzt die Stadt verläßt (und so lange nicht zurückkehrt), da Jedidiah jetzt seine neuen Pflichten hat, seine neuen Freunde, die ihn so sehr beschäftigen ... ich sehe nicht ein, weswegen wir den Buchladen nicht schließen und ausgedehnt Ferien machen sollen, du und ich.«

»Ja ...« Caleb zupfte an seinem Tuch, als läge es ihm zu eng um den Hals. »Es ist meinem Gewissen eine Last, den Burschen zu belügen und zu täuschen, wie ich es getan habe. Dazu besteht jetzt weniger Notwendigkeit, da er nicht mehr die Zeit für so viele Fragen hat – und alles zu seinem Besten steht, sage ich mir immer, doch manchmal beunruhigt es mich ...«

»Wie auch ich ähnlich besorgt bin«, sagte Jenk. »Dennoch bin ich davon überzeugt, daß es für alle das beste ist, wenn wir die beiden so unwissend wie möglich lassen. Weniger Sorge jetzt, weniger Möglichkeit zur Enttäuschung später.

Mir ist eingefallen, Caleb, wenn wir den Homunkulus tatsächlich herauslassen, dann muß jemand die ganze Zeit über bei der Hand sein und sich um ihn kümmern.«

Caleb holte tief Luft und ließ sie langsam entströmen. »In diesem Fall ziehe ich hierher, hier in den Buchladen.«

»Ja«, sagte Jenk. »Darüber habe ich bereits nachgedacht. Du kannst Seras altes Zimmer haben. Sag Jedidiah … erzähle ihm die Geschichte, die am glaubwürdigsten ist. Daß ich krank bin – oder daß du krank bist. Du mußt völlig überzeugend wirken, er darf nicht das Geringste argwöhnen … damit er seine Sorge nicht diesen seinen neuen Freunden mitteilt.«

»Er wird glauben, was ich ihm sage … wird alles glauben«, beharrte Caleb. »Er ist ein einfacher, guter Junge, Gottfried, auch wenn er so groß geworden ist.«

Während ihres Gesprächs schloß der Homunkulus die Augen, wurde anscheinend wieder schläfrig. Caleb stand von seinem Hocker auf und ging rastlos im Labor umher. Sein Blick fiel zufällig auf die grob angefertigen Kleidungsstücke, das winzige Hemd, die winzige Kniehose und den Mantel, den Jenk für den ersten Homunkulus genäht hatte. »Wenn die Zeit kommt … kann sie die hier nicht tragen. Sie würden ihr nicht richtig passen.«

Jenk verspürte eine Woge der Verärgerung. »Weshalb das denn nicht? Wenn du bloß nicht so zappelig wärst, Caleb. Ich werde ganz nervös dabei. Oh, sehr schön …« Eifrig bemüht, seinen Diener aus dem Geschäft hinaus und aus dem Blick zu bekommen, wenn auch nur für eine Viertelstunde, griff er in seine Hosentasche und holte eine Goldmünze des Herzogs heraus. »Am Fuß des Hügels ist ein Geschäft. Kauf eine Puppe, um jeder Frage zuvorzukommen, und laß sie ankleiden. Höchstens ein oder zwei Kleider, Caleb. Es ist nicht nötig, das kleine Wesen mit einer ganzen Garderobe auszustatten.«

Das Puppengeschäft war ein niedriges, weißgestrichenes Gebäude mit Erkerfenstern, einem Strohdach und einer roten Tür. Laut eines Schildes über dieser Tür war Jenny Satinblume die Inhaberin.

Caleb kannte sie vom Sehen: eine stämmige, junge Zwergin mit einem pfiffigen Gesicht und viel Temperament. Er war ihr begegnet, wie sie forsch durch die Straßen der Stadt schritt und ihre Nachbarn mit einem knappen Wort oder einem höflichen Kopfnicken grüßte. Sie war so etwas wie eine Anomalie: eine alleinlebende Zwergin, die nichts von großem Wert besaß, eine unabhängige, geschäftige kleine Person, die sich mehr um ihre Arbeit kümmerte als um das Geld, das die Arbeit ihr einbringen würde. Auch hatte sie keine Zeit für müßiges Geplauder. Sechs Tage in der Woche war sie in ihrem Laden zu finden, vom Morgen bis in die Nacht. Sie saß an ihrem niedrigen Arbeitstisch und nähte beim Licht einer einzigen Öllampe Kleider für Puppen oder malte Spielzeugsoldaten Uniformen an.

Als Caleb das Geschäft betrat, kündete eine hölzerne Rassel, die vom Türrahmen herabhing, seine Ankunft an. Die Zwergin legte sofort ihre Nähutensilien beiseite und trat herbei, die Lampe in der Hand.

»Einen guten Tag wünsche ich Euch, Mistreß Satinblume, und ich möchte eine Puppe kaufen – etwa von dieser Größe.« Caleb senkte schüchtern den Kopf und deutete mit den Händen eine Spanne von vielleicht zwanzig Zentimetern an.

»Hmmmmmph!« erwiderte das schroffe, kleine Ding – und das war die ganze Begrüßung, die er von ihr erhielt. »Tuch oder Ziegenleder? Porzellan, Biskuitporzellan? Flachsfasern, Papierbrei, Holz oder Wachs? Wir haben eine Menge Puppen hier, Herr Braun, aus jedem Material gefertigt, das Ihr nennen könnt. Ihr müßt etwas genauer sein.«

Caleb setzte seinen Hut ab und kratzte sich am Kopf; die Tätigkeit eines Puppenkaufs war ihm neu, und er hatte sich nie vorgestellt, vor so eine verwirrende Wahl gestellt zu werden. »Wachs wird's tun, schätze ich.«

Sie hielt die Lampe vor sich und führte ihn in den hinteren Bereich des Geschäfts zu einem verglasten Schrank mit zierlichen Wachsfiguren, die nach der neuesten Mode gekleidet waren. »Sie sind ziemlich teuer, fürchte ich«, sagte Jenny.

»Spielt keine Rolle ... ich kann zahlen«, erwiderte Caleb. Er hatte sein Herz bereits an eine zierliche, kleine Dame in einem Kleid aus geblümter Seide verloren. »Ich nehme die da – das Mädel mit den flachsfarbenen Locken.«

Ohne Kommentar öffnete die Zwergin den Glaskasten, holte die Puppe heraus und legte sie Caleb in die zittrigen Hände. Dann geleitete sie ihn zur Ladentheke, wo sie ihre Kasse aufbewahrte.

»Drei Tage«, sagte Jenny Satinblume, nachdem er die Puppe bezahlt, die Kleider beschrieben, die er für sie haben wollte, und dafür gleichfalls bezahlt hatte. »Zunächst habe ich eine Anzahl anderer Aufträge zu erledigen.« Und sie wies auf die Fetzen schimmernder Seide, die Spitze und die Bänder auf ihrer Werkbank.

»Dann in drei Tagen«, meinte Caleb kopfnickend. Mit der Wachspuppe in Händen fühlte er sich innerlich erleichterter, ruhiger. Die Wartezeit schien nicht mehr so lang zu sein.

27. Kapitel

Enthält Szenen einer Reise. Auch ein ›freudiges Ereignis‹

Zu Mittag am letzten Tag der Jahreszeit polterte die schwere Berline der Herzogin den Dornberg hinab, gefolgt von Jarl Skogsrås leichtem Kabriolett sowie einem bescheideneren Gefährt, das Gepäck und Diener beförderte.

Draußen vor dem großen Nordtor fuhren die Kutsche und die beiden kleineren Gefährte schwankend dahin, vor und hinter sich Reiter als Eskorte. Mit hoher Geschwindigkeit jagten sie über die Schnellstraße des Prinzen weiter in das grüne Land hinaus, weiter als Sera und Elsie je zuvor gekommen waren.

Die Landschaft nördlich von Thornburg war lieblich, durchsetzt mit sauberen, kleinen Bauernhöfen und malerischen, alten Dörfern. Späte Wildblumen, Goldrute, Gänsedistel und Fenchelblüten auf den Feldern, Schafe und Kühe grasten friedlich in großen Herden. Das Land war sanft gewellt, zumeist offen, gelegentlich gab es eine kurze Waldstrecke – einen Mischwald aus Buche, Eiche und Kiefer, oder Weide und Erle, durch die ein Fluß strömte –, so daß die Fahrt von einer Hügelkuppe zur nächsten immer wieder schöne Ausblicke bot. Hier und da erhaschten die Reisenden einen flüchtigen Blick auf die Lunn, die in der Ferne glitzerte.

Die Herzogin hatte die Kutsche schlecht gelaunt bestiegen, aber die Begeisterung der beiden Mädchen war ansteckend. Den größten Teil des Nachmittags unterhielten sie die Herzogin mit ihren Fragen, ihren unschuldigen Beobachtungen und ihren fortwährenden Ausrufen der Verwunderung und des Entzückens.

Aufgrund ihres späten Aufbruchs war nicht zu erwarten, das Hotel in Mittelheim (wo für sie Zimmer reserviert waren) vor Einbruch der Dunkelheit zu erreichen; deswegen hielten sie für ein frühes Abendessen an einem Landgasthof an. Etwa um fünf Uhr rumpelten sie in den Hof, das Kabriolett des Jarl unmittelbar hinter ihnen. Aber die Kutsche mit den Dienern und dem Gepäck, die ihnen nach Mittelheim vorausfahren sollte, setzte ihren Weg über die breite Straße fort und war bald in der Ferne verschwunden.

Im Nu war der Jarl aus seiner Kutsche und bereit, den Damen beim Aussteigen aus der Berline zu helfen. Sein Reisegefährte – der andere Gast der Herzogin, Herr Hermes Batsch – stand ruhig neben ihm, höflich und wie ein Gentleman. Jarl Skogsrå nahm für sich die Ehre in Anspruch, die Herzogin in den Gasthof zu geleiten. Zu seiner großen Erleichterung ließ sie Sebastian, den Affen, in der Kutsche zurück. Aber heute war es nicht Sebastian, der das Mißvergnügen des Jarl erregt hatte.

»Dieser Gefährte, den Ihr mir aufgebürdet habt … so würdevoll, so tugendhaft. Warum nehmen wir ihn mit? Haltet Ihr das etwa für einen Witz?« fragte er mit gesenkter Stimme.

Die Herzogin blickte durch den spinnennetzartigen Schleier ihres entzückenden Huts zu ihm auf. »Ich leugne nicht, daß Herr Batsch zu einer *amüsanten* Unterhaltung völlig unfähig ist, aber das ist mir gleich – denn er ist ein interessanter Mann und spricht ziemlich gut über jedes *ernsthafte* Thema. Und nein«, fügte sie mit einer Geste der Ungeduld hinzu, »ich habe ihn nicht zu dem Zweck eingeladen, Euch zu quälen! Ich nehme ihn wegen des Herzogs mit, der seine Gesellschaft, wie ich glaube, anregend finden wird.«

Nach dem Essen entschlossen sich die Herzogin und die jungen Damen zu einem Verdauungsspaziergang durch das winzige Dorf, das den Gasthof umgab. Auf dem Dorfplatz hatte man den schwachen Versuch unternommen, einen Markt auf die Beine zu stellen: Es gab einen Jongleur, eine Handvoll wackeliger Buden, die billigen Kitsch verkauften, und einen Mann, der Ingwerkuchen feilbot. Die Mädchen wollten sich unbedingt die Stände ansehen, und Herr Batsch bot an, sie zu begleiten. Der Herzogin jedoch machte die Hitze des späten Nachmittags zu schaffen, und sie hatte ihren Fächer und den Sonnenschirm in der Kutsche zurückgelassen. Jarl Skogsrå erklärte, er wäre entzückt, sie die Hauptstraße hinab in ein kleines Wäldchen zu geleiten, das an das Dorf grenzte.

»Die gnädige Frau sieht ziemlich bleich und niedergeschlagen aus«, meinte der Jarl, als sie in den Schatten der Bäume traten und die Herzogin den Schleier lüftete. »Ist es möglich, daß diese Reise ihr nicht zusagt?«

»Ich blühe bei einer Reise auf«, entgegnete die Herzogin. »Nein, nicht die Fahrt macht mir zu schaffen, sondern etwas, das ich vor kurzem erfuhr, deprimiert mich. Etwas Schockierendes... Unglaubliches. Ich bin bestohlen worden, mein lieber Skogsrå. Man hat mir etwas Wertvolles und Unersetzliches gestohlen. Und was unermeßlich schlimmer ist: Ich muß zu dem Schluß kommen, daß es fast sicher von jemandem gestohlen wurde, der mir sehr nahesteht.«

Der Jarl war die einfühlsame Neugier in Person. »Aber wer hätte Euch auf so infame Weise betrügen können... und was genau hat man Euch gestohlen?«

»Ich weiß nicht *wer* oder gar *wann*«, erwiderte die Herzogin, ließ sich auf dem moosbewachsenen Stamm einer umgestürzten Eiche nieder und breitete den Rock ihres grauen Satinkleids aus. »Ihr fragt Euch, wie dies geschehen kann? Nun, ich werde es Euch sagen. Ich hatte diesen wertvollen Gegenstand in meinem Schlafzimmer verwahrt, in einem meiner Ansicht nach sehr guten Versteck. In der Tat hatte es dort mehr Jahre ungestört gelegen, als ich zählen kann. Und ich bin vermutlich selbstzufrieden geworden und habe nicht mehr nachgeprüft, ob dieses … Dokument noch sicher an seinem Platz ist. Es muß ein halbes Jahr her sein, seitdem ich es zuletzt in der Hand hatte – vielleicht sogar noch länger –, und vor zwei Tagen dachte ich daran nachzusehen, ob es noch da sei, als ich es zusammen mit meinen übrigen persönlichen Dingen einpacken und mit nach Zar-Wildungen nehmen wollte.«

Der Jarl holte seinen Fächer hervor – er war fast so hübsch wie derjenige, den die Herzogin in ihrer Kutsche zurückgelassen hatte. Er war aus Ziegenleder und zeigte ein zierliches Muster aus Begräbnisurnen, Zypressengirlanden und Trauerweiden. Der Jarl öffnete ihn und fächelte sich leicht Luft zu. »Dann wollt Ihr sagen, daß dieser wertvolle Gegenstand zu jeder Zeit während des vergangenen halben Jahrs verschwunden sein kann – und aus diesem Grund hätte ihn jeder der vielen Leute an sich nehmen können, die Zugang zu Euren Privatgemächern gehabt haben? Aber natürlich seid Ihr beunruhigt – könnte es denn anders sein? Es ist schrecklich, nicht zu wissen, wem man vertrauen kann. Ich muß annehmen«, fügte der Jarl nach einem weiteren Augenblick des Nachdenkens hinzu, »daß ich gleichfalls zu den Verdächtigen zähle.«

Die Herzogin bedachte ihn mit einem gereizten Blick. »Glaubt Ihr etwa, daß ich Euch jetzt in die Sache einweihen würde, wenn Ihr unter Verdacht stündet?«

»Man kann nie wissen«, meinte Skogsrå mit einer tiefen Verbeugung. Heute sah er besonders wie ein Geck aus. Er trug ein winziges, dolchförmiges Schönheitspflästerchen an einem Augenwinkel und ein weiteres, mondsichelförmiges auf der gegenüberliegenden Wange.

»Denn die Hintergründigkeit und der Witz der gnädigen Frau liegen oftmals weit jenseits meines armseligen Verstands.«

»Ja«, sagte die Herzogin ein wenig schnippisch, »Ihr seid außerordentlich geradlinig. Aber genau diese Beschränktheit Eures Vorstellungsvermögens spricht Euch jetzt frei. Es will mir einfach nicht in den Kopf, daß Ihr das notwendige Wissen besitzen solltet und den Wert des Gegenstands erkennen würdet, wenn Ihr darüber stolpern, oder sogar seinen möglichen Nutzen verstehen würdet.« Sie zog sich die weißen Netzhandschuhe aus und ließ sie in den Schoß fallen, dann löste sie die Bänder ihres Huts. »Es war … ist … ein magisches Pergament, beschrieben mit geheimen Zeichen und Figuren, geschaffen unter außergewöhnlichen Umständen. Man muß etwas über seine Geschichte wissen, um zu erkennen, daß es mehr als ein gewöhnlicher Schutz-Zauberspruch ist.

Nun, wenn Euer Freund Vodni mich während dieser Zeit besucht hätte … ihn hätte ich gewiß verdächtigt«, sagte die Herzogin, nahm den Hut ab und legte ihn sorgsam auf den Stamm neben sich. »Denn *er* würde seinen Wert augenblicklich erkennen.«

»Bitte … er ist nicht mein Freund, dieser Vodni«, protestierte der Jarl. »Mein Landsmann, wenn Ihr so wollt, aber nicht mein Freund.«

»Natürlich«, sagte die Herzogin mit ihrem süßesten Lächeln. »Natürlich solltet Ihr Vodni um seiner Jugend und Energie willen beneiden, wenn auch wegen sonst nichts.«

Dies war zweifelsohne eine provokative Bemerkung, wenn sie von einer fast zweihundertjährigen Frau einem vierzigjährigen Gecken gegenüber ausgesprochen wurde. Aber der Jarl wußte, daß er noch immer einen gutaussehenden Mann abgab und daß die Frauen beim Anblick seines hübschen Gesichts und der goldenen Schmachtlocken noch immer aufseufzten. Er war willens, die Bemerkung durchgehen zu lassen.

»Ich mag Baron Vodni wegen seines übertriebenen Selbstwertgefühls nicht, seiner unerträglichen … ah, schön, es ist ein alter Groll und hat nichts mit der gegenwärtigen Angelegenheit zu tun«, sagte Skogsrå und ließ seinen begräbnisartig gemusterten kleinen Fächer zuschnappen. »Und ich bin also wegen meiner Tugend der Beschränktheit freigesprochen und Vodni aufgrund seiner Abwesenheit während der fraglichen Zeit. Wer bleibt dann noch übrig?« Der Jarl zählte an den Finger einer Hand ab: »Lord Vizbeck … Herr von Eichstätt … Dr. Mirabolo … der gute Herr Batsch … Lord Skelbrooke …«

»Es muß kein Mann gewesen sein«, unterbrach ihn die Herzogin schroff. »Wie Ihr wißt, habe ich auch Freundinnen. Woher nehmt Ihr die Gewißheit, daß es keine von ihnen war?«

Der Jarl nahm ihre kleine, weiche Hand und küßte sie. »Die gnädige Frau ist eine so furchteinflößende Persönlichkeit, daß es außergewöhnlicher Nerven bedürfte, um auch nur darüber nachzudenken, sie auf eine solche Weise zu reizen. Gewiß fehlte einer Frau …«

»Ihr vergeßt«, meinte die Herzogin mit einem eisigen Blick, »daß ich gleichfalls eine Frau bin.«

»Aber keine gewöhnliche Frau«, erwiderte der Jarl glatt.

»Nichtsdestoweniger«, sagte die Herzogin und zog ihre Hand zurück. »Ihr könnt mir nicht dadurch schmeicheln, daß Ihr mein Geschlecht herabwürdigt. Vielleicht war es eine Frau, vielleicht aber auch ein Mann. Vielleicht war es … Ursula Bauker, zum Beispiel. *Sie* ist zu allem fähig!«

»Das stimmt«, sagte der Jarl. »Nun dann … sagen wir, es war eine Frau. Warum nicht gleich Miß Sera Vorder verdächtigen … Miß *Seramarias* Vorder, die Enkelin des Alchimisten, der eben jenes Wissen besitzt (das können wir sicherlich vermuten), das mir fehlt, und Euer Kunstwerk auf den ersten Blick erkennen würde.«

»Und genau aus diesem Grunde die Hände davon lassen würde«, ergänzte die Herzogin mit einem kleinen, glucksenden Gelächter. »Oder habt Ihr Miß Vorders wohlbekanntes Mißfallen gegenüber allem, was nach Mystizismus riecht, vergessen?«

»Das habe ich nicht«, erwiderte Skogsrå. »Ich frage mich bloß, ob ich wirklich an dieses … Mißfallen glauben soll, wie Ihr es ausdrückt. Vielleicht ist es die ganze Zeit über nur eine Pose gewesen.«

Die Herzogin starrte ihn mit offenkundigem Unglauben an. »Mein lieber Jarl … was für eine Einbildungskraft Ihr habt! Das hätte ich nicht von Euch gedacht, nein, wirklich nicht. Meine Glückwünsche! Aber wollt Ihr allen Ernstes vorschlagen, daß Sera Vorder so – so pfiffig und verwegen sein konnte, diese … diese unglaubliche Pose … aufrechtzuerhalten … all die langen Jahre, nur um mich auszuspionieren und zu berauben?«

»Aber ganz gewiß glaube ich das«, sagte der Jarl. »Denn ich bin davon überzeugt, daß die junge Frau, wie Eure Freundin Lady Ursula, genügend Skrupellosigkeit besitzt, stur ihre eigenen Interessen zu verfolgen.«

Drei Tage später erschien Caleb genau zur gleichen Stunde wieder in Jenny Satinblumes Geschäft, um seine Einkäufe abzuholen. Die Zwergin wickelte die Kleider in braunes Papier, und der alte Mann kehrte mit dem Paket unterm Arm in die Buchhandlung zurück.

Als Caleb das Laboratorium betrat, wanderte sein Blick sogleich zu dem Kristallei auf dem eisernen Dreifuß. Aber zum erstenmal seit vielen Wochen war der Dreifuß leer. Zwei leere Eihälften lagen auf dem Tisch. Der Homunkulus war verschwunden.

Voller Panik sah sich Caleb um. Dann entdeckte er eine puppenähnliche Gestalt unter einem zerrissenen Stück Wolldecke in einem Korb auf dem Fußboden zwischen dem Brennofen und dem Destillierapparat.

Er sah Jenk wehmütig an. »Du hast sie geboren, während ich weg war!«

Jenk, der viel zu sehr mit seinen Flaschen, Phiolen und übelriechenden Tinkturen beschäftigt war, sah kaum von seiner Arbeit auf. »Mein lieber Caleb ... Ihr Übergang vom flüssigen Element zu Luft hätte traumatischer verlaufen können. In der Tat kreischte und kämpfte sie heftig, als ich sie aus ihrem Ei holte: Sie hörte sich an wie eine Amsel in den Krallen einer Katze. Es hätte dir gewiß nicht gutgetan, Zeuge ihrer Pein zu werden, und deine Anspannung hätte ihre Anspannung lediglich vergrößert.

Sie ruht jetzt«, fügte er ruhig hinzu. »Ich fürchte, sie ist völlig erschöpft, weil sie so heftig reagierte, aber sie schlummert anscheinend auf natürliche Weise. Zweifelsohne ist sie im Besitz eines voll entwickelten Lungenpaars.«

Mit dem ärgerlichen Gefühl, hintergangen worden zu sein, humpelte Caleb zu dem Korb hinüber, um seine winzige, schlafende ›Tochter‹ näher in Augenschein zu nehmen. Ihr graugrünes Haar war noch immer feucht – es sah merkwürdig federartig aus, wie Moos oder Farn –, und ihre Haut war bleich und hatte einen cremefarbenen Teint. Die Kiemen an beiden Seiten des Halses hatten sich geschlossen, und sie atmete leicht. Und auf einmal ... fühlte sich Caleb nicht mehr hintergangen, sondern verspürte Bescheidenheit und Dankbarkeit sowie eine leichte Ehrfurcht vor dem Wunder, das er und Jenk vollbracht hatten.

Er räusperte sich. »Sie ist ... sie ist wirklich hübsch, nicht wahr? Niedlicher als eine kleine Wachspuppe.«

»In der Tat«, sagte Jenk mit nachsichtigem Lächeln.

»Und das erinnert mich daran ... daß du mir ebensogut die Kleider zeigen könntest, die du für sie hast machen lassen.«

Aber als er die eleganten kleinen Kleider sah, die Caleb in Auftrag gegeben hatte, wurde aus dem Lächeln ein Stirnrunzeln. »Du willst sie anscheinend verderben. Du wirst ihr mit diesem feinen Zeug den Kopf verdrehen!« Er widmete sich wieder seinen Flaschen und Chemikalien. »Schon gut ... du kannst sie kaum umtauschen. Kleide sie an, wenn sie aufwacht.«

»Sie ankleiden ... ich?« fragte Caleb. Er hob den kleinen Korb auf und blickte zweifelnd auf das winzige weibliche Wesen hinab. Weder Kind noch Frau, wirkte sie dennoch wie irgend etwas dazwischen. Ihre Figur war noch unausgereift, entwickelte sich jedoch.

»Wir können kaum eine Frau herholen, die das erledigt«, meinte Jenk. »Ja, natürlich bist du derjenige, der sie anzukleiden hat. Hast du nicht bereits versprochen, die Rolle eines Kindermädchens zu übernehmen?

Sie muß in jeder Hinsicht vollkommen sein, ehe ich ihre Existenz überall bekanntgebe«, fügte Jenk hinzu. »Sie muß sprechen können ... lesen und schreiben ... und sie muß elegante Manieren haben. Niemand darf einen Zweifel daran haben, daß sie wirklich intelligent und sich selbst bewußt ist ... kein Tier, das irgendeine Reihe von Handlungen auf Befehl vorführt oder bestimmte Redewendungen nachplappert wie ein Papagei. Wäre sie nicht vollkommen, so wäre mein Triumph ebenfalls nicht vollkommen. Ich werde ihre Erziehung selbst in die Hand nehmen, wenn die Zeit kommt«, fuhr der Buchhändler mit wachsender Begeisterung fort. »Jetzt jedoch ... muß sie lernen, was jedes andere kleine Kind lernt: gehen, selbst essen und ihre Bedürfnisse mitteilen. Ich überlasse sie dir, Caleb, zumindest im Augenblick. Wenn du sie gelehrt hast, sich akzeptabel zu benehmen, benachrichtigen wir den Herzog, woraufhin er uns zweifelsohne einen Mann zur Beobachtung herschicken wird.«

Caleb verspürte eine jähe Anspannung. »Der Herzog... er wird nicht von uns erwarten, daß wir sie ihm übergeben, nicht wahr? Sie gehört uns, Gottfried ... sie gehört nicht ihm. Du hast versprochen, daß wir sie für uns behalten können.«

»Aber natürlich«, sagte Jenk. »Ich würde nicht daran denken, mich von ihr, meiner wunderbaren Schöpfung, zu trennen. Der Herzog muß sich mit der Formel zufrieden geben. Er *wird* sich mit der Formel zufriedengeben – in dieser Hinsicht brauchst du keine Angst zu haben.«

»Und später ... wenn man dir mehr Geld bietet – ein Zirkus oder eine Wanderausstellung – was dann?« beharrte Caleb.

»Sie ist nicht zu verkaufen ... sie ist ganz bestimmt nicht zu verkaufen. Ich bin traurig, mein lieber Caleb, daß du mir so etwas zutraust«, erwiderte Jenk mit einer Hand auf dem Herzen.

»Dann ist es gut«, sagte Caleb. »Das ist so, wie es sein sollte.

Weil ich dir gerade ins Gesicht hinein sage«, fuhr er hitzig fort, »daß uns niemand trennen wird, meine kleine Tochter und mich ... nicht, solange ich lebe und atme!«

28. Kapitel

In welchem Francis Skelbrooke eine Offenbarung erlebt

Nicht weit von der Steinbockstraße entfernt befand sich eine weitere dunkle, schmale Straße, in der die Sonne erst am Mittag schien und die abendlichen Schatten früh einfielen. Dennoch war die Blauphoenixgasse gar nicht so schmutzig und heruntergekommen. Dort wohnten die ›arbeitenden‹ Armen. Alte Häuser und bescheidene Geschäfte zogen sich die Straße entlang: Hier lebten Kerzengießer, Drukker, Seiler und Küfer; Altkleidersammler, Flickschuster und Lumpensammler; Lieferanten von Tinte, Federn, Papier, Heftklammern und Nadeln.

Eines Abends schlurfte eine finstere Gestalt in einem Friesmantel die Blauphoenixgasse entlang. Sie trug das schmutzige blonde Haar zu einem Pferdeschwanz gebunden und hatte einen zerdrückten Dreispitz tief ins Gesicht gezogen, um ihre Züge zu verdecken. Genau an der Stelle, wo die Straße den Fischweiberberg hinanstieg, hing eine grüne Laterne, die einen Lichtstrahl auf den Eingang einer sauberen, kleinen Apotheke warf.

Nach einem Augenblick des Zögerns betrat die Gestalt das Geschäft.

Es war eine typische Apotheke, vollgestopft und heimelig. Sie roch nach Kräutern und Salben, Seifen, Parfümen und Ölessenzen. An den Wänden zogen sich Regale und Schränkchen entlang, in denen Porzellankrüge und irdene Töpfe, Flaschen, Taschen und Schachteln standen, die Tabletten, Puder, Sirup, Elixiere, Stärkungsmittel und Tonika enthielten. Inmitten von Bündeln aus Mohnblumen, Hagebutten, Katzenminze, Fenchel und Krapp, die zum Trocknen aufgehängt waren, hing ein ausgestopfter Fisch. Auf einem kleinen Herd im hinteren Teil brannte ein Feuer, auf dem in einem Topf Lauge zu Seife verkochte, sowie ein Hypokaustum, in dem Honigwasser für Bonbons und Süßigkeiten gebraut wurde.

Die Inhaberin war eine weißhaarige, kleine Dame, die hinter der Theke in einem Schaukelstuhl saß und Etiketten für Flaschen mit ihrer spinnennetzartigen, dünnen Handschrift anfertigte. Der Mann – er war anscheinend entweder Gefängnisaufseher oder ein besonders tief stehender Kahnführer – sah, daß er und die Frau allein im Geschäft waren, und verriegelte die Tür hinter sich.

Er zog den Hut und vollführte eine tiefe Verneigung. »Euer gehorsamster Diener, Mistreß Sancreedi.«

»Lord Skelbrooke … was habt Ihr mich erschreckt!« sagte die kleine Frau, obgleich ein schelmisches Zwinkern ihrer Augen darauf hindeutete, daß sie ihn in seiner Verkleidung sofort erkannt hatte. »Darf man fragen, was dieses … erstaunliche Kostüm … zu bedeuten hat?«

»Gemeine Männer, böse Taten, und (wenn ich erfolgreich bin) Rache, und zwar nicht von schlechten Eltern«, erwiderte Skelbrooke. Er fühlte sich offensichtlich wie zu Hause, setzte sich auf die Theke und legte seinen ramponierten Dreispitz neben sich. »Ich erhielt gestern Eure Nachricht, die außerordentliche Enthüllungen versprach. Und ich hätte gestern abend kommen sollen, aber ich war anderweitig beschäftigt.«

Mistreß Sancreedi schüttelte den Kopf. »*Unerwartete* Informationen … dies war der Sinn meiner Botschaft. Ich muß schon sagen, da habt Ihr mich vor ein ganz schönes Rätsel gestellt. Ich habe die ganzen letzten Tage gebraucht, um den Inhalt dieser Phiole zu analysieren, die Ihr mir brachtet.«

»Und ...?« fragte Skelbrooke und ließ seine Beine baumeln.

Mistreß Sancreedi legte ihre Feder nieder. »Im Prinzip enthält sie die Essenz einer seltenen Pflanze, die nur in den Bergen des Kontinents Orania wächst. Ihr habt recht gehabt mit Eurer Vermutung, daß diese Arznei Ursache für Elsie Vorders Panikanfälle und Visionen ist – aber ich muß Euch sagen, daß sie oftmals als Tonikum zur Kräftigung des Bluts angewendet wird und vielleicht in dieser Absicht unschuldigerweise verschrieben wurde. Ihr sagtet mir – nicht wahr? –, daß Dr. Mirabolo eine Infektion des Bluts diagnostiziert habe.«

»Das stimmt«, pflichtete Skelbrooke bei. »Aber meine eigenen Beobachtungen ...«

»Eure eigenen Beobachtungen stimmen mit meinen überein. Zumindest, als ich sie noch kannte, hatte Elsie Vorder einen schlechten Blutkreislauf, der auf ungenügende Bewegung, einen unregelmäßigen Tagesrhythmus und eine unangemessene Diät zurückzuführen war. Ihr *ursprüngliches* Problem, glaube ich, war nichts weiter als die wachsenden Schmerzen und verrückten Sprüche, wie sie unter jungen Mädchen im Alter von zwölf oder dreizehn gang und gäbe sind. Hätte man sie in Ruhe gelassen, damit sie sich auf natürliche Weise erholte, wäre sie heute ebenso gesund wie ihre Kusine Sera. Aber das ist nicht das Thema«, sagte Mistreß Sancreedi. »Wie wir beide wissen, ist es unter Ärzten kaum ungewöhnlich, nicht einer Meinung zu sein – und Dr. Mirabolo war in der Tat nicht der erste von Elsies Ärzten, der eine Blutkrankheit diagnostizierte. Selbst ich muß zugeben, daß ein Mädchen, das regelmäßig ein Frühstück aus Essig und Keksen erhält, sehr wohl von einem blutaufbauenden Tonikum profitieren kann. Was die anderen, unglücklichen Nebenwirkungen der Arznei angeht… sie sind wesentlich weniger bekannt, und man kann sie in der Tat leicht vermeiden. Die Visionen und das aufsteigende Gefühl von Panik treten nur auf, wenn auf eine große Dosis des Tonikums sehr bald die Einnahme von Zucker und Alkohol folgt… wie ein Stärkungsmittel oder Kuchen oder süßer Wein oder…«

»… oder Kirschlikör«, beendete Lord Skelbrooke.

»Hat Elsie auf Herzog Xenos Ball Kirschlikör getrunken? Ja, das hätte bestimmt eine Attacke herbeigeführt, wenn sie früher am Abend ihre Arznei genommen hätte.« Mistreß Sancreedi machte sich wieder an das Beschriften ihrer Flaschen. »Es ist absolut möglich, daß Elsies Probleme nur das Ergebnis ehrlicher Unwissenheit von Dr. Mirabolo und Jarl Skogsrå sind, die vielleicht nicht wissen, daß man sie vor diesen unerwünschten Nebenwirkungen der Arznei warnen muß.«

Skelbrooke rutschte von der Theke. »Ein Irrtum, der Jarl Skogsrå sehr zupaß kommt. Er nutzt nämlich Elsies Anfälle und seine Fähigkeit, sie daraus zu erlösen, dazu, sie gefühlsmäßig an sich zu binden und sie mit seiner Werbung immer heftiger zu bedrängen. Die ganze Situation riecht so sehr nach einem bewußten Einfädeln, und seine Methoden sind so finster…«

»Seine Methoden erscheinen mir überhaupt nicht finster.« Mißtreß Sancreedi tunkte ihre Feder in das Tintenfaß auf dem Regal neben sich. »Dieser animalische Magnetismus – oder diese Bewußtseinskontrolle, wie Ihr sie in der Vergangenheit nanntet – unterscheidet sich nicht so sehr von einer Methode, die *ich* benutze, um meine Patienten zu beruhigen und unruhige Geister zu beschwichtigen. In den alten Tagen nannte man das Feenzauber, denn unter denjenigen von uns mit einer Blutspur ist er ganz natürlich.«

Sie sah von ihrer Arbeit auf. »Er ist, wie ich glaube, ein sehr wichtiger Teil des berühmten Charmes der

Herzogin und mag auch sehr nahe mit jenen Sprüchen verwandt sein, die *Ihr* benutzt, um Eure Illusionen zu schaffen. Das Gesicht, das Ihr beim Eintreten aufgesetzt hattet, zum Beispiel … das war sehr überzeugend.«

»Mit allem schuldigen Respekt, meine Dame, das sehe ich anders«, meinte Skelbrooke, während er im Geschäft auf und ab ging. »Die Fähigkeit, von der Ihr sprecht, ist (meiner Ansicht nach) ein Naturtalent, eine Art von Intuition. Wohingegen die Magie, die ich praktiziere, eine Disziplin des Bewußtseins ist, die Nutzanwendung eines trainierten Willens, die …«

»Ja, ja«, sagte Mistreß Sancreedi mit einem komischen Seufzer. »Darüber haben wir schon früher diskutiert. Zweifelsohne ist es so, wie Ihr sagt … dennoch wird dieser angewandte Wille gleichfalls von einer natürlichen Begabung Eurerseits unterstützt. Ich habe mich oftmals gefragt, mein lieber Francis, ob Ihr nicht vielleicht einer der unseren seid und es nur nicht wißt.«

Lord Skelbrooke versteifte sich. »Ich kann Euch versichern, daß meine Vorfahren einzig und allein Menschen waren, auf beiden Seiten der Familie. Die Stammbäume, die ich als Junge auf Geheiß meines Großvaters rezitieren mußte …«

»Natürlich kein relativ junger Vorfahr«, sagte die Frau. »Ansonsten würdet Ihr es bestimmt wissen. Feen-… gaben … nehmen nicht immer eine attraktive Gestalt an, sind jedoch praktisch nicht zu verwechseln. Bleibt einmal stehen und betrachtet Euch im Spiegel, Francis. Aber ich komme vom Thema ab …

Ich weiß, daß Ihr bereit seid, und mehr als bereit, der Herzogin böse Absichten zu unterstellen, dennoch habt Ihr keine Ahnung, worin diese Absichten liegen könnten. Mein lieber Junge«, fragte sie mit einem schmerzlichen Ausdruck, »wie lange müssen die Frauen aufgrund der Bösartigkeit dieser einen Frau in Eurer Wertschätzung noch leiden?«

»Ich glaube«, meinte Skelbrooke, der wieder rastlos im Geschäft auf- und abging, »daß ich in wacheren Augenblicken sehr wohl den Unterschied zwischen einer guten Frau wie Euch … und der anderen Sorte erkenne. Nichtsdestoweniger ist die Herzogin für mich keine tugendhafte Frau. Zweifelsohne werdet Ihr mir sagen, daß sie großzügig ist … daß sie Krankenhäuser, Schulen und andere Wohltätigkeitseinrichtungen unterstützt – alles mit dem Geld des Herzogs. Aber ich werde Euch sagen, daß ihre privaten Gewohnheiten pervers sind und daß sie ein breitgefächertes und umfassendes Wissen von den Schwarzen Künsten besitzt.«

Mistreß Sancreedi verschloß ihr Tintenfaß und ihren Topf, in dem Klebstoff war. »Dennoch bedeutet das Studium dieser Künste nicht notwendigerweise auch, sie zu praktizieren – wie sonst wollten gute Leute wie Ihr und ich sie erkennen? Nein, ich würde nicht so weit gehen und die Herzogin eine tugendhafte Frau nennen, aber eines kann ich Euch versichern: Marcella wird nicht *müßig* böse Taten begehen. Das liegt nicht in ihrer Natur; das liegt in keiner Feennatur, ob sie nun Fee oder Halbfee ist. Unter den gegebenen Umständen kann ich nicht glauben, daß sie Elsie Böses will.

Es wäre etwas anders«, fügte sie hinzu, »wenn wir von irgendeiner Tat Elsies Kenntnis hätten, durch die sie die Herzogin beleidigte. Sie vergibt nicht leicht, diese Feenbande, und ihre Rache kann … maßlos sein. Es müßte nicht einmal etwas sein, das Elsie absichtlich getan hat. Doch das Mädchen bietet so wenig Angriffsfläche, daß mir selbst die Vorstellung einer unabsichtlichen Beleidigung schwerfällt.«

»Mir auch«, sagte Skelbrooke mit einem leichten Kopfschütteln.

Es war ein völlig anderer Francis Skelbrooke, der am späteren Abend desselben Tages mit seinen Logenbrüdern in der Gildenhalle speiste: frisch gebadet und frisiert, gepudert, parfümiert, mit Schönheitspflästerchen, in pastellfarbenem Satin und schneeweißer Spitze sowie einer mit einem Muster aus Rosen und Stiefmütterchen verzierten Weste. Die Mitglieder der Gilde aßen ein vorzügliches Mahl und verweilten noch lange über ihrem Brandy.

»Mein lieber Lord Skelbrooke … erzählt uns doch bitte etwas von Euren neuen Forschungen«, sagte ein blasser junger Bursche mit grauer Perücke, ein weiterer der ›gelehrten Gentlemen‹, die dem spekulativen Zweig der Gilde nahestanden. »Ihr seid gegenwärtig wohl in etwas besonders Gefährliches und Aufregendes verstrickt.«

Lord Skelbrooke zog seine Taschenuhr. Sie war wie ein Ei geformt: ein sehr hübsches kleines Spielzeug, wenn auch ein wenig arg groß geraten. Sie war von einer Muschel aus weißem Porzellan umgeben und mit winzigen Blumen bemalt. »Ich bemühe mich gerade, dem weißen Sklavenhandel ein Ende zu bereiten, wie er in Thornburg und den benachbarten Städten praktiziert wird. Hübsche junge Mädchen … und manchmal auch junge Knaben«, sagte er, hob die obere Hälfte des Eis an und studierte das Zifferblatt darunter. »Entführt und weggeschafft – manchmal in Wagen über die Alpen, öfter jedoch in Schiffen über Spagne – und nach Ynde verkauft, um als Konkubinen oder sogar gewöhnliche Prostituierte zu dienen.«

»Zweifellos eine schockierende Praxis«, sagte der blasse, junge Gentleman. »Obgleich ich nicht ganz verstehe, weshalb dies Eure Sorge sein sollte. Eure Aufgabe – in der Tat, die Aufgabe, die wir alle gemeinsam teilen – besteht darin, Mißbrauch der Magie aufzuspüren und dafür zu sorgen, daß die Verbrecher bestraft werden.«

Skelbrooke lächelte sein süßestes und höflichstes

Lächeln. »Aber natürlich, Lord Mallekin, es ist genau so, wie Ihr sagt. Und da dies so ist... wäre es vielleicht nicht angemessen, daß Ihr uns Eure eigenen (zweifellos beträchtlichen) Erlebnisse bei der Verfolgung dieses Ziels mitteilt?«

Es folgte ein peinliches Schweigen, währenddessen Lord Mallekin und einige der anderen Gentlemen unbehagliche Blicke austauschten. Lord Mallekin räusperte sich. »Entschuldigt bitte, ich wollte keine Kritik üben... Mir ist wohl bewußt...«

»Wie Euch wohl bewußt ist«, sagte Skelbrooke und schloß seine Uhr, wobei er noch immer dasselbe liebenswürdige Lächeln zeigte, »ist es nur meiner Gegenwart unter Euch zu verdanken, daß dieser Versammlung überhaupt einige Glaubwürdigkeit gebührt. Denn keiner von Euch besitzt meinen Willen, Risiken einzugehen, über die Ihr Euch nicht einmal getraut, nachzudenken. Ihr seid Euch ebenfalls bewußt, daß Ihr und Eure Gefolgsleute bis zu meiner Ankunft in Thornburg und der Übergabe meiner Beglaubigungsschreiben an den Großmeister...«, hier nickte er respektvoll mit dem Kopf in die Richtung von Christopher Eulenfeder »... sowie meiner ordnungsgemäßen Aufnahme in die Versammlung Euch kaum aktiv um die Verfolgung dieses besonderen Ziels gekümmert habt... Entschuldigt bitte, ich wollte damit nicht sagen, daß die anderen Ziele der Glasmacher vernachlässigt wurden, daß die Armen nicht gespeist oder daß Witwen und Waisen nicht unterstützt wurden, oder daß mein eigener Beitrag in irgendeiner Weise wichtiger ist als die wohltätigen Werke dieser Institution... aber in Anbetracht des Eids, den alle von uns geleistet haben, nämlich *die* Schuldigen zu suchen und Gerechtigkeit zu schaffen, ist nichts davon geschehen, außer daß viel geredet und endlose Rituale abgehalten wurden. Sogar jetzt...«

»Sogar jetzt«, warf Herr Eulenfeder von seinem Platz

am Kopf der Tafel aus ein, »habt nur Ihr, mein guter Francis, den Mut, die Kühnheit und die notwendige Erfahrung, eine aktive Rolle zu übernehmen. Aus diesem Grund«, fügte er mit einem bedeutsamen Blick in Richtung auf Lord Mallekin hinzu, »habe ich die Position bezogen, daß es nicht Aufgabe der Gilde ist, Lord Skelbrookes Aktivitäten zu diktieren, sondern nur, sie zu unterstützen. Und wo und wann er zu handeln wünscht, muß allein seiner Entscheidung überlassen bleiben.«

»Ich danke Euch«, sagte Skelbrooke mit einem weiteren Nicken. »Ich bin völlig davon überzeugt, daß dies, was Euch betrifft, Herr Eulenfeder, keiner Erklärung bedarf. Aber um der anderen hier anwesenden Gentlemen willen werde ich soviel sagen: Es gibt Anzeichen dafür, daß diese weißen Sklavenhändler in gewissem Ausmaß Magie gebrauchen, um ihren Opfern eine Falle zu stellen und sie gefügig zu halten. Diese Zaubersprüche, so gering sie in sich selbst sein mögen, wären kaum meiner Aufmerksamkeit wert, gäbe es nicht den Zweck, wozu sie angewendet werden.«

»Nichtsdestoweniger«, beharrte der junge Mann mit der grauen Perücke, »und was ich von Euren vorherigen Aktivitäten weiß, so erscheint dieses Projekt nicht auf der Linie Eurer üblichen Unternehmungen zu liegen.«

»Mein lieber Lord Mallekin …« Skelbrookes Stimme bekam einen stählernen Klang, und sein Lächeln verlor etwas von seiner Süße. »Ich stelle mich allem entgegen, das die Unschuld vergewaltigt.«

Die Glasmacher führten ihre privateren Zeremonien in einem Gewölbe unterhalb der Zunfthalle durch: eine weite, achteckige Kammer aus Stein, die bewußt wie der Brennofen eines Glasbläsers gebaut worden war. In jeder Wand waren bogenförmige Öffnungen, außer im Osten, wo sich die schweren Eisentüren befanden.

Es gab sieben Bogen, zweimal sieben Säulen und sieben Marmorstatuen der geflügelten Schicksalsgötter. Der Fußboden war in einem komplizierten Mosaikmuster gekachelt, das den Aufstieg der Seele durch die sieben Sphären zeigte. Im Zentrum des Gewölbes lag ein erhöhtes Podest, zu dem neun flache Stufen hinaufführten.

An diesem besonderen Abend waren nur die Logenmitglieder vom sechsten Rang an aufwärts anwesend, denn es wurde die Zeremonie einer Erhöhung zu folgendem Rang und Titel abgehalten: Erhabener Befehlshaber des brennenden Wassers.

Zwei Wächter standen an der nördlichen und südlichen Tür, Francis Skelbrooke und Meister Ule, beide in purpurnen Gewändern, übersät mit Sonnen und Sternen. In ihrem Gürtel steckte ein scharf geschliffener Dolch mit Goldgriff. Herr Eulenfeder, als Großmeister, wartete auf dem Podest.

Die Eisentüren öffneten sich; die Wächter zogen ihre Dolche. Und zwei Mitglieder, die als Kapläne agierten, erschienen auf der Türschwelle. In ihrer Mitte geleiteten sie den Kandidaten, der eine Binde über den Augen trug. Seine Handgelenke waren mit breiten Handschellen gefesselt, die von einer starken Kette zusammengehalten wurden – was das schwere Gewicht symbolisierte, das diejenigen, die in Unwissenheit leben, in der Welt zu tragen haben. Die Kapläne geleiteten ihn zu dem Podest, und Herr Eulenfeder stieg herab und löste die Binde von den Augen.

Francis Skelbrooke neben der Tür hatte die größten Schwierigkeiten, sich auf die Handlung vor dem Altar zu konzentrieren. Seine Gedanken schweiften immer wieder zur Apotheke und zu den verwirrenden Enthüllungen der Mistreß Sancreedi zurück. Jeder Instinkt, den er sein eigen nannte, versicherte ihm, daß Skogsrå und die Herzogin eine Bedrohung für die Gesundheit und das Wohlergehen Elsie Vorders darstellten, dennoch entglitt ihm immer wieder die Natur dieser Bedrohung. Etwas fehlte, sagte er sich, ein Schlüssel, ein Wort, eine Wahrnehmung fehlte, so daß er sich außerstande sah, die richtigen Verbindungslinien zu ziehen.

Oben auf dem Podest nahm das Ritual seinen Fortgang. Der Großmeister holte einen Dolch hervor und setzte ihn dem Neuling in einem Zeremoniell an die Kehle. Nachdem er die korrekte Erwiderung erhalten hatte, zog er die Klinge weg und befreite den Kandidaten von seinen Fesseln. Der Neuling überkreuzte die Arme, die Handflächen nach oben, und bot Herrn Eulenfeder seine Handgelenke dar, der auf rituelle Weise jedes leicht einritzte.

Heftig zusammenfahrend ließ Skelbrooke seinen Dolch klappernd auf den gefliesten Boden fallen, wodurch alle Augen in seine Richtung gezogen wurden. Mit einem verlegenen Wort der Entschuldigung beugte er sich, um seine Waffe wieder aufzuheben.

Eine blitzartige Intuition hatte dafür gesorgt, daß alle Tatsachen in Skelbrookes Gehirn zu einem sauberen, verständlichen Muster zusammengefallen waren. Doch das solchermaßen enthüllte Rätsel war so phantastisch, die ganze Sache so äußerst unwahrscheinlich, daß er sich nicht völlig gewiß war, selbst tatsächlich daran zu glauben.

Gewiß, dachte Skelbrooke (während er die Klinge durch seinen Gürtel schob und sich bemühte, wieder ins Gleichgewicht zu kommen), gewiß konnte er nichts davon Sera Vorder in einem Brief mitteilen – nicht, wenn sie ihm auch nur ein einziges Wort glauben sollte. Nein, entschied er, er müßte persönlich nach Zar-Wildungen reisen und dafür sorgen, daß er Sera unter vier Augen sprechen konnte. Sobald er sie überzeugt hätte, läge es an Sera, nun ihrerseits Elsie davon zu überzeugen, daß eine Intrige gegen sie gesponnen wurde.

Dennoch erforderte sein gegenwärtiger, gefährlicher Auftrag noch immer seine unmittelbare Aufmerksamkeit. Er konnte Thornburg nicht verlassen, ehe die Sache nicht abgeschlossen war, ansonsten würde das Opfer, das er sich auserwählt hatte, durch die Maschen des Netzes schlüpfen, das er so sorgfältig webte, und entkommen.

Aber … drei Tage, um die Sache zu beenden, äußerstenfalls vier … und dann zwei Tage auf der Straße nach Zar-Wildungen, wenn er rasch vorankäme und ihn unterwegs nichts aufhielte. Innerhalb einer Woche wäre er dort. Elsie und der Jarl waren nicht einmal verlobt, und deswegen befand sich Elsie Vorder nicht in *unmittelbarer* Gefahr.

Skelbrooke war zuversichtlich, daß er den Landsitz des Herzogs rechtzeitig erreichen würde – und daß genügend Zeit bliebe, eine Hochzeit zu verhindern … und einen Aderlaß.

29. Kapitel

In welchem Skogsrå mehr über die Absichten der Herzogin erfährt

Die Straße zwischen Lüftmal und der größeren Stadt Pfalz war in einem guten Zustand, und die Herzogin und ihre Gesellschaft reisten stetig mit einer Geschwindigkeit von etwa fünf Meilen die Stunde dahin. Dann aber gabelte sich die Straße, und die Kutsche sowie die ihr folgende, leichtere Kalesche verließen die breite und leicht zu befahrende Straße und folgten einer gewundenen Straße zum Landsitz des Herzogs von Zar-Wildungen.

Die Straße wurde bald holperig, Furchen zogen sich hin, und die große, schwere Berline polterte und schaukelte in einer Weise, daß die Damen im Innern mächtig durchgerüttelt wurden. Jarl Skogsrå und sein Gefährte Herr Batsch nahmen in seinem gutgefederten Kabriolett die Schlaglöcher jedoch leichter und trafen vergleichsweise frisch an den Eisentoren von Wichtelberg ein.

Von dort aus war der Weg ebener; eine mit Kies aufgeschüttete Zufahrt wand sich in weiten, leichten Schwüngen durch den Park. Die Herzogin schüttelte die Röcke aus und richtete den Hut, roch an dem belebenden Hirschhornsalz und öffnete den Fächer. Die beiden Mädchen, die sich rascher erholten, setzten sich jeweils an ein Fenster.

Die Zufahrt verlief fast eine weitere Meile dahin. Es ging durch bewaldetes Land, dann an einem See vorüber und eine von Eschen gesäumte Allee hinab, ehe Sera und Elsie einen ersten Blick auf das Gebäude erhaschten.

Das Landhaus lag auf einem ansteigenden Gelände oberhalb des Sees und war ein großartiges, weitläufiges, von Zwergen errichtetes Gebäude aus weißgekalktem Stein, das man über eine Reihe von Marmorterrassen erreichte. Die Kutsche blieb vor einer Flucht niedriger Stufen stehen, und die Herzogin stieg als erste aus, gefolgt von Sera und Elsie.

Ein breitschultriger, junger Mann in einem maßgeschneiderten Anzug aus extrafeinem Tuch erschien oben auf der Terrasse. Er lief die Stufen hinab und präsentierte sich mit einer sehr hübschen Verneigung der Herzogin.

»Mein lieber Junge, wie entzückend, Euch wiederzusehen!« meinte die Herzogin. »Darf ich Euch meine Begleiterinnen vorstellen, Miß Seramarias und Miß Elsie Vorder; dieser Gentleman ist Baron Vodni.«

Der Baron besaß einen offenen Gesichtsausdruck und eine frische Hautfarbe. Er trug das Haar lässig zurückgebunden, wobei eine verirrte, dunkle Locke über die Braue herabfiel, was sehr romantisch wirkte. Er sah aus, dachte Sera, wie ein Mann, dem das Landleben gefällt. Er verbreitete eine behagliche, anmutige Aura um sich, während er zunächst Elsies und dann Seras Hand nahm und sich dabei jedesmal elegant verneigte.

Dann wandte er sich um, Jarl Skogsrå zu begrüßen, der gerade seiner Kalesche entstieg. »Mein alter Freund… Ihr seht zu Tode erschöpft aus. Die Reise war zweifelsohne schwierig und anstrengend. Aber Ihr dürft Euch nicht so verausgaben… wirklich, das dürft Ihr nicht«, sagte Vodni mit einem breiten Grinsen. »Um Eurer Freunde willen, mein lieber Skogsrå, Ihr müßt unbedingt auf Eure Gesundheit achten.«

»Ich danke Euch«, erwiderte der Jarl mit einer charakteristischen Grimasse. »Meine Gesundheit ist nach wie vor ausgezeichnet – Ihr junger Fatzke –, und ich bin nicht so viel älter als Ihr.«

Baron Vodni strahlte weiterhin. »Aber natürlich … ein Jahrzehnt oder zwei – was bedeutet das schon? Ich will nicht respektlos sein. Macht Euch keine Sorgen, ich bitte Euch.«

Es war offensichtlich, zumindest für Sera, daß die beiden Männer einander herzlich verabscheuten, und deswegen stieg der Baron in ihrer Wertschätzung. In seinem Benehmen lag gewiß nichts Spöttisches oder Anrüchiges, als die Herzogin ihn Hermes Batsch vorstellte. »Der Herzog hat mich hergeschickt, Euch willkommen zu heißen, Sir. Im Augenblick ruht er gerade, aber er hofft, Euch heute abend in seinem Arbeitszimmer zur Verfügung stehen zu können.«

Der Baron schritt neben Sera über die Marmorterrasse. »Seramarias … ein bezaubernder Name. Der mystische Edelstein von unschätzbarem Wert. Der strahlende Seramarias, den Männer suchten … Ich fürchte, den Rest des Gedichts habe ich vergessen, aber er fällt mir vielleicht wieder ein.«

»Seid Ihr ein Dichter, Mylord?« fragte Sera stirnrunzelnd. Sie war nicht gerade begierig darauf, die Bekanntschaft eines weiteren poetisch veranlagten jungen Edelmanns zu machen.

»Aber nein!« erwiderte Vodni, nach wie vor gut gelaunt. »Obgleich ich einmal einen Ehrgeiz in diese Richtung entwickelt hatte. Kein Poet, Miß Vorder, sondern der Sekretär des Herzogs von Zar-Wildungen.«

»Des Herzogs …« Sera war einen Augenblick lang verwirrt. »Vielleicht habe ich die Herzogin mißverstanden. Ihr seid … Ihr seid *Baron* Vodni, nicht wahr?«

»Baron Nicolai Vodni … aber der Titel ist wenig mehr als eine Höflichkeit«, entgegnete er. »In meiner Familie sind wir alle Barone und Baronessen … Das ist in unserem Land üblich, wo man leichter an Titel kommt als an Gold. Meinem Onkel gehört ein hübsches Herrenhaus nahe Katrinsberg, das er von meinem Großvater geerbt hat... aber in Ruska muß sich der jüngere Sohn eines jüngeren Sohns oftmals, wie anderswo auch, seinen Lebensunterhalt selbst verdienen.

Ihr dürft nicht glauben, daß ich mich beklage«, fügte er fröhlich hinzu. »Abgesehen von meinen vereitelten poetischen Ambitionen gefällt mir meine Situation sehr gut! Und ich glaube, ein so energischer Mann, wie ich es bin, muß einen Beruf haben, damit ihm kein Unheil widerfährt.«

Die persönlichen Diener der Herzogin wie auch die Diener des Hauses hatten sich in der großen marmornen Eingangshalle zu ihrer Begrüßung aufgestellt. Sie wies Sera und Elsie eine Zofe zu und delegierte einen Diener für den Jarl und Herrn Batsch.

»Ich glaube«, sagte sie zu ihren Gästen, während sie den Affen Sebastian an ihren Butler übergab, »daß für alle genügend Zeit ist, eine kurze Ruhepause einzulegen, ehe man sich zum Abendessen umkleidet. Was mich betrifft... so möchte ich dringend dem Herzog einen Besuch abstatten. Begleitet Ihr mich, Vodni?«

»Es wird mir ein Vergnügen sein«, meinte der Baron und bot ihr den Arm.

»Ich verspüre nicht den Wunsch zu ruhen«, sagte Skogsrå. »Ich bin... rastlos, überhaupt nicht müde. Mit Erlaubnis der gnädigen Frau werde ich sie ebenfalls begleiten.«

Die gnädige Frau hob eine Braue, erhob jedoch keinen Einwand, nicht einmal, als Skogsrå ihr und Vodni aus der Halle hinaus und einen breiten Korridor hinab folgte, an dem sich Rüstungen und alte Porträts in vergoldeten Rahmen entlangzogen.

»Und was haltet Ihr von den jungen Damen... meinen Gästen?« fragte die Herzogin den Baron, während sie auf den östlichen Flügel zuschritten, wo die Räumlichkeiten des Herzogs lagen, die zum See hinführten. »Sind sie nicht beide entzückende junge Frauen?«

»Denkt stets daran…«, warf Jarl Skogsrå ein, wobei er leicht die Zähne bleckte, »daß Miß Elsie Vorder für mich bestimmt ist.«

Baron Vodni vollführte eine wegwerfende Geste. »Was mich betrifft, so ist sie völlig die Eure. Ich will Euch gleich sagen, daß sie nicht nach meinem Geschmack ist. Die andere jedoch – so lieblich und geistreich, wie sie erscheint –, von ihr bin ich bezaubert, durch und durch bezaubert. Mit Erlaubnis der gnädigen Frau würde ich Miß Seramarias Vorder gerne besser kennenlernen.«

»Und das werdet Ihr auch«, sagte die Herzogin, offensichtlich erfreut. »Ihr müßt das auch. Ich gestehe, ich hatte darauf gehofft, daß sich eine gegenseitige Anziehung entwickelt. Freundet Euch auf jeden Fall mit ihr an, gewinnt ihr Vertrauen, wenn Ihr könnt. Vielleicht wird sie sich dann Euch anvertrauen.

Obgleich ich Euch warnen muß«, fügte sie mit einem hämischen Seitenblick auf den Jarl und einem glucksenden Lachen hinzu, »unser Freund Skogsrå will uns glauben lassen, daß das Mädchen ein Ungeheuer an Niedertracht ist. Als eine Art Agentin zu uns geschickt, um uns auszuspionieren und mich all meines Besitzes zu berauben. Da dies so ist, solltet Ihr vielleicht behutsam vorgehen. Das Mädchen ist bei weitem tiefgründiger, als Ihr oder ich je denken würdet.«

Der Herzogin und Vodni blieb genügend Zeit für ein herzliches Lachen auf Skogsrås Kosten, ehe sie die Gemächer des Herzogs erreichten. Dort entließ die Herzogin die beiden und verschwand im Schlafgemach des Herzogs. Skogsrå stand im Flur und sah mit funkelndem Blick auf die Tür, die sie gerade hinter sich geschlossen hatte.

»Nun, weshalb dieser finstere Blick?« fragte Vodni.

»Ist es möglich, daß Ihr ein Auge auf beide Mädchen geworfen habt – daß Ihr um beide zur selben Zeit werben wollt?«

»Ich beabsichtige nichts dergleichen. Ich will lediglich den Anweisungen der gnädigen Frau gehorchen«, erwiderte der Jarl mit dem Anschein, schwer verletzt worden zu sein. »Ich tue alles, was sie von mir verlangt... ich bin ihr völlig zu Diensten, und dennoch macht sie sich fortwährend über mich lustig. Ein Ungeheuer an Niedertracht, sagte sie... Und was ist die Herzogin selbst – wenn sie Euch auffordert, das Vertrauen der jungen Frau zu gewinnen – während ihr beide die ganze Zeit über alle Anstrengungen unternehmt, die Geheimnisse ihres Großvaters zu rauben?«

Vodni lachte erneut. »Die Geheimnisse ihres Großvaters zu rauben? Wie ungerecht Ihr seid! Die Informationen, die wir bislang erhalten haben, wurden alle gekauft und bezahlt... und dieser Gottfried Jenk lebt die ganzen Wochen über bereits von den Gaben des Herzogs. Ich gebe zu, daß eine gewisse Täuschung sich als notwendig erwiesen hat. Der Alchimist ist zu dem Glauben veranlaßt worden, daß der Herzog sein Wohltäter ist... was jedoch Raub betrifft...«

»Und ist es kein Raub, wenn man die überraschenden Ergebnisse seiner Experimente veröffentlicht, ehe Jenk selbst dazu imstande ist?« fragte Skogsrå. »Die Herzogin möchte allen Ruhm für sich in Anspruch nehmen. Ihr reißt die Augen auf... Ihr spielt den Überraschten. Wollt Ihr etwa vorgeben, daß ihre Motive nicht genau so sind, wie ich sie beschrieben habe?«

»Vorgeben?« meinte Vodni mit einem weiteren verärgerten Lachen. »Ich gebe nichts vor. Die Motive der Herzogin sind reiner, als Ihr glaubt. Sie will die Ergebnisse von Jenks Experimenten nicht veröffentlichen; sie möchte sie kopieren. Sie möchte, mein lieber Skogsrå... Mutter werden.«

Das Erstaunen stand dem Jarl ins Gesicht geschrieben. »Aber ja, ich gebe Euch mein Wort, es ist so«, sagte Vodni. Er wandte sich von der Tür ab und schritt forsch den Flur entlang, wodurch er den Jarl, der mehr hören wollte, dazu zwang, den eigenen, humpelnden Gang zu beschleunigen, um mit ihm Schritt halten zu können. »Diese Halbfeen – selbst Dreiviertelfeen wie die Herzogin – haben im allgemeinen Schwierigkeiten, eigene Kinder zu gebären. Einige Familien haben mehr Glück als andere; sie haben wenige Kinder, aber die Nachkommen sind rein. Aber die weniger glücklichen… die Empfängnis ist leicht… sie sind so fruchtbar wie Kaninchen… aber ihre Nachkommen sind oftmals in so erbärmlichem Zustand, daß sie im Mutterleib sterben – oder so grotesk verunstaltet, so wild und exzentrisch in ihrem Erscheinungsbild geboren werden, daß sie keinerlei Ähnlichkeit mit einem Elternteil aufzeigen.

Weil sie noch weniger als unfruchtbar sind, zeigen so viele dieser Mischlingsfeen ein brennendes Interesse an solchen Angelegenheiten wie Geburten, kleinen Kindern und Taufzeremonien«, fügte er hinzu. »Ist das der Grund, weswegen sie sich so begierig als Taufpaten anbieten?«

Der Jarl zeigte ein häßliches, höhnisches Grinsen. »Und Hochzeiten für ihre Patenkinder arrangieren, wie sie die Herzogin für Elsie Vorder arrangieren will? Merkwürdig, daß die Mütter und Väter dieser Kinder so einfältig sein sollten.«

Vodni schüttelte leicht den Kopf. »Die Herzogin ist niemandes Taufpatin – gewiß nicht Miß Elsie Vorders Patin. Ich verstehe nicht ganz, weshalb sie so tut, als wäre sie es. Auch hat die gnädige Frau keine eigenen Kinder – weder vom Herzog noch von einem anderen, gleich, ob Mann, Fee, Gnom oder Zwerg, den sie über die Jahre hinweg als Liebhaber genommen hat – entschuldigt bitte: kein Kind, das sie anerkennen möchte. Und daher ist sie so besessen, besessen von dieser Idee, daß sie, wenn sie schon kein Kind gebären kann, wenigstens eine Rolle bei der Erschaffung eines Homunkulus spielen kann … eines winzigen Kindes, ansonsten jedoch vollkommen.«

Der Jarl grinste weiterhin hämisch. »Sehr bewegend. Ja, Ihr spinnt eine bewegende Geschichte, mein lieber Vodni. Aber ich bin mir nicht so sicher, ob ich bereit bin, daran zu glauben.«

»Glaubt, was Euch beliebt«, forderte ihn Lord Vodni herzlich auf. »Aber zieht nicht so hastig Eure Schlüsse, insbesondere, was die gnädige Frau betrifft. Sie ist viel komplizierter, mein Freund, als Ihr offenbar annehmt.«

In welchem die Fähigkeiten unseres bislang gewitzten Helden stark in Anspruch genommen werden

Des Sultans *Schatzkästlein* war ein erstklassiges Bordell am Ostufer der Lunn, das eine große Klientel bediente. Die Mädchen waren attraktiv, sauber und liebenswürdig; die orientalischen Bäder luxuriös, und das dort servierte Abendessen war sowohl schmackhaft als auch billig. Die Lage am Flußufer war besonders vorteilhaft und erlaubte dem Inhaber ein lukratives Nebengeschäft: Opiumhandel, illegale alkoholische Getränke und andere Schmuggelware. Seine Mädchen waren diskret – darauf achtete er besonders –, und diejenigen, die Anzeichen dafür zeigten, daß sie zuviel sahen oder sagten, hatten die Angewohnheit, still und heimlich zu verschwinden.

Von der Herkunft des Mannes war wenig bekannt: Er kleidete sich wie ein Gentleman, fluchte wie ein Seemann, trank wie ein Faß, hurte wie … kurz gesagt, sein Äußeres war makellos, seine Gewohnheiten jedoch weniger. Man kannte ihn unter dem Namen Herr Jagst.

An einem warmen Abend kam ein Mann mit Seemannsgang in das *Schatzkästlein,* ein hart wirkender Bursche mit vielen Narben im Gesicht, obgleich er wie ein Mann mit beträchtlichen Mitteln gekleidet war. Er gab an der Tür seinen Namen mit Kapitän Melville an und wurde prompt in einen schachtelgroßen Raum im Obergeschoß des Hauses geleitet, ein Zimmer mit nackten Dielen und heruntergekommenem Mobiliar.

Der grauäugige Herr Jagst begrüßte ihn schmallippig

und lud ihn kühl ein, sich auf einem niedrigen Stuhl gleich neben der Tür niederzulassen. Herr Jagst selbst saß auf einem hochbeinigen Stuhl neben dem Kamin. Er hatte eine Karaffe Brandy und zwei Gläser auf dem Tisch neben sich stehen.

»Ich glaube, wir sind uns noch nicht begegnet, obgleich die Gerüchte von Euren Unternehmungen unserer gegenseitigen Bekanntschaft vorausgingen«, sagte Herr Jagst. »Aber mich interessiert, etwas mehr über Euer Schiff zu hören.«

Kapitän Melville setzte seinen Dreispitz ab und hielt ihn vor seine Brust. »*Fancy's Fool,* Sir … eine so schlanke Schaluppe, wie Ihr sie Euch nur wünschen könnt. Einhundert Tonnen, ganz wenig Tiefgang und …«

»Und dementsprechend schnell … aha«, meinte Herr Jagst. »Aber kann sie kämpfen – zum Beispiel bei einer Begegnung mit geübten Männern? Wie viele Kanonen hat sie denn?«

»Sie segelt lieber, als daß sie kämpft, Sir – das ist am Ende billiger –, aber sie ist mit sechs Kanonen und vier drehbaren Geschützen ausgerüstet«, erwiderte der Kapitän ernst. »Sie könnte mehr tragen, aber das würd sie langsamer machen. Ich mache mein Geld, indem ich Waren billig, rasch und geheim liefere.«

»Ja …«, sagte der Zuhälter, sah ihn sich sorgsam von Kopf bis Fuß an und verglich seine grobe Sprechweise mit seinem wohlhabendem Erscheinungsbild. »Und offenbar erfolgreich. Aber die Güter, die ich verschiffe, sind oftmals ziemlich kostspielig; das erfordert eine gewisse Wachsamkeit. Und insbesondere die jungen Frauen … ihr Wert hängt davon ab, daß sie ihr Ziel intakt erreichen – sie werden untersucht, ehe sie gekauft und bezahlt werden. Werdet Ihr imstande sein, Eure Männer an der Kandare zu halten?«

Kapitän Melville grinste, wobei er seine gelben Zähne zeigte. »Vertraut mir da völlig, Sir.«

Herr Jagst schenkte ein Glas Brandy ein und reichte es seinem Besucher. »Das hört sich insoweit zufriedenstellend an. Aber sind sie verschwiegen… könnt Ihr Euch darauf verlassen, daß die Bande nicht zuviel redet, wenn sie im Hafen liegt?«

»Sie ist mehr als diskret«, erwiderte der Kapitän, und sein Grinsen wurde breiter. »Meine ganze Mannschaft stammt von der Insel Mawbri – dort sprechen sie kein Wort Eurer hiesigen Sprache. Kein einziges Wort.«

Herr Jagst sah zufrieden aus. Er schenkte sich ein Glas Brandy ein. »Ich glaube, Kapitän Melville, daß wir ins Geschäft kommen können.«

Sie verhandelten eine Stunde lang, währenddessen der Kapitän sehr großzügig dem Branntwein zusprach, und sie schlossen einen Handel ab, der Herr Jagst mehr Vorteile verschaffte, als dies der Fall gewesen wäre, wenn der Kapitän nüchtern geblieben wäre.

Zufrieden mit diesen Abmachungen taute Jagst genügend auf, daß er seinen neuen Verbündeten auf die Treppe hinausbegleitete. »Ein Vergnügen, mit Euch Geschäfte abzuschließen, Sir«, sagte der Kapitän.

»Und mit Euch«, entgegnete der Zuhälter. »Ich habe so eine Ahnung, daß wir dabei sind, ein sehr lukratives Bündnis miteinander einzugehen.«

»Wär nicht mein Fehler, wenn das nicht so ist!« sagte der Kapitän mit einem ziemlich betrunkenen Grinsen. »*Fancy's Fool* wird unser Glück machen, Herr Jagst, das garantiere ich Euch!«

Herr Jagst sah oben vom Treppenabsatz zu, wie sein Besucher schwankend die Treppe hinabstieg. »Nun sieh einer an!« sagte eine ausgelassene Stimme. »Eine ziemliche Überraschung… ja, eine ziemliche Überraschung.«

Herr Jagst warf einen Blick zum Ende des Korridors. Ein entschieden zerzauster Lord Krogan stand dort in Kniehose und Hemdsärmeln an einen Türrahmen gelehnt. »Und was habt Ihr und seine lilienweiße Lordschaft zu bereden gehabt?«

»Entschuldigt bitte«, meinte Herr Jagst. »Ich verstehe wohl nicht ganz …?«

»Der Bursche, der gerade vor 'nem Augenblick hier war, der Mann, mit dem Ihr vor 'ner Minute gesprochen habt«, sagte Krogan.

Seine Perücke war ihm über ein Ohr herabgerutscht, sein Hemdzipfel hing ihm hinten heraus, und einer seiner Strümpfe war zum Fußknöchel hinuntergerutscht. Herr Jagst betrachtete ihn mit schlecht verhohlenem Widerwillen. »Meint Ihr meinen Besucher, Kapitän Melville, der eben gegangen ist?«

Lord Krogan kicherte. »Kapitän Melville … hat er Euch das weisgemacht? Verdammt noch mal! Seine Lordschaft ist ein ebenso großer Lügner wie ein Scheinheiliger.«

Herr Jagst sah ihn stirnrunzelnd an. »Ihr wollt mir sagen, daß der Mann, der gerade hier war … nicht derjenige ist, als der er sich vorgestellt hat?« Herr Jagst kniff die Augen zusammen. »Aber Ihr seid vielleicht ein wenig beschwipst, Lord Krogan. Ist es möglich, daß Ihr den Kapitän mit jemand anderem verwechselt habt?«

»Kaum wahrscheinlich«, erwiderte Krogan, dessen gute Laune in einem einzigen Augenblick verflogen war. »Ich garantiere Euch, da war was faul an seinem Gesicht und an seiner Sprechweise, ich kenne diese Stimme – da konnte ich mich nicht irren.«

Er kam mehrere Stufen den schmalen Korridor herab, und Herr Jagst war zu dem Schluß gelangt, daß er vielleicht nicht so betrunken war, wie es den Anschein hatte. »Sagt mir doch …«, meinte Lord Krogan. »Angenommen, Ihr findet Euch eines schönen Nachts auf einer dunklen, verlassenen Straße wieder, und die Spitze eines Rapiers kitzelt Euch an der Kehle, und der Mann dahinter ist sehr weiß und grimmig und droht,

Euch zu lähmen und zu kastrieren, falls Ihr jemals wieder den Namen einer gewissen jungen Dame in den Mund nehmt... würdet *Ihr* anschließend seine Stimme vergessen oder mit der Stimme von jemand anderem verwechseln?«

Herr Jagst dachte sorgfältig nach, ehe er Antwort gab. »Nein, Lord Krogan, ich habe den Eindruck, daß ich dies nicht täte.

Aber wenn er nicht der Kapitän der Schaluppe *Fancy's Fool* ist – wer ist denn dann dieser Mann, und was für einem Gewerbe geht er nach, wenn er nicht im Dunkeln umherschleicht, für namenlose junge Damen eintritt und entsetzliche Drohungen ausstößt? Seine Lordschaft, sagtet Ihr... Lord Melville, vielleicht?«

Lord Krogan richtete seine Perücke. »Dachte, ich hätte Euch den Namen schon gesagt: Das war Francis Love Skelbrooke, der Poet aus Imbrien.«

Zwei Nächte später kehrte ›Kapitän Melville‹ gemäß ihrer Abmachung in das *Schatzkästlein* zurück, um die letzten Arrangements zu treffen. Als der Diener ihn jedoch in das Dachzimmer bat, erwartete ihn dort Herr Jagst mit zwei Pistolen in den Händen, und zwei vierschrötige Seeleute flankierten den Eingang.

Obgleich er angesichts dieses unerwarteten Anblicks Anzeichen von Überraschung zeigte, leistete der Besucher nichtsdestoweniger keinerlei Widerstand, als ihm einer der Seeleute die Arme hinter den Rücken zog und sie mit einem kurzen Strick fesselte.

»Guten Abend, Lord Skelbrooke«, sagte Herr Jagst. »Es ist so außerordentlich freundlich von Euch, mich zu besuchen... denn es erspart mir die Mühe, Euch herbringen zu lassen.«

»Schätze, Ihr irrt Euch da ein wenig«, sagte der Gefangene. »Habe keine Ahnung, für wen Ihr mich haltet, aber ...«

»Erspart mir diese Proteste«, sagte Herr Jagst. »Ich bin darüber informiert, daß dieses Gesicht, das Ihr zeigt, in Wahrheit nicht Euer eigenes Gesicht ist. Da ich in diesen Sachen einige Erfahrung besitze, bin ich mir darüber im klaren, daß diese Sprüche selten aufrechterhalten werden können, wenn der Zauberer großen Schmerzen oder Qualen ausgesetzt wird.«

Obgleich der Abend schwül war, brannte ein kleines Feuer im Kamin. Herr Jagst nahm einen Schürhaken und warf ihn ins Herz der Flammen. »Nennt es morbide Neugier, wenn Ihr wollt, aber ich habe das starke Verlangen zu sehen, wie Ihr tatsächlich ausschaut...« Barsch befahl er den beiden Seemännern: »Zieht ihm die Schuhe und Strümpfe aus!«

Das gelang erst nach einem langen und heftigen Kampf. Schließlich jedoch war es vollbracht, und Jagsts seefahrende Handlanger fesselten den noch immer Widerstand leistenden Gefangenen an den Stuhl, kippten ihn daraufhin zurück und hielten ihn fest.

Zu diesem Zeitpunkt war die Spitze des Eisens glühend rot. »Ich muß schon sagen... Ihr seid sehr gut. Schon allein bei dem Anblick würde den meisten Männern die Konzentration flötengehen«, sagte Herr Jagst leise, während er, den Schürhaken in der Hand, nähertrat. »Fast... habt Ihr mich überzeugt.«

Der Raum füllte sich mit dem Gestank schmorenden Fleisches, und der Gefangene biß vor Schmerz die Zähne zusammen. Ihm entkam ein gequälter Schrei, dann entglitt ihm der Spruch und enthüllte sein eigenes Gesicht, bleich und qualvoll.

»Nutzloses Heldentum«, sagte Herr Jagst, als er den Schürhaken zurückzog, die Seemänner anwies, den Stuhl nach vorn zu kippen, und seiner Lordschaft gestattete, eine etwas würdevollere Position einzunehmen. »Habt Ihr wirklich geglaubt, Eure Konzentration würde Euch nicht im Stich lassen?«

»Ich dachte mir, ich würd's drauf ankommen lassen«, erwiderte Francis Skelbrooke, so ruhig er konnte.

Herr Jagst betrachtete ihn kurz. »Man hat Euch offensichtlich hergeschickt, um mich auszuspionieren. Aber wer hat Euch geschickt? Wird es notwendig sein, erneut den Schürhaken anzuwenden, oder werdet Ihr mir die Namen Eurer Verbündeten nennen?«

»Das ist gar nicht notwendig«, erwiderte Skelbrooke, dem Schweißperlen auf der Stirn standen. »Ich tue so etwas wegen eines gewissen Nervenkitzels. Aber ich habe den Eindruck, daß ich für diesen Abend genügend Aufregung hatte, und ich wäre Euch zu Dank verpflichtet, wenn Ihr mir gestatten würdet zu gehen.«

»Obgleich Ihr mir ein wenig zu eifrig dabei seid, diese Information zu liefern, bin ich nichtsdestoweniger geneigt, Euch Glauben zu schenken. Es paßt zu dem«, meinte Jagst, »was ich bereits über Euch erfahren habe. Aber natürlich kann ich Euch unmöglich erlauben zu gehen … zumindest nicht auf die Weise, wie Ihr vermutlich meint.«

Er hielt inne, wie in der Erwartung, daß Skelbrooke um weitere Erläuterungen bitten würde, aber seine Lordschaft schwieg und verschaffte ihm diese Befriedigung nicht.

Herr Jagst lächelte breit und erzählte es ihm dennoch. »Wie man mir sagt, Lord Skelbrooke, seid Ihr so etwas wie ein Dichter. Aus diesem Grunde stelle ich mir vor, daß Ihr die poetische Ironie Eures Schicksals zu würdigen wißt. Mit der morgendlichen Flut segelt ein Schiff nach Ynde. Ihr werdet auf diesem Schiff sein, als Teil der Abmachung, die ich mit den Händlern im Osten getroffen habe.

Ihr seid ein hübscher Bursche«, fügte Herr Jagst kopfschüttelnd hinzu. »Und vor wenigen Jahren noch hättet Ihr unter unseren östlichen Kunden gewiß einen Günstling gefunden … aber jetzt seid Ihr ein wenig zu alt, um als Lustknabe zu dienen. Nein, wahrscheinlicher ist, daß Ihr als Eunuch in einem Harem endet… eine Schicksalsfügung, die unser gemeinsamer Freund Lord Krogan gewiß zu würdigen wüßte.«

Skelbrooke erwachte mit schmerzendem Kopf. Sein linker Fuß brannte noch immer wie Feuer. Er lag auf einem Strohbett, an einem dämmrigen, sich wiegenden Ort… das einzige Licht waren einige fahle Sonnenstrahlen, die durch ein etwa ein Dutzend Yards entferntes Gitter hereinfielen.

Mit einiger Anstrengung richtete er sich auf. Obgleich ihm nach dem erhaltenen Schlag der Schädel brummte, wußte er, daß dies nicht die Ursache für die wiegende Bewegung oder das Beben war. Er lag im Bauch eines Schiffs, hörte das Klatschen der Wellen gegen den Rumpf und vermutete, daß das Beben von einem Mast herrührte. Jagst hat den ersten Teil seiner Drohung wahr gemacht, und Lord Skelbrooke befand sich auf dem Weg nach Ynde.

Das Stroh, aus dem sein Bett bestand, war feucht, und der Laderaum roch nach Bilge und anderen Gerüchen, die nicht auf Anhieb identifizierbar waren. Angewidert rümpfte er die Nase. Irgendwo, nicht weit entfernt, hörte er Hühner gackern und Schweine grunzen.

»Gut geschlafen, ja?« fragte eine Stimme in der Dunkelheit. Eine schattenhafte Gestalt in der Nähe des Gitters kam auf ihn zu, und seine Lordschaft vermochte so gerade eben, die Züge eines der Seemänner aus dem Puff zu erkennen. »Müßt gut geschlafen haben – Ihr wart die ganze letzte Nacht und den größten Teil des heutigen Tages weg. 'ne Zeitlang ham wir Euch für tot gehalten.«

»Vielen Dank«, preßte Skelbrooke zwischen seinen Zähnen hervor. »Ich glaube, ich habe lange genug geruht. Wie es scheint, hat mir jedoch niemand den Fuß verbunden oder mir meine Strümpfe und Stiefel wiedergegeben. Ich frage mich … ob es vielleicht einen Chirurgen an Bord dieses Schiffes gibt?«

Der Seemann johlte höhnisch. »Ihr seid ja 'n hohes und mächtiges Tier … wollt glatt zum Arzt gehen.«

»Vermutlich«, sagte Skelbrooke mit großer Anstrengung, »bin ich, da ich noch immer *lebe,* von einigem Wert. Dieser Wert verringert sich beträchtlich, wenn diese Wunde sich verschlimmert und ich den Fuß verliere.«

Der Seemann hob die Schultern. »Mag sein … Du bist schon ganz schön helle, wirklich. Aber wir ham kein Doktor. Ich kann den Quartiermeister runterschicken … Gewöhnlich kümmert der sich um so Sachen, aber ich warn dich: Seine Hände sin 'n bißchen zittrig, wenn er das Messer benutzt.«

Beim Wort ›Messer‹ zuckte Skelbrooke zusammen. »Schon gut, dann. Vielen Dank.«

Um seine Handgelenke lagen schwere Eisen, zusammengehalten von einer stabilen Kette, die an einer längeren Kette angebracht und mit einem Eisenring um einen Pfahl befestigt war. Er lehnte sich an den Pfahl. »Ich habe etwas Übung als Arzt und würde mich lieber selbst behandeln. Kannst du mir vielleicht ein sauberes Tuch besorgen … und alle Salben und Medikamente, die der Quartiermeister normalerweise benutzt?«

Der Seemann dachte darüber nach und hob dann erneut die Schultern. »Möglich … wenn der Erste Maat die Erlaubnis gibt. In der Zwischenzeit bringe ich dir das Frühstück.« Er setzte einen Becher, eine Schüssel und ein Stück Schiffszwieback auf das feuchte, schmutzige Stroh.

Skelbrooke schüttelte erschöpft den Kopf. Die Bewegung des Schiffs machte ihm nicht viel aus, aber der Schmerz im Schädel und insbesondere das quälende

Pochen im Fuß bewirkten, daß ihm schwach im Magen wurde. Er schloß die Augen und versuchte, seine Gedanken zu sammeln. Seine Lage konnte kaum schlimmer werden. Er war auf dem Weg in eine Zukunft, über die nachzudenken er nicht ertrug, und er hatte keine Idee, wie er sich retten konnte.

»Wenn du's nicht gleich ißt... fressen's die Ratten«, meinte der Seemann. Er kam vom Schatten ins Licht. »Du willst bestimmt nich, daß sie zu stark werden... Wenn sie zu groß wern, fressen se dich vielleicht bei lebendigem Leib.«

Bei genauerem Nachdenken entschied seine Lordschaft, daß er versuchen konnte zu essen. Er öffnete die Augen und untersuchte, was ihm der Seemann angeboten hatte. Der Krug war halb voll Wasser... glücklicherweise frisch... die Schüssel enthielt die angebrannten Überreste eines Eintopfs. Der Schiffszwieback roch so scheußlich und schmeckte so ungesund, daß er den ersten Bissen auf der Stelle ausspuckte.

Dennoch: Wenn er einen Weg finden wollte, seine Freiheit zurückzugewinnen und der Kastration zu entgehen, so würde dies alle Kräfte des Körpers und Geistes erfordern. Mit grimmiger Entschlossenheit aß er den Eintopf und schluckte das Wasser hinunter. Beides lag ihm nicht sonderlich gut im Magen.

31. Kapitel

Welches zum größten Teil aus Gesprächen besteht

In den Gärten von Wichtelberg wuchsen nur wenige Blumen, denn sie waren ursprünglich von Zwergen entworfen worden. Prachtbauten, Pavillons und Gebäude mit schöner Aussicht gab es hingegen reichlich; ebenso Springbrunnen, spiegelnde Teiche und winzige, mäandernde Bäche; hin und wieder ein Stück grüner Rasen, durchzogen von Steinwegen, sowie eine Anzahl beschnittener Hecken; die vorhandenen Blumen waren in Marmortöpfe gepflanzt worden. Es waren Gärten aus Wasser und Stein, nicht Gärten für wachsende Dinge.

Die Erforschung von Wichtelberg kostete Sera und Elsie mehrere Tage. Allein in den Gärten gab es so viele Überraschungen wie Steine. Auf der einen Seite des Gutshauses, dem See gegenüber, stand ein riesiger, kuppelförmiger Eisenkäfig von etwa zwei Stockwerken Höhe, der als Aviarium diente und worin Sebastian, der Indigoaffe, frei umherlaufen durfte. Dahinter erstreckte sich ein gepflegter Rasen, und dann kam eine Art Hain mit Statuen aus Onyx und grüner Bronze anstelle von Obstbäumen.

Eines Tages begannen die Mädchen ihren Spaziergang am See, gingen am Bach entlang, der ihn speiste, und erreichten schließlich den Eingang einer Höhle, die sie zu einer weiten, von Fackelschein erhellten Grotte unterhalb des Hauses sowie einem Komplex aus unterirdischen Wasserstraßen brachte. Von der Grotte aus führte eine lange Treppenflucht aus feuchten Steinstufen zurück ins Innere des Gutshauses.

Auch gab es da noch den Wald, der um eine Erforschung bettelte (er barg die Ruine einer kleinen Kapelle), und ein Stück weiter eine offene Wiese ... die Mädchen unternahmen lange Morgenspaziergänge und kehrten erschöpft zurück, verbrachten dann die heißen Nachmittage mit der Herzogin und ihren Gästen, den Gentlemen, in den kühlen Marmorsalons des Herrenhauses oder picknickten in den schattigen Gärten des Hauses.

Elsie gedieh, sie war energiegeladen und guter Laune, und Sera vermochte kaum zu glauben, daß es sich um dasselbe Mädchen handelte, das nur wenige Wochen zuvor noch eine bleiche und nervöse Invalide gewesen war. Ob es die Landluft oder die magnetische Behandlung des Jarl oder bloß die Erholung von den Zuwendungen ihrer Ärzte war, mußte sich noch zeigen, aber was sich auch als Ursache herausstellte, Elsies Stärke und Lebenskraft wuchsen mit jedem verstreichenden Tag.

Seras Befinden hingegen näherte sich eher der Resignation. Obgleich erfreut über Elsies Fortschritte, setzte sie noch kein Vertrauen in diese Veränderungen und lebte in der Furcht, daß sich Elsie eines Tages übernehmen und einen Rückfall erleiden würde. Jarl Skogsrå war stets so auffällig bei der Hand, oben im Haus und in den Gärten, und nahm Elsies Zeit und Aufmerksamkeit völlig für sich in Anspruch. Es schmerzte Sera zu sehen, wie die Zuneigung zwischen ihrer Kusine und dem Jarl stärker wurde, aber sie hatte alle ihre Gegenargumente Elsie gegenüber seit langem vorgebracht und merkte jetzt, daß sie nichts Neues mehr hinzuzufügen hatte.

Etwa zehn Tage nach ihrer Ankunft arrangierte die Herzogin aus der Überlegung heraus, daß ihre Hausgäste der Gesellschaft des anderen allmählich ein wenig überdrüssig wurden, ein raffiniertes Mittagsmahl im Freien, wozu sie den Landadel einlud.

Es war ein schöner Tag, und die Nachbarn der Herzogin erschienen in großer Zahl, um sich an Krabbenbrot und Hummerpastete gütlich zu tun; weiterhin gab es Lerchenzungen und gekochte Schlangen; ganze gebratene Pfauen und Schwäne; kalte Suppe, gewürzt mit Fenchel; Pasteten, Kuchen, Schokoladen und Fruchteis; dazu eine Auswahl aus kandierten Blumen, welche die Herzogin bei jeder Gelegenheit servierte.

Offensichtlich hatte die Herzogin es sich in den Kopf gesetzt, Sera ins Gespräch zu bringen; daher behielt sie Sera bei sich und bemühte sich, ihre ›liebe Miß Vorder‹ jedem ihrer nachmittäglichen Gäste vorzustellen. Von diesen Bemühungen abgelenkt, gelang es Sera nicht, ein Auge auf Elsie zu halten, was zur Folge hatte, daß die beiden Mädchen erst am späten Nachmittag ein Wort miteinander wechselten. Da entdeckte Sera, die der Herzogin endlich entronnen war, entsetzt, daß ihre Kusine ein zweites (oder war es ein drittes?) Glas süßen Weins trank.

»Meine Liebe… was *tust* du da? Du wirst Kopfschmerzen bekommen, und dir wird den ganzen Abend übel sein.«

»Ich habe keine Kopfschmerzen mehr!« entgegnete Elsie und warf verteidigend den Kopf in die Höhe. »Ich wünschte, du würdest dich nicht so unnötig aufregen, Sera. Du bist bald so schlimm wie Mama geworden!« Und sie schlenderte an Jarl Skogsrås Arm davon und nahm das Weinglas mit.

Sera war sprachlos. Sie hatte sich stets als Elsies Fürsprecherin gesehen, als diejenige, die sie dazu ermutigte, ein so normales Leben wie möglich zu führen. Ihr ins Gesicht zu sagen, daß sie sich unnötig aufregte – schlimmer, sie mit Clothilde Vorder und ihren widerlichen, erstickenden Aufmerksamkeiten zu vergleichen –, das war eine neue und unangenehme Erfahrung.

»Miß Vorder, Ihr seht ungewöhnlich erhitzt aus. Darf ich Euch ein Glas Limonade bringen?« fragte eine Stimme hinter ihr. Und Sera, die sich umdrehte, fand sich Hermes Batsch gegenüber, der sie mit einem mitfühlenden Ausdruck seiner ruhigen, braunen Augen betrachtete.

»Herr Batsch«, fragte sie geradeheraus, »haltet Ihr mich meiner Kusine Elsie gegenüber übertrieben beschützend?«

»Das tue ich nicht«, erwiderte Batsch. »Aber meine Meinung zählt da gewiß wenig. Was Miß Elsie selbst denkt, sollte Euch beschäftigen.«

Sera biß sich auf die Lippe. »Dann ratet Ihr mir, den Mund zu halten und meiner Kusine zu erlauben, ihre eigenen Fehler zu begehen?«

Herr Batsch gestattete sich ein schwaches Lächeln. »Madame, bitte! So grob würde ich mich niemals ausdrücken. Aber wenn ich Euch nicht dazu überreden kann, ein Glas Limonade zu trinken, so seid Ihr vielleicht damit einverstanden, mit mir bis zum Aviarium hinüberzugehen.«

»Vielleicht«, entgegnete Sera und akzeptierte den angebotenen Arm. Der Lehrer hatte etwas Zuversichtliches an sich, etwas so Würdevolles, Sensibles, Gesundes. Obgleich er Jahre älter und unvergleichbar höher gebildet war, erinnerte er sie stark an Jedidiah.

»Herr Batsch«, sagte Sera, »Ihr seid ein gebildeter Mann und – glaube ich – weit gereist.« Der Lehrer verneigte sich zustimmend. »Könnt Ihr mir vielleicht eine Frage beantworten, die mich seit kurzem beschäftigt und vor ein Rätsel stellt?«

Herr Batsch verneigte sich erneut. »Mir ist kürzlich zugetragen worden – ich glaube, ich habe es einmal gewußt, es jedoch irgendwie wieder vergessen«, sagte

Sera, »daß das Erbfolgesystem im Ausland nicht dasselbe ist wie hier in Wäldermark. Lord Vodni, zum Beispiel, teilte mir mit, es sei in Ruska Brauch, daß alle Söhne eines Edelmanns den Titel erben, obgleich nur der Älteste das Landgut erbt. Wißt Ihr – wißt Ihr zufällig, ob es ein ähnliches System in Nordmark gibt?«

Herr Batsch schüttelte den Kopf. »Nein ... ich glaube, die Erbfolge in Nordmark geht genauso vonstatten wie hier – und auch in meinem Geburtsland Imbria. Ein Gentleman aus Nordik mit dem Titel ... nehmen wir an, eines Jarl ... mag sehr wohl knapp bei Kasse sein, aber ihm würden mindestens ein Haus und Land gehören – vielleicht einiges an ererbten Schmuck. Das alles würde er zusammen mit dem Titel erben, dürfte es jedoch nicht verkaufen.«

Sera konnte einen enttäuschten Seufzer nicht unterdrücken. Kusine Clothilde war ein solcher Snob, daß selbst ein belasteter Grundbesitz, wenn er mit einem Titel gekoppelt war, zweifelsohne ausreichte, *sie* zufriedenzustellen. Schließlich mußte Elsie nicht des Geldes wegen heiraten. Ein prächtiges Haus und der Rang einer Herzogin mochten dazu dienen, dem Ehrgeiz ihrer Mutter Genüge zu tun.

»Euch wäre es anders lieber«, meinte Herr Batsch. »Ich muß annehmen, daß der in Frage kommende Gentleman Jarl Skogsrå ist, den Ihr gern für einen verarmten Glücksjäger halten würdet.«

Sera errötete. Waren ihre Motive tatsächlich so durchsichtig, oder war Batsch bloß ungewöhnlich scharfsinnig? »Wenn Elsie Eure Kusine wäre ... würdet Ihr sie mit einem so eitlen und selbstgefälligen Mann wie Jarl Skogsrå verheiraten wollen?«

Herr Batsch, der im allgemeinen ein nachdenklicher Mann war, erwiderte prompt: »Nein, das würde ich nicht. Glaubt mir, Miß Vorder, ich bin völlig mitfühlend. Eure Kusine verschließt anscheinend vor jenen

Fehlern des Jarl die Augen, die Euch und mir in die Augen springen – deswegen möchtet Ihr etwas Substantielleres gegen ihn vorbringen können. Wir wissen beide, daß ein hochgeborener Junggeselle sich in Schale werfen kann, so daß er wie ein Mann von Wohlstand und Stellung wirkt, daß er eine lange Zeit auf Kredit leben kann, ehe die von ihm frequentierten Geldverleiher zu fordernd werden und seine Armut für alle offensichtlich wird. Vielleicht ist dies bei Jarl Skogsrå der Fall.«

»Ja«, sagte Sera. »Aber selbst so ... ein Haus und Land, sagtet Ihr, das er weder verkauft noch verspielt haben kann, gleich, wie verschwenderisch sein Lebensstil ist, wegen der Erb ...«

»Entschuldigt, bitte«, sagte Herr Batsch, »aber habt Ihr Euch nie überlegt, daß der Titel selbst – und deswegen jedes damit zusammenhängende Erbe – eine Scharade sein mag? Viele hundert Meilen liegen zwischen Thornburg und Nordmark, und Jarl Skogsrå wäre nicht der erste Fremde, der viele Jahreszeiten lang einen Betrug aufrechterhält.«

Sera holte tief Luft. Nein, das war ihr noch nie in den Sinn gekommen ... aber es hörte sich plausibel an, völlig plausibel. »Habt Ihr ... habt Ihr, Herr Batsch, Grund zu der Annahme, daß der Jarl nicht das ist, was zu sein er behauptet, sondern ein mittelloser Abenteurer?«

»Nein«, erwiderte der Lehrer. »Dazu habe ich keinen Grund. Wie Ihr selbst *möchte* ich Lord Skogsrå nur für einen Hochstapler halten. Nichtsdestoweniger könnten einige sorgfältige Nachfragen zufriedenstellende Ergebnisse erbringen.«

Sie kamen am Aviarium vorüber und gingen in die Richtung des Statuenhains. »Ja ... vielleicht«, sagte Sera. »Aber wie Ihr sagtet: Nordmark ist so weit entfernt, und ich kenne niemanden, niemanden, der je dort gewesen ist, außer Lord Skogsrå selbst. Ich wüßte nicht einmal, wo oder wie ich mit einer solchen diskreten Erkundigung anfangen sollte.«

»Dann gestattet mir, Euch beizustehen«, sagte Batsch. »Ich habe einen Freund in Nordmark, einen Kommilitonen aus meinen Tagen an der Universität, der jetzt als Sprachprofessor in Ghyll Dienst tut. Und einen weiteren Freund, wenn ich jetzt darüber nachdenke, der zwei Jahre in Katrinsberg verbrachte, das, wie Ihr vielleicht wißt, an der Grenze zwischen Ruska und Nordmark liegt. Wenn ich diesen alten Schulfreunden schreibe, könnten wir vielleicht etwas zu Miß Elsies Vorteil in Erfahrung bringen.«

Anschließend gingen sie eine Weile lang schweigend dahin. »Herr Batsch«, sagte Sera schließlich, »ich bin Euch sehr verpflichtet. Ich weiß kaum, wie ich Euch danken soll.«

»Keine Ursache«, erwiderte Batsch. »Ich bin glücklich, Euch helfen zu können. Und schließlich ist es keine große Sache für mich, meinen Freunden zu schreiben.

Ich muß gestehen«, fügte er hinzu, »daß mir der Jarl um keinen Deut besser gefällt als Euch. In seiner Gegenwart ist etwas … ich kann es nicht benennen … was mir unausweichlich eine Gänsehaut verursacht.«

Sera blieb stehen und starrte ihn an. »Mein lieber Sir, glaubt Ihr wirklich an Intuition?«

Der Lehrer reckte den Kopf. »Das tue ich, Miß Vorder, sogar sehr. Ist das in Euren Augen ein Makel?«

Sera wußte kaum, was sie denken sollte. »Ihr seid so weise und sensibel, Sir, und Eure Bildung ist so überlegen. Ich muß mich einfach fragen – da unsere Meinungen zu diesem Thema so völlig auseinandergehen –, ob meine eigenen Ansichten zu dieser Sache vielleicht neu bedacht werden müssen.«

Sie hatten den Hain umrundet und gingen jetzt wieder zu den Gärten zurück, als Sera zufällig einen Blick auf Elsie erhaschte. Bleich und zitternd befand sich Elsie offensichtlich in den Klauen einer weiteren Panikattacke – ihrer ersten, seitdem sie Thornburg verlassen hatten.

»Entschuldigt mich, bitte«, sagte Sera, ließ Batschs Arm los und rannte zu ihr hinüber, um ihr Beistand anzubieten.

Doch bei Seras Ankunft war der Anfall bereits vorüber. Elsie saß auf einer Marmorbank neben Jarl Skogsrå. Sie zeigte ein erschöpftes, kleines Lächeln auf dem Gesicht und einen Ausdruck tiefster Zufriedenheit in den Augen. Diese Zufriedenheit schwand jedoch rasch, als Sera neben ihr niederkniete.

»Mir geht es völlig gut. Du machst dir wieder unnötig Sorgen, und das ist sehr ermüdend. Haakon kümmert sich ausgezeichnet um mich, wie du jetzt eigentlich schon wissen solltest. Er kann meine Ängste mit einem Wort und einem Lächeln beschwichtigen.«

Sera erhob sich wieder, wobei sie mit den Tränen kämpfte. Daß Elsie so vorwurfsvoll zu ihr sprach, und auch noch vor Lord Skogsrå! Sie fühlte sich zutiefst gekränkt.

Herr Batsch war ihr über den Garten gefolgt. »Ich glaube«, meinte der Lehrer, »daß Euch das Glas Limonade guttun würde, das ich Euch zuvor angeboten habe.«

»Ja«, sagte Sera, so ruhig sie konnte, und erlaubte ihm, sie hinüber zum Tisch mit den Erfrischungen zu geleiten.

»Wie außergewöhnlich«, sagte Batsch, während Sera an ihrer Limonade nippte. »Dies ist das erste Mal, daß ich Zeuge einer von Miß Elsies Anfällen wurde ... obgleich sie mir beschrieben worden sind. Vielleicht könnt Ihr es mir sagen ... ist Jarl Skogsrå wirklich imstande, sie mit ein paar Worten wieder zu beschwichtigen?«

»Immer«, entgegnete Sera stockend. »Er gelingt ihm immer … während ich, die ich mich all die Jahre um sie gekümmert habe, völlig hilflos bin.«

»Wie außergewöhnlich«, wiederholte der Lehrer nachdenklich. Mehrere Minuten lang stand er schweigend da und überlegte. »Miß Vorder«, sagte er schließlich, »vielleicht wärt Ihr so freundlich, mir zu sagen … habt Ihr seit Eurer Ankunft hier irgendeine Nachricht von Euren … Freunden in Thornburg erhalten?«

»Nein, überhaupt keine«, erwiderte Sera schärfer, als sie beabsichtigt hatte. Die Frage, so wie sie jetzt gestellt wurde, hatte sie überrascht. Es hörte sich beinahe … beinahe so an, als wüßte er von ihrer Abmachung mit Lord Skelbrooke. Aber das war höchst unwahrscheinlich; ganz gewiß hatte *sie* niemandem etwas gesagt, und Skelbrooke und der Lehrer waren (wenigstens soweit sie wußte) nicht einmal miteinander bekannt.

Doch warum sonst hätte Batsch mit einem so interessierten Ausdruck fragen sollen? Und warum sollte er überhaupt die Stirn runzeln und den Kopf schütteln, als würde er ihre Verneinung besonders beunruhigend finden?

Es war der darauffolgende Nachmittag – als Elsie und Skogsrå in den Gärten spazierten, die Herzogin oben in ihrem Schlafgemach ruhte und Hermes Batsch irgendwelche nicht näher genannten Besorgungen in Pfalz erledigte –, daß Sera, die nicht so recht wußte, was sie mit sich anfangen sollte, in die große Bibliothek im Westflügel ging, um sich aufzuheitern. Viele große Räume des Herrenhauses waren einzig und allein Büchern gewidmet – denn zusätzlich zu den von seinen Vorfahren ererbten Bänden war der Herzog ein großer Sammler wissenschaftlicher Wälzer –, doch nur in diesem Raum hatte Sera die Theaterstücke oder Geschichtsbücher gefunden, die ihr besonderes Entzücken bereiteten.

Bei ihrem Eintreffen war Lord Vodni in der Bibliothek. Er saß in einem gemütlichen Sessel und hatte einen Band mit Gedichten offen auf dem Schoß liegen. »Miß Vorder«, sagte er, legte das Buch beiseite und erhob sich sofort. Er war früher am Tag zum Reiten ausgewesen, und er trug noch immer seine Wildlederhose und den scharlachroten Rock sowie ein Paar glänzend polierter, schwarzer Reitstiefel – eine Kleidung, die einem Mann von seiner schlanken Gestalt und seinem rastlosen, romantischen Erscheinungsbild gut stand.

»Sagt, Sir«, meinte Sera, »ist vielleicht heute ein Brief für mich eingetroffen?« Es war Vodni, der Sekretär des Herzogs, dem der Butler die gesamte Post zum Sortieren brachte.

»Das ist das zweite Mal diese Woche, daß Ihr mir diese Frage stellt«, erwiderte Vodni. »Ich habe allmählich den Verdacht, daß sich da insgeheim etwas abspielt. Ich glaube, ich werde eifersüchtig.«

Sera spürte, wie ihr die Hitze ins Gesicht stieg. »Ich versichere Euch, Mylord, daß nichts dergleichen vor sich geht«, gab sie schroff zur Antwort.

»Entschuldigt bitte«, sagte der Sekretär und wurde plötzlich sehr ernst. »Es ist falsch von mir, Euch zu necken. Eure Korrespondenz geht mich nichts an.« Da er sah, daß Sera keinerlei Anstalten machte, sich niederzulassen, setzte er sich wieder.

Sera kehrte ihm den Rücken zu und musterte das Regal gleich neben sich. Sie fand einen Band über alte Geschichte, nahm den Sessel dem Baron gegenüber und öffnete das Buch.

»Ihr habt dem Herzog noch keinen Besuch abgestattet«, bemerkte Baron Vodni. »Er lebt zurückgezogen in seinen Gemächern und fühlt sich an vielen Tagen nicht wohl genug, um Besucher zu empfangen. Dennoch hat er den Wunsch geäußert, Euch zu treffen – motiviert, wie es scheint, von einer Bekanntschaft mit Eurem Großvater.«

Sera sah von ihrem Buch auf.

»Vielleicht wäret Ihr bereit, ihn eines baldigen Tags zu besuchen«, sagte Vodni. »Ich fürchte, daß Seine Exzellenz nicht immer bei klarem Verstand ist, aber wenn er es ist... kann er ein faszinierender Gesellschafter sein. Ja, er ist wirklich ein äußerst interessanter, alter Mann.«

»Ich würde den Herzog sehr gern kennenlernen«, erwiderte Sera.

Der Baron erhob sich. »Dann kommt jetzt mit. Dies ist einer seiner besseren Tage, und es wäre gut, gleich die Gelegenheit beim Schopf zu packen.«

Sera war sofort einverstanden. Sie war sehr begierig, den gelehrten, alten Mann kennenzulernen.

»Ich darf wohl sagen«, meinte Vodni, als sie die Bibliothek verließen, »daß Ihr noch nicht das ganze Haus erforscht habt. Wichtelberg hat eine lange und faszinierende Geschichte... Wißt Ihr, wann und wie es erbaut wurde?«

»Ich weiß, daß es vor vielen hundert Jahren von Zwergen errichtet wurde«, entgegnete Sera. »Was natürlich den Namen erklärt.«

»Es ist durch viele Hände gegangen – viele, viele Hände –, ehe es an die Vorfahren des Herzogs gegangen ist. Und jeder neue Besitzer hat umfangreiche Veränderungen vorgenommen. Einige dieser Veränderungen haben nicht überlebt, und im Prinzip ist es das Werk der Zwerge, was ihr jetzt seht... Stein überdauert, und die Wichtel sind gründliche Handwerker. Die Fresken in der dritten Etage gelten als sehr schön, und die Leuchter im Speisesaal... Entschuldigt bitte, ich wollte Euch keinen Vortrag halten. Es ist nur so, daß ich eine solche Begeisterung für dieses schöne, alte Haus entwickelt habe.«

»Aber fahrt doch bitte fort!« meinte Sera, die mit Vergnügen gelauscht hatte. »Eure Begeisterung ist ansteckend.«

Sie gingen einen langen Korridor hinab. Überall an den Wänden waren altertümliche Waffen ausgestellt, darüber hinaus die ausgestopften Köpfe exotischer Tiere, von denen viele längst ausgestorben waren.

»Ich werde Euch etwas Merkwürdiges zeigen«, sagte Vodni und blieb vor einer schmucklosen Mauer stehen. Unter der Decke befand sich ein Ziergußstück, und ein weiteres nahe am Boden, doch war die Mauer ansonsten leer. Der Baron beugte sich herab und drückte auf eine der ausgeschnittenen Rosetten des Gußstücks, und ein Teil der Mauer glitt beiseite und enthüllte ein verborgenes Treppenhaus. »Wie schade, daß ich nicht daran gedacht habe, Licht mitzunehmen, dann hättet Ihr nämlich den Mechanismus inspizieren können, der sehr raffiniert ist – raffinierter noch, glaube ich, als notwendig, um eine so einfache Aufgabe zu erfüllen –, aber sehr sinnreich, oh, bemerkenswert sinnreich.

Wir glauben, daß Wichtelberg einstmals von Gnomen bewohnt wurde, denn sie haben (wie Ihr vielleicht wißt) eine Vorliebe für solche Apparate.« Er drückte auf eine weitere Rosette, um das Paneel zu schließen, aber das Wandstück wollte nicht an seinen Platz zurückgleiten.

Vodni trat gegen die Geheimtür, in der Hoffnung, dadurch etwas zu lockern. Als sich jedoch das Paneel immer noch nicht bewegen wollte, trat er erneut dagegen, und dann noch einmal, viel härter, mit wachsender Heftigkeit, denn er war offensichtlich wütend darüber, daß der Mechanismus nicht so beeindruckend war, wie er Sera glauben lassen wollte. Dann gewann er mit sichtlicher Anstrengung wieder die Herrschaft über sich zurück.

»Wir lassen sie offenstehen… es spielt kaum eine

Rolle. Tut mir leid«, sagte er mit einem entschuldigenden Lachen. »Wie Ihr seht, besitze ich ein übles Temperament, eine bösartige Veranlagung. Zweifellos seid Ihr schockiert.«

Sera, die so oft den Drang verspürte, ihrer Wut auf dieselbe Weise Luft zu machen, war nicht im geringsten schockiert. »Bitte tretet nochmals gegen die Mauer, Baron Vodni, wenn Euch das zufriedenstellt. Ich kann sehr gut mit Euch mitfühlen. Ich versichere Euch, daß mein eigenes Temperament zu Eurem paßt.«

Vodni lachte erneut. »Und dennoch, Miß Vorder, veranlaßt Ihr mich dazu, dieses Temperament zu zügeln. Ihr zeigt eine bewundernswerte Selbstbeherrschung.«

»Ah ... aber ich habe so viele Gelegenheiten, diese Selbstbeherrschung auszuüben«, meinte Sera, »daß es kaum ein Wunder ist, daß ich die Kunst gemeistert habe.«

Sie setzten den Weg zu den Gemächern des Herzogs fort, beide gut gelaunt. Sera bemerkte, daß sie sich amüsierte – sie, die selten etwas um die Gesellschaft junger Männer gab. Oh, sicherlich, sie war stolz auf Jedidiah – aber er war nur ein Junge und ganz und gar nicht elegant –, und Hermes Batsch war älter als er aussah. Was Francis Skelbrooke betraf ... nein, sie konnte nicht sagen, daß sie Lord Skelbrooke *mochte;* der Eindruck, den er auf sie gemacht hatte, war viel zu beunruhigend. Aber Lord Vodni war hier, neben ihr, ebenso gutaussehend wie vornehm, und sie entdeckte, daß sie ihn außerordentlich gut leiden konnte.

Nach Durchquerung vieler Marmorflure erreichten Sera und der Baron ihr Ziel. »Ich werde hineingehen und Euch beim Herzog anmelden«, sagte Vodni, öffnete die Tür und verschwand im Innern.

Wenige Augenblicke später kehrte er zurück. »Seine Exzellenz ist entzückt, Euch zu empfangen«, sagte Vodni und bat sie durch die Tür.

Sera, die einen guten Teil ihres Lebens in der Gesellschaft ihrer Großeltern verbracht hatte, entdeckte, daß der Herzog wesentlich älter war, als sie erwartet hatte: der zerbrechliche Schatten eines ältlichen Gentleman mit einer veralteten Perücke und einem Morgenrock aus Brokat. Er saß am offenen Fenster in einem Lehnstuhl aus Eiche von mittelalterlichem Aussehen.

»Miß Vorder, Euer Diener. Lord Vodni hat mir berichtet, daß Ihr die Enkelin von Gottfried Jenk seid. Ja, in der Tat … in der Tat habt Ihr große Ähnlichkeit mit ihm. Mir gefällt, wie Ihr Euch haltet«, sagte er mit anerkennendem Nicken. »Und ich gehe doch recht in der Annahme, daß Euer Großvater, Herr Jenk, aktives Interesse an Eurer Erziehung nimmt?«

Sera setzte sich ein wenig gerader hin. »Als ich jünger war, hat er mich selbst erzogen. Aber während der vergangenen fünf Jahre lebte ich bei den Verwandten meines Vaters, und sie halten nichts von … von gelehrten, jungen Damen. Mein Vetter Benjamin jedoch besitzt eine ausgezeichnete Bibliothek, und ich setze meine Studien fort, so gut ich kann.«

Der Herzog lenkte einen schelmischen Blick in Vodnis Richtung. »Und wie alt ist sie jetzt, was meint Ihr?«

Der Baron zeigte eine amüsierte Miene. »Ich würde lieber nicht schätzen wollen. Warum fragen wir die junge Dame nicht selbst?«

»Ich bin achtzehn«, sagte Sera. »Zum Jahreswechsel werde ich neunzehn.«

»Achtzehn Jahre alt … und fünf Jahre im Haus Eurer Kusinen«, sagte der Herzog. »Und ich zweifle nicht daran, daß Euch Euer Großvater bereits in der Wiege erzogen hat. Das ergäben dreizehn Jahre als Jenks Schülerin. Es freut mich, Eure Bekanntschaft zu machen, Miß … Ich bitte um Entschuldigung. Ich habe Euren Namen vergessen.«

»Miß Seramarias Vorder«, sagte sein Sekretär.

Der Herzog hob und senkte den Kopf. »Miß Vorder… ja. Es geschieht nicht oft, daß ich das Glück einer Begegnung mit einer gelehrten Frau habe. Die Herzogin ist natürlich eine bemerkenswerte Ausnahme. Es freut mich, Eure Bekanntschaft zu machen. Bitte, bleibt eine Weile und besucht mich öfter.«

32. Kapitel

Welches den Leser auf hohe See führt und dann wieder zurück nach Thornburg

Skelbrooke verlor bald jegliches Gefühl dafür, wie viele Tage er im Lagerraum des Schiffs verbracht hatte. Seine ganze Welt bestand nur noch aus unaufhörlicher Bewegung, fauligen Gerüchen und dem endlosen Pochen im linken Fuß. Er warf sich umher, abwechselnd im Fieber und im Schüttelfrost. Sie hatten ihn des Schlafstaubs beraubt, von dem er abhängig war, und ohne die Droge entzog sich ihm alles übrige. Er verbrachte Tag und Nacht in einer Art wachen Alptraums, war das Opfer entsetzlicher Halluzinationen und quälender Gefühle.

Schließlich klärten sich seine Gedanken, und sein Wahrnehmungsvermögen kehrte zurück. Mit zunehmendem Appetit entstand ein rasender Durst. Während die Tage dahingingen, schmeckte das Wasser, das man ihm gab, faulig. Und als er ein Stück Schiffszwieback zu sich nehmen wollte, mußte er es gegen einen der Balken hämmern, um die schwarzköpfigen Rüsselkäfer zum Herauskrabbeln zu ermuntern.

Manchmal fühlte er sich stark genug, mit dem Seemann zu reden, der ihm seine Mahlzeiten brachte und den Nachttopf leerte. Es war selten derselbe Mann; zwei- oder dreimal war es der Schiffsjunge, ein hagerer, zahnloser Bursche, der ein wenig geschwätziger war als seine Genossen. Er berichtete Skelbrooke von den anderen Gefangenen an Bord: zwei Landmädchen, die sehr jung, hübsch und außerordentlich verängstigt waren. Sie waren in einer Kabine oben eingeschlossen, wo der Kapitän ein Auge auf sie werfen und die Männer daran hindern konnte, sie zu belästigen. »Obwohl… warum wir uns sie nich vornehmen solln, ehe die Schwarzen sie kriegen… das find ich nich richtig«, sagte der Junge.

»Handelsware«, meinte Skelbrooke erschöpft. »Die Damen sind wertvolle Handelsware… aber du, mein Bursche, bist nichts. Wenn es dich irgendwie beruhigt – diese armen Mädchen wären zweifellos viel lieber an deiner Stelle.«

Der Junge grinste zahnlos. »Schätz mal, *Ihr* würdet gern 'n Platz tauschen, gleich jetzt. Vielleicht bin ich jetzt ein Nichts, aber ich werd mal 'n erwachsener Mann. Ihr jedoch…«

»Wie du meinst«, sagte Skelbrooke, legte sich auf sein Strohbett zurück und schloß die Augen.

Es war auch der Schiffsjunge, der ihm den Namen des Schiffs mitteilte. Es war die kleine Barke *Black Bear*, und der Kapitän war Troilus Diamond. »Ein harter Mann, der Kapitän«, sagte der Junge, und Skelbrooke glaubte ihm. Der Junge war abgezehrt; er zeigte Spuren schlechter Behandlung: Schrammen, Schnitte und Narben… und er ließ mysteriöse Hinweise auf das Schicksal seiner Vorgänger fallen.

Mylord setzte mehr Hoffnung auf den ersten Maat, einen ruhigen Mann, der einmal zum Reden gekommen war. Sein Name war Kassian, vormals ein ehrbarer Händler (sagte der Schiffsjunge) und Kapitän einer eigenen Schaluppe, über den, dank einer übermäßigen Zuneigung zur Flasche und dank Machenschaften von Feinden an hohen Stellen, harte Zeiten gekommen waren. Herr Kassian, entschied Skelbrooke, war ein Mann, an dessen Prinzipien er vielleicht appellieren konnte… vorausgesetzt, er fände einen Weg, daß dem Maat ein solcher Appell in einem günstigen Licht erschiene.

Der Autorität dieses Herrn Kassian war es schließlich zu verdanken, daß Skelbrooke, eskortiert von zwei Seemännern, den Laderaum verließ. Seine Strümpfe und Stiefel hatte man ihm nicht zurückgegeben, aber ein anderes Paar Stiefel, an den Zehen aufgeplatzt und viel zu groß, stellte man ihm zur Verfügung. Da sein linker Fuß noch immer bandagiert war, zog er nur den rechten Stiefel an und stand zittrig auf. Die Decke war niedrig, nicht mehr als fünf Fuß unter den Balken, also humpelte er mit eingezogenem Kopf auf die Leiter zu. Er ging durch die Mannschaftsquartiere zum Unterdeck hinauf, vorüber an Hängematten und Schiffstruhen sowie einer Gruppe Seemänner, die bei Laternenschein spielten. Er stieg eine steile Treppe hinauf und trat schließlich ins Sonnenlicht der salzigen Luft.

Zum erstenmal – seit wie vielen Tagen oder Wochen? – wurde er dem Kapitän vorgestellt. Troilus Diamond musterte ihn kurz von oben bis unten. Skelbrooke wußte, daß sein Erscheinungsbild nicht gerade anziehend war; er war schmutzig und ungekämmt, er stank wie ein Pferd, und er trug noch immer die Verkleidung, die er als ›Kapitän Melville‹ getragen hatte, teuer, jedoch ein wenig stutzerhaft: eine blaue Anzugjacke mit karminroter Weste sowie gestreifter Hose, und alles war sehr zerknittert. Vielleicht dienten die leuchtenden Farben dazu, seine Blässe hervorzuheben. »Ihr seht 'n bißchen krank aus. Weiß nich, ob Ihr Euren Unterhalt wert seid. Selbst vergoldet würdet Ihr nich viel hermachen.«

»Die Leute, die ihn herbrachten, haben mir versichert, daß er beträchtlich stärker ist, als er aussieht«, meinte Herr Kassian. »Und sowieso ... Jagst hat deutlich gemacht und erwartet, daß dieser Mann bei seinen Kunden im Osten genauso abgeliefert wird wie abgemacht.«

Nachdem er noch etwas nachgedacht hatte, stimmte

der Kapitän zu, daß eine gesunde Runde über Deck, so alle zwei oder drei Tage, möglicherweise in Ordnung war.

Skelbrooke humpelte zur Reling hinüber und blickte über das Wasser. Es war kein Land in Sicht, was jedoch nicht überraschte. Ein Schiff mit Schmuggelware, ein Schiff, das keinerlei Kontakt mit offiziellen Fahrzeugen zu haben wünschte, würde kaum die Küste entlangfahren. Wenn außerdem irgendeine Möglichkeit bestünde, an Land zu schwimmen, hätten sie ihm nicht gestattet, sich der Reling zu nähern, selbst nicht mit den Ketten und den Handschellen.

Er wandte sich von der Reling ab und setzte sich auf ein Faß am Großmast. Kapitän Diamond grinste breit, griff in seine Weste und zog eine Taschenuhr hervor ... ein sehr hübsches Teil, wie ein Ei geformt und mit einer Muschel aus bemaltem Porzellan bedeckt. Skelbrooke erkannte sie sogleich als sein Eigentum.

Der Kapitän ließ sie aufschnappen und warf einen Blick auf das Zifferblatt. »Richtig hübsch, nicht wahr?« fragte er durchtrieben.

»Allerdings«, erwiderte Skelbrooke. »Aber wenn Ihr einen Rat hören wollt ... der Mechanismus ist ziemlich empfindlich. Ihr solltet sie äußerst sorgfältig behandeln.«

Kapitän Diamond ließ die Taschenuhr zuschnappen und schob sie in seine Tasche zurück. Skelbrooke öffnete den Mund, um ihn zu warnen. Diese Taschenuhr war eine Spezialanfertigung; in der oberen Hälfte hatte sie einen verborgenen Hohlraum, der einen Sprengstoff auf der Basis von Pikrinsäure enthielt und um ein Vielfaches stärker war als Schießpulver; es gab gleichfalls eine Schlagvorrichtung, um die Ladung zur Explosion zu bringen.

Dann jedoch änderte er seine Meinung. Solange die Vorrichtung nicht in Gang gesetzt war, würde es mehr als eines Stoßes oder Schlags erfordern, um eine Explosion hervorzurufen. Und obgleich der Tag gewiß kommen mußte, da eine unvorsichtige Handlung seitens Kapitän Diamonds die Ladung zur Explosion brächte, schien es unwahrscheinlich, daß Skelbrooke in der Nähe wäre und die Konsequenzen zu erleiden hätte. Also bestand wirklich kein Grund für ihn, etwas zu sagen.

Seine Lordschaft lehnte sich an den Mast, schloß die Augen und sinnierte mit beträchtlicher Befriedigung über das explosive Dahinscheiden des Kapitäns.

Es war die kalte Stunde vor der Morgendämmerung. In Jenks Laboratorium hinter dem Buchladen näherten sich die beiden alten Männer nach einer langen, schlaflosen Nacht fruchtlosen Experimentierens dem Rand der völligen Erschöpfung.

Während der letzten Wochen hatte sich das Erscheinungsbild des Labors verändert. Es war vollgestopft, denn Jenk hatte viel Geld zum Erwerb neuer Ausrüstungsgegenstände ausgegeben. Es gab einen zweiten, raffinierteren Destillationsapparat, eine Anzahl gradierter Kolben, ein neues Paar Waagschalen mit präzise geeichten Messinggewichten und alle möglichen Trichter, Flaschen, Zangen, Eisen und Schmelztiegel. Dennoch war Jenk der Zusammensetzung des Steins nicht nähergekommen als vor zwei Jahreszeiten.

Der Buchhändler setzte sich seufzend auf einen der Hocker. Seit kurzem war er sich seiner Jahre deutlichst bewußt. Er fühlte sich alt und schwer, gebeugt und niedergedrückt von Enttäuschung. Und die Tatsache, daß er fast bis zur Erkrankung erschöpft war, trug nicht dazu bei, die Bürde zu erleichtern.

»Unsere Mittel schwinden«, sagte er. »Bald wird alles Gold des Herzogs aufgebraucht sein. Das Gold des Herzogs … und alle meine Ersparnisse.«

»Schreib einen weiteren Brief, bitte um mehr«, meinte Caleb, der eifrig damit beschäftigt war, den Brennofen zu schüren. »Mir erscheint das ziemlich einfach.«

Doch Jenk schüttelte den Kopf. »Wenn ich dem Herzog schreibe und um seine Nachsicht bitte, so würde er darauf bestehen, daß wir seinen Mann empfangen und ihm erlauben, Eirena zu beobachten. Darauf bin ich nicht vorbereitet. Ich muß gestehen, daß mich ihre langsame Entwicklung enttäuscht.«

Caleb schlug heftig die Ofentür zu. »Langsame Entwicklung? Was meinst du mit langsamer *Entwicklung?*« fragte er entrüstet. »Zieht sie sich nicht selbst an, ißt sie nicht allein und kümmert sie sich nicht um ihre eigenen Bedürfnisse? Geht sie nicht ebenso leicht und natürlich umher wie du und ich? Und hat sie uns nicht immer wieder mit ihren hübschen, kleinen Gesten und ihrer lieblichen Art erfreut?«

»Ja, ja«, erwiderte Jenk und machte sich hektisch an der Ausrüstung auf dem Tisch zu schaffen. »Auf manchen Gebieten war ihre Entwicklung erstaunlich. Ein natürlich gezeugtes Kind desselben Alters könnte nichts von den Dingen tun, die du erwähntest. Aber es ist alles Nachahmung ... Sie muß etwas nur ein- oder zweimal sehen, um es genau nachzuahmen. Es ist die *Qualität* ihrer Intelligenz, die ich in Frage stelle. Sie tut nichts, was ein Affe oder Hobgoblin nicht genauso tun könnte – ausreichend Zeit zum Üben vorausgesetzt –, und sie will noch immer nicht sprechen.

Es ist die Sprache«, sagte Jenk, wobei er mit einer gereizten Handbewegung eine Flasche beiseite fegte, »die intelligente Rassen vom Tier unterscheidet. Ich erinnere mich an Sera als Kind ... sie gab entzückende kleine Gurrlaute von sich, hat unablässig vor sich hingebrabbelt ... Sie wollte anscheinend ein natürliches Verlangen nach Ausdruck demonstrieren, selbst wenn das Konzept von *Worten* ihr noch nicht in den Sinn gekommen war. Wenn Eirana dasselbe täte, wäre ich viel zuversichtlicher.«

Caleb schnaubte. »Was ist, wenn sie stumm ist? Vielleicht möchte sie reden, aber ihre Stimme versagt.«

»Mein lieber Caleb«, erwiderte Jenk mit einem höhnischen Grinsen. »Deine Eirena ist weit davon entfernt, stumm zu sein. Am Tag ihrer ›Geburt‹ hat sie genug Lärm gemacht, aber seitdem weigert sie sich, auch nur einen Laut von sich zu geben. Darüber hinaus bezweifle ich ernsthaft...«

Er wurde von einem verzweifelten Klopfen aus einer hölzernen Truhe auf dem Fußboden neben dem Ofen unterbrochen. Mit einem vorwurfsvollen Blick über die Schulter humpelte Caleb hinüber und hob die Schachtel hoch. Der Deckel, der von einem Riegel, jedoch nicht von einem Schloß festgehalten wurde, war vollständig aus den Löchern gedreht worden, und irgend etwas trommelte wild auf die Innenseite der Truhe. Caleb setzte die Schachtel auf den Tisch und hob den Deckel an.

Der weibliche kleine Homunkulus kletterte heraus. Er wirkte abgespannt und entrüstet. Das Gesicht zeigte aufgrund der großen Anstrengung einen grünlichen Schimmer, das Federhaar war zerzaust und ihr Gazekleid zerknittert.

»Du glaubst, sie versteht dich nicht?« fragte der stolze Vater. »Sie wußte, daß du von ihr gesprochen hast... und deswegen hat sie einen solchen Krach veranstaltet.«

Der Buchhändler schnüffelte angewidert. »Unsinn. Sie ist aufgewacht und wollte aus der Schachtel, das ist alles. Und sie will wohl ihr Frühstück, möchte ich behaupten.«

Das kleine Ding setzte sich im Schneidersitz auf den Tisch und funkelte sie an. »Und da ist noch etwas, das mir nicht gefällt«, sagte Caleb. »Sie so im Dunkeln halten, wie wir's tun. Das ist nicht richtig … das ist durch und durch grausam.«

Jenk strich sich erschöpft mit einer Hand über die Braue. »Das geschieht zu ihrem eigenen Schutz. Sie ist so klein und rege, und wir können nicht immer aufpassen, wohin wir unsere Schritte setzen, nur weil wir Angst haben müssen, auf sie zu treten. Es wäre etwas anderes, wenn sie sprechen könnte. Aber erst gestern habe ich sie beinahe zertreten, und sie hat überhaupt keinen Laut von sich gegeben, nein, außer wenn du dich um sie kümmern kannst, ist es notwendig, sie sicher aufzubewahren.«

Caleb ballte seine Hand zur Faust. »Als wäre sie ein Paket oder ein Gepäckstück! Es is nich richtig. Sie hat nichts falsch gemacht … Wir dürfen sie nicht wie eine Gefangene halten, nur weil *wir* achtlos sind. Sieh sie dir doch nur mal an, das hübsche, kleine Ding!« fügte er liebvoll hinzu. »Wie sie da sitzt und ihr die Tränen an den Wangen herablaufen! Sie versteht, was du sagst. Ich sag's dir, sie versteht es, und sie will nicht mehr in diese Schachtel da zurück.«

»Wenn sie unsere Sprache verstehen kann«, meinte Jenk, stand auf und ging im Zimmer umher, »würde sie irgendeinen Versuch unternehmen, sie zu sprechen.«

»Vielleicht hat sie sich beim Schreien und Kämpfen verletzt, als du sie aus ihrem Ei herausgeholt hast. Vielleicht konnte sie sprechen, aber es ist was kaputtgegangen, weil du so grob mit ihr umgesprungen bist«, sagte Caleb mit einem anklagenden Funkeln im Blick.

Der Buchhändler erwiderte jeden einzelnen dieser Blicke. »Vielleicht würde sie wieder aufschreien, wenn sie ein unangenehmes Stimulans erhielte? Sollen wir das Experiment wagen?« Und ohne Calebs Antwort abzuwarten, sprang Jenk mit uncharakteristischer Heftigkeit und Energie zu Eirena hinüber, schnappte sie samt einer Kerze und hielt die Flamme nahe an eine der wild umherschlagenden, winzigen Hände.

Vor Schmerz kreischend wand sich der Homunkulus in seinem Griff. Mit einem grimmigen Lächeln setzte Jenk sie wieder auf den Tisch. Einen Augenblick lang war Caleb zu schockiert, um etwas tun zu können. Dann nahm er sie in die Arme und drückte das wimmernde kleine Ding an die Brust.

»Tu ihr niemals wieder weh!« schrie er. »Ich warne dich … tu ihr niemals wieder weh!«

Jenk setzte sich wieder, jäh aufreizend ruhig. »Es ist keine tiefe Brandwunde – die Flamme hat sie kaum berührt. Sieh mal … ihre Hand ist kaum grün geworden. Ich wollte nicht grausam sein, aber es war ein notwendiges Experiment.«

»Es war nicht notwendig … es war überhaupt nicht notwendig«, beharrte Caleb, während er den fedrigen, kleinen Kopf vergeblich streichelte, um sie zu beruhigen. »Und selbst wenn du ihn für notwendig gehalten hast … du hättest erst mich fragen sollen, ehe du so etwas versuchst. Bin ich nicht ihr Vater – gehört sie nicht mir?«

»Dir?« fragte der Buchhändler mit einem häßlichen Lächeln. »Du maßt dir zuviel an. Du hast nichts weiter als den Samen zur Verfügung gestellt, aber ich war derjenige, der sie erschuf. Sie ist mein Geschöpf, und allein das meine. Und also ist … werde ich sie auf die Art und Weise gebrauchen, die mir paßt.«

»Nein, das wirst du nicht tun«, erwiderte Caleb schwer atmend. »Ich werde nicht dabeistehen und zusehen, wie du sie mißbrauchst. Du denkst, du stehst so hoch, daß ich dich nicht herunterholen kann. Ich könnte dich ruinieren, Gottfried, wenn ich es wollte. Ich weiß, was du hier getan hast … Die Leute sind bereits argwöhnisch. Ein Wort von mir, und …«

»Mein guter Caleb … du mußt mir nicht drohen.«

Jenk war aufs äußerste überrascht, daß sein bisher so vertrauenswürdiger Diener so unerwartet viel Mut zeigte. »Wirklich, ich bin entsetzt … ja, entsetzt, daß du es notwendig findest, mir zu drohen. Ich wollte dem kleinen Ding nichts Böses.«

Er zog ein Taschentuch aus der Tasche und wischte sich damit das Gesicht ab. »Vielleicht habe ich meine Ungeduld … mein Streben nach exakter, wissenschaftlicher Kenntnis mit mir durchgehen lassen. Ja, das wird wohl so gewesen sein. Sieh mich nicht so an … Du hast mich ganz schön erschreckt, mein alter Freund. Ich verspreche dir, daß ich von nun an sanfter in meinen Methoden sein werde.«

»Ja … das wirst du wohl«, meinte Caleb, weit davon entfernt, beruhigt zu sein. »Du wirst sanfter mit ihr umgehen – oder ich stehe nicht für die Konsequenzen ein!«

33. Kapitel

In welchem die Bärin die Fänge zeigen muß

Die *Black Bear* fuhr weiterhin südwärts, bis sie den Golf von Spagne erreichte. Dort lag sie viele Tage lang in den warmen, südlichen Gewässern in einer Flaute, bis der Wind auffrischte. Dann war sie wieder unterwegs und nahm mit schwellenden Segeln Kurs auf die exotische Küste von Ynde.

Unter den gegebenen Umständen waren für Francis Skelbrooke die Geheimnisse des fabulösen Ostens nicht so ganz verlockend. Dennoch hatte er das Gefühl, daß er an Land mehr Chancen zur Flucht hatte als auf See. Er hatte in der Tat bereits mehr als ein Dutzend waghalsiger (und höchst unwahrscheinlicher) Pläne im Kopf ausgearbeitet und wieder verworfen – er wollte ein Rettungsboot stehlen, dem Kapitän eine Pistole an den Kopf halten –, und sein Erfindungsreichtum ließ ihn allmählich im Stich. Er konnte nur darauf hoffen, daß sich ihm weitere Möglichkeiten bieten würden, sobald er in Ynde gelandet war.

Inzwischen wurde ihm fast jeden Tag erlaubt, über die Oberdecks zu schlendern. Nur einmal erhaschte er einen Blick auf die beiden anderen Gefangenen, als die Mädchen aufgrund einer Mischung aus Seekrankheit und Anspannung, bleich und wackelig auf den Beinen, zu einem kurzen Gesundheitsspaziergang über die Luken geleitet wurden. Die ältere der beiden war groß, dunkel und sehr darum bemüht, ihre jüngere Gefährtin zu beschützen. Mit einem stechenden Schmerz wurde Skelbrooke an Sera Vorder erinnert.

Nicht nur um seiner selbst willen war sein Entkommen notwendig.

Obgleich er sich den Mädchen nicht nähern durfte, lächelte er ihnen dennoch aufmunternd zu. Doch zu dieser Zeit stand er angekettet an einem der Masten, war schmutzig, ungekämmt und unrasiert – erinnerte eher an ein Mannschaftsmitglied, das diszipliniert wurde, als an einen ehemaligen Retter junger Mädchen –, und es war unwahrscheinlich, daß die jungen Frauen aus diesem Lächeln ernsthaft Zuversicht schöpften.

Er trug jetzt beide Stiefel (obgleich ihn sein Fuß noch immer schmerzte), was viel zu seinem Gefühl persönlicher Würde beitrug, aber der Kapitän hatte ihm den Gebrauch eines Rasiermessers verweigert, weil er ihn offensichtlich als einen möglichen Selbstmordkandidaten betrachtete. Glücklicherweise ließen die körperlichen Nachwirkungen des Schlafstaubentzugs allmählich nach, und er gewann seine Kräfte zurück. Aber seine Nächte waren ruhelos und von unvernünftigen Panikanfällen sowie bösen Träumen geplagt, und das Verlangen war noch immer stark – das um so mehr, weil er erfahren hatte, daß der erste Maat ebenfalls süchtig war und daher eine beträchtliche Menge des Staubs irgendwo an Bord verborgen halten mußte.

Ob sich Herr Kassian die Schnupftabaksdose angeeignet hatte, in der Skelbrooke früher den Staub aufbewahrte, mußte er erst noch in Erfahrung bringen, aber der erste Maat trug einen schweren Goldring, der zuletzt die Hand von Kapitän Melville geziert hatte. Troilus Diamond trug die dolchförmige Krawattennadel und auch die Uhr, und das Talismanpendel fehlte gleichfalls. Aber Skelbrooke hatte noch immer eine Anzahl kleiner, nützlicher Dinge in den Saum seiner Jacke eingenäht, einschließlich einer Phiole mit tödlichem

Gift – aus diesem Grund hätte ihm Kapitän Diamond ruhig ein Rasiermesser zugestehen können … Mylord hatte einen ordentlicheren Abgang geplant, falls alles andere fehlschlagen sollte.

Sie befanden sich vor der Küste Mallaharis, zwei Tage von ihrem Ziel, den Sklavenmärkten von Ranpuhar, entfernt, da rief einer der Ausgucker oben im Krähennest herab, daß er gerade ein weiteres Schiff ausgemacht habe, das sich backbord rasend schnell nähere. Zusammen mit einigen anderen gingen Skelbrooke und Kassian zur Reling hinüber, um einen guten Blick auf das in Sicht kommende Schiff zu erhalten.

Es war eine Brigantine mit der Flagge von Grall auf den Polarinseln; ihre Segel waren vom vielen Gebrauch geflickt und dunkel, ansonsten wirkte sie jedoch sauber und gut instand gesetzt. Sie war offenbar ein Handelsschiff; man sah weder Kanonen noch Geschütze, von einem Paar Feldschlangen am Vorderdeck ganz abgesehen, und das Oberdeck war voller Kisten und Ballen. Dennoch war Kapitän Diamond sehr wachsam, während er ihre Annäherung durch sein Fernrohr beobachtete.

»Was haltet Ihr von ihr?« fragte er und reichte Kassian das Glas.

Der erste Maat nahm das Fernrohr entgegen und spähte hindurch. Die Galionsfigur der näherkommenden Brigantine stellte eine üppig proportionierte, spärlich bekleidete Frau dar. Ihr Gesicht war frisch mit schreienden Farben bemalt worden. Herr Kassian stieß einen Schrei des Entsetzens aus. »Es ist die *Busty Margaret*, Sir, die vor zwei Jahren vor der Küste von Llyria verschwand. Sie haben sie in *Hag's Belly* umgetauft!«

Zischend stieß der Kapitän seinen Atem aus. »Piraten! Sagt den Männern, sie sollen sich auf einen Kampf vorbereiten, Herr Kassian, seht aber zu, daß sie es ruhig und ordentlich tun... die Piraten dürfen nicht erkennen, daß wir ihre Absicht durchschaut haben.«

Von der Reling aus beobachtete Skelbrooke die Vorbereitungen der Mannschaft. Musketen, Donnerbüchsen und Pistolen wurden eilig geladen und scharf gemacht; Fässer voller Entermesser, Äxte und Pistolen wurden zusammen mit Piken, Kartuschen und Schrappnellgeschossen hinter dem Schanzkleid versteckt. Seemänner lösten die Persenning über den Kanonen, zogen sie jedoch noch nicht herunter. Die besten Schützen wurden dazu abkommandiert, Musketen, Pulverbeutel und Kugel umzulegen und sich auf den Aufstieg in die Takelage und zu den Plattformen an den Masten vorzubereiten.

Die ganze Zeit über war die Brigantine immer nähergekommen und befand sich jetzt in Rufweite. Kapitän Diamond, der noch immer vorgab, daß kein Alarm gegeben worden war, nahm ein Sprachrohr und verlangte, daß sie sich identifiziere und ihre Absichten mitteile.

Plötzlich ging es auf den Decks der Brigantine sehr hektisch zu. Männer schwärmten von unten herauf, Ballen und leere Kisten wurden beiseite geschoben und enthüllten eine Batterie großer Kanonen. Die Flagge von Grall wurde eingezogen und statt dessen die Piratenflagge gehißt: ein blutendes Herz auf einem weißen Hintergrund, durchbohrt von einem Dolch. Der Kapitän der *Hag* hob sein Sprachrohr und verlangte die Kapitulation der *Bear*. »Unmöglich!« brummte Kapitän Diamond.

»Wie es scheint«, meinte seine Lordschaft, »besitzt er wesentlich mehr Geschütze und Männer.«

»Wir gehen kämpfend unter... ich wandere auf keinen Sklavenmarkt, soviel ist gewiß«, sagte der Kapitän.

»Dann gestattet mir, auf Eurer Seite zu kämpfen«,

sagte Skelbrooke. »Weist Herrn Kassian an, meine Handschellen zu lösen, und ...«

Kapitän Diamond schnaufte geringschätzig. »Für mich wollt Ihr kämpfen, wirklich? Und weswegen würdet Ihr das tun?«

»Als Gegenleistung für Euer Versprechen, mich anschließend freizulassen, wenn wir beide dieses Gefecht überleben. Warum auch nicht?« fragte Skelbrooke. »Ihr seid bereits dafür bezahlt worden, mich aus Marstadtt herauszuholen. Und in dem kommenden Gefecht mag ich mich als nützlich erweisen.. wertvoller, als Ihr vielleicht glaubt.«

Kapitän Diamond schnaufte erneut. »Das wäre wie ein Kuhhandel mit diesen Piraten.«

»Ganz und gar nicht«, sagte Skelbrooke. »Ich bin in der Lage, für euch zu kämpfen. Ihr braucht Männer! *Ihrem* Kapitän fehlen keine Männer.«

Der Kapitän kehrte ihm den Rücken zu. »Bring diesen jungen Narren nach unten!« wies er einen der Seeleute an. »Er soll uns nicht zwischen den Füßen herumlaufen.«

Der Seemann tat, wie ihm geheißen, faßte Skelbrooke grob an der Schulter und steuerte ihn auf die Luke zu.

Von seinem Aussichtspunkt unter Deck sah Skelbrooke nur wenig von der Schlacht. Er hörte jedoch einiges: das tiefe Gedröhne der Kanonen und Bombarden, die schärferen Explosionen der kleineren Feldschlangen und Drehbassen, ein Reißen und Quietschen, als die Enterhaken faßten und die beiden Fahrzeuge langsam aufeinander zuzogen.

Die Wahrheit lautete, daß sein Schicksal, gleich, wer diesen Kampf gewann, so ziemlich dasselbe war – vorausgesetzt, er würde in der Zwischenzeit nicht von einer verirrten Kanonenkugel getroffen oder Opfer eines übereifrigen Enterers werden, der seine Ketten und Handschellen nicht bemerkte. Deshalb hatte er kein großes Interesse am Ausgang.

Als daher eine Handvoll Enterer die Schlacht unter Deck fortsetzte und die Mannschaft verzweifelt darum kämpfte, sie zurückzutreiben, blieb ihm lediglich übrig, seine etwas verwirrende Auswahl von Persönlichkeiten zu durchforsten und diejenigen auszuwählen und anzunehmen, die wahrscheinlich am wenigstens von dem Gemetzel berührt würden. Glücklicher- oder unglücklicherweise war dieser spezielle Francis Skelbrooke entschieden instabil, anders als der Mann, der es gewohnt war, Sprengladungen in der Erde zu vergraben, die Körper wild umherschleuderten. Er saß auf der Koje in der Kabine des Kapitäns, hatte die Knie hochgezogen und ließ das Kinn auf den ineinander verschränkten Händen ruhen, wobei er leise eine Melodie vor sich hinpfiff und unbewegt zusah, wie ein Pirat mit einer Pike den Schiffsjungen wie eine Ratte auf einem Koboldspieß aufspießte. Wild um sich schlagend, kreischte der unglückselige Junge noch fast eine Minute lang, ehe er den Geist aufgab. Zu diesem Zeitpunkt war der Pikenier von einem Mannschaftsmitglied praktisch enthauptet worden und lag in einer Blutlache am Ende der Koje.

Kurze Zeit später verspürte er jedoch ein leichtes Interesse aufflackern, als zwei Seemänner den blutenden und fast bewußtlosen Herrn Kassian hereintrugen. Mylord erhob sich von der Koje, schob den toten Piraten beiseite und machte Platz, so daß die Seemänner den ersten Maat hinlegen konnten.

»Hab gehört, Ihr wärt sowas wie ein Chirurg«, rief einer der Seeleute über den Lärm hinweg.

Skelbrooke nahm rasch die benötigte Rolle an. »Bin Arzt… aber ich kann die Blutung stillen.« Und er schnappte sich, seinen Worten folgend, ein Tuch vom Kapitänstisch.

Kassian kam wieder zu sich, während Skelbrooke die

Aderpresse zuknotete. »Der Kapitän liegt tot auf dem Vorderschiff... ein Heckenschütze auf dem Großmast hat ihn erwischt.«

Da er keine großartige und spektakuläre Explosion oder etwas in der Hinsicht gehört hatte, schloß Skelbrooke, daß der sterbende Kapitän Diamond aufs Deck gerutscht und nicht gestürzt war. »Dann habt Ihr jetzt das Kommando.«

Herr Kassian nickte. »Ja... und das bleibt vielleicht auch so. Es waren nur wenige Enterer, und wir haben sie alle getötet. Sieht so aus, als würde die Schlacht zu unseren Gunsten laufen.« Er griff in seine Tasche und zog einen Schlüssel heraus. »In diesem Fall benötigen wir zweifellos Eure Dienste, ›Doktor‹ Skelbrooke.«

Skelbrooke nahm den Schlüssel und öffnete seine Eisen. »Vielleicht bin ich als Schütze von größerem Nutzen, vorausgesetzt, ich gelange rechtzeitig zu Herrn Diamonds Leichnam«, meinte er. Und er hielt nur lange genug inne, um dem gefallenen Piraten den Dolch und eine Pistole abzunehmen, ehe er nach oben eilte.

Er stieg gerade die schmalen Stufen hinauf, da feuerte die *Hag* eine Salve aus drei Geschützen ab, die durch das Kanonendeck schlug. Der Stoß warf ihn von den Stufen, und er lag mehrere Augenblicke wie betäubt da, ehe er sich erholte. Dann stand er auf, hatte Schmerzen und kletterte wieder die Stufen hinauf.

Anscheinend hatte sich die Waagschale bei der Schlacht seit Herr Kassians optimistischer Feststellung zur anderen Seite geneigt. Die Piraten schwärmten an Bord. Ein riesenhafter Korsar, der ein rotes Tuch um den Kopf trug, warf sich auf Skelbrooke, wobei er seine Pistole und sein langes Messer schwenkte. Mylord zog seinen Dolch und schlitzte dem Burschen den Bauch auf. Der Pirat kreischte, drückte die Pistole ab und stürzte. Die Kugel pfiff an Skelbrookes Kopf vorbei und hinterließ an einer Gesichtsseite eine Pulverspur.

Rings um ihn kämpften Männer mit Piken und Äxten; die Luft war erfüllt von Rauch und roch nach Schießpulver; das Deck triefte vor Blut. Während sich Skelbrooke zum Vorderschiff durchkämpfte, wurde er von einem stämmigen Piraten festgehalten, der wild ausholte und nach seinem Kopf schlug. Als er zur Seite sprang, um dem Hieb auszuweichen, rutschte Skelbrooke in einer Blutlache aus und fiel auf die Knie. Der Pirat hob erneut die Klinge... fiel nach hinten und stürzte tot zu Boden, als eine Axt durch die Luft flog, die ihm den Schädel spaltete.

Kapitän Diamond lag zuoberst auf einem Haufen Leichen, die man während des Kampfs aus dem Weg geräumt hatte. Mylord kniete nieder und durchsuchte seine Taschen. Er fand die Uhr und zog sie an ihrer schweren Goldkette hervor.

An dieser Kette befanden sich zwei Schlüssel: der eine, um die Uhr aufzuziehen, der andere, um sie scharf zu machen. Er schraubte den Ring los, der die Kette an der Uhr festhielt, und steckte den richtigen Schlüssel in das dort entstandene Loch. Dreimal drehte er den Schlüssel und kämpfte sich dann zu den Drehbassen durch, wo er sich der Hilfe eines Kanoniers versicherte.

Das Geschütz hatte eine vergleichsweise enge Bohrung und war dazu gedacht, Steine und Eisenschrappnelle zu verschießen, wenn die Kartätschen ausgingen. Sie machten das Geschütz scharf und luden es mit der Uhr sowie einer Handvoll Steine. Skelbrooke nahm ein langsam brennendes Zündholz vom Kanonier, richtete das Geschütz auf den Großmast des Piratenschiffs aus und berührte mit dem Zündholz das Zündloch.

Es folgte eine laute Explosion, und der Unterteil des Masts verschwand in Feuer und Rauch. Viele Piraten wurden von der Gewalt des Schusses auf das Deck geschleudert, andere von umherfliegenden Splittern durchbohrt. Der Mast krachte herab, zerquetschte ein Dutzend oder mehr Männer unter sich und sorgte dafür, daß die Brigantine nach Backbord kippte. Inzwischen brachen auf Deck mehrere Feuer gleichzeitig aus.

Lord Skelbrooke betrachtete sein Zerstörungswerk mit Gleichmut. »Wenn ich wieder gebraucht werde… Ihr findet mich unten. Dort kümmere ich mich um die Verwundeten.« Und während er das Taschentuch zurechtzog, das er anstelle eines Halstuchs trug, schlenderte er auf die Luke zu.

34. Kapitel

In welchem Sera Nachrichten erhält, mit denen sie nichts anzufangen weiß

Im Anschluß an einen Nachmittag, den sie Tee und Sherry trinkend mit dem alten Herzog verbracht hatte, stieg Sera die Treppe zu ihrem Schlafzimmer im dritten Stockwerk empor, als sie Hermes Batsch begegnete, der die Stufen mit uncharakteristischer Eile herabkam.

»Miß Vorder … ich habe Euch überall gesucht. Habt Ihr einen Augenblick Zeit für mich? Würdet Ihr mir den Gefallen tun, mit mir in die Bibliothek zu kommen?«

Sera wollte nach oben, sich zum Abendessen umkleiden. Sie hatte vor, das Kleid aus schwarzem Bombasin gegen das passendere weinrote Kleid aus gewässerter Seide zu wechseln, aber es blieb noch mehr als eine Stunde, ehe das Mahl serviert würde. Sie kehrte um und folgte dem Lehrer die Stufen hinab in die Bibliothek.

Herr Batsch schloß die Türe hinter sich und bedeutete ihr schweigend, in einem Sessel am Fenster auf der gegenüberliegenden Wand Platz zu nehmen. Ein sehr rätselhaftes Verhalten … dem nüchternen und sensiblen Batsch so unähnlich, daß Sera mit doppelter Aufmerksamkeit zuhörte.

»Ich erhielt heute nachmittag einen Brief von meinem Freund, Herrn Gumley … Ihr entsinnt Euch, daß er einige Jahre in Katrinsberg verbrachte?« fragte der Lehrer mit gesenkter Stimme. »Er weiß nichts von einem Mann namens Skogsrå, aber – und das ist wirklich äußerst verwirrend – er erwähnt einen Mann, der genau auf die Beschreibung des Jarl paßt: einen Oberst Jolerei, wie er genannt wurde, der einige Zeit in Katrinsberg lebte, wo er sich einen Ruf erwarb als … Nun, ich werde über die Einzelheiten hinweggehen – sie sind kaum geeignet für Euch. Ich will also einfach nur sagen, daß er nicht die Sorte Mann war, den Ihr oder Eure Kusine kennenlernen solltet.«

Batsch griff in seine Jackentasche und zog den Brief hervor. Er überflog ihn, wählte eine Seite aus und reichte sie Sera. Sie nahm das Papier entgegen und las sorgfältig die darin enthaltene Beschreibung, ein erstes und dann ein zweites Mal.

»Gewiß paßt die Beschreibung auf den Jarl«, sagte sie. Dann drehte sie die Seite um und las laut vor: »›Halbtrolle, wie sie genannt werden – obgleich sie kaum mehr Mischlinge sind als die Rasse insgesamt –, sind der menschlichen Rasse sehr ähnlich, und die meisten von ihnen zeigen nur geringe Entstellungen: eine Schweineschnauze, einen Kuhschwanz, eine Vogelklaue anstelle einer Hand …‹ Mein lieber Sir, worum *geht* es hier?«

»Eine Abhandlung über Nordiksche Volkskunde. Wie Ihr vielleicht bemerkt, neigt Herrn Gumleys Stil zu Unklarheit. Ich verstehe nicht ganz, weswegen er seinen Brief mit einer Aufzählung dieser abergläubischen Vorstellungen begann«, meinte Batsch. »Sie besitzen anscheinend in keiner Weise Relevanz für das Thema Jarl Skogsrå. Ich glaube, daß die Rasse der Trolle – wenn nicht sowieso völlig mythisch – bewiesenermaßen ausgestorben ist.«

»Ich habe das auch gehört«, sagte Sera und fügte hinzu, wenn auch mit einem Lächeln: »Aber denkt doch nur, Herr Batsch … wenn dies eine Erklärung für Lord Skogsrås Humpeln wäre. Meine Güte … vielleicht hat der Jarl einen Ziegenfuß!«

»Ich glaube«, sagte Herr Batsch etwas hart, »daß gespaltene Hufe vergleichsweise selten sind. Laut Herrn Gumleys Auflistung ist ein fester Huf wie der eines Pferdes verbreiteter, wobei die untere Gliedmaße entsprechend deformiert ist.«

Sera wurde wieder nüchtern. »Euer Freund hat uns zweifelsohne eine beunruhigende Information zur Verfügung gestellt… aber nichts davon kann ich Elsie gegenüber erwähnen. Sie denkt viel zu großmütig, um bösartigem Klatsch irgendwelchen Glauben zu schenken… und ich fürchte, daß sie Herrn Gumleys Auflistung für bösartigen Klatsch halten würde.«

»Ich verstehe schon«, sagte Herr Batsch. »Aber gewiß unterstützt die Tatsache, daß er seit seiner Ankunft in Marstadtt seinen Namen geändert hat, in gewissem Sinne unseren Verdacht, daß Skogsrå ein Abenteurer ist.«

»Das stimmt«, meinte Sera aufseufzend. »Aber Elsie würde dies auch nicht akzeptieren, denn das alles kann sehr wohl eine zufällige Ähnlichkeit sein.«

Doch entsann sie sich, daß Baron Vodni ebenfalls die Stadt Katrinsberg erwähnt hatte, und zwischen dem Baron und dem Jarl existierte anscheinend eine uralte Feindschaft. Deswegen entschloß sich Sera, Baron Vodni bei der erstbesten Gelegenheit zu befragen.

Erst am folgenden Morgen fand Sera die Gelegenheit, mit Baron Vodni unter vier Augen zu sprechen. Und dann war es notwendig, ihren Fragen eine Erklärung über das Gespräch mit Batsch am Tag des Picknicks vorauszuschicken und den Brief vorzuzeigen, der eine so perfekte Beschreibung des Jarl enthielt, obgleich der Name nicht derselbe war.

Baron Vodni war wiederum zum Ausritt gekleidet. Sera hatte ihn draußen vor den Ställen getroffen, die in einiger Entfernung zum Haus zwischen dem See und den Wäldern lagen. »Vor einigen Jahren kannte ich ihn, damals in Katrinsberg«, sagte Vodni und drehte das Papier um, das Sera ihm gegeben hatte. »Und damals hieß er Haakon Jolerei … aber daran ist nichts Schlimmes, versichere ich Euch. Jolerei ist der Familienname, und sein älterer Bruder (der damals der Jarl war) lebte noch. Was ich auch sonst über Baron Skogsrå zu sagen geneigt bin, ein Hochstapler ist er gewiß nicht. Seine Familie ist in Katrinsberg wohlbekannt, und es besteht sogar, glaube ich, eine entfernte Verbindung zu meiner Familie.«

Sera wußte nicht, ob sie erleichtert oder enttäuscht sein sollte. »Aber diese Gerüchte von bösen Taten und unmoralischen Gewohnheiten … vielleicht nicht mehr als müßiges Geschwätz …«

»Das ich versucht bin, etwas ernster zu nehmen«, meinte Vodni. »Obgleich ich eigentlich nie etwas gegen ihn gehört habe, konnte ich diesen Skogsrå nie leiden. Ich könnte Euch kaum sagen, weshalb, aber ich hatte stets den Eindruck, daß seine Bekanntschaft irgendwie … unheilbringend war.«

Er las flüchtig die Rückseite des Briefs. »Das braucht Euch nicht weiter zu interessieren«, sagte Sera. »Wie Ihr sehen könnt, hat es nichts mit Baron Skogsrå zu tun.«

»Glaubt Ihr?« fragte Vodni. »Ich meine, es hat sehr viel mit Baron Skogsrå zu tun. Ihr, Miß Vorder, habt, wie ich vermuten muß, ein behütetes Leben geführt. Ihr wißt nicht, daß es wirklich Männer gibt, von denen man – zumindest in einem metaphorischen Sinn – sagen könnte, daß sie junge Mädchen bei lebendigem Leib verschlingen. Haakon Skogsrå ist vielleicht einer davon.«

Er runzelte nachdenklich die Stirn. »Ich sollte wohl mit der Herzogin reden. Ja, sie muß auf jeden Fall informiert werden. Und ich werde meinen Kusinen in Katrinsberg schreiben und sie fragen, was sie wissen.

In der Zwischenzeit, Madame, dürft Ihr niemandem etwas sagen, ganz gewiß nicht Miß Elsie, die Euch nicht glauben und darüber hinaus fast gewiß die Geschichte dem Jarl selbst weitererzählen würde. Wenn Skogsrå Grund für die Vermutung hätte, daß wir diese Dinge wissen … unmöglich zu sagen, zu welch überstürzten Handlungen er fähig wäre.«

Sera war völlig entsetzt. »Aber, mein lieber Sir! Während wir darauf warten, mehr über diese Gerüchte zu erfahren, könnte Elsie sehr wohl Baron Skogsrå heiraten!«

Vodni schüttelte den Kopf. »Dazu besteht keine Gefahr. Ein Heiratsversprechen, vielleicht – aber ein Versprechen kann leicht gebrochen werden. Vielleicht existiert ein solches bereits privat zwischen den beiden. Eure Kusine ist noch nicht volljährig, und sie kann ohne die Zustimmung ihres Vaters nicht heiraten.

Wir müssen annehmen, daß sie im Augenblick in Sicherheit ist«, sagte er mit einem zuversichtlichen Lächeln. »Sie können nicht heiraten, ehe Elsie nach Thornburg zurückkehrt.«

35. Kapitel

Welches viele Mutmaßungen über die Geschichte des Zauberers im Sarg enthält

Schwitzend und zitternd erwachte Jenk mitten in der Nacht in seinem Bett unter der Traufe und starrte zu der zugespitzten Decke hinauf. Er wußte, daß der Mond abnahm, zu einem winzigen Lichtsplitter zusammenschrumpfte – für seine momentane Erregung gab es keinen Grund, zumindest keinen ihm bekannten Grund.

Die Stunden krochen dahin. Er mochte alles unternehmen, sich zu entspannen, doch der Schlaf überkam ihn nicht. Als die Morgendämmerung hereinbrach, stand er auf, verließ das Bett, kleidete sich bei Kerzenschein an und stahl sich die Treppe hinab.

Jenk steckte den Schlüssel in das Schloß der Labortür. Etwas ... etwas regte sich in seinem Hinterkopf. Er drehte den Knauf, öffnete die Tür, betrat den Raum und stellte seine Kerze auf dem Tisch neben dem Sarg ab.

Langsam hob er den Deckel des Behältnisses, stand dann da und starrte auf das Gesicht des Zauberers hinab. War er tot oder träumte er nur? fragte er sich nicht zum erstenmal. Mit einem Seufzer griff Jenk nach einem der Bücher: ein dicker, in verblaßtes, rotes Leder eingeschlagener Band mit dem aufgestempelten Zeichen der Skolos, der zweiköpfigen Schlange. Er legte ihn sorgfältig auf die Brust des Zauberers.

Dieser besondere Band öffnete sich unausweichlich auf derselben Seite, als wäre die dort niedergeschriebene Information für einen früheren Gelehrten von besonderem Interesse gewesen. Jenk hatte das Buch durchgelesen, hatte jedoch bis heute nacht kaum über seinen Inhalt nachgedacht … für seine Suche nach dem Stein war er nicht weiter relevant. Jetzt aber – jetzt, da er alle Hoffnung aufgegeben hatte, seine Experimente erfolgreich zum Abschluß zu bringen, jetzt suchte er verzweifelt nach etwas Neuem, Interessantem, nach etwas, das ihn erleuchten und beschäftigen konnte – eine Passage aus diesem Buch kreiste unermüdlich in seinen Gedanken. Er überflog die Seiten und suchte die Passage:

»… sondern auch von der Insel Evanthum und den Menschen und insbesondere ihren Priestern, die gleichfalls große Meister waren«, las Jenk laut, »ist viel in den geheimen Aufzeichnungen bewahrt worden. Sie errichteten der Mondgöttin einen großen Tempel, umgeben von drei Mauern: die erste aus Messing, die zweite aus Zinn und die innerste aus Bronze. Und sie errichteten dort eine Statue nach ihrem Bild, neunzig Fuß hoch, und geschmückt mit Ornamenten aus Perlmutt, See-Elfenbein und Perlen, den Geschenken des Meeres, denn die Mondgöttin war für sie die Göttin des Meeres. Viele andere Wunder fertigten sie daneben an.«

Jenk schüttelte den Kopf; danach hatte er nicht gesucht. Er überschlug die nächsten Seiten und las weiter. »Ihre Astrologen kannten die Bewegungen der Planeten und der Sterne und konnten ihre Bahnen eintausend Jahre vorherbestimmen. Ihre Alchimisten hatten die Geheimnisse der Umwandlung und der Unsterblichkeit entdeckt. Sie waren eine stolze und mächtige Rasse.

Dennoch waren sie unzufrieden. Denn das Reich Panterra blühte und gedieh gleichfalls, und seine Meister rivalisierten mit den Meistern von Evanthum, und seine Astrologen wetteiferten mit ihren Astrologen … und in allen Dingen, worin die Magier von Evanthum die Meisterschaft errungen hatten, waren die panterranischen Magier ebenfalls Meister, nur abgesehen von denjenigen Dingen, von denen sie entschieden hatten, daß sie für den Menschen nicht rechtens oder gut seien, sich damit abzugeben.«

Jenk überschlug einen weiteren langen Absatz. Er wußte, was dieser enthielt – eine längere Erklärung des Streits zwischen den rivalisierenden Meistern, während dessen die Panterraner die Meister von Evanthum als vermessen beschimpften und die Evanthianer die Panterraner als Feiglinge verspotteten. Am Ende warnten die Panterraner ihre Rivalen vor den Gefahren dieser Vermessenheit, was die Priester-Magier von Evanthum als Bedrohung aufgefaßt hatten.

Er schlug eine weitere Seite auf. »Deswegen machten sie sich daran, Panterra völlig zu zerstören, und zwar mit Zaubersprüchen, die sowohl mächtig als auch schrecklich waren. Doch die Panterraner, da sie selbst Männer von Ehre und Vernunft waren und diese Tugenden gleichermaßen bei anderen voraussetzten, waren nicht auf Verrat gefaßt. Sie wurden völlig überrascht und waren hilflos, ihr Schicksal abzuwenden. Eine große Woge überrollte die Insel, und Panterra verschwand unter den Wassern.

Doch obgleich das Land und viele tausend Leben verloren waren, wurden einige wenige gerettet, und diese waren Männer, kunstfertig in der Magie, jedoch keine Männer von allerhöchstem guten Willen – denn alle Priester und großen Philosophen waren bei dem vergeblichen Bemühen umgekommen, so viele Landsleute wie möglich zu retten. So wurde bewiesen, daß die Tugend keinen Schutz darstellt und daß es stets nach dem Willen der Mächtigen geht. Die Männer, die entkommen waren, waren haßerfüllte Männer und entschlossen, Evanthum auf dieselbe Weise zu vernichten, wie Panterra sein Ende gefunden hatte.«

Während Jenk las, betrat Caleb, die winzige Eirena auf der Schulter, leise den Raum. Der Buchhändler blickte auf. Sie waren ganz gewiß ein merkwürdiges Paar: Caleb so ergraut, knorrig und erschöpft, Eirena so klein und zierlich … dennoch existierte zwischen beiden ein tiefes Einverständnis, ein Einverständnis, das Jenk nicht annähernd zu ergründen vermochte.

Caleb ging im Laboratorium umher. Er räumte den Müll von dem langen Tisch, nahm einen Besen und fegte den Boden. Als er zufällig in die Nähe Jenks kam, stieß der Homunkulus tief in der Kehle einen Laut der Furcht aus. Seit dem Vorfall mit der Kerzenflamme hatte Eirena ein Entsetzen vor Jenk entwickelt, ein Entsetzen, das während der seitdem verstrichenen Wochen nicht nachgelassen hatte.

Jenk las weiter. »Doch die Priester von Evanthum erwarteten Rache und waren vorbereitet. Sie hatten Maßnahmen getroffen, ihr eigenes Überleben sicherzustellen. Und obgleich sie gewillt waren, das Leben ihrer geringeren Landsleute zu opfern, hatten sie sich doch dazu entschlossen, all die Wunder und Reichtümer zu bewahren, die sie angesammelt hatten. Dieserhalb, als die Welle kam, um die Insel zu überrollen, hatten die Priester der Tempel bereits ein Schiff bestiegen und fuhren in andere Land. Sie hatten die Insel mit einem Bannspruch belegt, daß sie, obgleich sie unter die Wasser sinken würde, in dreihundert Tagen wieder aufsteigen solle. Doch dieser Spruch, in Eile ausgesprochen, schlug auf gewisse Weise fehl.«

In der Stimme des Buchhändlers schwang eine gewisse Aufregung mit. Caleb hörte auf zu fegen und lauschte Jenk.

»In den Nationen von Euterpe ging die Geschichte um, daß das Land Evanthum in der Tat verloren war und niemals mehr aufsteigen würde, und so heißt es noch bis zum heutigen Tag. Doch in Ynde und Llyria erzählt man sich die Geschichte anders. Man sagt, daß Evanthum alle dreihundert Jahre aufsteigt und dann für den Zeitraum von sieben Tagen über dem Wasser bleibt. Und man sagt auch, daß jeder Mann, der zufällig oder absichtlich zur rechten Zeit dort eintrifft und die Insel aufsteigen sieht, mit seinem Schiff anlegen und die Straßen aus Elfenbein und Perlen entlanggehen kann, genauso, wie es die Alten taten, und die Wunder bestaunen kann, die gut erhalten sind, und vielleicht sogar die Geheimnisse der Meister entdeckt, die auf Täfelchen aus Elfenbein im Tempel der Mondgöttin eingraviert sind. Doch ob diese Geschichte wahr ist, hat kein Mann je bewiesen, denn selbst unter den Gelehrten und Philosophen herrscht Uneinigkeit über das Jahr und die Jahreszeit, wann Evanthum im Meer versank, und das versunkene Königreich findet sich auf keiner Karte.«

»Das ist eine alte Geschichte«, meinte Caleb. »Das hab ich alles schon vorher gehört, und in nahezu den gleichen Worten. Du vermutlich auch.«

»Das Geschenk des Meeres und nicht des Flusses«, sagte Jenk leise. »Das waren meine Worte in der Nacht, als du mir den Sarg brachtest. Ein unbewußtes Echo dieser alten Geschichte? Doch erschien es mir damals – ich wußte nicht den Grund dafür –, daß die Verbindung zwischen diesem Sarg und dem Meer äußerst wichtig sei. Dann ist da auch noch dieses kleine Stück Narwal-Elfenbein … See-Elfenbein … das unser dahingeschiedener Freund so fest zwischen den Fingern hält.«

Caleb rieb sich mit seiner knorrigen Hand den Nakken. »Ich fragte mich in der Nacht, als wir den Sarg herbrachten, ob er ursprünglich richtig in Erde begraben war und nur bei einem Erdbeben freigelegt und vom Fluß mitgenommen wurde, oder ob es eine Seebestattung war, die mit der Flut kam.«

Er schüttelte den Kopf. »Aber das Aussehen der Kiste spricht dagegen – sie fertigen sie nicht so fein an, nur um sie dann ins Meer zu kippen. Nein, und diese Särge für Seebestattungen treiben auch nicht auf dem Wasser. Man beschwert sie, damit sie gleich auf den Grund sinken.«

»Aber vielleicht … sollte dieser zufällig auf dem Wasser treiben«, meinte Jenk. Er wendete die Seite um, die er gerade gelesen hatte. »Das exakte Datum, wann Evanthum aus dem Meer steigen soll, ist unbekannt, dennoch kann man den Versuch unternehmen, es bis auf ein Jahrzehnt genau zu bestimmen. Meiner Schätzung zufolge kann man das nächste Auftauchen etwa um das Ende des gegenwärtigen Jahrhunderts herum erwarten. Das heißt … vorausgesetzt, daß wir diese ganze Geschichte überhaupt glauben wollen.«

Eine Zeitlang stand Jenk schweigend da und überlegte sich die Sache. Er kam sich vor, als stünde er am Rand irgendeiner Enthüllung. »Wir sind alte Männer, Caleb, und werden wohl kaum das Ende des Jahrhunderts erleben … dennoch ist es nicht unmöglich, nicht völlig unmöglich. Aber stellen wir uns doch vor, wir beide wären hundert Jahre früher geboren worden. Stellen wir uns vor, wir hätten irgendein spezielles Wissen, das uns erlaubte, exakt Ort und Zeit des nächsten Auftauchens zu berechnen – mehr als ein Jahrhundert in der Zukunft.«

Caleb kratzte sich am Kinn. »Vermutlich würden wir auf jeden Fall eine gewisse Befriedigung finden, wenn wir unser Wissen weiterreichen, da wir wüßten, daß die Sache vielleicht für irgendein Enkelkind meines Jed oder deiner Sera von Nutzen sein würde.«

»Allerdings«, sagte Jenk und schloß das Buch. Er verspürte eine aufkeimende Erregung, als nähere er sich immer mehr einer verborgenen Wahrheit. Ein Geheimnis … größer als der Zauberspruch, der es ihnen ermöglicht hatte, den Homunkulus zu erschaffen, vielleicht sogar größer als der Stein Seramarias. War es denn möglich, daß er, während die Erschaffung des Steins fehlgeschlagen war, eine noch tiefgreifendere Entdeckung machen würde?

»Aber stell dir vor«, sagte er, wobei er seine Worte weiterhin sehr sorgfältig abwog – denn er achtete dieser Tage stets genau darauf, was er zu Caleb sagte, da er niemals wußte, welches zufällig benutzte Wort oder welcher Ausdruck den alten Flußmann in Wut versetzen oder dafür sorgte, daß er schmollend und argwöhnisch funkelnd dasaß –, »stell dir an deiner oder meiner Statt einen anderen Mann vor ... einen Mann, entfremdet von allen seinen Verwandten, einen Mann, der nichts von den natürlichen Banden des Blutes oder der Zuneigung weiß. Einem solchen Mann könnte sogar die von dir beschriebene kühle Befriedigung verwehrt sein. Es sei denn ... es sei denn, er könnte dem Tod irgendwie ein Schnippchen schlagen, das nächste Jahrhundert in träumerischer Vergessenheit verbringen ... entfernt vom Fleisch, jedoch nicht dauerhaft davon getrennt ... weder tot noch lebendig.«

Während Jenk sprach, formte sich ein Bild in seinen Gedanken. Er sah den Zauberer in seinem Laboratorium seine Vorbereitungen treffen, einen mächtigen Spruch sagen und in etwas Ähnliches wie den Tod verfallen. Aber der Körper, obgleich leer, verweste nicht. Er sah, wie die Gehilfen des Zauberers den Leichnam herrichteten, die Augenlider zunähten, ihren Meister angemessen ausstatteten, so daß später keine Fragen gestellt würden. Jenk stellte sie sich vor, wie sie, wenn die Zeit für die Beerdigung kam, den Meister zusammen mit seinen Büchern in einen prächtigen Sarg legten und diesen Sarg heimlich zum Meer trugen. Er sah, wie der Sarg zu Wasser gelassen wurde ... damit er hundert Jahre oder länger auf den Wellen ritt, während das kleine Stück Narwal-Elfenbein in der Hand des Zauberers als eine Art Talisman diente, der den Körper zur rechten Zeit an den rechten Ort bringen sollte.

»Es erklärt vieles, was ich mir auf andere Art und Weise bisher nicht habe erklären können«, überlegte Jenk laut. »Und wenn auch die Erzählung von Evanthum selbst nicht wahr ist, so ist es doch immer noch möglich, daß dieser Mann, dieser Zauberer, der er anscheinend ist, nichtsdestoweniger daran glaubte und einen Zauberspruch gebrauchte, wie ich ihn beschrieb, damit er beim nächsten Auftauchen dabei ist und über die Straßen aus Elfenbein und Perlen wandeln kann, genauso, wie es die Alten taten, und die Wunder bestaunen kann, die bewahrt blieben. Auch sollten wir nicht diese Geheimnisse vergessen, die im Tempel in die Täfelchen aus Elfenbein eingraviert sind, und die, davon bin ich überzeugt, für einen Mann, wie ich ihn beschrieb, von allergrößtem Interesse wären.«

Caleb starrte ihn ungläubig an. »Aber um das zu tun… zu tun, was er getan hat… nun, dazu müßte er mehr von den Geheimnissen über Leben und Tod wissen als jeder lebende Mann.«

»Allerdings«, meinte Jenk, nur wenig lauter als ein Flüstern. »Allerdings müßte er dies. Und ich frage mich, ich muß mich einfach fragen, ob es möglich sein könnte, mit diesem Mann in Verbindung zu treten, zumindest im Geiste. Wir besitzen seinen Körper, der eine lebenswichtige Verbindung darstellen muß… seine Bücher, sein Medaillon. Das alles müßte uns die Macht zu einer Anrufung verleihen.«

Caleb holte tief Luft. »Das ist Nekromantie, woran du denkst… das ist eine gefährliche Kunst. Damit wollten wir uns niemals abgeben.«

»Gewiß, wir haben es nie zuvor versucht, aber was mich betrifft… ich habe während der letzten Jahreszeiten über vieles nachgedacht, was ich nie zuvor in

Betracht gezogen hatte. Und wir haben die Zaubersprüche, Caleb … in Catalanas *Buch des Schweigens,* das eben hier in diesem Sarg liegt.«

»Ja … aber wenn wir ihn heraufbeschwören … was dann?« fragte Caleb voller Unbehagen. »Wer sagt uns, daß er uns helfen will? Wer sagt uns, daß er uns freundlich gesonnen ist, obgleich wir ihn vorzeitig in seiner Ruhe störten? Vermutlich wird er uns nichts sagen.«

»Ah«, meinte Jenk, »ich glaube doch. Ich glaube, er wäre bereit, große Dinge zu tun, den Männern, die seinen Körper in ihrer Obhut haben, wunderbare Geheimnisse enthüllen … den Männern, welche die Macht besäßen, diesen Körper zu vernichten und dadurch seine ganzen Zaubersprüche zunichte zu machen.«

Caleb ließ sich ein wenig von seiner Erregung anstecken. »Du könntest recht haben, Gottfried. Ich will's nicht leugnen … du könntest recht haben. Aber es ist ein Risiko, das ist es bestimmt. Du willst es tatsächlich auf dich nehmen?«

»In nichts war ich mir je so sicher gewesen«, erwiderte Jenk. »Ich bin darauf vorbereitet, das Risiko auf mich zu nehmen. Aber du …«, meinte er, sich jäh an die Kühle erinnernd, die noch immer wegen Eirena zwischen ihnen herrschte, »du mußt nicht glauben, Caleb, daß ich darum bitten würde, etwas gegen deinen Willen zu tun.«

Aber Caleb war ganz Feuer und Flamme, zu sehr von den Möglichkeiten in Bann gezogen, um jetzt einen Rückzug anzutreten. »Ich wär wohl daran interessiert, dir dabei zu helfen. So eine Gelegenheit sollte ich nicht ungenutzt verstreichen lassen. Das wär unklug.«

»Nun dann«, sagte Jenk und schloß den Deckel des Sargs. »Ich glaube, daß wir die Beschwörung bei Neumond versuchen sollten, in fünf Tagen.«

36. KAPITEL

Welches weitere Kriegslisten der Herzogin enthält

Die Jahreszeit der Ernte war weit fortgeschritten, und in dem kleinen Wald unterhalb von Wichtelberg wurden die Blätter an den Eichen und Buchen allmählich golden. Obgleich die Tage kürzer wurden, blieb das Wetter weiterhin schwül. Die Herzogin und ihre Gäste hatten die Boote bestiegen und ruderten in winzigen walnußförmigen Skiffs auf den See hinaus oder erforschten die rätselhaften Wasserstraßen der Grotte.

Am dreiundzwanzigsten Tag der Jahreszeit polterte eine mit Gepäck beladene Kutsche die Auffahrt hinauf und lud einen Mann und zwei Frauen unten am Haus ab. Die Herzogin, die gerade von einem Ausflug auf den See zurückkehrte, begrüßte sie auf der unteren Terrasse.

»Meine liebe Lady Ursula… und Ihr, Lady Vizbeck. Wie überaus erfreut bin ich, daß Ihr kommen konntet!« sagte die Herzogin mit ihrer hohen, süßen Stimme. »Baron Vizbeck… ein Vergnügen. Und wenn ich es recht verstehe, sind Gratulationen angebracht.«

»Allerdings«, erwiderte Lady Ursula, setzte den Hut ab und zog sich die Handschuhe aus. »Wir heiraten, sobald der Bräutigam volljährig wird. Und ich – könnt Ihr das glauben? aber ich versichere Euch, es ist die Wahrheit – ich habe versprochen, Sparsamkeit walten zu lassen.«

»Ich gestehe, daß mir dies schwerfällt.« Das Lächeln der Herzogin verlor nichts von seiner Süße. Sie wandte sich an Baron Vizbeck. »Was für ein glücklicher junger Mann müßt Ihr sein!«

Der Jarl und Elsie, gleichfalls anwesend, spürten eine gewisse Feindseligkeit zwischen Lady Ursula und der Herzogin. Elsie war zu gut erzogen, um darüber ein Wort zu verlieren, nicht jedoch Skogsrå, der dieses Thema gleich an diesem Abend anschnitt, als er die Herzogin zu ihrem Schlafzimmer hinaufgeleitete.

»Warum ist sie hier... diese Frau, die Ihr so offensichtlich verabscheut? Warum habt Ihr sie eingeladen? Und Ihr verdächtigt sie doch auch, Euer so wertvolles Pergament gestohlen zu haben.«

»Ich habe sie eingeladen – zusammen mit ihrem zukünftigen grünen Bräutigam und dessen wesentlich amüsanteren Mutter –, um die Wahrheit zu erfahren«, erwiderte die Herzogin. »Wie könnte ich erfahren, ob sie mein Pergament gestohlen hat, wenn sie sich in Marstadtt aufhält und ich auf Zar-Wildungen?«

Der Jarl hob seine aufgemalte Braue. »Die Wahrheit. Wie es scheint, sind wir alle hier, damit Ihr vielleicht die Wahrheit erfahrt. Aber was habt Ihr erfahren? Miß Sera Vorder...«

»... schweigt sich über die Aktivitäten ihres Großvaters aus. Sie hat dem Herzog ein halbes Dutzend Mal einen Besuch abgestattet, und stets in Vodnis Begleitung, aber über Jenks Homunkulus oder die vermutete Unterstützung Mylords verliert sie kein einziges Wort.« Die Herzogin schüttelte mißbilligend den Kopf. »Ich kann nicht glauben, daß sie wirklich so unwissend ist, und daher verdopple ich meine Anstrengungen, ihr Vertrauen zu gewinnen. Unterdessen ist sie ausgesprochen ermüdend – sie und Herr Batsch mit ihrer Herumschnüffelei und Fragerei. Ich muß zugeben«, fügte sie überlegend hinzu, »daß ich von Hermes Batsch traurigerweise sehr enttäuscht bin.«

Der Jarl vollführte eine ungeduldige Geste. »Dann schickt ihn weg.«

»Und lenke dadurch Seras Argwohn direkt auf mich?« fragte die Herzogin. »Nun, das wäre extrem töricht. Bislang ist sie gewillt zu glauben, daß Ihr meine Gutmütigkeit ausnutzt – wenn sie je erfährt, daß es anders ist...« Die Herzogin neigte den Kopf, und ein winziger Seufzer entfloh ihr. »Sie hätte für mich keinen Nutzen mehr, und dann müßte ich Schritte unternehmen, die ich lieber vermeiden würde.«

»Das ist unausweichlich«, meinte Skogsrå. »Alles weicht dem verzehrenden Interesse der gnädigen Frau an Jenk, dem Alchimisten, und seinen Experimenten. Und ist dies vermutlich der Grund, weswegen Ihr Baron Vodni nach Thornburg geschickt habt?«

»Genau«, erwiderte die Herzogin, »da jedoch Jenk nicht selbst nach ihm geschickt hat, weiß ich nicht, wie willkommen Vodni dort ist.«

Zwei Tage später kehrte Vodni zurück. Die Herzogin empfing ihn in einem eleganten Salon im zweiten Stockwerk, der als das ›Uhren-Zimmer‹ bekannt war, denn er beherbergte eine große Sammlung verschiedenster, merkwürdiger alter Uhren. Es gab Uhren für den Kaminsims und Großvater-Standuhren; Uhren, die von Gewichten, Pendeln und Federn angetrieben wurden; Uhren aus Holz, Metall, Kristall... in der Tat aus jedem denkbaren Material. Ein verglaster Behälter am Ende des Raums beherbergte eine Anzahl Porzellanfigurinen, von denen jede ein inneres Uhrwerk barg. Die Herzogin, die so zierlich und weiß wie Porzellan auf einem vergoldeten kleinen Sofa saß, sah beinahe selbst wie ein Teil der Sammlung aus.

Sie erhob sich und begrüßte den Baron mit einem

entzückten kleinen Aufschrei. »Hat Euch Jenk erlaubt – habt Ihr das Kind gesehen? Bitte, erzählt mir doch sogleich alles!«

Vodni nahm ihre Hand bei den Fingerspitzen und hob sie an die Lippen. »Ich habe den Homunkulus gesehen, und er ist wirklich erstaunlich ... körperlich vollkommen, obgleich natürlich sehr klein. Er besitzt eine gewisse ungewöhnliche Farbschattierung, die einige vielleicht sogar attraktiv finden. Sein Erscheinungsbild ist das einer winzigen Frau, deren einzig wirklicher Mangel, soweit ich entdecken konnte, ihre fortwährende Unfähigkeit zu sprechen ist.«

Die Herzogin nahm wieder Platz, wobei sie aufgeregt an den Falten ihres Rocks herumhantierte, obgleich ihr Gesicht und ihre Stimme ruhig blieben. »Sie kann nicht sprechen ... das überrascht mich kaum. Es ist schließlich kein so allzugroßer Fehler bei einer so jungen ... so lange – so lange, mein lieber Vodni – sie ansonsten intelligent erscheint?«

Vodni antwortete, indem er Eirenas Fähigkeiten aufzählte. »Jenk selbst ist jedoch geneigt, Sprechunfähigkeit als einen ernsthaften Mangel anzusehen. Aus diesem Grunde (sagte er mir) widerstrebte es ihm, mich zu empfangen. Und ich verstehe«, schloß er ernst, »daß die gnädige Frau ein Kind benötigt, das in jeder Hinsicht vollkommen ist.«

Die Herzogin lächelte strahlend, entschlossen, diesen vermutlichen Mangel auf die leichte Schulter zu nehmen. »Vollkommen ... Ja, das Kind muß ohne Fehler sein. In der Vergangenheit habe ich soviel durch die Kinder erlitten. Aber diese Eirena Jenks ist doch praktisch noch ein Kleinkind!«

Da sie ihm noch keinen Platz angeboten hatte, ging Vodni rastlos im Zimmer umher. »Aber natürlich, Ihr habt recht. Seit ihrer Empfängnis sind kaum mehr als dreizehn Wochen vergangen. Nur weil sie körperlich gereift ist und sich auch so benimmt, erwartet man so viel von ihr.«

»Und die Formel«, sagte die Herzogin, die wieder einmal ungeduldig wurde. »Habt Ihr die Formel bekommen?«

Vodni blieb neben einer großen und kunstvoll gearbeiteten Uhr mit drei verschiedenen Zifferblättern stehen, welche die Stunden, die Jahreszeiten und die Planetenbewegungen anzeigten. Das Uhrgehäuse war vollständig aus Glas und zeigte im Innern eine Vielfalt von Federn, Rädern und sich drehenden Zahnrädern. »Oje«, erwiderte der Baron, »die Formel hat er mir verweigert. Er hat gesagt, er wolle sie dem Herzog persönlich in die Hände legen… oder gar nicht. Sein Benehmen war seltsam und (wie ich dachte) voller Argwohn.«

»Wie lästig!« meinte die Herzogin. »Wie ermüdend! Aber für mich ist es zu spät, den Herzog einzuweihen. Ich vermute, wir werden gezwungen sein, weniger direkte Methoden anzuwenden… ich werde wohl den Diebstahl der Formel nach meiner Rückkehr nach Thornburg in die Wege leiten müssen.

Nicht, daß ich kein Anrecht auf die Information hätte – und auch das Recht, jedes Mittel anzuwenden, sie zu bekommen«, fügte sie hinzu und ruckte selbstgerecht mit dem Kopf. »Ich habe bereits einen netten Preis bezahlt, und Leute, die mich austricksen wollen, haben bei mir nichts zu lachen!«

Lady Vizbeck war eine ältere, würdevolle und energische Frau, die eine Vorliebe für lange Spaziergänge hatte, wann immer sie aufs Land fuhr. Deswegen hielt sie sich an Sera und Elsie und bestand darauf, die beiden auf ihren Morgengängen zu begleiten. Sera jedenfalls war froh um ihre Anwesenheit, denn Jarl Skogsrå war trotz seines schlimmen Beins ein regelmäßiger Teilnehmer bei diesen Spaziergängen geworden, und der Anblick Elsies, die sich so zutraulich auf Skogsrås Arm stützte, war ein Anblick, den sie immer schwerer ertrug. Es fiel Sera auch immer schwerer, sich auch nur mit einem Anschein von Höflichkeit an Baron Skogsrå zu wenden, also nutzte sie die Gelegenheit und wanderte mit der alten Dame voraus, während Elsie und der Jarl hintendreingingen.

»Miß Vorder, ich bin entzückt, Eure Kusine in einem so ausgezeichneten Gesundheitszustand vorzufinden«, rief Lady Vizbeck eines Morgens aus, als sie durch den Wald in Richtung auf die Ruine der Kapelle schlenderten. »So rosig, so blühend, so voller Lebenskraft erscheint sie mir. Ich schwöre, daß ihre Wiederherstellung wahrhaft erstaunlich ist.«

»Ja«, sagte Sera, die nichts dagegen tun konnte, daß Elsies rasche Wiederherstellung sie gleichfalls freute – was immer sie von Jarl Skogsrå und seinen Methoden halten mochte. »Elsie ist jetzt fast so kräftig wie ich selbst. Und wenn nicht ihre gelegentlichen *Anfälle* wären, bliebe mir eigentlich nichts zu wünschen übrig.«

Der Kapelle im Wald fehlte das Dach, und die Buntglasfenster hatte man vor langer Zeit entfernt. Aber das Mauerwerk war noch immer in gutem Zustand, obgleich beträchtlich wettergegerbt, und spät blühende Ranken umkränzten die Statuen der Jahreszeiten hinter dem Altar.

»Ich finde sie außerordentlich romantisch«, sagte Elsie, und ein inniger Blick ging zwischen ihr und dem Jarl hin und her. »Ich bin so froh, daß der Herzog sich weigert, sie abreißen zu lassen.«

»Ja, allerdings«, meinte die ältere Dame, »es ist sehr hübsch hier. Sie erinnert mich ein ganz klein wenig an die Kapelle der Jahreszeiten in der Kathedrale – nachdem sie abbrannte und ehe sie wiedererrichtet wurde.

Ihr erinnert Euch wohl nicht mehr an die ursprüngliche Kapelle, denn sie wurde zerstört… Laßt mich überlegen, das muß im gleichen Jahr gewesen sein, wie Ihr geboren wurdet. Es *kann* nicht früher gewesen sein, denn Ihr wurdet in der ursprünglichen Kapelle getauft… daran erinnere ich mich sehr gut.«

»Wart Ihr bei der Zeremonie dabei, Lady Vizbeck?« fragte Elsie höflich. »Und die Herzogin… ich vermute, sie war ebenfalls bei meiner Taufe anwesend. Ist dies der Grund, weswegen sie mich so gern ihr Patenkind nennt?«

»Die Herzogin?« Lady Vizbeck stieß ein überraschtes kleines Lachen aus. »Aber natürlich war sie *nicht* dort, und das war der Grund für das ganze Durcheinander.«

Sera, die diesem Gespräch nur mit halbem Ohr gelauscht hatte, hörte jetzt mit wachsendem Interesse zu, denn sie hatte oft über die Umstände von Elsies Taufe nachgedacht und sich gefragt, wie Elsie, entgegen allen Brauchs, zu einem ›unglücklichen‹ dreizehnten Paten gekommen war. »Ich hatte keine Ahnung«, meinte Sera und ließ sich auf einem bemoosten Stein neben dem Altar nieder, »daß die Zeremonie nicht reibungslos vonstatten ging.«

»Es war alles wegen der Herzogin«, erklärte Lady Vizbeck, setzte sich neben Sera und öffnete ihren Fächer. »Sie war eigentlich als einer der Gönner ausgesucht worden, aber sie ist über zwei Stunden zu spät eingetroffen. Ihr könnt Euch leicht vorstellen, wie aufgeregt die arme Clothilde war… alle Gäste warteten… der Bischof wurde immer ungeduldiger… ganz zu schweigen von den anderen elf Personen, die an diesem Tag noch andere Verpflichtungen hatten. Am Ende verzweifelte Clothilde und überredete Lady Wurzbach, als zwölfte Patin zu stehen. Marcella traf genau in dem Augenblick ein, als Clothilde und das Baby die Kapelle verließen, und sie geriet schrecklich in Wut!«

Die ältere Dame wandte sich an Elsie. »Vermutlich habt Ihr die Herzogin niemals in Rage erlebt? Das geschieht nicht häufig, denn im allgemeinen ist sie eine Seele von Mensch – da sie aber die Herzogin ist, sind die Leute natürlich auch stets so eifrig bedacht, ihr zu gehorchen.

Nun … sie war schon ziemlich wütend bei dieser Gelegenheit«, fuhr Lady Vizbeck fort, entzückt darüber, ein so interessiertes Publikum zu haben. Sogar der Jarl, der gegen die Altarruine gelehnt war, beugte sich ein wenig vor, als wollte er jedes Wort hören, das sie sagte. »›Natürlich bin ich zu spät dran. Ich komme immer zu spät!‹ sagte Marcella. ›Und ich denke, Ihr hättet das vielleicht mit einkalkuliert und Eure Arrangements entsprechend getroffen!‹ Und das stimmte gewiß.

Ihr werdet Euch nicht daran erinnern«, fügte sie hinzu, »aber die Herzogin und Eure Mama hatten noch viele Jahre danach zwar ein höfliches, jedoch distanziertes Verhältnis zueinander. Ich erinnere mich nicht genau, wann die Herzogin und Clothilde ihren Streit beilegten.«

»Aber ich erinnere mich«, sagte Elsie. »Ich war zehn Jahre alt, und Mama und ich trafen die Herzogin in der Kathedrale. Sie umarmte mich und nannte mich ihr Patenkind – ich gebe zu, daß ich sehr überrascht war. Ich vermute«, fügte sie nachdenklich hinzu, »daß die Herzogin ein wenig Trost findet, wenn sie so tut, als wäre es tatsächlich so.«

Aber Sera schüttelte den Kopf. »*Ich* finde das sehr seltsam. Wäre ich in der gleichen Position wie die Herzogin, so glaube ich kaum, daß ich gern an eine Situation erinnert werden möchte, in der ich so schrecklich beleidigt worden bin.«

»Allerdings«, meinte Lady Vizbeck. »Ich bin geneigt, Euch beizupflichten. Aber für die Launen der Herzogin gibt es keine Begründung!«

Die Jahreszeit näherte sich ihrem Ende, und die Herzogin sowie ihre Hausgäste würden bald nach Marstadtt zurückkehren. Entschlossen, ihren Ausflug in die Natur mit einem spektakulären Schauspiel, einer prächtigen Unterhaltung zu beenden, so daß sich die Nachbarn des Herzogs über ihren Einfallsreichtum wundern würden, wollte sie schließlich einen Maskenball abhalten, der in der Nacht des nächsten Vollmonds stattfinden sollte. Ihr blieben zehn Tage, um die nötigen Vorbereitungen zu treffen: die Einladungen zu schreiben und dem Adel der Nachbarschaft sowie in Zar-Wildungen zukommen zu lassen, das Menü zu planen und die Dekorationen zu entwerfen … aber die Herzogin (die, wie Lady Vizbeck sie so trefflich charakterisiert hatte, voller Witz und launischer Einfälle war) war daran gewöhnt, Festlichkeiten in so kurzer Zeit zu arrangieren, und sie nahm die Herausforderung mit großem Vergnügen an.

Sie arrangierte gleichfalls eine weitere, kleinere Angelegenheit, die an ebendiesem Abend stattfinden sollte, aber diese Pläne umgab (notwendigerweise) eine gewisse Heimlichkeit. Sie hatte nur Jarl Skogsrå ins Vertrauen gezogen. Eines Nachmittags besprachen sie die Sache, während die Herzogin neben dem großen eisernen Aviarium im Garten saß und den Mätzchen des Affens Sebastian zusah. Dieser tollte zwischen den Bäumen und Ranken umher und neckte die leuchtend gefärbten Vögel.

»Eine Schande, daß die Kapelle so ungeeignet ist … wenn man Elsies Vorliebe dafür berücksichtigt. Aber die Nächte werden kühler, und ich fürchte, wir müssen praktisch denken.«

»Auf Elsie«, meinte Skogsrå, »braucht man keine Rücksicht zu nehmen. Sie wird kaum ihre Umgebung wahrnehmen … Sie wird für nichts anderes als mich Augen und Ohren haben … Ihr könnt auf mich zählen, gnädige Frau, es wird bestimmt so sein.«

»Sehr wahr«, sagte die Herzogin. »Nun ... dann müssen wir uns einige Gedanken um die Zeugen machen. Ich werde natürlich Elsies Zeugin sein, und Euer Zeuge ist der Herzog ...«

»Ich möchte nicht den Herzog«, sagte Skogsrå. »Mit allem schuldigen Respekt vor Seiner Exzellenz hätte ich bei weitem lieber Vodni.«

Die Herzogin war überrascht. »Vodni? Aber zwischen Euch und Baron Vodni besteht ...«

»... keine Liebe ... Zwischen uns gibt es keine Liebe. Aber es gibt andere Bande«, sagte der Jarl. »Und ich erwähle Vodni.«

Aber die Herzogin schüttelte den Kopf. »Vodni wird anderswo beschäftigt sein.«

»Das stimmt«, meinte Skogsrå und bleckte die Zähne. »Aber er hat eine solche Energie, dieser Nicolai Vodni, daß er gewiß alles in einer Nacht erledigen kann.«

Die Herzogin stand auf, nahm ihren Sonnenschirm und schlüpfte mit ihrem Arm durch den seinen. »Dann wie Ihr wünscht. In dieser Sache habt Ihr zu bestimmen.«

Sie spazierten einige Zeit durch die Gärten, zwischen den Statuen und den Springbrunnen entlang. Die Herzogin war guter Laune, doch der Jarl verspüre Unbehagen. »Ich muß mich einfach fragen«, sagte er schließlich, »weswegen Ihr mir unbedingt meinen Herzenswunsch erfüllen wollt. Haltet mich nicht für undankbar, denn meine Dankbarkeit in dieser Sache muß natürlich ebenso groß sein wie mein Verlangen ... aber solange ich das Interesse der gnädigen Frau an dieser Sache nicht verstehe ... solange habe ich das Gefühl, nichts weiter als eine Schachfigur in einem tiefer darunterliegenden Spiel ihrerseits zu sein.«

Er blieb stehen und starrte die Herzogin durchdringend an. »Weswegen habt Ihr Elsie gewählt, so sanft und harmlos, wie sie ist? Wie ich hörte, hattet Ihr einmal einen Streit mit ihrer Mutter … aber was das Mädchen selbst betrifft: Durch welche Tat hat sie Euch Schaden zugefügt oder beleidigt?«

Die Herzogin öffnete ihren Sonnenschirm und verbrachte mehrere Sekunden damit, die Rüschen und Bänder zu richten, ehe sie ihm Antwort gab. »Sie hat mir niemals Schaden zugefügt, aber sie war die *Gelegenheit* für eine Beleidigung, und das ist nach allen Gesetzen und Gebräuchen der Feen ebenso schlimm. Ich bin nicht so sehr die Tochter meines Vaters, daß ich dies erklären könnte, aber ich bin Fee genug, dies instinktiv zu spüren.«

Mit einem erschöpften kleinen Seufzer nahm sie wieder seinen Arm. »Und es ist nicht so, daß es mir nicht leid täte, denn – Baron Skogsrå, es tut mir leid. Bei Euch wird es doch genauso sein. Auch Eure besonderen Instinkte legen Euch gleichermaßen eine Strafe auf.

Wir sind, wie wir geschaffen wurden«, meinte die Herzogin, während sie auf das Haus zuschritten. »Und wenn wir dafür auf unsere jeweilige, unterschiedliche Weise leiden müssen … dann muß Elsie auch auf ihre Weise leiden.«

37. KAPITEL

Welches den Leser mehrere Tage zurückführt, in die Nacht des Neumonds

Die mondgesichtige Uhr in der Buchhandlung schlug gerade halb elf, da traten Gottfried Jenk und Caleb Braun auf die gepflasterte Straße hinaus und verschlossen die Tür hinter sich.

Caleb trug eine Blendlaterne, Jenk einen Korb, eine Brechstange und eine Rolle Papiere. Der Buchhändler hatte einen großen Teil des vorangegangenen Tages damit verbracht, rätselhaft aussehende Buchstaben und wohltönende Passagen aus Catalanas *Buch des Schweigens* abzuschreiben, und den Rest des Tages damit, die notwendigen Siebensachen für die Beschwörung zusammenzusuchen.

Der bedeckte Himmel verschluckte die Sterne. Eine leichte, feuchte Brise wehte vom Wasser herüber. Die beiden alten Männer gingen zum Friedhof hinter der Kathedrale. Caleb war ein wenig verstimmt; er sah keinen Grund dafür, so weit zu gehen. »Seh einfach nicht ein, weswegen wir zu 'nem Friedhof gehen sollen, wenn der Leichnam in der Buchhandlung liegt. Dummheit, einfach nur Dummheit, so nenn ich das! Und angenommen, wir beschwören den falschen Geist herauf?«

»Der Spruch erfordert einen Friedhof«, sagte Jenk angespannt. Am Tag, als der Mann des Herzogs gekommen war, um Eirena zu sehen, hatten sie sich wieder gestritten, und er und Caleb hatten einander seitdem wachsam beäugt. Aber beide steckten zu tief drin…

viel zu tief, um jetzt ernsthaft an eine Auflösung ihrer Freundschaft zu denken.

»Mit der Nekromantie verhält es sich, wie mit jeder Art von Magie«, fuhr er fort, »wesentlich ist, die korrekte Form zu beachten. Und ich habe das Medaillon sowie ein Stück Stoff seines Gewands ... bei mir. Ja, es hat sich wieder in dem Augenblick aufgelöst, da es den Sarg verließ, aber sogar eine Handvoll Staub wird unseren Zwecken dienlich sein. Unmöglich, den falschen Geist heraufzubeschwören.«

»Ja ... mag sein«, schnaufte Caleb. »Ich schätze, du weißt das alles besser als ich. Aber wenn wir schon zu einem Friedhof müssen, ist da nicht der Friedhof auf dem Fischweiberberg völlig ausreichend? ... Und niemand wird sich drum kümmern – wenn man uns herumschnüffeln sieht.«

Aber Jenk war auf den Friedhof der Kathedrale fixiert. »Wir führen – hoffentlich – eine mächtige Anrufung durch, und das geschieht am besten in einer passenden, beeindruckenden Umgebung.«

Unheimliche Geräusche erfüllten die Nacht ... ein unterdrückter Schrei, gefolgt von einem Klatschen unten am Fluß ... Quietschende Ratten huschten in den Schatten umher ... Da Neumond war, bestand keine Gefahr, auf Hobs zu treffen, aber als Caleb glaubte, daß er hinter sich verstohlene Schritte vernahm, zog er sein langes Messer heraus, das immer in seinem Gürtel steckte, und ließ die Klinge beim Vorübergehen im Licht einer Straßenlaterne aufblitzen. Jenk neben ihm hielt den Griff des Brecheisens fester.

»Wir sollten uns beeilen«, murmelte Caleb. »Mir ist nicht wohl dabei zumute, sie ganz allein im Geschäft zurückzulassen ... etwas könnte ihr zustoßen.«

»Solange sie in ihrer Schachtel eingeschlossen ist, kann ihr kein Unheil zustoßen«, sagte Jenk, »wenn du ganz bestimmt den Riegel vorgelegt hast.«

»Ja«, erwiderte Caleb. »Aber nicht das beunruhigt mich. *Sie* kann kein Unheil begehen, das stimmt schon – aber was ist, wenn irgendein Unheil über sie kommt?«

Jenk schüttelte den Kopf. »Manchmal ermüdet mich deine Sorge um deine künstlich gezeugte Tochter.«

Die Tore des uralten Kirchhofs waren geschlossen, jedoch nicht verriegelt. Jenk stieß eines der Tore langsam auf, falls die rostigen Angeln quietschten. Dann gingen er und Caleb schweigend zwischen den alten Monumenten und den umgestürzten Grabsteinen entlang, bis sie eines der größeren Mausoleen erreichten.

Da sie sich jetzt in einiger Entfernung zur erleuchteten Straße befanden, öffnete Caleb seine Laterne.

Ein hoher Zaun aus Eisenstäben umgab das Grabmal. Jenk brach das Schloß des kunstvoll verzierten, schmiedeeisernen Tors mit seinem Stemmeisen auf, aber das war eine geräuschvolle Angelegenheit.

»Mein lieber Caleb, ich glaube, du zitterst«, flüsterte Jenk. »Aber weswegen solltest gerade du dich vor den Toten fürchten?«

»Schätze, weil ich mich unter den Toten so wohl fühle wie jeder andere«, zischte Caleb zurück. »Aber meine Nerven sind nicht mehr das, was sie mal waren, und mir mißfällt dieser ganze Radau.«

Das marmorne Mausoleum schimmerte weiß. Ein Teil der Mauer, nicht weit entfernt von der versiegelten Tür, war eingestürzt. Jenk ließ das Brecheisen fallen, gab den Korb und die Papiere an Caleb weiter, duckte sich und kroch durch die Öffnung. Dann reichte Caleb ihm die Laterne hindurch.

»Wie ich gehofft hatte«, drang Jenks Stimme aus dem Grabmal heraus. »Zwischen hier und den Stufen befindet sich ein schmaler Absatz … und die Stufen scheinen in Ordnung zu sein.«

Caleb steckte den Kopf durch die Öffnung und kroch hindurch. Jenk hatte bereits die oberste Treppenstufe erreicht. Er hielt die Laterne in einer Hand und bot die andere Hand Caleb. Caleb schlug diese Hilfe aus und drückte sich vorsichtig den Sims entlang, bis er die breitere Stelle oben auf dem Treppenabsatz erreichte. Dann stiegen sie zusammen in das Gewölbe hinab.

Die Knochen der Toten lagen sauber arrangiert auf Marmorplatten. An den Wänden befanden sich unheimliche Fresken und Schnitzereien, stilisierte Figuren eines anderen Zeitalters, die Caleb merkwürdig beunruhigend fand. Hatten die Menschen der Vergangenheit sich selbst und die Welt, die sie bewohnten, wirklich so verzerrt und verdreht gesehen... oder hatte sich seitdem die Welt verändert, waren die Rassen mutiert und hatten ihre gegenwärtige Gestalt angenommen?

Jenk jedoch wurde von einem seltsamen Gefühl der Eile angetrieben. Ohne die Fresken auch nur eines Blickes zu würdigen, stellte er die Laterne auf eine Platte, öffnete seinen Korb und legte dessen Inhalt aus: ein Stück Kreide und einige schwarze Kerzen; ein Dolch mit einer langen, böse glitzernden Klinge; eine Streichholzschachtel und einen kleinen Holzkohlebrenner. Weiterhin hatte er eine grob geformte Holzpuppe von etwa zwölf Inch Größe sowie etwas Steifes und Pelziges, das lose in ein Stück altes Tuch eingeschlagen war, bei sich.

»Was ist das denn?« fragte Caleb, wobei er auf die beiden letzten Utensilien deutete.

»Der Leichnam einer grauen Katze und ein hölzerner Mann, der den Geist beherbergen soll, wenn er kommt«, erwiderte Jenk. »Innendrin ist ein kleiner Hohlraum, der ein mumifiziertes menschliches Herz enthält.«

Er nahm die Kreide und zeichnete einen fünfzackigen Stern auf die Steine ihm zu Füßen. Er zündete die fünf schwarzen Kerzen an und setzte jede auf eine andere Spitze des Pentagramms. Dann packte er den dürren, kleinen Leichnam der Katze mit seinen erstarrten, steifen Gliedmaßen und den starrenden grünen Augen aus und legte ihn fast in die Mitte der Figur.

Aus seiner Westentasche holte Jenk das Medaillon sowie einen kleinen Beutel hervor, der die zerbröselnden Überreste des Stoffs aus dem Sarg enthielt. Er schlang beides um die Puppe. »Jetzt können wir anfangen«, sagte er und stellte den hölzernen Mann in die Mitte des Pentagramms, wo er vom Leichnam der Katze aufrecht gehalten wurde.

Er reichte Caleb die Rolle mit den Papieren. »Halt sie nahe ans Licht … fang mit der ersten Seite an … so daß ich sie lesen kann.«

»Ist noch nicht zu spät, es sich anders zu überlegen«, sagte Caleb und wich voller Unbehagen vor dem Dolch in Jenks Hand zurück.

»Ich will es mir nicht anders überlegen … und zuck nicht so zusammen … ich habe nicht die Absicht, diesen Dolch an *dir* zu gebrauchen«, sagte Jenk mit trockenem Humor. »Nun, wie geht der Spruch also?« fragte er, als Caleb das erste Papier hochhielt. »Ah, ja!«

Und da die Worte jetzt wieder klar in seinem Gedächtnis waren, drehte er sich um, spießte die Katze auf und begann mit der Anrufung.

Die Morgendämmerung färbte den östlichen Himmel rosa, als Jenk und Caleb das Grab verließen und sich erschöpft zur Buchhandlung zurückschleppten. Nebel wälzte sich vom Fluß herauf, und die beiden alten Männer zitterten in der morgendlichen Kühle.

»Schätze, wir können's erneut bei Vollmond probieren«, meinte Caleb. »Gib Matthias und Walther Geld dafür, daß sie uns helfen, den Sarg zum Friedhof auf den Fischweiberberg hinaufzukarren. Ich hab's dir gesagt, daß sie wahrscheinlich nichts bringen würden, deine Sprüche und Beschwörungen, wenn wir nicht gleichzeitig den Leichnam dabei haben.«

»Ja ... du hast mich gewarnt«, sagte Jenk hart und bitter. »Du warst mit dem Neinsagen gleich bei der Hand, wie so viele andere.«

Überrascht drehte sich Caleb um. »Hör mal ... du gibst doch nicht *mir* die Schuld? Es war keinesfalls meine Schuld, daß deine Sprüche zu schwach waren.«

»Nicht?« gab Jenk zurück. »Ich glaube doch ... Du mit deinem Widerstreben und deinem Unglauben, du hast die Sprüche ihrer Macht beraubt. Ich bin entschlossen, es nochmals zu versuchen, bei Vollmond, aber ohne deinen Beistand, Caleb – ohne daß du störst.«

Sie gingen zur Buchhandlung weiter, wobei jeder seinen eigenen ärgerlichen Gedanken nachhing. Als sie die Tür erreichten, brannten die Straßenlaternen nur noch niedrig, und Jenk suchte mehrere Minuten in der nebeligen Dunkelheit, bis es ihm gelang, den Schlüssel ins Schloß zu stecken.

Sobald sie das Geschäft betreten hatten, wußten beide, daß irgend etwas nicht stimmte. Ein Donnern, Klopfen und schrilles Wimmern ertönte aus dem Hinterzimmer.

»Ich *wußte*, daß ihr was zustoßen würde, wenn wir sie allein in dieser Schachtel zurücklassen!« rief Caleb aus, eilte Hals über Kopf in den dunklen Laden und stieß dabei unterwegs gegen ein Regal. Nachdem er sich erholt hatte, ertastete er sich seinen Weg zur Laboratoriumstür, wo er in hilfloser Wut am Schloß und an der Tür rüttelte, bis Jenk, der ihm etwas vorsichtiger gefolgt war, den Schlüssel herausholte.

Die Tür öffnete sich auf eine Szenerie der Zerstörung. Um Eirena nicht völlig im Dunkeln zurücklassen zu müssen, hatte Caleb eine brennende Öllampe von einem Balken in der Decke hängen lassen. Das Öl war fast aufgebraucht, die Flamme wurde schwächer, stellte aber genügend Licht zur Verfügung, daß die beiden Männer die zerbrochenen Flaschen und Phiolen sehen konnten, die über den Tisch verstreut waren, die umgekehrten Kolben, das Chaos aus verbogenen Kupferrohren, den Sand und das Wasser, die sich auf den Fußboden ergossen – und den umherstolpernden Mann, der beim Herumtasten im Labor ein einziges Werk der Zerstörung anrichtete. Er stieß Gegenstände beiseite und krallte in einem panikartigen Versuch an seinem Gesicht herum, die Nähte von seinen Augen zu reißen.

Eirenas Schachtel lag offen auf dem Fußboden, und das winzige Ding rannte verzweifelt im Raum umher, damit der Mann nicht auf sie trat. Beim Anblick Calebs klammerte sie sich an sein Bein, wimmerte, kratzte und versuchte, sich auf seinen Armen in Sicherheit zu bringen.

Caleb hob sie hoch, wiegte sie beschützend an seiner Brust und verschwand so rasch er konnte aus dem Raum. Jenk folgte nur einen Schritt hinter ihm, warf die Tür zu und ließ sich dagegen fallen.

»Schätze, wir waren besser, als wir gedacht hatten«, meinte Caleb mit zittriger Stimme. »Aber was – was sollen wir jetzt tun?«

»Ich glaube, uns bleiben nur zwei Möglichkeiten«, erwiderte Jenk. Er versuchte, fest zu sprechen, aber seine Stimme gehorchte ihm nicht. »Wir müssen ihn entweder beruhigen … und ihn soweit bringen, daß er uns gestattet, die Nähte von seinen Augen zu schneiden … oder ihm ansonsten einen hölzernen Pflock durchs Herz treiben.«

38. Kapitel

Welches der Leser als Ruhe vor dem Sturm erachten mag

Mit für sie typischer Großherzigkeit bestand die Herzogin darauf, daß sie, und nur sie allein, die Kostüme für Elsie und Sera zur Verfügung stellte. »In den vollgestopften Zimmern von Wichtelberg stehen jede Menge Truhen und Schachteln, die bis zum Rand mit alten Kleidern, Umhängen und Perücken gefüllt sind. Und unten in Pfalz wohnt eine pfiffige, kleine Näherin, die heraufkommen und sich um die Änderungen kümmern soll.«

Dementsprechend folgten Sera und Elsie ihrer Gastgeberin eine schmale, gewundene Treppenflucht zum Dachgeschoß hinauf. Wie Marcella versprochen hatte, standen dort Truhen, Garderoben und Schachteln voller altertümlicher Kleidung, von dem das meiste noch in ausgezeichnetem Zustand war. Und daneben gab es auch die notwendigen Accessoires: Schuhe mit Edelsteinschnallen; Ziegenlederhandschuhe, parfümiert mit Zibet und Ambra; erstaunliche Hüte, Kapuzen und Schleier sowie Phiolen mit Gold- und Silberstaub.

»Eine Erfindung der Zwerge, glaube ich«, meinte die Herzogin, »den man anstelle von Puder im Haar tragen sollte.«

Ebenfalls fanden sie eine Anzahl Masken, einige ziemlich ausgefallen, andere sehr einfach. »Wir trugen diese schwarzen Samtmasken, wann immer wir uns aus dem Haus wagten«, erklärte die Herzogin. »O ja, ich versichere Euch, man hielt es nicht für schicklich, wenn eine hochgeborene Frau ohne Maske in der Öffentlichkeit erschien… und obgleich die Kleider oftmals ziemlich gewagt und die Schultern und Busen schockierend entblößt waren, bedeckten wir unsere Gesichter.«

Ein hübsches altes Kleid aus weißem Brokat erschien wie gemacht für Elsie. (Natürlich, dachte Sera, war es weiß… es ist immer weiß für Elsie!) »Mit dem Diamant-Mieder und den Edelsteinschnallen«, meinte die Herzogin, »sowie dem getupften Halstuch ist es genau das richtige für… ich bin mir noch nicht sicher, wofür, aber etwas Allegorisches wird es jedenfalls sein.«

Für Sera fand sie ein altes Hofkleid aus mitternachtsblauem Samt mit geschlitzten Ärmeln, einem edelsteinbesetzten Mieder sowie einem Unterkleid aus schwerem, bronzefarbenem Satin. (Und natürlich, dachte Sera, ist es etwas Dunkles und wie die Sünde Schweres für mich!) »Lady Nemesis, die Tochter der Nacht«, sagte die Herzogin. »Ich weiß genau, was wir noch brauchen, um den Eindruck zu vervollständigen.«

Sie gingen zum Schlafzimmer der Herzogin hinab, um die Kleider anzuprobieren, und die kleine Näherin erschien gleichfalls, um die Kleider wie benötigt abzustecken und sich die notwendigen Änderungen zu notieren. Aber die Herzogin wollte den Mädchen keinen Blick in den Spiegel erlauben. »Vor der Ballnacht dürft ihr euch nicht in diesen Kleidern sehen, und dann werdet ihr eine entzückende Überraschung erleben.«

Elsie sah süß und hübsch in ihrem weißen Brokat aus. Und in dem sonnendurchfluteten Schlafzimmer wurde Sera klar, daß ihr eigener tiefblauer Samt nicht so dunkel und häßlich war, wie sie befürchtet hatte. Aber das Kleid war offensichtlich eines der gewagten und hatte einen tiefen, rechteckigen Ausschnitt, angesichts dessen Sera errötete.

»Es sitzt ziemlich locker«, meinte die Herzogin, »aber

das läßt sich leicht richten. Deswegen muß man ein Kleid nicht *enger* machen.«

»Ich finde, es paßt ziemlich gut zu dir«, sagte Elsie.

»Aber natürlich paßt es ihr!« rief die Herzogin aus. »Sera ist eine junge Frau, eine starke Persönlichkeit, und ihr stehen diese dunkleren Farben sehr gut. Ein anderes Mädchen würde darin langweilig wirken.«

Dann lachte sie über Seras überraschten Ausdruck. »Ja, ich weiß ... ihr möchtet euch gern wie die anderen jungen Damen kleiden, und das ist völlig natürlich. Und dabei hilft es nichts, daß Clothildes Kleidern auch nur ein Fünkchen Stil fehlt. Aber wirklich, Sera, pastellfarbener Satin ist nichts für dich. Dieses Kleid ist absolut atemberaubend.«

Das war ein neuer Gedanke – ein Gedanke, der Sera nie zuvor gekommen war –, daß sie in ihren hergerichteten Kleidern alles andere als gräßlich aussehen konnte. Ein wenig mißtrauisch sah sie von Elsie zur Herzogin und fragte sich, ob die beiden sie nicht bloß aufzogen.

Aber Elsie lächelte, schüttelte den Kopf und sagte, wobei ein wenig von der alten Wärme in ihrem Tonfall mitschwang: »Liebe Sera, ich habe schon früher versucht, dich davon zu überzeugen. In Mamas alten Kleidern siehst du immer so dramatisch aus. Wie eine verkleidete Prinzessin!«

Es war der vierzigste Tag der Jahreszeit der Ernte, und im Kontor bei Meister Ule herrschte die übliche Geschäftigkeit. Briefe mußten geschrieben und Rechenschaftsberichte angefertigt werden, ehe die neue Jahreszeit kam.

»Herr Braun«, sagte eine Stimme neben Jedidiah. Jed blickte von seinem Hauptbuch auf und sah einen der Glasbläsergesellen neben sich stehen. »Herr Braun ... diese Kristallflaschen, die der Gentleman aus Vien bestellte … wie es aussieht, werden wir sie nicht rechtzeitig zur Auslieferung fertigbekommen. Die letzte Lieferung Barilla. Das Salz war ziemlich schlecht.«

»Ja, schon gut«, seufzte Jed. »Ein Brief an den Gentleman in Vien, in dem wir um Nachsicht bitten … und eine scharfe Notiz an den Händler, der das Glaskraut geschickt hat … ich werde beides gleich morgen früh losschicken.«

»Herr Braun«, sagte der Junge, der die Büroräume kehrte, »Ihr werdet im Lager gebraucht.«

Jed schob seinen Stuhl zurück, griff in seine Westentasche und holte seine Taschenuhr heraus. Es war noch immer eine Stunde bis vier Uhr, bemerkte er erleichtert … er könnte es noch immer rechtzeitig zum Tee im Buchladen bei Onkel Caleb schaffen.

»Mein lieber Jedidiah, ich dachte, ich hätte Euch den Nachmittag frei gegeben«, sagte Meister Ule, als Jed an seinen Schreibtisch zurückkehrte.

»Habe keine Zeit dafür gehabt«, erwiderte Jed. »Ich rechne noch gerade diese Zahlen zusammen und …«

»Ihr werdet nichts dergleichen tun«, sagte Meister Ule. »Ihr seid ein gewissenhafter Bursche, aber Ihr arbeitet viel zu hart. Ein netter Besuch bei Eurem Großonkel ist genau das, was Ihr benötigt.«

Jed nickte traurig. »Schätze mal, es wird nicht so nett werden … Onkel Caleb gibt mir kaum noch das Gefühl, willkommen zu sein. Und er und Herr Jenk, sie sind beide so merkwürdig und … nervös, daß ich nicht genau weiß, was ich davon halten soll.«

»Ich möchte nicht drängen«, meinte Meister Ule. »Insbesondere, da ich weiß, daß eine Einmischung gerade von dieser Seite sich als unwillkommen herausstellen könnte … aber, Jedidiah, ich hoffe, Ihr wißt, wenn Ihr jemals irgendeine *Hilfe* oder einen Rat benötigt, stehen Euch Herr Eulenfeder und ich ganz zu Diensten.«

»Ja.« Jed griff nach seinem Hut und setzte ihn auf. »Das weiß ich sehr gut. Aber ich vermute, damit muß ich allein zurechtkommen.«

Die Buchhandlung war verschlossen, und die Fensterläden waren vorgelegt, aber Caleb kam herab, um Jed einzulassen, und verriegelte dann wieder die Tür.

»Hab gedacht, du würdst nicht kommen«, sagte Caleb, während er die Stufen hinaufhinkte und den Weg dabei mit einem Kerzenstummel erhellte. »Vielleicht wär das am besten … mir ist nicht sehr nach einer Unterhaltung zumute, und das ist die Wahrheit.«

»*Ich* werde den Tee zubereiten«, meinte Jed. »Ich decke den Tisch. Ich bin nicht zu stolz, auch noch nicht zu hochtrabend. Und ich habe Ingwerkuchen und ein Stück Schweinepastete mitgebracht … Du mußt überhaupt nichts tun außer mir sagen, wie es dir geht.«

Oben angekommen drückte Caleb die Tür auf. »Ich bin müde gewesen … nicht überraschend bei einem Mann in meinen Jahren.« Er humpelte zu einem Sessel in dem kleinen Wohnzimmer hinüber und ließ sich schwer hineinfallen. »Aber mir geht's soweit ganz gut … soweit ganz gut. Du mußt dir keine Sorgen machen.«

Jed sah sich um. Der Raum war vor kurzem geputzt worden … was ziemlich überrascht, wo sich Sera doch nicht in der Stadt aufhielt und Caleb so kränklich aussah. Und Gottfried Jenk war niemals heikel gewesen; er war stets zu sehr mit seinen Büchern und muffigen, alten Dokumenten beschäftigt, als daß er so gewöhnlichen Dingen wie Staub oder schmutzigem Geschirr irgendwelche Beachtung geschenkt hätte. »Wo *ist* Herr Jenk? Anscheinend ist er immer weg an den Abenden, wenn ich vorbeischaue.«

»Er ist ins Bett«, erwiderte Caleb und verdrehte auf merkwürdige Weise die Augen. »Nein, du kannst keinen Blick auf ihn werfen … er möchte keinen Besuch … Wahrscheinlich schläft er sowieso schon.«

Jed füllte den Teekessel und hing ihn übers Feuer. Dann setzte er sich seinem Großonkel gegenüber. »Wie lange ist Gottfried Jenk eigentlich schon krank?«

Caleb hob die Schultern. »Müssen jetzt fünf oder sechs Tage sein. Ich erinnere mich wirklich nicht so genau. Und untersteh dich jetzt und sag mir, ich soll einen Arzt holen – es gibt keinen Arzt, der eine Kur gegen das Alter hätte … und ich vermute, das ist alles.«

»Wenn du dir Sorgen wegen des Arzthonorars machst … ich könnte wohl aushelfen«, bot Jed an.

Caleb reagierte überraschend heftig. »Hochtrabend und mächtig, hochtrabend und mächtig … Du hältst dich für so einen tollen Hecht – sagst den alten Leuten, wie sie sich benehmen sollen, und wirfst dein Geld zum Fenster raus! Aber wir wollen nicht, daß du dich einmischst, der alte Gottfried Jenk und ich, und wir verzichten auch auf deine Großzügigkeit!«

Er funkelte Jed verärgert an. »Nein, und du brauchst auch überhaupt nicht weiter vorbeizuschauen … mit deinen schicken neuen Kleidern und deiner hochgestochenen Art! Du hast neue Freunde, eine passende Stelle … warum solltest du dich überhaupt um uns kümmern?«

Jed stieß einen Seufzer aus und sackte in seinem Sessel zusammen. Er hatte etwas Derartiges als Grund für Onkel Calebs zunehmende Kühle erwartet. »Das ist's also … du meinst, ich gerate zu hoch hinaus. Ich könnte – ich könnte meine Stelle kündigen«, sagte er schwach. »Wenn es das ist, was zwischen uns steht.«

»Nun, nun«, erwiderte Caleb kopfschüttelnd und beruhigte sich wieder. »Du hast keinen Grund für so ein Gerede. Es freut mich zu sehen, wie gut du für dich gesorgt hast. Aber – aber Tatsache ist, Junge, daß dein alter Onkel Caleb keinen Platz in deinem neuen Leben hat… Du bist auf dem aufsteigenden Ast, du bist…«

Jed spürte, wie ihm ein dicker Kloß in die Kehle stieg. »Wenn ich hart gearbeitet habe, damit ich höher komme«, sagte er, »so hatte ich stets dabei die Absicht, dich mit mir hinaufzuziehen. Meinst du, das ist alles nur zu meiner eigenen Befriedigung geschehen? Du hast dich um mich gekümmert, als ich klein war, und jetzt bin ich damit an der Reihe – nein, es ist meine Freude und mein Privileg!«

»Du kannst mich nicht mit dir hochziehen«, erwiderte Caleb. »Die Wahrheit lautet… viel wahrscheinlicher ist, daß ich dich mit hinabziehe. Tatsache ist, ich bin für dich nicht ehrbar genug.«

»Das stimmt nicht«, sagte Jed starrsinnig. »Das stimmt ganz und gar nicht.« Er schlug mit der Faust auf die Sessellehne. »Ich habe keinen Grund, mich deiner zu schämen. Du hast eine gute Erziehung genossen, und du weißt, wie man sich in hoher Gesellschaft verhält… Warst du nicht einmal Diener im Hause eines Jarl?«

»Ich wußte, wie man sich durchschlägt… weiter nichts«, sagte Caleb und zog nachdenklich an seinem Zopf. »Ich konnte mal fast ebensogut reden wie du jetzt… aber das is 'ne lange Zeit her. Ich bin seit langem ganz unten… und das ist die Wahrheit: Ich hab nicht mehr genügend Kraft, um wieder aufzusteigen.

Aber du…« Der alte Mann lächelte bei der Erinnerung. »Du warst immer schon der Helle. Ja, und du hast auch alle diese guten Instinkte: Das Feingefühl eines Gentleman, das hat Gottfried Jenk einmal zu mir gesagt, und ich hab's auch nicht vergessen.«

Caleb stieß einen mächtigen Seufzer aus. »Ich weiß, ich bin grob mit dir umgesprungen…«, sagte er. »Hab so getan, als würde es mich nicht freuen, daß du deine Bücher gelesen und deine Lektionen gelernt hast… hab dir gesagt, es wäre nicht an dir, so wählerisch damit zu sein, woher das Geld kommt, oder was wir tun müßten, um es zu bekommen … wollte dich hart machen, hab gedacht, es würde dir nicht gut bekommen, wenn du so heikel wärst in dem Leben, das du führen würdest. Jetzt aber stellt sich heraus … daß du die ganze Zeit über recht hattest: Vom Tag deiner Geburt an war es dir bestimmt, ein Gentleman zu werden.

Wenn du jemanden suchst, der zusammen mit dir aufsteigen soll«, fügte er hinzu, »kümmere dich um deine Mutter und die Mädchen.«

Jed setzte sich aufrechter in seinen Sessel. »Ich vergesse weder meine Mutter noch meine Schwestern … ich habe ihnen Geld geschickt, und ich werde ihnen noch mehr schicken. Aber es waren doch immer wir beide, du und ich, Onkel Caleb«, fügte er wehmütig und flehend hinzu. »Wir beide waren immer Partner. Das hat sich nicht geändert, und das wird sich auch nie ändern.«

Calebs Gesicht verhärtete sich wieder, und seine Stimme war rauh, als er antwortete. »Es hat sich geändert … wir sind keine Partner mehr! Und es ist allerhöchste Zeit, daß du das akzeptierst.«

Caleb geleitete ihn die Stufen hinab, wobei er die ganze Zeit über vor sich hinbrummelte. Wenn es nicht zuvor schon augenscheinlich gewesen wäre, dachte Jed, so war es jetzt deutlich genug: Er war in der Buchhandlung nicht mehr willkommen.

Sie standen an der Tür, und Caleb holte gerade den Schlüssel hervor, als jemand klopfte.

»Willst du öffnen, oder soll ich es tun?« fragte Jed verärgert, als der alte Mann keine Anstalten machte, die Tür zu öffnen.

Ihn wild anfunkelnd, schloß Caleb auf, ließ den Riegel zurückschnappen und öffnete die Tür. Matthias

Vogel und Walther Burgen betraten das Geschäft. »Ihr seid früh dran«, fauchte Caleb. »So früh haben wir euch nicht erwartet.«

Und ziemlich überstürzt schob er den armen Jed zur Tür hinaus und schlug sie hinter ihm zu.

Jed *wollte* nicht lauschen … es war nur so, daß er ziemlich erschüttert von Calebs Behandlung war und einen Augenblick zur Erholung benötigte, ehe er die Straße hinabging. Er lehnte sich an die Mauer des Gebäudes, und so geschah es, daß er Matthias sprechen hörte.

»Erwartet uns gegen zwei … vielleicht drei Uhr morgens. Früher können wir nicht kommen.«

Jed schob sich den Hut ins Gesicht und steckte die Hände in seine Manteltaschen. In der Buchhandlung ging etwas Rätselhaftes vor sich … das wußte er schon seit einiger Zeit … aber erst jetzt ging ihm allmählich auf, wie *schlimm* dieses Etwas wirklich sein mochte. Er wußte, daß es ernst war, wenn auch nur wegen der Maßnahmen, die Caleb traf, um die Wahrheit zu verschleiern.

»Aber ich finde alles noch heraus«, brummte er, während er die Straße hinabging. »Mir reicht es jetzt, Fragen zu stellen und immerzu ausweichende Antworten zu bekommen. Schätze mal, es ist an der Zeit, daß ich allmählich selbst einige Antworten suche!«

Um ein Uhr nachts war die Straße vor der Buchhandlung völlig verödet. Um zwei Uhr kam ein klappriger, alter Karren quietschend den Hügel hinauf, gezogen von den beiden stämmigen Wachmännern.

Jedidiah stand im Schatten am Fuß eines Gebäudes auf der anderen Straßenseite und beobachtete sie genau. Matthias und Walther hatte er erwartet, aber der Karren war eine ziemliche Überraschung. Schweigend trat er von einem Fuß auf den anderen. Von Minute zu

Minute spürte er wachsendes Unbehagen und Verwirrung, und dies um so mehr, als die beiden Konstabler in der Buchhandlung verschwanden und kurz darauf mit Onkel Caleb zurückkehrten, wobei sie einen Ebenholzsarg zwischen sich trugen.

Unter großen Schwierigkeiten, denn er war wirklich zu groß und unhandlich für die drei Männer, gelang es ihnen, den Sarg auf den Karren zu laden. Dann begann der langsame und vorsichtige Abstieg über die gewundene Straße.

Jedidiah folgte ihnen, wobei er sich soweit wie möglich im Schatten versteckte... den ganzen Weg bis zu dem alten Seemannsfriedhof am Fischweiberberg. Er duckte sich draußen vor dem Kirchhof und spähte über die niedrige Steinmauer. Er beobachtete Caleb und die beiden Konstabler, wie sie, bei Laternenlicht, ein flaches Grab aushoben und den Sarg in das Loch hineinsinken ließen. Als sie jedoch wieder ihre Schaufeln hoben und Erdklumpen auf den Sarg warfen, entschied Jed, daß er genug gesehen hatte.

Langsam kehrte er durch die dunklen Straßen der Stadt nach Hause zurück, und zerbrach sich dabei über diese Sache die ganze Zeit über den Kopf. In welchem Licht er die Tatsachen auch betrachtete, sie ergaben einfach keinen Sinn. Nach all den Jahreszeiten, nach all dieser Zeit, den Sarg aus dem Fluß zu begraben – und auch noch so geheim! –, wo er doch niemals etwas anderes als eine große Wachspuppe in einem phantastischen Gewand sowie ein Paket alter Bücher enthalten hatte...

Und dann kam Jed ein Gedanke, den er gar nicht vergnüglich fand. Er blieb unter einer Straßenlaterne stehen und hielt den Atem an. Oh, ja, er wußte sehr gut, was der Sarg vor einigen Jahreszeiten enthalten hatte... aber er wußte nicht, was Onkel Caleb und die Konstabler heute nacht begraben hatten.

»Verdammt!« sagte er laut. Er wußte jetzt, daß er einen Rat benötigte, den Rat eines Mannes, den er respektierte und dem er vertraute. »Es ist nun die Zeit zu tun, was ich schon seit langem hätte tun sollen, wenn ich nicht unbedingt Onkel Caleb hätte glauben und diesen weisen, guten Männern den Rücken zukehren wollen: Ich sag Meister Ule und Herr Eulenfeder alles, was ich weiß, und schau mal, was die Glasmachergilde damit anfangen kann.«

39. Kapitel

In welchem nur wenige Dinge das sind, was sie scheinen

Als endlich der Tag des Maskenballs war, ging es auf dem Wichtelberg wie in einem Bienenschwarm zu. Die Herzogin war überall: In der Küche, wo sie die Köche beaufsichtigte … im Ballsaal, wo sie nachsah, was die Mägde und Diener taten, die die Dekorationen aufhingen … sie stellte sicher, daß Laternen und Fackeln bereitstanden, die den Gästen den Weg die Treppen hinauf und zu den Terrassen erleuchten sollten. Sie bestand darauf, daß Sera und Elsie ihren üblichen Morgenspaziergang unternahmen und schickte sie daraufhin am Nachmittag mit der Anweisung nach oben, einen Mittagsschlaf zu machen, falls möglich. »Ihr wollt doch zum Fest heute abend munter sein.«

Elsie war viel zu aufgeregt, um sich auszuruhen, also schickte die Herzogin ein Schlafmittel hinauf. Sera sah ihr zu, wie sie es austrank, zog ihre Kusine ins Bett und ging dann auf ihr eigenes Zimmer, um bis zum Abend ein Buch zu lesen.

Bei Sonnenuntergang brachte die Zofe Seras Kleid. Sera beäugte es mißtrauisch. »Es sieht ziemlich eng aus … Ich hoffe, beim Maßnehmen ist kein Fehler unterlaufen.« Aber die Herzogin hatte ihr ein merkwürdiges Korsett mit Stäbchen geschickt, das offenbar früher unter dem Kleid getragen wurde.

Mit dem festverschnürten Korsett am Leib vermochte Sera kaum zu atmen, aber es war der Zofe zumindest möglich, das Samtmieder am Rücken zuzuhaken.

Die Herzogin kam persönlich herein, um Seras Frisur zu überwachen: Das Haar wurde zu langen, losen Löckchen gelegt, ohne sie hoch auf dem Kopf aufzutürmen. Marcella war bereits in ihrem Kostüm, sie trug ein altmodisches, mit winzigen Perlen besetztes Kleid aus karminrotem Samt und einem breiten Mühlsteinkragen. Das Haar hatte sie gepudert, und an ihrem Mundwinkel prangte ein winziges, diamantförmiges Schönheitspflästerchen.

»Ich will *nicht* geschminkt werden!« rief Sera aus, als die Zofe einen Pinsel und Wangenrouge hervorholte. Und sie verweigerte standhaft ein Schönheitspflästerchen, trotz aller Überredungsversuche der Herzogin.

Ein Stehkragen aus gesteifter, weißer Spitze wurde ihr am Mieder und um die Schultern befestigt, und die Herzogin holte ein Paar hochhackiger Satinpumps mit edelsteinbesetzten Schnallen hervor. Das Tüpfelchen auf dem i war der Goldstaub, mit dem die Zofe Seras Haar bestäubte. Schließlich durfte sie sich im Spiegel betrachten.

Sera blickte stirnrunzelnd auf ihr Spiegelbild und war sich ganz und gar nicht sicher, ob ihr das, was sie sah, gefiel. Das Kleid war gewiß wunderschön, aber in so schicken Sachen kam sie sich unbeholfen vor, insbesondere in den hochhackigen Pumps, in denen sie wie eine Riesin wirkte. Zwar saß der Ausschnitt nicht mehr locker, er war jedoch außerordentlich tief und enthüllte mehr weißen Busen, als ihr lieb war.

»Unsinn«, sagte die Herzogin auf eine dementsprechende Bemerkung Seras hin. »Ihr seht einfach entzückend aus. Außerdem tragt Ihr auch eine Maske, und niemand wird Euch erkennen.«

Die fragliche Maske war aus mitternachtsblauem Samt und an einer Stange befestigt – sie bot wenig oder gar keine Tarnung. Aber für eine weitere Änderung des Kleids blieb keine Zeit mehr.

»Ich wage zu sagen, daß Baron Vodni sehr entzückt sein wird«, fügte die Herzogin spitzbübisch hinzu.

Sera spürte, wie sie rot wurde. Es stimmte, daß der Baron sehr aufmerksam gewesen war… sie in letzter Zeit mit soviel Aufmerksamkeiten bedacht hatte, daß ihr tatsächlich manchmal der Gedanke gekommen war: Vielleicht hat er wirklich ernsthafte Absichten. Aber natürlich weiß ich es besser, dachte Sera. Vodni ist so arm wie ich. Er muß eine Frau mit Geld heiraten oder aber gar nicht.

Die Herzogin führte sie aus dem Schlafzimmer hinaus und auf die Treppe zu. »Wir müssen jetzt wirklich nach unten gehen. Ich höre bereits die ersten Kutschen eintreffen.«

»Aber ich sollte zuerst nachsehen, ob Elsie mich braucht…«, begann Sera. Doch die Herzogin unterbrach sie:

»Elsie hat wunderbar geschlafen und ist erfrischt aufgewacht. Sie hat sich vor einer Stunde angekleidet und ist nach unten gegangen. Zweifelsohne erwartet sie Euch im Ballsaal.«

Der Ballsaal war ein weiter, hallender Raum mit Marmorfußboden und teppichbehängten Wänden. Anstelle von Kronleuchtern gab es prächtige, schmiedeeiserne Kandelaber, in welche die Diener riesige Kerzen von der Größe von Laternenpfählen gesteckt hatten. Als Sera auf ihren lächerlich hohen Absätzen wackelnd eintrat, waren bereits mehrere Gäste eingetroffen, doch Elsie war nirgendwo zu sehen… auch niemand, den man vielleicht für Elsie in ihrem weißen Brokatkleid halten konnte.

Die erste Person, die Sera traf, war ein jugendlicher Kavalier mit braunen Schmachtlocken, der sich tief verneigte und ihr die Hand zum ersten Menuett reichte.

Die Stimme war vertraut, und Sera erkannte sogleich den jungen Mann hinter der grauen Halbmaske aus Samt wieder. »Baron Vizbeck«, sagte sie, »Ihr seid sehr freundlich. Aber ich habe es mir zur Gewohnheit gemacht, bei solch großen Zusammenkünften niemals zu tanzen. Und was ist mit Lady Ursula? Gewiß solltet Ihr Euch mit *ihr* zum Beginn des Balls aufstellen?«

Baron Vizbeck wies auf das andere Ende des Ballsaals, auf eine Dame in fließenden, östlichen Gewändern. »Lady Ursula fühlt sich heute abend ziemlich unabhängig, fürchte ich. Sie sagt, ich soll nicht etwa annehmen, daß sie, einfach weil wir so bald heiraten werden, den ganzen Abend lang mit mir tanzen will.«

Es stimmte, daß Lady Ursulas Stimmung seit neuestem etwas unstet war, vielleicht aufgrund eines ungelösten Streits zwischen ihr und der Herzogin, nachdem Lady Ursula eine der Dienerinnen der Herzogin beim Durchsuchen ihrer Schubladen erwischt und das Mädchen daraufhin prompt als Diebin bezeichnet hatte.

Obgleich Sera sich weigerte, eine Närrin aus sich zu machen, indem sie versuchte, in ihrem schweren Samtkleid und den lächerlichen Pumps zu tanzen, gab sie ein wenig nach. »Baron Vizbeck … wenn Ihr so freundlich sein wolltet und mir ein Glas Ratafia holt und Euch vielleicht zum Reden zu mir setzt, während die anderen tanzen …?« Baron Vizbeck verneigte sich und eilte auf der Suche nach Erfrischungen davon, und Sera setzte sich in eine kleine Nische und wartete auf seine Rückkehr.

Sie saß den ganzen Tanz über mit Baron Vizbeck zusammen, und einen weiteren Tanz mit einem anderen Gentleman. Der Ballsaal war jetzt ziemlich voll, aber Sera konnte nirgendwo in der Menge Elsie entdecken.

Als der zweite Gentleman es müde geworden war,

sie zum Tanz aufzufordern – und einen willkommenen Rückzug angetreten hatte –, erhob sich Sera ebenfalls. Sie bahnte sich einen Weg durch die maskierten und kostümierten Festgäste, an den riesigen Kandelabern und den ebenfalls riesigen Wachskerzen vorüber, und suchte ihre Kusine.

Elsie fand sie nicht, doch sie begegnete Hermes Batsch – aufgrund seiner Größe sofort erkennbar, obgleich sein Gesicht maskiert und das Haar gepudert war. Der Lehrer sah in seiner Jacke aus saphirgrünem Samt, gesäumt mit Silberborten ungewöhnlich elegant aus.

»Herr Batsch, habt Ihr Elsie gesehen? Ich habe mich überall umgeschaut, doch ich finde sie einfach nicht.«

»Ich glaube, ich habe sie nicht gesehen«, erwiderte der Lehrer mit einer tiefen Verneigung. »Wobei es natürlich schwierig ist, sicher zu sein. Aber hier ist Baron Vodni … Vielleicht kann er Euch weiterhelfen.«

Baron Vodni sah gleichfalls besonders gut aus. Er trug eine scharlachrote Jacke im Militärstil, und eine dunkle Haarlocke fiel ihm wie stets achtlos über die Stirn. Wie Sera hielt er seine Maske in der Hand.

»Ihr seid sehr freundlich, Sir«, sagte Sera, als ihr Vodni die Finger küßte und sie um den nächsten Länd ler bat. »Aber ich finde Elsie einfach nicht. Ich fürchte, daß ihr nicht gut ist. Vielleicht ist sie hinaufgegangen sich ausruhen.«

»Dann freut es mich, Euch versichern zu können«, meinte Vodni, »daß ich Eure Kusine vor ein paar Minuten am Arm von Jarl Skogsrå sah. Ich glaube, etwas von der Grotte gehört zu haben … Die Herzogin hat dort farbige Laternen aufstellen lassen. Außerdem befinden sich dort auch Musiker, als Unterhaltung für diejenigen, die der Hitze des Ballsaals entfliehen wollen.

Wenn Ihr dort unten nach Miß Elsie suchen wollt«,

fügte er mit einer Verneigung und einer schwungvollen Gebärde hinzu, »würdet Ihr mir vielleicht gestatten, Euch dorthin zu geleiten?«

Sera nahm dieses Angebot gerne an, ebenso die Unterstützung seines Arms. »Ihr seht bezaubernd aus, Miß Vorder«, sagte der Baron, während sie durch die Menge schritten. Er sprach mit unverhüllter Bewunderung. Vielleicht, dachte Sera, war das Kleid am Ende doch nicht so schrecklich.

Im Flur draußen kamen sie an einem schmächtigen, blassen Gentlemann vorüber, der wie ein Pirat gekleidet war und Sera auf eine solche Weise anstarrte, daß sie erneut spürte, wie sie errötete.

»Unverschämter Kerl!« bemerkte Vodni.

»Allerdings«, meinte Sera. »Er ist absolut widerlich.«

Ein von Fackelschein erhelltes Treppenhaus führte von den Kellern in die Grotte hinab. Noch ehe sie die unterste Stufe erreicht hatten, wußte Sera, daß Vodni sich geirrt hatte. Obgleich die farbigen Laternen, wie angekündigt, vorhanden waren und fröhlich über das Wasser und die kleinen vergoldeten Boote hinausleuchteten, die am Ufer des Sees vertäut lagen, war die große Höhle still und leer.

»Wie es scheint«, sagte der Baron, »sind die Musiker noch nicht eingetroffen.«

»Auch Elsie und der Jarl sind noch nicht da«, meinte Sera, die in die Dunkelheit hineinspähte und sorgfältig die Anzahl der Boote zur Kenntnis nahm.

»Es ist möglich«, erwiderte Vodni, »daß sie im Gewölbe sind und dem Strom hinaus in die Gärten folgen. Sollen wir diese Richtung einschlagen und auf ihre Stimmen horchen?«

»Ja«, entschied Sera nach einem Augenblick des Nachdenkens. »Das sollten wir wohl tun. Ich halte es für sehr merkwürdig, daß Elsie auf diese Weise verschwinden sollte, und noch dazu in Begleitung des Jarl. Mein lieber Sir, Ihr habt doch nicht etwa die Vermutung, daß sie sich irgendwie … in Gefahr befindet?«

Vodnis Hand schloß sich, Zuversicht spendend, fester um die ihre. »Wenn er es wagt, ihr etwas anzutun, wird er es mit mir zu tun bekommen!«

Sie umrundeten den See auf der gepflasterten Uferbestigung, bis sie das Gewölbe erreichten, wo sie mehrere Minuten lang horchend und schauend dastanden. Exotische Fische lebten in den Wassern der Grotte, glotzäugige Fische, die silbern und golden in der kühlen Dunkelheit blitzten. »Im Gewölbe hallt es so«, meinte Sera. »Wenn Elsie und der Jarl dort wären, so bin ich davon überzeugt, daß wir ihre Schritte hören würden, wenn nicht sogar ihre Stimmen.«

»Wenn sie nicht bereits die Gärten erreicht haben«, sagte Vodni.

Sera schüttelte den Kopf und zupfte ungeduldig an den Falten ihres mitternachtsblauen Rocks. »Die Nacht ist nicht warm … sie wären kaum so töricht und gingen in den Gärten spazieren. Bitte bringt mich wieder nach oben zum Ballsaal, Baron Vodni. Zweifellos werden wir Elsie dort finden.«

Während sie auf die steinerne Treppe zugingen, begann die Erde zu beben. Sera umklammerte den Arm des Barons. »Ihr braucht Euch nicht zu sorgen«, sagte er beruhigend. »Diese Beben sind hier üblich … Wir sind daran gewöhnt, wenn es Vollmond ist.«

Sera schämte sich vor sich selbst, daß sie so hasenherzig war. »Wie wir in Thornburg gleichfalls daran gewöhnt sind«, sagte sie, so fest sie konnte. »Aber sie sind dort niemals so stark wie dieses hier.«

Das Beben erstarb nach und nach, und der Baron lächelte. »Seht Ihr … es ist nichts. Wir erleben vielleicht noch ein stärkeres Beben, aber Ihr braucht keine Angst zu haben… Wichtelberg wurde errichtet, diesen Beben standzuhalten. Wenn wir hinaufgehen, werdet Ihr sehen, daß niemand dem Erdbeben Beachtung schenkt… Es ist einfach nur alltäglich.«

Sera versuchte, sein Lächeln zu erwidern. Es ist doch nur, weil ich so aufgeregt wegen Elsie bin… Aber als sie den Weg auf die Treppe zu fortsetzten, begann die Erde erneut zu beben und schleuderte sie geradezu dem Baron in die Arme.

»*Bitte* entschuldigt!« sagte Sera, als die Erde sich wieder beruhigte und sie sich aus Vodnis Umarmung löste.

»Aber nicht doch…«, sagte der Baron. Er drückte ihr die Hand, wobei er sehr aufgeregt und fremdartig wurde. »Ich glaube, dies ist vom Schicksal vorherbestimmt. Ich wollte schon lange zu Euch sprechen, aber erst jetzt habe ich den Mut hierzu gefunden. Doch da wir allein sind und Ihr Euch gerade eben in meinen Armen befunden habt… so ermutigt mich das zu der Frage, ob Ihr meine Frau werden wollt.«

Er war so gutaussehend und so aufrichtig. Sera spürte, wie ihr Herz klopfte. Er ist ein liebenswürdiger Mann. Ich mag ihn sehr… Dies mag vielleicht das einzige Angebot sein, das ich je erhalte.

Doch so sehr sie versuchte, ihm mit ›Ja‹ zu antworten, das Wort wollte ihr einfach nicht über die Lippen. »Ihr seid viel zu freundlich, Baron Vodni«, brachte sie endlich mit erstickter Stimme heraus. »Aber ich glaube… ich glaube, daß ich Euer sehr zu Dank verpflichtendes Angebot nicht annehmen kann.«

Der Baron war wie vom Blitz getroffen. Ihm war offensichtlich nicht in den Sinn gekommen, daß ihre Gefühle vielleicht bereits besetzt waren. »Ihr könnt nicht, Miß Vorder? Aber was bedeutet das? Ist es möglich, daß Ihr gefühlsmäßig bereits für jemand anderen empfindet?«

»Nein«, sagte Sera, die ihre Sprache wiederfand. »Es gibt keinen anderen. Zumindest ... nein, es gibt keinen anderen. Entschuldigt bitte«, fügte sie leise hinzu, »ich glaube, daß ich vielleicht daran schuld bin, Eure ... Eure Gefühle ermutigt zu haben. Aber ich hätte nie gedacht, daß Ihr irgendwelche ernsthaften Absichten hegtet, und es tut mir außerordentlich leid, wenn irgend etwas, das ich gesagt oder getan habe, Euch unnötigen Schmerz verursachte.«

Vodni war in dem schwachen Licht der farbigen Laternen ziemlich bleich geworden. »Aber das akzeptiere ich nicht als Antwort«, sagte er. Und ohne jede weitere Vorwarnung schloß er sie wieder in seine Arme und küßte sie.

Dies war eine neue Erfahrung für Sera, und insgesamt gesehen keine unangenehme. Sie merkte, wie sie es genoß, von Baron Vodni geküßt zu werden ... bis sein Griff um ihre Taille immer fester und seine Küsse unerträglich grob wurden. »Baron Vodni«, keuchte sie und wandte das Gesicht ab. »Ich verlange, daß Ihr mich auf der Stelle loslaßt!«

»Das werde ich nicht tun«, erwiderte Vodni dicht an ihrem Ohr. »Du spielst mit meinen Gefühlen, Sera. Du hast meine Leidenschaft erregt, und du wirst sie erst befriedigen müssen!«

Sera sah sich gezwungen zuzugeben, daß er seine Anschuldigung in gewisser Hinsicht zurecht vorbrachte – aber trotzdem würde sie nicht einfach hier stehenbleiben und ihm erlauben, sie weiter zu mißhandeln. Insbesondere, da er jetzt ihren Hals in einer Weise küßte, die sie schrecklich widerlich fand, und seine Hände spazierten inzwischen ziemlich frei umher. Sie trat ihm auf den Fuß, bohrte den spitzen Absatz ihrer edelsteinbesetzten Pumps so fest hinein wie nur möglich.

Mit einem schmerzlichen Aufschrei lockerte er seinen Griff, und Sera war imstande, sich ihm zu entwinden. Inzwischen waren beide außer Atem und zitterten vor Entrüstung. »Entschuldigt bitte«, sagte sie und bemühte sich, ihre Würde aufrechtzuerhalten, »aber ich erinnere mich nicht, Euch die Erlaubnis gegeben zu haben …«

Als Vodni sie erneut umarmen wollte, legte ihm Sera die Hand auf die Brust und schob ihn mit aller Kraft weg. Der Baron trat einen Schritt zurück, stolperte und fiel in den unterirdischen See.

Er landete mit einem lauten Klatschen im Wasser, wobei er Sera vollspritzte. Einen Augenblick lang verschwand er unter der Oberfläche. Dann tauchte er wieder auf, griff nach den Pflastersteinen am Ufer und zog sich heraus.

Sera hatte kein so schimpfliches Schicksal für ihn beabsichtigt – sie hatte nicht einmal gewußt, daß sie so nahe am Ufer standen –, aber sie entschloß sich sogleich, aus den Umständen Nutzen zu ziehen.

»Baron Vodni«, sagte Sera streng, als er ihr tropfnaß zu Füßen saß. »Ich hoffe, dies wird Euch eine Lehre sein!«

Vodni schürzte die Lippen und knurrte voller Wut. Und dann tat er etwas schrecklich Merkwürdiges. Er griff in die weiße Spitze seines Ärmels, zupfte auf merkwürdige Weise an seinem Arm und streifte sich die *Haut* seiner Hand ab. Während Sera voller Entsetzen zuschaute, schälte er einen Handschuh aus Haut ab und enthüllte eine schuppige, vogelähnliche Klaue.

Gütiger Himmel… Baron Vodni ist ein Troll! Sera blieb weniger als ein Augenblick, diese erstaunliche Tatsache in sich aufzunehmen, ehe Vodni diese entsetzliche Klaue ausstreckte und wild nach ihrem Samtrock griff.

Sera machte auf dem Absatz kehrt und lief auf die

Treppe zu. Einen Augenblick später vernahm sie die Schritte des Trolls auf dem gepflasterten Weg hinter sich. Die Furcht verlieh ihr Flügel, aber Vodnis Beine waren länger, die hochhackigen Pumps behinderten sie, und sie hatte bald ihren Vorsprung eingebüßt. Sera befand sich auf halbem Weg zur Treppe, und Vodni war nur ein Dutzend Fuß hinter ihr, da bebte die Erde erneut, und sie fiel mit Händen und Knien auf die Steinstufen.

Da sie sich in ihre schweren Samtröcke verstrickt hatte, blieb ihr keine Zeit, wieder auf die Beine zu kommen. Sera setzte sich gerade auf die Stufen zurück, als der Troll sie erreichte. Es gelang ihr, die Füße aus den Röcken freizubekommen, und sie versetzte Vodni einen wohlgezielten Tritt, mit dem sie ihm die Beine wegschlug. Er schrie überrascht auf, verlor das Gleichgewicht, taumelte und fiel die Treppe in ihrer ganzen Länge hinab.

Einen Augenblick lang lag Vodni bewegungslos da, und Sera saß auf den Stufen, zu verschrammt und atemlos für eine Bewegung; sie war sich gewiß, daß sie ihn getötet hatte. Dann hob der Troll den Kopf und setzte sich auf.

Sera erhob sich schmerzvoll und wollte weiter die Treppe hinaufrennen. Da jedoch hörte sie etwas … eine sanfte Stimme von unten, die Baron Vodni warnte, ihr zu folgen. Sera kannte diese Stimme. Sie zögerte, stieg einen Schritt aufwärts, blieb stehen … Sie wandte sich um und starrte zum Fuß der Treppe hinab. Der Troll stand einem hageren, jungen Mann gegenüber, der wie ein Pirat gekleidet war und einen wenig überzeugenden Dolch mit Goldkante blitzen ließ, offensichtlich Teil seines Kostüms.

»Wenn Ihr versucht, die Dame zu verfolgen«, sagte Francis Skelbrooke, während er die Maske absetzte, »muß ich Euch leider umbringen.«

Vodni grinste ihn nur höhnisch an. »Soll ich mich vor diesem Spielzeug da fürchten?« Weil er den Mann offenbar ebenso unbedeutend fand wie dessen Waffe, drehte sich der Troll um und lief die Stufen hinauf.

Er hatte erst die zweite Stufe erreicht, da griff Skelbrooke in seine Schärpe, zog eine große Pistole hervor und schoß ihm aus kürzester Distanz in den Rücken.

Die Kugel durchschlug Vodnis Brust, und Blut spritzte über die Treppe. Der Troll schrie auf, fiel auf die Knie und brach auf den Stufen zusammen. Ein dunkler Fleck breitete sich rasch über den Rücken seiner scharlachroten Jacke aus.

Mit einem Male setzte sich Sera wieder. Ich werde nicht ohnmächtig… ich werde nie ohnmächtig! Aber nichtsdestotrotz wurde die Welt einen kurzen Augenblick lang dunkel. Nur wenige Minuten zuvor war sie fest davon überzeugt gewesen, daß Vodni der beste und liebenswürdigste Mann war, und sie hatte kaum Zeit gehabt, ihre Ansicht zu korrigieren, ehe sie Zeugin seines gewaltsamen Ablebens geworden war.

Wie betäubt saß sie da und sah zu, wie sich Lord Skelbrooke über den Körper beugte, um ihn zu untersuchen. Dann stand er auf, öffnete eines der Pulverhörner, die er als Teil seines Kostüms trug, und machte sich ruhig daran, die Pistole neu zu laden.

»Ich muß lernen, diese Impulse zu zügeln und die Angewohnheit korrigieren, aus kürzester Distanz zu feuern«, meinte Skelbrooke. »Wenn Fleisch und Knochen herumfliegen, ist das alles andere als angenehm.«

Er verstaute die wiedergeladene Pistole in seiner Schärpe und stieg die Stufen empor. Sera überlegte sich, was sie sagen sollte, aber ihr Gehirn arbeitete noch immer sehr langsam.

»Ich – ich glaube, ich sollte Euch danken, Sir, daß Ihr mir das Leben gerettet habt«, brachte sie schließlich heraus.

»Überhaupt keine Ursache«, erwiderte Skelbrooke und setzte sich neben sie. »Ihr hattet die Situation, wenn ich so sagen darf, ziemlich gekonnt im Griff. Eigentlich gefiel es mir ganz und gar nicht, mich einzumischen. Hättet Ihr Euch mit einem gewöhnlichen Mann messen müssen, so hätte ich mich mit Freude im Hintergrund gehalten und zugeschaut... aber da Trolle halt Trolle sind, bin ich lieber übervorsichtig.«

Er blickte sie auf eine Weise an, daß Sera – die bereits heftig errötet war – am ganzen Leib eine Wärme verspürte. »Wie schön seht Ihr heute nacht aus«, sagte er. Und er hob ihr Kinn und küßte sie sanft, jedoch fest auf den Mund. Der Kuß währte eine lange Weile.

»L-Lord Skelbrooke«, fragte sie, als er sie schließlich losließ. »Was um Himmels willen *tut* Ihr hier?«

»Die Antwort hierauf sollte doch ziemlich offensichtlich sein«, erwiderte Skelbrooke und legte ihr seinen Arm um die Taille. »Ich küsse Euch, Miß Vorder.«

»Lord Skelbrooke«, sagte sie, diesmal etwas fester. »Ich will sagen ... warum seid Ihr hier in Wichtelberg ... hier in dieser Grotte?«

»Ich bin gekommen, Elsie daran zu hindern, Baron Skogsrå zu heiraten«, erwiderte Skelbrooke. »Er ist ein Troll und ein Kannibale und möchte – davon bin ich völlig überzeugt – ihr Blut trinken.«

»Ja«, sagte Sera. Wenn Vodni ein Troll war, warum sollte Skogsrå nicht ebensogut ein Troll sein? Und da erinnerte sie sich daran, was sie ursprünglich in die Grotte geführt hatte. »Ich fürchte, etwas Schreckliches geschieht heute nacht«, rief sie aus und stand auf. »Ich finde weder Elsie noch Jarl Skogsrå.«

»Wir suchen jeder in einer anderen Richtung«, sagte Skelbrooke und bot ihr die Hand. »Sprecht nicht mit der Herzogin, denn ihr kann man nicht trauen. Aber sollte Ihr Herrn Batsch über den Weg laufen, versichert Euch auf jeden Fall seiner Unterstützung.«

So schien es also, daß sich die beiden Männer am Ende doch kannten. Dies war gewiß eine Nacht der Überraschungen, aber Sera war zu müde, um weitere Fragen zu stellen. Hand in Hand stiegen sie die Treppe hinauf, bis sie oben ankamen und jeder seiner Wege ging.

40. KAPITEL

In welchem schließlich alle Masken fallen

Sera durchsuchte verzweifelt die Gänge und Galerien, Bibliotheken, Salons und Speiseräume. Sie kehrte zum Ballsaal zurück und schaute erneut dort nach. Sie fand Elsie nicht, sie fand Skogsrå nicht, und sie fand die Herzogin nicht.

Sie sind alle verschwunden... es ist rätselhaft. Zwei Trolle... beide waren sie Trolle... Wie konnten sie beide Trolle sein, und die Herzogin wußte nichts davon? dachte Sera. Lord Skelbrooke hat recht, man darf ihr nicht trauen. Sie hat ihre Freundlichkeit nur vorgetäuscht...

Sera durchsuchte erfolglos das gesamte erste Stockwerk. Wichtelberg war so weitläufig... sie kannte nur einen kleinen Teil davon – und angenommen, daß Elsie nicht einmal dort war... angenommen, der Jarl hatte Elsie mit Einwilligung der Herzogin weggeschafft?

Und früher oder später wird jemand zur Grotte hinabgehen und Baron Vodni finden... und was wird das für einen Aufruhr geben!

Sie lief eine lange Marmortreppe zum zweiten Stockwerk hinauf, da begegneten ihr Lady Ursula und Baron Vizbeck, die gerade herabkamen. »Lady Ursula... habt Ihr meine Kusine Elsie gesehen?«

Lady Ursula und ihr Begleiter wechselten einen Blick. »Aber ja... noch vor wenigen Minuten«, entgegnete ihr Lady Ursula. »Und sehr lieblich sah sie aus in ihrem Kleid und dem Schleier, fast wie eine Braut auf dem Weg zu ihrer Hochzeit.«

Sera stieß ein kleines, überraschtes Keuchen aus. »Ihr – Ihr habt sie gesehen, Lady Ursula, Baron Vizbeck – wo?«

Die Lady deutete unbestimmt nach oben. »Ich muß sagen, sie verhielten sich sehr geheimnisvoll und ziemlich heimlichtuerisch ... wie Baron Skogsrå sie bei der Hand nahm und wegführte ... fast so, als wäre – aber Ihr wolltet wissen, *wo*.« Sie wandte sich, verwirrt die Stirn runzelnd, an Baron Vizbeck. »Weißt du es, ich erinnere mich nicht so richtig ...«

»Sie gingen in den kleinen Salon ... wie wird er genannt? Das Uhrenzimmer«, ergänzte Baron Vizbeck.

Sera eilte an ihnen vorüber, wobei das mitternachtsblaue Samtkleid hinter ihr herschleppte. Sie war schon auf dem oberen Treppenabsatz, ehe sie daran dachte, sich umzuwenden und hinabzurufen: »Lady Ursula, Baron Vizbeck, das ist sehr wichtig. Wenn Ihr Lord Skelbrooke oder Herrn Batsch begegnet, sagt ihnen doch bitte, wo sie mich finden können. Wenn nicht etwas dagegen unternommen wird, daß Elsie heute nacht Baron Skogsrå heiratet, wird das Ergebnis tragisch sein.«

Ohne eine Antwort abzuwarten, drehte sie sich um und eilte auf das Uhrenzimmer zu. Als sie jedoch die Tür erreichte, hielt sie im Flur unter einem der alten Ölporträts inne, um Atem zu schöpfen und die Gedanken zu sammeln. Doch was ist, falls Elsie sich weigert, auf mich zu hören? Oh, aber sie wird auf mich hören ... sie muß es tun ... sobald sie sieht, daß es mir ernst ist. Und mit dieser Überlegung warf Sera die Tür auf und rannte in das Zimmer.

Inmitten der tickenden Uhren und der hin und her schwingenden Pendel lief bei Kerzenschein gerade eine Hochzeitszeremonie ab. Herr Ulfson, der Geistliche aus Pfalz, hielt sie. Seine Bibel lag bereits offen vor ihm, und er hatte die Hände zum ersten Segen erhoben.

Als Sera in das Zimmer platzte, drehten sich alle nach ihr um: Die Herzogin in ihrem scharlachroten Kleid… Baron Skogsrå, ganz in Satin, Spitze und Rüschen… der alte Herzog mit dem Stock mit Silberknauf… Herr Ulfson mit den Händen in der Luft… alle drehten sich um außer der Braut. Elsie stand in ihrem weißen Brokatkleid, in ihrem glitzernden Schleier und ihrem Kranz aus Stiefmütterchen und Lilien völlig still da – sie wirkte wie eine Statue oder Wachsfigur und blickte unverwandt zu dem Geistlichen auf.

»Diese Hochzeit«, sagte Sera, »darf nicht stattfinden.«

Die Herzogin trat vor und sagte ruhig zu ihr: »Aber natürlich soll die teure Elsie den Jarl heiraten. Weswegen denn nicht?«

»Weil…« Sera wußte nicht recht, wie sie dem guten alten Herzog und dem unschuldigen Pfarrer diese schreckliche, unglaubliche Sache sagen sollte.

»Weil… sie nicht volljährig ist. Elsie kann nicht heiraten, weil sie noch immer zu jung ist und ihre Eltern ihr Einverständnis nicht erklärt haben.«

Die Herzogin lachte ihr klingelndes, kleines Gelächter. »Ihr Einverständnis? Aber natürlich haben sie ihr Einverständnis erklärt. Ich habe den Brief gleich hier… unterzeichnet von Benjamin und Clothilde Vorder. Herr Ulfson hat ihn bereits untersucht, aber wenn Ihr ihn Euch ebenfalls ansehen wollt…« Und die Herzogin hielt Sera den Brief entgegen.

Sera schob ihn beiseite. »Es ist… es muß eine Fälschung sein«, sagte sie, jedoch ohne viel Überzeugung. Die Herzogin lachte, als würde sie nur scherzen, und der Geistliche sah sie mißtrauisch von der Seite an.

Und die ganze Zeit über tickten die Uhren weiter, schlugen die Pendel weiter, drehten sich die Zahnräder und Rädchen umher, und Elsie stand weiterhin wie im Traum oder in Trance da.

»Diese Hochzeit kann nicht stattfinden«, sagte Sera und kramte in ihren Gedanken nach einem passenden Hinderungsgrund, »weil die Braut – schlafwandelt.«

»Herzallerliebste«, sagte der Bräutigam und nahm Elsie bei der Hand. »Du mußt einige Worte an unseren guten Herrn Ulfson und seine Exzellenz, den Herzog, richten, damit sie unbesorgt sein können. Dir fehlt doch nichts... dir geht es gut... was könnte dir denn fehlen?«

»Mir fehlt doch nichts... mir geht es gut... was könnte mir denn fehlen?« ertönte pflichtschuldig das kleine Echo.

Herr Ulfson blickte auf seine Bibel herab, bereit, die Messe zu lesen, und Sera blieb in ihrer Verzweiflung nichts anderes übrig, als mit der Wahrheit herauszuplatzen, so wüst sie sich auch anhören mochte. »Diese Hochzeit kann nicht stattfinden... weil der Bräutigam ein Troll ist!«

Vielleicht war Sera ebenso überrascht wie alle anderen, als der Geistliche seine Bibel schloß. Er wandte sich mit einem entschuldigenden Lächeln an Skogsrå. »Ihr sollt nicht glauben, Sir, daß ich Euch in irgendeiner Hinsicht anschuldige, daß ich dieser wilden Anklage irgendwelchen Glauben schenke. Aber zufällig sind mir Informationen zugekommen... unzusammenhängende Worte auf dem Sterbebett... ein hastig hervorgestoßenes Gebet... merkwürdige Dinge sind geschehen, in der Tat, merkwürdige Dinge, obgleich ich nicht ernstlich daran glaube, daß sie etwas mit Euch zu tun haben. Nichtsdestoweniger muß ich in aller Gewissenhaftigkeit, ehe ich diese Messe lese... muß ich darum bitten, Eure Hände untersuchen zu dürfen.«

»Aber es ist nicht seine Hand«, sagte Sera und kam sich dabei ziemlich töricht vor. »Ihr müßt ihn bitten, seine Stiefel auszuziehen. Er trägt stets Stiefel und humpelt, weil … weil er einen großen Huf, genau wie ein Pferd, an der Stelle eines Fußes besitzt.«

Abgesehen vom Ticken der Uhren herrschte völliges Schweigen im Zimmer. Dann: »Ein Huf wie ein Pferd?« wiederholte Herr Ulfson. »Meine liebe, junge Dame … das hört sich ziemlich bizarr an.«

»Bizarr«, sagte der Jarl mit wachsender Entrüstung. »Es ist viel schlimmer als bizarr. Es ist infam … schokkierend … daß diese junge Frau herkommt und sich vor meiner Braut über mein Gebrechen lustig macht … und Euch alle mit dieser bösartigen Geschichte in Aufruhr versetzt.

Darüber hinaus«, fügte er mit größter Geringschätzung hinzu, obgleich zu sehen war, daß seine Hand auf Elsies Arm zitterte und Schweißtropfen auf seine Stirn traten, »werde ich meine Stiefel nicht ausziehen oder diese Demütigung hinnehmen, nur um ein hysterisches Mädchen zufriedezustellen.«

Wie Herrn Ulfsons Antwort gelautet hätte, sollte Sera nicht erfahren, denn genau in diesem Augenblick tauchte Francis Skelbrooke auf der Türschwelle auf.

Einen Augenblick lang herrschte Schweigen, dann zog Baron Skogsrå eine kleine Pistole hervor und richtete sie auf den Pfarrer. »Diese Unterbrechungen werden allmählich ermüdend. Wir werden mit der Hochzeitszeremonie fortfahren, wenn es Euch beliebt.«

»Ich glaube nicht«, meinte Skelbrooke und trat von der Tür weg, so daß Herr Batsch hinter ihm eintreten konnte. Herr Batsch war mit einem Paar riesiger Pistolen bewaffnet und hatte den unteren Gesichtsteil mit einem Tuch verhüllt, so daß er eher wie ein Straßenräuber aussah, der eine Kutsche anhielt.

»Bestenfalls … habt Ihr ein Patt erreicht«, meinte die Herzogin, noch immer ganz die Lieblichkeit und Vernunft in Person, trotz der dramatischen Wendung der

Ereignisse. »Und der Jarl … er ist nicht ganz bei sich. So nahe daran, sein Verlangen gestillt zu sehen, seinen Hunger, könnte er alle möglichen törichten Dinge unternehmen. Reizt ihn nicht, Francis … reizt ihn nicht, Hermes. Um des armen Herrn Ulfson willen.«

Als Antwort öffnete Lord Skelbrooke die Faust – sie enthielt nichts Gefährlicheres als eine winzige Dose, wie eine Schnupftabaksdose mit Einlegearbeiten aus Perlen und Elfenbein. Er öffnete den Deckel mit einer Bewegung des Daumens.

Skelbrooke pustete den Schlafstaub in die Luft, und einer nach dem anderen sanken sie zu Boden: die Herzogin … Elsie … Baron Skogsrå … der Herzog. Mit einem schwachen Lächeln auf dem Gesicht durchschritt Skelbrooke das Zimmer. Das letzte, woran sich Sera erinnerte, ehe sie das Bewußtsein verlor, war der stützende Arm seiner Lordschaft.

Sera erwachte langsam, wobei sie einen stechenden, jedoch nicht unangenehmen Duft einatmete. Nach und nach wurde sie sich ihrer Umgebung bewußt. Sie saß aufrecht auf einem Stuhl neben einem Feuer, an einem unbekannten Ort. Hermes Batsch beugte sich besorgt über sie und fuhr mit einem Stengel brennender Kräuter unter ihrer Nase hin und her.

Sera nieste und schaute sich um. Der Stuhl war ein hölzerner Lehnstuhl, der Raum wirkte wie ein rustikales, jedoch gemütliches Wohnzimmer. Auf dem Kaminsims lagen eine Anzahl Zinnplatten, und einige verblaßte Landschaftsbilder waren an die geblümte Tapete geheftet. Elsie lag mit dem Kopf auf einem Kissen, während Lord Skelbrooke und eine merkwürdige, junge Frau mit strohblondem Haar sich über sie beugten, Kräuter verbrannten und ihr die Hände tätschelten, offenbar im Bemühen, ihre Lebensgeister wieder zu wecken.

»Wo – wo sind wir hier?« fragte Sera. Sie trug noch immer das blaue Samtkleid – das in dieser rustikalen Umgebung ziemlich fehl am Platz wirkte –, aber irgend jemand hatte ihr mitdenkend einen grauen Wollschal über die Schultern geworfen. »Und wie sind wir hierhergekommen?«

Lord Skelbrooke antwortete. Er verließ Elsie und kniete zu Seras Füßen nieder. Unter seinen Augen lagen purpurne, und um die Mundwinkel weiße Schatten; Sera dachte, daß er krank und erschöpft aussah. »Ihr seid auf der Farm eines meiner Freunde, etwa drei Meilen von Lüftmal entfernt. Ihr seid in einem Wagen hergebracht worden.«

»Oh«, meinte Sera aufseufzend. Es fiel ihr noch immer schwer, die Augen offen zu halten. »Elsie… ist Elsie…?«

»Wir haben ein wenig Mühe, die Lebensgeister Eurer Kusine zu wecken… Die Wirkung des Schlafstaubs, zusammen mit der Droge, die ihr die Herzogin und Skogsrå gaben, um sie beeinflußbarer zu machen… aber ich habe ihr den Puls gefühlt und ihre Atemgeräusche abgehört, und ich bin davon überzeugt, daß sie schließlich aufwachen wird. Das Inhalieren des Staubs wird keinerlei Nachwirkungen zeigen. Ich werde versuchen, hierzubleiben, bis sie wach wird.«

Sera setzte sich ein wenig gerade. »Hierbleiben, bis… verlaßt Ihr uns, Sir?«

Er setzte sich auf seine Fersen zurück. »Ich muß vor Tagesanbruch gehen (was bald der Fall sein wird) und mit gewissen Freunden Kontakt aufnehmen. Zudem muß ich für die Herzogin und Jarl Skogsrå eine falsche Spur legen. Sobald es Elsie gut genug geht, um reisen zu können – vielleicht heute abend –, wird Herr Batsch Euch beide nach Thornburg begleiten.«

Sera legte sich eine Hand an den Kopf; sie war so benommen, und sie kam sich so töricht vor. Sie blickte zu dem Lehrer auf und versuchte, sich zu erinnern. »Herr Batsch … ich entsinne mich nicht, daß Ihr mir jemals gesagt hättet, daß Ihr Lord Skelbrooke kennt.«

Herr Batsch sah besorgt drein. »Ja … ich fürchte, ich war zu Euch nicht so offen, wie ich vielleicht hätte sein können, aber ich war mir nicht sicher, bis zu welchem Grad Ihr und Francis einander vertraut. Und ich erwartete sowieso ständig, daß wir beide bald Nachricht von ihm erhalten würden.«

»Ich wollte herkommen und mit Euch beiden persönlich sprechen, statt einen Brief zu schicken«, sagte Skelbrooke. »Ich wäre einige Wochen eher erschienen, aber es war erforderlich – äußerst unglücklicherweise und völlig gegen meinen Willen –, eine Seereise zu unternehmen. Wahrscheinlich befände ich mich jetzt in Ynde, wäre der Kapitän des Schiffs nicht getötet worden, so daß sich der erste Maat (einstmals ein Mann von gewisser Bedeutung in Ingeldorf, über den aber schwere Zeiten gekommen waren) in Besitz eines Schiffs wiederfand und damit auch einer Möglichkeit, seines Glückes Schmied zu werden. Er entschloß sich, wieder ein ehrlicher Mann zu werden. Er fing damit an, daß er mich und zwei weitere Passagiere freiließ, die ebenfalls gegen ihren Willen an Bord waren.«

In einem Ausbruch von Dankbarkeit sowie unter dem Eindruck, daß der neue Schiffsarzt nicht nur sein Schiff, sondern auch sein Bein gerettet hatte, hatte Herr Kassian gleichfalls angeboten, den Schlafstaub zu teilen. Aber darüber – und über seine eigene Abhängigkeit von dem Pulver – verlor Skelbrooke lieber kein Wort.

»Der neue Kapitän hatte es mit seiner Rückkehr nach Marstadt nicht eilig«, fuhr Skelbrooke fort, »aber ich war imstande, mir dadurch meine Passage nordwärts zu verdienen, daß ich mir (aufgrund von Kapitän Kassians Empfehlung) eine Stelle als Schiffsarzt auf einem anderen Fahrzeug sicherte. Ich legte einen kurzen Halt in Thornburg ein, um meine Freunde aufzusuchen – und um herauszufinden, ob Ihr und Eure Kusine von Zar-Wildungen zurückgekehrt wart –, und bin dann so rasch wie möglich hierhergekommen.«

Er sah so bleich und abgezehrt aus, daß Sera glaubte, er müsse die letzte Reise ohne eine Rast unterwegs unternommen haben. »Ich sollte Euch, Sir, dafür danken, daß …«

»Ihr mögt mir später danken – aber im Augenblick muß ich Euch noch eine Menge erzählen, und die Zeit wird allmählich knapp«, unterbrach Skelbrooke. »Wenn Ihr nach Thornburg kommt, wird Euch Herr Batsch in das Haus seines Arbeitgebers geleiten, Herr Eulenfeder. Herr Eulenfeder ist ein höchst ehrbarer Zwerg und darüber hinaus ein Freund Eures Freundes Jedidiah Braun. Ihr dürft auf keinen Fall nach Hause gehen – wir haben Grund zu der Annahme, daß dort etwas nicht stimmt. Herr Eulenfeder wird dafür sorgen, daß Ihr und Eure Kusine Euch verstecken könnt. Ihr müßt genau das tun, was er sagt, Sera, denn die Herzogin wird schließlich nach Thornburg zurückkehren, gleich, wie lange ich sie an der Nase herumführen kann. Und wenn sie Euch beide dort findet … Sie nimmt es sehr übel, wenn jemand ihre Pläne durchkreuzt, und ich glaube, daß sie absolut gnadenlos sein wird. Darüber hinaus ist sie eine mächtige Frau, und ich fürchte, nicht einmal Herr Eulenfeder könnte Euch beschützen.«

»Verstehe«, meinte Sera. Sie zog den weichen Wollschal fester um sich und wollte aufstehen.

Aber Lord Skelbrooke drückte sie sanft in den Stuhl zurück. »Versucht, noch nicht zu gehen.«

»Aber ich muß zu Elsie«, sagte Sera. »Wirklich, Lord Skelbrooke, ich muß darauf bestehen …«

»Ich muß auch darauf bestehen«, erwiderte seine Baronschaft. »Ihr seht von hier aus, daß Elsie allmählich wieder Farbe bekommt. Ich glaube, sie wird bald aufwachen.« Zu der jungen Frau mit dem blonden Haar sagte er: »Tilda, vielleicht könntet Ihr für die Damen eine Kleinigkeit zu essen bereiten … etwas Brühe, wenn Ihr habt.«

»Ja, Herr Carstares, Sir. Und vielleicht auch etwas getoastetes Brot?«

»Ja, Toast wäre großartig«, erwiderte Lord Skelbrooke.

»Herr Batsch«, sagte Sera und bemühte sich, die Gedanken zu sammeln. »Ich bin außerordentlich verwirrt. Baron Vodni … es fällt mir noch immer schwer, es zu glauben … Baron Vodni war ein Troll! Erinnert Ihr Euch an ein Gespräch, das wir führten? es ging um das Thema ›Intuition‹? Anscheinend lagen wir mit unseren intuitiven Fähigkeiten beide ziemlich daneben. Wir beide wußten, daß etwas sehr Schlimmes, sehr Falsches an Jarl Skogsrå war, aber Nicolai Vodni hatte uns beide völlig zum Narren gehalten.«

»Ja«, sagte der Lehrer. »Während der vergangenen Stunden habe ich darüber nachgedacht, und ich glaube, daß ich eine Erklärung bieten kann. Der Jarl war ein gieriges Wesen, völlig besessen von seinen Impulsen. Wohingegen Baron Vodni … ich würde mich nicht zu sagen trauen, daß er nicht so *hungrig* war wie Skogsrå, sondern nur, daß sein Hunger ihn nicht so völlig besessen hatte. Er hatte so viele andere Interessen … seine Bücher, seine Pferde … das faszinierende alte Haus … und, wie ich glaube, eine echte Zuneigung zum Herzog. All dies diente dazu, seine wahre Natur ebenso wirksam zu verbergen, wie der Handschuh, den er trug, seine Entstellung verbarg.«

»Wenn dies so ist«, meinte Sera ein wenig scharf, »dann halte ich nicht sehr viel von dieser Intuition … sie ist so unzuverlässig.«

Die Wohnzimmertür öffnete sich, und ein großer, junger Mann mit gewaltiger roter Mähne betrat den Raum. »Die Pferde sind bereit, Dr. Krähe, sobald Ihr aufbrechen wollt.«

»Ja, ich danke Euch, Zekiel«, erwiderte Lord Skelbrooke. »Sera, die Zeit ist knapp, und ich muß Euch noch immer vieles sagen.« Er beugte sich ein wenig näher heran; sein Verhalten bekam etwas Drängendes. »Ihr werdet wohl nichts dagegen haben, daß ich vor all diesen Leuten spreche, und dies um so mehr, weil Ihr heute nacht bereits einen Antrag erhalten habt – aber es mag viel, viel Zeit vergehen, ehe wir uns wiedertreffen.« Er nahm ihre Hand in seine beiden Hände, war plötzlich verzweifelt ernst geworden. »Sera … ich möchte Euch zur Frau nehmen. Wärt Ihr damit einverstanden, mich zu heiraten?«

Sera merkte, daß ihr der Atem wegblieb, ganz zu schweigen von der Sprache, so sehr war sie überrascht. Und dies war kaum die Zeit oder der Ort … Anscheinend sahen sie alle im Zimmer an und warteten auf ihre Antwort.

»Lord Skelbrooke – wenn Ihr das *tatsächlich* seid«, meinte sie gereizt, »wie kann ich zustimmen, Euch zu heiraten, wenn – wenn ich Euch kaum kenne. Es stimmt, daß wir seit einiger Zeit miteinander bekannt sind, aber wirklich, Ihr seid so merkwürdig und veränderlich, daß ich kaum weiß, was ich aus Euch machen soll. Nun, ich bin mir nicht einmal Eures Namens gewiß!«

Lord Skelbrooke ließ ihre Hand los. Wenn er zuvor bleich gewesen war, so war er jetzt um mehrere Schattierungen bleicher. »Herr Batsch kann bestätigen, daß dies mein Name ist … und Euch ebenso überreichlich mit Einzelheiten über meinen Charakter und die ersten Jahre meines Lebens versorgen. Dieser Sermon wird jedoch wahrscheinlich sehr lang und nicht besonders erbaulich werden.« Er erhob sich mühsam. »Ich gestehe, daß ich die Hoffnung gehegt hatte, Ihr würdet mich auf Treu und Glauben nehmen. Aber das war wohl doch zuviel verlangt.« Er ging zur Tür.

»Lord Skelbrooke …«, sagte Sera.

Er hielt mit der Hand auf dem Türknauf inne, wandte sich um und sah sie mit dem Ausdruck erschöpfter Resignation an. »Ja, Miß Vorder?«

Sera schüttelte den Kopf. »Ich will nicht … Entschuldigt bitte, es war nichts, wirklich. Ich wollte lediglich sagen, Sir, daß ich hoffe, wir werden vielleicht wieder über dieses Thema sprechen.«

Der Schatten eines Lächelns trat in seine Augen, während er das Zimmer durchquerte und nochmals neben ihr niederkniete. »Das werden wir, Miß Vorder, dessen könnt Ihr gewiß sein. Ich weiß nicht, ob es schon bald sein wird oder später, aber wir werden darüber sprechen.« Er hob ihre Hand, streifte sie sanft mit den Lippen. »Bis dahin werde ich mich in Geduld üben müssen.«

41. KAPITEL

In welchem Seras Heimkehr nicht so verläuft, wie sie erwartet hatte

In Mittelheim bestiegen Hermes Batsch und die jungen Damen ein Vergnügungsschiff, das die Lunn hinab nach Thornburg fuhr. Sera und Elsie hatten ihre Ballkleider zugunsten praktischerer Kleidung abgelegt: Kleider aus geblümtem Chintz, die Tilda zur Verfügung gestellt hatte, und breitkrempige Strohhüte. Herr Batsch hatte gleichfalls seinen Putz abgelegt; dennoch erschien er in Zekiel Karls Sonntagsanzug ebenso nüchtern und gentlemanhaft wie eh und je. Sie verbrachten einen langen, ruhigen Tag auf dem Fluß, dann den Teil eines weiteren Tags, und erreichten schließlich am folgenden Nachmittag ihr Ziel.

Während Herr Batsch mit dem Versuch beschäftigt war, Sänften anzuheuern, nahm Sera Elsie bei der Hand, und die beiden Mädchen huschten über die Docks und verschwanden in einer Menge geschäftiger Leute.

»Aber Sera«, protestierte Elsie, als sie den Fluß hinter sich ließen und eine schmale Straße hinabgingen. »Ich versteh das nicht. Ich dachte, wir könnten Herrn Batsch *vertrauen.*«

»Es ist nicht so, daß ich Herrn Batsch … oder seinen Freunden nicht vertraue«, entgegnete Sera. »Aber ich habe mein Vertrauen schon so häufig in die falschen Leute gesetzt, daß ich das Gefühl nicht loswerde, ich kann meinem eigenen Urteil nicht mehr trauen. Und schau doch … wir wissen nichts über diese Leute, über diesen Herrn Eulenfeder oder einen der anderen. Lord Skelbrooke hat *gesagt*, sie seien Jedidiahs Freunde, aber was ich mit Lord Skelbrooke selbst anfangen soll, weiß ich wirklich nicht!«

»Es sei denn«, meinte Elsie, die inzwischen heftig keuchte. »Es sei denn, du bist wahnsinnig in ihn verliebt.«

»Wahnsinn hat gewiß etwas damit zu tun«, stimmte Sera zu, während sie eine weitere gewundene Straße hinabgingen.

Zwei Jahreszeiten waren gekommen und wieder gegangen, seitdem Sera und Elsie zuletzt durch die Straßen Thornburgs geschlendert waren. Die Händler waren noch immer hier, die Bratäpfel, Haselnußketten und Laternen aus hohlen Kürbisköpfen verkauften. Die Landmädchen boten Feldmäuse in Käfigen als Haustierchen und Amseln für Pasteten feil.

»Aber Sera«, sagte Elsie. »Wenn Francis Skelbrooke nicht unser Freund wäre … wenn ihm nicht unser Bestes am Herzen läge … warum hätte er mich vor Baron Skogsrå retten … oder uns vor der Herzogin warnen … oder Vorbereitungen treffen sollen, uns in Sicherheit zu bringen?«

»Ich weiß es nicht«, erwiderte Sera. »Aber Baron Vodni warnte mich ebenfalls vor Jarl Skogsrå – und deswegen war ich gewillt, ihm mein Vertrauen zu schenken. Ich vertraute Vodni … wir beide vertrauten der Herzogin … und *du* hast dich tatsächlich in Skogsrå verliebt!«

An einem Laternenpfahl blieben sie einen Augenblick lang stehen, um wieder zu Atem zu kommen. »Nein«, sagte Elsie, »ich glaube nicht, daß ich in ihn verliebt war. Aber ich fühlte mich bei ihm geborgen, und ich dachte, er würde stets auf mich achtgeben. Und ich dachte, wenn ich nicht … nun, wenn ich nicht jemand heiraten konnte, den ich liebte, dann täte es Baron Skogsrå ebenso wie alle anderen.

Aber du kannst dir nicht vorstellen, wie es letztlich war«, fügte sie mit einem Schaudern hinzu, »dort so hilflos zu stehen, alles zu tun, was er mir sagte, mich selbst genau das aussprechen zu hören, was er mir vorgesagt hatte ... und die ganze Zeit über wußte ein Teil von mir, daß irgend etwas absolut nicht stimmte.«

»Es muß schrecklich gewesen sein«, sagte Sera, als sie sich wieder auf den Weg machten. »Und natürlich können wir nicht in Erfahrung bringen, wie sehr die Herzogin Kusine Clothilde oder Vetter Benjamin im Griff hat – selbst wenn wir ihnen vertrauen *könnten*, muß ich annehmen, daß wir dadurch den Zorn der Herzogin auch über sie bringen ... also dürfen wir nicht heimkehren. Lord Skelbrooke sagte, daß wir es nicht tun dürfen, und in diesem Punkt wenigstens bin ich gewillt, ihm zu vertrauen.«

»Du meinst nicht ... du meinst nicht, hat er dich vielleicht davor gewarnt, zu deinem Großvater zurückzukehren?« fragte Elsie.

»Meine Liebe ... weder du noch ich leben bei meinem Großvater. Und Lord Skelbrooke ist niemals in der Buchhandlung *gewesen*. Er weiß vielleicht nicht einmal, wo sie ist. Und wir können nicht fortgehen, ohne mit *irgend jemandem* gesprochen zu haben.

Wenn es in dem ganzen Schlamassel irgend jemanden gibt, den wir vertrauen können ...«, fügte sie hinzu, »dann ist dieser Jemand Jedidiah. Wenn die Glasmacher seine Freunde *sind*, und wenn Jed ihr Vertrauen besitzt ... wird er sogleich wissen, wohin wir gegangen sind, und er wird uns dort suchen.«

Eine halbe Stunde später waren sie an der Buchhandlung angekommen – aber nur, um zu entdecken, daß das Geschäft geschlossen war. Überrascht ließ Sera den

Blick über die geschlossenen Fensterläden oben und unten schweifen. Dann rüttelte sie erneut an der Tür.

»Sehr, sehr merkwürdig ... zu dieser Tageszeit hat er stets geöffnet«, sagte sie. »Ob Großvater vielleicht krank ist?«

Sie klopfte an der Tür, wartete lange Zeit auf Antwort, und dann klopfte sie erneut. Schließlich vernahmen die beiden Mädchen schlurfende Schritte, die sich der Tür näherten. Das Geräusch, wie ein Riegel weggeschoben wurde, ertönte, und die Tür öffnete sich einen kleinen Spalt breit.

Caleb Braun spähte vorsichtig durch die schmale Öffnung heraus. »Da soll mich doch ... wenn das nich Miß Sera ist!« Er wirkte nicht übermäßig erfreut über ihren Anblick.

»Laßt mich ein, Caleb!« sagte Sera, während sie versuchte, über seinen Kopf hinweg in das Geschäft zu spähen. »Ich will meinen Großvater besuchen.«

»Nun, das könnt Ihr nich«, sagte Caleb, den Kopf schüttelnd. »Er is ... er is nich da. Und ich hab meine Anweisungen: keine Besucher!«

»Aber das gilt doch gewiß nicht für mich«, sagte Sera und schob sich an Caleb vorbei ins Geschäft. Elsie schlüpfte hinter ihr her.

Hand in Hand stiegen die beiden Mädchen die steile Treppe hinauf. Caleb folgte ihnen etwas langsamer, wobei er vor sich hinbrummelte. In dem kleinen Wohnzimmer unter dem Dach setzte sich Elsie ans Feuer. Aber Sera bestand darauf, die Fensterläden zu öffnen, ehe sie sich in einen Sessel neben dem Fenster fallen ließ.

Caleb setzte sich auf einen Hocker und sah sie mit funkelndem Blick an. Dann verließ ihn auf einmal jegliche Steifheit und Starrköpfigkeit. »Hat keinen Zweck, daß Ihr dasitzt und wartet«, meinte er erschöpft. »Tatsache is, er wird nich zurückkommen, Euer Opa. Er is ein für allemal weg, Miß Sera. Wünschte, ich könnt Euch was anderes sagen, aber das is die Wahrheit.«

Sera starrte ihn ungläubig an. Nach all den Jahren hatte ihr Großvater das Geschäft verlassen – und ohne ihr etwas davon zu sagen? »Aber … *wohin* ist er dann gegangen? Wohin ist er möglicherweise verschwunden? Sagt mir, wohin, und ich …«

»Er hat nich gesagt, wohin«, erwiderte Caleb und schüttelte erneut den Kopf. »Er is ganz plötzlich verschwunden, und ich bin mir ganz sicher … er wollt nich, daß Ihr ihm dorthin folgt.«

Sera starrte ihn weiterhin ungläubig an. »Caleb Braun«, sagte sie schließlich. »Entweder erzählt Ihr mir eine ausgewachsene Lüge, oder Ihr seid ansonsten völlig verrückt geworden!«

Genau in diesem Moment hörten sie Schritte sowie ein stetiges Quietschen – jemand kam die Treppe herauf. Jemand, der sich mit einem Schlüssel unten eingelassen … oder sich die ganze Zeit über im Buchladen aufgehalten hatte. Sera schoß Caleb einen triumphierenden Blick zu und ging zur Tür.

Aber sie war erst auf halbem Weg dorthin, als sich die Tür öffnete und ein Fremder hereintrat: ein dunkelhaariger Mann mit ergrauendem Bart, der merkwürdig wächsern aussah. Überrascht wich Sera zurück.

Der Fremde bedachte sie mit einem kalten, hochmütigen, funkelnden Blick und wandte dann die Augen zu Elsie hinüber. »Und wer sind diese beiden jungen Frauen?«

Caleb starrte auf seine Hände. Er war ganz unterwürfig geworden. »Miß Sera und Miß Elsie«, sagte er langsam und schwer. »Ich hab Euch wohl schon von Miß Sera erzählt. Sie is Jenks Enkelin.«

Der Fremde lächelte Sera an, jedoch ohne jegliche Wärme. »Dann sind wir also Vetter und Kusine. Ein unerwartetes Vergnügen. Wie geht es dir?«

Sera sah ihn stirnrunzelnd an. Sein Ausdruck oder sein Gehabe gefielen ihr nicht, und er hörte sich nicht wie ihr Vetter an – eher wie ein Ausländer. »Mir geht es gar nicht gut, fürchte ich. Mir ist das alles viel zu verwirrend und rätselhaft! Und ich verlange zu wissen, was meinem Großvater zugestoßen ist!«

Der Fremde richtete seinen düsteren, farblosen Blick auf Caleb. Es war weniger so, daß sein Blick hart war, entschied Sera, sondern so, daß ihm auch nur der Funke eines Ausdrucks fehlte. »Dann hast du ihr nichts gesagt?«

»Ich hab ihr gesagt… ich hab ihr gesagt, daß er verschwunden ist, aber sie hat mir anscheinend nicht glauben wollen«, erwiderte Caleb, wobei er den Blick auf den Fußboden gerichtet hielt.

Der Fremde durchquerte das Zimmer und legte seine kalte Hand in Seras Hand. Er verneigte sich fast unmerklich. »Dein Großvater hat Thornburg vor mehreren Wochen verlassen. Er wird nicht zurückkehren, und hat daher das Geschäft in meiner Obhut zurückgelassen. Zufällig bin ich bereits (in gewissem Sinne) ein Geschäftspartner, denn es war mein Vater, der ihm vor vielen Jahren das Startkapital gab, und das Geld wurde niemals zurückgezahlt.«

Sera blickte ihn stirnrunzelnd an und zog ihre Hand zurück. Sie spürte, daß hier etwas ganz und gar nicht stimmte, aber sie war sich nicht sicher, was es war. »Ihr behauptet, der Sohn von Bartholomäus Penn zu sein… dem Vetter meines Großvaters?«

»Ich bin der Sohn von Bartholomäus Penn«, gab er zur Antwort. »Ich bin dein Vetter Thomas.«

Sera schüttelte den Kopf. Sie hatte nicht viel Erinnerungen an Bartholomäus Penn, aber hatte sie nicht gehört, daß er als Junggeselle gestorben war? »Ich glaube kein Wort hiervon. Darüber hinaus glaube ich, daß der Chefkonstabler außerordentlich interessiert daran wäre, etwas vom … vom Verschwinden meines Großvaters zu hören. Und was Euch betrifft, Caleb Braun, den ich stets für einen Freund meines Großvaters gehalten habe …«

Sie brach ab, weil unten jemand laut an der Tür der Buchhandlung klopfte. Caleb humpelte zum Fenster und sah hinaus.

»Es is Jed …«, sagte er mit zittriger Stimme. »Weiß nich, was er zu dieser Tageszeit hier will.« Unerklärlicherweise richtete er einen flehenden Blick auf den Fremden. »Dafür kann ich nichts. Ich hab ihm gesagt, er soll nich mehr kommen. Ich hab ihm gesagt …«

»Ich denke«, sagte Sera und warf den Kopf in die Höhe, weil sie nicht verstand, was hier vor sich ging, »ich denke, daß Jed auf der Suche nach Elsie und mir hierhergekommen ist.«

»Es ist gleichgültig, weswegen er gekommen ist. Du darfst ihn nicht einlassen«, wies der rätselhafte Thomas Caleb an. »Und diese jungen Frauen …«

Aber das wurde Sera jetzt zuviel – wer dieser Mann auch immer sein mochte, was er auch immer hier zu tun hatte, er hatte kein Recht, im Haus ihres Großvaters Befehle zu erteilen! »Aber natürlich kommt Jed herauf«, sagte sie und eilte zur Tür.

Caleb stieß einen erstickten Schrei aus und rannte hinter ihr her. »Laßt ihn nicht heraufkommen … Miß Sera, laßt ihn nicht ein! Ihr habt keine Ahnung, wer dieser Mann ist … was er tun könnte, wenn ihn jemand reizt.«

»Dennoch wird sie es bald herausbekommen«, zischte Thomas, während er gleichzeitig Sera packte und sich dabei so rasch bewegte, daß ihr keine Zeit für einen Rückzug blieb. »Vielen Dank für deine Diskretion!«

Sera wollte sich aus seinem Griff losreißen, aber in

dem Augenblick, da er sie beim Handgelenk festhielt, in dem Augenblick, da er ihr mit seinen eigenen kalten, leblosen, schwarzen Augen in ihre überraschten braunen Augen blickte, in dem Augenblick wurde ihr außerordentlich kalt. Sie konnte sich nicht regen, eine Gänsehaut kroch ihr den Arm hinauf ... das Zimmer drehte sich um sie ... und als sie zu schreien versuchte, merkte sie, daß sie überhaupt keinen Laut herauszubringen vermochte.

Es war Elsie, die aus voller Lunge kreischte. Und Caleb – der sich überraschend behende bewegte – schnappte sich ein Eisen, das neben dem Kamin lag, und schlug dem Fremden damit fest auf den Schädel.

Als Thomas auf dem Fußboden zusammenbrach, wurde das Zimmer rings um Sera langsam wieder normal. Elsie stand am Fenster und rief Jed unten etwas zu – Sera hatte nicht gesehen, wie sie ihren Sessel am Herd verlassen hatte, aber sie stand dort. Und Caleb kniete auf dem Fußboden neben dem Fremden und durchsuchte dessen Taschen.

Schließlich fand Sera ihre Stimme wieder. »Caleb Braun, ich verlange zu wissen ...«

»Dafür haben wir im Augenblick keine Zeit«, sagte Caleb und erhob sich steif. In seiner Hand hielt er einen großen, eisernen Schlüssel. »Weiß nich, wie lange er hinüber sein wird. Ihr jungen Damen kommt mit mir; ich muß Euch was zeigen. Wir lassen Jed ein, wenn wir dorthin gehen.«

Von der Straße ertönte ein Hämmern und Krachen. »Werden wir wohl nich tun müssen«, meinte Caleb, als sie auf die Treppe zueilten. »Jed wird die Tür schon eingeschlagen haben, wenn wir unten sind.«

»Caleb ...«, sagte Sera, während sie und Elsie ihm die beiden schmalen Treppenfluchten hinab folgten. »Caleb ... Seid Ihr Euch sicher, daß er nicht tot ist – Ihr habt ihm einen ziemlich festen Schlag versetzt. Und was er mit mir *gemacht* hat ... es war ein außergewöhnliches Gefühl.«

»Er hat wohl versucht, das zu tun, was er Gottfried angetan hat.« Am ersten Treppenabsatz blieb Caleb stehen, und einen Augenblick lang blieben ihm die Worte im Halse stecken. »Sera ... Euer Großvater ist tot. Ich hätte das schon etwas früher gesagt, aber ich wollte Euch schützen ... wollte Jed und die Kleine auch schützen! Hab wohl auch Angst um mich selbst gehabt.«

Sera geriet ins Stolpern und stürzte beinahe. »Mein Großvater ist *tot?*« Doch irgendwie, spürte sie, hatte sie es bereits vermutet, und zwar in jenem schrecklichen Augenblick, da sie sich im Griff des Fremden befunden hatte.

»Wünsche, ich hätt es Euch etwas sanfter beibringen können«, sagte Caleb, während sie weiter die Treppe hinabhasteten. »Aber wir müssen uns beeilen. Dieser böse Mann ... Thomas Kelly nennt er sich ... er kann jeden Augenblick wieder zu sich kommen. Ich wünschte, ich hätte ihn mit dem Schürhaken umgebracht ... aber er stirbt nicht so leicht ... Die Mächte wissen, daß ich ihn oft genug zu töten versucht habe! Ich – ich hab seinen Tee vergiftet, Miß Sera, und sein Bett in Brand gesetzt. Aber nichts davon hat was genutzt.«

Sie erreichten den Buchladen gerade in dem Moment, als Jed die Tür aufgebrochen hatte und hereinstürzte. »Stell keine Fragen, dafür ist keine Zeit«, kam ihm Caleb zuvor. »Komm einfach mit uns, und ich sag dir, was ich weiß.«

Er führte sie zwischen den überfüllten Regalen in den Raum dahinter. »Es war keine Wachsfigur mehr in dem Sarg ... es war ein Mensch, und er war nich tot. Ein gefährlicher Mann ... und Gottfried und ich hatten nicht mehr Verstand, als ihn zu erwecken!« Jed öffnete den Mund, als wollte er etwas sagen, überlegte es sich dann jedoch besser und blieb still. Caleb fuhr fort, während er den Schlüssel ins Türschloß steckte: »Er brachte Gottfried genauso um, wie er Sera gerade eben umgebracht hätte, damit du nicht heraufkommst und ihn wiedererkennst. Er wird uns alle umbringen, wenn wir bei seinem Herabkommen noch immer hier sind.«

Caleb hielt inne, die Hand auf dem Türknauf, und blickte Sera flehend an. »Schätz mal, es war zum Teil meine Schuld, was er mit Eurem Großvater gemacht hat. Wir warn … am Ende warn wir nich mehr so gute Freunde, Gottfried und ich … wir haben einander zu sehr mißtraut, um der wirklichen Gefahr genügend Beachtung zu schenken, und so hat ihn dieser Thomas erwischt. Dann hat er *mich* behalten, weil er jemanden benötigte, der ihm dabei half, so zu tun, als wäre alles in Ordnung.«

Im Laboratorium nahm Caleb rasch einen kleinen Weidenkäfig von einem der langen Tische. In dem schwachen Licht einer einzigen Laterne konnte Sera nicht erkennen, was der Käfig enthielt … aber etwas im Innern regte sich … ein Vogel oder ein kleines Tier.

»Da soll doch …«, meinte Jed und sah sich ziemlich überrascht um. Sein Blick fiel auf einen Haufen Bücher auf einem der Tische. »Du sagst, wir solln keine Fragen stellen, aber ich möchte wissen …«

»Du hast die Bücher bereits zuvor schon gesehen – muß dir also nicht sagen, woher sie stammen«, sagte Caleb, während er den Raum verließ. »Du kannst es den jungen Damen erklären. Aber wir müssen jetzt gehen … wir müssen gehen. Diese Bücher sind der Beweis dafür. Sie wärn wohl alle schon zu Staub zerfallen, wenn ich ihn endlich umgebracht hätt. Aber das sind sie nich … also lebt er noch.«

Caleb verschwand durch die Tür, aber die anderen folgten ihm nicht sofort. Sie waren noch immer wie betäubt von all dem, was sie gesehen und gehört hatten, und versuchten noch immer, dem Ganzen einen Sinn abzugewinnen.

Dann durchquerte Jed den Raum und nahm einen Armvoll Bücher. »Herr Eulenfeder und die Gilde würden bestimmt gern einen Blick auf die hier werfen!« sagte er. Mit den Büchern unter einem Arm packte er Elsie bei der Hand und zog sie aus dem Raum. »Komm schon, Sera, wir wissen nicht, ob Onkel Caleb die Wahrheit gesagt hat, aber es ist vielleicht nicht so geschickt, hierzubleiben und es herauszufinden.«

Sie befanden sich noch immer im Buchladen, als sie rasche Schritte die Treppe herabkommen hörten. Ohne für einen Blick auf die Treppe innezuhalten, rannten Jed und Elsie zur Tür hinaus auf die Straße; Sera war nur einen Schritt hinter ihnen.

42. KAPITEL

In welchem ein Abenteuer endet und ein neues beginnt

Die Stadt Ilbor an der Mündung der Lunn war ein blühender Seehafen: eine Ansammlung hoher, vom Salz abgeschliffener Gebäude. Exotische kleine Läden verkauften Raritäten aus fernen Landen. Werften, Lagerhallen, Seemannsheime – allesamt sehr sauber und freundlich – waren vom Ozean und seinen rastlosen Gezeiten durch einen starken Deich sowie eine breite, schlammige Niederung getrennt. Auf diesem dunklen Grund war ein Netzwerk aus Molen errichtet worden, die von der Sonne kalkweiß gebleicht waren und allesamt zu einem tiefen Seehafen führten, wo Fischkutter, Vergnügungsboote, Handelsschiffe und Marineboote Seite an Seite lagen mit Passagierschiffen zu allen Häfen von Euterpe, Orania und der Neuen Welt.

Am zehnten Tag der welken Jahreszeit polterte in den Außenbezirken der Stadt eine ansonsten einfache und normale Kutsche die Straße von Thornburg herab und fuhr weiter zum Hafen von Ilbor. In dieser Kutsche saßen Sera, Elsie und Jed – die in die Neue Welt wollten –, Herr Hermes Batsch sowie die Zwerge Herr Eulenfeder und Meister Ule, die mitgekommen waren, um sie zu verabschieden.

»Dieser Mann … Thomas Penn oder Thomas Kelly«, sagte Herr Eulenfeder gerade, »ist offensichtlich verschwunden, ebenso wie Caleb Braun, der zuletzt gesehen wurde, wie er Thornburg in großer Eile verließ. Er hatte eine Art kleines Tier dabei, das er in einem

Käfig trug. Doch auch ohne Herrn Brauns Bestätigung sind wir in der Lage gewesen, gewisse Schlüsse zu ziehen. Der Mann, der Euren Großvater tötete, Miß Vorder, ist offensichtlich eben jener Thomas Kelly, der vor einhundertundfünfzig Jahren auf der Insel Mawbri in alchimistischen Kreisen für solchen Aufruhr gesorgt hatte! Da er als böser und mächtiger Mann bekannt war, ist es jetzt offensichtlich, daß Ihr und Miß Elsie vor *zwei* gefährlichen Feinden fliehen müßt, statt nur allein vor der Herzogin. Und deswegen (unter vielen anderen Gründen) haben wir dafür gesorgt, daß Ihr so weit weg reist.«

Elsie stieß einen winzigen Seufzer aus und sagte mit dünner Stimme: »Neu Imbrien ... das ist die andere Seite der Welt. Und wegfahren, ohne sich von Mama und Papa verabschieden zu können ... das fällt sehr schwer. Ich könnte es, glaube ich, nicht ertragen, wenn meine liebe Sera nicht mitkäme – und auch Jedidiah!«

»Allerdings«, meinte Sera, »kommt dies alles so plötzlich und ist so seltsam. Natürlich verstehe ich die Notwendigkeit – und natürlich die Notwendigkeit, einen Gentleman als Begleiter dabeizuhaben –, dennoch scheint es sehr hart für den armen Jed, der neben einer ausgezeichneten Stellung auch seine Aussichten für die Zukunft zurückläßt.

Du brauchst mich nicht so anzufunkeln, Jedidiah«, fügte sie als Antwort auf einen vernichtenden Blick hinzu. »Ich weiß sehr wohl, daß du dich, wenn man dich nicht gefragt hätte, gewiß selbst bereiterklärt hättest – aber Tatsache bleibt, daß du aus einem Gefühl der Pflicht heraus mitkommst und nicht zu deinem eigenen Vorteil. Ich wollte lediglich darauf hinweisen, daß ich wünschte, es wäre anders, und daß du nicht gezwungen wärest, um meiner und Elsie willen soviel aufzugeben.«

»Eigentlich«, sagte Herr Eulenfeder, »ist es nicht so

schlimm, wie Ihr glaubt. Herr Braun ist jetzt mein Angestellter, und er wird für mich arbeiten und sich seinen Lohn (den er für seine Rückkehr bei einem Goldschmied hinterlegt) während seines Aufenthalts in der Neuen Welt verdienen. Ich möchte mehr über den Glas- und Porzellanhandel erfahren, wie er jetzt auf dem Kontinent Kalliope betrieben wird. Deswegen habe ich Jedidiah damit beauftragt, die Sache gründlich zu erforschen … er soll Manufakturen in Neu Imbrien besuchen, Beobachtungen anstellen über Quantität und Qualität und alle Informationen, die er sammeln kann, zu mir nach Thornburg schicken. Wenn er mir so gut und eifrig dient, wie er im letzten Jahr Meister Ule gedient hat, werden seine Aussichten gewiß nicht leiden.«

Die Kutsche schwankte, als sie über eine Furche in der Straße fuhr. »Ja«, sagte Sera und richtete ihren Hut. »Aber nichtsdestoweniger …!«

»Darüber hinaus«, sagte Meister Ule, »wird er gleichfalls der Glasmachergilde dienen, indem er auf die Sachen achtgibt – die Bücher, die einstmals Thomas Kelly gehörten, sowie das magische Pergament, das sich früher in den Händen der Herzogin befand – die wir jetzt in die Obhut unserer Glasmacherbrüder nach Neu Imbrien senden. Da Francis Skelbrooke sich in gewisser Weise der Herzogin gegenüber offenbart hat, wird es nicht lange dauern, bis ihr klar wird – wenn es ihr nicht bereits klargeworden ist –, daß er ihr das Dokument gestohlen hat. Von Skelbrooke zu uns ist kein so großer Schritt. Sobald sie zu argwöhnen beginnt, daß seine Verbindung zur Loge nicht so unschuldig war, wie sie einmal vermutet hatte, wird das Pergament in unseren Händen nicht mehr sicher sein. Wir konnten die Bücher und das Pergament nur in den Händen eines vertrauenswürdigen Boten wie dem jungen Jedidiah so weit schicken.«

»Wir hätten vielleicht Herrn Batsch schicken können«,

fügte Herr Eulenfeder hinzu, »aber Tatsache ist, daß er einen ganz besonderen Grund für seinen Wunsch zu bleiben hat – wenn auch nicht in Thornburg, wo es für ihn jetzt zu gefährlich ist, dann jedoch zumindest auf dem Kontinent. Kurz gesagt: Er wird meine Nichte heiraten, Miß Garnet Winterbär.«

»*Wirklich,* Herr Batsch?« Sera wechselte einen faszinierten Blick mit Elsie. Die Vorstellung fiel schwer, daß sich der würdevolle und sensible Lehrer in jemanden verliebt hatte, ganz zu schweigen davon, daß er sich auf so etwas Herausforderndes und Romantisches wie eine Mischehe eingelassen hatte.

»Ich habe die Ehre«, antwortete Herr Batsch leicht errötend.

»Glücklicherweise«, fuhr Herr Eulenfeder fort, »ist Euch, Miß Sera, der junge Herr Braun überaus ähnlich, was die Rollen, die Ihr einnehmen werdet, glaubwürdig macht: die Rollen von Bruder und Schwester. Natürlich fehlt seinen Manieren noch der letzte Schliff (obgleich sie besser geworden sind, mein Junge, viel, viel besser!), und seine Sprache ist noch immer ein wenig ungehobelt. Aber es ist nicht im geringsten ungewöhnlich für junge Männer seines Alters, daß sie ... etwas weniger elegant sind als ihre weiblichen Verwandten.«

Mittlerweile hatten sie den Hafen erreicht. Die Kutsche blieb stehen, und alle stiegen aus. Die Gentlemen kümmerten sich um das Gepäck – eilig zusammengekauft und noch eiliger gepackt –, während die Mädchen auf die zugige Strandpromenade vorausgingen.

»Jed *hat* sich verändert«, sagte Elsie, als sie ein kleines Stück gegangen waren. »Er spricht und benimmt sich wahrlich – wahrlich respektvoll.«

Sera schnaufte laut. »Das hat nichts weiter zu bedeuten. Jed konnte stets absolut fein sprechen, wenn er sich Mühe gab. Haben wir als Kinder nicht zusammen Stunden gehabt? Aber er war stets jemand, der sein Licht unter den Scheffel stellte ... damit die anderen Jungen und Männer, die am Fluß arbeiteten, nicht auf die Idee kämen, er würde sich für etwas Besseres halten. Er besitzt eine große, natürliche Bescheidenheit«, fügte sie mit einem Seufzer hinzu. »Selbst jetzt habe ich den Verdacht, daß er viel rascher weiterkäme, wenn er keine so tödliche Furcht davor hätte, anmaßend zu wirken.«

Sie drückte Elsies Hand. »Aber an Bord werden wir ausreichend Gelegenheit haben, ihm den letzten Schliff zu geben. Wenn wir in Neu Imbrien an Land gehen, wird Jed ein perfekter Gentleman sein. Und dann werden wir sehen ... was wir sehen werden.«

»Miß Vorder ... darf ich Euch kurz etwas sagen?« meinte Herr Batsch, der Sera gerade in dem Augenblick einholte, als sie, Elsie und Jed die Gangway zu dem großen Kaufmannsschiff besteigen wollten, das sie über das Meer bringen würde. »Seitdem sich Lord Skelbrooke von uns verabschiedet hat, hatten wir noch keine Gelegenheit, unter vier Augen zu reden, und ich habe das Gefühl, es gibt noch vieles, was ich Euch sagen sollte.«

»Ja«, erwiderte Sera ein wenig nervös, als sie ihm gestattete, sie auf dem Pier beiseite zu führen, vorüber an Ballen, Schachteln und Truhen. »Vielleicht solltet Ihr damit anfangen, mir zu sagen, ob Ihr ... ob Ihr es für wahrscheinlich haltet, daß Lord Skelbrooke sein Versprechen einhalten kann. Wir fahren so schrecklich weit weg, wißt Ihr, und wir werden dabei unsere Spuren verwischen – so daß selbst Herr Eulenfeder nicht genau wissen wird, wo wir sind oder wohin wir fahren –, da erscheint es nahezu unmöglich, daß Lord Skelbrooke uns finden und eine Antwort auf – auf die Frage fordern kann, die er mir stellte.«

»Nichtsdestoweniger«, sagte Herr Batsch, »bin ich

davon überzeugt, daß er Euch finden wird. Er ist ein Mann von großen Fähigkeiten und großer Entschlußkraft, und Hindernisse sind für ihn eine Nichtigkeit. Und genau deswegen halte ich es für notwendig, Euch … über gewisse unglückliche Züge in Lord Skelbrookes Charakter in Kenntnis zu setzen.«

Er schüttelte traurig den Kopf. »Ihr seid Euch vielleicht über eine Anzahl dieser Züge im klaren – darunter seine bedauernswerte Neigung, geheimnistuerisch und unabhängig zu sein, wie es der Fall war, als er vor seinem Verschwinden keinen seiner Freunde, nicht einmal Herr Eulenfeder, ins Vertrauen gezogen hatte. Hätte er einem von ihnen gesagt, was er von Jarl Skogsrå vermutete … dann hätte mich Herr Eulenfeder benachrichtigt, und Eure Kusine wäre nicht nur so knapp davongekommen.« Der Lehrer seufzte. »Aber so verhält er sich eigentlich immer, und ich sollte Euch sagen, obgleich die Glasmacher ihn als eine Art Agenten beschäftigen, sind seine Methoden manchmal so erbarmungslos, daß sie unter den Glasmachern beträchtliche Bestürzung hervorrufen.«

»Ja«, sagte Sera, die dort über dem glitzernden Wasser stand, wo ihr der Wind das Kleid an den Körper drückte und die Bänder ihres Huts flattern ließ. »Ich habe Lord Skelbrooke erlebt, als er … sehr kalt und sehr mitleidlos war. Aber wollt Ihr mir sagen, Herr Batsch, daß diese Charakterfehler irreparabel sind?«

»Nicht im geringsten«, erwiderte Herr Batsch. »In Francis Skelbrooke steckt gleichfalls viel Gutes … er ist sehr großzügig, anständig und mitfühlend. Ich halte ihn nicht für einen schlechten Menschen, sondern für einen Menschen, der … in sich gespalten ist. Und ich habe einige Hoffnung, daß die Liebe einer guten Frau, wie Ihr selbst eine seid, viel dazu beitragen wird, diese Spaltung zu heilen.«

Sera verspürte ein merkwürdiges Gefühl der Aufmunterung, obgleich ihr der Grund hierfür nicht völlig klar war. »Herr Batsch, ich danke Euch. Ich glaube, daß Ihr mir einen großen Dienst erwiesen habt, und auch Lord Skelbrooke.«

Batsch richtete sich ernst auf. »Ich werde leichter schlafen, wenn ich dies weiß. Auf Wiedersehen, Miß Vorder, und eine sichere Reise. Ich hoffe, daß wir uns wiederbegegnen, und zwar unter glücklicheren Umständen.«

Sera verabschiedete sich von Meister Ule und Herrn Eulenfeder und stieg die Gangway zum Schiff hinauf. Sie entdeckte Elsie und Jed, die an der Reling standen und über das blaue Wasser in die Richtung hinausschauten, die sie nehmen würden.

Elsie schlüpfte mit ihrer Hand in Seras Hand. »Wie seltsam alles scheint ... Vor nur wenigen Tagen glaubten wir, alles zu wissen, was uns während unseres restlichen Lebens zustoßen würde ... und jetzt fahren wir ziemlich unerwartet in die Neue Welt. Ich sollte eigentlich Angst haben, aber statt dessen ... komme ich mir ziemlich tapfer und abenteuerlustig vor.«

Es war sehr merkwürdig, dachte Sera, aber sie fühlte genauso. Die Zukunft, die sie vor sich sah, glich nicht im geringsten dem Leben, das sie sich ausgemalt hatte, dem sicheren, nüchternen und sensiblen Dasein; ihr Großvater war tot (bislang hatte sie noch keine Zeit gehabt, ihn zu betrauern, aber sie wußte, daß die Tränen kommen würden); sie glaubte nicht, Thornburg je wiederzusehen – doch Elsie und Jedidiah standen hier neben ihr; Francis Skelbrooke würde irgendwann folgen; und ein neues Leben in einem neuen Land lud sie ein.

»Wirklich«, sagte Sera und warf den Kopf zurück. »Ich bin völlig davon überzeugt, daß wir uns auf ein prächtiges Abenteuer einlassen.«

Danksagungen

Die ›Whensday People‹ erwiesen sich während der Entstehung dieses Buchs wie stets als unschätzbare, verständnisvolle Kritiker: Ellen Finch, Joy Oestreicher, Dani Vitro, Delores Beggs, Mike van Pelt, Alis Rasmussen, Ed Muller, Rich McKenzie, Dean Stark, Kimberly Rufer-Beach, Leslie Lundquist, Jeanette Hancock. Bob Levy lehrte mich alles über Ruderboote; Kevin Christensen versorgte mich unablässig mit zahllosen Büchern und Quellen, und Beth Gilligan half mir auf so viele Weise, daß ich sie gar nicht aufzählen kann.

Besonderen Dank schulde ich Tad Williams, dem ›Schutzheiligen angehender Romanciers‹, und meinen Recherche-Helfern John Edgerton und Ann Meyer Maglinte.

Schließlich möchte ich meiner Lektorin, Beth Fleisher, sowie meiner Agentin, Jane Butler, für ihre mehr als pflichtgemäße Geduld und Nachsicht einen besonderen Dank aussprechen.